Michael Roes

DIE FÜNF FARBEN SCHWARZ

Michael Roes

DIE FÜNF FARBEN SCHWARZ

Roman

Matthes & Seitz Berlin

*»Solange ich es nicht klar und rückhaltlos gefaßt habe,
was es mit dem Tod auf sich hat, habe ich nicht gelebt.«*

Elias Canetti

1 *Seinen Schülern gilt Pythagoras als der vollkommene Weise. Schon zu Lebzeiten verehren sie ihn als Inkarnation Apolls. Als Herm es ihm erlaubt zu wählen, was immer er wünsche, ausgenommen die Unsterblichkeit, erbittet Pythagoras sich die Gabe, alle Geschehnisse im Leben wie im Tod im Gedächtnis zu behalten.*

Auch das ist eine Form von Unsterblichkeit, und eine List gegen den Tod: Erinnerung, Gedächtnis. Womöglich die einzige Form der Unsterblichkeit für die, die einmal in der Welt, die einmal die Welt *waren.*

2 *Wir können die Ordnung der Welt nur erkennen, wenn wir die Seele zur Aufnahme der Weisheit, der* sophia *befähigen. Übungen des Körpers stärken die Erkenntnisfähigkeit der Seele, lehrt Pythagoras seinen Schülern. Durch Reinigung und Askese kann der* Philosophos, *derjenige, der die Weisheit liebt, seinen Geist und die kosmische Harmonie in Einklang bringen.*

Platons Akademie knüpft an die pythagoreische Philosophenschule an. Doch das Zusammenspiel von Körper und Seele erfährt eine einschneidende Verschiebung. Der Körper ist nicht mehr das Instrument der Erkenntnis, das geübt und gestimmt werden muß, sondern hindert mit seinen Bedürfnissen und Begierden die Seele in ihrem Streben nach wahrer Erkenntnis. Der Tod befreie die Seele vom Körper, dem Grab der Seele, lehrt Platon im Phaidon.

3 *Widerspruch bleibt nicht aus: Beim Tod fielen die Atome des Körpers und der Seele auseinander, behauptet Epikur. Jede Wahrnehmungsfähigkeit ende. Somit gehe der Tod uns nichts an, denn solange wir seien, sei der Tod nicht da; und wenn der Tod da sei, seien wir nicht mehr.*

Aber der Tod ist da, Teil unseres alltäglichen Lebens, Teil unseres verletzlichen Körpers, Teil unseres Bewußtseins. Und das Sterben be-

gleitet unser Leben von Geburt an, es ist ein Prozeß des Lebendigen, von dem der Tod nur die äußerste Grenze beschreibt. Somit geht der Tod uns etwas an.

Solange wir sind, ist das Sterben ein Teil von uns, leben wir umgeben von Tod. Wir können nicht anders als nach dem Sinn dessen zu suchen, das unausweichlich auf uns zukommt, unser Dasein aufs Tiefste in Frage stellt und uns mehr als alles andere mit unserem Nichtwissen alleine läßt: Wie läßt sich der Tod denken, wenn Tod doch jenen Zustand beschreibt, in dem alles Denken endet?

4 *Die Endgültigkeit des Todes, postuliert Feuerbach, unsere zukünftige Nichtexistenz ist von uns hinzunehmen ohne jeden Trost und jede Hoffnung.*

Trostlos, hoffnungslos vielleicht, aber auch gedankenlos? Widerspruchslos?

Was geschieht mit dem, was mich in meinem Wesen ausmacht, meinem Wissen, meinen Erfahrungen, meinen Erinnerungen, wenn es den Körper nicht mehr gibt? Kann dieses Wesentliche, das »Seele« zu nennen ich mich scheue, durch Mitteilung in anderen (Sprach-) Körpern fortleben, als Erinnerung, als Buch, Bild, Text? Und ist das überhaupt möglich, mich als »Wesen« weiterzudenken ohne meinen Körper?

Offenbar gibt es zwei verschiedene Dinge, um deren Verlust wir trauern: Den Tod des Körpers und den Tod der Erinnerung. Wenn wir zumindest einen Teil unseres Seins in einem Medium außerhalb unseres unwiderruflich sterbenden Körpers über den Tod hinwegretten könnten, kann uns dieses längere, wenn auch nicht endlose Fortleben des einen womöglich über den Verlust des anderen hinwegtrösten?

5 *In Spinozas Begriff der »Seele« können wir eine Antwort auf die Frage nach dem Tod finden: Es gibt kein Selbst, das der Wirklichkeit entzogen ist und ihr, als Seele, als Transzendenz, gegenübersteht. Aber dieses Selbst ist mehr als mein Ich, es ist das Netzwerk all meiner Beziehungen zur Welt. Und je dichter dieses Netz geknüpft ist, um so weniger stirbt von mir, wenn mein Körper zu atmen aufhört.*

Alles, was unserem Körper geschieht, hat seine Entsprechung in unserer Seele, die nichts anderes ist als das **Wissen**, *Spinoza würde sagen, die* **Idee** *unseres lebendigen Körpers.*

Das Fundament der Tugend ist in Spinozas **Ethik** *das Streben nach Selbst-Erhaltung. Sie ist nur möglich, indem sich der Mensch der passiven Affekte wie Begehren, Freude und Trauer entzieht und der Herrschaft seines Tätigseins – Spinoza ordnet es der* **Tapferkeit** *zu – unterstellt.*

Ich würde es **Poiesis** *nennen: Selbsterschaffung, ein Begriff aus der Neurobiologie, der unmittelbar mit dem der »Poesie« verwandt ist.* **Poiesis** *bezeichnet die Fähigkeit des Menschen, im Besonderen die unseres Nervensystems, sich selbst zu organisieren und Wirklichkeit(en) herzustellen.*

Wir sind Teil der allumfassenden Substanz, die notwendig aus sich selbst heraus besteht, doch zugleich doppelter, nämlich geschaffener und schaffender Natur ist. Als **Geschöpfe** *haben wir Teil am Werden und Vergehen aller Dinge, als* **Schöpfer** *hingegen unterliegen wir unseren eigenen Gesetzen.*

Der menschliche Körper bedarf zu seiner Erhaltung der Beziehung zu anderen Körpern, lehrt Spinoza in seiner **Ethik**. *Das, was die Gestalt des menschlichen Körpers ausmacht, besteht in der Kommunikation der Körper und Körperteile miteinander.*

Tod *ist nach Spinoza eine Störung dieser Kommunikation: »Meiner Auffassung nach verfällt der Körper dann dem Tod, wenn auf seine Teile so eingewirkt wird, daß sie in ein anderes Verhältnis der Bewegung und*

Ruhe zueinander geraten. Kein Grund zwingt mich anzunehmen, daß der Körper nur dann sterbe, wenn er zur Leiche werde. Auch wenn der Kreislauf des Blutes und andere Vorgänge, um derentwillen er als lebend gilt, fortbestehen, kann der menschliche Körper sich in eine andere, von der seinen völlig verschiedenen Natur verwandeln.«

So, wie es für Spinoza durchaus einen Tod im Leben geben kann, ist auch Leben im Tod denkbar, obwohl der Tod strikt an das körperliche Sein gebunden bleibt. Unser Körper ist keine isolierte Monade, er ist ein offenes, mit vielen anderen Körpern vernetztes System.

Für Spinoza sind Leib und Seele nicht zu trennen. Sie sind zwei Seiten desselben Daseins. Am Schluß der Ethik *aber lehrt er: »Die menschliche Seele kann mit dem Körper nicht völlig zerstört werden, sondern es bleibt von ihr etwas bestehen.«*

Das ist nur dann kein Widerspruch, wenn wir seiner Ansicht folgen, daß der Körper kein geschlossenes System ist. Dann ist auch klar, daß die Natur dessen, was weiterlebt, von Mensch zu Mensch verschieden ist, je nachdem, wie sehr er sich in seinem Leben mitgeteilt *hat.*

6 *»In jedem Augenblick sind wir diejenigen, die sterben werden«, sagt Simmel. Leben häuft sich nicht an, sondern läuft ab. Unser Reifen ist das Reifen des Todes.*

Simmel spricht wie Feuerbach allein über den Körper. Während das Leben unseres Körpers sich verbraucht, häuft sich im besten Fall ein Wesensreichtum an, Wissen, Erfahrung, Erinnerung. Ist unser Körper identisch mit unserem Wesen, wie eine Computerfestplatte identisch mit der auf ihr gespeicherten Information ist, oder gibt es eine Differenz wie die zwischen einem Instrument und dem Ton oder der Melodie, die es hervorbringt? Wir können den Ton einfangen, speichern, wiederhören, auch wenn das Instrument längst verstummt ist.

Vielleicht verfällt das Leben unseres Körpers nicht, wie Sand durch eine Sanduhr fällt, sondern baut sich um. Leben verbraucht sich, um etwas anderes zu schaffen, um ein Werk zu werden. Dann wäre unser langsames Sterben jener Akt der Poiesis, der notwendige Energieverbrauch zum Schöpfertum.

Der vollkommene Tod indessen wäre eine Weigerung des sich Verbrauchens für oder in etwas anderes, ein Einfrieren unserer Jugendlichkeit, was das Sterben natürlich nicht aufhält, aber alle Lebensenergie allein in der Lebenskonservierung erschöpft. Am Ende findet sich der Mensch ohne Körper **und** *ohne Werk wieder.*

7 *Das Bewußtsein unserer Sterblichkeit vernichte jeden Daseinssinn, will uns der Existentialismus lehren. Unsere Sterblichkeit weise auf ein einziges Unbedingtes hinaus, die Absurdität unseres Daseins, allen Daseins.*

Wieso stellt sich Camus Sisyphos trotzdem als glücklichen Menschen vor?

Wenn ich nach Sinn suche, anstatt Sinn herzustellen, werde ich angesichts des Mangels oder der Beliebigkeit des Einen, Wahren und Schönen verzweifeln. Wenn ich aber verstehe, daß unser Bewußtsein vor allem eines ist: ein Sinnproduktionsorgan, werde ich bereits die Lust zu denken als Glück empfinden.

Seine Zeitgenossen nennen ihn den größten lebenden Schurken und bewundern ihn, weil er neben seinen Streichen auch Handel und Seefahrt gefördert hat. Der Verführung einer Nachbarstochter, Antikleia mit Namen, entstammt der listige Odysseus.

Nachdem Sisyphos aus seinem Wissen um einen der vielen Fehltritte des Großen Zeus gehörig Profit geschlagen hat, befiehlt Zeus seinem Bruder Hades, Herr des Todes, Sisyphos in die Unterwelt zu holen und ihn (mit seinem Tod) für den Verrat göttlicher Geheimnisse zu bestrafen.

Doch voller Tücke fesselt Sisyphos den Totengott mit seinen eigenen Schlingen, indem er ihn überredet, ihm doch an sich selbst vorzufüh-

ren, wie man diese verwendet. So ist Hades eine Zeitlang in seinem eigenen Reich, im Tod und zugleich im Geist des Sisyphos, gefangen. Dies ist eine absurde Situation, denn niemand kann sterben, selbst nicht die Männer, die enthauptet oder gevierteilt worden sind.

Endlich eilt Kriegsgott Ares, dessen ureigenstes Geschäft bedroht ist, in den Tartaros, befreit den tumben Hades und liefert Sisyphos dem Gericht aus.

Die Richter der Toten verhängen über Sisyphos eine außergewöhnlich harte Strafe, vielleicht, weil der Verrat göttlicher Geheimnisse und die Fesselung des Todes ein- und dasselbe Verbrechen sind.

Die Griechen aber meinen, **Sisyphos** *bedeute »sehr weise« Die Götter irren sich, wenn sie glauben, uns mit einem sinnlosen Dasein bestrafen zu können. Sisyphos begreift, daß es gar nicht in der Macht der Götter liegt, über Sinn oder Sinnlosigkeit unseres Seins und Handelns zu befinden. Wir sind es selbst, die ihnen diese Macht zuschreiben, aus List- und Lustlosigkeit.*

Sisyphos ist ein glücklicher Mensch, weil er seinen Stein rollt, wie er Gedanken wälzt. Er ist tätig, strengt Körper und Geist an, wie kann diese Tätigkeit absurder sein als müßig am Fuß des Berges im Gras liegen zu bleiben?

Nur den gedankenlosen Göttern, deren einziges Privileg es ist, nicht nach dem Sinn fragen zu müssen, erscheint das rastlose Tätigsein als Strafe, weil ihnen die reichgedeckte Tafel zum Dasein genügt. Kein Wunder, daß sie so leicht in ihren eigenen Fallstricken zu fangen sind. Ihre Unsterblichkeit ist eine unendlich große geistlose Leere.

8 *Philosophieren heiße sterben lernen, behauptet Michel de Montaigne. Aber dieser Satz ist genauso wahr oder falsch wie sein Gegenteil: Philosophieren heiße leben lernen. Oder: lieben lernen. – Auf einem Relief von Artemision von Ephesos tritt Thanatos, der Gott des Todes und Bruder des Schlafs, in Gestalt des Eros auf.*

Über den Tod, über unser Nichtsein nachdenken schließt immer die Frage nach unserem Dasein ein: Wer bin ich? Was wird von diesem Ich nicht mehr sein?

Am deutlichsten erfahrbar bin ich mein Körper, mein Empfinden, meine Bewegung, mein Austausch mit dem, was nicht mein Körper, nicht Ich ist. Dieser Körper, dieses Ich wird unwiderruflich sterben.

Dieser Zustand des Nichtseins ist unvorstellbar, weil die ganze Welt ja nur in diesem einen, meinem Bewußtsein existiert und mit meinem Tod verlöschen wird. Das Nichts zu denken ist ein unlösbarer Widerspruch, denn im Sinne Descartes muß es zumindest ein denkendes Subjekt geben.

Womöglich sind diese Vorstellungen zu mechanistisch: Entweder läuft der Motor, oder er steht still! Im Bereich des Lebendigen aber bestimmen fließende Übergänge das Dasein und selbst das Nichtsein. Wenn wir die Haut unseres Körpers und damit auch die Grenzen unseres Selbst durchlässiger, vernetzter, eingebetteter denken, mildert sich auch die äußerste Undenkbarkeit unseres Nichtseins. Der Tod eines Teils dieses lebendigen Netzes ist nicht der Tod des Ganzen. Ja, es ist dem einen Teil nicht einmal möglich, plötzlich und als Ganzes zu sterben, wenn er mit unzähligen Fäden in ein größeres lebendiges Netzwerk eingesponnen ist.

9 *Das Sterben ist ein Prozeß, der mit dem Tod unseres Körpers nicht abgeschlossen ist. Der Pfeil des Bogens fliegt noch, auch wenn die Bogensehne schon zum Stillstand gekommen ist. Und der Ton klingt noch nach, wenn das Instrument schon verstummt ist. Diese Analogien verweisen auf die Individualität des Sterbens, je nachdem wie kraftvoll unser Lebensinstrument, der Körper, seine Fäden, Pfeile oder Töne ausgesandt hat. Wie es ein elendes Leben gibt, gibt es auch ein elendes Sterben. Selbst im Tod scheinen wir nicht alle gleich zu sein. Das vollständige Nichtsein erleidet nur der anonym, unbetrauert und vergessen Sterbende.*

Sind mir diese Gedanken ein Trost? Helfen sie mir, den Tod besser zu verstehen?

Die Aufgabe des Denkens in Gegensätzen hebt auch den Gegensatz zwischen Leben und Tod, Sein und Nichtsein auf. Wenn die Grenzen durchlässig sind, der Tod ins Leben hineinragt wie das Leben in den Tod, dann nimmt es der Vorstellung vom Tod den Schrecken. Und nichts lähmt das Nachdenken mehr als das Erschrecken, ist es doch der wahre Bruder des Todes.

10 *Die Besinnung auf den Tod sei Besinnung auf die Freiheit, fährt Montaigne fort. Wer Sterben gelernt habe, der habe das Dienen verlernt.*

Montaigne spricht über das Leben, nicht über den Tod, auch wenn er dem Leben wenig traut: »Jede Minute scheint es mir, daß ich eben noch entkomme. Alles, was eines Tages mit Sicherheit geschehen wird, kann jetzt geschehen.«

Die Freiheit, von der er spricht, klingt eher nach gelassener Resignation: Die Bedingung meines Daseins, ein Teil meines Selbst ist meine Endlichkeit. Dem Tod ausweichen zu wollen hieße, vor sich selbst zu fliehen. Solange wir leben, sind wir Sterbende.

Mit demselben Recht läßt sich das Gegenteil behaupten: Solange wir sterben, sind wir Lebende!

Das Leben ist, was ich hineinlese, hineinschreibe. Und in der längsten Zeit der Menschheitsgeschichte galt das auch für den Tod. Er stand nicht im Gegensatz zum Leben, war nicht das vollkommene, undenkbare Nichtsein, sondern eine Fortschreibung des Lebens. Er hatte einen Körper, ein Gesicht, hatte Sprache, Wille, Charakter. Wir kennen seinen Sinn für Humor, seine Freude am Tanz, seine Lust am Spiel, seinen Jähzorn, wenn er mal eine Wette verlor. Der Tod ließ mit sich handeln.

Für den größten Teil unserer Ahnen war der Tod **denkbar**. *Er bewohnte seine eigene Welt. Und die Grenze zwischen dem Reich der Toten und der Welt der Lebenden war durchlässig.*

Sind wir wirklich klüger geworden, realistischer, oder nur phantasieloser? Denn wenn der Tod nicht absolute Leblosigkeit bedeutete, ließen sich unsere Toten kaum so bedenkenlos als Organbanken oder Kollateralschäden deklarieren.

Besteht ein wesentlicher Teil moderner Wissenschafts- und Medizingeschichte nicht gerade darin, die Grenze des Todes, des vollkommenen Nichtseins in das Leben selbst hinein zu verschieben, sowohl in Bezug auf den Beginn als auch das Ende betreffend: Der »klinische« Tod schafft das Paradox, der engen wissenschaftlichen Definition des Lebens als ein unmittelbar an unser körperliches Dasein gebundenes zu widersprechen oder noch enger einzugrenzen auf einen Teil des Körpers, und eben nicht jenen, der seit Jahrtausenden den Menschen als das **Herz** *der Zuschreibung von Leben galt.*

Der Tod darf gar nicht gedacht werden, weil die Erkenntnisse womöglich Folgen für unseren Umgang mit ihm erzwängen. Die Ersetzbarkeit des Einzelnen mündet in der Verachtung seines Todes.

Die Populärkultur geht noch einen Schritt weiter als die Wissenschaft: Hier erscheint der Tod nicht mehr nur als vollkommene Verdinglichung unseres Körpers, sondern als Mittel der Unterhaltung, um beim Publikum Schauer, Lust oder Gelächter zu erregen.

11 *Der Totentanz ist ein tendenziell endloser Rundtanz, in dem sich jeweils ein Toter und ein Lebender abwechseln. Die Toten führen den Reigen an und sind die einzigen, die tanzen. Jedes Paar setzt sich aus einem nackten, geschlechtslosen Gerippe und einem je nach seinem gesellschaftlichen Stand gekleideten und gänzlich verblüfften Menschen zusammen. Der Tod reicht seine Hand dem Lebenden, den er sich ausersehen hat, der sich ihm und dem Tanz aber noch nicht hingibt.*

Der Totentanz steht nicht für die Angst vor dem Tod, er steht zunächst und vor allem für ein leidenschaftliches Festhalten am Leben.

Das Erstaunen, plötzlich tot zu sein! Ein Anfang von Philosophie selbst hier, wo alles enden soll. Widerstand gar, Trotz, sich mit dem Verlust des Lebens nicht abfinden zu wollen, Sisyphos im Tartaros, Nachdenken über eine List, liebt der Tod die Wetten nicht, ist seine scheinbare Allmacht nicht seine Schwäche?

Ich denke, also bin ich noch, tot, aber nicht ohne Sein. Meine Gedanken tanzen, Schwindel erfaßt mich, soll ich mich diesem Rausch hingeben, mich aufgeben in diesem ekstatischen Wirbel, oder weiterhin kühlen Kopf bewahren, Widerstand gegen die Verlockung des Tanzes leisten?

Ich befinde mich auf der Schwelle. Dieselben Fragen werden gestellt: Wer bin ich? Wer will ich sein? – Eine Schwelle ins Nichts ist unvorstellbar.

12 *Ich will noch einen Augenblick auf dieser Schwelle verharren. Viel weiter werde ich jetzt kaum gehen können. Aber mit der Undenkbarkeit des Todes ist uns auch jeder Sinn für den Übergang verloren gegangen. In unserer gegenwärtigen mechanistischen Definition des menschlichen Lebens scheint es, als würde einfach ein Schalter umgelegt: Licht an, klick, Licht aus!*

Goethe verlangt auf seinem Sterbebett nach Mehr Licht! *und während ich hier auf der Schwelle stehe, dann in derselben Hoffnung, in dieses Andere, Kommende hineinzuleuchten.* Dort *ist es dunkel, ja, aber auf der Schwelle selbst herrscht ein Übergangslicht. Je mehr sich meine Augen an die Dunkelheit gewöhnen, um so weiter kann ich ins Andere hineinblicken.*

Von diesem Anderen kann ich nichts wissen. *Das ist sein Wesen. Nicht, weil sich in diesem Anderen keine Erfahrungen mehr machen ließen, selbst dies bleibt ungewiß, sondern weil es hinter aller meiner*

Zukunft liegt. Auch von der Zukunft weiß *ich nichts. Das bedeutet indessen nicht, daß ich nichts über sie sagen, nicht über sie nachdenken, sie mir nicht vorstellen kann.*

Diese Schwelle verrät mir etwas, was sich weiterdenken läßt. Jede Schwelle sagt etwas über die Orte aus, die sie verbindet. Den diesseitigen Ort kennen wir: den Ort der Bewegung, der Körperbeherrschung, des Austauschs. Und plötzlich bleibt die Antwort aus, die Atmung stockt, der Körper liegt willenlos, bewegungslos da, den äußeren Prozessen seines Um- und Abbaus widerstandslos hingegeben.

Und wenn wir das Ende so wollen, wie es uns entgegenkommt, es nicht erleiden als paralysiertes Bewußtsein, das dem eigenen Zerfall hilflos zuschaut, sondern es als eine Form der Neugier und Hingabe annehmen, ja ersehnen? Ist das der tiefere Sinn der Darstellung von Thanatos in der Gestalt des Eros?

13 *Auch Ernst Bloch nähert sich in* Spuren *dieser Schwelle: »Wer wir sind und wann wir eigentlich leben, weiß bis heute niemand. Noch dunkler, wie und wohin wir dann gehen; Sterbende treten ab, als was?*

Geht einer aus der Türe, so kann man ihn zwar gleichfalls nicht mehr sehen. Auch er verschwindet, als ob er stürbe. Dennoch besteht der einleuchtende Unterschied, daß der lebend Gehende auf unserer Ebene bleibt. Der Sterbende jedoch wechselt die Ebene. Die Tür, aus der er weggeht, wird zu einem Maul, das ihn so einsam und hohl verschluckt, wie jeder seinen Tod allein bestehen muß; oder aber sie wird zum Eingang in ein Etwas, das man nicht weiß und das keine Körpermauern mehr hat. Dies letztere ist das einleuchtend Näherliegende, obwohl keinerlei Urteil darüber ergehen kann.«

Auch mit einer weiteren Spur in dem Kapitel »Das Tormotiv« umkreist Bloch diesen Gedanken der Schwelle. Sie bezieht sich auf chinesische Motive, die von Künstlern handeln und ihrem Werk. Die Ge-

schichte von dem alten Maler gehört hierher, der seinen Freunden das letzte Bild zeigt: Ein Park ist darauf zu sehen, ein schmaler Weg, der sanft hindurchführt, an Bäumen und Bächen vorüber, bis zu der kleinen roten Tür eines Palastes. – Als sich die Freunde zu dem Maler umwenden wollen, steht dieser nicht mehr neben ihnen, sondern befindet sich im Bild und wandelt auf dem schmalen Weg zur fabelhaften Tür, steht vor ihr still, blickt noch einmal zurück, lächelt, öffnet die Pforte, tritt hindurch und verschwindet.

Der Künstler, der Mensch lebt und arbeitet und stirbt sich in sein Werk hinein. Dieser Teil seines Daseins bleibt im Werk lebendig.

14 *Verglichen mit dem klinischen und medialen Umgang in unseren modernen Gesellschaften war das Sterben früher für die Menschen unverdeckter, allgegenwärtiger und vertrauter. Damit ist nicht gesagt, daß es friedlicher oder auch nur furchtloser war.*

Das Sterben war öffentlicher und vertrauter, weil es für die Menschen ungewöhnlich war, allein zu sein. Normalerweise lebten Menschen ständig eng bei- und miteinander.

Dieses enge physische Netz ist uns verloren gegangen. Der direkte sinnliche und körperliche Austausch ist von einem klinisch distanzierten abgelöst worden. Dabei ist es die Geste unverminderter Zuneigung zum Sterbenden, die diesen Übergang ins ungewisse Andere annehmbar macht. Nur der einsame Tod verbreitet den Schrecken abrupten, unwiderruflichen Nichtseins.

15 *»Oh, diese Griechen! Sie verstanden sich darauf zu leben: dazu tut not, tapfer bei der Oberfläche, der Falte, der Haut stehen zu bleiben, den Schein anzubeten, an Formen, an Töne, an Worte, an den ganzen Olymp des Scheins zu glauben. Diese Griechen waren*

oberflächlich – aus Tiefe!« schwärmt Nietzsche in seiner Vorrede zur **Fröhlichen Wissenschaft***.*

Eros und Thanatos sind auch deshalb zwei Gesichter einer Gestalt, weil sie beide unmittelbar körperlicher Natur sind. Körper begegnen einander, treten in einen Austausch. Jede andere Sprache ist sekundär. Der Körper hat sein eigenes Wissen. Alle unsere Erfahrungen sind in ihn eingeschrieben. Ebenso kennt der Körper ein eigenes Glück und einen eigenen Trost. Dieser ist von dem Glück und dem Trost unserer »Seele« nicht zu trennen.

Das Bild vom Tod ist aufs Engste mit meinem Bild von mir selbst verknüpft. Sehe ich mich als vereinzeltes Wesen, als Monade ohne Fenster, ohne Tür zum Anderen, bin ich von neuen Begegnungen, auch der mit dem Tod, durch eine undurchdringliche Mauer abgetrennt. Nichts läßt sich hinüberretten. Nichts wird vor dem Vergehen bewahrt.

16 *Jeder stirbt seinen eigenen Tod. Ein Skandal ist der Tod nur, wenn ich gegen meinen Willen sterbe.*

Ich sterbe, klagt Phädra, und ich kann nichts dagegen tun. Nichts von dem, was ich gelernt habe, hilft mir nun. Sterben werde ich nur einmal.

Du lebst, Hippolytos, du bist jung, ein Mann der Tat, ohne einen Gedanken an Alter und Tod zu verschwenden. Für dich gibt es den Tod nicht. Du hast keinen Zweifel, daß es einen neuen Morgen geben wird. Deine Gewißheit baut Brücken über den Tod hinweg, deine Taten ignorieren ihn.

Meine Verzweiflung ist also die Unvorstellbarkeit von Zukunft.

Die griechischen Mythen sind eine wahre Enzyklopädie des Todes und des Tötens, allen voran die **Orestie***.*

Wir finden in ihr den urmenschlichsten Tod, das **Opfer** *(Iphigenie), den erflehten* **Mord** *(Elektra), den* **vorgetäuschten Tod** *(Orest), die* **Blut-**

rache (die Ermordung Klytaimnestras), den **Kindsmord**, *den* **Gattenmord**, *den* **Muttermord**, *und auf tieferer Ebene, den ungewollten Mord, den Auftrags-Mord, den Selbst-Mord (Orest).*

Gerade in der Verfolgung durch die Erinnyen läßt sich ein Trost finden: Es gibt noch bedeutsame Handlungen, Taten, die wahrgenommen und beurteilt werden, Maßstäbe und Gesetze, nach denen sich das Urteil richtet.

Eine Welt ohne Erinnyen wäre eine Welt sinnloser Handlungen, beliebiger Taten ohne Folgen. Ob etwas getan oder unterlassen wird, bedeutete nichts mehr, wäre allenfalls ein vernachlässigenswerter Faktor in der kosmischen Energiebilanz.

Die Tragödie gewährt uns noch eine Ahnung von einem gelingenden, sinnvollen Dasein. Die Komödie ist moderner, eine höhnische Feier des Absurden. Die Tragödie aber ist nicht das, was wir gerade noch aushalten, sondern das, was wir im Tiefsten ersehnen.

Das tragische Dasein setzt uns in Beziehung zu einer kosmischen Ordnung, der wir uns fügen oder, wie Sisyphos, widersetzen können, wobei sich die Auflehnung wiederum in eine höhere Ordnung fügt. In der Tragödie gibt es das Scheitern, aber nicht die Absurdität, die vollkommene Gleichgültigkeit unseres Daseins.

17 *Es klingt paradox in dieser ausgeleuchteten, Tag und Nacht hellen Welt, aber sie ist dunkler geworden. Unsere Augen haben sich so sehr an das Licht gewöhnt, daß sie die Schwärze der Nacht nicht mehr durchdringen, sondern buchstäblich* **nichts** *sehen.*

Und Dunkelheit war immer schon der Ort des Un-Heimlichen, der Verwirrung, der Unbeherrschtheit, der Revolution.

Wer sich selbst nicht in vollkommener Dunkelheit erlebt hat, weiß nichts von der Durchlässigkeit seiner Haut, den Tentakeln seiner Sinne, seinem pulsierenden Wesen, das weit über die Körpergrenzen hinausgeht.

Die Dunkelheit ist eine Maske, in der unser Ich sein Gesicht aufgeben muß, aufgeben darf. Unsere persona ist dunkel, unidentifizierbar, nicht mehr Angeschautes, sondern ganz Anschauung, Wahrnehmung, Sinn.

Ich verharre immer noch auf der Schwelle. Nur für Augenblicke spüre ich das Heilige. Doch wie kann ich davon sprechen? Ich müßte eine neue Sprache erfinden.

Dann wieder der Terror der Leere, das Nichts. Wo ich mich dem Erkennen nahe glaube, bin ich es auch dem Schmerz.

Ich möchte nicht fortgeweht werden wie eine Kirschblüte. Ich will vom Tod an die Hand genommen werden, wenn aus meinem Mund oder einer klaffenden Wunde mein Abbild ins Reich des Unsichtbaren eingeht. Ich will sterben wollen, damit ich nicht sterben muß.

18 Im Glauben der neuseeländischen Maori ist der Tod eine Frau, eine furchtsame Frau. Sollte der Tod mehr Angst vor uns haben als wir vor ihm?

Die Mutter des Todes war das erste Geschöpf, das erste Lebewesen auf der Welt: die Frau aus Erde und Lehm.

Ihre Tochter nennt sie Hinenuitepo, Mädchen der Dämmerung.

Auch die Maori haben ihren Sisyphos: den Schwindler, Betrüger und Halbgott Maui. Seine letzte und größte Heldentat besteht in dem Versuch, den Tod zu besiegen, damit die Menschen unsterblich werden.

Umgeben von seinen Freunden aus dem Königreich der Vögel versucht Maui, in die schlafende Hinenuitepo hineinzukriechen und bis zu ihrem Herzen vorzudringen, um dort ihr Altern umzukehren und ihre Geburt rückgängig zu machen.

Unglücklicherweise bricht Piwakawaka, der Rotbürzelfächerschwanz, beim Anblick von Mauis strampelnden Beinen, die haarig und behuft aus dem Leib des Mädchens der Dämmerung ragen, in ein *so keckerndes Gelächter aus, daß Hinenuitepo erwacht, erschrocken ihre Schenkel zusammenpreßt und zwischen ihnen die letzte Heldentat Mauis unrühmlich erstickt.*

Wir müssen uns dem scheuen Mädchen Tod behutsam nähern, um es nicht zu erschrecken. Sonst flieht es noch vor uns. Helden kommen hier nicht weiter.

Die Augen sind jung und forsch. Sie waren immer schon ein Hindernis für das Sehen. Ihr Blick war immer schon begrenzt. Wie viele Dinge hat das Sehen ausgeschlossen?

So wie mein gesunder Körper ein Hindernis für das Sein ist. Das mehr, das anders sein. Er unterwirft mich, engt mich ein, begrenzt mich. Er quält mich. Er stirbt.

Wie meine vertraute Sprache. Sie hindert mich daran, das Unsagbare zu sagen. – Gut, auch die Behinderung ist ein Mittel sich auszudrücken. Alles zu sagen hieße, nichts mitzuteilen.

Ohne den Tod wäre ich nicht einmal ein Mensch. Das, was nicht stirbt, hat nicht gelebt.

Aber ist es notwendig, daß es so bald geschieht? In welchem Augenblick ist es notwendig zu sterben? Notwendig ist es nie zu sterben, zumindest aus Sicht der Medizin nicht. Sie kann die Stunde des Todes hinausschieben und den Schmerz lindern. Aber selbst sie kann nicht verhindern, daß diese Stunde irgendwann einmal kommt. Warum bekämpft sie den Tod wie ihren größten Feind?

19

Ich erinnere mich an einen Science-Fiction-Film, den ich als Kind gesehen habe. Er spielte in einer Welt, in der es den Tod im Bewußtsein der Menschen noch nicht oder nicht mehr gab. Es existierte kein Wort für den Tod, keine Metapher, keine Umschreibung. Wenn jemand starb, zog er sich einfach zurück in die Einsamkeit. Und niemand sprach mehr über ihn, weil es in dieser Welt als beschämend galt, allein zu sein. Und niemand sprach über den Tod oder das Verschwinden der Sterbenden, weil es keine Worte dafür gab.

Diese Welt kam mir wie ein böser Traum vor. Doch scheint der Film nur unsere Gegenwart vorweggenommen zu haben. Wir schämen uns für den Tod und ziehen uns im Sterben vor den anderen zurück, als handle es sich um eine Obszönität.

Dabei ist das Sterben zunächst etwas zutiefst Lebendiges, nämlich ein sich selbst als etwas Unbekanntes, etwas Fremdes, meinetwegen auch Unheimliches erleben. Nur ein vollkommenes Wissen über unser Dasein, ein Ende aller Spekulationen über das auch Anders-Sein-Können wäre unser vollkommener Tod.

WARTEN IM SAND

土

I

Nenn mich Viktor!

Vielen Dank, Herr Professor. Aber ich kann das nicht. Es widerspricht einfach meiner Erziehung.

Schon gut, Jian. Ich will dir nicht zu nahe treten. Vielleicht später einmal, wenn wir uns besser kennen.

Bestimmte Hierarchien wie die zwischen Lehrer und Schüler oder Vater und Sohn verändern sich in unserem Denken nie.

Erzähl mir mehr darüber! Vielleicht wirst du ja irgendwann einmal mein Lehrer sein. Was hältst du von diesen ersten Seiten meines Essays?

Lu Jian schweigt verlegen. Dann sagt er zögernd: Ich glaube, der Unterschied zwischen Ihrem und meinem Denken liegt darin, daß für mich das Leben einen Kreis und für Sie eine Linie bildet.

Nach einem kurzen Blick in mein fragendes Gesicht fährt er, die Augen wieder gesenkt, mit unsicherer Stimme fort: Wir Chinesen glauben an einen ständigen Wandel, allerdings kehren die Dinge irgendwann wieder an ihren ursprünglichen Ort oder in ihren ursprünglichen Zustand zurück. Für euch Europäer hingegen gibt es einen ständigen Fortschritt. Ihr achtet auf das Subjekt, das sich bewegt. Wir achten auf die Umgebung, in der wir uns bewegen.

Und du glaubst nicht, daß ich mit meiner Idee eines Netzes, in dem unser Leben und Wirken eingeknüpft ist, dem chinesischen Denken nahekomme?

Selbst in diesem Netz steht der Einzelne im Zentrum der Aufmerksamkeit und nicht das Netz selbst.

Der junge Mann sitzt mit scheuen aber hellwachen Augen vor mir, während ich ihm Tee nachgieße. Wenn man Europäer oder Amerikaner nach ihren Talenten fragt, neigen sie dazu, ihre eigenen Fähigkeiten zu überschätzen, während Lu Jian geradezu in Verlegenheit gerät, wenn ich ihn für seine intellektuellen Fähigkeiten lobe. Dafür hat er natürlich andere Schwächen. Zum Beispiel scheint ihm die Aufrechterhaltung der Harmonie im Umgang mit mir wichtiger als das Ausfechten einer Meinungsverschiedenheit.

Ich nehme an, in der chinesischen Kultur gilt es als unbescheiden, von sich selbst zu sprechen.

Wie kommen Sie zu diesem Urteil?

Seit Wochen treffen wir uns nun privat, reden über fernöstliche Philosophie und die chinesische Sprache, aber wissen so gut wie nichts Persönliches voneinander.

Es fällt mir schwer, von mir selbst zu sprechen. Weder geziemt es sich für mich, Sie mit meinem Privatleben zu belästigen, noch mich nach dem Ihren zu erkundigen. Auch gäbe es meinerseits nichts Aufregendes zu berichten.

Vielleicht erzählst du mir einfach etwas von deiner Familie und überläßt es mir, deine Erzählung zu bewerten.

Mein Leben ist in zwei Sätzen zusammengefaßt: Ich bin in Nanking als Sohn eines Hochschullehrers aufgewachsen und habe an der Deutschen Schule mein Abitur gemacht.

Was unterrichtet dein Vater?

Neurologie. Er ist ein bekannter Arzt und Hirnforscher und unterrichtet an der Universität von Nanking.

Und deine Mutter?

Meine Mutter hat sich vorwiegend um mich und ihre Depression gekümmert.

Dann muß für sie dein Auslandsstudium ja ganz besonders schmerzlich sein.

Sie führt einen kleinen Buchladen mit esoterischer Literatur und übersetzt Sigmund Freud und Hermann Hesse ins Chinesische, während sie auf Kundschaft wartet.

Also war sie deine erste Deutschlehrerin?

Vielleicht. Sie hat hier in Leipzig Literatur studiert und während ihres Studiums meinen Vater, damals noch ein streng kommunistischer Medizinstudent, kennengelernt. Sie haben immer dann Deutsch miteinander gesprochen, wenn ich etwas nicht verstehen sollte. Aber womöglich war das ja meine eigentliche Schule.

Vielleicht bin ich mit meiner Neugier zu weit gegangen. Für einen Augenblick zeigt sich ein bitterer Zug auf dem sonst so zurückhaltenden Gesicht.

Soll ich uns noch eine Kanne frischen Tee aufbrühen?

Vielen Dank, aber ich muß nun los!

Ein höfliches Anstehen vor der Rolltreppe, freundliche Zurückhaltung noch in der überfüllten Straßenbahn, nie ein verärgertes Gesicht, selbst im ärgsten Gedränge. Viele Stunden kann ich im Bett verbringen, zusätzlich zu den nächtlichen acht, ohne mich der verschwendeten Lebenszeit zu schämen. Inzwischen lese ich nicht nur liegend, sondern verrichte hier zwischen Daunen und Schwungfedern selbst die wenige Schreibarbeit, die mir noch zu tun bleibt.

Am Nachmittag ruft mich Frau Froböse an und teilt mir mit, daß inzwischen mehr Studenten auf der Warteliste stünden, als sich zu meinem Seminar hätten einschreiben dürfen! Ich bitte sie, niemanden zurückzuweisen. Und wenn es dann auch fünfzig sein sollten.

Vermutlich ist es die Eifersucht einiger Kollegen, deren Seminarangebote zur *Semiotik einer feministischen Sprache am Beispiel Simone de Beauvoirs* oder *Bausteine einer lesbischen Syntax* nicht auf den nötigen Zuspruch stießen, ihre Veranstaltung überhaupt zustande kommen zu lassen. Vor allem die weiblichen Lehrkräfte meiner Fakultät sehen in Aura und pädagogischem Eros ein gefährliches Relikt männerbündlerischer Verführung. Sie verwechseln ihren Unterricht mit werktreuen Aufführungen Brechtscher Politdramen und wundern sich, daß sich selbst ihre lesbischen Studentinnen aus dem Autonomen Block gähnend von ihnen abwenden und in den Club der keineswegs toten, aber doch überwiegend männlichen und nur selten linksradikal feministischen Dichter aufnehmen lassen.

Wir müssen beginnen, als wüßten wir nichts. Wir müssen hinsehen und hinhören, als sähen und hörten wir zum ersten Mal. In den ersten fünf Minuten entscheidet sich, ob es sie glücklich macht, zu diesem Seminar gekommen zu sein. Der Unterricht ist nichts anderes als eine gute klassische Theaterinszenierung: Es ist der Anfang, die Zeit der Exposition, in der sich entscheidet, ob der Stoff, das Geschehen, die Erzählung meine Zuhörer packen wird.

Immer beginne ich, als sei der Unterricht ein Spiel, ein Spiel nach strengen Regeln zwar, aber ohne Verlierer. So auch in diesem Semester, in dem meine Veranstaltung den kryptischen Titel *Odyssee der Rede* trägt.

Bei Borges lese ich, daß derselbe Kaiser, Shi Hung Ti, der den Bau der Großen Chinesischen Mauer anordnete, auch jener Mann war, der alle Bücher verbrennen ließ, die vor seiner Zeit geschrieben wurden, um mit seiner Herrschaft die Geschichte neu beginnen zu lassen.

Zugleich untersagte er den Geschichtsschreibern zufolge, das Wort *Tod* auch nur zu erwähnen. Gibt es einen Zusammenhang zwischen dem Mauerbau und der Bücherverbrennung und dem Versuch, den Tod aus dem Denken und Sprechen zu verbannen?

Jene, die Bücher vor dem Feuer versteckten und entdeckt wurden, ließ der Kaiser mit einem glühenden Eisen zeichnen und zu lebenslänglicher Zwangsarbeit am Bau der Großen Mauer verurteilen.

Sollte die Mauer womöglich nicht vor den Barbaren, sondern die Barbarei schützen? Bestand die wahre Bedrohung gar nicht in der Unzivilisiertheit der Fremden, sondern, im Gegenteil, in ihrer Bildung? Gehen deswegen Mauerbau und Bücherverbrennungen bei allen Tyrannen Hand in Hand?

Doch auch der mächtigste Herrscher bleibt einem noch mächtigeren Tyrannen untertan: dem Tod. Daher der magische oder verzweifelte Versuch, jenen totzuschweigen, der sich nicht ausschließen oder verbrennen läßt.

Dieser rohe Versuch, Unsterblichkeit zu gewinnen, mutet paradox an; ein steinernes Bollwerk, fast schon das Mausoleum dessen, was es doch gerade zu verdrängen gilt, wird errichtet, und die einzigen Werke, in denen wir uns ein Fortleben sichern könnten, die Bücher, Chroniken und Heiligen Schriften, werden vernichtet!

Wenn die Große Mauer nicht nur dazu dient, die »Barbaren« aus dem Reich der Mitte fernzuhalten, sondern auch den Tod, so ist der Tod womöglich ebensowenig »barbarisch«, wie es die angeblichen Barbaren sind.

Der Tod ist dieser Andere, dieser »Barbar« in seiner äußersten Form. Aber der Andere, der Fremde ist auch das notwendige Gegenüber, um mir meiner selbst bewußt zu werden. Der Preis für die Ausschließung unserer Sterblichkeit ist buchstäblich der Rückfall in eine vormenschliche, vorbewußte, reptilienhafte Existenz.

20 Die Ärzte nennen es **Zwischenleben**. *Der Mensch ist »hirntot«, aber seine Zellen leben weiter, Minuten und Stunden, je nachdem, wie lange sie ohne den lebenswichtigen Sauerstoff auskommen können. Am empfindlichsten sind die Zellen des Gehirns. Sie sterben zuerst, dann, nach etwa dreißig Minuten, das Herz und die Leber. Die Lungenflügel leben noch knapp eine Stunde, und die Nieren bis zu zwei Stunden.*

Über acht Stunden bleiben die Muskeln am Leben, weil sie ihre Energieversorgung auch ohne Sauerstoff aufrecht erhalten können. Spermien können sogar noch mehrere Tage den Hirntod überleben. Magen und Darm arbeiten bis zu vierundzwanzig Stunden weiter, bis sie sich nicht mehr gegen die eigenen Verdauungssäfte wehren können. Ihre Zellen sterben, der Körper verdaut sich selbst. Pathologen nennen diesen Vorgang Autolyse: Selbstauflösung.

Bakterien aus dem Darm und aus der Mundhöhle dringen ins Körperinnere vor und greifen die noch lebenden Zellen an. Die Verwesung beginnt. Hat jemand vor seinem Tod noch Antibiotika erhalten, kann sie sich um Wochen verzögern.

Unter der Haut wird das Netz der Venen sichtbar. Schon kurz nach dem Tod zeigen sich die bläulichen Flecken, die entstehen, wenn das Blut im Körper, den Gesetzen der Schwerkraft folgend, absinkt. Trotz dieser Veränderungen können die Schweißdrüsen der Haut noch über dreißig Stunden weiterfunktionieren. Auch bei einem Toten kann man mit Medikamenten noch eine Gänsehaut hervorrufen.

Schreitet die Verwesung weiter fort, blähen Gase den Körper auf und dringen in die Haut ein. Es entstehen Hautblasen, die sich später mit Flüssigkeit füllen. Bei einer Obduktion ist das Knistern der gasgefüllten Haut hörbar.

Nach zwei Stunden werden die Muskeln unbeweglich. Ihre Energiespeicher werden langsam aufgebraucht, und ohne Sauerstoff können sie nicht neu aufgefüllt werden. Die Muskelfasern verhaken sich, die Totenstarre setzt ein. Sie hält bis zu zwei Tage an und löst sich dann wieder. Die Gründe sind noch ungeklärt.

Langsam erkaltet der Körper, je Stunde um etwa einen Grad. Je nach Umgebung können manchmal Tage vergehen, ehe ein Körper vollständig tot ist.

II

Die Studenten verehren mich, strömen in meinen Unterricht, drängeln sich auf der Warteliste, hoffen, daß irgend jemand noch abspringt, krank wird, verunglückt, oder ich die Teilnehmerzahl erhöhe, kommen in meine Sprechstunde, versuchen, mich mit ihrer Jugend, ihrem Enthusiasmus, ihrer Verzweiflung zu bestechen.

Doch warum bleibt mir nur dieses eine mürrische Gesicht in Erinnerung, dieses strengblickende burschikose Mädchen, Nadira Jung, dessen Skepsis oder gar Mißbilligung ich aus dem Seminarraum mit nach Hause nehme; das mir das Mittagessen vergällt und die Vorbereitung der nächsten Stunde. Sie lächelt nicht, verweigert sich auch nicht, redet, wenn ich sie anspreche, aber alles in allem scheint sie zu warten, auf eine Schwäche, eine Blöße, die mich entlarvt, meine innere Leere, meine Scharlatanerie, meinen korrupten pädagogischen Eros: Doch wieder nur ein Mann, der seine Stellung und seine Reputation zur Befriedigung der niedrigsten Bedürfnisse nutzt, wieder nur ein einsames altes Schwein, das vom flüchtigen akademischen Ruhm der Vergangenheit zehrt, um sich an die geblendeten Studentinnen heranzumachen – Ach, das wäre zu banal! Sie scheint nicht einmal unglücklich, in ihrem reptilienhaften Lauern, eher gelassen, wie eingefroren, ein lebloser Teil des Hintergrunds, bis die klebrige Zunge vorschnellt.

Warum muß in jedem Seminar ein junger Netschajew, eine lauernde Ulrike Meinhof sitzen, ein leeres inquisitorisches Gesicht, auf das ich meine eigenen Zweifel und Häresien projizieren kann? Vielleicht ist das ja die Regel: Der Meister wählt nicht nur die Jünger, er selbst wählt auch den Verräter aus.

Trotz seiner unbestreitbaren Intellektualität wirkt sein Körper ausgesprochen durchtrainiert. Kein Gramm Fett finde ich an seinen muskulösen Armen. Seine Bewegungen sind ruhig und elegant wie die eines Panthers. Ich frage Lu Jian, ob er irgendeine Art von Sport treibe.

Seit meiner Schulzeit übe ich mich im Kendo, in der Kunst des Schwertkampfs, antwortet er in seinem etwas zeremoniellen Deutsch, in das er immer dann verfällt, wenn er seine Verlegenheit zu verbergen versucht.

Der Lehrer ist kein Meister mehr, und noch weniger ist der Schüler Objekt des pädagogischen Eros. Und doch glaubt ein verborgener Teil in mir mehr denn je, daß wahrer Unterricht im tiefsten Sinne des Wortes *Verführung* heißt, auch wenn ich nicht so leichtsinnig wäre, diese Überzeugung in irgendeiner Gremiensitzung laut zu äußern. Zu viele Kollegen und vor allem Kolleginnen würden dieses schöne altmodische Wort mißverstehen und es womöglich auf eigene Mißbrauchserfahrungen beziehen. Bin ich als Schüler nicht selbst noch von einigen Lehrern alter Schule mit dem Rohrstock gezüchtigt worden! Und diese Übergriffe enthielten zweifellos auch eine sexuelle Konnotation, aber hatten natürlich nichts mit pädagogischem Eros zu tun, jener Liebe zum Schüler und Stoff, die intuitiv zu den rechten Mitteln der Anschauung führt.

Mein Unterrichtsfach ist ja per se ein pädagogisches: Der Lehrer spricht zum Schüler. Oder, im weiteren Sinne, um auch die paradoxen Zen-Meister nicht auszuschließen: Der Lehrer inszeniert sein Wissen für den Schüler. Er ist der erste und wahrhaftigste Rhetoriker. Es geht ihm nicht um Verfälschung, um Manipulation, sondern um die richtige, die angemessene Vermittlung.

Die frühen Lehrer sprachen nicht nur über ihr Wissen, sie lebten es. Der Zauber, der von Pythagoras oder Empedokles ausgegangen sein muß, war augenscheinlich so groß, daß selbst Könige ihm erlagen. – Gut, von diesem Ideal bin ich angesichts meines eher dionysischen Lebenswandels weit entfernt. Aber es wirkt bis heute fort. Wie ließe sich sonst dieses wachsende Gefühl der Enttäuschung, der Desillusionierung erklären, mit dem ich mich jeden Morgen zur Vorlesung schleppe?

Um so größer das Vergnügen dieser Privatstunden. Da sitze ich nun diesem klugen und gutaussehenden Jüngling gegenüber, von zuviel Sonne, Meerwasser und Zeit gegerbt, doch Nachsicht und Großzügigkeit ausdünstend. Ist die Seltsamkeit, ja Häßlichkeit nicht das Vorrecht des Lehrers? Ein Monster, das den Katastrophen der Zeit gleichmütig gegenübersteht. Ein Satyr, der unendliche Mengen Wein und Bier trinken kann und nüchtern bleibt und nüchtern sich und seine Zuhörer in Trunkenheit und Rausch redet?

Möchtest du noch Tee, Jian, oder darf ich eine Flasche Wein für uns öffnen?

Um etwas anzunehmen, muß man zuvor gegeben haben, Herr Professor.

Derjenige, dem du gibst, ist nie derjenige, von dem du zurückerhältst, mein Junge!

Sehe ich die mediterrane Schönheit von manchen meiner Studentinnen, frage ich mich, wie es möglich ist, daß sie sich von meinem Alter nicht abgestoßen fühlen. Und es sind zweifellos die attraktivsten Studentinnen, die sich bis zur Verrücktheit in mich verlieben.

Bei Lu Jian verhält es sich anders. Er ist mit Abstand der begabteste Student in meinem Fachbereich. Seine Zurückhaltung ist voll kindlicher Scheu und sanfter Ironie. Hier, im geheimsten Archiv meiner Gedanken, darf ich es gestehen: Seine Selbstbeherrschung und seine intellektuelle Geschmeidigkeit wecken in mir ein tiefes platonisches Verlangen, wie ich es meinen sich leidenschaftlich nach mir verzehrenden Studentinnen gegenüber nie empfunden habe: Ich würde gerne sein Schüler sein!

Den Wein läßt der junge Mann unberührt stehen.

Dieses Beharren auf Strenge, auf Kenntnis und Einhaltung der Form! Denn wie heißt es in den Gesprächen Meister Kungs: Was braucht der Edle sich um die Form kümmern? Kommt es ihm nicht allein auf das Wesen an?

Der Meister antwortet: Das von Haaren entblößte Fell eines Tigers oder Löwen ist wie das von Haaren entblößte Fell eines Hundes oder Schafs. – Unzählige Male in meinen Seminaren zitiert, die Studenten zum Lächeln gebracht, und wohl selbst auch von der Wahrheit dieses Vergleichs überzeugt, und doch ist die Geschlossenheit der Form eine Art Gefangenschaft, eine schöne, harmonische Gefangenschaft vielleicht, aber doch eine der Unterordnung und des fragwürdigen Respekts.

Wie gerne würde ich einmal aus der Form ausbrechen und ungeachtet jeder Gattung schreiben, reden, unterrichten, wie ja auch meine Gedanken und Gefühle sich rücksichtslos, roh und manchmal auch erschreckend verletzlich ins Bewußtsein drängen!

Vorsicht, Vorsicht im Umgang mit den Worten, predigt der in Ehren ergraute Professor, aber wie soll Neues entstehen, wenn nicht durch Mißgriffe? Hören wir nicht dann erst wieder richtig zu, wenn ein Wort, ein Ton falsch, schmerzhaft, unerhört klingt?

Notiere, wenn du etwas verstehst oder wahrnimmst, was deiner Meinung nach andere vor dir noch nicht wahrgenommen oder verstanden haben. Vielleicht haben sie es auch einfach nicht notiert.

Ich lese bei Márai, das Schönste in seinem Leben habe er nicht der Liebe von Frauen oder der Freundschaft von Männern zu verdanken, sondern Petőfi und Rilke, Vörösmarty und Verlaine. Am liebsten würde ich sofort meine Bibliothek verbrennen!

21 *Die medizinische Definition unseres Todes als »klinischer« Tod wird inzwischen von der Medizin selbst in Frage gestellt, wenn nicht gar widerlegt. Eine schwedische Skifahrerin, Anna, stürzt auf ihrer Fahrt durch Schnee und Eis in einen Bach. Die kräftige Strömung drückt sie unter das Eis. Vergeblich versuchen ihre beiden Begleiter, sie zu befreien. Der Bach ist nur fünfundsiebzig Zentimeter tief, aber die junge Frau steckt eingeklemmt zwischen Felsen und Eisdecke fest.*

Sie liegt im eiskalten Wasser achtzig Minuten, ihr Körper kühlt auf 13,7 Grad ab, sie ist »klinisch« tot, als der Rettungshubschrauber endlich eintrifft und die Ärzte ein Loch in das Eis gesägt haben, um die junge Frau aus ihrem nassen Grab zu befreien. Sie beginnen sogleich mit Mund-zu-Mund-Beatmung und Herzdruckmassage, auf dem Flug versorgen sie Anna mit reinem Sauerstoff und im Krankenhaus in Tromsø schließen sie die tote Frau an eine Herz-Lungen-Maschine an, die das kalte, sauerstoffarme Blut absaugt, langsam erwärmt und mit Sauerstoff angereichert in den Körper zurückpumpt. Auf den Monitoren, die den Herzschlag und die Hirnströme anzeigen sollen, ist nichts als ein waagerechter Strich zu sehen.

Als die Körpertemperatur 31 Grad erreicht, beginnt das Herz zu schlagen, vier Stunden, nachdem es in der Kälte des Eisbachs erstarrt ist. – Dieses Ereignis ist kein Wunder, sondern beschreibt ein Phänomen, das inzwischen fast medizinischer Alltag ist: Bei besonders komplizierten Operationen, vor allem Eingriffen im Gehirn, werden Patienten »zu Tode« gekühlt, um ihr Leben zu retten. Nach der immer noch gültigen Definition des klinischen Todes könnte man ihnen in diesem Zustand ohne Puls und nachweisbaren Hirnströmen alle lebenswichtigen Organe entnehmen, man hätte nur einen Leichnam ausgeschlachtet.

Bis zu einer Stunde setzen Ärzte ihre Patienten dieser Methode des »hypothermic cardiac arrest«, diesem Herzstillstand durch Unterkühlung aus, um so möglicherweise ihr Leben zu retten. Die Patienten sind bewußtlos, haben keinen Herzschlag und keine nachweisbare Hirntätigkeit mehr. Nach allgemeinem medizinischen Verständnis sind sie tatsächlich tot.

Und dennoch werden fünfundachtzig Prozent der Patienten nach diesen schweren Eingriffen ins Leben zurückgeholt, und siebzig Prozent von ihnen ohne bleibende Schäden.

III

Nach dem Anruf des Juryvorsitzenden, Professor Bechtl, fühle ich mich so elend, daß ich meine Vorlesung absage. Er habe die Ehre, mir mitzuteilen, daß mir der diesjährige Wilhelm-Taubner-Preis, die höchste Ehre für einen Geisteswissenschaftler in Deutschland, zugesprochen worden sei. Wie hart habe ich für diese Auszeichnung gekämpft! Und nun diese Leere im Kopf, dieser dumpfe Schmerz im Magen. Es ist, als ob nichts mehr zu sagen bliebe. Als ob man mich mit dieser Ehrung endgültig für tot erklärt habe.

Alle Lebensenergie ist in den letzten Jahren in meine Arbeit geflossen. Alles, was mir in dieser Zeit wichtig schien, Lektüren, Gedanken, Ideen, wurde zum Steinbruch, aus dem ich meine Vorträge meißelte. Das andere, meine Erfahrungen, meine Nöte und, selten, meine Freuden, hatte darin selbstverständlich nichts zu suchen. Immer war ich ein verschwiegener Hüter meiner Geheimnisse. Kein Interview, kein Tagebuch, kein Brief wird ans Licht bringen, was ich nicht selbst aus Schwäche oder Wahnsinn auf diesen Blättern gestehe. Was will ich mit diesen Confessiones bezwecken? Mich rechtfertigen? Meinem Leben nachträglich Sinn zuschreiben? Absolution erlangen?

Wenn ich noch in jemandes Schuld stehe, dann in der meines Bruders. Aber das Geständnis ist womöglich schmerzhafter als das Schweigen. Wahrheit darf kein Selbstzweck sein. Mich will ich entlasten, um den Preis, dich, Ulrich, und Regina zutiefst zu kränken. Die Apologeten absoluter Wahrhaftigkeit sind grausam und sadistisch. Sie opfern nur zu gerne die Menschenliebe dem patriarchalischen Gebot: Du sollst nicht lügen. Wenigstens Schweigen könnten sie, anstatt mit rücksichtsloser Offenheit den Nächsten zu verletzen.

Am frühen Abend überraschend ein Anruf von dir. Wir telefonieren nur selten miteinander, gratulieren uns zum Geburtstag oder zum neuen Jahr. Wissen uns schon lange nichts mehr zu sagen. Du kümmerst dich um dein Hotel, sorgst dich um das zu warme oder zu nasse Wetter, um faule Angestellte oder laute Gäste, und ich, was soll ich dich mit den Auseinandersetzungen im Fakultätsrat oder in der Prüfungskommission belästigen! Aber heute ist selbst in den Schweizer Feuilletons eine

Notiz zur Verleihung des diesjährigen Wilhelm-Taubner-Preises erschienen.

Die Freude in deiner Stimme klingt echt. Warum auch nicht, es gibt keinen Grund zu Mißgunst oder Neid. Dein Hotel läuft gut. Womöglich bist du mit deinem Leben zufriedener als ich mit dem meinen. Zumindest reden wir am Telefon nicht über Gefühle, die über Alltagssorgen hinausgehen. Das war in unserem Elternhaus nicht üblich. Und selbst unsere Ehefrauen haben daran offenbar nichts ändern können.

Nach wenigen Sätzen geht uns der Gesprächsstoff aus. »Na, du hörst dich aber nicht gerade sehr glücklich an. Freust du dich nicht über die Ehre?« – Ich zwinge mir einen leichten, heiteren Ton ab. Wie solltest du, der Jüngere, auch dieses Gefühl der Leere, ja des Selbstekels verstehen! »Nur keine falsche Bescheidenheit, Großer!« spottest du jovial. Dann zwingt dich eine eintreffende Busladung Skiurlauber zurück an die Rezeption.

Vielleicht tue ich dir unrecht, und du verstehst mehr, als du zugibst. Vielleicht hältst du dich nur zurück, um mich nicht mit zudringlichen Fragen in Verlegenheit zu bringen. Du bist ja nur zwei Jahre jünger. Und was zählen schon zwei Jahre in unserem Alter! Aber immer noch fällt es mir schwer, dir gegenüber Schwächen zuzugeben: Du bleibst der jüngere Bruder, ganz gleich wie alt du bist.

In unserer Kindheit gab es Anlässe genug, mich als älterer Bruder aufzuspielen. Zwei Jahre Altersunterschied reichten, um in allem stärker, klüger, verantwortungsbewußter zu sein. Wie oft habe ich dich aus schwierigen Situationen herausgeboxt, wie oft habe ich mich für dich geschlagen! Doch manchmal hatte ich das Gefühl, anstatt mir für meine Hilfe dankbar zu sein, haßtest du mich dafür. Hätte ich einfach zusehen sollen, wie dich die Rosenbergbande auf dem Nachhauseweg aus dem Sattel reißt, dir Hundescheiße in den Tornister stopft oder die Ventile aus deinen Reifen klaut? Meistens hast du nur stumm dagestanden und dir alles gefallen lassen.

In den letzten Jahren bist du feist und schwer geworden, und bereits ein wenig kahl, ganz wie man sich einen Engadiner Gastwirt vorstellt. Heute wirst du dir kaum noch von einer krakeelenden Jugendgruppe auf dem Kopf herumtanzen lassen. Aber damals sahst du aus wie ein Talmudschüler, blaß, schwächlich, mit großen ernsten Augen und zusammengekniffenem Mund.

Deine Stimme gleicht verblüffend der unseres Vaters, so daß ich jedes Mal zusammenschrecke, wenn du unerwartet anrufst und mich gleich bei meinem Vornamen ansprichst, ohne dich zunächst vorzustellen. Selbst äußerlich siehst du ihm inzwischen ähnlich, auch wenn ich Vater in den letzten Jahren vor seinem Tod nicht mehr getroffen habe. Und der Blick auf den seelenlosen Kadaver im Sarg mit der fremden, hohlwangigen Maske dessen, den wir bis zum Ende unserer Kindheit nicht anders als *Vater* zu nennen wußten, kann wohl kaum noch als letzte Begegnung gelten.

Sicher fändest du diesen Vergleich wenig schmeichelhaft, hast du ihn zeitweilig doch ebenso sehr gehaßt wie ich. Daß ihr euch dann doch noch versöhnt habt, kurz vor seinem Tod, kam mir damals wie ein Verrat vor. Immerhin warst du der Anlaß für unsere letzte große Auseinandersetzung.

Wahrscheinlich hat Astrid dich angerufen und dich gebeten, das Verhältnis nicht so unversöhnt enden zu lassen. Ihm selbst kam zeitlebens keine Entschuldigung über die Lippen. Auch mich hat sie mehrmals mit ihren Telefonanrufen belästigt. Für mich war sie immer noch die Sekretärin des Alten. Als Jugendlicher habe ich mir oft vorgestellt, daß er sicher schon vor Mutters Tod ein Verhältnis mit ihr hatte. Ich brauchte einfach einen Grund für meine Ablehnung, da sie selbst es ja immer geschafft hat, den Fallen der Rolle einer bösen Stiefmutter aus dem Weg zu gehen.

Dich hat sie immerhin zu rühren oder zu täuschen vermocht. Als Kind warst du härter und verschlagener. Woher kommt auf einmal diese Weichheit? Zählten die Schläge, die Quälereien und Demütigungen im Angesicht des Todes plötzlich nicht mehr? Ich jedenfalls habe keinen Augenblick seines jahrelangen Terrors vergessen.

Hast du aus deiner Erinnerung gestrichen, daß er dich, ehe du überhaupt wußtest, was das Wort bedeutet, bei den seltenen Gelegenheiten, in denen er direkt mit uns sprach, statt Uli *Schwuli* nannte? Sag mir nicht, es hätte dir nichts ausgemacht! Er wollte dir und Mutter an der empfindlichsten Stelle wehtun, die er mit dem untrüglichen Instinkt des Sadisten finden konnte: euer geradezu intimes Verhältnis, das alle anderen und selbst ihn, den Ehegatten, ausschloß.

Solange sie lebte, hat sie versucht, sich zwischen ihn und uns zu stellen und die gröbsten Übergriffe abzufangen. Mir wäre es lieber gewesen, sie hätte sich herausgehalten. Daß er ihr wehtat, hat mehr Haß in mir hervorgerufen als jeder Schlag, den ich selbst habe einstecken müssen.

Nach ihrem Tod habe ich wohl ihre Rolle übernommen und dich so gut, wie es einem Zwölfjährigen gegen einen zwei Zentner schweren Soziopathen gelingen mag, zu schützen versucht. Und seine Wut auf ihre ständige Einmischung wird sich wohl ebenso folgerichtig und nahtlos auf mich übertragen haben. Aber seine willkürlichen Schikanen waren zu grotesk, um sie widerstandslos hinzunehmen, selbst für einen weniger jähzornigen und aufsässigen Jugendlichen, als ich es war.

Nun scheint mein Alltag in einem harmonischen Gleichgewicht von Engagement und Kontemplation wie nie zuvor in meinem Leben, dennoch nehmen die nächtlichen Stunden zu, in denen ich schweißgebadet aus einem Alptraum aufwache, Alpträume mit dem Realismus von Dokumentarfilmen: Die Wohnung ist groß genug, um sie auch für länger als die drei notorischen Tage mit einem Gast zu teilen, zumal Lu Jian ein junger attraktiver Mann mit äußerst angenehmen Umgangsformen ist. Doch sein Freund aus China trifft früher als erwartet ein, und da Jian immer noch keine eigene Studentenunterkunft gefunden hat, finden wir auch für Hu eine Gästekammer, die ihm und uns anderen Bewohnern für längere Zeit eine ausreichende Zurückgezogenheit erlaubt.

Nun aber hat Hu auf seinem Hinflug einigen Reisebekanntschaften die Adresse dieses gastfreundlichen Professors weitergegeben, natürlich nur für den Fall, daß die Billigherbergen der Stadt ausgebucht sein sollten, so daß ich mich plötzlich mit vier weiteren Studenten aus dem armen Reich der Mitte konfrontiert sehe. Ohne mich genauer nach ihren Absichten, wie lange sie denn meine Gastfreundschaft in Anspruch zu nehmen gedächten, zu erkundigen, richte ich einen weiteren, wenig frequentierten Raum als Gemeinschaftsunterkunft her.

Aber da haben sie sich schon – und von nun an wird der Traum bizarr und hyperrealistisch – im elterlichen Schlafzimmer einquartiert. Ich protestiere zaghaft, ich wisse nicht genau, wann meine Eltern aus ihrem Kurzurlaub zurückkehrten, aber ich sei sicher, sie sähen es nicht gerne, wenn sie ihr eheliches Schlafzimmer von unbekannten Chinesen beschlagnahmt vorfänden. Und schon höre ich unseren Hund, der sie nach Bad Wildungen begleitet hat, im Vorgarten, und wenig später den väterlichen Schlüssel im Sicherheitsschloß der Haustür. Ich eile ihnen entgegen, um sie behutsam von den unerwarteten Besuchern in Kenntnis zu setzen.

Doch bevor ich irgend etwas erklären kann, bricht Mutter in Tränen aus. Ich nehme sie tröstend in den Arm und frage, was geschehen sei. Ich muß mehrfach nachfragen, ehe sie gesteht, daß die Ärzte ihr eine äußerst ungünstige Diagnose eröffnet haben, die kaum noch Zeit und Hoffnung läßt. Nun weinen wir beide.

Unterdessen sammeln sich die chinesischen Gäste in der Diele und begrüßen meine Eltern mit tiefen, respektvollen Verbeugungen, so daß ich fast schon wieder mit ihrem unangekündigten Erscheinen versöhnt bin. Indessen hat sich die Schar unerklärlicherweise wiederum um einige unbekannte Gesichter vermehrt. Oder kann ich sie einfach nicht auseinanderhalten?

Ich führe meine von der Reise und den Mitteilungen müden Eltern ins Wohnzimmer und versuche, Ordnung in die unübersichtliche Lage zu bringen. Aber auf Grund der Sprachschwierigkeiten vermag ich nichts von den weiteren Absichten und Plänen meiner Gäste in Erfahrung zu bringen. Ich bitte Jian um Unterstützung, aber er scheint der Vermittlerrolle überdrüssig zu sein und zieht sich mürrisch in sein Zimmer zurück.

Nach einem Blick auf meine leidenden Eltern wage ich ein Machtwort und bitte alle Ankömmlinge, bis auf Lu Jian, unverzüglich die Wohnung zu verlassen. Meine Stimme ist klar und unerbittlich. Und während einige verstanden zu haben scheinen und ihre Sachen zusammenzupacken beginnen, baut eine Gruppe neuer Ankömmlinge ein Buffet auf und läßt sich auch von der sonoren Stimme eines Rhetorikprofessors nicht aus der Ruhe bringen. Wie der Herr im Tempel unterstütze ich durch die Handgreiflichkeit meiner Gesten den rhetorischen Anspruch und schiebe, stoße, werfe die Menge und ihre Festrequisiten in unseren Vorgarten hinaus, ohne verhindern zu können, daß eine ungleich höhere Zahl durch die geöffnete

Haustür hineinströmt, unter ihnen eine Gruppe Handwerker, die Möbel zusammenzuräumen und die Zimmer zu vermessen beginnen. Es scheint, als handle es sich bei diesen Vorgängen um eine dieser neumodischen Partys in Privatwohnungen, die allein durch Flugblätter und Mund-zu-Mund-Propaganda angekündigt werden, aber durchaus genügend Menschen erreichen, um aus einer bürgerlichen Wohnung einen Nachtclub zu machen.

Noch unschlüssig, ob ich die Polizei zu Hilfe rufen soll, verliere ich meine erschöpften Eltern aus den Augen. Die jungen chinesischen Handwerker halten meine Aufmerksamkeit mit dem unermüdlichen Einsatz ihrer Zollstöcke und Tapeziermesser gefesselt, während eine Gruppe modisch gekleideter chinesischer Techniker unser gutes altes Wohnzimmer in ein Fernsehstudio umbaut, und ich gebe es auf, die Polizei zu alarmieren, da ja möglicherweise ich als der Fremde hier angesehen werden und von den Ordnungshütern als Störenfried aus meiner eigenen Wohnung abgeführt werden könnte.

Bis heute weigere ich mich, irgendwelche Kindheitstraumata meines Vaters als Entschuldigung für sein terroristisches Verhalten zu akzeptieren. Ich weiß natürlich um seine eigene vaterlose Kindheit im Krieg, die Nächte im Bunker, die Entbehrungen in der zerstörten Nachkriegsstadt. Er selbst hat uns gegenüber nie ein Wort darüber verloren. Es war Mutter, die sein Verhalten mit diesen Erinnerungen zu entschuldigen versuchte und uns zeitlebens kein Wort der Kritik gegen ihn erlaubte.

Ich war für ihn der Faulpelz, der Schmarotzer, der Drückeberger, und du, Ulrich, das Muttersöhnchen. Tatsächlich habe ich mich gedrückt, in unserem Haus mit anzufassen, weil es dem Alten einfach nicht recht zu machen war. Egal, ob es um das Mähen des Rasens oder das Putzen unserer Räder ging, immer waren unsere Bemühungen Pfusch. Fand er irgendein Werkzeug nicht, hatten wir es verbummelt. Zerbrach ihm irgend etwas in den groben Bauarbeiterhänden, hatten wir ihn nervös gemacht. Je älter wir wurden, um so wütender reagierte er auf unser wachsendes Geschick. Geschick auch im Ausweichen, Täuschen, Entkommen.

Dir verbot er, nach acht noch aus dem Haus zu gehen. Du warst inzwischen fünfzehn Jahre alt. Ich mußte, mit siebzehn Jahren, spätestens um zehn zu Hause sein. Aber das machte mir damals wenig aus, da ich meine Abende meistens lesend im Bett verbrachte. Und dann kommt er endlich, der unvermeidliche Showdown.

Ich empfinde mich als Schamane, der jedes neue Wort wie ein lebendiges geistiges Wesen behandelt. Jedes Wort hat einen Kopf, einen Leib, einen Hof, eine Spur. Jedes Wort hat eine Geschichte. Wo kommt es her, wo steht es, wo geht es hin?

Manchmal scheint es mir, als bringe dieses neue fremde Wort in mir eine vertraute Saite zum Klingen, manchmal erscheint es mir bereits tot, bevor ich es überhaupt ausgesprochen habe, manchmal beginnt es erst zu klingen, wenn ich es längst zu Ende gesagt habe.

Manchmal spüre ich eine Regung in der einen Silbe, eine Bewegung in der Mitte des Tons. Dann kommt der Klang mir kompliziert wie das dazugehörige Schriftzeichen vor, ein verworrener kalligraphischer Körper.

Physikalisch hört der Ton irgendwann auf, aber seine kalligraphische Geste klingt unhörbar fort. Die fremden Zeichen haben keinen sicht- oder hörbaren Sinn, aber sie sind miteinander verbunden, mit meiner eigenen Herkunft, meiner Erinnerung, meiner Seele.

Da stolpere ich gedankenlos durch mein Leben, ohne zu wissen, welch wunderbares Schriftzeichen mein Lebensweg ergibt.

IV

Ich bin kurz vor zehn zu Hause, um mir unnötige Scharmützel in der Teutonenstraße zu ersparen und mich mit Fabrizio del Dongo in die Schlacht von Waterloo zu stürzen. Mit einem kleinen nächtlichen Mundvorrat betrete ich unser gemeinsames Zimmer und finde dein Bett, Ulrich, leer vor. Daher rührt wohl die gespannte Ruhe, die mich beim Betreten des Elternhauses wie ein vermummter Attentäter mit vorgehaltener Pistole erwartete.

Ich versuche, mich von Stendhal entführen zu lassen, vergeblich. Angestrengt lausche ich in die ungewöhnliche Stille. Nicht einmal der Fernseher läuft, damit dem Alten keinesfalls deine Rückkehr entgeht. Was ist auf einmal in dich gefahren, ihn derart herauszufordern? Ich kann nur hoffen, du hast eine gute Entschuldigung. Mein Ärger über die zu erwartende Auseinandersetzung mischt sich mit der Sorge, dir könnte tatsächlich etwas zugestoßen sein.

Vielleicht bin ich noch ein wenig fauler geworden, aber vor allem will ich meine Ruhe haben. Also gebe ich mich gutmütig und gehe jedem unnötigen Streit aus dem Weg, während du, würde der Alte dich lassen, dir Ringe durch die Ohren und Nasenflügel schießen und den Kopf kahlrasieren ließest. Immerhin gehst du bis zur Grenze des Erlaubten und siehst mit deinen Pubertätspickeln, deiner vampirhaften Blässe und dem fettigen, selbstgeschnittenen Haar wie ein Kleinstadtjunkie aus. Vielleicht nimmst du ja tatsächlich Drogen. Obwohl wir immer noch das Zimmer teilen, wissen wir schon lange nichts mehr voneinander. Du schweigst aus Eigensinn oder Verachtung, ich aus Bequemlichkeit.

Endlich höre ich das Knarren der Kellertür. Gibst dir nicht mal Mühe, heimlich ins Haus zu schleichen.

Offenbar hat Vater dich bereits im Treppenhaus erwartet. Zunächst höre ich nur ein Schnalzen, als würde ein Pferd zu schnellem Galopp gepeitscht, und ein leises Stöhnen. Dann Astrids Stimme: Laß es gut sein, Hermann. Der Junge blutet ja schon!

Halte dich da raus, Astrid. Verschwinde! Geh zurück ins Bett!

Ich lege das Buch zur Seite, stehe auf, streife mir meine Jeans über, alle Bewegungen eher träge, mechanisch, den Kopf vollkommen leer. Ich öffne die Zimmertür, im Flur mein Vater, der mit einem Ledergürtel auf meinen Bruder einschlägt, Ulrich, der nicht einmal die Hände gehoben hat, um sein Gesicht zu schützen, aus einer Schramme an der linken Augenbraue, wo ihn die scharfe Messingschnalle getroffen hat, rinnt ihm das Blut über die linke Gesichtshälfte, tropft auf sein T-Shirt und den »orientalischen« Läufer, den sich Hermann vor zehn Jahren auf einem Teppichbasar in der Türkei hat aufschwatzen lassen, und hinter seinen Möbelpackerschultern Astrids verweintes Gesicht, die Hände erhoben, unentschieden, ob sie ihm damit in den Arm fallen oder damit die bebenden Lippen verschließen soll.

Ich bin kalt und ruhig, als hätte ich mein wahres Ich im Kinderzimmer unter der Bettdecke zurückgelassen.

Schluß jetzt! Es reicht.

Überrascht hält der Alte inne und dreht sich zu mir um. Einen Augenblick starrt er ungläubig auf diesen mißratenen

Sprößling, der sich gegen seine Autorität aufzulehnen wagt, unverkennbar sein eigen Fleisch und Blut, inzwischen aber eine Handbreit größer als er selbst, der nackte Oberkörper trotz seiner provozierenden Faulheit ebenso muskulös wie der seine zwei Jahrzehnte zuvor. In diesem einen Augenblick weiß er, was auf dem Spiel steht. Und ich weiß es.

Als der Gürtel mit der Metallschnalle mich auf der Brust trifft und einen blutigen Strich vom rechten Schlüsselbein bis zum linken Rippenbogen hinterläßt – die Narbe ist bis heute noch zu sehen –, versetze ich ihm einen harten Faustschlag ins Gesicht. Nie zuvor habe ich meine Hand gegen meinen Vater erhoben, nie zuvor habe ich einem anderen Menschen mutwillig ins Gesicht geschlagen. Doch nun schlage ich ein zweites Mal zu, so hart, daß der Fausthieb ihn umwirft. Schwerfällig stürzt Vater auf den blutverschmierten Teppich. Ich setze mich auf seine Brust, drücke ihm die Arme herunter und schaue in dieses fremde, verzerrte Gesicht.

Verschwinde! zischt er mich an. Raus aus meinem Haus! Wenn du morgen noch hier bist, bringe ich dich um!

Wortlos stehe ich auf, nehme Ulrich am Arm, ziehe ihn in unser Zimmer, schließe die Tür, schiebe den Schreibtisch davor, lege mich schlafen, schlafe wie ein Stein, traumlos, gefühllos, die letzte Nacht in meinem Elternhaus.

Das Chinesische scheint in einem merkwürdigen Spannungsverhältnis zwischen Verfeinerung und Starre zu stehen. Jedes Zeichen belegt die gleiche Menge Platz auf dem Papier. Ursprünglich wurden die Schriftzeichen auf Schildkrötenpanzer oder Knochen geritzt. Die eckige Form der Panzermusterung bestimmt bis heute die Gestalt der Zeichen.

Jedes Zeichen beruht auf einem Radikal, von dem aus weitere Bedeutungen durch Zeichenzusammensetzungen gebildet werden können. Auch wenn es eine Vielfalt von Kombinationsmöglichkeiten gibt, kommt es dem unendlichen Spiel der Zusammensetzungen eines Buchstabenalphabets nicht nahe. Die Wortfamilien sind vorgegeben und auf 214 Elemente begrenzt.

Und was bedeutet das Fehlen von Deklinationen, Konjugationen und selbst Pluralformen im Denken? Gerade das, was Bewegung, Veränderung anzeigt, die Beugung des Zeitwortes, bleibt im Chinesischen statisch, unverändert, tot. Die Sprache besteht allein aus der Verschiebung feststehender Elemente, ein Dame- oder Schachspiel. Die Elemente selbst sind starr wie Elfenbeinschnitzereien, mitunter bildhaft kompliziert, anmutig oder leicht, aber niemals anschmiegsam, dehnbar, prozeßhaft.

Was kann mich eine derart erstarrte Sprache über das Leben lehren?

Vermutlich hätte Vater sich bald wieder beruhigt. Und sicher war es nicht fair, dich mit ihm allein zu lassen. Aber ich hatte wenig Lust, mich den Racheschwüren des gestürzten Tyrannen auszusetzen. Ohnehin wäre ich bald ausgezogen. Also habe ich die letzten Monate bis zum Abitur bei Miriam gewohnt, mir den Unterhalt vom Sozialamt abgeholt, das sich das Geld von unserem Alten zurückerstatten ließ, ohne mich mit den Einzelheiten dieser vermutlich nicht einvernehmlichen Transaktion zu konfrontieren, und mich dann freiwillig zur Bundeswehr gemeldet, um endlich vollkommen unabhängig von seiner Unterstützung zu sein.

V

Letztlich handelt es sich bei allen Freiheiten, die ich meinen Studenten lasse, um Strategien, sie doch dahin zu führen, wohin ihr Weg meiner Überzeugung nach zu gehen habe. Meine Leine ist nur länger als die der anderen Dozenten. Aber was für ein fragwürdiger Lehrer wäre ich, gäbe es keine Ziele. Wir Lehrer entkommen den Zwängen zur Manipulation nicht.

Ich sage mir, laß sie laufen, ohne daß die Freiheit, die ich ihnen gewähre, in Gleichgültigkeit umschlägt. Aber diese Grenze ist nicht immer leicht zu ziehen. Manchmal bin ich meiner Studenten müde, gerade jener, die wie Kinder an meinen Lippen hängen und jedes meiner Worte für bare Münze nehmen. Ich sollte viel mehr schweigen, aber sie würden mein Schweigen nicht ertragen. Würden sich verlassen vorkommen, in Tränen ausbrechen, bestenfalls in Wut.

Und die anderen, mißtrauischen, mit ihrer wissenden Miene und ihrem lauernden Blick, für die das Schweigen ein Eingeständnis des Nichtwissens wäre, auch sie strengen mich an. In meinen Träumen sitzen sie, mit spitzen Kapuzen über ihren Kindergesichtern, an den Richtertischen und setzen ihre unerbittliche Befragung fort. Hin und wieder geben sie mit ihren schönen blassen Händen den vermummten Bütteln ein Zeichen, die Daumenschrauben noch fester anzuziehen.

Dieser Morgen sollte mich alarmieren. Noch nie bin ich so langsam, so schwer aus dem Bett gekommen wie heute, ohne offensichtliche Anzeichen einer körperlichen Erkrankung, ohne eine nüchterne Erklärung für diesen Zustand tiefer bleierner Müdigkeit. Nicht die Freude auf den Unterricht treibt mich letztlich aus dem Bett, sondern ein offenbar noch tiefer in meinen Körper eingeschriebenes Pflichtgefühl: Ich bin nicht krank, ich darf nicht grundlos im Bett liegenbleiben und mich mit einer glaubwürdigen Lüge entschuldigen.

Der Himmel hängt grau und schwer über der Stadt. Es ist kaum richtig hell geworden heute morgen. Ohne die deutliche Auskunft des unerbittlich tickenden Weckers hätte ich glauben können, sein häßliches Schrillen hätte mich um Stunden zu früh aus dem Schlaf gerissen.

Das Toastbrot bleibt mir im Halse stecken, auch der bittere Kaffee gibt meinem ausgetrockneten Mund nicht wirklich Feuchtigkeit. Die Lider hängen nicht weniger dick und schwer über den Augäpfeln wie die Novemberwolken über dem Tag. Meine saubere Küche wirkt stumpf und streifig, obgleich ich alle Lichter angeschaltet habe. Natürlich, eines von der Kraft der Sonne ist nicht darunter.

Noch könnte ich zum Telefonhörer greifen, eine glaubwürdige Entschuldigung stammeln, ins Bett zurückkehren und warten, bis es richtig hell wird und ich wieder klar sehe. Die Zeitung liegt unaufgeschlagen vor mir, ohne daß ich auch nur die fetten Überschriften auf der ersten Seite erkennen würde. Vielleicht erkenne ich sie auch, aber ihre Bedeutung geht mir auf dem langen Weg von der Netzhaut zum Sehzentrum verloren.

In den vergangenen zehn Jahren habe ich nicht ein einziges Mal meinen Unterricht versäumt. Ich bräuchte nichts anderes zu tun, als meine im Grau kreisenden Gedanken abzuschalten und meinen Körper ganz den Bewegungen und Gängen der Gewohnheit zu überlassen. Um neun Uhr stünde ich vor meiner Klasse, wie jeden Montag, und blickte, wie jeden Montag, mit meinen munteren wachen Augen in die übermüdeten Gesichter meiner Studenten.

Ich schleppe mich zum Telefon. Ohne weitere Aufmerksamkeit von mir zu verlangen, wählen meine Finger die Nummer des Sekretariats. Die Stimme von Frau Froböse klingt aufrichtig besorgt.

Was kommt nach dem Tod? Was bedeutet es, nicht mehr dazusein? Was bleibt nach meinem Tod? Wird es die Welt noch geben, wenn es mein Bewußtsein von ihr nicht mehr gibt? Wird es mich noch in ihr geben? Werde ich Zeichen, Worte, Bilder dafür finden, das Echo zu beschreiben, das vielleicht zurückschallt, wenn ich mich an die Schwelle stelle und hinüberrufe? Wird der Klang der Bogensehne übersetzbar sein in Sprache, während der Pfeil über die Grenze hinausschießt und fliegt, noch fliegt, wenn die Sehne schon verstummt ist?

Ich glaube nicht an Gott, nicht an Gottes Abwesenheit, an Gottes Verrat an seiner Schöpfung, an Gottes Tod, ich glaube auch nicht an Nicht-Gott oder, genauer, ich weiß nichts über diese Dinge, weiß nicht, was diese Worte, Gott, Götter, Weltgeist, Logos, bedeuten. Sie hindern mich eher am Nachdenken über das, was ist und wie es ist. Die Frage nach dem Warum überspringt die wesentlichere Frage, sie führt uns in die Irre, in die Spekulation, in den Dogmatismus, in die Rechthaberei, und läßt uns trotzdem verzweifeln.

Die Frage nach dem Warum überlasse ich den Priestern. Sie interessiert mich nicht, sie beunruhigt mich nicht, sie ist irrelevant oder gelöst, wenn ich mein Da-Sein und das Nicht-Sein verstanden habe.

Die Antworten der Religionen scheiden aus bei meiner Suche. Sie entstammen der Büchse der Pandora. Ihre Antworten sind Ursache für die größten Übel dieser Welt.

Ich will beginnen mit der Profanierung meiner Frage, lasse den Ritus fallen und bewahre den Mythos, erzähle eine Geschichte, die kein Opfer mehr verlangt, um Menschen und Götter voneinander unterschieden zu halten. Ich will Antworten finden in dem Zusammenspiel von Sprache und Tod, von Holz, Sehne und Pfeil.

22 *Das Nachdenken über den Tod kann die Lücke zwischen Wissenschaft und Philosophie nicht schließen, ja darf sie nicht schließen, sondern kann und muß darauf insistieren, daß alles, was wir als wirklich wahrnehmen, unserem Wahrnehmungsvermögen und nicht der Wirklichkeit geschuldet ist. Jedes Nachdenken hat also diese Lücke zwischen Erkenntnis und Wirklichkeit immer wieder aufzureißen und offenzuhalten.*

Wenn die Wissenschaft über den Tod spricht, dann aus ihrer begrenzten Sicht auf das Leben als körperliche Funktion. Doch das, was über Funktion hinaus das Wesen unseres Lebens ausmacht, das Virtuelle, Poietische, kann nicht wissenschaftlich untersucht, sondern allenfalls betrachtet oder bedacht werden. Wenn der Begriff nicht derart religiös belastet wäre, würde ich von Kontemplation *sprechen.*

Das Reale und das Virtuelle unseres Daseins stehen nicht im Gegensatz zueinander, das Virtuelle, die Kräfte, Energien und Potentiale sind Teil des Realen. Was geschieht mit diesem Möglichen, wenn der Körper stirbt? Bewegt sich unser virtuelles Dasein in der Zeit wie unsere Gliedmaßen, unterliegt unsere poietische Kraft derselben mechanistischen Kausalität wie die physikalische Kraft zwischen Körpern?

Stirbt, wenn in unserem Gehirn die elektrochemischen Ströme zum Erliegen kommen, auch unser physikalisches Zeitkonzept? Oder übernimmt etwas Anderes, noch Unkonzeptualisiertes womöglich den Realitätsraum, der während unserer körperlichen Lebensspanne von der Deutungshoheit unserer Wahrnehmungsorgane determiniert war?

Nach wie vor gilt Kants Diktum, daß wir vom Sein jenseits unserer endlichen körperlichen Wahrnehmung nichts wissen *können, auch wenn wir unsere recht beschränkten Sinnesorgane noch so sehr ins Mikro- und Makroskopische aufrüsten. Die Beschränkung und damit etwas uneinholbar außerhalb dieser Beschränkung Seiendes bleibt.*

Dieses Nicht-wissen-können sollte mich in meinem Nachdenken nicht entmutigen, bedeutet es doch zunächst und vor allem den beschränkten Wahrheitsanspruch aller wissenschaftlichen Definition unseres Todes.

Am Nachmittag ein Anruf von Lu Jian. Zunächst entschuldigt er sich mehrfach, mich privat zu stören, bis meine mehrfache Versicherung, daß ich dankbar für seinen Anruf sei, ihn zur Frage nach meinem Befinden ermutigt, nicht ohne sich sofort für die Aufdringlichkeit einer solchen Frage zu entschuldigen. Auch in dieser Hinsicht weiß ich ihn schließlich zu beruhigen und ihn zu versichern, daß mein vormittägliches Unwohlsein bereits überwunden scheint. Wenn er nichts Wichtigeres vorhabe, so möge er mich doch zum Tee besuchen.

Ich habe selten Besuch. Daher gibt es in meiner an sich nicht kleinen Wohnung keinen eigentlichen Empfangs- oder Bewirtungsraum für Gäste, sondern nur das kleine Tischchen mit den eher unbequemen Stühlen in einer Ecke der Bibliothek. Aber das mag in diesem Fall wohl der angemessene Ort sein, an dem ein Lehrer seinen Schüler empfangen darf. Sollten die Regalwände mit ihren tonnenschweren Büchern, die außer den Fenstern und Türen kaum eine Wand in meiner Wohnung unverstellt lassen, den jungen Mann beeindrucken oder gar einschüchtern, so läßt er sich nichts davon anmerken. Seine Augen wandern, während ich ihn durch den langen dunklen Korridor in die Bibliothek führe, mit ruhigem Blick über die Bücherrücken, während sein helles bartloses Gesicht ausdruckslos bleibt.

Hierher habe ich die Religionswissenschaften verbannt, merke ich an, geordnet nach Sprachen und Zeiten von Konfuzius über Mengzi und Xunzi bis zum Neokonfuzianismus ab dem zehnten Jahrhundert!

Für Sie hat jedes Wissen einen Ort, nicht wahr?

Für dich nicht?

Zu sagen, die Welt sei für mich eher ein Kreislauf, scheint vielleicht zu einfach zu sein. Auch der Kreis ist noch eine Linie. Ich sehe mein Wissen von der Welt eher fließend, etwa wie Wellen, die manchmal ruhig wie unser Atem, manchmal stürmisch wie ein rasender Puls an die Ufer branden und immer dasselbe und doch immer wieder anderes Wasser herantragen.

Das klingt nach der Lehre Heraklits.

Oder nach der Siddharta Gautamas: Es gibt keine ewige unveränderliche Substanz, keine Materie, keine Seele, kein Wissen, noch ein unpersönliches Absolutes, nennen wir es Gott, Idee oder das Gute.

In deiner Bibliothek stünde also Konfuzius neben Kant –

– und Lao Tse neben Wittgenstein, ja.

Selten hat mir mein Geschwätz so viel Spaß gemacht. Gut, daß mein Gast mit der ihm eigenen Milde meine rein auf Grund der schönen Alliteration gebildeten Solidarität der Geistesgrößen nicht kritischer hinterfragt, während seine Paarbildung einen ungleich spannenderen und bedenkenswerteren Reiz ausstrahlt.

Möchtest du grünen oder schwarzen Tee, Jian?

Wenn es Ihre Küche erlaubt, hätte ich gerne einen starken Espresso, Herr Professor!

Aristoteles war über tausend Jahre lang vergessen in Europa. Wie kann seine Philosophie einen derart wesentlichen Einfluß auf das abendländische Denken gehabt haben? – Jian schüttelt zweifelnd den Kopf.

Meister Kung ist im chinesischen Bewußtsein immer gegenwärtig geblieben. Es hat zwar Gegner und Reformatoren seiner Lehre gegeben, wie Mengzi, der von der ursprünglichen Güte der menschlichen Natur überzeugt war, oder Xunzi, der das Gegenteil, der Mensch sei von Grund auf schlecht, behauptete, doch Konfuzius' Lehre bildet das Grundmodell für die politische und moralische Ordnung in China bis heute. Aber Europa wußte mit Aristoteles' Logik zweitausend Jahre lang nichts anzufangen. Platon und das Paulinische Christentum scheinen mir ungleich einflußreicher im Denken des Westens.

Jede geistige Strömung in Europa hat ihre Gegenbewegung provoziert, widerspreche ich meinem gelehrten Studenten. Aber ist es wahr, daß in der chinesischen Philosophie keine Fragen nach dem Warum gestellt würden, da es im chinesischen Denken kein Konzept der Kausalität gebe?

Unsinn! antwortet Jian lächelnd. Gerade der Fokus der Griechen auf die Unveränderbarkeit von Objekten und ihren Eigenschaften hat ihnen den Blick auf die Natur von Kausalität verstellt. Aristoteles erklärt den Fall des Steins noch damit, daß die Fähigkeit zu fallen ein Attribut seines Steinseins sei. Für Chinesen ist ein Ereignis wie der Fall des Steins immer eines in einem Kräftefeld, auch wenn Konfuzius' Zeitgenossen es noch nicht *Gravitation* genannt haben würden. Lange vor Newton und Galileo hatten meine Landsleute bereits ein profundes Wissen über Magnetismus, Schallwellen oder den Einfluß des Mondes auf die Gezeiten.

Und erst kürzlich habe ich gelesen, daß der berühmte chinesische Admiral Zheng He bereits ein Jahrhundert vor Kolumbus Amerika »entdeckt« habe.

Spotten Sie nur über mich, Herr Professor!

Ah, Ironie gehört nicht zu den großen chinesischen Erfindungen?

In der Tat ist das Chinesische im Vergleich zu den europäischen Sprachen relativ starr und arm an Zwischentönen und Nuancen. Für *denken, wollen* und *mögen* gibt es im Chinesischen nur das eine Wort *xiâng*.

Ist Denken und Wollen denn dasselbe?

Beruht auf dieser Gleichsetzung nicht das ganze konfuzianische Denken: Ich kann nur wollen, wünschen, begehren, was klug und durchdacht ist. Alle Erziehung und Schulung ist darauf ausgerichtet, Denken und Wollen eins werden zu lassen. Gut ist, was klug ist, schlecht ist Gedankenlosigkeit, Dummheit, Unvernunft.

Ich würde deine Sprache gerne noch besser kennenlernen.

Sicher würden Sie dabei vor allem sehr viel Neues über Ihre eigene Sprache erfahren. So erging es mir zumindest bei meinem Studium des Deutschen.

Ist es wahr, daß es unter den 214 Radikalen keines mit der Bedeutung *Leben* und keines mit der Bedeutung *Sterben* oder *Tod* gibt?

In Ihrer »Bibliothek der Verborgenen Bücher« müßte auch dieses aufgenommen werden, sagt Jian und überreicht mir ein in rotes Leinen gebundenes Büchlein mit japanischen und lateinischen Schriftzeichen auf dem Rücken.

Hagakure könnte man mit Blätter-Versteck übersetzen, erklärt er mir. Der Titel bezieht sich auf den Umstand, daß der Verfasser dieses Werkes, Tsunetomo Yamamoto, sich nach dem Tod seines Herrn als buddhistischer Mönch in die Einsamkeit zurückgezogen und in einer unter Blättern verborgenen Hütte die Lehren aus seinem vorangegangenen kriegerischen Leben aufgezeichnet hat. Später befahl er seinem jungen Schüler und

Freund Tashiro, die Aufzeichnungen zu vernichten. Wie viele andere verborgene Bücher ist auch dieses nur durch den Ungehorsam des Schülers gerettet worden.

Das erste verborgene Buch in meiner Bibliothek war das Tagebuch meiner Verfehlungen, das ich in meiner Jugend führte. Jeden Abend ging ich alle Stunden des Tages durch, um jeden einzelnen Fehler aufzuschreiben. Kein Tag verging, an dem ich mir nicht wenigstens eines Dutzends oder mehr Fehlern bewußt wurde.

Ich führte dieses Bekenntnisbuch bis zu jenem Tag, an dem ich meinen größten Fehler beging, nämlich das Buch nicht sicher genug zu verbergen. Hermann fand es und las daraus, allein zur Belustigung, dem Rest der Familie am Abendbrottisch vor.

In dieser Nacht habe ich nichts notiert. Und am nächsten Morgen habe ich es vor dem Schulbeginn in einer Ecke des Pausenhofs verbrannt.

VI

Habe ich mir eigentlich Gedanken gemacht, daß ich mit meinem Auszug dich, Ulrich, im Stich lasse? Damals zumindest nicht. Damals war ich froh, der ganzen unheiligen Familie zu entkommen und meine Seelenruhe zurückzugewinnen. Am Morgen bin ich so lange im Bett geblieben, bis der Alte auf seiner Baustelle oder in seinem Büro war, habe ungefragt seinen großen schwarzen Lederkoffer genommen, in den der größte Teil meiner Habseligkeiten paßte, so daß ich nicht noch einmal zurückkehren mußte, habe ihn auf den Gepäckträger meines Rades gestellt und bin den ganzen Weg quer durch die Stadt zu Miriams Elternhaus gelaufen.

Ihre Mutter war ein wenig überrascht, aber brachte mich kommentarlos in Juans leerstehendem Zimmer unter.

Am Abend rief Astrid an und fragte, ob es mir gut ginge. Dann bat sie mich, nach Hause zurückzukehren. Der Alte habe sich schon fast wieder beruhigt. Sicher würde er mir die Sache nicht nachtragen, wenn ich mich für mein Verhalten entschuldigte. – Ich bat sie, nicht mehr anzurufen.

Dich traf ich hin und wieder auf dem Schulhof. Aber wir haben nicht viel miteinander geredet. Wenn ich dich gefragt habe, wie du mit dem Alten zurechtkommst, hast du nur die Achseln gezuckt und gesagt: Wie soll's schon laufen! Dauert ja nicht mehr lange.

Den Sommer hast du in einem Jugendcamp in der Schweiz verbracht, eine Art ökologisches Arbeitslager, in dem ihr für freie Kost und Logis und ein lächerliches Taschengeld die Berge vom Müll der Touristen gesäubert habt. Am Ende des Sommers bist du einfach dageblieben, hast die Schule sausen lassen und einen Tellerwäscherjob in einer Engadiner Hotelküche angenommen.

Das letzte Lebenszeichen von dir war eine Postkarte von deinem Hotel mit Alpenpanorama, die Miriam mir zur Bundeswehrhochschule nach Hamburg nachsandte: Hallo, Großer! Besuch mich mal. Für dich ist immer ein Zimmer frei. Dein U.

Eine Studentendelegation unter Führung Lu Jians stürmt mein kleines Büro. Frau Froböse steht hilflos in der Vorzimmertür und entschuldigt sich, sie habe die Gruppe nicht aufhalten können. Sie wollten nicht die offizielle Sprechstunde abwarten oder wenigstens einen Termin vereinbaren.

Das geht schon in Ordnung, Frau Froböse. Lassen Sie die jungen Leute herein.

Mit wenigen, gut gewählten Worten, eines römischen Volkstribuns würdig, umreißt Jian den Konflikt. Ich habe bereits aus der Zeitung davon erfahren: Die Studentenbühne am Gärtnerplatz ist geschlossen worden. Die Studenten waren nicht in der Lage, die exorbitante Erhöhung der Miete zu tragen, so daß der Hausbesitzer die angehäuften Mietschulden nun zum willkommenen Anlaß nahm, der anarchistischen Truppe zu kündigen und die Räume an eine Supermarktkette zu vermieten.

Nun haben die Studenten ihr kleines Theater besetzt und versuchen, mit einer endlosen Aufführung die drohende Räumung durch die Polizei zu verhindern. Sie fragen mich, ob ich nicht aus Solidarität mit ihrer Bühne bereit sei, meinen Unterricht auf das Proszenium zu verlegen und damit meinen Teil zur Aufführung beizutragen.

Ich weiß, es klingt kleinlich und wird sie enttäuschen, aber trotzdem frage ich Jian, wie die Universitätsleitung zur Besetzung stehe.

Der Rektor hält jede Schließung einer Kultureinrichtung prinzipiell für bedauerlich, aber unsere Bühne habe immer auf Unabhängigkeit auch von der Institution Universität bestanden und sei mit dieser ja auch nicht eben respektvoll umgegangen, so daß er den Konflikt nur als einen rein privatrechtlichen betrachten könne.

Soso. Habt ihr denn schon andere Lehrkräfte gewinnen können, ihre Veranstaltungen auf offener Bühne durchzuführen?

Einer muß den Anfang machen, Professor Holz. Deswegen sind Sie der erste, den wir um Unterstützung bitten.

Ich verstehe.

Meine Feinde werden ihre Freude haben, mich in Handschellen durch den Tränengasnebel stolpern und in den Mannschaftswagen abgeführt zu sehen, auf dieselbe harte Gefangenenbank geworfen wie meine geliebten Studenten. Das ist der Preis der Beliebtheit. Mit kaum verhohlener Genugtuung wird der Rektor die Abmahnung unterschreiben und bei weiteren Verstößen gegen die Rechtsordnung mit Disziplinarmaßnahmen drohen. Es müßte doch mit dem Teufel zugehen, wenn wir unseren guten Viktor Holz nicht kleinkriegen!

Gut, Freunde, ich bin gerne bereit, eurer Einladung zu folgen und mein Odyssee-Seminar auf die Bühne auszulagern, unter der einzigen, aber wesentlichen Voraussetzung, daß ihr die Regie übernehmt. Vielleicht beginnst du, Jian, gleich morgen mit einem Vortrag über den Zusammenhang zwischen Kalligraphie und Kampfkunst. Und ich werde mich mit Vergnügen in die Schar der zuhörenden Studenten einreihen.

Niemals habe ich mit irgendeinem Menschen über jenen Vorfall in Sils-Maria gesprochen. Nicht einmal mit Regina. Vor allem nicht mit Regina. Bis heute weiß ich nicht, was in mich gefahren war. Doch selbst Kain hätte seinem Bruder keinen derart niederträchtigen Streich gespielt.

Ich könnte zwei Jahre kameradschaftlicher Verrohung anführen, bis ich endlich meine eigene Studierstube erhielt, Saufen, Pokern, gemeinschaftliche Bordellbesuche. Meine Stubenkameraden hätten mich für diese Unverschämtheit zum Helden ihrer kasernierten Träume erklärt. Oder Miriams trotzige Heirat mit diesem drogensüchtigen Kunststudenten, dessen einziges Talent in seiner Untauglichkeit für den Wehrdienst bestand. Aber ich will mich nicht nachträglich rechtfertigen. In uns allen steckt wohl etwas unbeherrschbar Abgründiges.

Nach zwei Jahren die zweite Postkarte aus dem Engadin, das Schloß Tarasp vor schneebedeckten Bergkämmen auf der Schauseite, und deine wortkarge Einladung im Telegrammstil auf der Schreibseite: Hallo Großer, heirate Pfingsten, kommst du? Würde mich freuen. Dein U. – Aber ich war auch nicht eben mitteilsamer, obgleich doch wesentlich geübter im Sprachgewerbe als du, der du dich damals gerade mal zum Hilfskoch hochgearbeitet hattest. Nicht am Stil, an Worten hat es mir gemangelt. Was hätte ich dir erzählen sollen. Am liebsten hätte ich mich auch vor der Hochzeit gedrückt. Hätte ich es nur getan! Aber ein Rest an Familiensinn verpflichtete mich, nach allem nicht noch diese letzte Bindung zu kappen.

Am Vorabend deiner Hochzeit traf ich in Sils-Maria ein. Da bereits Hochsaison war, wurde aus dem versprochenen freien Zimmer nichts. Für den Polterabend mußte ein Bett auf deiner Gesindestube reichen. In der nächsten Nacht würde ich das Kämmerchen dann ja mit Sicherheit für mich alleine haben.

Regina, deine Braut, kommt aus Chur und arbeitet seit dem letzten Winter als Zimmermädchen im Rätischen Hof. Sie ist zwei Jahre älter als du, sieht aber fünf Jahre älter aus. Du hast in der Hotelküche zwar ein wenig Fett angesetzt, aber dein Gesicht trägt noch immer kindliche Züge.

Die meisten Gäste sind Freunde und Verwandte Reginas, von deiner Familie bin nur ich gekommen. Womöglich hast du sonst niemanden eingeladen. Ich frage nicht weiter nach.

Mit Reginas Freunden und Verwandten weiß ich nichts anzufangen, eher grobschlächtige, bäuerliche Dörfler als Städter, von deren bündnerischer Ausgelassenheit ich kaum ein Wort verstehe.

Regina selbst ist anders, dunkler, stolzer, erfahrener als ihre Freundinnen. Sie strahlt etwas Südländisches aus, vielleicht ein romanischer Einschlag aus dem nahen Tessin. Auf mich wirkt sie wie eine junge Schauspielerin aus Bellinzona oder Turin, die das Graubündner Zimmermädchen nur mimt.

Sie spricht nahezu akzentfrei Hochdeutsch, während du, Ulrich, dich dem lokalen Dialekt so assimiliert hast, daß ich dich so wenig wie die anderen verstehe. Also ist es nur natürlich, daß ich mich vor allem mit deiner Braut unterhalte.

Du glaubst, deine Tätigkeit im Hotelgewerbe hätte dich so trinkfest werden lassen, daß du endlich eine Disziplin gefunden hättest, in der du deinen älteren Bruder schlagen könntest. Aber du vergißt, daß ich direkt aus der Schule des Saufens zu deinem Fest gekommen bin. Und Regina schenkt uns beiden eifrig nach, kaum daß wir unsere Gläser geleert haben, huldvoll wie eine Königin während eines mittelalterlichen Ritterturniers.

Ich werde mit jedem Glas nüchterner. Sie verbirgt ihre Faszination für Soldaten und Uniformen hinter beißendem Spott, so daß du bereits glaubst, mich verteidigen zu müssen: Ich sei alles andere als ein gewaltliebender Mensch, sei eher eine Leseratte in Uniform, ich sei genau der Soldat, den man sich wünsche, zurückhaltend, fürsorglich, gebildet, während Reginas Augen abschätzig funkeln und ihre Fingerspitzen beim Nachschenken meinen Handrücken berühren.

Im Grunde unterscheide ein Soldat sich doch kaum von einem Koch, fährst du, inzwischen lallend, fort: Auch ich trage meine Uniform, auch ich verteidige mein Revier, kämpfe den Widerstand des Harten und Rohen nieder und versuche, bei meinen Angriffen auf barbarische Eßgewohnheiten die Zivilbevölkerung zu schonen!

Wir feiern diesen Polterabend im Tischtennisraum des Hotels, im Keller neben dem Lagerraum für die Schlitten und Skier, damit wir die anderen Gäste nicht stören. Über die Tischtennisplatte hast du ein weißes Laken gebreitet, die Schlitten dienen uns als Bänke, und schon ist die Junggesellenabschiedstafel perfekt. Nachdem dieses festliche Umfeld alles an Witz und Wortspiel hergegeben hat – Was ist Ehe? Ehe ist, im Sommer wie im Winter miteinander Schlitten zu fahren! –, erstirbt das Gespräch, und die Gäste konzentrieren sich auf das Trinken, um diesen Zustand der Melancholie möglichst schnell durch den des Komas zu ersetzen.

Gemeinsam schleppen Regina und ich den Bräutigam in seine Schlafkammer. Die anderen lassen wir auf dem stumpfen Grün des harmlosen Schlagabtausches träumen.

Reginas Zimmermädchenstube befindet sich ebenfalls unter dem Dach. Wir wollen noch eine Weile hier wohnen bleiben, bis wir was Nettes im Ort gefunden haben, sagt sie. Aber die Mieten in Sils-Maria sind hoch. – Ich nicke verständnisvoll.

Nicht alle Zimmer sind so dunkel und ungemütlich wie Ulrichs Kammer, fährt sie fort, nachdem wir meinen Bruder auf seinem Bett abgelegt haben. Von meinem Zimmer hat man einen schönen Blick auf den Silser See.

Und mit größter Selbstverständlichkeit nimmt sie mich an die Hand und zieht mich herüber in ihr Zimmer, um mir die schöne Aussicht zu zeigen, obwohl es tiefe Nacht ist.

Sie küßt mich nicht, als sei Küssen eine noch größere Intimität als das Vögeln. Vielleicht hat sie sogar recht. Weder sie noch ich ziehen uns ganz aus. Alles geht wortlos, fast soldatisch vor sich. Eine halbe Stunde später liege ich neben meinem schnarchenden Bruder auf der Gästematratze.

Erst am Morgen entdecke ich das getrocknete Blut im Haar meiner Oberschenkel und die rostroten Flecken auf meiner feldgrauen Trauzeugenhose. Erst jetzt erschrecke ich. Sie kam mir so erfahren und routiniert vor wie die Frauen, die ich gelegentlich mit meinen Kameraden im Schanzenviertel aufsuche. Aber selbst das hätte meinen Verrat nicht entschuldigt.

VII

Die Sprache ist zunehmend inhaltsleer, überladen mit Füllwörtern, Floskeln, hohlem Dekor. Einige bevorzugte Phrasen, einige Schlüsselreize, die um so sicherer jeden Sinn erschöpfen.

Wie kann ich wieder Freiheit in meine Wendungen bringen und etwas kindlich Grausames in meine Ideen, und noch verstanden werden? Kein Urteil, keine Aufforderung, sondern etwas Ausgestelltes, womöglich Lächerliches, eine unhaltbare Position; eine Sprache, die nichts sagen, sondern etwas tun will. Eine Anspielung.

Lu Jians Vortrag besteht aus einer strengen, wortlosen Pantomime, ein ritueller Kampf in Zeitlupe, das Gesicht ausdruckslos wie eine Maske aus Porzellan. Vielleicht aber ist es auch kein Schwert, sondern ein großer Pinsel, den seine rechte Hand führt, vielleicht zielt er mit ihm nicht auf die Kehle des Gegners, sondern auf eine dünne Wand aus Papier.

Sein Schatten fällt auf die weiße Bühnenrückwand, der Schatten eines schweren gepanzerten Tiers, eine aufrecht gehende prähistorische Echse vielleicht, unangreifbar oder ohne Feinde.

Daher aber auch ohne Erotik. Geschlechtslos.

Eine geringe Veränderung der Körperspannung, und die Bühne wird zum Labyrinth, zum Verlies, zum Kerker, und das Tier im Käfig ist der nackte gefangene Eros, das unsichtbare Gerät ist kein Schwert, kein Pinsel mehr, sondern ein obszönes Drittes, das im Zaum gehalten werden muß.

Gibt es eine Rhetorik des Körpers, so bekommen wir sie an diesem Morgen in vollendeter Form dargeboten.

Wenn man einen großen Kämpfer nachahmt, heißt es im *Hagakure*, wird man selbst ein großer Kämpfer werden.

Das entspricht nicht gerade unserem Genie-Gedanken, sondern klingt eher nach Plagiat. Oder ist die Sprache davon ausgenommen?

Nein. Übe deinen Mut nach dem tapferen Krieger, heißt es weiter, und deine Sprache nach dem größten Redner.

Meister Yagyû sagt: Mein ganzes Leben lang habe ich mich darin geübt zu siegen. Doch nun habe ich erkannt, daß auch ich zuletzt unterliegen werde.

Vollendung gibt es nicht.

Ein wahrer Meister wird seinem Pfad folgen, ohne nach einem Ziel zu streben. Denn für ihn gibt es nur den Weg.

Auch wenn du diese Geschichten im Lauf der Zeit dutzendfach gehört hast, höre ihnen ein weiteres Mal zu und weise sie nicht als Geschwätz alter Männer zurück. Nur durch die Wiederholung wirst du zur Einsicht gelangen.

Lu Jians Unterricht wendet sich an meine Vorstellungskraft, an mein Nervensystem, an das Zentrum meiner Emotionen. Er wendet sich an meinen Körper, legt mit erfahrenem Griff Hand an meinen lebendigen, in Muskeln, Sehnen und Nerven eingewobenen Geist. Das, was er lehrt, ist so körperlich und sinnlich wie derjenige, der lehrt, und sei es nur deshalb, weil er der einzige Mann ist, vor dem ich mich meiner Unwissenheit schäme.

Ich alter Verfechter der Mündlichkeit beginne nun, mich in der Kunst des schönen Schreibens zu üben. Noch geht es ja nicht darum, mein Wissen mit diesen fremden geheimnisvollen Kalligraphien festzuhalten. Womöglich wird mir das niemals gelingen, soweit meine Fertigkeiten in der neuen Fremdsprache auch reichen mögen, denn Wissen ist an die jeweilige Sprache gebunden.

Also besteht auf absehbare Zeit keine Gefahr, das freie, sensible Spiel der Mitteilung festzuschreiben. Nur das gesprochene Wort in der unmittelbaren Begegnung kann uns versichern, richtig verstanden worden zu sein. Schreiben führt zur Nachlässigkeit und, schlimmer noch, zum Vergessen. Dort auf dem Papier sei es ja archiviert, denkt der fleißige Protokollant, und wendet sich dem nächsten Wortschwall zu.

Natürlich, Archivierung ist im universitären Betrieb inzwischen wichtiger als Vermittlung. »Ein guter Lehrer, hat aber nichts publiziert«, heißt ein gängiger Witz in den Berufungskommissionen unserer Universität in Anspielung auf Jesus von Nazareth und seine mangelnde Eignung für einen Lehrstuhl.

Der wahre Lehrer aber vertraut sein Wissen nicht dem Papier, sondern dem Schüler an. Das scheint mir der einzige Weg, es lebendig zu erhalten.

Das Papier ist das Schlachtfeld, schreibt die Dame Wei in ihrer *Strategie der Schreibkunst*, der Pinsel ist Lanze und Schwert; die Tusche: der Kopf, der Oberbefehlshaber; Fähigkeit und Geschicklichkeit sind die Offiziere, während die Komposition der Strategie entspricht.

Sobald du den Pinsel in die Hand nimmst, entscheidet sich das Schicksal der Schlacht: Die Tupfer, die Striche, das sind die Befehle der Kommandanten; die Bögen und Häkchen sind die tödlichen Schläge.

Der Tod, das ist eine Kalligraphie von jenseits der Grenze, unser Spiegelbild, in dem wir bereits den Anderen erkennen, oder sollte ich besser sagen: *endlich* den Anderen erkennen, hat er uns doch unser Leben lang begleitet.

Der Tod ist Erzähler, der einzig mögliche auktoriale Erzähler, der alles über seinen Protagonisten weiß. Der Tod ist ein Ironiker.

SHÊNGHUÔ – LEBEN

Den Abhang hinunter den
Mund weit geöffnet die Lippenumzäunung
Der Bach fließt den Berg hinauf
Das Krötenschild ist die Tafel
Die Tafel das Schutzdach weiter
Gehen weiter schreiben ins
Gestern die Hände zum Gruß
Erhoben Schritte Herzschritte
Der Jadehund kauert schwarz und süß
Zwischen den Zähnen auf dem
Abgeernteten Feld brennen Ziegel
Stoffballenkrankheit weißes Fell
Über der Augenbank die Lanze reißt
In die Getreidehöhle den wachsenden Morgen
Der Fleischpinsel trommelt das Gesicht
In der Tierhaut schwitzt aus dem Lederbalg
Des Atems bläst der Drache
Seine Flöte

Sie haben ihre Getränke mitgebracht und einen berühmten schon betrunkenen Schauspieler der Volksbühne. Nachdem er Gedichte von Villon, Bukowski und Tom Waits in meiner Bibliothek zitiert hat, zieht er sich das verschwitzte Hemd aus und fordert Lu Jian mit nackter schwammiger Brust zum Tanz auf.

Jian ist zu höflich, die Aufforderung abzulehnen. Zum atonalen Gebrumm des Schauspielers tanzen sie eng aneinandergeschmiegt, während Jians Kommilitonen an die Regale gelehnt auf dem Boden sitzen, dem merkwürdigen Paar mit ausdruckslosen Gesichtern zuschauen, sich Zigaretten drehen und den mitgebrachten Wein nun direkt aus der Flasche trinken. Einige andere Paare bilden sich und tanzen zu dem inzwischen imaginären Gesang, da der Schauspieler verstummt ist, weil er nicht singen und küssen zugleich kann. Jian läßt ihn mit der ihm eigenen Höflichkeit gewähren.

Ich bitte sie, nicht zu laut zu sein, der Nachbarn wegen, da diese Party ja selbst mich unvorbereitet traf und ich sie nicht rechtzeitig der Hausgemeinschaft ankündigen konnte. Aber es bedarf dieser Ermahnung gar nicht, da ihre Feierstimmung eine vollkommen introvertierte ist. Sie entledigen sich weiterer überflüssiger Kleidungsstücke in dem inzwischen aufgeheizten Büchersaal und bewegen sich nun in Gruppen über das Parkett. Nur die Socken haben sie angelassen, weil die nackten Fußsohlen auf dem blanken Holz nicht recht gleiten würden.

Ich sehe inzwischen in der Küche nach, welches Porzellan ich als Aschenbecher in meiner Bibliothek verteilen kann, da die Hälse der geleerten Weinflaschen schon für manchen meiner Gäste ein zu enges Zielgebiet ihrer Kippen bilden.

Dekorateur der Sprache, der ich bin, ist mir doch kaum etwas mehr verhaßt als Eloquenz. Dekorateur der Gesinnungslosigkeit. Welche Überzeugungen besitze ich, die ich glaubwürdig präsentieren könnte? Als ich noch an Wahrheiten glaubte, war meine Rhetorik zumindest eine Kunst des Verrats.

Und wenn ich nun vor euch Studenten stehe, verleugne ich mit allen mir zur Verfügung stehenden sprachlichen, stimmlichen und gestischen Mitteln die einzige Überzeugung, die ich noch habe: den Glauben an die Sprachrituale eines de Sades oder Loyolas, die Wiederholung, die Liturgie.

Seelenergüsse, den Schwanz in der Hand, dies ist mein Fleisch seit einundzwanzig Jahrhunderten, die Narben im Schritt der Jungen, die Risse in jenem der Mädchen, Narben und Risse von demselben priapeischen Rot, Seelenausfluß, derselbe venerische Wein seit einundzwanzig Jahrhunderten, wer was wo wodurch warum auf welche Weise wann, Kriegsrede, zu meinem Gedächtnis, es beginnt mit einem luziden Spiel und endet im Kannibalismus, und die Jünger verschlingt die Zeit.

Ich weiche aus, in die Fremde, aus Furcht vor meiner Mordlust. Sie saugen mir das Blut aus den Brüsten, die jungen Damen und Herren auf dem Lysostrotos, und ich lächle ihnen zu, die Hände auf dem Rücken verschränkt, daß sie die Fesseln nicht sehen, und sage: Ihr sagt es!

Die Erfindung ist nicht kreative Schöpfung, sondern ein analytisches Vorgehen, im Schloß von Salo ebenso wie in der gleichnamigen Kathedrale, oder war es in einem abgelegenen Dorf im Schwarzwald, in dem sich der Herzog von Blangis, der Bischof von Salo, der Richter Curval, der Steuerpächter Durcet, ihre Töchter, vier alte Frauen und vier Erzählerinnen mit dem Philosophen und Dichter trafen, um Augustine, Fanni, Zelmire, Sophie, Colombe, Hebe, Rosette, Michette und die acht Knaben Zelamir, Cupidon, Narziß, Zephyr, Seladon, Hyazinth und Gilon hundertzwanzig Tage lang einem rhetorischen Experiment zu unterziehen?

Ohnmächtige Tropen, einzig zu unserem Ornat bestimmt, denn nur in der geschmückten und sprachlich vollkommenen Form dienen sie unserer Lust, glühende Nägel in die Augäpfel, die Brustwarzen, die Eicheln, die Schamlippen, das alles mit Scheiße gesalbt, das ist die Priesterweihe, die Schule der Liturgie. Schlagkräftig sein! Sonst könnte die relative Belanglosigkeit der Argumente dazu führen, daß der ganze Redegegenstand als wenig bedeutsam verworfen wird.

Grundlegend ist eine logische, kohärente Gedankenführung, meine Damen und Herren! Rhetorik ist ein ausgesprochener Feind aller Tugend, unmäßig, verschwenderisch, ein pathologisches Monster mit ständigem Drang zum Höhepunkt.

Ich könnte nun ein Reisetagebuch vorlegen, eine Eloge auf das weibliche Geschlecht, auf die leidenschaftliche Päderastie, und meinen Bericht von Landeskunde und Topographie leiten lassen, von der Liebe zu Maultieren, zum Analverkehr, zu den üblichen fäkalen Gerüchen. Das Katheder dient als Abtritt.

Die hundertzwanzig einfachen Tropen enthalten Inzest, Auspeitschung, Vergewaltigung. Das Ziel ist, den Gedanken in der richtigen und angemessenen Weise darzustellen.

Die hundertzwanzig verbrecherischen Tropen enthalten Elocutio und Ejaculatio in Leichen, Tieren und Kleinkindern, denn ihr Ziel ist, die sprachliche Potenz des Redners in positivem Licht erscheinen zu lassen.

Die hundertzwanzig meuchlerischen Tropen bilden die höchste Form der Versprachlichung und kunstvollen Einkleidung der Rede durch das Hineintauchen und Herumwühlen in den Eingeweiden noch lebender Körper, denn dies ist mein Leib, der für euch hingegeben wird zur Vergebung der Sünden.

Mit Beginn eures Noviziats werdet ihr verstoßen und wie Tiere gehalten, verstümmelt und nach eurer Weihe abgeschlachtet. Und nun säubert eure Rasiermesser von Haut, Fett und Blut der kurzsichtigen Lehrer und öffnet damit den besonders klaren, kindlichen Augapfel.

Im *Hagakure* ist in aller Offenheit von gleichgeschlechtlichen Beziehungen zwischen den Schwertkämpfern die Rede.

Das ist wahr. Unter den Kriegern in den alten Reichen hatte die Beziehung zwischen Mann und Frau vor allem den Zweck, den Fortbestand der Sippe zu sichern. Echte Liebesbeziehungen spielten sich dagegen nur unter Männern ab und waren vom gleichen Geist der Treue und Opferbereitschaft beseelt wie die Beziehungen zwischen Herr und Gefolgsmann.

Das erklärt womöglich Mishimas nostalgisches Verhältnis zu dieser vergangenen Welt. Was hältst du von dieser Art der Beziehungen?

Ich halte es mit dem jungen Edayoshi, den der auf diesem Gebiet äußerst erfahrene Meister Hoshino dieselbe Frage gestellt hat. Edayoshi antwortet: Man liebt und liebt doch nicht.

In einer anderen Geschichte aus dem *Hagakure* ist von einem Fürsten die Rede, der einen seiner Krieger in der Unterwäsche seines Freundes antrifft und ihn deshalb zu Seppuku verurteilt.

Ich kenne diese Geschichte.

Die Bestrafung ist sogar besonders grausam, weil er befiehlt, daß der zum Kaishaku, zum Sekundanten bestimmte Freund ein besonders stumpfes Schwert zu benutzen habe, wenn er dem sich den Bauch öffnenden Geliebten den Kopf vom Leibe trennt.

Der Freund nimmt den Befehl des Fürsten zwar gehorsam entgegen, benutzt dann aber doch ein scharfes Schwert. Das Verhalten des Fürsten steht im krassen Widerspruch zur Ethik eines Herrschers. Deswegen gehen östliche Kommentatoren davon aus, daß der Fürst selbst ein Verhältnis zu dem Krieger hatte und aus Eifersucht und Haß diesen grausamen Befehl erteilte.

In Kurosawas *Sieben Samurai* wird so eine leidenschaftliche Liebe zwischen zwei Kriegern, dem jungen Novizen und dem mutigen und selbstlosen Kyuzo, angedeutet. Ich hatte zunächst vermutet, es handle sich um Kurosawas eigene Projektion in die Welt der Schwertkämpfer.

Ganz und gar nicht. Der Film steckt voller gleichgeschlechtlicher Zwischentöne, weil die Welt der Samurai eine ausschließlich männliche Welt war. Und was diese Männer aneinandergeschweißt hat, war natürlich auch Erotik. Wie Kurosawa in der Szene zwischen dem jüngeren und älteren Krieger andeutet, ist das Ideal zwar, diese Liebe nicht auszusprechen, Kyuzo reagiert auf die Avancen des Jungen ja mit eher kühlen Worten, seine Blicke indessen sind um so beredter. So heißt es im *Hagakure*: In Liebe zu sterben ist die höchste Form der Liebe. Und ein fast ironischer Kommentar Yamamotos folgt: Was man in der Liebe doch für Umwege macht!

Das *Hagakure* geht noch weiter. Im Abschnitt über die »Liebe unter jungen Männern« heißt es: Ein Krieger ohne Freund ist wie ein Mädchen ohne Verlobten.

Wenn du einen älteren Freund ungefähr fünf Jahre kennst und seine wahren Gefühle für dich entdeckt hast, rät Yamamoto seinen Schülern, dann kannst du ihn fragen, ob er zu einer intimen Beziehung mit dir bereit sei.

VIII

Darf ich Ihnen eine persönliche Frage stellen, Herr Professor?

Nur los, junger Mann!

Sind Sie mit jenem Viktor Holz identisch, dessen Sohn vor einigen Jahren entführt wurde?

Wie bist du auf diese Geschichte gestoßen?

Durch Zufall, bei meinen Internet-Recherchen zu Ihren noch unveröffentlichten Schriften.

Damals gab es das Internet noch nicht.

Inzwischen aber haben die meisten Zeitungen ihre alten Archivbestände digitalisiert und ins Netz gestellt.

Diese Tragödie ist lange her.

Ihr Sohn wäre jetzt ungefähr in meinem Alter, nicht wahr?

Zieh bitte keine voreiligen Schlüsse aus diesem Zufall.

Verzeihung Herr, Professor. Ich wollte Ihnen nicht zu nahe treten.

Die Zunge meines Sohnes. In speckiges Butterbrotpapier gewickelt. – Mein Mund ist ausgetrocknet wie welkes Laub. Als ich nach dem Wasserglas auf meinem Nachtschränkchen taste, stürzt es zu Boden und zerbricht. Noch immer nicht ganz erwacht stehe ich auf, um im Bad einen Schluck Wasser zu trinken. Die Glasscherben schneiden tief in meine Fußsohlen. Ich sitze auf dem Klodeckel und ziehe mit einer Pinzette die Splitter aus der klaffenden Hornhaut. Ich binde ein Handtuch um den immer noch stark blutenden rechten Fuß und versuche mit Toilettenpapier die Blutspur bis zu meinem Bett zu beseitigen.

Als ich die Scherben aufsammle, schneide ich mich erneut, diesmal in die rechte Hand. Müde und blutend lasse ich mich aufs Bett fallen und warte den Morgen ab.

Dann muß ich doch noch wieder eingeschlafen sein. Ich wache in dem Moment auf, als ein junger Mann mir einen Kugelschreiber ins Auge stößt. Es ist bereits hell in meinem Zimmer. Ich glaube, den Mann zu kennen, erinnere mich aber nicht an seinen Namen.

Zumindest die Augen will ich vor der Zerstörung schützen, die ihnen vom Feuer der Leidenschaft droht. Du darfst nicht direkt in die Sonne schauen, hat mein Patenonkel mich gewarnt, und bei klarem Himmel nicht einmal zu lange in den Mond. Denn selbst der blasse Widerschein könne die Augen blenden.

Er mußte es ja wissen, der Augenarzt. Der so rücksichtslos mit seinem eigenen Augenlicht umging wie der vor dem Sonnenlicht warnende Hautarzt, der jeden Sommer schwarzgebrannt von der Côte d'Azur in den bereits herbstlichen Norden heimkehrt. Am Ende war seine Lesebrille so schwer wie ein gefülltes Rotweinglas. Nur das Ferne konnte er noch scharf sehen.

Er war ein religiöser Mensch: Auch Gott könnten wir nur indirekt, durch einen stumpfen, rußbedeckten Spiegel betrachten. Unsere Augen seien nicht für den Anblick Seiner Herrlichkeit geschaffen. – Oder verbirgt sich hinter der Vergeblichkeit des direkten Erkennens bereits ein zurückgehaltener Zweifel? Vom Schauverbot abgesehen ließ er mir die Freiheit, zu glauben oder anzuzweifeln, was sich meinen Sinnen entzog.

23 *Denke ich die* Zeit *nicht als lineare Abfolge kausaler Ereignisse, sondern als ein Netz komplexer Augenblicke, deren Verknüpfung so multidimensional ist wie unser Nervensystem, so gibt es ein singuläres Ereignis wie* den *Tod nicht.*

Unser Leben verläuft nicht linear, sondern vielschichtig. Ereignisse überlagern sich, strahlen aus in einen mehrdimensionalen Raum, also wirken auch zurück. Oder zu den Rändern hin und über diese hinaus. Aktualität ist kein aktivierter Punkt im Lebensstrom, sondern ein lebendiges, über das Gegenwärtige hinausstrahlendes Geflecht.

Wir bewegen dieses Geflecht, bewegen uns in diesem Geflecht und werden von ihm bewegt. Wissenschaftlich gesehen ist der Tod allein das Zur-Ruhe-Kommen unserer Bewegung. Über unsere Bewegtheit *ist damit noch nichts gesagt.*

24 *In der Physik finde ich eine Metapher dafür, wie sich der Geist zum Körper verhält: So wie ein Magnet ein Magnetfeld erzeugt, erzeugt unser Körper sein Bewußtseinsfeld. Das Feld hat seine eigenen Attribute und Modi, obwohl es nur so lange bestehen kann, wie auch sein körperlicher Grund existiert. Bedeutet dies, daß der Geist die Auflösung des Körpers nicht überleben kann?*

Selbst hier läßt eine weitere Analogie aus der Physik die Tür zumindest einen Spalt weit offen: Wenn Sir Roger Penrose behauptet, man könne, nachdem ein Körper in ein Schwarzes Loch kollabiert sei, das Schwarze Loch als eine Art sich selbst erhaltendes Schwerefeld auffassen, dann erwägt man sogar innerhalb der modernen Naturwissenschaften die Möglichkeit, daß ein Feld, das von einem materiellen Objekt erzeugt wurde, in Abwesenheit des Objekts weiterexistieren könnte.

25 *Wenn ich annehme, daß Fragen und Antworten allein ein Problem unseres Denkens sind, in der Welt des Faktischen aber das* Dasein*, unser Körper zum Beispiel, bereits die Lösung eines Problems darstellt, wie das Auge die Lösung des Problems der Orientierung oder unser Bewegungsapparat eine Lösung des Problems der Mobilität, für welche Problemlösung steht dann der Atem- und Bewegungsstillstand unseres Körpers?*

Er löst das Problem der Zeitlichkeit unseres Bewußtseins. Vielleicht auch jenes der Lokalität. Das Feld unseres Denkens befreit sich aus linearer Abfolge und Kausalität und verfügt frei über sich, wie es frei verfügbar für den Anderen / das Andere wird.

Ist dies bereits eine unzulässige metaphysische Spekulation über die Schwelle hinaus?

Noch Monate später Angst, unsere Post zu öffnen. Einmal ein schwerer Briefumschlag mit einem farb- und haarverkrusteten Meißel. Ein anderes Mal ein Päckchen mit einem nur noch halb gefüllten Fläschchen Salpetersäure.

Selbst die Zeitungsnotiz über den Säureanschlag einer offenbar geistig verwirrten Frau auf ein Ölgemälde Leonardos im Louvre hat noch Jahre später zu Herzrhythmusstörungen und einer tetanischen Attacke geführt, so daß meine besorgte Sekretärin sogleich einen Krankenwagen rief.

Die Welt ist aus Fleisch gemacht. Und der Täter ist ein Teil davon. Was mich im Gespräch mit der Polizei am meisten erschrocken hat und immer noch entsetzt, sind die – statistisch gesehen – großen Gemeinsamkeiten zwischen Täter und Opfer. Ist es das Kind, das ein Kind entführt, quält, verstümmelt, tötet?

Ein Schwarz-Weiß-Foto von Titus. Das letzte, das von ihm geschossen wurde. Auf einer Klettertour mit Freunden im Kalksandsteingebirge. Der Zwölfjährige mit nackter Brust, die breiten Riemen des Wanderrucksacks drücken sich in das noch magere Muskelpolster der Schultern. Doch der schon jugendlich mißmutige Blick in die Kamera gerichtet, die einen Schatten auf seine Züge wirft. Vielleicht aber steigt der Schatten auch aus dem Innern des Gesichts selbst auf. Dunkle Ränder unter den Augen, als hätten sie die Nacht durchgezecht, ein erster Anflug von schwarzem Flaum auf der Oberlippe – Richi, einer seiner Kameraden, der Schütze dieses Fotos, hat es Miriam und mir nach Titus' Verschwinden geschenkt. Seither steht es auf meinem Nachttischchen, während ich Miriams Bilder am Tag ihrer Einweisung aus dem Schlafzimmer verbannt habe. Am Ende konnte sie ihren Schmerz nicht mehr im Zaum halten. Und bereits die frühen Fotos deuten es an, ein verwirrtes, hilfloses Lächeln, das in jedem Augenblick in ein heilloses Weinen umschlagen kann.

IX

Meine Putzfrau überrascht mich im Bett. Erschrocken schließt sie die Schlafzimmertür. Es ist mir in den letzten Jahren nicht ein einziges Mal passiert, daß sie mich schlafend angetroffen hat. Und ich selbst habe meine Putzfrau ein einziges Mal gesehen, nämlich an dem Tag, an dem ich sie eingestellt habe. Ansonsten kommt sie, während ich schon an der Universität bin, und hat die Wohnung längst verlassen, wenn ich heimkomme. Sie putzt nicht nur die Wohnung, sie bügelt mir auch die Hemden, alle zwei Wochen, immer tadellos. Ich lasse ihr am Monatsende einen Umschlag mit ihrem Lohn auf dem Küchentisch zurück. Nie hatte ich mich über sie zu beklagen.

Nun trifft sie mich im Pyjama an. Weckt mich aus einem Traum, in dem sich das Geräusch ihres Staubsaugers in das eines alten Super-8-Filmprojektors verwandelt hatte. Offenbar versuchte ich gerade, in den Filmschlitz hineinzuejakulieren, als sie ins Schlafzimmer platzt. Ich schlüpfe in meinen Bademantel, ziehe das Laken ab und husche ins Bad, während sie in der Küche hantiert, als wäre nichts geschehen.

Während ich mich dusche, frage ich mich, was auf dem Film gewesen sein mag, der wie ein Staubsauger brummend durch den Projektor lief. Ich weiß noch, bis auf die Matratze war das Zimmer vollkommen leer. Auf einem der nackten, allenfalls tapezierten Wände muß der Film zu sehen gewesen sein.

Auf der einen Seite gab es ein großes Fenster, wie es mein Kinderzimmer besaß. Der Blick ging auf das einzige Hochhaus der Neubausiedlung. Und ich bin sicher, es war Nacht, zumindest waren die Jalousien heruntergelassen.

Nun ist es zu spät, um noch zur Universität zu gehen. Von meinem Telefon im Arbeitszimmer rufe ich Frau Froböse an und entschuldige mich für meine Unpäßlichkeit, zum zweiten Mal in dieser Woche. Ich höre die Besorgnis in ihrer Stimme.

Obwohl ich Kopfschmerzen habe, will ich nicht in die Küche gehen und mir einen Kaffee kochen, solange Frau Sochasczinsky in der Küche hantiert. Ich bleibe in meinem Arbeitszimmer sitzen, ohne ein Buch anzurühren. Ich greife zu Stift und Papier, in der Hoffnung, mich noch weiterer Details meines Traumes zu erinnern. Er muß im höchsten Maße erotisch gewesen sein. Ich spüre noch die Schockwellen der Explosion in meinem Körper. Doch so sehr ich auch in die letzten Traumminuten zurückzukehren versuche, die Zimmerwände bleiben leer. Allenfalls ein Hintergrundflimmern, wie es von laufenden Fernsehern auf die nächtliche Straße fällt, zeugt davon, daß der Film belichtet war.

Ich könnte es wie an den Wochenenden halten, an denen ich die hochschulfreien Vormittage der Lektüre widme. Aber der Kopfschmerz nimmt zu. Ich weiß, es ist nur die Sehnsucht nach einer Tasse starken Kaffees, die in meinen Schläfen pocht. So sorgfältig Frau Sochasczinsky auch meine weißen Oberhemden pflegt, auf nüchternem Magen sehen möchte ich sie dabei aber nicht.

Stell dir vor, du würdest nur ein einziges Schriftzeichen auf das ganze Blatt Papier zeichnen. Zu beurteilen, ob du schön oder ungeschickt geschrieben hast, überlaß den Kalligraphen.

Ein Krieger sollte beim Schreiben nur an die Kraft des Pinselstrichs denken.

Im *Hagakure* bemerkt Ukyô Yasuda über den letzten Becher Sake, den man ihm anbietet: Was wirklich zählt, ist das Ende der Dinge.

Das sollte auch für das ganze Leben gelten, fährt Yamamoto fort. Wenn die Gäste gehen, sollten sie sich mit Zögern und Bedauern verabschieden, damit nicht der Eindruck entsteht, man habe sich auf dem Fest gelangweilt oder nicht wirklich vergnügt.

Der Abschied verweist auf beides: auf das, was man zurückläßt, und auf das, was man erwartet. So darf man dem Tod mit Zögern und Bedauern entgegensehen. Aber ob auch mit Furcht und Bitternis, ist noch nicht entschieden, solange wir nicht wissen, was wir noch erwarten dürfen.

Mag sein, das Fest hat uns so erschöpft, daß wir dankbar über den Schlaf ohne Erwachen sind.

Und wenn man in den Armen des Geliebten stirbt, kann dann von einem Abschied überhaupt die Rede sein? Ist nicht dieser letzte Augenblick der Zustand, den wir »Ewigkeit« nennen? Im Falle größter Nähe der Himmel, im Falle größter Einsamkeit die Hölle?

Es gibt einen inneren Stolz und einen äußeren Stolz, heißt es im *Hagakure*. Wenn sich in entscheidenden Augenblicken nicht beide zeigen, sind sie wertlos.

Yamamoto nimmt das Schwert als Beispiel: Von Zeit zu Zeit sollte man das Schwert aus der Scheide ziehen, um es zu reinigen und zu schärfen und dann wieder in die Scheide zu stecken.

Wenn du ständig mit gezogenem Schwert herumfuchtelst, dann wirst du keine Freunde gewinnen, und man wird dich im Kampf nicht mehr ernst nehmen.

Ich blicke zunächst durch den Spion und sehe das runde bartlose Gesicht Jians vor meiner Wohnungstür. Er scheint mich mit seinen dunklen weichen Augen direkt anzublicken. Ich weiß nicht, ob er den Schatten hinter der kleinen Linse sehen kann. Wann habe ich überhaupt je durch den Spion geblickt, ehe ich die Tür geöffnet habe? Gut, ich bekomme selten Besuch. Dennoch habe ich mich bisher, soweit ich zurückdenken kann, nie bei diesem mißtrauischen Verhalten alleinstehender älterer Damen ertappt.

Ich öffne dem jungen Mann die Tür. Er zögert einzutreten, schaut mich aufmerksam an.

Ich hoffe, ich störe Sie nicht, Herr Professor. Ihre Sekretärin hat mir mitgeteilt, daß Sie sich heute morgen nicht wohlgefühlt hätten. Nun wußte ich nicht, ob damit auch unser privater Unterricht ausfällt, oder Sie mich vielleicht doch erwarten.

Ich muß mich bei dir entschuldigen, Jian. Tritt ein. Ich freue mich, daß du gekommen bist. Die kleine Unpäßlichkeit vom Vormittag ist längst überwunden.

Auf dem Weg in die Bibliothek fällt mein Blick in den Garderobenspiegel. Meine ganze Erscheinung straft diese Auskunft Lügen: ein blasser unrasierter Mann mit tiefen Ringen unter den Augen, es fehlt nur noch der speckige Morgenmantel, um aus mir einen verwahrlosten fünfzigjährigen Alkoholkranken zu machen.

Setz dich und wirf einen Blick auf meine Hausaufgaben! Ich bereite uns inzwischen eine Kanne Tee zu.

Als ich das Tablett mit dem chinesischen Porzellan niedersetze, zittern meine Hände ein wenig. Dem jungen Mann ist diese Schwäche nicht entgangen: Gestatten Sie mir ein offenes Wort, Herr Professor?

Nur zu, nur keine falsche konfuzianische Zurückhaltung!

Ich habe fast zwanzig Jahre meines Lebens mit einer schwer depressiven Mutter zugebracht. Und ich habe den Eindruck, daß Sie in diesem Jahr, seitdem ich Sie kenne – ich meine, Ihre gegenwärtige Verfassung gleicht der meiner Mutter so sehr, daß ich sie nicht einfach ignorieren kann.

Beunruhige dich nicht, mein Freund. Du wirst sehen, morgen werde ich vor der Klasse wieder ganz der Alte sein.

Meine Mutter hat sich immer geweigert, die Medikamente einzunehmen, die mein Vater ihr verschrieben hat. Man hätte glauben können, sie habe Angst gehabt, von ihm vergiftet zu werden! Aber es gab in ihr auch so etwas wie eine stille Freude an der Schwermut. Sie hat sich dann, wie Sie, der Kalligraphie gewidmet und äußerst eindrucksvolle Schriftbilder gemalt.

Auch in unserer abendländischen Kultur ist Schwermut nicht selten ein Quell außerordentlichen Schöpfertums.

Einmal kam ich aus der Schule und sah, wie sie sich über die Brüstung unseres Balkons lehnte. Ich war acht oder neun Jahre alt. Ich wußte nicht, ob ich vor dem Haus stehenbleiben oder hinaufeilen, ob ich schreien oder schweigen sollte.

Verzeih, Jian, ich wollte keinesfalls diese bedrückenden Erinnerungen in dir wachrufen. Laß uns einfach mit unserem Unterricht fortfahren, ja?

X

Als Titus an jenem Tag im Juni nicht direkt von der Schule nach Hause kommt, denke ich zunächst, er protestiere mit seinem Fernbleiben schlicht gegen den Hausarrest, den ich wegen dieser Geschichte mit Inka Ruge gegen ihn verhängt habe. Und selbst am Abend, nach der Fakultätssitzung, bin ich eher zornig als besorgt, daß er immer noch nicht heimgekehrt ist. Und Miriam hält sich noch auf irgendeiner ihrer kunsthistorischen Exkursionen in Italien auf, so daß sich niemand von dieser mutmaßlichen Ausreißerposse beeindrucken läßt.

Um so unerwarteter trifft mich Miriams Empörung, als sie bei ihrer Rückkehr aus Rom oder Florenz von mir erfährt, ich hätte dich am Morgen des Vortags zum letzten Mal gesehen.

Er ist die ganze Nacht nicht nach Hause gekommen, und du hast nichts unternommen? fährt sie mich mit vor Hysterie schriller Stimme an.

So einfach will ich es ihm nicht machen, meine Maßnahmen zu unterlaufen!

Deine Maßnahmen! Vergiß einmal den Kasernenhof. Es kann Gott weiß was geschehen sein.

Titus ist kein kleiner Junge mehr.

Der Junge ist zwölf Jahre alt! Er ist noch nie über Nacht weggeblieben, ohne uns Bescheid zu geben.

Er war sauer auf mich. Du warst verreist. Wem hätte er Bescheid geben sollen?

Du hättest bei seinen Freunden anrufen können!

Das ist es doch gerade, was er mit dieser Aktion bezweckt: daß wir uns Sorgen machen und ihm hinterhertelefonieren.

Natürlich mache ich mir Sorgen!

Bitte, häng dich ans Telefon und mach meine Erziehungsversuche lächerlich. Ich muß jetzt los. Die Studenten warten.

Am Nachmittag ein erstes Verhör durch meine eigene Frau. Miriam: Was ist während meiner Abwesenheit zwischen dir und Titus vorgefallen, Viktor?

Ist der Junge immer noch nicht zurück?

Er war nicht in der Schule, und niemand von seinen Klassenkameraden hat ihn seit gestern gesehen. Worüber habt ihr gestritten?

Wir haben uns nicht gestritten! Ich habe ihn rauchend auf dem Balkon erwischt und ihm eine Woche Hausarrest verordnet. Und er hat nur mit den Achseln gezuckt. Das ist alles.

Eine Woche Hausarrest für eine Zigarette? Das nennst du Erziehung?

Er hat sich trotz meines Verbots weiter mit diesem Junkie, dieser Inka Ruge herumgetrieben. Deswegen der Hausarrest.

Du kennst diese Frau doch gar nicht!

Sie ist zwanzig, eine stadtbekannte Drogenabhängige und Prostituierte, mein Sohn ist zwölf, das genügt doch wohl!

Es reicht, Viktor! Sie ist seit zwei Jahren clean und studiert Sozialarbeit. Der Rest entspringt deiner schmutzigen Phantasie!

Gut, vielleicht ist er ja bei ihr untergekrochen. Das würde seinem Ungehorsam natürlich erst die wahre subversive Note geben.

Ich habe bereits mit ihr gesprochen. Sie rät uns, die Polizei einzuschalten.

Dazu rät *sie* uns? Okay, sie muß es ja wissen. Hat ja einige Erfahrung mit den Ermittlungsbehörden.

Spar dir deine Ironie. Kommst du mit, oder läßt du mich alleine gehen?

Von Anfang an löst Kommissar Erwin Volkmann ein geradezu physisches Unbehagen in mir aus, seine sanfte Stimme, sein unaufdringlicher, fast schüchterner Blick, seine femininen Gesten – ich wollte, es wären nur Posen gewesen, die den Verdächtigen in die Irre führen und die wahre Härte des gnadenlosen Ermittlers hätten maskieren sollen. Aber dieser Kriminalbeamte behält während der ganzen Zeit seiner

Ermittlungen diese provozierende pastorale Güte bei, die zuletzt nur noch einen vollkommen maßlosen Haß und Widerwillen in mir hervorruft.

Volkmann hätte eher an die Universität gehört, Dozent für irgendein Orchideenfach, blaß, als würde er nie sein Büro verlassen, leptosom, doch mit zu massigem, rachitisch verflachtem Brustkorb, hängenden Armen, schlanken weißen Fingern, bartlosem Gesicht und einer hohen Stirn, die bis zum Nacken reicht, von einem Lorbeer schwarzfettiger Fransen umkränzt, und offenkundig unverheiratet, denn keine Ehefrau der Welt hätte ihm diese Sorglosigkeit in seiner Kleiderwahl gestattet.

Er scheint meine Antipathie gar nicht zu bemerken, ja wirkt, als würde er von niemandem Böses erwarten. Er schüttelt mir die Hand mit einer Milde, als müsse er mir bereits zum Tod meines Sohnes kondolieren. Seine Worte und Gesten, mit denen er Miriam nach Hause schickt und mich zu einem längeren Gespräch einlädt, sind frei von allen Zeichen der Autorität oder Herrschsucht. Ein Mensch, der bittet, anstatt zu befehlen.

Anstatt nach den Vorfällen der letzten Tage, nach persönlichen Feinden oder verborgenen Reichtümern zu fragen, erkundigt sich Volkmann freundlich, wie ich mich mit meinem Vater verstanden hätte.

Wenn Sie wissen wollen, ob Titus vielleicht bei seinem Großvater stecken könnte, muß ich Sie enttäuschen. Mein Vater ist lange tot. Titus wird sich kaum noch an ihn erinnern.

Nein, lieber Herr Professor, meine Frage bezieht sich ganz allein auf *Ihr* Verhältnis zu Ihrem Vater.

Ist das in diesem Fall von Belang?

Wir werden sehen. Im Augenblick bleibt uns ja nicht viel mehr zu tun, als einander ein wenig besser kennenzulernen.

Noch wissen wir ja nicht, was es mit dem Verschwinden Ihres Sohnes auf sich hat, nicht wahr?

Sie haben recht. Vermutlich hat meine Frau einfach überreagiert, und heute Abend steht der Junge hungrig und übermüdet vor der Tür und entschuldigt sich für die Sorgen, die er uns und nun auch Ihnen bereitet hat.

Sie sind als Heranwachsender auch mal von zu Hause ausgerissen?

Nicht mit zwölf Jahren. Dabei hätte es Gründe genug gegeben davonzulaufen. Mein Vater war nicht gerade zimperlich, wenn er das Gefühl hatte, wir Söhne ließen es an Gehorsam oder Respekt mangeln. Dergleichen Unbeherrschtheit hat mein Sohn von mir nie erfahren.

Woran ist Ihr Vater gestorben?

An Kehlkopfkrebs.

Ich weiß nicht, wohin mit dem üppigen Blumenstrauß, den Frau Froböse mir mit herzlichen Wünschen zur Genesung nach Hause geschickt hat. Er macht aus jedem Raum ein Krankenzimmer. Ich habe Schnittblumen nie gemocht. Für mich sind sie prächtig aufgeblühte Todeszuckungen. – Ich werde Frau Sochasczinsky bitten, sie mitzunehmen.

Früher hast du, Miriam, dich um die Blumen gekümmert. Inzwischen sind, bis auf die Kakteen, alle Topfpflanzen eingegangen, selbst die große Palme in deinem Arbeitszimmer, auf die du so stolz warst. Ich hätte sie übergossen, meint Frau Sochasczinsky mit mildem Tadel.

Je älter ich werde, um so ähnlicher werde ich meinem Vater. Auch er hat Kakteen gemocht. Alles andere verfaulte oder verdorrte unter seinen Händen. Merkwürdigerweise hast du ihn gemocht, wohl die einzige in der ganzen Verwandtschaft. Alle anderen gingen ihm aus dem Weg, wenn die Arbeit oder das

Familienleben sie nicht zwangen, seine Gegenwart zu ertragen. Selbst der frühe Tod meiner Mutter kommt mir wie ein letzter endgültiger Fluchtversuch vor.

Vielleicht war es die Geburt eines Enkels, die ihn dir gegenüber versöhnlicher gestimmt hat. Ich habe es nicht gern gesehen, wenn du ihn mit Titus besucht hast, aber habe mich aus eurer Beziehung herausgehalten, so wie du mich niemals aufgefordert hast, euch zu begleiten. Seit dem Rauswurf bin ich ihm nie wieder begegnet, nicht einmal in den letzten Wochen vor seinem Tod, in denen die Metastasen seines Kehlkopfkrebses, er war zeitlebens ein leidenschaftlicher Zigarrenraucher, ihn doch noch ins Krankenhaus zwangen. Er haßte das Krankenhaus, war aber wohl zu feige, der Einlieferung zuvorzukommen und seinem Leben in den eigenen vier Wänden ein Ende zu setzen.

Wenn ihr von einem Besuch bei ihm heimkehrtet, rocht ihr nach seinen billigen Zigarren. Ich bat euch, sofort eure Kleider zu wechseln und ein Bad zu nehmen. Ich konnte diesen Zigarrengeruch nicht ertragen. Es war der Geruch meiner Kindheit.

Er stand in meinem Elternhaus, füllte es aus, selbst wenn mein Vater abwesend war. Er saß in den Tapeten und Vorhängen und Teppichen, er saß in unseren Kleidern, sogar dann, wenn wir sie frisch gewaschen aus dem Schrank nahmen, er steckte in unseren Haaren und klebte auf unserer Haut, dieser Stammkneipen- und Skatrundengeruch.

Du hast mir nie gesagt, daß dein Vater alle seine Brüder im Krieg verloren hat, warfst du mir einmal nach deiner Rückkehr aus unserer Heimatstadt vor.

Ist das etwa eine Rechtfertigung dafür, den eigenen Söhnen das Leben zur Hölle zu machen? antworte ich.

Hast du dich nie gefragt, warum dein Vater so hart gegenüber anderen und sich selbst ist?

Als Kind habe ich mich das jeden Tag gefragt. Doch andere

Kriegskinder mit demselben Schicksal sind nicht so wie er geworden. Ich glaube nicht an diese simple Kausalität zwischen Kindheitstrauma und Verbrechen.

Dein Vater ist kein Verbrecher!

Nein? Schwere Körperverletzung, Freiheitsberaubung, Mißbrauch Schutzbefohlener, Psychoterror, Folter... die Anklage reicht für mehrmals »lebenslänglich«.

Dein Vater hat sich aus dem Nichts sein Geschäft aufgebaut, hat euch mit allem Notwendigen versorgt, euch auf die höhere Schule geschickt, euch alles zu geben versucht, was er selbst entbehrt hatte, auch eine vielleicht strenge Erziehung, aber wie sollte er es besser wissen, da sein eigener Vater im Krieg und später in Gefangenschaft war und er als Kind schon alle Pflichten eines Erwachsenen übernehmen mußte?

Und weil er selbst um seine eigene Kindheit betrogen wurde, durften auch wir keine unbeschwerte Kindheit erleben? Niemand hat ihn gezwungen, selbst Kinder in die Welt zu setzen. Ich will nicht weiter über meinen Alten reden, Miriam!

Ich wollte eigentlich nur eine Vermißtenanzeige aufgeben, und selbst das eher prophylaktisch, Herr Kommissar, und hier nicht mit Ihnen eine Familientherapie beginnen. Sie werden mich sicher entschuldigen, wenn ich nun zurück an meinen Schreibtisch muß.

Natürlich, Herr Professor. Sie geben mir doch gleich Bescheid, sobald der verlorene Sohn zurückgekehrt ist?

Selbstverständlich.

Ich werde unterdessen das Foto Ihres Sohnes unter unseren Streifenpolizisten verteilen. Mehr können wir im Augenblick kaum tun.

Mehr wird, glauben Sie mir, auch kaum nötig sein.

Aber da habe ich mich geirrt.

XI

In der klassischen Rhetorik waren schriftliche Notizen verpönt, bei Gerichtsreden sogar ausdrücklich untersagt. Eine der wichtigsten Aufgaben des Vortragenden war also die freie Rede. Und so habe ich es bisher auch immer in meinen Seminaren gehalten. Aber heute Morgen spielen mir Gedächtnis und Konzentration einen Streich. Meine Rede stockt, die Argumente wirken weit hergeholt, ja hilflos. Die Studenten blicken mich müde und desinteressiert an.

Ihre Abwesenheit bringt mich noch stärker aus dem Konzept. Ich spüre selbst, wie aufgesetzt und forciert meine Ungezwungenheit wirkt. Die Pausen werden zu lang, kommen Ausfällen gleich. Die wenigen Wohlgesinnten beginnen, um jeden neuen Satz zu zittern. Der Schweiß bricht mir aus. Was war noch einmal das eigentliche Thema dieses Morgens?

Der Grundbestand der Topoi, die Fundstätte aller Argumente, sie liefern ein Raster, das sich einfach merken läßt, Vaterland, Geschlecht, Erziehung, Vermögen, Namen, Umstände, was muß ich mehr tun als mich an diesem Geländer festzuhalten, ein kurzer Schwindel nur, ich hätte nicht hinabblicken dürfen, habe mich hinreißen lassen, anstatt zu belehren, doch manchmal muß man die Gesichter der Zuhörenden erst füllen, nicht nur ich bin mit diesen Vergiftungssymptomen heute Morgen aufgewacht, leere wächserne Gesichter sitzen mir gegenüber wie Fremde in derselben Tram, unausgeschlafen, mürrisch, feindselig, den bitteren Geschmack des schwarzen ungesüßten Kaffees noch auf der Zunge, keine Butter mehr im Haus, die gute Butter auf unserem schimmeligen Leben, der Kühlschrank, das gähnende Maul eines Obdachlosen, man hätte die Tür offenstehen lassen müssen, nachdem man dem Abrißhaus den Strom abgedreht hat, nun bedeckt ein schwarzgrauer Pelz das eierschalenfarbige Plastik, und ein Gestank nach verdorbenem Fisch quillt aus der wattigen Höhle.

Das Geländer, die Odyssee der Rede, ich schließe kurz die Augen, die Trauerrede im Judentum, der *Kaddisch*, weil wir nicht wissen, wann er, der Tod, an uns herantritt, weil wir mitten im Leben bereits vom Tod umfangen sind, wie uns der Talmud lehrt, leben wir so, daß wir in jedem Augenblick mit gutem Gewissen für uns und ohne Schaden für andere sterben können, wie ein Kaufmann, dessen Bücher immer in klarer Ordnung, dessen Gläubiger bezahlt, dessen Schuldner wohl bedient sind.

Was sind unsere Waren, unser Haben, unser wahres Guthaben in dieser Welt? Die *Mizwot*, die wir erfüllt haben, *Mizwa* heißt Pflicht, *Bar Mizwa*, Sohn der Pflicht, aller Pflichten, die uns auferlegt, heißt Schuldigkeit, ein Vorrecht, über das wir glücklich sind, und darum werden wir mit Recht beneidet, das frischgebügelte Hemd durchgeschwitzt, die Stufen zu rasch genommen, auf welchem Absatz stehe ich: Die Pforten der Gerechtigkeit kann der Sterbende selbst auftun helfen, das Geländer! Eine Feder auf der Oberlippe, ein Tuch um Kinn und Schläfen, Holz auf Stroh, ist Holz nun ein Gegenstand oder Substanz, wo es nichts mehr zu erzählen gibt, ist eine *narratio* überflüssig, alles Wasser, das im Hause ist, wird ausgegossen, das Wasser, worin der Engel sein Schwert gespült hat, und alle Spiegel verhängt, um nicht zwei Tote sehen zu lassen.

Tahara, die Reinigung mit lauwarmem Wasser, zuerst der Kopf, zuletzt die Füße, die in Richtung jener Tür liegen, durch die er hinausgetragen wird, und nur der Teil, den man im Augenblick wäscht, darf unbedeckt bleiben, Hinführung zum Redegegenstand, Wiederherstellung der Redesituation, man legt keine Gebetsriemen an, man sagt nicht *Amen*.

Ein guter Redner hält keine Lobrede, er kündigt ein Theater an, das Gesetz verbietet die Verstümmelung des Körpers, keine Autopsien! Reißt Gras aus! Rasiert euch nicht! Hockt auf der nackten Erde! Daß gehört Sein Name sei, daß bedankt, befreit, befriedet, beglaubigt besiegelt besiegt, Victor, das Enthymem, aus gutem Holz geschnitzt, die größte Freiheit zu sagen, was von einem Menschen zu sagen ist, kurz, bündig, ein Klafter ins Gemüt, in jener Ecke des Ackers, die für die Nachdrücklichen bestimmt ist.

Was könnte mehr meine Hand, meine Zunge, meine Ohren sein als die Hand, die Zunge, die Ohren meines Sohnes? Und dennoch kann ich diese Hand nicht greifen: als sei sie nur noch in einem Spiegel vorhanden.

Selbst in der vollkommenen Dunkelheit finde ich mich besser zurecht, solange niemand die vertraute Anordnung der Möbel im Zimmer verändert hat, als im Spiegel dieses Zimmers, wo sich die rechte Hand als linke ausgibt.

Der Junge wäre zu keinem Fremden in den Wagen gestiegen. Selbst die Kriminalstatistiken belegen, daß sich in neunzig Prozent aller Fälle Täter und Opfer bereits kennen.

Wochen des Mißtrauens. Mißtrauen gegen Nachbarn, Kollegen, Freunde, die engsten Verwandten. Wer hat Geldsorgen? Wessen Neid oder Eifersucht haben wir erregt? Wem haben wir etwas genommen, was nun den Verlust unseres eigenen Liebsten rechtfertigt? Wen haben wir übersehen, gedemütigt, verletzt, aus dem Amt gedrängt oder überrundet?

Natürlich führt diese Paranoia zu nichts anderem als zur Zerstörung des sozialen Netzes. Je größer die Anteilnahme, um so tiefer das Mißtrauen.

Hätten wir die Polizei aus dem Spiel gelassen, hätten wir damit das Verlangen nach Beherrschung nicht bereits befriedigt und ein grausameres, stellvertretendes Opfer überflüssig gemacht? Der Vater existiert nur noch in seinem unerfüllbaren Wunsch nach dem Gesetz.

Ein Psychologe kann einen Priester so wenig ersetzen wie die reine Vernunft einen Gott. Wir sind alleingelassen mit unserem Wahnsinn, der Lücke.

Ich lege meine Feder nieder, ohne sie niederzulegen. Im Portugiesischen bedeutet das Wort für Feder, *pena,* auch Kummer oder Schmerz.

Am nächsten Morgen, einen Tag nach dem unangenehm vertraulichen Gespräch mit Kommissar Volkmann und einer weiteren Nacht ohne ein Lebenszeichen von Titus, finde ich diesen absonderlichen Brief mit seiner kryptischen Botschaft in meiner Post. Und ob es mir gefällt oder nicht, wieder sitze ich diesem milchhäutigen Ermittler gegenüber.

Sie haben den Brief eigenhändig geöffnet? fragt er mit seiner sanften Stimme.

Selbstverständlich. Er war ja an mich adressiert. Konnte ich denn ahnen, daß es sich um ein Erpresserschreiben handelt?

Natürlich nicht. »Geben Sie den kleinen Finger, erhalten Sie die ganze Hand!« Das klingt tatsächlich nach einem schlechten Scherz. Vielleicht helfen Sie mir, seine tiefere Bedeutung zu verstehen.

Ich verstehe nicht mehr als Sie, Herr Kommissar. Soll ich mir etwa den kleinen Finger abschneiden, im Austausch für die Hand meines Sohnes? Und was kommt als nächstes? Auge um Auge, Zahn um Zahn?

Könnte das Schreiben möglicherweise von Ihrem Sohn selbst verfaßt worden sein?

Ausgeschlossen. Diese Art von zynischem Umgang miteinander pflegen wir in unserer Familie nicht.

Dann müssen wir allerdings von einer wesentlich ernsteren Lage ausgehen. Sie werden vermutlich in Kürze weitere Nachrichten erhalten. Bitte übergeben Sie alle ungewöhnlichen Sendungen direkt mir oder meinen Kollegen. Und erlauben Sie uns bitte auch, in den nächsten Tagen alle Anrufe mitzuhören, für den Fall, daß es sich tatsächlich um eine Entführung handeln sollte und der oder die Täter mit Ihnen telefonisch Kontakt aufzunehmen versuchen.

Muß das wirklich sein?

Ihr Sohn ist zwölf Jahre alt und nun drei Tage verschwunden. Das spricht, wenn Sie meiner Erfahrung vertrauen wollen, nicht für einen dummen Jungenstreich.

Gut, tun Sie, was Sie für richtig halten. Brauchen Sie mich noch? Ich habe um elf Uhr eine Sitzung.

Eine Frage noch, Herr Professor. Angenommen, dieser Schreiber treibt keinen bösen Scherz mit uns, sondern meint es ernst, würden Sie Ihren kleinen Finger opfern, um Ihren Sohn unversehrt zurückzuerhalten?

Schon als junges Mädchen findest du, Miriam, eine beunruhigende Lust in jeder Form der Selbstverstümmelung: Du kaust deine Fingernägel bis tief ins Nagelbett ab, so daß sie immer wieder bluten. Und mit den Rasierklingen deines Vaters schneidest du dir bizarre Muster in die Unterarme. Später erzählst du mit einem Lächeln davon, als habe es sich um eine alltägliche jugendliche Verrücktheit gehandelt.

Ich habe gehofft, nach dieser langen Phase tiefer Depression befändest du dich bereits auf dem Weg der Besserung. Du gehst wieder zur Universität, bereitest gewissenhaft deinen Unterricht vor und läßt dir in den Seminaren nichts von deinem

Kummer anmerken. Bis ich dich plötzlich, an einem Morgen im April, mit blutender Hand und harter vorwurfsvoller Miene am Küchentisch sitzend finde. Du hältst mir deinen Ringfinger entgegen, den du dir fein säuberlich mit dem Schälmesser direkt unterhalb des Eherings abgeschnitten hast und sagst: Hier, nimm deinen Penis zurück, und gib mir dafür meine Gebärmutter wieder!

Nach diesen vielen Jahren erscheinen mir deine Tat und deine Forderung nicht mehr so wahnsinnig wie an jenem Aprilmorgen. Mag die Gebärmutter in uns Männern auch zu einer reinen Imagination geschrumpft sein, so bleibt sie doch euch Frauen geraubt. Wir halten den Wahnsinn so wenig aus wie die Wahrheit, vor allem wenn sie zusammenfallen.

Sie interessieren sich gar nicht dafür, wer mich so hassen könnte, daß er ein derartiges »Lösegeld« von mir verlangt?

Von Ihnen oder von Ihrem Sohn?

Am Abend steht er mit seinem Kollegen, Kommissar Kramp, vor unserer Haustür und fragt mich höflich, ob er eintreten und einen Blick in Titus' Zimmer werfen dürfe; steht mit hängenden Armen da wie ein trauriger haarloser Affe und sein Wärter im gelben Licht aus dem Korridor. Widerwillig lasse ich sie eintreten.

Miriam hat nach einem wortkargen Abendessen mit mir zwei Schlaftabletten genommen und ist bereits zu Bett gegangen. Sie hat zwei Nächte lang nicht geschlafen und würde ohne die Tabletten wohl auch diese Nacht kein Auge zubekommen. Ich bitte die beiden Beamten, möglichst leise zu sein und meine Frau nicht aufzuwecken. Diese Geschichte beginne, sich ernsthaft auf ihre Gesundheit auszuwirken.

Volkmann verspricht, gleich morgen früh Frau Wollmeister zu uns zu schicken, eine erfahrene Polizeipsychologin.

Ich weiß nicht, was Miriam von diesem unverlangten Beistand halten wird, verspüre aber wenig Neigung, diese Frage mit Volkmann zu diskutieren. Während der Hauptkommissar wie auf Zehenspitzen durch das Kinderzimmer tänzelt, bleibt Kramp an der Tür stehen, als wolle er seinen Vorgesetzten oder mich am Entkommen hindern. Volkmann streicht über verschiedene Gegenstände wie ein Museumsbesucher über die wertvollen Kunstwerke, ohne sie wirklich zu berühren.

Hat Ihr Sohn vielleicht Tagebuch geführt? fragt er mit seiner leisen, freundlichen Stimme.

Ich habe bereits mit dieser Frage gerechnet und Titus' Aufzeichnungen rechtzeitig vor dieser rehäugigen Neugier in Sicherheit gebracht.

Nicht, daß ich wüßte! antworte ich ruhig.

Ihr Sohn ist sehr belesen für sein Alter, nicht wahr, Herr Professor, Hermann Hesses *Steppenwolf*, Musils *Zögling Törleß*, Rilkes *Malte Laurids Brigge* –

Meine Frau und ich haben uns vollkommen aus seinen Lektüreentscheidungen herausgehalten, seitdem wir ihm keine Gute-Nacht-Geschichten mehr vorlesen. Und das ist nun wirklich schon viele Jahre her.

Während Volkmann mit botanischer Behutsamkeit in Titus' eselsohrigen Schulheften blättert, steht Kramp immer noch reglos vor der geschlossenen Tür und starrt mit einer Art mißmutiger Langeweile auf die Popstarposter über Titus' Bett.

Wie hat Ihr Sohn sich mit seinen Lehrern verstanden?

In den ersten Schuljahren war er ein hervorragender Schüler, aber in den letzten Monaten hat sein Interesse an der Schule spürbar nachgelassen.

Gab es Ärger mit Lehrern oder Mitschülern?

Sie haben wohl keine Kinder, Herr Kommissar, oder?

Nein, Herr Professor. Aber ich verstehe, was Sie meinen.

Schließlich war auch ich ja mal zwölf Jahre alt. Ich sehe hier keinen Computer!

Meine Frau und ich wollten nicht, daß er seine Freizeit mit Computerspielen oder im Internet verbringt. Wenn er etwas schreiben oder recherchieren wollte, durfte er Miriams Rechner in ihrem Arbeitszimmer benutzen.

Volkmann nickt verständnisvoll, und ich könnte ihm ins sanfte pausbäckige Gesicht schlagen für dieses verlogene Verständnis. Als wüßte ich nicht, was in diesem tonsurierten faltenlosen Bullenschädel vor sich geht!

Ich erzähle Miriam nichts von diesem späten Besuch der beiden Polizisten.

Während sie sich an ihrem Institut krank meldet, vielleicht auch wirklich krank ist, gehe ich weiter meiner Lehr- und Gremienarbeit nach.

Am Abend liegt der Caravaggio-Bildband noch an derselben Stelle aufgeschlagen wie am Morgen, als ich das Haus verließ. Ich habe deine besondere Zuneigung zu diesem morbiden Maler, der sich mit Vorliebe in abgeschlagenen Häuptern portraitierte, nie verstanden. Selbst in weniger angespannten Zeiten hat mich seine pathologische Lust an klaffenden Wunden und leichenblassem Fleisch eher abgestoßen. Bilder wie aus den Kühlfächern der Morgue.

Heute finde ich in meiner Fakultätspost einen Brief aus Nanking vor. Professor Hu schreibt mir, der Universität sei es endlich gelungen, die bürokratischen Hemmnisse, die in diesem Lande leider immer noch den akademischen Austausch behinderten, zu überwinden, und habe nun die Freude und Ehre, mich zu einer Gastprofessur gleich für das kommende Semester an die Wu-Han-Universität einzuladen.

Das kommt nun wirklich überraschend. Fast ein Jahr habe ich nichts mehr aus Nanking gehört. Aber Jian hatte mich bereits gewarnt, daß die Entscheidungsprozesse in seiner Heimat einem anderen Zeitkonzept unterlägen. Angesichts einer dreitausend Jahre alten Verwaltung, die sich trotz einiger Etikettenwechsel in ihrer Struktur so gut wie gar nicht geändert habe, seien elf Monate für eine so schwerwiegende Entscheidung wie die Einladung eines westlichen Akademikers eine geradezu halsbrecherisch kurze Zeit.

Und wie ist dann die nur Tage zählende Frist zu bezeichnen, in der Professor Hu meine Antwort erwartet?

Soll ich Miriam von meiner bevorstehenden Reise ins Reich der Mitte unterrichten? Interessiert es sie überhaupt noch?

Du konntest mein Schweigen immer recht gut ertragen oder dich selbst ins Schweigen zurückziehen, solange du mich in deiner Nähe wußtest. Aber unser Schweigen der letzten Jahre ist nicht dasselbe wie das wortlose Vertrauen, das uns in den Jahren des Zusammenlebens umgab. Titus' Verschwinden hat alles verändert.

Nein, nicht erst Titus' Verschwinden. Die Geschichte des falschen, lügenden Schweigens begann schon mit Juan, begann in den ersten Tagen unserer Freundschaft.

Jahrelang gehen wir in dieselbe Klasse, ohne daß unsere Beziehung über ein rein kameradschaftliches Gefühl hinausginge. Nach deiner Mary-Shelley-Phase gehören wir zur selben Clique, der Alexandre-Dumas-Fraktion unseres Jahrgangs, die sich von der Edgar-Wallace-Gemeinde vor allem durch ihren militanten Spott für das Fernsehen und seine verblödenden Anhänger unterscheidet. Die gegenseitige Verachtung schweißt die jeweiligen Fraktionen nur noch stärker zusammen.

Wir tauschen Bücher aus, lesen einander vor und versuchen uns selbst im Schreiben. Pubertäre Lektüren, die im unschuldigen Raum der Masturbation verbleiben. Was richtigen Sex betrifft, hat die phantastische Fraktion des Mitternachtskrimis uns ein Vielfaches an Erfahrung voraus. Ich hingegen kann mir noch nicht vorstellen, daß je einer dieser Akte an die Sensationen, die ich in der Unterbettdeckenwelt meiner Phantasie erlebe, auch nur im Entferntesten heranreichen wird.

Mein Verhältnis zu dir, Miriam, wird kompliziert, als ich mit Beginn der Oberstufe plötzlich in Juans Handballmannschaft spiele. Natürlich kenne ich deinen Bruder seit langem aus deinem Elternhaus und vom Pausenhof. Aber bisher begegnete er mir mit der Sympathie, die Primaner für Sekundaner oder ältere Brüder für die Freunde ihrer jüngeren Schwestern hegen.

Und nun spielen wir im selben Team. Glücklicherweise bin ich ein guter Sportler, wenn auch nicht so ausgezeichnet wie Juan. Dieser Star unserer Schule spielt bereits in der Landesliga. Nicht nur die Mädchen unseres Gymnasiums himmeln ihn an. Und nun schwitzen wir zweimal in der Woche in derselben Halle, schlagen uns nach einem Sieg freundschaftlich auf die Schultern und stehen nach dem Training unter derselben Dusche.

Fast jeden Nachmittag verbringe ich bei dir, so daß ich bald zur Familie gehöre. Auch in meinem Elternhaus wäre Platz genug für Besuch gewesen. Aber Vater haßt unerwartete Gäste.

Obwohl wir uns bereits so viele Jahre kennen und unzählige Stunden allein in deinem Zimmer verbracht haben, kenne ich den Körper deines Bruders nach wenigen Stunden gemeinsamen Handballspiels bereits besser als deinen nach sechs Jahren gemeinsamen Vorlesens. Aber, so seltsam es klingen mag, erst die Nacktheit deines Bruders macht mich neugierig, auch deine Nacktheit zu entdecken. Mit seinen Muskeln, seinem Schamhaar, seinem Schweiß dringt die Wirklichkeit der Körper in die Welt unserer papiernen Phantasien.

Am Anfang ist meine Eroberung deines Körpers eher eine Suche nach Ähnlichkeiten. Eure Gesichter zeigen noch die größte Nähe, aber schon die Hände gehören verschiedenen Welten an. Seine Pranken umschließen den Lederball, als sei er ein Taubenei. Doch deine Hände sind schmal und langfingrig wie die einer Bratschistin. Beide seid ihr schlank und sehnig, aber Juans Körper scheint über die Muskeln hinaus von einer Art kriegerischer Rüstung bekleidet, selbst wenn er nackt ist, während deine Nacktheit mich frösteln läßt. Deine Haut wirkt wie ein zarter transparenter Stoff, hinter dem vollkommen ungeschützt das Herz schlägt. Wie kann ich es wagen, mich mit meinen harten Knochen auf dieses feenhafte Gespinst zu stürzen!

Es ist an dir, mir die Scheu zu nehmen und mich zu lehren, daß du alles andere als zerbrechlich bist. Was bei deinem Bruder Kampf ist, wird bei dir zum Tanz. Diese Liebesnachmittage mit dir sind anmutig, leicht und schön. Daß Liebe aber durchaus mit Kampf, Schweiß und blauen Flecken zu tun haben könnte, wird in die Verliese meines Unbewußten verbannt.

XII

Sonntagnachmittag. Ich sitze an meinem Schreibtisch, um den Unterricht für morgen vorzubereiten: Tropen und Rhetorische Figuren. Ich könnte in meine Akten schauen und das Material aus dem letzten Semester wiederverwenden. Aber dieser Nachmittag ist ein grüngrauer Seelenauswurf, während der Sonntagnachmittag im Sommer ein noch glühendes außerirdisches Trümmerstück war.

Was ist ein Bild? Und wie funktioniert es? Gestörter Kreislauf der Wundheilung. Zuerst die Narbe, dann der Schnitt. Hautschmuck der Rede. Dabei muß klar sein, daß jede Verletzung der Oberfläche eine Veränderung des Körpers nach sich zieht.

Mißverständnisse sollen nicht verhindert, im Gegenteil, sie sollen nahegelegt werden: Schwitzende Sonne am Krater des Vesuvs. Risse im Parthenon.

Fälschlicherweise gilt solche Bildlichkeit als besondere Qualität rhetorischer Texte. Besser wäre es, die Farben schwiegen, selbst das Bennsche Blau der Introvertierten.

Ich sollte ein wenig vor die Tür gehen. Noch im Morgenrock, dieselbe Tasse mit dem kaltgewordenen Frühstückskaffee vor mir, verhockt, in den geschwollenen Beinen das Hirnwasser, und die Hirnschale weithinhallend leer, weil das Ich es vorzog, heute morgen nicht zu erwachen, sondern auf seiner Traumjagd nach Liebe zu verweilen.

Doch was gibt es auf der Straße anderes als die Sonntagsgalle und den zu früh ergrauten Tag, also den kotigen Linoleumgeruch eines Seniorenwohnheims? Die Hausbesitzerin mit ihrer Dogge, die Hauswartfrau mit ihrem Mops, Blutergüsse, durchgelegene Rücken, urinfleckige Bruchbänder, dann die Leichenteile im Glascontainer an der Mozart-, Ecke Beethovenstraße, der Rest Frauenärzte, Schmerzmittel, Antidepressiva, und natürlich die Nachbarn, die deutschen Schlager aus dem Souterrain, und die kehligen Ave Marias aus der Garagenwohnung des Herrn Liszt. Sie würden ihr Gespräch unterbrechen und mich grüßen, auch wenn ihre Höflichkeit häßlich wie ein Essensrest am Rande ihrer Lippen hinge, und ich müßte mir die Mühe machen, wenigstens zu nicken, ohne mich zu übergeben, was wäre das für ein Gehen ohne mich gehen zu lassen? Wenn schon Leere, dann die Leere der Straße, über die ich streife; ohne jemanden zu berühren, den aufgeweichten Seelenasphalt entlang, der meinen Schritt dämpft wie der Schlaf, in den ich hineinzugleiten drohe.

Einen Augenblick verweile ich vor dem Glascontainer, dem Metallgehäuse des schrecklichen Fundes, der seit Wochen die Gemüter der Witwen des Komponistenviertels erregt. Noch fehlen die Arme und der Kopf, doch das Puzzle der bereits zusammengesetzten Teile ergibt ein siebzehn oder achtzehn Jahre junges Mädchen, eine in Scherben gebettete Venus des Boulevards, unvollkommen noch, doch durch ihre Unvollkommenheit von herzzerreißender Schönheit, ein Gesicht wie eine efeuberankte Mauer im Winter, unverputzt, rauh, ganz Erwartung.

Metapher, Metonymie, Synekdoche, während ich einen Schritt zur Seite trete, um dem fremden Mann zu erlauben, seine Bier- und Weinflaschen in dem grünen Metallsarg zu entsorgen, höre ich Schreie aus diesem Brutkasten, Geburtsschreie eines Romans, einer Tragödie, die Schreie einer herausgeschnittenen Zunge, eines abgetrennten Geschlechtsteils, das sich schmerzhaft gekrümmt in den Scherben aufzurichten versucht und an der Unmöglichkeit, seinem Leiden einen mitteilbaren Ausdruck zu verleihen, schier verzweifelt und in sich zusammenfällt.

Der größte Augenblick der Bewußtheit ist der Dämmerzustand, die Grenze, an der Wahrnehmung und Imagination für einen Augenblick ununterscheidbar miteinander verschmelzen. Denn weder die reine Wahrnehmung noch die pure Imagination allein kennzeichnen hinreichend den Raum, den wir »Erfahrung« nennen.

Nur der Romanautor kann sagen, dies oder das sei geschehen und jenes habe sich ereignet. In unserem Bewußtsein gibt es diesen Faden der Erzählung nicht, sondern ein Knäuel. Allenfalls göttinnengleiche Spinner mögen daraus einen Schicksalsfaden gewinnen.

Natürlich, auch die Leser lieben den Roman mehr als die Lyrik, das »dann« und »danach« gibt ihnen ein behagliches Gefühl von Ordnung, zumindest in den Mußestunden unter der Leselampe. Die Gedichte hingegen, diese chinesischen Knäuel und Knoten der Gleichzeitigkeit, erschrecken uns, weil sie jenem Dämmerzustand gleichen, in dem wir weder aufzeichnen noch erzählen, sondern uns dem Schock der Erfahrung aussetzen.

Wenn man sich auf die Zehen stellt, steht man nicht sicher, warnt mich Jian. Ebensowenig sicher steht derjenige, der mit beiden Füßen fest auf der Erde zu stehen glaubt.

Wie soll ich dann stehen? frage ich hilflos.

Der junge Mann lächelt geduldig: Wachheit und Aufmerksamkeit, das sind die Waffen gegen den unwillkommenen Tod. Denn es kommen zweifellos mehr Menschen durch Unaufmerksamkeit als aus Mutwillen ums Leben. Und wenn es denn sein muß, die letzte unvermeidliche Niederlage, dann lieber verursacht durch die Kunstfertigkeit des Gegners als durch meine eigene Unachtsamkeit. Denn der Weg des Schwertes ist zunächst natürlich eine Kampftechnik, den Gegner zu töten. Erst im Lauf der Zeit wird es zu einer Technik der Selbstbeherrschung und Kontemplation.

Vielleicht auch deshalb, weil inzwischen effizientere Mittel des Tötens erfunden wurden.

Vielleicht. Aber vergessen Sie nie, über viele Jahrhunderte hatten die Übungen das Ziel, auf den Ernstfall des Zweikampfs auf dem Schlachtfeld oder im Turnier vorzubereiten. Auch wenn wir nur mit einem Bambusstock fechten, so halten wir doch immer noch eine Waffe in der Hand. Bei allen Hieben und Stößen, die gelehrt werden, ist der Tod noch gegenwärtig. Jeder Schlag auf das Haupt, jeder Stoß gegen den Kehlkopf verweist auf den kriegerischen Ursprung. Ein Augenblick der Unachtsamkeit, und Sie haben Ihr Leben verwirkt.

Ich verstehe das alles, doch fühle mich mit meinen nackten Füßen auf dem Holzboden, dem dunkelblauen Hosenrock und dem baumwollnen Hüftschutz äußerst lächerlich. Wir üben noch ohne die vollständige Rüstung, Jian nennt es *Kata*, bestimmte zeremonielle Formen des Stehens, des Grüßens und des Rufens. Immer deutet Jian den ersten Schlag an, und immer überläßt er mir den letzten, um mir damit den Sieg zu lassen. Das ist natürlich absurd. Meine Schlagversuche sind eher ein zielloses Fuchteln, dem er mit tänzerischer Anmut auszuweichen versteht.

Er versichert, daß es für das Erlernen des Schwertkampfes keine Altergrenze gebe, doch ich spüre bei jedem Aufstampfen, jeder Beugung der Knie und jeder Drehung der Hüften jedes einzelne Lebensjahr schmerzhaft in meinen Gelenken knirschen. Und schaue ich mit meiner bifokalen Brille ins jugendliche Auge meines Gegenübers, um alle seine inneren und äußeren Bewegungen vom Haarschopf bis zu den Fußsohlen im Blick zu behalten, verschwimmt mein Blick nach wenigen Sekunden in einem senilen Tränenfilm. Und wage ich es, mich vor den Wandspiegel zu stellen und den Bambusstock gegen mich selbst zu richten, sehe ich alles andere als einen in Ehren ergrauten Samurai, grau und schütter ja, aber eben das lächerlich anrührende schüttere Grau eines Don Quichotte.

Die Tür hinter mir schließen, meine Sekretärin, meine Kollegen, meine Seminaristen aussperren, ihnen zu verstehen geben, daß ich nicht gestört werden darf, daß wir uns in verschiedenen Räumen befinden und eine Grenze, ein Hindernis uns trennt. Die Tür ist mehr als diese bewegliche Barriere, sie ist ein Pars pro toto, steht für ein Mehr, ein Mehr, das ich eher spüre als begreife. Die Tastengeräusche aus dem Vorzimmer, Frau Froböses lange rotlackierte Fingernägel auf dem glatten Plastik, das Rascheln von Papier, das Ventilatorensummen aus ihrem Computer, je feiner, je unhörbarer die Geräusche, um so mehr rufen sie eine unbändige Wut in mir hervor, blutrünstige Phantasien, ihr die lackierten Nägel auszureißen und die blutenden Fingerstümpfe von den scharfen Rotorblättern zerhacken zu lassen, dankbar für jeden Schrei, der die wattierten Geräusche der Schonung durchdringt.

Was ist mit mir los? In der jüngsten Vergangenheit ist doch nichts Einschneidendes geschehen, das mir Anlaß zum Unglücklichsein gäbe. Und trotzdem scheint die in den letzten Jahren so ruhig, so rund laufende Lebensmaschine ins Stottern geraten zu sein. Dazu war keine Schaufel Sand, kein Kurzschluß, kein geborstenes Rädchen notwendig. Es genügt eine minimale Verschiebung, eine Verkantung, das ganze gutgeschmierte Getriebe aufkreischen zu lassen.

Ich könnte mich zusammenreißen und die Tür wieder öffnen. Es ist vielleicht nicht einmal jemandem aufgefallen, daß ich die Verbindung für kurze Zeit unterbrochen habe. Warum wehrt sich etwas in mir, dieses kurze Stottern und Schreien zu übergehen, ein wenig Öl nachzugießen und die Maschine weitersurren zu lassen? Im Großen und Ganzen vollzieht sie ihre Aufgabe doch tadellos!

Es ist die Zeit. Es ist die Zeit, die gnadenlos ausläuft, seitdem wir nicht mehr an die Ewigkeit glauben. Jahrhundertelang haben wir sie zu beherrschen versucht, nun hat sie uns stärker denn je im Griff: linear, meßbar, begrenzt. Früher einmal lag immer mehr Zukunft vor als gelebte Zeit hinter uns. Die Zeit war keine Linie oder Achse, sie war ein Rad, ein Zirkel, ein Kreislauf. Nie wieder werde ich an einen Zeitort meiner Vergangenheit zurückkehren können. Und soweit ich das Ende auch über meinen physischen Tod hinauszuschieben versuche, nie wird aus der geschundenen Überlebenszeit eine neue Ewigkeit.

Das Gefühl, unsterblich zu sein, wahrt nur derjenige, der in jungen Jahren stirbt. Mir indessen hat sich soviel Unwiderrufliches und Unwiederbringliches angehäuft, unter dem sich fast alles befindet, was meinem Leben einmal Sinn gab: Jugendlichkeit, Attraktivität, Neugier, Abenteuerlust, Welterschaffung und -eroberung, sie alle gehören inzwischen der Vergangenheit.

Unter dem, das mir geblieben ist, befindet sich die Unfähigkeit zum Selbstbetrug. Und genau diese Fähigkeit böte vermutlich den einzigen Trost, dem Skandal des Alterns und Sterbens noch ein ihm eigenes Glück abzugewinnen.

Früher ging in der Regel der biologische Tod dem sozialen Tod voran. Der Verstorbene blieb den Angehörigen und Freunden, seinem Verdienst gemäß, in Erinnerung.

Heute folgt der biologische Tod oftmals einem langen einsamen sozialen Sterben in Kliniken und Heimen. Und selbst der Tod der Verdienstvollen ist kaum mehr als eine Zeitungsanzeige wert.

Der Tod zeigt die Welt in dem Augenblick, wo unsere Vorstellung von ihr vom Mythos, von der Verzauberung zur Ernüchterung, zur Geschichte übergeht. Die Verzauberung verstummt, das Melderegister übernimmt das Wort. Nicht die Geburt, der Tod läßt uns in die profane Welt der Banken und der Bilanzen eintreten.

Jedes Nachdenken über den Tod müßte zu einer kritischen Mythologie zurückfinden, zur Aufhebung der Kluft zwischen dem Gegenstand und dem Akt, über ihn zu sprechen, zwischen dem sprachlichen Tod und dem Gespräch mit ihm. Orpheus konnte noch mit ihm handeln, Sisyphos ihn überlisten, ja nicht nur Alchimisten und Philologen, jeder listige Bauersmann konnte ihn bis in die jüngste Vergangenheit noch zu einer verwegenen Wette verführen.

Die Totenstarre ist eine mythische Erstarrung, die Selbstverdauung des Leichnams ein Verwesungsprozeß unserer *Poiesis*, unserer Fähigkeit zur Welterschaffung.

Die kritische Mythologie müßte vor allem Charon, den Fährmann, wiederbeleben, der zwischen den Welten vermittelt, auf der einen Seite des Styx das Erleiden der Zeit, auf der anderen das Ersingen.

26 *Für die Ägypter hing das Überleben noch vom materiellen Fortbestand des Körpers ab. Die Einbalsamierung der leiblichen Erscheinung war ein Kampf gegen die Zeit.*

Wir haben die Einheit von Körper und Selbst infolge unseres Paulinischen Erbes aufgegeben und konnten uns eine Weile mit dem Fortleben wenigstens unserer Seele trösten. Doch gegenwärtig scheint es, als wäre unser Dasein wiederum vollständig an unsere körperliche Lebendigkeit gebunden, ja mit ihr identisch.

Poesie zwinge sich nicht auf, sie setze sich aus, sagt Paul Celan. Poesie als ein Sonderfall der Poeisis, *unserer Selbst-Erschaffung im Werk, ist in Celans Verständnis eine Geste aus unserem Körper und über unseren Körper hinaus in eine eigene, vom Leib unabhängige Existenz, verletzlich zwar wie ein ausgesetztes Kind, aber überlebensfähig, sobald und solange es von* Anderen *in Obhut genommen wird.*

Die Geste ist zweifellos noch ein Teil unseres Körpers und unseres

Selbst. In dem, was sie schafft, erlangt sie Dauer. Sie ist die lebendige Verbindung zwischen meinem Körper und dem Werk, zwischen meinem Selbst und dem der Anderen.

Als ich ein Junge war und noch an meinem Adamsapfel kaute, und meine Stimme ihre Zärtlichkeit verscharrte in der Asche des verbrannten weißen Knabenleibes; als sich zum ersten Mal ein Bienenschwarm in meiner übergeworfenen Löwenhaut einnistete und ein imaginärer Seegang mich an Land spie und meine Mutter mich bereits für stumm hielt, da zerriß etwas im Ohr, dem Hymen gleich, und im Rauch über dem Wasser erkannte der Junge das krause Haar um den nagelzerkauten Finger nicht mehr, die rote wunde Kehle, aus der ein fürchterlicher weißer Tropfen trat, der erste Tod, das ganze pickelige Gesicht war klebrige Süße, harpunierte Haut, bis der Erwartete eintrat.

Diesen Augenblick zu wiederholen, als mein Vater mir den Schlüssel gab, die Tür zu öffnen, ohne zuvor anklopfen zu müssen; den ich dem Fremden in die Hand legte, ohne mich zu vergewissern, ob er das Haus kannte; der an mein Bett trat und mir den Mund zuhielt, damit ich ihn nicht verriete, die Angeln, die Schritte unhörbar, und sich zu mir legte wie ein alter Bekannter, sieh, der Schlüssel! sein Lächeln ist gespenstisch, doch das Leuchten in den Augen voller Verheißung.

Wenn er noch einmal so einträte, der Tod!

XIII

Miriam spricht kaum noch. Und ihr Schweigen dröhnt unüberhörbar vorwurfsvoll durch die Stille des Hauses, als sei ich für das Verschwinden unseres Sohnes verantwortlich. Was erwartet sie von mir? Daß ich mich mit Ringen unter den Augen und ungekämmtem Haar neben sie auf das Sofa setze und mich vor Verzweiflung betrinke? Daß ich Tag und Nacht die Straßen unseres Viertels abfahre, die leerstehenden Lauben in den Kleingartenkolonien und die ungenutzten Lagerhallen im Industriegebiet durchkämme oder diesem Hauptkommissar Volkmann Prügel androhe, wenn er seinen Pastorenarsch nicht endlich hochbekommt und eine landesweite Fahndung einleitet?

Am nächsten Vormittag ein Anruf von Volkmann in der Fakultät, ich möge gleich ins Präsidium kommen.

Miriam ist bereits gegangen. Sie hat das kleine unscheinbare Päckchen geöffnet, hat das wachsmalstiftgroße Etwas aus dem weißen Schreibmaschinenpapier gewickelt und als kleinen Finger der rechten Hand von Titus identifiziert. Nun liegt es vor mir, dieses abgetrennte, merkwürdige, obszön wirkende Körperteil, in einer kleinen Klarsichthülle auf Volkmanns Schreibtisch, säuberlich mit Datum und Asservatennummer versehen. Wie konnte Miriam sich auf Anhieb sicher sein, daß es sich um den Finger unseres Sohnes handelt?

Wir werden natürlich eine DNA-Analyse veranlassen, sagt Volkmann, nachdem ich meine Zweifel geäußert habe. Mit Sicherheit wissen wir aber bereits, fährt er nach einer kurzen Pause fort, daß es sich um einen menschlichen Finger handelt, der einem noch lebenden Körper abgetrennt wurde. Das gibt uns einerseits Grund zur Hoffnung, andererseits müssen wir von einem zutiefst gestörten Täter ausgehen.

Was werden Sie nun tun?

Wir werden allen Spuren folgen, die wir inzwischen haben. Und wir werden natürlich die Akten durchforsten, um Fälle mit einem vergleichbaren Täterprofil aufzuspüren.

Ist es üblich, Entführungsopfer scheibchenweise ihren Familien zurückzuerstatten?

Zumindest ist es nicht ungewöhnlich. Einerseits beweist der Täter damit, die vermißte Person in seiner Gewalt zu haben, andererseits drückt er durch diese Brutalität seine Entschlossenheit aus, bis zum Äußersten zu gehen, wenn seine Forderungen nicht erfüllt werden sollten. Ungewöhnlich ist eher die Forderung.

Von welcher Forderung sprechen Sie?

Nun, normalerweise wollen Entführer Geld, viel Geld, in anderen Erdteilen auch mal Waffen oder inhaftierte Gesinnungsgenossen. Aber dem Entführer ihres Sohnes geht es um etwas anderes, das wir noch nicht ganz verstanden haben. Lesen Sie selbst. In dieses Blatt war das Fingerchen eingerollt.

»Wenn schon nicht den kleinen Finger, so leihen Sie ihrem Sohn vielleicht ein Ohr! Lassen Sie es einfach irgendwo liegen. Wir werden es schon finden!« – Was hat das zu bedeuten, Herr Kommissar?

Sie sind der Sprachwissenschaftler, Herr Professor. Es handelt sich offenbar um ein, wenn auch todernstes, Spiel mit der Doppelbödigkeit unserer Sprache.

Sie meinen, nachdem der Erpresser meinen kleinen Finger nicht bekommen hat, will er nun ein Ohr?

So könnte man diese Forderung durchaus interpretieren, nicht wahr?

Das ist doch absurd!

Wie auch immer, es geht offenbar um eine Abrechnung mit Ihnen persönlich, Herr Professor. Ich weiß, es wird Ihnen wie eine Zumutung vorkommen, aber wir müssen über ihre Vergangenheit sprechen, und zwar über jene Dinge, die wir normalerweise nicht einmal uns selbst eingestehen: Wo habe ich andere Menschen zutiefst verletzt, gedemütigt, geopfert? Wo habe ich mir, schuldhaft, fahrlässig oder auch vollkommen gerechtfertigt, Todfeinde geschaffen?

Das kann nicht Ihre Aufgabe sein, Herr Kommissar!

In der Tat kann ich Sie nicht zwingen, sich mir zu offenbaren. Aber ich bin davon überzeugt, daß in Ihrer persönlichen Vergangenheit der Schlüssel für die Lösung dieses Falles liegt.

Ich bin Hochschullehrer, Herr Kommissar. Ich habe vermutlich genauso viele Studenten durch Examina fallen lassen und damit gekränkt, gedemütigt und zu Todfeinden gemacht, wie Sie Kriminelle hinter Gitter gebracht haben.

Trotzdem sollten sie darüber nachdenken!

Er lebte, als man ihm den kleinen Finger von der Hand schnitt, sagt der Gerichtsmediziner. Womöglich verfügt der Täter selbst über ausreichende medizinische Kenntnisse, diese Amputation derart fachmännisch durchzuführen, heißt es in seinem Gutachten. Nun liegt dieser kleine Finger in Plastik eingeschweißt in einem Kühlfach der Pathologie.

Ich stelle mir vor wie dieser Operateur meines Sohnes zu Hause anruft und seiner Mutter erklärt, er käme heute abend ein wenig später zum Essen, sie solle nicht auf ihn warten.

Nachdem er den Jungen ins Versteck gebracht hat, bringt er den Wagen heim. Wird auch Zeit, fährt sein Vater ihn mürrisch an, nimmt seinem Sohn die Wagenschlüssel ab und macht sich auf den Weg zur Nachtschicht. Die Mutter hat ihm etwas vom Abendessen aufbewahrt und lächelt versöhnlich. Aber der junge Mann schlingt den Braten und das Gemüse geistesabwesend in sich hinein und sagt dann, er müsse noch einmal aus dem Haus und eine Kleinigkeit erledigen.

Er macht kein Licht im Keller. Er erkennt das Bündel unter der rauhen Armeedecke auch im Dunkeln. Er streicht über das struppige schwarze Haar des Jungen, dann über die kalten bartlosen Wangen. Es wird dir nichts passieren, sagt er leise. Sobald dein Alter bezahlt hat, laß ich dich gehen. – Der Junge bewegt sich nicht. Ist ja auch egal, ob er ihn verstanden hat. Die Geste spricht für sich.

Am nächsten Tag, einem Mittwoch, trifft der junge Mann, vielleicht ein Medizinstudent, ja, sicher ein Medizinstudent, seinen Vater erst am Abend. Am Mittag schlief der Vater noch, als der junge Mann zwischen der Pädiatrie- und der Psychopathologie-Vorlesung zum Essen nach Hause kam. Nun spielt er mit dem Alten Dame. Nachdem sein Vater zum Dienst aufgebrochen ist, sagt er seiner Mutter, er wolle noch eine Runde um den Block drehen, verläßt ebenfalls die kleine elterliche Wohnung und macht sich auf den Weg zu dem Jungen, den er so reglos und stumm unter der Militärdecke im lichtlosen Kellerraum antrifft, wie er ihn am Vorabend hinterlassen hat. Sei froh, daß du nicht mit meinem Alten Dame spielen mußtest, sagt er zu dem stummen Bündel.

Diesmal läßt er sein Feuerzeug kurz aufleuchten und stößt den Körper unter der Decke mit der weichen Spitze seines Sportschuhs an. Hör mal, willst du nicht deine Eltern anrufen? Sie machen sich sicher schon Sorgen!

Nachdem er noch einige Seiten in seinem Psychopathologielehrbuch gelesen hat, löscht er das Licht und schläft rasch ein. Am nächsten Morgen wacht er wie gewöhnlich um sieben Uhr dreißig auf, setzt sich an den gedeckten Frühstückstisch, durchblättert rasch die Tageszeitung auf der Suche nach einem

Hinweis auf seinen flüchtigen Ruhm, und macht sich dann um Punkt acht Uhr auf den Weg zur Universität.

Während der Vorlesung denkt er darüber nach, welche Körperteile für welchen Sinn stehen. Er erinnert sich an ein barockes Gemälde, das die Bestrafung des Marsyas zeigt. Weil dessen Flötenspiel schöner war als das Lautenspiel Apollons, läßt ihm der eifersüchtige Gott die Haut abziehen.

Wie häutet man einen Menschen? In der Tageszeitung las er eine Notiz, ein Landwirt habe seinen verstorbenen Vater an die Schweine verfüttert, um weiterhin dessen Rente zu kassieren. Immerhin ging die Polizei davon aus, daß der Alte eines natürlichen Todes gestorben sei. Er war bereits weit über achtzig Jahre alt. Aber wie will sie das wissen? Hat sie von ihren Spezialisten die Schweine öffnen und deren Mageninhalt analysieren lassen?

Im Bild von Tizian hängt der bocksbeinige Marsyas kopfunter an einem Baum wie ein Stück Vieh, das geschächtet und ausgeweidet wird. Hat Apollon selbst Hand angelegt, oder hat er die Häutung mit zweitklassigem Gezupfe begleitet? Hat er die Innereien den Musen überlassen, oder hat er sie selbst verzehrt, vor allem die Leber, roh, um sich so das außerordentliche Talent seines Rivalen einzuverleiben?

Für einen Augenblick erreicht ihn die Stimme seines Professors: Eine brillante hochintellektuelle Maschine, die aus dem Gleichgewicht gerät – Worüber redet der Klugscheißer? Ah ja, Psychopathologie. Lächelnd füllt der hübsche junge Mann seinen Notizblock mit kleinen Karikaturen des Vortragenden: Dieses pyknische Männchen mit dem hypertrophen Kinderkopf bestätigt alle gängigen Vorurteile gegen den Geisteszustand von Psychiatern und Neurologen. Er hätte Nietzsche lesen sollen, der Herr Professor! Dann würde er nicht glauben, er habe in seiner Beschwörung des gesunden Menschenverstandes Gott auf seiner Seite!

Wie können diese Gefangenen, für die nichts als Schatten existieren, von den Ketten ihrer Irrtümer befreit werden? Durch Worte, die wiederum nur Schatten des Wirklichen bezeichnen? Nein, nur durch die Tat!

Mit Peitschen muß man sie aus der dunklen warmen Höhle treiben, ihnen mit Gewalt die Köpfe in Richtung des Ausgangs wenden, selbst auf die Gefahr hin, ihnen dabei das Genick zu brechen. Die Wahrheit ist jedes Opfer wert!

XIV

Heute zum Arzt. Er hat nichts gefunden. Nichts Organisches zumindest. Überweist mich an den Neurologen.

Habe mich in seiner Orwellschen Praxis fast verlaufen. Selbst Duschräume für die Patienten sind vorhanden. Welche unsauberen Untersuchungsmethoden hat ein Neurologe zur Verfügung, die eine vollständige Körperreinigung erforderlich machen könnten? Oder gibt es Patienten, die ohne vorheriges Bad der Neurologe sich zu untersuchen weigert? Ich habe ihn nicht gefragt. Nachdem ich trotz Terminabsprache fast zwei Stunden gewartet und alle in der Tat schwerwiegende Symptome provozierenden Frauen- und Modemagazine durchgeblättert habe, bin ich gegangen. Das einzige Ergebnis, das ich bei meinem diagnostischen Unternehmen am heutigen Morgen mit nach Hause genommen habe, ist die überraschende Erkenntnis, daß Frauen- und Modemagazine nahezu entgegengesetzten Genres angehören: Die journalistische Welt der ersteren beschreibt einen Ist-Zustand, dem die Welt der letzteren, zumindest in diesem Leben, für immer verschlossen bleiben wird.

War das schon immer so? Auch Sei Shônagons *Kopfkissenbuch* trägt Züge eines frühen Frauenmagazins: Klatsch vom Kaiserlichen Hof, Schönheitstips, lange Listen merkwürdiger Accessoires und Assoziationen, Tagebuchnotizen einer müßigen Hofdame, die unter Langeweile und Lebensüberdruß leidet.

Ich habe Lu Jians Geschenk auf meinem Nachttischchen liegen. Normalerweise halte ich mein Schlafzimmer von Büchern frei, denn manchen Werken wohnt ein so beunruhigender Geist inne, daß es den Bettgenossen um den Schlaf zu bringen vermag.

Aber dieses in bordeauxrotes Leinen gebundene Büchlein aus handgeschöpftem Papier mit einem Lesebändchen aus chinesischer Seide strahlt eine Ruhe aus, die seinem Titel alle Ehre macht. Natürlich könnte mir nichts fremder sein als die Welt dieser jungen Frau am Hofe des Kaisers Ichigo, mehr als tausend Jahre vor meiner Zeit. Aber die Sprache dieser Frau, übrigens die Tochter eines Poesiespezialisten und damit von Kindesbeinen an mit dem Genre vertraut, atmet eine unerhörte Schwerelosigkeit, lichten japanischen Tuschezeichnungen vergleichbar.

Wäre mein Symptom nicht gegenteiliger Natur, ein unstillbares Schlafbedürfnis, so hätte ich in diesem Büchlein die ideale Therapie gegen manische Schlaflosigkeit gefunden. Von einem homöopathischen Standpunkt aus, könnte man natürlich auch versucht sein, das Übel mit demselben Gift auszutreiben.

Der Originaltitel *makura no sôshi* enthält eine Anspielung auf ein chinesisches Gedicht, das unserer mit ihrer Belesenheit kokettierende Tagebuchschreiberin nicht unbekannt gewesen sein dürfte: Es beschreibt einen älteren, früh ergrauten Herrn, der den ganzen langen Tag nichts mehr zu tun hat, als über Büchern, seinen »Kopfkissen«, einzuschlafen. Obwohl ich mir keinen glücklicheren Mann vorstellen kann, schien er den chinesischen und japanischen Lesern ein zutiefst bedauernswerter Mensch zu sein, weil sie ihn mit jener Einsamkeit und Melancholie in Zusammenhang bringen, die Sei Shônagons letzte Lebensjahre ausfüllten, nachdem sie den Kaiserlichen Palast verlassen konnte oder mußte.

Gerade weil das chinesische Denken so sehr auf Vernunft gegründet ist, meidet es die Logik als wesentliches Prinzip, antwortet Jian mit einem scheinbaren Paradox auf Alps Behauptung, Logik und Vernunft seien untrennbar. Logik wäre nur dann ein unverzichtbares Attribut der Vernunft, fährt er fort, wenn auch unsere Wirklichkeit von logischen Strukturen durchdrungen wäre. Doch bis auf die Grundschulmathematik, eine unter vielen menschlichen Sprachen, finde ich Logik weder in der Natur noch im menschlichen Verhalten.

Ich sehe die Anstrengung in Alps Gesicht, Gegenargumente auf Lu Jians provokante These zu finden. Megalina springt ihm mit einer wohl rhetorisch gemeinten Frage bei: Reden wir von Liebe oder von Vernunft? – Alp errötet, und Jian wartet mit stoischer Miene auf einen substantielleren Einwand.

Den Gegenbeweis, gebe ich meinen Seminaristen zu bedenken, finden Sie in Jians Redekunst selbst. Entgegen seiner Behauptung, das chinesische Denken sei vor allem auf Konsens ausgerichtet, stehen seine argumentativen Fähigkeiten ganz in der Tradition griechischer Rhetorik, bei der es um den Sieg der besseren Argumente geht.

Lächelnd entgegnet Jian: Der Irrtum liegt in dem Glauben, westliches und östliches Denken seien einander entgegengesetzt. Wir alle verfügen über eine ähnliche Vielfalt von Denkwerkzeugen, unter denen Logik nur eines ist. Es sind womöglich nur die Einsatzbereiche, in denen wir unsere Werkzeuge zur Anwendung bringen, die Kulturen voneinander unterscheiden.

Ist es nicht vor allem die Sprache, die uns unterschiedliche Denk- und Wahrnehmungsmuster aufzwingt?

Ich glaube nicht, daß Sprache unsere Wahrnehmung bestimmt. In jeder mir bekannten Sprache gibt es sowohl Begriffe für den Stoff oder die Substanz als auch für ein spezifisches Objekt. Im Chinesischen wie im Griechischen sprechen wir von Holz oder Ton, wenn wir den Stoff meinen, und von dem Scheit, dem Ast, der Schnitzerei, der Tonfigur, wenn wir von einem besonderen Gegenstand sprechen. Es ist eher die Erziehung, die unsere Wahrnehmung oder Aufmerksamkeit auf unterschiedliche Muster lenkt. Vielleicht achten wir Chinesen genauer auf den Raum, das Feld, als auf das Zentrum, den Mittelpunkt.

Das erinnert mich an die Regel im Kendo, ergänze ich zustimmend, seine Aufmerksamkeit nicht auf ein Detail zu richten, sondern freischwebend zu halten. In den letzten Jahrzehnten ist die Welt unter unseren Blicken buchstäblich zersplittert. Wir vertiefen uns in die Details und haben den Blick für das Ganze verloren. Ja, jede Anstrengung, noch eine Theorie des Ganzen zu versuchen, ist im westlichen Denken inzwischen zutiefst suspekt.

Andererseits können wir nicht leben, wendet Megalina ein, ohne diese Wahrnehmungssplitter ständig zu einem Ganzen zu ordnen, mag das Bild, das wir uns von der Welt machen, der Welt an sich womöglich nicht entsprechen. Aber das ist vielleicht auch gar nicht so wichtig.

Mir scheint es sogar unmöglich, stimmt Jian ihr zu. Nach meinem Verständnis ist die Welt ständig in Bewegung, so daß es das eine, wahre Bild von ihr gar nicht geben kann.

Aber wir brauchen die Momentaufnahme, um unsere augenblickliche Position in diesem bewegten Raum zu bestimmen, entgegnet Alp.

Ihr blickt durch ein Teleobjektiv auf die Welt, während wir das Weitwinkelobjektiv bevorzugen.

Wenn unserer menschlichen Wahrnehmung ein universelles Merkmal zukommt, schließe ich versöhnlich, dann jene Fähigkeit, mit den Augen des Anderen zu sehen!

Müder als gewöhnlich packe ich meine Aktentasche und gehe zur Tür des Seminarraums. Frau Fischer, von den Studenten gewöhnlich die »Menschenfischerin« genannt, versperrt mir mit der ganzen Aura ihrer hageren Anachoretenerscheinung den Durchgang. Hinter ihr eine lächerlich geringe Schar fanatischer Jünger.

Lieber Professor Holz! spricht sie mich an. Nie habe ich meinen Namen ausgetrockneter und feuergefährdeter knistern hören als aus ihrem zündelnden Mund. Lieber Professor Holz, zischt sie meinen Namen ein zweites Mal, Sie haben uns, trotz mehrfacher Bitten, Ihren Unterricht pünktlich zu beenden, erneut mehr als zehn Minuten warten lassen.

Es braucht eben seine Zeit, jeden meiner Studenten zu Wort kommen zu lassen, verehrte Kollegin, antworte ich mit einem mitleidigen Blick auf ihre drei verhärmten Hörer und versuche, meinen Weg ins Büro fortzusetzen.

Lieber Professor Holz, zündelt sie ein drittes Mal, ich bin nicht gewillt, am nächsten Montag erneut vor meinem Seminarraum zu warten, bis Sie die Güte haben, ihn für mich freizugeben. Diesmal wird Ihr unkollegiales Verhalten ein Nachspiel haben!

Vergeblich wartet sie auf eine Entgegnung. Nicht einmal einen weiteren Blick schenke ich ihr, als ich sie sanft, aber entschieden aus dem Weg schiebe.

In einem merkwürdigen Zustand gehemmter Aggression sitze ich an meinem Schreibtisch. Zwei Jahrzehnte war diese Universität meine Heimat, und binnen weniger Wochen fühle ich mich wie ein Fremder, nein, entfremdet, zum Fremden gemacht.

Woher stammt die große Scheu, in den eigenen Körper zu blicken, so daß die Pathologie bis weit in die Neuzeit hinein als abscheuliches Verbrechen galt? Wir kannten Jahrtausende vor der Funktion unserer Nieren die Umlaufbahn der Venus um die Sonne. Wissen wir inzwischen mehr? Aus welchem Stoff ist die Galle gemacht, die unsere Synapsen schwärzt?

Im Tempel der Gepflegten Weisheit wird eine Drahtfabrik eingerichtet, und im Tempel des Feuergottes werden Glühbirnen hergestellt. In den revolutionären Wirren schrumpft die Zahl der Tempel in Peking von mehr als achttausend auf weniger als hundertfünfzig.

Vielleicht war es eine Fackel zu viel, die jene von Kunststudenten gefertigte Göttin der Freiheit auf dem Platz des Himmlischen Friedens in beiden Händen trug.

Anstatt die Kanalisation auszubessern, werden Luftschutzbunker gebaut, die kaum einer Mörsergranate standzuhalten vermögen. Um die Getreidevorräte zu schützen, werden alle Hunde und Katzen in der Stadt geschlachtet. Die Folge ist eine Insektenplage. Um die Myriaden Fliegen und Mücken einzudämmen, werden sämtliche Grünanlagen der Stadt eingeebnet und asphaltiert, so daß sich nun ungehindert die Staubstürme aus der mongolischen Steppe in den Straßenschluchten austoben können. *Chai:* Abriß.

XV

Ist es möglich, sich in die Einsamkeit einer japanischen Hofdame um das Jahr Tausend hineinzuversetzen? Unterscheidet sich ihre Einsamkeit denn so sehr von einem sächsischen Rhetorikprofessor im 21. Jahrhundert? Dann könnten wir auch die Einsamkeit eines Neandertalers, eines Elefanten oder Thunfischs, ja selbst die eines Außerirdischen verstehen. Doch was bedeutet dann noch das Wort »verstehen«?

Ich stelle diese Frage meinen Studenten. Es will keine rechte Diskussion aufkommen. Sie sitzen vor mir wie eine Herde Seekühe, die nie das Wort »Einsamkeit« gehört haben.

Ich weiß, es ist ein schlechter Charakterzug von mir, aber ich muß zugeben, daß ich erfreut bin, wenn jemandem, den ich nicht mag, etwas Übles widerfährt, schreibt die kluge Sei. Und wie sehr erfreut es mein Herz, wenn Ihre Kaiserliche Hoheit mich zu sich ruft und die Schar der sie umringenden Hofdamen mir Platz zu machen hat.

Mögen wir inzwischen auch Schwierigkeiten haben, manchen Aspekt ihres höfischen Lebens zu verstehen, sie würde unseres perfekt verstanden haben: Ein Priester muß gut aussehen. Denn wollen wir seine Worte richtig verstehen, dürfen wir unseren Blick nicht von seinem Gesicht abwenden. Ein häßlicher Priester ist die Quelle allen Übels.

Soviel Weisheit, soviel Bosheit in einer zarten Seele! Und meine Studentinnen sitzen in ihren Bänken, einen inzwischen kaum noch auffälligen Kopfhörer im Ohr.

Sie scheinen die Minuten meines Schweigens gar nicht wahrzunehmen, während ich, auf Beiträge wartend, nun meinerseits ihre Gesichter mustere. Kaum ein Augenpaar ist auf mich gerichtet, und blickt es doch in meine Richtung, scheint es durch mich hindurchzuschauen. Für die wenigen anderen, die mein Schweigen und Warten bemerkt haben, scheint es eher ein interessantes Spiel zu sein, wer zuerst nach- oder aufgibt.

Ich muß mich auf das Pult stützen, für einen Atemzug wird der Raum vor meinen Augen schwarz. Es bleibt still im Seminarraum.

Dinge, die erst in der Stille hörbar sind:

Das Hämmern in den Schläfen. Das Knistern der schlecht ausrasierten Nackenhaare am gestärkten Hemdkragen. Das Knacken der Kiefergelenke. Das Mahlen der Backenzähne. Das Ächzen der Ledersohlen. Der Atem der Holzdielen. Das kalte Winterlicht, das blind gegen die geschlossenen Fensterscheiben prallt und mit gebrochenem Genick in den Schnee stürzt. Die Stubenfliege, die panisch in ihrem Gefängnis aus gebleckten Zähnen summt. Die fiependen Rattenjungen in ihrem Nest hinter der Steckdose. Die schmelzende Folie auf dem Glastisch des Overheadprojektors. Die Quecksilberflöten unter den Achseln der Mädchen. Die wie ein Ochsenziemer gedrillte Gegenwart meines Schweigens.

Dinge, die erst im Dunkel sichtbar werden:

Die violetten Blutergüsse am Daumen und Zeigefinger der Schreibhand. Das zwischen die Seiten gepreßte Laub aus dem vergangenen Jahr. Der Sternenhimmel am Mittag. Die Zärtlichkeit des Gummis für den Asphalt. Der graugrüne Auswurf zwischen dem Aufmerksamkeit heischenden Räuspern. Die Schönheit der Kinder, die nie fotografiert wurden. Das Innere der Öltanks. Der hoch über der Baustelle schwebende Kranführer, in chinesischer Schrift geschrieben. Die Walnuß in ihrer Schale. Der Lichtregen, wenn das Wasser auf den Grund des Tonkruges trifft. Der Dreck, den gewisse Gedanken in den Körperfalten hinterlassen. Die Nähe zu meinem jungen Vater, der seit vierzehn Jahren tot ist. Der dreizehnte Monat auf der Gehaltsbescheinigung.

Dinge, die kurz sein sollten:

Die Paddel eines Schlauchboots. Das Leben einer Witwe. Die Küsse eines jungen Mädchens. Liebesgeständnisse. Die Wege zwischen Herd und Kühlschrank. Zeigefinger. Das Haar der Putzfrau. Argumente. Regenschauer. Das Paradies.

Am Nachmittag des folgenden Tages finde ich, unübersehbar in der ersten Reihe, Kommissar Volkmann unter den Studenten meiner Odyssee-Vorlesung. Mit sanfter, ungeteilter Neugier folgt er meinen Ausführungen, ohne auch nur ein einziges Mal einen prüfenden Blick auf seine jungen Kommilitonen zu werfen. Er hänge förmlich an meinen Lippen, könnte man sagen, wenn dieses Bild in mir angesichts seines sinnlich vollen und ungewöhnlich roten Mundes in dem milchweißen Gesicht nicht den schärfsten Widerwillen erregen würde.

Hin und wieder nickt er zustimmend, eine geradezu kindliche Überraschung ohne jede Herablassung in den aufmerksam auf mich gerichteten Augen, was zunehmend meine freie Rede hemmt und diesem ungebetenen Gasthörer als einzigem nicht aufzufallen scheint. Um die Peinlichkeit vollständig zu machen, erhebt er sich am Ende dieser mißratenen Vorlesung, applaudiert heftig und ruft zweimal mit dem ihm eigenen sanften, aber aufrichtigen Enthusiasmus: Bravo! Bravo, Herr Professor!

Ich habe eigentlich mit Ihrer Frau sprechen wollen, teilt er mir mit, nachdem die anderen Studenten den Hörsaal verlassen haben, aber niemand bei Ihnen zu Hause angetroffen. Dabei hatte ihr Institut mir mitgeteilt, Ihre Frau sei krankgeschrieben.

Sie ist vorübergehend ausgezogen.

Vorübergehend?

Bis sie sicher sein kann, nicht mehr Fleischbrocken unseres Sohnes in der Post zu finden.

Ich verstehe. Wo kann ich sie erreichen?

Wahrscheinlich bei einem ihrer Institutskollegen.

Bei Professor Rothacker womöglich, mit dem sie in Italien war, als Ihr Sohn verschwand?

Warum fragen Sie mich, wenn Sie ohnehin schon Bescheid wissen!

Ich weiß so gut wie gar nichts, Professor Holz. Schmerzt es Sie nicht, daß Ihre Frau in dieser schwierigen Zeit Zuflucht bei einem anderen Mann sucht?

Ich muß Sie enttäuschen, Herr Kommissar. Ich kenne keine Eifersucht.

Glauben Sie nicht, daß Ihnen damit eine ganz elementare menschliche Empfindung fehlt?

Ich kann mir nicht vorstellen, daß Sie sich in diesen komplizierten Liebesdingen wirklich auskennen!

Da irren Sie sich. Zumindest die Qual der Eifersucht kenne ich in ihrem ganzen verheerenden und schmerzenden Ausmaß. Missen möchte ich sie aber nicht.

Kann ich sonst noch etwas für Sie tun?

Nicht für mich, aber vielleicht für Ihren Sohn oder vielmehr für seinen Entführer: Sie könnten eine Art Entgegenkommen signalisieren, eine Bereitschaft, sich auf seine bizarren Forderungen einzulassen.

Und wie soll dieses Entgegenkommen Ihrer Meinung nach aussehen? Soll ich mir öffentlich ein Ohr abschneiden?

Das wäre in der Tat ein eindrucksvolles Zeichen, aber ist sicher nicht die einzig mögliche Interpretation dessen, um was Sie der Täter in seiner Botschaft zu bitten scheint, oder?

Bis zum letzten Augenblick der Wandlung wirst du in einem Zustand verharren müssen, den die Pythagoreer *akoustikos* nannten, dem Zeitraum, da sich der Schüler mit der Rolle des Zuhörers begnügen muß. Die Vollkommenheit seines Schweigens offenbart seine Eignung. Sie führt den in die Zucht Genommenen zur Vollendung, und seine größtmögliche Nähe zum Eingeweihten erfüllt ihn allmählich mit Erkenntnis.

Wortlos lege ich den Hörer auf und begebe mich auf den Weg ins Büro des Rektors. Kann es sein, daß man meine Telefonleitung abhört? – Frau Froböse wirft mir einen besorgten Blick zu: Wen sollten Ihre Dienstgespräche interessieren, Herr Professor?

Erstellen Sie mir eine Liste!

Ich werde freundlich sein, werde nicht widersprechen. Zwar leben die Götter, aber scheinen es wenig zu achten, ob *wir* leben. Werde die Abmahnung sorgfältig abheften und vergessen. Vor zwanzig Jahren waren wir einmal Freunde, haben zusammen studiert, er Theologie, ich Sprachwissenschaft. Ein Theologe in der sonnenverbrannten Haut eines galiläischen Fischers, dessen Schlafstatt direkt zwischen den Netzen am See gebaut stand, und der sich während der Studienzeit ausschließlich von Pistazienkernen und halbgegartem Fisch ernährte.

Am Abend spielten wir Karten, auf levantinische Art, zwischen Tabakqualm und Mokkatassen, mit rohen Flüchen, Zoten, Anspielungen, die den Gläubigen im Doktoranden der Theologie mehr als einmal versuchten.

Was braucht es mehr, um ein guter Universitätsrektor zu werden? Nur das Ringen um Wahrheit läßt uns glauben, wir seien von Gott Verstoßene.

Der wesentliche Unterschied zwischen uns war die Herkunft. Dein Studium bestand darin, sie zu verleugnen, die einschüchternde Bibliothek deines Vaters, die kopflose Liebe deiner Mutter. Mein Bemühen erschöpfte sich darin, mir diese Herkunft zu erschaffen. Für jedes Buch, das ich las, vergaßt du eines.

Deine Haut ist ausgebleicht, die Kanten deines Gesichts sind von weichen weiblichen Rundungen gepolstert, die rauhen Fischerpranken haben sich zu schlanken, sorgfältig manikürten Professorenhänden gehäutet, und das zotenreißende Schandmaul ist mit diesem kollegial lächelnden Mund so unvereinbar, daß es ganz und gar einer verzerrten Erinnerung entsprungen zu sein scheint.

Verzeih, daß ich dich habe rufen lassen, anstatt dich in deinem Büro aufzusuchen, Viktor.

Du hast sicher anderes zu tun, als Kollegen während der Dienstzeit freundschaftliche Besuche abzustatten.

Ohne festen Glauben an die Vernunft würde man über die Fülle des Unglaublichen, die den Untiefen des menschlichen Geistes alltäglich entspringt, den Verstand verlieren. Meine Arbeit gleicht einem Zirkusdompteur, lieber Freund, glaub mir, nicht wenige Priester tragen unter ihrer Soutane die Peitsche. Erheitert vom Blute Christi steigen sie in die Manege aus strengen Ausdünstungen, Holzspänen und Streu hinab und führen vor leeren Rängen ihre Nummer mit den Ochsen und den Eseln vor, an deren Hälsen Körbe mit kleinen Bälgern hängen.

Habe ich diesen freundlichen Exkurs der verehrten Kollegin Fischer zu verdanken?

Wenn ich dir einen Rat geben darf, lieber Freund, so halte es mit der Weisheit der Alten: Jene, die sich an der Kunst versuchen, anstatt den Ideen zu dienen, Exorzisten, Chiromanten, Illuminati oder Ikonoklasten, werden einander nicht treffen, weder in dieser, noch in der zukünftigen Welt, sondern trotz aller Meisterschaft einsam bleiben und sich verfehlen. Und weder hier noch anderswo wird eure Meisterschaft bei den Offiziellen Anerkennung finden.

XVI

Die Autorität, den Himmel zu beobachten und auf den Kalender Einfluß zu nehmen, erklärt mir Jian später, war Teil des herrschaftlichen Charismas. Einem Chirurgen, dem die Operation mißglückte, konnte sein Mißgeschick leicht den eigenen Kopf kosten. Ein Astronom, der die Bahnen von Venus, Mars und Merkur kollidieren sah, hielt den Kopf des Herrschers in der Hand.

Was kann ein Mann wie unser Rektor von einem Gelehrten wie mir erhoffen?

Das, was alle Vorgesetzten von ihren Untergebenen erwarten: das Geheimnis effektiver Kontrolle. Allerdings sollte das Geheimnis die Grenzen der herrschenden Vernunft nicht sprengen.

Ich befürchte, wir befinden uns in einem Krieg ruinöser Gastfreundschaft.

Sie haben recht: Ein Freund kann kein Gast sein. Und ein Philosoph kann sich nur am Hofe des Herrschers halten, wenn er zugleich das Amt des Obersten Heerführers innehat.

Und ich, so willst du sagen, stehe ohne Truppen da?

Schlimmer noch: Sie haben annähernd doppelt so viele Werke veröffentlicht wie ihr Patron, der Herr der universitären Buch- und Handschriftensammlung.

Er war immer stark in Staatsbürgerkunde, aber mehr als mittelmäßig in Alchemie. Ich kenne nur einen kurzen, anonym veröffentlichten geomantischen Text von ihm zur rechten Anordnung von Grabstätten ungetaufter Kinder, Exkommunizierter und von Selbstmördern. Wieviel Spielraum läßt ein derartiges Traktat dem philosophischen Dialog zwischen einem Meister und seinem Schüler?

In *Frühling und Herbst des Meisters Lü* heißt es: Warte respektvoll, bis der Lehrer schweigt, dann frage ihn, was er mit dem Gelehrten gemeint hat.

Im rechten Meister-Schüler-Verhältnis scheint die Lehre der Jahreszeit des Frühlings und die Deutung der des Herbstes zugehörig.

Deutung ist immer ein beschneidendes Verfahren. Nur Gärtner halten es für das Wachstum förderlich. Klassische Erziehung beginnt mit dem reinen Auswendiglernen der Worte des Lehrers.

Einige mögen dann heimlich die Deutungen mitgeschrieben und nach dem Tod des Meisters den Lehrsätzen beigefügt haben.

Der Meister selbst hätte den ungehorsamen Schülern die Ohren abgeschnitten und die verborgenen Kommentare verbrannt und so unserer Geschichte manchen Krieg erspart.

Zwei Pappkartons mit zerfleddertem Papier, unter dem Briefkopf des Kultusministeriums, einzeilig, mit blauem Farbband und defekter b-Taste heruntergehämmert, dennoch einigermaßen lesbar, die ersten zehn Kapitel des Infernos.

Zurück zu unseren Übungen, Herr Professor. Ohne geistigen Angriff läßt sich kein korrekter Schlag anbringen. Deswegen heißt der erste Schritt des Angriffs, die Seele des Gegners anzugreifen und aus dem Gleichgewicht zu bringen, dann ihn zu entwaffnen und den Körper an jedem weiteren Angriff zu hindern.

Gibt es einen Zusammenhang zwischen Schwert- und Schreibkunst?

Beide sind *Nyumon*, was im Zen-Buddhismus soviel bedeutet wie der Eintritt in den Weg Buddhas. Das Wort stammt aus dem Japanischen, *nyu* heißt eintreten, *mon* ist das Tor. Deswegen nennen wir die Schwertkunst ja auch den »Weg des Schwertes«, so wie man auch vom Weg des Pinsels oder der Tusche sprechen könnte. Früher war es üblich, in der Fechthalle einen Hausaltar zu errichten; denn der Ort, an dem der Weg des Schwertes gelehrt wurde, galt als heilig.

Was habe ich bisher gelernt? Nichts, als das ordentliche Zusammenfalten der Kleidung. Lu Jian trägt das traditionelle *Keiko-gi* und *Hakama*, eine Art Bluse und einen blauen Rock, indigofarben, da man diesem alten Farbstoff traditionell blutstillende Wirkung zuschrieb, während ich ein einfaches weißes Hemd und eine weiße Hose trage. Ich habe zwar inzwischen eine vollständige Kampfausrüstung gekauft, darf sie aber noch nicht anlegen. Stattdessen fühle ich mich wie beim Papierblumenfalten. Nicht das Tragen, sondern das vollkommene Auseinanderfalten und Zusammenlegen üben wir. Und wehe, wenn ich über sein perfekt geschnürtes Bündel stolpere! Das empfindet er geradezu als Sakrileg.

Der Schwertkampf beginnt mit der Begrüßung, wiederholt alle Selbstverständlichkeiten ein weiteres Mal, und endet mit der Verabschiedung, so wie jede religiöse Zeremonie einen Anfangs- und einen Schlußsegen enthält. Den Bewegungen, und gerade denen der Aufmerksamkeit und des Kampfes, müssen Grenzen gesetzt und diese Grenzen unbedingt eingehalten werden. Denn der Gegner soll ja nicht vernichtet, sondern mit einem Gefühl der Achtung und des Dankes zurückgewiesen werden. Deswegen verbeugt man sich vor dem Gegner, ehe man ihm entgegentritt. Und sollte der Gegner dieses Ritual nicht achten oder zulassen, sollte man immerhin die eigene Haltung wahren und sich vor diesem rücksichtslosen Feind zumindest innerlich verbeugen. Auch er ist ein Mensch und trägt nur ein Leben in sich. Deswegen gebührt ihm Ehrfurcht.

schwarz
grau
weiß
Wahrsager
schwanger
bezaubernd
bärtig
von Pfeilen durchbohrt
Bilder
Schrift
der Wald frißt
wandert
das Wasser
steigt den Berg hinauf
schweigend
Nebel
Blitze
Schwarzfilm

In Afrika streut die Königin magische Wörter ins Essen. In China wird sie gekocht. In Europa ist sie bereit, ein Mann zu sein.

Was soll ich tun, fragt der Unbekannte.

Das, was alle tun, antwortet jene, die nicht gefragt wurde.

Im Augenblick des Lesens schaffen wir die Bilder. Auf dem Papier nur schwarze Kratzer. Krater.

Das Summen des Moskitos, der so dicht an meinem Gesicht vorbeifliegt, daß ich den Wind seiner Flügel auf der Haut spüre, existiert auf dem Papier nicht. Nur wenn man meine eigene Haut mit den Schriftzeichen tätowiert, spüre ich die Lust.

Male meine Augen darauf, meine Lippen, mein Geschlecht! Dann unterschreibe mit Seinem Namen.

Schwarzes dichtes Schamhaar, in dem die Krieger übernachten. Unruhig wälzen sie sich auf dem nackten weißen Stein, von Alpträumen durchweht.

Welche Gänse? Wildgänse! – Welches Alter? Meine erste Reise. – Das blinde Kind staunt. Wie ein gekentertes Boot schwimmt es bäuchlings auf dem Teich und starrt in die Tiefe, die es für den Himmel hält.

Mein Gelächter weckt es auf. Der Rauch meiner Zigarette treibt ihm Tränen in die Augen. Wenn ich groß bin, werde ich dir mein Geheimnis verraten.

Form ist Leere. Ohne Leere keine Form.

Sprich nicht über die Zukunft.

XVII

Worüber redet der Klugscheißer? Er besitzt eines jener nichtssagenden Gesichter, die man nur einmal gesehen zu haben braucht, um sie für immer zu vergessen. Der junge Student lächelt. In meiner Geschichte des Wahnsinns käme kein einziger Begriff aus der Psychopathologie vor. Vielmehr hielte ich es mit Pascal: Wir Menschen sind so notwendig wahnsinnig, daß es auf andere Art Wahnsinn wäre, nicht wahnsinnig zu sein.

Der junge Mann nickt befriedigt angesichts dieser schlüssigen Notiz. Die Verschleppung des Jungen ist gewissermaßen eine Vorstudie zu dieser beabsichtigten Neufassung der Geschichte des Wahns, eine erste, tastende, noch vorläufige Geste, die sich den Worten entzieht.

Was ist schon das Leben eines Jungen, wenn es darum geht, der Gesellschaft ihren Wahnsinn als Wahrheit zu entreißen und ihr die Wahrheit als Wahnsinn vor Augen zu führen!

Die Sprache der Psychiatrie konnte nur deswegen so erfolgreich sein, weil die als wahnsinnig Abgestempelten bisher geschwiegen haben oder zum Schweigen gebracht wurden. Doch wir werden nicht mit derselben Sprache antworten, die ihr auf unserem Schweigen errichtet habt!

Wie lange überlebt ein Mensch ohne Haut? Der Körper löst sich auf, Blut und Tränen und Urin schwellen zu einem Strom an, der nun die Wälder Phrygiens durchfließt.

Ist es nicht dieser Fluß, der den Orient vom Okzident trennt? Diesseits des Ufers die Werke und die Vernunft, am jenseitigen die Verwegenheit, die keine Werke schafft, sondern nur ein Raunen und die Nacht.

Zu diesem Ufer will ich übersetzen, zu dieser blassen Dämmerung, die die Farben des Wachseins nicht kennt. Und die Laute des Schlächters wird das Boot sein.

Lange vor Titus' Verschwinden fühle ich mich bereits von den tieferen Erfahrungen des Paar- und des Vaterseins ausgeschlossen. Gibt es ein Paar, dann seid ihr es, du, Miriam und Titus, und ich spiele den geduldeten Beobachter, den offenbar jedes Paar als sozialen Kitt seiner intimen Zweisamkeit benötigt. Intimität entsteht ja erst durch Ausschluß. Im Paradies konnte man noch unverschämt nackt sein.

Ein ganzes Jahrzehnt verbringe ich auf dieser Papageienstange, mürrisch aufgeplustert dem Wohnzimmerleben von Mutter und Sohn ausgesetzt. Vollgekoteter Streusand statt eines Nestes, und auf der Stange selbst kein Platz für einen eitlen buntgefiederten Artgenossen. Die argwöhnische Klugheit eines zutiefst unverheirateten und kinderlosen Bewußtseins.

Launisch, wie ich mir Miriam gewünscht hätte, doch gänzlich ohne Rechtfertigung jedweder lunarer oder gar saturnischer Konstellationen, pflege ich meine poetische Empfindsamkeit, ohne daß du oder er mich je darauf hingewiesen hätten, daß meine künstlerischen Ergüsse für eine derartige Attitüde keinesfalls ausreichen.

Das Dilemma meiner Selbstbeschreibungen besteht nicht darin, daß mir die Distanz fehlte, sondern darin, daß es mir an Sympathie mangelt. Ein Autor, der seinem Helden gegenüber eine unüberwindliche Abneigung hegt, wird ihn niemals glaubwürdig aufs Papier zu bringen verstehen. Zu Recht mißtraut der Leser seiner künstlerischen Begabung, wie er einem Gott mißtrauen würde, der den Himmel und die Hölle nicht aus reiner Liebe erschaffen hätte.

Habe ich auch meine väterlichen Pflichten vernachlässigt, so bin ich mir doch weniger denn je darüber im klaren, ob aus zu viel oder zu wenig Sympathie für meinen Sohn. Und du, Miriam, so voller erotischer Energie, so anrührend verzweifelt um unser beider Zuneigung bemüht, fühle ich mich mehr von deiner freimütigen Sexualität oder doch von meiner selbstquälerischen Impotenz angewidert? Entdecke ich eine Geste der Zuneigung, der Verführung in eurem Verhalten mir altem schlauen Papagei gegenüber, dann nur, um es euch zum Vorwurf zu machen.

Seitdem ich die Poesie zugunsten der Rhetorik aufgegeben habe, ist mein Urteil über meine Mitmenschen nicht viel mehr als eine rachsüchtige Karikatur. Ich kann nicht einmal sagen, woher ich das Recht zur Rache nehme.

Über mich selbst nachzudenken scheint mir ebenso unschicklich, wie es die Etikette des neunzehnten Jahrhunderts verbot, über sich selbst zu sprechen. Heute bedarf es ja eher einer Rechtfertigung, *nicht* über sich selbst zu sprechen! Mit dem Verlust des Klatsches, der Anekdote, ja selbst der üblen Nachrede geht ein ganzes Genre an Maximen und Weisheiten verloren. Kein Autor wagt mehr, seinem Erzähler die Autorität zur Verallgemeinerung zuzugestehen. Wie haben mich damals bei der ersten Lektüre, noch ohne den geringsten Hauch von Selbstironie des Dichters zu spüren, die ersten Zeilen seines Eheromans angerührt: Glückliche Familien sind alle gleich. Nur unglückliche Familien sind auf ihre eigene Weise unglücklich.

Erinnerungen sind furchtbar. Schlaflosigkeit, Schwindel, Erbrechen. Doch das Gedächtnis läßt sich nicht stumm stellen. Es bedarf der Ohren nicht, und nicht der Zunge. Es ist erfindungsreich, führt sich selbst auf und auf, en suite, auf den Brettern unter dem Schädeldach.

Ich wollte, ich könnte einfach applaudieren, diesem Drama, das vorgibt, eine Spur meines wirklichen Lebens zu sein, diesen delirierenden Worten, Süße, Schwere, Verstellung, Quecksilber, Schweißnaht, Nickelbrille, öffentliche Fürsorge Sonnenlicht Düne sandiges Geschlechtsteil.

Selten hat Vater mal auf Baustellen zu tun, die ihn über Nacht von zu Hause fernhalten. Die meisten seiner Unternehmungen betreffen den Stadtrand oder allenfalls den Kreis. Zwingt ihn die Errichtung einer weiter entfernten Lagerhalle oder eines Supermarktes zu einer längeren Abwesenheit, nutze ich schamlos die Gelegenheit, mit dir, Miriam, so lange Vokabeln zu büffeln oder Probleme der Lyrik zu debattieren, daß deine Eltern es nicht dulden, mich so spät in der Nacht noch nach Hause radeln zu lassen. Ein kurzer Anruf setzt Astrid von der

Einladung in Kenntnis, und deinen gastfreundlichen Eltern wagt meine Stiefmutter sich in der Regel nicht zu widersetzen.

Aber aller Gastfreundschaft zum Trotz handelt es sich um ein streng katholisches Elternhaus. Was auch immer wir am Tage treiben, in der Nacht habe ich in deinem Zimmer nichts zu suchen. Ohne Juan um sein Einverständnis zu bitten, wird das Gästesofa in seinem Zimmer frisch bezogen und mir als Nachtlager zugewiesen.

Quälende, schlaflose Nächte sind es, die ich in Juans Zimmer verbringe. Noch deinen Geruch, Miriam, auf meiner Haut, den Geschmack deiner Zunge in meinem Mund, lausche ich den ruhigen Atemzügen deines Bruders. Bevor er das Licht gelöscht hat, haben wir noch ein paar Worte über das letzte oder das kommende Handballtraining gewechselt. Persönliche Dinge wage ich ihn nicht zu fragen. Außer seinen Schulbüchern und einem Stapel Automagazine gibt es in seinem Zimmer nichts zu lesen. An den Wänden Poster von Niki Lauda, Clint Eastwood und Starfightern. Er will sich freiwillig zur Luftwaffe melden. Und so sportlich und durchtrainiert, wie er ist, wird er wohl kaum Schwierigkeiten haben, sich diesen Traum zu erfüllen.

Du haßt das Militär. Es sind die Jahre, in denen radikaler Pazifismus endlich auch die Provinz erobert hat. In den Universitätsstädten kümmern sich die Studenten längst wieder um ihre Karriere, während wir Oberschüler uns im katholischen Jugendfreizeitheim *Die Brücke* ansehen, Anti-Atomkraftsticker an unsere Parker heften und unsere krakeligen Unterschriften auf Listen gegen Tierversuche und Legebatterien setzen.

Du machst keinen Hehl aus deiner politischen Gesinnung. Wann immer Juan dir nicht ausweichen kann, beim Frühstück oder am Abendbrotstisch, hältst du ihm den neuen Jahresbericht von Amnesty International oder die aktuelle Bedrohungsanalyse des Stockholmer Friedensinstituts vor die Nase. Juan nickt bedächtig, beendet sein von den Tränen Millionen hungernder Kinder versalzenes Mahl, geht ins Wohnzimmer und schaltet den Fernseher an. Solche Fragen diskutiert man offenbar nicht mit seiner kleinen Schwester! Und insgeheim bewundere ich seinen Gleichmut, auch wenn ich mich dir gegenüber als loyal erweise und dir mit eigenem angelesenen Zeug beispringe: Für die Kosten eines einzigen Starfighters, Juan, könnte eine Millionen Kinder in der Dritten Welt zehn Jahre lang satt werden.

XVIII

»Ich will Sie hören, allein! Morgen früh um neun in der Thomaskirche!« – Ohne ein Wort der Zustimmung von mir abzuwarten, legt der Unbekannte auf. Sicher hat Kommissar Volkmann oder sein Kollege Kramp mitgehört. Und vermutlich weiß der Unbekannte, daß die Polizei die Telefonleitung überwacht. Er wird sich kaum persönlich in die Kirche wagen, mag sie auch noch so voll mit Besuchern sein. Wie will er mich »hören«, und vor allem, *was* will er hören?

Es klingelt. Erschrocken fahre ich zusammen. Aber es ist nur Kramp, der sich mit zwei anderen Beamten die Überwachung des Hauses teilt: Volkmann möchte Sie sprechen. Ich soll Sie ins Präsidium fahren. – Mehr sagt er nicht, kein Gruß, kein aufmunterndes Wort. Scheint mich nicht besonders zu mögen, dieser aknezernarbte Paradebulle mit dem einschüchternden Kurzhaarschnitt. Könnte ebenso gut V-Mann in der Kriminellenszene sein, ohne auch nur eine Nuance seines Aussehens oder Verhaltens ändern zu müssen.

Fühlen Sie sich in meiner Gegenwart immer noch so unbehaglich wie am Anfang unserer Bekanntschaft, Professor Holz?

Wie kommen Sie denn auf diesen Gedanken?

Nun, ihre Körpersprache spricht Bände.

Womöglich ist mir der maulfaule Kramp doch lieber als sein allzu beredter Vorgesetzter. Ich erwidere nichts, lasse meinen Körper aber um so hemmungsloser sprechen.

Gut, lassen wir die Seelenkunde einstweilen, Herr Professor, und konzentrieren uns zunächst auf Ihre ominöse Verabredung in der Thomaskirche. Ich rechne zwar nicht mit einem leibhaftigen Auftritt des Täters, aber selbstverständlich werden meine Beamten vor Ort sein. Und Sie werden wir mit einem kleinen Sender ausstatten, so daß wir Sie auch hören können.

Offenbar gehen Sie bereits fest davon aus, daß ich der Aufforderung dieses anonymen Anrufers einfach folgen werde.

Sie werden nichts zu befürchten haben. Wir werden absolute Zurückhaltung üben und weder Sie noch Ihren Sohn gefährden, selbst wenn die Situation uns einen Zugriff erlaubte.

Wenn jemand vor allem, wie Sie selbst glauben, mit mir noch eine offene Rechnung zu begleichen hat, wird mir diese Zusicherung wenig nützen.

Wollte der Täter Sie einfach vor allen Augen niederschießen, müßte er Sie nicht erst in die Thomaskirche bestellen, sondern könnte sich einfach, wie ich auch, unter Ihre Studenten mischen und in aller Ruhe während Ihrer Vorlesung auf Sie zielen.

Was soll ich Ihrer Meinung nach tun?

Seien Sie morgen früh Punkt neun in der Kirche und warten Sie ab, was geschieht.

Der Verrückte will meine Stimme hören. Soll ich wie ein Idiot vor mich hinmurmeln oder mich auf die Kanzel stellen und eine Predigt halten?

Womöglich reicht es schon, einen Beichtstuhl aufzusuchen und damit Ihre Bereitschaft zum Reden zu signalisieren.

Ich verstehe. Und Sie sitzen hier vor Ihrem kleinen Lautsprecher und lauschen meinem Sündenbekenntnis, nicht wahr?

Ja, so oder so ähnlich könnte die Aktion ablaufen.

Der Rektor führt ein endloses Telefongespräch. Ich wußte gar nicht, daß er auch Chinesisch spricht. Hin und wieder verstehe ich sogar ein Wort.

Schließlich legt er den Telefonhörer auf und wendet sich seufzend an mich: Die Behörden haben deinen Studenten Lu Jian in Abschiebehaft genommen.

Was hat der Junge angestellt? – Ungläubig starre ich meinen ehemaligen Studienfreund an.

Ich kann dir nur das wiedergeben, was mir der chinesische Konsul gerade mitgeteilt hat. Anfänglich handelte es sich wohl nur um eine Personenkontrolle. Dagegen hat dein Student offenbar erheblichen Widerstand geleistet und gleich drei Polizeibeamte schwer verletzt. Aber willst du nicht erst einmal in Ruhe zu Ende frühstücken?

Nein, der Appetit ist mir vergangen. Wir sollten Näheres in Erfahrung bringen und einen Anwalt einschalten.

Meine Sekretärin hat, glaube ich, schon einen direkten Kontakt mit der Ausländerbehörde gehabt. Sie sollte die genauen Einzelheiten kennen. Warte, ich werde dich zu ihr bringen.

Das Vorzimmer ist menschenleer. Wir wenden uns zum kleinen Konferenzraum. In den Ecken stehen kleine Gruppen von Kollegen herum. Ihr Gespräch verstummt, als wir näher treten. Von Frau Klotz finden wir weiterhin keine Spur.

Der Rektoratstrakt mit seinen dunklen repräsentativen Räumen im Altbau offenbart so viele unbekannte Nischen,

Kammern und Gänge, daß ich bald nicht mehr weiß, wohin der Rektor mich führt. Nun eilt er ins Untergeschoß und verschwindet hinter einer stählernen Brandschutztür. In einem kleinen fensterlosen Foyer liegt ein Haufen grauer Schlacke, die mich ratlos läßt, ob es sich dabei um ein modernes Kunstwerk oder um zusammengekehrten Müll handelt. Als es mir endlich gelingt, die schwere Stahltür zu öffnen, finde ich den Gang dahinter leer vor. Aber ich höre noch Schritte, dann ein Türenschlagen.

Ich haste den unverputzten Kellergang entlang. Orientierungslos öffne ich alle Türen, die ich passiere, und blicke in einen fensterlosen Tischtennisraum, einen Kopierraum für die Studenten, einen mit Kissen und Matten ausgelegten Meditations- oder Ruheraum, nur vom Rektor, seiner Sekretärin oder einem anderen menschlichen Wesen finde ich keine Spur.

Ich gebe die Suche auf und hoffe nur noch, einen Ausgang zu finden, der mich wieder ans Tageslicht bringt. Statt dessen öffne ich Türen zu einem Isolierraum für renitente Studenten, einem Lösungsmittelraum und einer Kammer mit Tierpräparaten, Herbarien und in Weckgläsern eingelegten Embryonen.

Was könnte Jian so provoziert haben, daß er, statt einfach seinen Ausweis vorzuzeigen, drei Polizisten zusammenschlägt? Ich hoffe, es gibt noch andere Zeugen für diesen Vorfall als nur diese drei Vollzugsbeamten. Ein Kartenraum, ein Heizungsraum, der Müllraum. Führt von hier nicht eine Treppe in den Versorgungshof?

Wen kann ich in diesen Fall einschalten? Der Rektor scheint eher um die Reputation der Universität als um das Wohlergehen der Studenten besorgt zu sein. Statt auf dem Gewerbehof finde ich mich plötzlich in einem Fußgängertunnel außerhalb des Campus wieder. Ich erkenne die Passage sofort, obwohl die Farbschmierereien an den Wänden weiter zugenommen haben und kaum noch einen Fleck der ursprünglich grauen Wandkacheln unbedeckt lassen. Hier bin ich einmal von einer Gruppe betrunkener Jugendlicher angepöbelt und geschlagen worden. Seither habe ich, selbst bei Tage, diese Unterführung gemieden. Sie scheinen mich sofort wiederzuerkennen. Lächelnd warten sie auf mich, ihre Halbliterbüchsen Bier wie gußeiserne Freihanteln in beiden Händen. Schweißgebadet wache ich auf.

Die Vorlesung beginnt mit einem bluttriefenden Mord. Verwirrt lauschen die Studenten der haarsträubenden Geschichte. Jeder der Zeugen erzählt eine andere Version. Ich verteile die Rollen, Richter, Staatsanwalt, Geschworene.

Obgleich es sich in dieser Gerichtsszene um eine, vielleicht sogar *die* klassische Bühne der Redekunst handelt, driftet die Diskussion von den Mitteln der Rhetorik zu den Fragen der Wissensproduktion: Was ist Wahrheit? In welchem Verhältnis steht Wahrheit zur Wirklichkeit? – Sie interessieren sich nicht mehr für das Ornament, sondern wollen sich gleich dem Wesentlichen widmen. Sie sind jung, können sich noch nicht damit abfinden, daß zwischen Gestalt und Wesen kein Unterschied besteht.

Ich versuche, ihr Interesse auf die Gerichtsverhandlung zurückzulenken: Zwei Männer, ein Holzfäller und ein junger Mönch, suchen vor einem stürmischen Regen Schutz unter einem zerfallenen Torbogen, *Rashomon*, »Tor der Geister« genannt. Beide haben an diesem Tag als Zeugen vor Gericht ausgesagt. Der berüchtigte Räuber Tajomaro ist des Mordes an dem Samurai Takehiro und der Vergewaltigung von dessen Frau Masayo angeklagt. Einem ebenfalls unter dem Tor Schutz suchenden Vagabunden berichten sie nun von dem Prozeß.

Der Räuber sagt aus, die Frau habe sich ihm hingegeben und dann einen Zweikampf der beiden Männer verlangt, in dessen Verlauf er den Samurai getötet habe.

Im Bericht der Frau habe der Räuber sie brutal vergewaltigt und sei dann verschwunden. Ihr gefesselter Mann habe hilflos zusehen müssen, ihr nach dem Verbrechen aber seine Verachtung ins Gesicht gespuckt. Aus Scham habe sie ihren Mann getötet.

Auch der tote Samurai kommt zu Wort: Durch den Mund einer Geisterbeschwörerin erzählt er, der Räuber habe seiner Frau nach der Vergewaltigung angeboten, mit ihm zu gehen. Seine Frau habe eingewilligt, vom Räuber aber verlangt, er möge zunächst ihren Gatten töten. Entsetzt über so viel Ehrlosigkeit habe sich der Samurai eigenhändig das Leben genommen.

Schließlich bezichtigt der erzählende Holzfäller unter dem Steintor alle vier der Lüge und gesteht, Augenzeuge des Verbrechens gewesen zu sein. Der Räuber habe die vergewaltigte Frau um Verzeihung gebeten und ihr angeboten, seine Ehefrau zu werden. Sie habe daraufhin einen Zweikampf der Männer verlangt, in dessen Verlauf sich beide als feige und unmännlich erwiesen hätten. Schließlich habe der Räuber den Samurai getötet und die Frau entkommen lassen.

Am Ende wird auch der Holzfäller von dem Vagabunden der Halbwahrheit überführt, denn der Holzfäller war es, der den wertvollen Dolch der Frau stahl und deshalb vor Gericht seine Zeugenschaft verschwieg.

Das Entsetzliche ist, sagt der junge, ängstliche Mönch am Anfang der Geschichte, daß es keine Wahrheit zu geben scheint. – Vielleicht ist es aber auch ein Glück, eine Freiheit.

Sie gähnen. Die ersten verlassen den Seminarraum. Sie entschuldigen sich nicht. Ich protestiere nur schwach. Es geht nicht darum, auf meine Autorität als Lehrer zu bestehen. Meine Stimme, meine Argumente, meine Gestik, meine Blicke haben sie nicht gefesselt, sie nicht überzeugt. Ich rede über die Kraft der Rhetorik, aber nicht mit der Kraft der Rhetorik: Es besteht kein Unterschied zwischen Wesen und Gestalt. Ich habe meine eigene Rede konterkariert. Sie gehen, einer nach dem anderen. Es gibt keine Entschuldigung. Ich war nicht überzeugend. War unaufmerksam, fahrig, unverständlich, abschweifend, habe den direkten Kontakt zu ihnen verloren. Was habe ich ihnen erzählt? Vermag selbst kaum, die letzte halbe Stunde zu rekonstruieren. Habe mit der Aussage des ersten Angeklagten begonnen. Einem Geständnis. Habe die Schuld auf mich genommen. Habe um eine Verurteilung gebeten. Meinen Verteidigern keine Möglichkeit zur Verteidigung gelassen. Den Anklägern keine Möglichkeit zur Anklage. Meinen Richtern keinen Spielraum zu einem salomonischen Urteil. Der ganze Szenenaufbau ist durch mein Geständnis überflüssig geworden. Kopfschütteln. Peinliches Schweigen. Mitleidige Blicke. Was ist in den Alten gefahren? Besser, wir lassen ihn allein.

Schließlich sitzt nur noch Lu Jian vor mir. Verlegen putzt er seine Brille. Dann kommt er zu mir nach vorne, berührt mich an der Schulter. Alles in Ordnung, Professor Holz?

27

Sterben war ursprünglich ein verhüllender Ausdruck, der erstarren, steif werden bedeutete. Im englischen starve, *verhungern, erfrieren, ist die frühe Bedeutung noch erhalten geblieben.*

Dementsprechend läßt sich leben *wahrscheinlich auf die indogermanische Wurzel* lei, *feucht, schleimig sein, zurückführen.*

Leben und Tod sind Aggregatzustände: Sie beruhen im Wesentlichen auf der Größe der gegenseitigen Anziehung und der (Wärme-) Bewegung ihrer chemischen Bestandteile. Leben ist Schmelzen, Sieden,

Verdampfen und, bei der Überspringung eines Aggregatzustands, Sublimation.

Tot ist eine Partizipbildung zu dem untergegangenen althochdeutschen Verb touwen, sterben, und gehört im Sinne von betäubt, bewußtlos werden, hinschwinden zur Wortgruppe von Dunst, das ursprünglich sowohl Dampf als auch Staub oder Staubwind bedeutet.

Auch hier ist noch von einem Aggregatzustand die Rede, von einem Wechsel der Konsistenzen. Ein Wechsel ins Nichts ist unvorstellbar. Allein die Dichte, der innere Zusammenhalt ändert sich.

Im Arabischen heißt sterben māta und der Tod maût, aber maût bedeutet auch das Nachlassen, das sich Legen des Windes und träge oder schlaff sein. Was da ist, kann an Beweglichkeit verlieren, aber nicht aus der Welt verschwinden.

Was geschieht mit den Sandkörnern, wenn unser Gesicht aus Sand eines Tages fortgeweht oder fortgespült wird?

Stimmt das Bild vom Gesicht aus Sand überhaupt? Wer hat es geformt, wer hat sein Gesicht in den Sand gedrückt und dort am Strand seinen Abdruck hinterlassen, die Hohlform einer Maske, die Teil der Welt ist?

Die Frage nach dem Da-Sein und dem Nicht-Sein ist vorrangig eine nach dem Bewußt-Sein. In dem Augenblick, in dem das Bewußt-Sein meiner Selbst endet, ist mir der Zustand der »Verwitterung« zutiefst gleichgültig. Ob eine Spur bleibt, ein Werk, eine Erinnerung, ist nicht mehr Teil meines eigenen Da-Seins. Dieses Da und nicht das Sein an sich unterscheidet uns von all dem uns umgebenden geformten oder zufällig Seienden. Was geschieht mit diesem bewußt Weisenden in unserem Tod?

Seit Tagen üben wir die korrekte Fußstellung für das *Kamae*, die Bereitschaftshaltung. Was ich allein beim Stehen alles falsch machen kann: Mal zeigen die Fußspitzen in dieselbe

Richtung. Das hat zur Folge, daß mein Oberkörper steif und konfrontativ dem Gegner gegenübersteht. Ein anderes Mal zeigen beide Fußspitzen nach außen, während beide Fersen auf dem Boden ruhen. Auch diese Stellung verhindert eine ausreichende Beweglichkeit.

Nun habe ich die linke Ferse angehoben, während die rechte Ferse am Boden haftet, aber immer noch mache ich es Jian nicht recht. Zwar ist es richtig, die linke Ferse ein wenig anzuheben, aber ich darf dabei mein Körpergewicht nicht vollständig auf den rechten Fuß verlagern, sondern es muß gleichmäßig auf beide Füße verteilt bleiben. Dabei soll ich die Knie gelockert halten. Das soll mir erst mal jemand vormachen!

Aber es kommt noch schlimmer. Bis ich das *Shinai,* das Holzschwert richtig halte, haben sich meine Arm- und Schultermuskeln so sehr verspannt, daß an eine korrekte Körperhaltung nicht mehr zu denken ist. Einmal scheint ihm der Zugriff meines rechten Daumens und Zeigefingers zu kraftvoll, so daß zwischen Handfläche und Schwertgriff ein Hohlraum entstehe und ich bei einer derartigen Haltung den Gegner nicht mehr genügend unter Druck setzen könne. Ein anderes Mal liegt die Spanne zwischen Daumen und Zeigefinger nicht genau auf der Oberseite des Shinai. Ohne weitere Erklärung schlägt er mir den Kampfstock einfach aus der Hand, so daß mir der Schmerz bis in den Nacken fährt. Ich bin drauf und dran, den Unterricht aufzugeben.

XIX

Was bedeutet Rhetorik in einer Zeit zunehmender Maschinensprachen und Sprachmaschinen? Die Maschine ist nicht mehr nur Mittel der Kommunikation mit einem anderen Menschen, sondern ist inzwischen auch ein direkter Ansprechpartner geworden.

Rhetorik ist in diesem Zusammenhang kein Mittel der Überzeugung mehr, sondern eines der (Ver-)Störung. Aus einem Werkzeug der Demagogie wird eines der Subversion. Metaphern und Metonymien sind Sand im Getriebe der Sprachmaschinen, und Ironie führt ihr »Verständnis« ad absurdum.

Wir können sicher sein, daß die Profiteure der Ersetzung von Gesprächspartnern durch Sprachmaschinen früher oder später alle poetischen Stilmittel zum Hauptfeind einer funktionierenden, das heißt störungsfreien Kommunikation erklären werden. Statt Molotowcocktails zu werfen, wird es genügen, zu einem Pars pro toto oder einem onomatopoetischen Neologismus zu greifen.

Die Grenzbeamten bilden die Vorhut dieser neuen Berufsgruppe von Sprachpolizisten im wortwörtlichen Sinn: Der ironische Kommentar zum Ausziehen der Schuhe oder Ablegen des Gürtels, der Beamte solle den Blick in den After nicht vergessen, denn man könne darin ja ein Kondom, gefüllt mit Flüssigsprengstoff, versenkt haben, kehrt die Uneigentlichkeit der Rede in ihr Gegenteil und führt zur prompten Sanktion, nämlich den prüfenden Blick in den Anus und einer harten Bestrafung wegen Irreführung staatlicher Organe. Hier, an dieser Schwelle, üben wir die maschinenkompatible Kommunikation. Wer sich verweigert, dem wird die Einreise untersagt.

Vor mir sitzen noch die wenigen, die von mir eine Bescheinigung ihrer Teilnahme benötigen, darüber hinaus einige Psychologiestudenten, die meine Vortragskunst als einen interessanten Fall unhierarchischen Sprechens studieren. Alles scheint gleich wichtig, oder unwichtig, wie man will, ein zielloses, nomadisierendes Denken, ein wucherndes Rhizom. Die Gefahren sind mir durchaus bewußt: Skrupellose Netzgewinnler nutzen das Fehlen jeglicher strukturierender Autorität und setzen eine Hierarchie der Haie durch.

Aber ich will den postkapitalistischen Debattierclub nicht, der Rede als gewaltloses Instrument der Überzeugung zu propagieren versucht. Für ihn bleibt die Logik das Maß aller Argumente. Doch der Lehrsatz der Identität und des Ausschlusses jeden Widerspruchs enthält die denkbar größte Gewalttätigkeit. Sollen sie gehen und sich mit vorgekautem Wissen füttern lassen!

Rhetorik ist das Netz, das wir auswerfen, um die Welt beschreibbar zu machen. Sind die Maschen eng, reden wir von Theorie. Sind die Maschen weit, reden wir von Poesie.

Die Positivisten unter den verbliebenen Zuhörern lächeln müde.

Wo hört das Gedankenexperiment auf, und wo fängt die Exterritorialisierung an, die Auflösung der Ich-Grenzen, der Selbstverlust? Kann ich mich neben mich stellen und die Perforierung meiner Ich-Haut auch nur annähernd exakt beschreiben? Das ist der verführerische Strudel, in dem sich jede Introspektion hineingesogen fühlt, ein in die Tiefe gerichtetes Kreisen, auf dessen Grund das Ertrinken droht.

Ich mag die Stadtspaziergänge nicht, die sandbestreuten Blutlachen an jeder Kreuzung. Fühle mich wie der Fuchs, der eine Lichtung voller toter Jäger entlangschnürt. Doch Jian stört sich nicht am Motorenlärm und den notwendigen Ausweichmanövern auf den für ein flanierendes Paar zu engen Gehwegen.

Nach all unseren Gesprächen über die chinesische Kunst des Perspektivwechsels, lieber Jian, frage ich mich, warum es im Chinesischen keinen dem Griechischen vergleichbaren Begriff der Vernunft gibt.

Jedermann weiß, antwortet der junge Mann, daß die Begegnung mit einem Einhorn ein gutes Vorzeichen ist. So versichern es uns die alten Bücher und weisen Männer, deren Autorität als unbestritten gilt. Allen Menschen, selbst Frauen und Kindern und den Ungebildeten ist bekannt, daß das Einhorn nicht zu den vertrauten Haustieren und den gewöhnlichen Wildtieren zählt, sondern nur äußerst selten anzutreffen ist. Deshalb kann man plötzlich einem Einhorn gegenüberstehen und nicht mit Gewißheit sagen, daß es überhaupt eines ist. Wir wissen, daß dieses Tier mit der Mähne ein Pferd und jenes andere mit den Hörnern ein Widder oder Stier ist. Wir wissen aber nicht mit Sicherheit ein Einhorn zu erkennen.

Ohne uns bewußt für einen Weg entschieden zu haben, sind wir im Kreis gelaufen und wieder vor meinem Haus angelangt, auch wenn wir diesmal den Kreis größer gezogen haben. Die Vertrautheit der Straßenzüge erlaubt uns, ohne größere Ablenkung als die sporadischen Kothaufen auf dem Trottoir ganz auf unser Gespräch konzentriert zu bleiben.

Unschlüssig, ob ich meinen Meisterschüler noch hinauf in meine Wohnung bitten darf, bleiben wir vor dem kleinen Jägerzäunchen stehen, der den von der Hauswartsfrau so eifersüchtig gepflegten Vorgarten zu schützen hat. Rasen, Heidekraut, fünf brutal beschnittene Rosenstöcke, und einige verborgene Blumenzwiebeln, die in wenigen Wochen womöglich das triste Braun und Grau durchbrechen und den März und April über das nachbarliche Gespräch mit Nahrung zu versorgen haben.

Hast du manchmal Heimweh?

Nanking ist eine moderne Großstadt. Ich weiß nicht, ob man nach Hongkong, Tokio oder New York Heimweh haben kann. Ich glaube, der kulturelle Unterschied zwischen Deutschland und China ist geringer als der zwischen einem Dorf und einer Metropole.

Welch akademische Reinheit und Disziplin unserem Verhältnis doch innewohnt, allen argwöhnischen Blicken Frau Pillischewskis zum Trotz. Doch reicht ihr erfahrenes Hauswartsfrauenauge vielleicht tiefer als das lehrblinde professorale. Mit dem ihr eigenen kleinbürgerlichen Instinkt für die Schwächen und Geheimnisse anderer hat sie längst erspürt, was die Schulweisheit nicht einmal zu träumen wagt. Ihre vor respektvoller Höflichkeit zusammengezurrten Mundwinkel sagen alles.

Nein, dieser blasse Student mit dem zarten, bartlosen Gesicht, aber durchaus athletischen Körperbau, der genausowenig ihrem erfahrenen Witwenblick entgangen ist wie der Arm des väterlichen Freundes, der sich immer wieder während der vertraulichen Gespräche auf ihren Spaziergängen in dem des Jünglings einhakt, damit rüde Passanten sie nicht auch nur für einen Augenblick auseinanderreißen, dieser Schüler und sein Lehrer bilden selbst in ihrer vor allem durch Kreuzworträtsel und Quizshows geschulten Weltsicht jenes klassische griechische Freundespaar, das ja gemeinhin für den Ursprung all jener unaussprechlichen Verirrungen zu gelten hat, die mit dem euphemistischen Epitheton *platonisch* umschrieben werden.

Lege ich mir selbst gegenüber mit allergrößter Strenge Rechenschaft ab, so waren und sind meine Phantasien im Allgemeinen strikt heterosexueller Natur, wenn auch durchaus mit perversen Tendenzen durchsetzt, die auch nur zu ahnen meine gute Hauswartsfrau in Angst und Schrecken versetzen würden.

Nein, meine Zuneigung zu Jian erwächst vor allem einem rein menschlichen Wunsch nach Freundschaft und Nähe. Die universitäre Arbeit hat zu lange meine private Isolation verschleiert. Das Schreiben ist eine zutiefst einsame Tätigkeit. Und das Leben mit Büchern läßt uns zu lange vergessen, daß *ihr* Leben ein unsinnliches und vergangenes ist.

Doch gilt das auch für meinen Schüler? Welcher Art ist sein Interesse, seine Zuneigung zu mir? Er ist jung und attraktiv. Warum sucht er meine Nähe und verbringt den größten Teil seiner Freizeit mit mir, der ich ihn kaum noch etwas lehren kann, sondern der inzwischen ganz und gar sein Schüler geworden ist?

Komm doch noch einen Augenblick mit hinauf!

Endlich haben wir mit den grundlegenden Schlagtechniken begonnen. Da wir immer noch ohne Rüstung kämpfen, zwingt Jian mich zur äußersten Konzentration. Ich deute meine Schläge nur an, um ihn nicht zu treffen. Er hingegen trifft mich hart und schmerzhaft, wenn ich die Ausweichbewegungen nicht rechtzeitig oder korrekt ausführe. Meine Unterarme sind voller blauer Flecken.

Es wird, wie mit einem richtigen Schwert, nicht nur geschlagen, sondern auch zugestoßen. In den Kampfvorschriften des Kendo zählt aber nur das *Tsuki*, der Stoß zur Kehle. Man spannt den Unterleib an, streckt die Hüfte und tritt, während man beide Hände nach innen dreht, kräftig mit dem rechten Fuß einen Schritt nach vorn und stößt zu.

Lu Jian ist so geschmeidig, daß er meinen Stößen auszuweichen vermag, ohne seine Füße zu bewegen. Allein sein Oberkörper weicht zurück und schnellt dann sofort zum Gegenangriff vor. Ich bezweifle, daß ich in meinem Alter diese Geschmeidigkeit noch erlernen werde. Aber ich lasse mir meine Zweifel nicht anmerken und bestehe darauf, er möge mich mit derselben Härte diesen Angriff lehren, wie er mir die Kote-, Dō- und Men-Schläge eingebleut hat.

Jian ist sehr zurückhaltend bei dieser Übung. In den Kampfvorschriften, erklärt er mir, ist das Ausüben dieses Stoßes für Schüler unter vierzehn Jahren verboten.

Ich lache laut auf: Keine Angst, ich bin ein wenig älter als vierzehn Jahre. – Er lächelt nicht zurück. Und mir wird klar, daß dieser Stoß zum ersten Mal ein lebenswichtiges Organ des Gegners ins Visier nimmt, und ich erinnere mich an die Herkunft dieses Sports, den kriegerischen Zweikampf auf Leben und Tod.

WARTEN IM WASSER

水

XX

Die operettenhafte Schönheit der chinesischen Stewardessen springt mir ins Auge, und ihre nicht weniger schicksalhafte Unkenntnis des Englischen sticht mir ins Ohr. Mein Verstand sagt, sie spielten die Stewardessen nur. In Wahrheit seien es die abgewiesenen Frauendarsteller aus der Pekingoper, zarte geflügelte Männer, die hier ihren Ersatzdienst leisteten, jede ihrer Gesten anmutiger und femininer als ihre kriegerischen Schwestern im innereuropäischen Flugverkehr.

Sie reichen mir ein schwarzgraues Getränk, das sie als *Kaffee* anpreisen und das nach der Zugabe eines strychninartigen Puders, in dem ich leichtsinnigerweise den Kaffeeweißer vermute, eine leichenblasse Farbe annimmt. Nach dem ersten Schluck muß ich an die Lebensmittelskandale der letzten Wochen denken und zugeben, daß der verantwortliche Minister wohl zu Recht erschossen worden ist.

Ich starte am Morgen und fliege zurück in die Nacht, den Mittag einem anderen Kontinent überlassend. Eine Maske fällt, eine Fassade stürzt ein, der Blitz des Erkennens enthüllt die ganze Fadenscheinigkeit dieses Abenteuers: Marco Polo war nie hier! Und auch ich stütze mich auf Angelesenes und Ausgedachtes.

In diesem Augenblick, in dem der Schuß fällt, die Kugel das Gewehr verläßt und schon in die blasse Stirn dringt, noch ehe das Geräusch der Explosion das Trommelfell zerplatzen läßt, in diesem Augenblick der Epiphanie läßt sich die Vergangenheit und die Zukunft gleichermaßen übersehen. Ich warte auf diesen arretierenden Augenblick, an dem die angestoßene Tür ins Schloß fällt oder der Blitz den korrupten Minister niederstreckt, ich warte und lausche, doch die Nacht ist vollkommen still. Nach dem trockenen Schnappen des Hahns folgt *nichts*.

Wir Touristen, so mein erster, wohl nicht von Vorurteilen freier Eindruck, bilden an Bord des Flugzeugs, weit vor den Technikern und Managern, die Mehrheit. Die meisten treibt die Neugier, nicht das Geld. Was treibt mich? Im Gegensatz zu den anderen, die sich den langen Flug durch freundliche Gespräche mit den Sitznachbarn zu verkürzen suchen, meide ich jeden unnötigen Kontakt. Entweder bin ich mit einem unnahbaren Ernst in meine Lektüre versunken, oder ich halte, Simone de Beauvoirs *Langer Marsch* aufgeschlagen in meinem Schoß, die Augen geschlossen, um meinen eigenen Gedanken nachzuhängen.

Das alte China interessiert sie nicht. Sie ist neugierig auf Maos »Revolution der Vernunft«. Ich hingegen bin voller Furcht, vom alten China nicht einmal mehr die Ruinen zu finden. Das neue Plattenbau- und Plexiglaskonglomerat hätte mich fast davon abgehalten, diese Reise anzutreten.

Für die französische Feministin ist dieses Land im Umbruch weiblich. In meiner Imagination ist es ein Neutrum. Ich empfinde keinerlei erotisches Interesse an diesem Land. Alles, was ich von seiner Gegenwart weiß, erscheint mir geradezu asexuell.

Weil sie, diese Nation, liebenswert, aber arm war, hat Frau Beauvoir ihren Koffer mit Seifen, Zahnpasten und Klopapierrollen gefüllt. Immerhin war das ansonsten ja überwiegend bäuerliche Land schon im Besitz einiger ausgemusterter russischer Flugzeuge. Sonst hätte sie womöglich die beschwerliche

Reise mit der Transsibirischen Eisenbahn oder auf einem bretonischen Altmetallfrachter antreten müssen.

Zu ihrer Beschämung findet sie in ihrer geräumigen Suite im Hotel Peking nahe des Tiananmen-Platzes doch ein Stück Seife vor.

Wie ist es, in einer Stadt zu landen, in der alle Bewohner eines der mittelgroßen Staaten dieser Erde bequem untergebracht werden könnten? Allein im Hafen, dem größten der Welt, fände ganz Dänemark Platz.

Die Stadt, die in See sticht. Natürlich müßte man sich ihr, wie noch Aldous Huxley im Jahr 1926, vom Meer her nähern. Der Brite ist dann seinen Eindruck von Feuchtigkeit und Morast nicht mehr losgeworden.

Die ganze Stadt ist auf dem Schlick des Flußdeltas erbaut, ein New Orleans in der Jangtsemündung. Unter dem Asphalt der Stadt liegt der fruchtbarste Boden Chinas und war, wie das dampfende Louisiana, einstmals für seine Baumwollplantagen berühmt.

Shang Hai Airport/Domestic Flights. Kopfschuß. Kopfschmerzen. Suppenküchendunst, der mir wie ein nasses Geschirrtuch ins müde Gesicht schlägt. Der Paßbeamte läßt meinen Gruß unerwidert. Einmal mehr kommt mir der Gedanke, daß diese Reise ein großer Fehler sein könnte.

Männer in langen blauen Hosen, weißen Hemden und mit einem Mobiltelefon in der Hand. Keine Bärte, keine Glatzen. Die Frauen ein wenig abwechslungsreicher in ihrer Kleidung, aber kaum je bunt. Gedeckte Farben, Fasane, Rebhühner, immer noch Bäuerinnen.

Die Halle gleicht eher einem Busbahnhof als einem Flughafen. Viele erschöpfte Gesichter, ein Stimmengewirr, obwohl kaum einer mit einem anderen spricht. An den Füßen zusammengebundene Hühner in der einen Hand, einen Korb mit rohen Eiern in der anderen, so tragen sie in der einen Hand ihre Aktenkoffer, und in der anderen ihr Handy. So zumindest sieht es mein angeschossener Kopf.

Auf früheren Reisen habe ich die Furcht, die mich übermannte, wenn ich mich in fremden Städten verlief, genossen. Hier, befürchte ich, nimmt niemand den Verirrten an die Hand. Sicher gibt es am Stadtrand irgendeine Fabrik, die die Reste der Fremden, die man ohne Papiere aus dem Fluß gezogen hat, noch gewinnbringend verwerten. Wofür ein nutzloses Grab, wenn es keine Angehörigen gibt, die darauf ihr Papiergeld verbrennen!

XXI

Das Taxi fährt mich durch die Stadt, und es ist alles so, wie ich es in meiner Reiseantrittsdepression erwartet habe: Millionen Männer in grauen Anzügen, selbst die Frauen, Sakko, Krawatte, blankpolierte schwarze Halbschuhe, trotz der unerträglichen Hitze, bedacht, dem spärlichen Dreck auf den breiten Trottoirs auszuweichen, Papiertaschentücher, zusammengeknüllte Handzettel, doch kein Laub, kein Hundekot, eine Stadt der Angestellten. Sie wirken wie eine Kopie ihrer selbst.

Sie haben einen Bund mit dem japanischen Kleinwagen geschlossen. Der Kleinwagen ist die Heilige Kuh, verstopft die Avenuen, parkt auf den Gehwegen, parkt in der zweiten Reihe, überholt rechts, gefährdet die Passanten auf den Übergängen, und wären die Anzüge der Angestellten ölfleckig wie der kochende Asphalt, würden sie einfach überrollt werden.

Der Rezeptionist nimmt meine Anmeldekarte entgegen und überträgt sorgfältig meine lateinischen Buchstaben in chinesische Silben. An der rechten Hand fehlen ihm die oberen Glieder des Zeige- und Mittelfingers. Deswegen schreibt er mit der linken Hand. Vielleicht aber ist er auch von Natur aus Linkshänder und hat bei seinem Unfall noch einmal Glück gehabt, daß es seine Rechte erwischt hat.

Und Ihr Beruf, Sir?

Mein Beruf?

Sie haben vergessen, Ihren Beruf anzugeben.

Tragen Sie ein, was Sie wollen.

Verzeihen Sie, Sir, was soll ich eintragen?

Frührentner, Reisender, Grenzüberschreiter, Gastrologe, Sprachdieb, Spion – suchen Sie sich einen aus!

Spion?

Schreiben Sie: Entropist.

Er schaut mich unsicher an. Vielleicht war mein galliger Humor hier doch fehl am Platz. Wer weiß, wie er meinen Neologismus ins Chinesische transkribiert. Mit Sicherheit wird meine Anmeldekarte an die zuständige Polizei weitergegeben und für neuerliche Irritationen sorgen. Und wenn ein Kontrollorgan etwas überhaupt nicht erträgt, dann genau dies: Irritationen.

Im Hotelfahrstuhl finde ich den ersten physikalischen Beweis der ethnischen Differenz. Er ist für zehn Personen bzw. fünfhundert Kilogramm zugelassen.

Die Klimaanlage in meiner Zimmerwabe scheppert laut und kühlt die feuchte Luft zu den Minusgraden des Nordpolarmeers im Dezember herunter. Vergeblich suche ich nach einem Regler, um sie auszuschalten. Und natürlich läßt sich das Zimmerfenster nicht öffnen. Die Häuser auf der gegenüberliegenden Straßenseite sind aschgrau und rußverkrustet wie die Fassade meines Hotels und stinken schon beim bloßen Anblick nach Urin.

Nach einer kurzen, wenig erfrischenden Dusche fliehe ich aus dieser schwitzwasserkalten Kammer zurück auf den brennend heißen Asphalt zwischen den aschgrauen Häusern. Ah, diese Hitze! Man muß sich auswickeln aus sich selbst, um sie auszuhalten.

Alles, was ich sehe, scheint ohne Dauer. Eine Stadt der Ingenieure. Das Holz, ehemals das wesentliche Baumaterial der chinesischen Häuser, ist ganz aus dem Straßenbild verschwunden. Nur einige verdurstende Straßenbäume erinnern noch an dieses Geborgenheit spendende Material. Und selbst der Stein ist auf dem Rückzug. Doch was habe ich erwartet? Indianer?

Welch gute Einübung in den Haß auf die Moderne! Welchen Ort der Erde hat sie schöner gemacht? Auch diese Stadt hat sie ihrer Geschichte, ihrer Unverwechselbarkeit, ihrer Schönheit beraubt. Nicht eine einzige Straße, nicht einmal eine Straßenecke gefällt mir, kein Gebäude, kein Geräusch, kein Duft, und kaum ein Gesicht. Wäre sie ein Buch, würde ich es nun zuschlagen und beiseite legen. Sie wirkt auf mich wie ein eilig und oberflächlich hingeschriebener Ratgeber über die Kunst, sich so gesichts- und geschichtslos wie möglich zu geben, um eine Saison lang auf der Bestsellerliste ganz oben zu stehen und dann im Ramsch zu landen.

Vielleicht sind die Chinesen zu bescheiden für die Anmaßung der Unverwechselbarkeit. Vielleicht glauben sie noch an Dämonen, böse Dämonen, die sich auf jeden stürzen, der aus der Masse heraussticht. Früher mieden sie gerade Wege, um die Fortbewegung der Dämonen zu stören, die im Volksglauben nur geradeaus gehen konnten. Den Alten schien das Gerade das Falsche und Gefährliche zu sein. Wie würden sie sich in dieser Schachbrettstadt mit seinen zehnspurigen Schnellstraßen fühlen!

Vom Dieselruß zerfressene Glastürme, Salpeterstalagmiten, wie aus Eis gebaut. Tauend in der säuregesättigten Luft. Mit geschwungenen Dächern aus moosgrünem Porzellan. Sind wir machtlos gegenüber den Tatsachen? Die Tatsachen sind jener Teil unserer Ehe mit der Welt, die uns zu brechen versuchen. Hätte ich mich von ihnen vergewaltigen lassen, wären wir womöglich ein gutes Paar geworden.

Wieviel Verstellung steht nun zwischen uns! Ihr Gesicht, mein Gesicht, ihre Stimmen, meine Stimmen. Ihre falschen Komplimente, mein mürrisches Schweigen. Im Alter hätten sich unsere Unverträglichkeiten verschärft. Rissige Füße. Mundgeruch. Das ständige Räuspern. Das unbewußte Stöhnen und Schnaufen. Ein unausgesprochener Vorwurf hinter den zur Gewohnheit gewordenen Höflichkeiten. Die zunehmenden Falten auf der Stirn, aller Gelassenheit zum Trotz eine ständige unübersehbare Mißbilligung. Der gleichgeschaltete Geschmack, das macht die Auswahl leicht: das preiswerte Paarmenü, von dem du mir die Fleischbrocken zuschiebst und dir dafür den größeren Teil des Gemüses einverleibst. Tatsachen, porös geworden wie unsere alternden Knochen. Wenn wir jetzt noch stürzen, werden wir uns gleich die Oberschenkelhälse brechen und nicht mehr so schnell auf die Beine kommen. Möglicherweise werden wir ein künstliches Hüftgelenk benötigen, aus Porzellan oder Titan, und dennoch bis zu unserem Lebensende humpeln.

Wenn ich von euch träume, wie ihr in meiner Jugend ward, blaß, schweigsam, mädchenhaft, voller Angst, mich zu berühren, oder von mir berührt zu werden, »Tatsachen« nur dem

Namen nach, in Wirklichkeit aber ein unberührbarer Schatten, ein sich Verfehlen, eine Hand unter der Bluse, die vergeblich nach den Brüsten sucht, deine Hand in meiner Hose, die jene Stelle vorsichtig betastet, an der sie mein Begehren vermutet, oder wenigstens eine Wunde, bis wir uns mit der Enttäuschung abfinden, der Flachheit des Brustkorbs, dem Vakuum zwischen den Beinen, dem Pathos und der Leere unserer Beziehung.

Die hohle Hand, die Mulde meiner Stummheit, mal aus hartem Stroh, mal aus nassem Sand, aus dem ich mein Heldentum backe, morgen dann aus vereistem Schnee, aus Schneegeflüster. Ich muß sie nicht ballen, um mir Mut zu machen. Um euch zu verletzen.

Ich fange es darin auf, euer Erbrochenes, euer Vorgeturne, eure Gesten des Überschusses. Nicht, daß sie wichtig wären.

Der ganze Eingangsbereich unter der Orgelempore ist mit Kisten und Kartons voller halbverfaulter oder angeschimmelter Lebensmittel vollgestellt. An einem Tapetentisch, der vermutlich als Theke dient, hängt traurig ein windelfarbenes Transparent, auf dem in kindlichen Großbuchstaben LEIPZIGER GASTMAHL LAIB & SEELE gepinselt steht.

Statt der erwarteten Besuchergruppen schleppt ein langhaariger Mann in brauner Latzhose weitere Kartons mit alten Brötchen und zerbröselndem Gebäck an diesen Ort der Armenspeisung.

Ich setze mich in eine der harten Bänke, ungefähr in der Mitte des Kirchenschiffs. Von der Orgelempore höre ich ein Rumoren, vermutlich werden die alten Pfeifen gerade gereinigt. Dann ertönen versuchsweise zwei, drei klägliche Töne, als steckten die Pfeifenreiniger noch in den verschleimten Röhren.

Diese profane Geschäftigkeit um mich herum verhindert jegliches Aufflammen einer spirituellen Stimmung, in die mich meiner wütenden Gottesgegnerschaft zum Trotz fast jedes sakrale Gebäude, sei es Synagoge, sei es Moschee, zu versetzen vermag.

Wer auch immer mich hier erwartet hat, wird sich unter diesen Umständen wohl kaum blicken lassen. Wem leihe ich nun mein Ohr?

Zwei Beichtstühle, auf jeder Seite des Kirchenschiffs einer, damit die himmelschreienden Sünden für den Herrgott unterscheidbar bleiben; zwei Nußbaumsänften mit violetten Tüllgardinen. Über dem Vorhang zur Linken ein Schildchen mit der Aufschrift PFARRER ALBRECHT BARMER, ein Name, der entgegen seines sanften Klanges die gröbsten Verwünschungen in mir wachruft.

Miriam und ich sind gleichermaßen konsterniert, als Titus sich ohne jede Rücksprache oder auch nur Ankündigung zum Konfirmandenunterricht anmeldet. Der Junge ist ja nicht einmal getauft. Ginge es ihm nur um die üblichen Konfirmationsgeschenke oder das Zugehörigkeitsgefühl zu einer Clique, wir würden seine Entscheidung zwar nicht unterstützt, aber verstanden und toleriert haben.

Indessen verwandelt sich der Junge binnen weniger Wochen so extrem, daß man nur noch von einer spirituellen Seelenwäsche sprechen kann. Dort, wo seit Jahren seine kleine Puppenbühne vor sich hinstaubte, baut er sich nun einen kleinen, kitschigen »Hausaltar« mit einem aus schwarzafrikanischer Erde gebrannten Lehmmessias als neue Kasperlefigur. Und in sein Tagebuch schreibt er keine Weltschmerzverse mehr, sondern Selbstbezichtigungen de Sadeschen Ausmaßes, als hätten wir kein Kind, sondern ein Monster aufgezogen. Und wer hat ihm diesen Unsinn ins Ohr gesetzt? Pfarrer Albrecht Barmer, dieser pastorale Kinderschänder!

Ein sachliches Gespräch ist mit Titus nicht mehr möglich. In seinen Augen umlodert mich bereits das Höllenfeuer.

Würde er es dabei belassen, ich nähme es mit Gleichmut hin. Aber muß er für meine arme verlorene Seele auch noch beten? Nur gut, daß diese rotzengelhaften Fürbitten dem guten Kommissar Volkmann nicht in die Hände gefallen sind!

Die Geschichte eskaliert, als ich von einer Tagung in Tutzing zurückkehre und von Miriam erfahre, daß Titus über Pfingsten mit Barmer und einer Handvoll seiner Lieblingskonfirmanden in ein Zeltlager nach Stralsund aufgebrochen sei. Ich hätte auch die Polizei verständigen können, aber mit diesem Sittenstrolch Barmer, denke ich, werde ich auch selbst fertig, setze mich in den Wagen und bin in vier Stunden an der Ostsee, um meinen Sohn aus den Fängen dieses Menschenfischers im schmuddeligen Talar zu befreien.

Überraschenderweise ist es nicht Barmer, der zutiefst empört auf mein Erscheinen im Kreis der ums Lagerfeuer gescharten und Fahrtenlieder schmetternden Knaben reagiert, sondern mein eigener Sohn Titus. Vor aller Augen und Ohren fragt er mich mit zorniger Stimme, was ich hier zu suchen hätte, als sei ich derjenige, der ihn zu mißbrauchen drohe. Soweit ist es also schon gekommen!

Ich lasse mich auf keine weiteren Diskussionen mit meinem unmündigen Sohn ein, verfrachte ihn und seinen Rucksack auf den Rücksitz meines Wagens und verabschiede mich von Barmer mit der Drohung, er werde noch von mir hören.

Natürlich lasse ich die Angelegenheit auf sich beruhen, zumal Titus sich offenbar aus freien Stücken in die Hände dieses Jugendverführers begeben hat. Während der ganzen Fahrt sitzt er trotzig schweigend auf dem Rücksitz, zu jung, um zu begreifen, daß ich ihn vor noch größeren Verletzungen bewahrt habe.

Barock und Postmoderne haben gemeinsam, daß die Geburt des Helden mit messianischen Zeichen einhergeht, Erdbeben,

Kriegsausbrüchen, Meteoriteneinschlägen, oder die Herkunft des Neugeborenen selbst von geheimnisvollem Dunkel umgeben ist.

Deine Geburt, Titus, fällt auf einen sonnigen Morgen Anfang Oktober und verläuft so unspektakulär, daß man durchaus auf ein ebenso ruhiges und ausgeglichenes Wachsen, Reifen und Altern im Zeichen der Waage hätte schließen können.

Weder Miriam noch ich sind sonderlich aufgeregt über die Geburt unseres ersten Kindes. Schließlich sind wir keine Teenager mehr, wie noch unsere eigenen Eltern, die vollkommen unvorbereitet von ihrem Nachwuchs überrascht und aus ihrer Jugend ins Erwachsenendasein gezwungen wurden, nicht ohne Trauer und Erbitterung über das plötzliche Ende dieser kurzen Zeit der Freiheit und Verantwortungslosigkeit. Juan und Miriam und Uli und ich haben sie gespürt, diese Bitterkeit: Gerade erst der Bevormundung der eigenen Eltern entkommen, und nun von den eigenen ungebetenen Kindern für viele Jahre um spontane Kinobesuche, durchtanzte Nächte oder wechselnde Liebschaften betrogen.

Wir hatten diese Zeit fragwürdiger Promiskuität lange hinter uns. Ein Kind konnte unsere ruhige und unsentimentale Beziehung nur bereichern. Wenn wir dir etwas Besonderes auf deinen Lebensweg mitgeben konnten, dann war es zweifellos *Sicherheit*.

Du brauchtest länger als andere Kinder, um sprechen zu lernen, vielleicht aus Trotz, weil wir nie in infantiler Tantensprache mit dir geredet haben. Du hast uns von Anfang an gut verstanden, das sah man deinen trotzigen Augen an, aber lange hast du überhaupt nicht geantwortet, und später dann, bis zu deinem fünften Lebensjahr, in einem bewußt falschen, verstümmelten Babyjargon, von dem du genau wußtest, daß er uns zutiefst provozieren mußte.

Miriam tröstete sich und ihre Bekannten mit dem bis zum Erbrechen wiederholten Scherz, aus dir würde schon noch Großes werden, denn sähest du nicht auf verblüffende Weise unserem damaligen Bundeskanzler ähnlich? Schon bei deiner Geburt warst du übermäßig schwer, und in deinen ersten Lebensjahren ein dickes und träges Kind. Das dünne aschblonde Haar auf deinem runden, pausbäckigen Kopf hätte auch das schüttere graue eines gutgenährten Sechzigjährigen sein können.

Und dann geht plötzlich alles ganz schnell. Haben Miriam oder ich dir bis zu deinem fünften Geburtstag noch jeden Abend aus unseren eigenen, über die Jahrzehnte hinweggeretteten Lieblingskinderbüchern vorgelesen, hast du binnen Wochen, noch ehe du in die Schule kommst, selbst lesen gelernt. Und von nun an ist nichts in unserer Bibliothek mehr vor deinen Händen und Augen sicher: Krabat, Kleine Mouche, Tistou mit den grünen Daumen, Unten am Fluß, Die Söhne der großen Bärin, dann Die grüne Wolke, Theorie und Praxis der Antiautoritären Erziehung, Makarenkos Pädagogisches Poem, Mishimas Seemann, der das Meer verriet, Edward Bonds Gerettet, der Gesundheitsbrockhaus, Márais Die jungen Rebellen, Swetajewas Mutter und die Musik, Calvinos Reisender in einer Winternacht, Saramagos Stadt der Blinden, Cortázars Gewinner, Sartres Idiot der Familie, Genets Unter Aufsicht, Barthes' Fragmente einer Sprache der Liebe, de Sades Hundertzwanzig Tage und Pasolinis Teorema, Hocquenghems Der gewöhnliche Homosexuelle und Artauds Theater der Grausamkeit …

Vielleicht ist es dir bei diesem Lesefieber ähnlich wir mir ergangen, als ich in einem kindlich-religiösen Wahn die ganze Bibel von der ersten bis zur letzten Seite lesen wollte und mich nach den vertrauten Abenteuergeschichten durch erotische Gedichte, Speisevorschriften, Genealogien, Lehrsätze, Prophezeiungen, Klagen, Gleichnissen und Apokalypsen quälen mußte. Aber es entstammte alles derselben Heiligen Schrift! Und wie ich auf meiner entbehrungsreichen Lektürewallfahrt damals, redest du mit uns niemals über deine Leseerfahrungen. Stillschweigend stellst du Moby Dick oder Die Geheimnisse von Paris zurück an ihren Platz und greifst zum nächsten Buch. Hast du den Simplizissimus im Alter von neun Jahren wirklich vom Anfang bis zum Ende gelesen? Ich weiß es nicht. Ich weiß nur, daß der Roman drei Wochen auf deinem Nachttischchen lag und das Lesezeichen jeden Morgen um dreißig, vierzig Seiten vorgerückt war.

Der Küster, ein hagerer, einarmiger Quasimodo mit gelben Trinkeraugen und verrutschtem flachsblonden Toupet, tritt aus der Sakristei in den Altarraum und schaut erschrocken auf, als er mich einsamen Besucher in der Kirchenbank entdeckt. Nach kurzem Zögern kommt er auf mich zu und fragt: Warten Sie auf jemanden? Die Kirche ist nämlich geschlossen, das heißt, für die Besucher. Sie sehen ja, die Lieferanten haben alles zugestellt.

Ich würde gerne mit dem Pfarrer sprechen!

Beichtgelegenheit haben Sie am Donnerstag und Samstag jeweils von sechzehn bis achtzehn Uhr.

Nein, ich will nicht beichten.

In allen anderen Angelegenheiten müssen Sie sich ans Pfarrbüro wenden. Ich muß jetzt zuschließen, damit nichts wegkommt, verstehen Sie?

Natürlich. Heutzutage stiehlt man ja selbst den Hungernden ihr schimmeliges Brot aus den Kirchen!

Der Alte starrt mich verständnislos an und wartet, bis ich aufstehe und zum Ausgang gehe.

Unter der Orgelempore kommen mir Wollmeister und Kramp entgegen. Ausgerechnet diese Jungianerin mit hennarotem Haar und violetten Fingernägeln und diesen pockennarbigen Skinhead, der, wenn er kein Zuhälter ist, nur ein Bulle sein kann, schickt Volkmann also zur Laudes in die ehemalige Stiftskirche. Unauffälliger kann diskrete Observation nicht sein!

Für Besucher geschlossen! Rufe ich den beiden Personenschützern zu, überlasse die weiteren Erklärungen meinem eloquenten Quasimodo und trete in den regengrauen Leipziger Vormittag hinaus.

XXII

Verschwitzt liege ich auf dem Hotelbett. Die Klimaanlage habe ich demoliert. Die Schleimhäute sind bereits angeschwollen. Doch besser das Haar schweißnaß als eine Bronchitis.

Trotzdem brummt und scheppert es weiter, die leckenden Gebläse der Nachbarzimmer, untermalt von unzähligen Klingeltönen von der Straße her, häufiger und aufdringlicher als die Autohupen, Signalhörner eines bereits obsoleten Fortschritts, prädigitales Dinosauriergebrüll, denn nun summt und vibriert Mozarts *Kleine Nachtmusik* in Konkurrenz zu Madonnen und anderen Heiligen des Popzeitalters auf Schritt und Tritt durchs globale Oberammergau.

Am späten Vormittag verdrießliche Suche nach einem Frühstückscafé. Ein junger Mann in zuchthausgestreiftem Pyjama, einen kleinen kahlgeschorenen Jungen an der einen, die Tageszeitung in der anderen Hand, kommt mir auf der Straße vor dem Hotel entgegen, während des Gehens in die seine Finger rot färbenden Schlagzeilen auf der Titelseite vertieft. Er hätte mich angerempelt, hätte der Junge ihn nicht rechtzeitig zur

Seite gezogen. Selbst als sie längst an mir vorüber sind, starrt der Bengel mich noch an, als sähen nicht sie, sondern als sähe ich irgendwie merkwürdig aus.

Die kleinen Gassen um den Konfuziustempel mit ihren Ständen voller billiger fernöstlicher Textilien erinnern mich an das vertraute China Town in London oder New York. Busweise schieben sich chinesische Touristengruppen durch dieses unter Denkmalschutz gestellte Disneyland, auf der Suche nach der eigenen größtenteils abgeräumten und durch die wilde Architektur Manhattans ersetzte Vergangenheit.

In mehrere Selbstbedienungsrestaurants werfe ich nur einen kurzen Blick: Nudelsuppen, Krabben- und Tangsalate, nagetierhaft Gesottenes, allein die Gerüche treiben mich rasch auf die Gasse zurück, bis ich endlich ein vertrautes Emblem entdecke. Wer hätte gedacht, daß mich dieser Inbegriff globalisierter Geschmacklosigkeit einmal aus der zugegebenermaßen altersstarrsinnigen Verlegenheit retten würde, den Tag mit Reissuppe und fritierten Nierchen beginnen zu müssen. Ein trinkbarer, wenngleich amerikanischer Filterkaffee und Pancakes mit Ahornsirup, garantiert Made in Pennsylvania, retten mir den Morgen.

Seit Tagen schiebe ich den Besuch des Buchladens von Jians Mutter auf und lasse mich durch die Straßen treiben, ohne mit irgendeinem Menschen ein Wort oder auch nur einen Blick zu wechseln. Nicht einmal bei Professor Hu von der Wu-Han-Universität habe ich mich bisher gemeldet. Sicher erwartet er mich längst. Es scheint, als würde mich das Gespräch mit Frau Lu oder Professor Hu meines Fremdseins berauben. Noch habe ich mich an den Kadavern am Straßenrand nicht satt gesehen. Ich versuche, trotz meines mangelhaften Chinesisch, die Worte zu verstehen, die ihre verrenkten Glieder in der Gasse bilden:

Ich werde die Menschen nie verstehen. Oder heißt es: die Männer? Sie verließen ihre schönen Freundinnen, um eine häßliche Frau zu heiraten. Oder zur See zu fahren. Oder Opium zu rauchen. Verstehe jemand ihre Obsessionen! Kann ein Mann überhaupt das Schöne lieben? Sie mußte erst zu einem unbeholfen zitternden Klumpen Fleisch werden, damit die Virilsten unter den Seemännern sie wenigstens ihresgleichen vorzögen.

Meine liebsten Straßenköter: Bastarde aus der Vorstadt. Den Hundefängern Entkommene. Die Stolzen, die sich auch vom größten Hunger nicht verführen lassen, Menschenfleisch zu fressen. Die Langschwänzigen, die saubere Hausfassaden mit ihren Parolen beschmieren. Die Schlappohrigen, die den Aasfliegen erlauben, in ihren Augenwinkeln ihre Eier abzulegen. Die Haarlosen, die die Kunst des Fischens erlernt haben. Die Kindischen, die wie Katzen weinen. Die Rotfüßigen, die die Fertigkeit besitzen, sich mit der eigenen Zunge selbst zu befriedigen. Und die Durchsichtigen, die Holzwolle fressen, damit sie von unachtsamen Passanten nicht zertreten werden.

Wie alles im heutigen China, schreibt Segalen, sei das Material sehr kurzlebig und nach zwei oder drei Etappen verschlissen. Aber diese Sorge betrifft nur die Millionen Lastkulis, während der Reiche die Sandale gar nicht kennt. Er läßt sich in der Sänfte tragen.

Die Skelette zusammengebrochener Sänftenträger finde ich nicht am Wegrand, aber unzählige tote Sandalen mit aufgesprungenen Sohlen, zerrissenen Riemchen und verrottendem Filz. Und nichts erscheint mir kläglicher als die ungegangenen Schritte, die in ihnen verwesen.

Alle suchen etwas: Arbeit, die Lóng tóu oder Dông fâng Straße, eine Wechselstube, die Post, einen Schnellimbiß, eine billigere Wohnung, die Kraftfahrzeugzulassungsstelle, die Long-

Hua-Pagode oder den Friedhof der Märtyrer. Nur ich, ich gestehe es freimütig, suche die Sünde. Zweimal glaube ich mich ihr nahe, einmal angesichts der grellackierten Nuo-Ritualmasken aus der Provinz Guizhou im Xing Tonghe Museum am Platz des Volkes, dann angesichts eines Anzuges aus Lachshaut, den die Männer des Stammes der Hezhen in der Provinz Heilongjiang bis heute tragen.

Ich denke an die Dinge, die in um so größere Ferne rükken, je näher sie mir sind: Die Jungen in ihren Schuluniformen, die auf dem lampiongeschmückten Schiffswrack einen Kindergeburtstag feiern. Das Lächeln der alten Frauen mit ihren Chrysanthemensträußen, die sie des kommenden Feiertags wegen mir mit durchsichtigen Händen entgegenstrecken. Der feine weiße Muschelsplitt unter meinen Schuhsohlen, der mir bei jedem Schritt die Namen der Meeresströmungen zuflüstert. Der Atem des Betrunkenen, der sich wie die mageren Arme einer Prostituierten um meinen Nacken schlingt. Der Taubenkot, der auf mich niederklatscht und einen Teil meines grauen Haars und meines weißen Hemdes galliggrün färbt. Die Schiffssirene in meinem Magen, die dem angetauten Pistazieneis antwortet, das ich dem Straßenhändler am Jadebuddha-Tempel abgekauft habe.

Hier ist es nicht einsam genug, um mit sich und der Welt eins zu sein. Gibt es überhaupt noch jenen Ort, die Wüste, wo man mit sich in ein Selbstgespräch treten muß, um mit jemandem zu reden?

Zurück im Hotel finde ich die unerträglichste Sorte von Menschen vor, schwitzende, übergewichtige Touristen, die nicht einmal wissen, wie man das Wort *Serviette* schreibt und sich über das angebliche Schmatzen der Einheimischen beklagen.

Nur in der Kindheit sind wir noch zu Hause. Erwachsen werden bedeutet, sein zu Hause zu verlieren und in ein Hotel zu ziehen. Hier gehört mir nichts. Alles ist mir nur für eine kurze Frist geliehen, für die ich, je nach Klasse, entsprechend zu zahlen habe. Versteht das Zimmermädchen nicht die roten Lettern PLEASE DO NOT DISTURB!, oder will sie mir mit ihrem entschuldigenden Lächeln einfach demonstrieren, daß ich hier nicht einmal Herr meiner Zeit bin?

Doch sobald ich mir ein neues, eigenes Haus bauen will, bin ich dem Tode nahe. Oder ist es nur die Todesangst?

Nachdem ich mich mein Leben lang darin geübt habe, alles zu sehen, eine Art optischer Freßsucht, nicht weniger unästhetisch als jede andere Form von Völlerei, überfällt mich nun eine zunehmende Übelkeit bei meiner unersättlichen Schaulust. Ich muß lernen, hin und wieder die Augen zu schließen oder wenigstens das eine oder andere zu übersehen. Es ist das Auge des Inquisitors, das mich alles wahrzunehmen zwingt, mit einem abschätzenden und einem genießenden Blick. Der Genuß steht der Verurteilung im Wege. Der Genuß ist der Feind der Inquisition. Und ihr heimliches Motiv.

28 *Vielleicht hängt die Schwierigkeit, unseren Tod zu denken, mit dem »Tod Gottes« zusammen, ein Tod, der uns keineswegs größere Klarheit über das Wesen unseres eigenen Daseins gebracht hat. Allenfalls nimmt er unserer Existenz die Grenze des Grenzenlosen und führt unsere Erkenntnismöglichkeiten auf den unüberschreitbaren Raum der eigenen Erfahrung zurück.*

Was besagt der Tod Gottes über die Verwandtschaft zwischen seiner postulierten Nicht-Existenz und der ihn tötenden Geste? Projizieren wir nicht das Paradox unseres eigenen, zwischen Nicht-Existenz gespannten oder gefangenen Daseins auf eine Denkfigur, die uns einen Ausweg in das Undenkbaren eröffnen könnte? Was bedeutet es, einen Gott zu töten, der nicht existiert, und uns damit noch unbezweifelbarer an die Grenze zurückführt, jenseits der nichts mehr aufscheint?

Zunächst bedeutet dieser Tod die Rückgabe einer begrenzten und tatsächlichen Welt, deren Ränder keinerlei Exzesse rechtfertigen: Die Welt ist uns alles, sobald es nicht auf ihre Überwindung ankommt.

Dasselbe ließe sich von unserem Tod sagen: Das Leben ist uns alles, und jede Überschreitung ist nur innerhalb desselben möglich.

Eine Grenze ohne Möglichkeit zur Überschreitung wäre keine Grenze. Darf ich den Tod überhaupt als Grenze denken? Ist er nicht so paradox wie der Tod Gottes. Ein Versuch, die Nicht-Existenz dem Nichts zurückzugeben?

Überschreitung bejaht das begrenzte Sein. Das, was für einen Augenblick aufscheint, dringt aus dem Dunkel des Lebens selbst. Mit dem Tod Gottes wird uns der eigene Tod zurückgegeben, und damit die Ganzheit unseres Lebens, das abgründig und dunkel genug ist, um Raum für Überschreitungen zu lassen, die der Grenzziehung eines Gottes nicht bedürfen.

29 *Das Nachdenken über den Tod endet in einer Sprachnot. Möglicherweise ist die Nacht nicht mit der Dunkelheit des Denkens gleichzusetzen, sondern sie selbst ist grell und grausam wie das Licht. Man müßte eine neue Form des Ausdrucks für diese Sinneserfahrung finden: das Aufblitzen der Schwärze, das oszillierende Dunkel.*

Wenn der Tod nicht mit *uns spricht, so doch vielleicht mit unserem* Sprechen. *Wenn ich mit ihm kommunizieren will, darf ich nicht nach den treffenden Worten suchen, sondern muß selbst das Wort sein.*

Sprechen, um nicht zu sterben. Solange es spricht, bleibt etwas in der Schwebe. Die Rede hat die Macht, den bereits abgeschossenen Pfeil daran zu hindern, ins Ziel zu treffen. Wie Odysseus im Land der Phäaken aus dem Mund des Todes die eigene Geschichte hören! Selbst die

Geschichte des eigenen Todes! Und weinen. Das ist die Geste des Überlebens, wenngleich um den Preis des Gesichtsverlustes.

Mein Nachdenken hat die Sprache bereits hinter sich gelassen, dieses gottgegebene Werkzeug, Erkenntnis zu begrenzen. Diese unendlichen Spiegelungen der Sprache in sich selbst bedürfen eines Unfalls, jenes heißen Wachstropfens, das Psyche auf das verspiegelte Antlitz Amors tropfen läßt. Sie bedürfen eines Sprungs, um über sich hinaus (oder in sich hinein) zu weisen.

XXIII

Bis zum frühen Morgen habe ich mich schlaflos auf der zu harten Matratze gewälzt. Roßhaar? Reisstroh? Immer noch im Jetlag? Mich mehrfach auf Mückenjagd begeben, ohne auch nur eine einzige zu entdecken. Doch sobald ich das Licht wieder ausgeschaltet habe, höre ich sie schwärmen. Eine einzige Mücke macht zwar noch keinen Sommer, aber reicht für eine schlaflose Nacht. Und innerhalb einer halben Stunde zähle ich wohl zwanzig Einstiche, überwiegend an den Hand- und Fußgelenken, wo sie besonders unangenehm jucken.

Als ich den scheppernden Reinigungswagen der Zimmermädchen auf dem Flur vor meiner Tür höre, stehe ich endlich auf, mit steifem Nacken und zugeschwollenen Nebenhöhlen. Es ist fast Mittag.

Beim Hamburgerbrater in der Fußgängerzone gibt es keine Pancakes mehr. Bis zehn Uhr »serviere« man Frühstück, stammelt der Geschäftsführer in gebrochenem Englisch. Und sogleich stürzt meine voreilige Euphorie über die tröstlichen Auswüchse der Globalisierung ins Bodenlose.

Trotzdem ist das gesichts- und geschmacklose Restaurant bis auf den letzten Platz besetzt. Die lokale Jeunesse dorée tauscht die raffinierte Küche ihrer Mütter mit kastrierten Chicken McNuggets und faden Big Macs. Die nimmersatten Bälger starren mich ausdauernd an, ohne daß ihre Eltern sie zurechtweisen würden. Am Nachmittag werden es die Alten im Park sein.

Aber noch steigt zu dieser unausgeschlafenen Stunde, um den unverzichtbaren Kaffee und eine ungepfefferte Teigware gebracht, die Wut des unfreiwilligen Elephantenmenschen in mir auf. Was ist an meinem Aussehen oder Auftreten so absonderlich, daß ihre unerzogenen Bengel mich wie eine Jahrmarktsattraktion anstarren? Zu Zeiten des Struwwelpeters hätte man euch in ein großes Faß mit milchgrauer Tinte getunkt, ihr Kurznasen!

Im schlecht beleuchteten Frühstückssaal bin ich zu dieser späten Stunde der einzige Gast. Bedrückende Überzahl der Bediensteten. Ihr erfrorenes Lächeln in den Porzellangesichtern.

Da tritt ein weiterer Besucher in den dämmrigen Raum, ich sehe es zunächst im Spiegel ihrer eisigen Gesichter, das warme Leuchten, das durch die dünne durchscheinende Eisschicht nach außen dringt. Dann sehe ich mit eigenen Augen den jungen Mann, den erwarteten Helden, vielleicht ein bekannter Sänger oder Fußballstar. Sein arrogantes, nichtssagendes Gesicht, das die erloschenen Augen der Serviererinnen zum Erstrahlen bringt. Und in meiner Nische am Fenster wird es noch dämmriger.

Langsam gewöhnen sich meine Augen an das Dämmerlicht, und ich entdecke weitere einsame Frühstücksgäste, alte hohlwangige Frauen, die ihren Tee nicht auszutrinken wagen, aus Furcht vor der Leere des Tages, der gerade erst begonnen hat; die an ihren Porzellantäßchen nippen und die Stoffservietten zerknittern und wieder glätten und erneut zerknittern und verloren zum Ausgang starren, auf den lächelnden jugendlichen Helden, auf die mürrischen alten Männer, die den Frühstückssaal bereits verlassen hatten und nun noch einmal zurückkehren, um überhaupt irgendwohin zu gehen, und die einfältigen Serviererinnen mit ihrem albernen Geschwätz bedrängen: Ich habe heute Nacht von Ihnen geträumt, und plötzlich bekam ich Angst, verstehen Sie? und die jungen Chinesinnen lächeln, als hätten sie das verzweifelte Gerede des Alten verstanden. Und ich verlasse voller Panik meinen Platz, ehe einer dieser vereinsamten Reisenden mein Alleinsein entdeckt und mich anspricht.

Im Bailuzhou-Garten. Teichrosen, Steinbrücken, Buddhastatuen und ein ohrenbetäubendes Zikadengetöse, andauernd und grollend wie in einer Turbinenhalle. Und nur alte Menschen in den rostroten Pavillons, vielleicht weil für Rentner das Eintrittsgeld in den Garten entfällt, Männer und Frauen in Gruppen für sich, Brettspiele zwischen den Knien, schweigsam, weil alles gesagt ist, immer und immer wieder, bis zum Erbrechen, unter dem aschgrauen Himmel Nankings, ein Garten Eden von unbeschreiblicher Tristesse, jener totgesagte Park der traurigen Dichterinnen.

Ihr versteht euch sogleich blendend, du, Miriam, und diese wohlmeinende Polizeipsychologin, Yvonne Wollmeister, die sich mit der Wut eines schamanistischen Antiterrorkommandos auf deine verwundete Seele stürzt. Über die detailverliebten Verbrecherstudien Caravaggios gebeugt, findet ihr problemlos die gemeinsame Schnittmenge eurer Künste: Der Preis für die Schöpferkraft der Männer ist die Opferung der Frau, oder – um in eurem Jargon zu bleiben – des »Weiblichen«.

Selbst durch die geschlossene Tür dringt das nornenhafte Gemurmel in mein Arbeitszimmer. Ich weiß, wenn ich jetzt nicht einschreite, werde ich dich verlieren. – Ich nehme Hut und Mantel und verlasse das Haus.

Ich bin gerade bei dir zu Besuch, als der Anruf von der Kaserne in Coesfeld eintrifft. Wir sind mitten in der Vorbereitung auf die Geschichtsklausur am nächsten Tag, der Boxeraufstand, Europas Kolonialpolitik im Fernen Osten, während im Hintergrund deine Lieblingsplatte *Year of the Cat* von Al Stewart läuft. Deine Eltern betrachten uns schon lange als ein Paar, wenn auch noch niemand an Heirat denkt. Erst einmal die Schule beenden und einen sicheren Beruf ergreifen, dann werde man weitersehen.

Juan war gerade mal vier Wochen bei der Bundeswehr und in der Grundausbildung. Noch immer hatte er keinen Starfighter von innen gesehen. Du hattest für seine Entscheidung, sich freiwillig zum Wehrdienst zu melden, nur beißenden Spott übrig. Und er konterte, du seiest ja nur eifersüchtig. Wenn irgendwann auch einmal Frauen der Wehrdienst erlaubt werde, gäbest du einen hervorragenden Spieß ab!

Wir fahren gemeinsam mit deiner Mutter zum Kreiskrankenhaus. Dein Vater hat Spätschicht und weiß noch nichts von dem Unfall.

Juan liegt auf der Intensivstation. Der Stationsarzt und ein Offizier erwarten uns. Juan sei von einer Übungspatrone getroffen worden. Sie sei ins rechte Auge eingetreten und stecke noch in seinem Hirn.

Deine Mutter steht stumm an Juans Bett. Du fährst den Offizier wütend an: Eine Übungspatrone? Eine Übungspatrone, die einen jungen Mann schwer verletzen kann?

Der Stationsarzt unterbricht dich mit leiser Stimme: Ihr Bruder ist bereits klinisch tot, auch wenn sein Herz noch schlägt.

Ich wollte, deine Mutter würde weinen. Aber sie steht nur mit ausdruckslosem Gesicht am Bett und starrt auf das bandagierte Gesicht ihres Sohnes, ohne seine noch warme Haut zu berühren.

Ich weiß, dies ist kein geeigneter Augenblick, an das Leid anderer zu denken, fährt der Arzt, nun an deine Mutter gerichtet, fort, aber wir haben Nachricht aus München, daß ein junger Mann, kaum älter als Ihr Sohn, innerhalb der nächsten zwölf Stunden ein Spenderherz benötigt. Sie könnten mit Ihrer Erlaubnis zur Transplantation ein anderes Leben retten.

Nein! sagt deine Mutter mit rauher Stimme. Sie rühren meinen Sohn nicht an. Gehen Sie! Geht alle! Laßt mich mit ihm allein!

Wir verlassen mit dem Arzt und dem Offizier das Zimmer. Auf dem Gang nimmt der Arzt deine Hand und sagt ernst: Vielleicht können Sie Ihre Mutter noch umstimmen. Ich weiß, wie grausam es für Angehörige ist, in diesem Zustand des Schocks und der Trauer eine so wichtige Entscheidung zu treffen, aber die Zeit drängt! – Du schüttelst weinend den Kopf.

Ich möchte mit Ihnen über ihr Schuldgefühl reden, beginnt Hauptkommissarin Wollmeister das Gespräch.

Worüber möchten Sie mit mir reden? fahre ich sie wütend an.

Alle Eltern verschwundener Kinder fühlen sich schuldig. Sie fühlen sich schuldig, weil sie ihr Kind nicht haben beschützen können; weil sie glauben, mitverantwortlich für das Verschwinden zu sein und als Eltern versagt zu haben.

Im Mittelalter hat man Frauen wie Sie verbrannt! Und heute findet man sie also als sogenannte Psychologinnen bei der Polizei. Bitte verlassen Sie auf der Stelle mein Haus!

Zum nächsten unvermeidlichen Zusammenstoß mit Frau Seelenkommissarin kommt es, als das zweite absenderlose Päckchen bei mir eintrifft. Als ich Volkmann verständige, bittet er mich eindringlich, es nicht weiter zu berühren oder gar zu öffnen. Er sei in einigen Minuten mit der Spurensicherung da. Doch ich ahne bereits den Inhalt.

Du, Miriam, bist, mit beredter Ermutigung Yvonne Wollmeisters, am Morgen zu deinem »Kollegen« Rothacker gezogen, glücklicherweise, muß ich nun eingestehen.

Neben der Spurensicherung, zwei Aliens in weißen synthetischen Kapuzenanzügen, hat Kommissar Volkmann seine Hohe Priesterin der Seelenkunde im Schlepptau, für den Fall, daß der Inhalt des anonymen Pakets in meine zynische Fassade die ersten Risse schlägt.

Schweigend sitzen wir uns eine Weile gegenüber.

Sie wissen, was das Päckchen enthält?

Der Inhalt war ja bereits angekündigt.

Sagen Sie mir, was ich für Sie tun kann.

Schlafen Sie mit mir!

Augenblicklich erstirbt ihr archetypisches Lächeln.

Immerhin sind Sie für die Leere meines ehelichen Bettes mitverantwortlich.

Sie erhebt sich und geht zur Tür: Wäre ich so herzlos, für wie Sie mich halten, würde ich Ihnen jetzt sagen: Sie haben es nicht besser verdient!

Nun, Sie haben es gesagt, und, das muß ich Ihnen zubilligen, rhetorisch nicht ungeschickt. Leben Sie wohl, Frau Wollmeister.

Natürlich ist das noch nicht das Finale. Die nächste Begegnung mit Hauptkommissarin Wollmeister soll wohl zufällig erscheinen, doch für wie naiv hält sie mich, angesichts der beiden Beamten in Zivil, die Tag und Nacht zwei Häuser weiter in meiner Straße parken? Sicher, die Automarken und Kennzeichen wechseln, aber ein sich langweilender Polizist bleibt ein sich langweilender Polizist.

Unverabredet, aber nicht unerwartet taucht sie am nächsten Abend im *Telegraph* auf, wo ich nach der Arbeit eine Kleinigkeit esse, seitdem zu Hause niemand mehr mit dem Abendbrot auf mich wartet.

So ein Zufall, Herr Professor! Darf ich mich zu Ihnen setzen?

Sie haben also über mein Angebot nachgedacht?

Diesmal steht sie nicht augenblicklich auf, sondern lächelt ganz professionell unschuldig und errötet. Angesichts des Ziegelsteinrots ihrer Lippen und des Hennarots ihrer Haare verstehe ich plötzlich den fast körperlich spürbaren Schmerz der Redewendung, zwei Farben würden einander beißen.

Bleibt ihr prachtvoller Busen, diese sichtbar gewordene platonische Idee des Überflusses, die mir entgegenhebt, während ihre Miene vorgibt, von meinem Geschwätz über vorsokratische Ironie gefesselt zu sein. Erst waren die Wälder, und das Gesetz war nichts anderes als das Einsammeln von Eicheln. Dann kamen die Höhlen und schließlich die Akademien. Am Ende sind es wieder die Wälder.

Ich sehe nirgendwo ein Foto Ihrer Frau oder Ihres Sohnes, Herr Professor.

Hier, im Schlafzimmer, während ich Ehebruch begehe? Ich liebe meine Frau, verehrte Kommissarin, im Augenblick mehr denn je!

Von nun an hält sie den Mund. Nicht einmal ein Stöhnen entschlüpft ihren aufeinander gepreßten Lippen. Ich hätte es auch nicht hören wollen und ihr das Kissen ins blaßgeschminkte Gesicht gedrückt!

XXIV

Ich fische eine Handvoll Pillen aus einer großen weißen Plastikdose. Meine Mutter fragt, warum ich so viele Medikamente einnehmen müsse. Mein erster Impuls ist, sie zu schonen und eine harmlose Unpäßlichkeit zu erfinden. Doch dann reiche ich ihr die Dose, ich weiß nicht, ob aus Wahrheitsliebe oder aus Grausamkeit. Lächelnd nimmt sie den so harmlos wirkenden Behälter entgegen, entziffert den Wirkstoff auf dem Etikett und erbleicht. Wortlos zieht sie sich in das Schaufenster zurück, in dem sie arbeitet, ein Atelier für Stroh- und Papierblumen.

Die Szenerie ist noch immer die meines Heimatortes. Der stadtbekannte Idiot legt sich mit dem lokalen Mafiaboß an, beschwert sich, von ihm nicht in den einzigen Nachtclub unseres kleinen sauberen Städtchens eingelassen zu werden, faßt ihn bei den Schultern, einen Kopf kleiner als der Zuhälter, und gibt ihm ein paar harmlose Schläge vor die Brust. Unserem Kleinstadt-Al Capone reicht es, daß es Zeugen gibt, mich und einen räudigen Straßenköter, um sich in seiner Ganovenehre verletzt zu fühlen.

Zunächst muß der Straßenköter büßen. Mit seinem Klappmesser säbelt der Lude dem jaulenden Tier beide Hinterbeine ab und befördert ihn mit einem kräftigen Tritt vom Clubeingang fort in den Rinnstein.

Dann setzt er dem Idioten das Messer an den Bauchnabel und durchschneidet lächelnd den Gürtel seiner bis zum Brustbein hinaufgezogenen Hose. – Ich zwinge mich aufzuwachen, diagnostiziere starke Kopfschmerzen und ein leichtes Fieber. Im Traum erschienen die Szenen unerträglich. Doch nun, da ich sie aufschreibe, verschwindet die Grausamkeit wie die Kohlensäure aus einer geöffneten Sodaflasche.

Die schadstoffbelastete Luft macht mir zu schaffen. Die Luft ist fast körnig vor Ruß. Ich höre sie gegen das Fenster prasseln, zumindest nachts, wenn der Verkehrslärm ein wenig abebbt.

Gehe ich bei Regen hinaus, finde ich Haar und Haut von einem öligen Schmierfilm verklebt. Trotzdem stehe ich auf, um in dem kleinen Laden unweit des Hotels Papier und Tusche zu kaufen.

Seitdem ich hergekommen bin, ist der Himmel bedeckt. Von den oberen Stockwerken ist wegen der Luftverschmutzung das Getümmel auf den Straßen kaum noch zu erkennen. Dieses schwefel- und rußgesättigte Licht schafft eine neue, weltstädtische Form der Melancholie, eine Schwermut ohne blühende Kirschbäume, feingeschwungene Tempeldächer und ferne schneebedeckte Berggipfel.

Auf dem Flachdach gegenüber erkenne ich eine Frau in einem einfachen Kleid. Sie hängt Wäsche auf. Ich habe das graue Gebäude bisher für ein Bürohaus gehalten. Dieser Anblick, ihr langes schwarzes Haar, ihr schlichtes Kleid, die weißen Wäschestücke auf der Drahtspinne zwischen den Parabolantennen, beunruhigt mich zutiefst.

DIE FÜNF SINNE CHINAS (I)

SEHEN Die schmalen Gassen jenseits der Hauptstraßen, einstöckige Häuser, enge Höfe, Garküchen, kleine Lebensmittelgeschäfte, Handwerker, Tierhändler

Der Kalligraph im *Jiangnan Gongyuan*, der Kaiserlichen Prüfungshalle; die Novizenpuppen in ihren traditionellen pink- und türkisfarbenen Gewändern in den zwei Dutzend von ehemals 20.644 Examenszellen

Die Sonnenschirme, Schirmmützen, Schweißbrennervisiere und Elfencapes der Frauen jeden Alters, die, sobald sich ein frecher Sonnenstrahl durch die Dunstglocke über der Stadt zwängt, die zarte, weiße, sonst unbedeckte Haut an Armen, Beinen und im Gesicht zu schützen hat, damit sich kein Abendländer in Zukunft noch unterstehe, den hiesigen Menschenschlag, zumindest die Damen unter ihnen, »gelb« zu nennen

Mädchen in Dirndln und Heidi-Schürzchen, mit breiten Armani-Krawatten unter den schwarzen Trachtenwesten (chinesischer Alpenpunk?)

Und immer wieder: Männer mit nackten Oberkörpern, hinter den Obstständen, vor den Handkarren, auf den Motorrollern, senffarbene Handtücher um die Köpfe geschlungen statt der Sturzhelme, keine einzige Brust darunter behaart oder auch nur pickelig

HÖREN Die um Aufmerksamkeit klatschenden Verkäuferinnen am Eingang der Läden mit Billigtextilien und Sonderangeboten, rhythmisch wie ausgebildete Percussionistinnen

Das turbinenartige Getöse der Zikadenschwärme in den Zedernkronen

Das Heavy-Metal-Getrommel der Autokolonnen, die über die Stahlplatten, die die Schächte des U-Bahnbaus deckeln, donnern

RIECHEN/SCHMECKEN Der scharfe Urin- und Fettgeruch der Nierenbratereien

Der fruchtig-zarte Duft der reifen Pfirsiche (das überraschende Fehlen von Fliegenschwärmen)

Der Mangel an individuellen Körpergerüchen; allenfalls von dem, was gerade gegessen wurde, Knoblauch, Meerrettich, gesottene Nierchen, findet man im Gedränge eine Spur

FÜHLEN Die nassen Waschlappen in den besseren Restaurants, so selbstverständlich neben den Vorspeisenschälchen und den Eßstäbchen wie die Stoffserviette

Die Fußmassagesalons; heißes Kräuterbad und fester professioneller Zugriff, der sogleich die Schmerzpunkte aufspürt und den hitze- und smoggemarterten Körper als ein der intensivsten Fürsorge bedürftiges Wrack diagnostiziert

GLEICHGEWICHT Die Schlafenden in den Gassen, den Teehäusern, den Bussen und Taxen

Die telefonierenden Rad- und Rollerfahrer

Das Vergnügen, sich zur Suppenschüssel herabbeugen und die Nudeln, die Rindfleischstreifen und das zerkochte Gemüse genußvoll in den hungrigen Schlund schlürfen zu dürfen

Die Passanten in der Fußgängerzone des Tempelbezirks, an diesem Montagmorgen, fast alle gut und luftig gekleidet, zielstrebig, mit wachen, optimistischen Gesichtern, zumindest die Jüngeren, die Frauen, aufrecht, selbstbewußt, fast stolz. Die mittlere Generation, die der Eltern, hingegen eher müde, ausgelaugt, erschöpft, die Gesichter leer, oder maskenhaft verstellt, um einen tieferen Schmerz zu verbergen, dann die Alten, gelassen, verwirrt, kindlich erstaunt über die Schnelligkeit und Brutalität des Wandels, der sie, die ehemals Weisen, nun als Analphabeten des Fortschritts zurückläßt.

Auf der Straße einander ähnlich, fast ununterscheidbar, Fußgänger. Von wo sie heute Morgen wohl aufgebrochen sind, aus einer Plattenbauwohnung am Stadtrand, einer engen Altstadtgasse gleich hinter den glitzernden Geschäftshäusern? Die Gesichter sagen wenig, glatt, faltenlos; alle erscheinen jünger als Europäer im selben Alter.

Die Jungen lassen ihre Haare wachsen, chinesische »Pilzköpfe«, aber alles sauber und ordentlich modelliert und die Ohren immer noch frei. Die Frauen wirken ein wenig langweilig mit ihrem glatten, schwarzen, zu einem Pferdeschwanz zusammengebundenen oder hochgesteckten Haar. Einige junge Mädchen wagen die Provokation, ihre Haare zu zwei nur unwillig abstehenden seitlichen Zöpfen zusammenzuzwingen.

Dieses einheitlich glatte schwarze Haar scheint das größte Problem der modebewußten Frau zu sein. So versuchen sie vor allem durch auffällige oder kostbare Spangen und Schleifchen auf sich aufmerksam zu machen. Die älteren Frauen hingegen scheinen bereits resigniert zu haben. Die meisten tragen ihr langsam ergrauendes Haar einfach pagenhaft kurz.

Die Kleidung eines Volkes sagt vermutlich mehr über seine Menschen aus als seine Dichtkunst. Was soll man über ein Volk sagen, das eine Kleidung trägt, die ihm offensichtlich widerspricht?

Der Anzug der Europäer versucht zu Recht, die permanent gegenwärtige Sinnlichkeit des Körpers zu bändigen. Aber hier kommt es mir vor, als ob selbst ein vollkommen unbekleideter Chinese seine Nacktheit wie einen Angestelltenanzug trägt.

Sie schauen mich an mit unverhohlener Neugier. Hier bin ich der merkwürdige Fremde. Die Blicke sind ohne Wohlwollen, ohne Begehren, ja selbst ohne Mißtrauen oder gar Feindseligkeit. Aber all das beschämt mich mehr als jede Entblößung.

Was sich auf den ersten Blick als ein rein westlicher Dualismus herausstellt, ist das europäische Konzept von Maskulinität und Feminität. Maskulinität im Sinne eines markanten, testosterongesättigten Körpers oder Gesichts finde ich unter den Passanten nicht. Die Männer sind ebenso ephebenhaft zart wie die Frauen, ihre Gesichter ebenso bartlos, rund und weich wie die ihrer Gefährtinnen. Muß, weil die Differenz so wenig offensichtlich ist, sie um so stärker »inszeniert« werden, politisch und kulturell, von Konfuzius und Mao bis zu Bruce Lee?

Wie dem auch sei, angesichts der alters- und geschlechtslosen Zartheit der Passanten sehne ich mich plötzlich nach dem verlebten und zernarbten Gesicht eines Clint Eastwood, wie man sich nach Tagen voller Süßspeisen nach einem kräftigen Chili con Carne sehnt.

Zurück in meinem Hotelzimmer gieße ich etwas Wein in den hohlen Stein und reibe von der Tuschestange soviel Pigmente hinein, bis die helle Flüssigkeit sich schwarz gefärbt hat. Dann breite ich einen Bogen Papier auf dem Boden aus, tauche den Pinsel in das matte Schwarz und zeichne in zwei schwungvollen Zügen mein erstes Zeichen auf die weiße Fläche.

Das erste Radikal der chinesischen Schrift, *rén*, ist nicht Gott, nicht die Idee des Guten oder die Gemeinschaft, sondern der Mensch, aufrecht, mit gespreizten Beinen, oder auch gehend. Seine Aufrichtigkeit, seine Bodenständigkeit, sein Auftreten und seine Fortbewegung sind, zumindest im Schriftzeichen, wesentlichere Attribute seines Menschseins als sein Kopf, sein Gesicht, seine Fähigkeit zu denken oder zu sprechen. Die Beine kennzeichnen den Menschen.

Die Einfachheit des Schreibens erfüllt mich, vielleicht zum ersten Mal seit meiner Ankunft, mit einer großen Ruhe, die mich Zeit und Raum vergessen läßt.

In den Anfängen fernöstlicher Schriftkunst nannte man die Werke der Schriftsteller noch *Bokuseki*: Tuschespuren.

Zwei schwungvolle Gesten, ohne Nachzudenken, mit freiem Arm, wie ein Schwerthieb, der zweite Radikal *fù*. Ursprünglich stellt es eine Hand dar, die einen Stock hält: Symbol der väterlichen Autorität. Auch dieses Zeichen für den Vater verknüpft das Bezeichnete mit seinem wesentlichen Attribut, die Erziehungsgewalt.

Erst ein Meister der Schrift zu sein, lautet ein hiesiges Sprichwort, heiße, ein wahrer Mensch zu sein. Die frühesten chinesischen Schriftzeichen fand man auf Schildkrötenpanzern und Schulterblättern von Hirschen und Ochsen. Diese Schrifttäfelchen waren noch Orakelknochen, ihr Gebrauch war allein deutungskundigen Priestern vorbehalten, die dem Herrscher die Zukunft und die Geschicke des Landes vorauszusagen hatten. Jahrhundertelang blieb die Kenntnis und Verwendung der Schrift ihr wohlbehütetes Geheimnis.

Diese Orakelknochen wurden nicht beschriftet, sie *waren* die Schrift. Auf die flache Seite des Knochens wurde ein glühender Bronzestift gedrückt, dabei entstanden Risse und Furchen in der Knochenhaut. Diese Linien und Muster wurden dann von den »schriftkundigen« Priestern gedeutet. Bestimmte Muster galten als glücksverheißend, andere wurden als Warnung oder böses Omen verstanden.

Das nächste Schriftzeichen, vier ineinander verhakte Linien, mißlingt mir. Aber das einmal zu Papier Gebrachte läßt sich nicht korrigieren. Das Schriftzeichen für Frau, *nü*, zeigt sie in demütiger Haltung auf den Knien. Doch in Verbindung mit dem Zeichen für Sohn steht es für das Gute, für das, was geliebt wird.

Zí, das Zeichen für den Sohn, stellt einen Menschen mit sehr großem Kopf dar, dessen Gliedmaßen aber wirken, als seien sie eingewickelt. Er kann wahrnehmen, aber sich nicht bewegen, sich nicht wehren.

Sohn unter einem *Dach* hieß früher großziehen, ernähren. Heute bedeutet es *Wort* (Sohn des Gedanken) oder *Schriftzeichen* (Sohn der Schrift).

Ich bin vielleicht nicht immer ein guter Ehemann gewesen, aber dich, Titus, habe ich geliebt. Natürlich, einen Sohn, der anders ist als ich, konnte ich mir zunächst nicht vorstellen. Du mußtest mit mir Fußball spielen, dabei hättest du lieber gemalt oder gelesen. Von Anfang an bist du eher still und introvertiert wie deine Mutter. Doch allein aus Sorge kann ich mich damit nicht abfinden und versuche dich, zu einem »richtigen« Jungen zu erziehen.

Als allerletztes wollte ich einen frömmlerischen Sohn. Fast bin ich froh, dich eines Tages mit meinem Armeerevolver zu erwischen. Obwohl ich selbst schuld bin, ihn nicht sicher genug verwahrt zu haben, verprügle ich dich, bis dir das Weinen vergeht. Das ist das einzige Mal, daß ich dich körperlich züchtige. Und in diesem Fall hatte selbst Miriam Verständnis dafür.

Beide lassen wir dir in der Regel alle Freiheiten, am Wochenende aber mußt du mir deine Schulhefte vorlegen. Es fallen keine lauten Worte, auch wenn ich ein strenger Prüfer bin. Du läßt meine unerbittlichen Anmerkungen still und widerspruchslos über dich ergehen. Trotz und Revolte wären mir lieber gewesen.

Von frühester Kindheit an versuche ich, dir das Gefühl zu geben, daß ich dich als eigenständige und selbstverantwortliche Person ernst nehme und deine Meinung mir ebenso am Herzen liegt wie die meiner erwachsenen Freunde. Aber du schweigst lieber, so daß ich manchmal glaube, daß hinter deinen dicken Brillengläsern nur dumpfe Träumerei herrscht. Und die gerade mal ausreichenden Noten im Turnen machen mich schlichtweg wütend. Da rettet dich auch nicht das Sehrgut in Kunsterziehung vor meinem gerechten Zorn.

Noch Monate nach deinem Verschwinden kann ich keine Trauer empfinden, sondern nur Kränkung und Wut. Fällt mein Blick auf deine Zahnbürste, kommt sie mir wie ein höhnischer

Wink auf deine ausgeschlagenen Schneidezähne vor, sehe ich die leeren Schuhe im Schuhschränkchen, fürchte ich, verborgen in ihren Spitzen noch deine amputierten Zehen zu finden. Deine Mutter verbietet mir, diese Zeugen deiner Abwesenheit wegzuräumen.

Nachdem sie entschieden hat, nicht mehr in unsere gemeinsame Wohnung zurückzukehren, leere ich alle Schränke von deinen Sachen. Statt sie zu verschenken, werfe ich sie in den Müllcontainer, damit mir nicht irgendwann ein gleichaltriger Knabe in deinem Pulli oder deiner Jeans auf meinem Weg zur Arbeit oder nach Hause entgegentritt und mich für einen Augenblick zu Tode erschreckt. Trotzdem stoße ich immer wieder auf deine Spuren, ein altes Schulheft in meiner Schreibtischschublade, deine rostenden Schlittschuhe auf dem Hängeboden im Flur, ein selbstgebastelter Adventskalender mit letzten, noch verschlossenen Türchen, ein ganzer Wäschesack voll von warmem Leben, von Lachen, Zähneknirschen, Pisse. Noch ist das Haus voller Gespenster.

30 *Darf ich die Metaphern so leichtsinnig aus meinem Nachdenken über den Tod verbannen? Möglicherweise ist die »faktische« Sprache nicht hinreichend, um diese Grenzerfahrung zu denken. Wenn der »Tod« selbst eine Metonymie, eine Verschiebung oder Überschreitung von Sinn, von Anschauung sein sollte, wäre allein die Metapher oder Metonymie der angemessene, also »faktische« Ausdruck für das, was benannt, beschrieben, begriffen werden soll.*

Metapher, griechisch **metaphérein**, *anderswohin tragen, ist ein Ausdruck des Übergangs. Das Wohin bleibt unbestimmt, ebenso das, was getragen wird, und der, welcher trägt. Ein Übergang in die Uneigentlichkeit, ohne aber die Verbindung zum Eigentlichen aufzugeben. Ist nicht der »Tod« selbst eine Art notwendiger Metapher wie der* **Flußarm** *oder das* **Astauge**, *weil die Sprache für die Bezeichnung des Phänomens keine eigentliche Benennung kennt?*

Einen vergänglichen Tag lebt ich und wuchs mit den Meinen
Eins ums andere schon schläft mir und fliehet dahin
Doch ihr Schlafenden wacht am Herzen mir, in verwandter
Seele ruhet von euch mir das entfliehende Bild.

Diese Verse Hölderlins tragen mich weit über die Schwelle, weit in das Andere, Fremde. Ein Zeichen sind wir, deutungslos ist unser Tod, ein Bild, das zu begreifen über unsere Eigentlichkeit, die wir mit allem Seienden teilen, hinausgeht. Ein Zeichen, der Zeichengebung mächtig, ein Bild, das Bilder schafft. Auch unsere Artefakte werden nicht endlos dauern, aber solange es Lesende und Deuter gibt, bleibt der Schöpfer lebendig, ja

Lebendiger lebt ihr dort, wo des göttlichen Geistes die
Alternden all, alle die Toten verjüngt.

Stärker als unsere Furcht vor dem Nichts dringt in unsere Sprache das Schweigen, das der Tod Gottes hinterläßt. Aber die Metapher ist das Band, das sich zwischen dem Dasein und der Abwesenheit, dem Werk und das Schweigen zu spannen wagt. Es ist kein Zufall, daß die Phantasielosen es für Wahnsinn halten.

XXV

Regen. Regenzeit. Regengrauer Himmel. Graue, verwaschene Farben, trotz des in der Feuchtigkeit üppig wuchernden Grüns. Noch kein einziges Mal drang die Sonne durch die geschlossene Wolkendecke.

Der Regen kühlt nicht ab, sondern steigert die klamme Waschküchenschwüle noch. Das Wasser steht in den Straßen. Die Kanalisation vermag es nicht zu fassen. Nur für eine makellose Haut scheint die Nässe gut.

Durchnäßte Passanten, trotz der Schirme, heiter oder geschäftig wie immer, gewöhnt an die Wolkenbrüche, die zumindest den delikaten Teint nicht in Gefahr bringen, sorglos wegen der durchnäßten Kleidung und der durchgeweichten Schuhe, einer knietiefen Wasserlache wegen wird doch kein Umweg gemacht! Überhaupt ist es zu warm, um sich wegen einer möglichen Erkältung zu sorgen.

Einzelne Paare unter einem Schirm. Sie hält den Schirmgriff, er hat den Arm um ihren Nacken gelegt und sie dicht an sich herangezogen. Trotzdem ist sein Oberarm so kurz, daß es scheint, als wolle er sie erwürgen.

Ich weiß nicht, ob ich den richtigen Weg genommen habe. Violette Spinnweben verkleben mir auf Schritt und Tritt die Augen. Und der Lärm ist wie ein dichter Nebel. Nun erst spüre ich, wie sehr ich mich während meiner heimischen Spaziergänge auf meine Ohren verlassen habe. Ich konnte mit offenen Augen träumen und mich ganz auf die Wahrnehmung meines Gehörsinns verlassen, dem selbst das Umspringen der Ampel nicht zu entgehen schien.

Seit jeher war die weite Reise das Gegengift für den großen Liebeskummer, auch wenn die Flucht sich als Illusion herausstellt. Der Zurückweisung oder dem Verlust entkommt man nicht durch Entfernung, denn die Verletzung liegt tief im Fliehenden selbst.

Und die Schönheit, die mir hier begegnet, ist so weit entfernt von körperlicher Sinnlichkeit, daß mir jeder Wunsch zur tröstlichen Umarmung fehlt. Nicht, daß es sie überhaupt nicht gäbe, die Schönheit, aber sie ist fremd, zerbrechlich, kalligraphisch. Man kann sie allenfalls bewundern, wie man zartes chinesisches Porzellan bewundert, aber man kann sie, zumindest mit unseren grobschlächtigen westlichen Händen, nicht wirklich benutzen.

Milchgrau, hornhautgrau, aschgrau, asphaltgrau, schiefergrau, die fünf Farben Grau Nankings. Es gibt kein Vogelgezwitscher in den Straßen, es gibt nicht einmal Spatzen oder Tauben in der ganzen Stadt. Es ist der erste Ort, an den es mich verschlagen hat, wo ich anstatt von Vogelgezwitscher von Fahrradklingeln und Autohupen geweckt werde. Würden durch ein Wunder alle Menschen für einen Augenblick ihren Mund halten, würden für diesen Augenblick auch die Klimaanlagen abgestellt, es wäre totenstill in Nanking. Bis auf die Regenschauer und den Donner gibt es keine Stimme der Natur in dieser Stadt.

Was soll ich über eine Stadt schreiben, die, je länger ich hier bin, um so mehr New York zu gleichen beginnt? Das Village: der Tempelbezirk; die Upper West Side: die Wolkenkratzeralleen südlich und westlich der Universität; ein New York samt allen internationalen Fast food Ketten, aber ohne ein einziges Straßencafé!

Vor hundert Jahren kam dem Chinareisenden, der nur die nächste Umgebung der großen Städte besuchte, das ganze Land wie ein ungeheurer Friedhof vor, denn ganze Bergzüge waren mit Gräberfeldern bedeckt. Umfriedete Bestattungsplätze wie in Europa gab es noch nicht. Wohlhabende Familien setzten verstorbene Angehörige gewöhnlich auf dem eigenen Grund und Boden bei. Und selbst weniger bemittelte Chinesen gaben oftmals ihr letztes Hab und Gut, um dem verstorbenen Vater oder der Mutter ein steinernes Grabdenkmal auf heimatlichem Boden zu errichten.

Bei solchen Grabhäusern befinden sich die Särge in Nischen, die vorne durch Steinplatten, in die der Name und der Todestag des Verstorbenen gemeißelt wurden, verschlossen sind. Vor diesen Nischen befindet sich ein mit Keramikfliesen getäfelter Platz, auf dem häufig Steinbänke und ein Steintischchen stehen, damit zu Ehren des Toten an seinem Grab Feste gefeiert werden können.

Mittellose Familien mußten sich damit begnügen, einfach nur Erde und Steine um den Sarg zu häufen. Manchmal kam es sogar vor, daß Särge einfach auf freiem Feld abgestellt wurden, obwohl es zutiefst der traditionellen Achtung vor den Ahnen widersprach. Überall sah man verstreut Grabhügel oder auch halbverfaulte Särge in der Landschaft stehen, um die sich niemand mehr kümmerte. Trotzdem wagte keiner, Hand an diese wilden Begräbnisstätten zu legen, weil die Zerstörung eines Grabes als fluchwürdiges Verbrechen angesehen wurde.

Das hielt einige geschäftstüchtige Chinesen nicht davon ab, selbst mit diesen Gräbern ihrer Ahnen noch Geld zu verdienen. Beim Bau der Shanghai-Nanking-Bahn hatten die europäischen Ingenieure große Schwierigkeiten wegen der vielen Grabhügel, die sich auf der projektierten Strecke befanden. Zum Teil waren die Forderungen der Angehörigen für eine Umbettung so unverschämt hoch, daß es billiger war, die Streckenführung zu ändern. Bei vielen Grabhügeln aber konnte man die Angehörigen gar nicht ausfindig machen. In diesem Fall wurde mit den örtlichen Behörden vereinbart, für jede notwendige Umbettung fünf Dollar zu zahlen, mit dem vorhersehbaren Ergebnis, daß sich die anonymen Grabstätten auf der Strecke binnen kürzester Zeit vervielfachten.

Damit es dem Toten auch in der jenseitigen Welt an nichts mangelt, werden verschiedene, aus Papier gefertigte Kleidungsstücke und Gerätschaften auf dem Grab verbrannt. Offenbar glaubte man an ein Fortleben nach dem Tode, wenn auch in einer Form, die der Metamorphose des symbolischen Gegenstands in eine durch das Feuer geläuterte Geste gleichen muß.

31 *Der Totenschädel auf dem Schreibtisch genügt nicht, ein Gelehrter zu sein. Den Namen leben lassen! Aber was ist der Name? Wo Leichen erhalten bleiben, ist es, zumindest im Abendland, entweder ein Wunder oder ein Fluch. Tod ist für uns der Verfall des Körpers, dem wir unter Umständen noch nachhelfen, um diesen entsetzlichen Prozeß zu einem schnellen, das heißt guten Ende, dem vollständigen Vergehen, zu führen.*

Anders als die alten Ägypter widmen wir uns allein der Mumifizierung des Namens, wenn auch nicht selten mit derselben Inkonsequenz, mit der die Wüstenrandbewohner sich um den Erhalt der Leiber kümmerten: das Gedärm in separate Töpfe, die Wangen und der Bauch ausgestopft, damit auf jeden Fall die Gesichtszüge und die Körperform erhalten bleiben, mag auch der Geist des Toten als Ba andernorts herumgeistern.

Der Name, der Ruf, die Reputation, das Andenken, ohne Galle, Hoden, Dünn- und Dickdarm. Pergamentene Gesichtshaut, falten- und runzelngezeichnete Maske, lebt sie nicht erst, wenn ein Lebender sie aufsetzt? Ist Tutanchamun weniger tot als mein namenloser Vater, weil wir seinen Namen noch kennen und seine Gesichtszüge in Leder gegerbt und in Gold gegossen bewundern können?

Name, Gesicht, Leben, wir sehen es in eins: Wir können unseren Ruf, das heißt unser Gesicht verlieren, was in vielen Kulturen durchaus gleichbedeutend mit dem Verlust des Lebens ist. Unser Name, unser Gesicht ist das, was uns vom vegetativen Dasein unterscheidet, unsere soziale Existenz. Und der Tod unseres vegetativen Daseins ist nicht identisch mit dem Tod unserer persona. *Der Tod des letzteren kann durchaus noch bei lebendigem Leib geschehen, so wie dieser Teil unseres Seins, Namen, Noumenon, Persona, Gesicht, offenbar den Tod des Leibes überleben kann.*

Am Ende warten die Namen auf das Gesicht. Es reicht, **aufgerufen** *zu werden, um aus seinem Grab aufzuerstehen.*

Manchmal ist es erst die Begegnung mit dem Tod selbst, die uns unseren Namen gibt. So wie Herakles in den Tartaros hinabsteigen muß, um von dort den Höllenhund Cerberos zu entführen, müssen in unzähligen Kulturen jugendliche Initianden den Tod ihrer Kindheit und ihrer Namenlosigkeit erleiden, um als erwachsene, sozial anerkannte Individuen wieder aufzuerstehen.

Laut Genesis kommt der Tod durch einen Gesichtsverlust in die Welt: Adam und Eva verstoßen gegen das einzige uranfängliche Tabu, nämlich vom Baum der Erkenntnis zu essen.

Initiation und Tabubruch scheinen die analogen Begriffe für die Geburt und den Tod dessen zu sein, was über unser körperliches Dasein hinausgeht: den Namen, den wir haben, oder, genauer, den wir uns **gemacht** *haben. Er ist das, was in unserer eigenen Hand liegt.*

Ich nehme das Buch mit dem rätselhaften Titel *Die Jade-Aufzeichnungen* aus dem Regal und blättere darin. Neben den dantesken Beschreibungen der Unterwelt gibt es auch detaillierte Karten und Pläne der jenseitigen Territorien. Direkt unter dem Zehnten Palast der Hölle steht der Turm des Vergessens. Der Turm hat exakt hundertacht Zimmer, und in jedem Zimmer stehen Kelche mit »Wein, der kein Wein ist«.

Jede neu eintreffende Seele muß ihren Kelch bis zur Neige trinken, bevor über Ort, Zeit und Form ihrer Wiedergeburt entschieden wird. Dieser Trank nimmt ihr alle Erinnerungen an das gerade beendete Leben. Dann wird die leere Seele in den Höllenfluß geworfen.

Der hingetuschten Karte nach wird sie am Fuß einer rotkolorierten Mauer wieder ans Ufer gespült. Auf der Mauer steht zu lesen: Ein Mensch zu werden ist leicht, ein Menschen zu bleiben ist hart. Sich ein zweites Mal zu wünschen, ein Mensch zu werden, ist unmöglich.

Werden deshalb die Erinnerungen gelöscht? – Der Chronist der Unterwelt hält die Prozedur der Unterwelt anschaulich fest: Zwei Dämonen ziehen die Seele an Land und weisen ihr einen neuen Platz im Leben zu. Der eine Dämon trägt den Namen *Das Leben ist kurz*, der andere nennt sich *Das Sterben ist ein langer Weg*.

Woher hat der Verfasser dieser Aufzeichnungen seine Erinnerungen an diese Zwischenzeit? Hat er seinen Kelch des Vergessens nicht bis zur Neige ausgetrunken?

Dann fällt mir ein prächtiger Farbband mit dem kryptischen Titel *Sinanthropus* ins Auge. Auf dem Umschlag das Bild eines rekonstruierten Urmenschen mit einer Mund- und Kinnpartie, die eher einem Pavian als einem Artgenossen gleicht, und auf der Rückseite ein Portrait des Großen Führers und der ernstgemeinte Werbetext (in Englisch): *Ein roter Faden, der vom Sinanthropus pekinensis bis zum Genossen Mao Tse-tung nie gerissen ist.*

Auf Grund von Knochenfunden in Zhou koudian nahe Peking Anfang des letzten Jahrhunderts, ein Mitglied der Familie Homo erectus mit einem Schädelvolumen von etwa tausend Kubikzentimetern, halten die Chinesen ihr Land offenbar für die Heimat Adams: Unter Ausblendung aller anderen, vor allem afrikanischen Hominidenfunde schmeicheln sie sich und der Welt, das erste Wesen mit genügend Intelligenz, um Feuer zu machen und Werkzeuge herzustellen, hervorgebracht zu haben.

Sie hat ihr Haar wollmeisterrot gefärbt: rostrot. Ungewöhnlich für eine Chinesin. Dazu das aufdringliche Make up und das zu jugendliche Kleid, als sei sie die chinesische Zwillingsschwester der Leipziger Jungianerin. Ihre Aufmachung steht in seltsamem Kontrast zu den feingeschnittenen, intelligenten Gesichtszügen, in denen ich sofort Lu Jians kluges Gesicht wiedererkenne. Ich kann mir diese Aufmachung nur als Maske erklären, die von einer tieferen Verletzlichkeit ablenken soll.

Die Lippen bordeauxrot wie das Vorsatzblatt des paläontologischen Werkes, ein aufgeschlagenes Buch mit roten Seiten, der vorzeitliche Spalt zwischen ihren Schenkeln nur knapp von dem kurzen, engsitzenden Rock verborgen. Mit übereinandergeschlagenen Beinen sitzt sie hinter ihrem Schreibtisch. Ein Spiel mit der Andeutung, der provokanten Verweigerung, das mich in jüngeren Jahren verrückt gemacht hätte. Das verbotene, das unaufgeschnittene, das weggeschlossene Buch, dessen Titel, ja dessen Geruch allein schon zum Diebstahl verführt.

Nun steht sie auf und streicht mit einer anmutigen Gebärde ihren schwarzen Rock glatt. Vielleicht repräsentiert sie so das Wesen des guten Buches. Des geheimnisvollen Buches, das ich auf ihren Regalen voller astrologischer und alchimistischer Abhandlungen vergeblich suche. Die glatte weiße Haut ihrer Beine, makellos wie unbeschriebenes Papier. Wüßte ich nicht, daß sie Englische Literatur und Politikwissenschaften studiert hat, müßte ich sie für eine Porzellanpuppe in einem chinesischen Marionettentheater halten.

Der Geschichte ist unser Schicksal so gleichgültig wie dem Planeten, spricht sie mich auf Englisch an. Buchstäblich der größte Teil aller Arten unseres Gestirns ist bereits ausgestorben. Geschichte besteht aus Eiszeiten, Vulkanausbrüchen, Meteoriteneinschlägen. Kommt es da auf die Episode Mensch an, den Smog in Peking oder Shanghai oder die Atombombe auf Hiroshima?

Sie lächelt mich weiterhin freundlich an, als hätte sie mir gerade ein paar weitere paläontologische Titel empfohlen.

Ich lächle freundlich zurück: Lu Jian hat mir Ihre Adresse gegeben. Er hat mich gebeten, Sie zu besuchen, wenn ich mich in Nanking einsam zu fühlen beginne.

Lu Jian? Jian ist doch tot!

Unmöglich. Jian ist einer meiner Studenten. Und Sie sind doch Frau Lu Lianming, Jians Mutter, oder?

Scherzen Sie bitte nicht mit mir. Er ist vor drei Jahren ertrunken.

Der Jian, den ich kennen und schätzen gelernt habe, ist alles andere als ein zynischer Witzbold. Warum sollte er mich zu Ihnen schicken, wenn er nicht Ihr Sohn wäre?

Ich weiß nicht, wer der junge Mann ist, der Ihnen meine Adresse gegeben hat. Mein Sohn ist es jedenfalls nicht.

Verzeihen Sie mir dieses Mißverständnis. Ich habe keine Erklärung für diese merkwürdigen Umstände.

Ich mache Ihnen keinen Vorwurf. Wenn ich Ihnen dennoch behilflich sein kann, sich in Nanking zurechtzufinden, stehe ich Ihnen gerne zur Verfügung.

XXVI

Nicht weit von meinem Hotel entfernt verläuft die berühmteste Straße der Stadt. Die Geschäfte haben vierundzwanzig Stunden geöffnet, und eine Bar reiht sich an die andere. Nun, am späten Abend, sind kleine Gruppen junger Frauen unterwegs.

Ihre Augen folgen den vorbeifahrenden Autos. Manchmal hält ein Wagen, aber die Mädchen kichern nur und gehen kühl weiter. Offenbar hängt es von der Automarke ab, ob sie der Einladung folgen.

Männer sehe ich kaum auf dem Gehweg. Sie fahren, oder sitzen bereits in den Bars.

Mich lassen die Frauen vollkommen unbeachtet. Offenbar bin ich für sie kein Objekt der Begierde, ich gehe wie sie zu Fuß, auch wenn ich allein auf Grund meiner Körpergröße kaum zu übersehen bin.

Immer weniger kann ich mir vorstellen, daß ich in Jians Heimat bin. Er ist vollkommen anders als die jungen Leute hier. Sie scheinen nur sich selbst zu lieben, in der Pose der einsam und vergeblich Liebenden. Vielleicht ist Jian deswegen fortgegangen. Hier schiene er mir ebenso fremd am Platz wie ich selbst.

Sicher, ich bin ungerecht. Noch habe ich hier außer Lu Lianming niemanden kennengelernt. An meiner Universität war Jian etwas Besonderes. Da war es leicht, auf ihn aufmerksam zu werden und sich mit ihm anzufreunden. Hier umwimmeln mich Millionen Lus, jeder womöglich ebenso besonders wie mein Lu Jian, ohne daß ich sie zu unterscheiden wüßte.

In einer Suppenküche esse ich eine Brühe, die angeblich aus Walfleisch gekocht sein soll. Sie schmeckt ein wenig eitrig, und ich frage mich, ob auch Meeressäuger von Geschlechtskrankheiten befallen werden können. Angeblich verbringen Delphine den größten Teil ihrer Freizeit ja mit Sex, und zwar vorzugsweise gleichgeschlechtlichem.

Die Leute im GAN-BEI, das man wohl schlicht mit *Ex und hopp!* übersetzen könnte, scheinen trotz des eher gewöhnlichen Namens recht zivilisiert zu sein. Aber es ist noch früher Abend, und die Bar hat bis zum frühen Morgen geöffnet. Nach Mitternacht kommen nur noch junge Männer ohne Begleitung hierher.

Unter ihren modischen Anzügen und makellosen Kindergesichtern verbirgt sich Einsamkeit und vielleicht auch Bosheit. Ihre Augen wirken groß und unschuldig wie die eines Jungen, der einer Katze eine Schlinge um den Hals legt, sie in den Kirschbaum hängt und neugierig ihrem langsamen Ersticken zuschaut.

Nach jeder Flasche Bier trinken sie ein Glas Coca-Cola, vermutlich um Maß zu halten und nicht zu rasch betrunken zu werden. Oder vielleicht auch, um das Gefühl für die Einsamkeit und die Rohheit nicht zu verlieren. Sie warten.

Doch finde ich keinen nachdenklichen Bruder Lu Jians unter ihnen, sondern nur posierende Klone eines »coolen« westlichen Popideals mit dem tiefen Wunsch, noch heute Nacht zu sterben. Vergeblich suche ich nach Eigenem, Authentischem unter der Maske von TV-Punk und Popandrogynität.

Die Uniformität der vergangenen Jahrzehnte setzt sich fort, sie hat nur ihre Accessoires geändert: Statt militärischem Kurzhaarschnitt und grauem Drillich zeigt sie ihre Wunden, kokettiert mit ihrer Einsamkeit, ihrer Todessehnsucht, ihrem Mangel an Selbstwertgefühl und ihrer Gier nach Geld und Genuß.

Die Nacht schreitet weiter voran, das Publikum wird jünger. Die Garderobe ändert sich, aber nicht das Umhüllte. Offenbar schneidern sie sich ihre Kleider selbst, um damit ihren eklatanten Mangel an Persönlichkeit zu verbergen. Meine Augen sind inzwischen blind von den Lichtblitzen und meine Ohren taub vom Trommelfeuer der Beats. Auch ich hätte zwischendurch die Wirkung des Alkohols durch einen Schuß Koffein kompensieren sollen. Doch anders als wir, ihre Eltern, fürchten die jungen Leute sich nicht vor der Taubheit. Sie gibt ihnen das Gefühl zu leiden, ohne daß es zu sehr schmerzt.

In der Wohnung der Eltern ist der Fernseher nie ausgeschaltet. Bei unseren Kindern ist es die Dusche, die ständig läuft. Heißes Wasser, kaltes Wasser, harter Massagestrahl, die Haut gerötet, sich spüren, sich selbst befriedigen ohne Gefahr, von einer unheilbaren Krankheit angesteckt zu werden, sich säubern und dem Müll und Dreck nachweinen, sich in ihn kleiden, sich mit ihm maskieren, solange die Schminke und das Kajal abwaschbar sind.

Liebe, Sex, Leidenschaft macht unsere neuen Kinder unruhig, nervös. Was sie suchen, sind Geschwister.

Wir Eltern reisen, der schönen Reisefotos wegen. Unsere Kinder heiraten, der schönen Hochzeitsbilder willen. Am Aufregendsten fändet ihr, einen Außerirdischen zu heiraten, der noch vor der Hochzeitsnacht, aber nach dem Fototermin, wieder im All verschwände. Nie würde man diese große Liebe vergessen!

Solange die Geschwister und Außerirdischen auf sich warten lassen, tröstet ihr euch mit der Kriegsmusik eurer Hausroboter. Für euch ist diese Stadt der Nabel der Welt. Im Gegensatz zu uns wollt ihr hier nicht fort. Nur hier fühlt ihr euch sicher. Sie ist so jung und artifiziell wie ihr selbst. An jedem anderen Ort würdet ihr den Boden unter den Füßen verlieren.

Im Bewußtsein meiner zunehmenden Trunkenheit und der mit ihr einhergehenden Scharfsicht frage ich mich, ob ihr nach Liebe hungernden Söhne je einen wirklichen Orgasmus erlebt habt. Sich nach der verrücktesten Mode zu kleiden und bewundert zu werden scheint euch der Inbegriff des Sexuellen zu sein. Echter körperlicher Sex gilt euch als ekelerregend. Der Begehrende könnte ja entdecken, daß es unter der glitzernden Hülle gar keinen Körper gibt.

Stadt der weinenden Männer. Nicht aus Trauer, sondern aus Sentimentalität. Tränen als Ersatz für einen Samenerguß. Den Frauen scheint es zu genügen, die Tränen ihrer Liebhaber aufzulecken.

Meine Entscheidung, mich ebenfalls freiwillig zur Bundeswehr zu melden und mich gleich für acht Jahre zu verpflichten, um dort zu studieren, erscheint dir, Miriam, wie ein Verrat. Auch den Grund, von meinem Vater unabhängig sein zu wollen, läßt du nicht gelten. Solange ich eine Armeeuniform trüge, wolltest du mich nicht mehr sehen! teilst du mir unmißverständlich mit. – Für mich ist diese Rigorosität ein Zeichen, daß du mich nicht wirklich liebst.

Andererseits bin ich nicht bereit, für meine Liebe zu dir meine Zukunft und meine Unabhängigkeit zu opfern. In den letzten Wochen besteht unsere Beziehung nur noch aus wortlosem Sex und erbittertem Streit.

Meine Briefe aus Hamburg schickst du mir ungeöffnet zurück. Bereits das Feldgrau der Umschläge scheint zu genügen, euer radikal pazifistisches Trauerhaus mit der Farbe des Militarismus zu kontaminieren.

Du beginnst ein Studium der Kunstgeschichte in Münster. Ein halbes Jahr später heiratest du einen Kommilitonen namens Arno, einen langhaarigen Kiffer, der zweimal mit seiner Bewerbung an der Kunstakademie gescheitert ist und sich pro forma erst mal für ein zulassungsfreies Fach eingeschrieben hat. Alles in allem verkörpert Arno wohl das vollkommene Gegenteil von mir. Also scheinst du doch nicht vollständig über unsere Liebe hinweggekommen zu sein.

Trotzdem stelle ich meine einseitigen Korrespondenzbemühungen erst einmal ein. Nun ist es an mir, mich vor der Kontamination meines feldgrauen Umweltschutzpapiers durch Arnos nikotingelbe Wichsgriffel zu ekeln.

Deine Mutter hält die Verbindung aufrecht. Schickt mir hin und wieder eine Karte und hält mich über alle wichtigen Familienangelegenheiten auf dem Laufenden. Manchmal redet sie mich mit *Juan* an.

Von ihr erfahre ich von deiner Fehlgeburt, von Arnos Hinauswurf, von deiner ausgezeichneten Magisterarbeit über »Orientalismus in der Malerei des 19. Jahrhunderts«, vom Kehlkopfkrebs meines Vaters.

Wenig lenkt mich in diesen Jahren vom Studium und der Lehre ab. Was andere als wilde Zeit der Freiheit empfinden, bevor das Leben sie zwingt, erwachsen zu werden, wird von mir einfach übersprungen. Ja, im Grunde habe ich mich nie erwachsener gefühlt als in diesen Jahren zwischen achtzehn und siebenundzwanzig.

Erst als ich die Berufung nach Leipzig annehme und plötzlich der jüngste Professor unter allen geisteswissenschaftlichen Dozenten bin, fühle ich mich plötzlich jung, wild und frei, wie du, Arno und eure Genossen vielleicht niemals während eures ganzen Studentendaseins!

Und dann trittst du wieder in mein Leben. Hast du dich bewußt für Leipzig entschieden? Oder hast du einfach die Stelle angenommen, die sich dir als Doktorandin bot? Hat deine Mutter dir von meiner Berufung erzählt? Habt ihr damals überhaupt über mich gesprochen?

Mit größter Selbstverständlichkeit setzt du dich an meinen Tisch in der Mensa. Neun Jahre haben wir uns nicht gesehen. Dein Gesicht ist schmal geworden. Du trägst eine schwarzrandige Brille, die dein Gesicht noch strenger erscheinen läßt. Hättest du nicht gelächelt und gesagt: Ah, endlich ohne Uniform, Viktor! Darf ich mich setzen? hätte ich dich nicht wiedererkannt.

Auch deine Stimme hat an Schärfe zugenommen, vielleicht will sie auch nur eine gewisse Unsicherheit überspielen. Unsicherheit hast du nie gut zeigen können. Wie dem auch sei, das Ohr erinnert sich schneller als das Auge. Vor Überraschung bleibe ich stumm und mache nur eine einladende Geste.

Nanu, ein Rhetorikprofessor, dem die Worte fehlen? – Deine Stimme wird ein wenig sanfter. Meine Sprachlosigkeit gibt ihr offenbar Selbstvertrauen zurück. Nach zwei Sätzen ist unser ehemaliger Gleichklang der Gefühle wiederhergestellt.

An unsere jugendlichen Intimitäten anzuknüpfen fällt uns ungleich schwerer. Unsere Körper sind durch zu viele Hände gegangen, als daß sie noch dieselbe Unbeholfenheit ausstrahlten, die uns einmal die Voraussetzung einer gelingenden Nähe war. Nun sind die Bewegungen routiniert und zugleich ein wenig lächerlich: zwei kopulierende Akademiker statt der hilflosen Lust der Pubertät.

Nachdem du mir mitgeteilt hast, daß du schwanger seiest, schlafen wir nur noch selten miteinander. Es scheint, als hätten wir fürs erste unserer Versöhnungspflicht Genüge getan.

Ungewollt schleicht sich ein Ton von Bitterkeit in diese Erinnerungen, dabei hat uns niemand um etwas betrogen, worauf wir zu Recht hätten Anspruch erheben können. Im Gegenteil, die vollkommen unspektakuläre Fortschreibung unserer Kleinstadtbiographie schien uns beiden nach all den sinnlosen, aber wohl unvermeidlichen Umwegen als das Wünschenswerteste, das die Zukunft für uns bereithalten konnte. Und was ist gegen Ruhe und Sicherheit in einer immer beunruhigenderen Welt auch einzuwenden? Ich habe Grenzüberschreitungen und Maßlosigkeiten nie getraut und auch nie gebraucht, um mich meines Daseins zu vergewissern. Ich hätte mein Leben auch dann als ganz und gar erfülltes wahrgenommen, wenn es in den erwarteten und erarbeiteten Gleisen weitergegangen wäre. Aber das ja durchaus vorhersehbare und dennoch vollkommen unvorbereitete Ereignis, das unseren ruhigen Zug zum Entgleisen bringt, ist die Geburt von Titus.

Shèn, das Zeichen für den *Körper*, geht auf das Bild einer schwangeren Frau zurück. Heute steht es sowohl für den weiblichen als auch für den männlichen Körper.

Shì, das Zeichen für *Familie*, zeigt auf eine auf dem Wasser schwimmende Pflanze, die wächst und sich verzweigt wie Seerosen.

Zusammen mit dem Zeichen *Mensch* und einem kleinen Strich bedeutet es *tief*; kommt noch eine Hand dazu, heißt es *halten, stützen*. Steht das Zeichen für *Sonne* darunter, nimmt es die Bedeutung *Dunkel, Untergang* an.

Das Zeichen für das Selbst, *Zì*, soll aus dem Piktogramm eines Kindes hervorgegangen sein, das mit der Fingerspitze auf die eigene Nase deutet. Zwei Flügel über diesem Zeichen ergeben die *Übung*; liegt das Zeichen für Herz darunter, bedeutet es *atmen*.

Setzen wir das Zeichen für das keimende Korn neben das für das Selbst, erhalten wir das Zeichen für *Freiheit*.

Nach altem Brauch wurde der Lehrer mit getrocknetem und in feine Streifen geschnittenem Fleisch entlohnt. Im Zeichen für Fleisch, *Ròu*, erkennt man noch die ordentlich aufgereihten Stücke wieder.

Schreibt man Fleisch und Erde zusammen, bedeutet das Zeichen *Bauch* oder auch *Gedächtnis*, dessen Sitz die Chinesen traditionellerweise im Bauch ansiedeln. Verdoppelt man das Zeichen, heißt es *Freund*, vielleicht, weil man eine innige körperliche Nähe in der Freundschaft mitdenkt.

Der Semiotiker braucht den Seelenbruder, wie der Bauernfänger den Spießgesellen, um seine Taschenspielertricks gewürdigt zu finden.

TUSCHESPUREN I

Selbstironie ist eine von Ungewißheit durchdrungene Sympathie.
Unsere Furcht trifft auf
die zur Grausamkeit gewendete heimliche Liebe.
Alles Schöpferische im Menschen ist ein Verlust,
am Ewigen teilzuhaben.
Wenn ein Gegenstand, ein Gedanke, ein Gefühl nicht auch die
Schönheit als Argument besitzen, um ihr Dasein zu rechtfertigen,
werden sie unweigerlich untergehen oder sterben.
Weisheit ist keine Erkenntnis, sondern eine Haltung.
Von jeder Wahrheit ist auch ihr Gegenteil wahr.
Nicht die Religion bedroht die Freiheit, sondern die Wissenschaft.

*

Es ist nicht notwendig, eine Sprache zu beherrschen,
um sie zu verstehen.
Die Größe des Menschen besteht darin, der Natur zu widersprechen.
Je näher ich einem Menschen komme, um so mehr Freiheit opfere ich.
Es gibt keine Wahrheit, die von ihrer Erlangung und ihren Folgen
unterschieden werden könnte.
Es ist wahr, daß unser Denken aus Widersprüchen besteht. Doch es
ist ein Irrglaube, alle diese Widersprüche in einer einzigen Wahrheit
auflösen zu können.
Wenn uns eine Antwort verworren erscheint,
müssen wir versuchen, die eigentliche Frage zu verstehen.
Die Folgen einer Wahrheit sind wichtiger als ihre Begründungen.
Es ist besser, daß man zu keinem Ziel,
als daß man auf fragwürdigem Wege dorthin gelangt.
Auch der Irrtum bringt uns zur Wahrheit.
Dem Nichts ist keine Grenze gesetzt.

XXVII

An diesem Ort der Ruhe, fern aller Kriege, Revolutionen und Umstürze bleibe ich trotzdem, wenn auch nur auf Wunsch und unter Zahlung eines Aufschlags, durch fünfzig Fernsehkanäle mit den Tragödien und Katastrophen der Welt verbunden. Auf dem kleinen Tisch vor dem Fenster mit dem smoggefilterten Ausblick auf den toten Himmel über Nanking finde ich Briefpapier und Kugelschreiber, verziert mit dem goldenen Wappen des Hotels. Und für denjenigen, dem die Zerstreuung durch das Fernsehen oder das Briefeschreiben nicht genügt, bietet das Hotel einen Freizeitbereich mit Laufbändern und Trockensauna.

Vor dem Verlassen des Hotels indessen wird gewarnt. Hier könnten die wirklichen Abenteuer dem Fernreisenden rasch zum Verhängnis werden. Für die Abendunterhaltung offeriert die Hotelbar wechselnde Cocktails und am Wochenende eine Karaoke-Nacht. Für Einkäufe und Besorgungen gibt es einen hoteleigenen Lieferservice.

So verwundert es nicht, daß ich im Gästebuch Einträge finde wie diesen: *Vielen Dank für diese sorgenfreien Tage. Hier würde ich gerne mein ganzes Leben verbringen.*

Das Leben im Hotel: ein Leben in der Verantwortungslosigkeit. Es gleicht dem Aufenthalt in einem Sanatorium. Das Desinteresse am Leben außerhalb dieser fürsorglichen Mauern, an der Straße und ihren Unberechenbarkeiten, wächst mit der Heilbehandlung. Lust geht verloren, Schaulust, Unternehmungslust, Abenteuerlust. Mit zunehmender Genesung verlernt der Gast, wie man Blicke wechselt, flirtet, sich anziehend gibt und sich anziehen läßt. Jeder Art von Zauber zeigt er sich bald resistent gegenüber. Und die Vorstellung, sich nach einem anderen Menschen zu verzehren, gehört am Ende den auskurierten Fieberträumen an.

Welche Verschwendung von Wut, daß mich meine Feinde mehr beschäftigen, als meine Freunde.

Es fehlen die spielenden Kinder auf der Straße. Und zum ersten Mal überfällt mich Heimweh.

32 *Unser individueller Tod, unser physisches Verschwinden ist mehr denn je eine biologische Notwendigkeit für das Überleben unserer Gattung. Aber ebenso notwendig ist das Überleben individueller Techniken, Kunstfertigkeiten und Erkenntnisse für den Fortbestand menschlicher Kulturen und Zivilisationen.*

Erst das Bewußtsein unserer Vereinzelung macht den Tod so bedrohlich. Diese zusammengefaltete, vielfach versiegelte Seele begibt sich nicht mehr auf Wanderung in einen neuen jungen Körper. Zu sehr ist sie von ihren singulären Erfahrungen gezeichnet.

Vom Tod befreit wären wir nur, wenn wir ganz in der Gemeinschaft aufgingen.

33 *Jedes Werk kann als Totenmaske betrachtet werden.*

Das Nachdenken über den Tod ist deswegen ein Problem, weil uns auf der Schwelle die Worte zerbrechen. Die Nach-Erfahrung führt uns zurück in einen vor-wortlichen Raum, den vor-wortliches Denken *zu nennen schon spekulativ wäre.*

Den Tod denken ist ein Wagnis der Sprache, bei dem die Sprache selbst auf der Strecke zu bleiben droht.

Derjenige, der spricht, geht immer der Erfahrung voraus, über die er spricht. Nur die Differenz zwischen dem Sprechenden und der Sprache eröffnet den Spalt, durch den der Tod womöglich mehr als nur Stille oder ein numinoser Name ist.

Wenn wir genau hinhören, ist dieser Spalt, in dem die Sprache sich selbst spricht, vielleicht genau jener Ort, an dem der Tod zu Wort kommt.

Dann wäre der Tod zwar eine Unmöglichkeit des Sprechens, aber keine der Sprache.

Den Tod denken hieße, den Spalt offen zu lassen.

Es liegt eine klamme Kälte in diesem Morgen. Keine richtige Kälte, eher so etwas wie die Freundlichkeit meines Bruders oder meiner Schwägerin. Nicht einmal während ihres Hochzeitsfestes war dieser Tessiner Ski- und Schlittenkeller unaufgeräumt genug, als daß man ihn hätte gemütlich nennen können.

Alles ist so wohlgeordnet wie eine noch ungeplünderte Grabkammer. Ich frage mich, wo der Torf ist. Um diesem Raum Wärme zu geben, muß man ein offenes Feuer entfachen wie die Mussumer Großeltern in ihrem klammen Haus am Rande des Venns. Der Alte benutzte ausschließlich Briketts in einem für die damalige Zeit hochmodernen haselnußbraunen Allesbrenner. Am Abend ließ er das Feuer frühzeitig ausgehen, damit es in der Guten Stube zu kalt wurde, um noch länger aufzubleiben. Dann sagte er beiläufig, ja mürrisch: Ich gehe zu Bett. Kommst du auch, Agnes?

Ich habe noch zu tun, antwortete Mutter dann. Ich komme gleich nach.

Unwillig stocherte der Alte in der erlöschenden Glut herum: Der Ofen ist fast aus. Du holst dir noch den Tod, Agnes!

Ich bin nicht so eine Frostbeule wie du, Hermann! antwortete Mutter lächelnd.

Wie ich dieses Gestocher meines Vaters mit dem Schürhaken gehaßt habe!

Als nach dem Tod meiner Mutter dann Astrid ins Haus zog, lies sie gleich im ersten Winter einen Öltank einbauen und den Allesbrenner durch eine Zentralheizung ersetzen, als hätte sie von Vaters nervtötender Herrschaft über die Briketts gewußt.

Ein älterer, von Aknenarben gezeichneter Chinese spricht mich an: You are American?

Als ich ohne zu antworten weitergehe, folgt er mir und zählt, weiterhin auf Englisch, alle westlichen Nationalitäten auf, die ihm geläufig sind. Endlich bleibe ich stehen und schüttle bestimmt den Kopf. Nun beginnt er, mich in seiner Landessprache zu beschimpfen, so daß ich für einen Augenblick bedaure, mir den Gebrauch meines Anfängerchinesisch zu versagen.

Einige Passanten bleiben stehen, doch nicht, um dem offensichtlich Fremden gegen den Hagel der Invektiven beizustehen, sondern um neugieriger Zuschauer dieser Eskalation verheißenden Szene zu sein. Ich weiß nicht, wen ich in diesem Moment mehr verachte. Ich gehe stumm weiter und laß die Gaffer und den Schreihals enttäuscht zurück.

Doch diese im Grunde harmlose Belästigung hinterläßt mich aufgewühlter, als es dem Ereignis angemessen erscheint, vielleicht weil sie mir meine äußerste Verwundbarkeit als Einzelner in der Fremde vor Augen geführt hat. Vielleicht auch deshalb, weil der andere diese Verwundbarkeit gespürt und mich zum Opfer seines Übergriffs gewählt hat.

Viele Menschen aus dem Westen kommen hierher, um auf ihre vielen Fragen Antworten aus dem alten reichhaltigen Schatz chinesischer Philosophie zu erhalten. Und was finden sie vor? – Lu Jians Mutter, zumindest halte ich sie immer noch dafür, lächelt bitter.

Die chinesische Philosophie war niemals dafür berühmt, Antworten zu geben, fährt sie mit sanfterer Stimme fort. Sie ist eher vage und um Ausgewogenheit bemüht. Aber das ist das alte, vergangene China. Ich gebe nicht viel auf unsere alte chinesische Kultur. Meine Landsleute im Übrigen auch nicht. Das meiste ist nur noch Fassade.

In den nächsten Jahrhunderten wird China die geistige Welt anführen, gerade weil es sich auf nichts beruft und nur nach vorne blickt, erwidere ich.

Sie idealisieren China. Seit fünfhundert Jahren idealisieren Sie China und alles Chinesische.

Sie reden von uns Europäern? Für die meisten Menschen im Westen ist das heutige China ein weißes Blatt Papier, das gerade neu beschrieben wird.

Das hat unser Großer Modernisierer Mao auch schon behauptet. Und dieser Modernisierung sind siebzig Millionen Menschen zum Opfer gefallen.

Ich glaube, Sie übertreiben, Frau Lu.

Und für Sie ist er immer noch vor allem der Poet und der bescheiden gekleidete Revolutionär.

War er das denn nicht auch?

Er hat nicht nur Gedichte geschrieben. Er schrieb auch über die unvergleichliche Ekstase, die das Betrachten von Folterungen und Hinrichtungen in ihm ausgelöst haben sollen.

Das alles ist längst bekannt. Ändert das etwas an seinem historischen Rang? Ändert das etwas an der zukünftigen Bedeutung Chinas?

Er setzt sich einfach zu mir auf den Brunnenrand, der Junge mit dem Schulranzen auf dem Rücken und, wie ein Geheimagent in einem Spionagethriller, einem kleinen Stöpsel im Ohr. Er schaut mich mit großen Augen fragend an, als hätte ich ihn aufgefordert, sich zu mir zu setzen. Ich schätze ihn auf elf oder zwölf Jahre, aber er muß ein wenig älter sein, denn als er mich anspricht, höre ich schon die Stimme eines Jugendlichen.

Er sieht aufgeweckt und schelmisch aus mit seinem kurzgeschorenen Haar, seinem mich spöttisch nachäffenden Mienenspiel und den hellwachen Augen. Aus einer Papiertüte stopft er sich etwas in den Mund, das wie getrocknete Mehlwürmer oder Maden aussieht. Als er mein zweifelndes Gesicht sieht, bietet er mir eine Handvoll des knisternden Gewirrs an. Ich schüttle dankend den Kopf. Nun verzieht er selbst angewidert das Gesicht, als er sich die für mich bestimmte Handvoll zwischen die eigenen Zähne zwängt, als handle es sich tatsächlich um ein geröstetes Insektenvolk.

Ich werde ein wenig unruhig. Was will der Junge von mir? Ich werfe einen mißtrauischen Blick auf das Kommen und Gehen um uns herum. Gehört irgend jemand zu diesem Schulbub? Sieht man in mir erneut den leicht hereinzulegenden Fremden?

Die Augen des Jungen folgen meinem Blick, als wolle er verstehen, was mich auf einmal so beunruhigt. Alle gehen sie zielstrebig ihres Weges. Nur wir beide sitzen müßig hier mitten auf dem Platz. Die große Videoleinwand am Kaufhaus gegenüber zeigt Frauen unter Wasser, äußerst spärlich nur mit knappen Bikinis bekleidet. Ich habe keine Ahnung, wofür in diesem Spot geworben wird. Der Junge zwinkert mir verschwörerisch zu. Die fast unbekleideten Mädchen treten an die Garderobe und geben dort tatsächlich noch Kleidungsstücke ab. Die Männer hingegen behalten trotz der drückenden Schwüle selbst ihre Sakkos an und führen die jungen Mädchen auf die Tanzfläche. Sie reden nicht miteinander und schauen sich nicht an. Eng stehen sie zusammen, fast bewegungslos in den Zigarettenrauch- und Kunstnebelschwaden. Hin und wieder streicht einer der Männer seinem Mädchen mit der schwitzenden Hand über den nackten Rücken.

Abrupt stehe ich auf und gehe grußlos davon. Erstaunt blickt der Junge mir nach.

XXVIII

Hier stand einmal das Dorf *Daji*, Schöne Konkubine, erklärt Lu Lianming und weist auf eine rostrot verkrustete Wunde. Bauarbeiter rammen Stahlträger in die vernarbte Erde.

Das Werk stammt aus Deutschland und war bereits stillgelegt. Wenn Sie das nächste Mal hier vorbeikommen, wird es vollständig wiederaufgebaut sein und weitere fünfzig Jahre seinen Dienst verrichten. Mitten in diesem Wohngebiet.

Wir betreten das zwölfstöckige Haus Tausenddreihundertvier und steigen in einem nach Urin stinkenden Treppenhaus bis in die elfte Etage. Einen Aufzug gibt es nicht.

Lianming vergleicht die Wohnungsnummer mit dem Zeichen auf einer speckigen Visitenkarte, die ihr von einem Kunden ihrer Buchhandlung überlassen wurde. Er hat ihr Mister Gong wärmstens empfohlen. Aber ohne Begleitung hat sie sich nicht hergetraut. Auch für sie ist es der erste Besuch bei einem Wahrsager.

Ein etwa zehnjähriger Junge öffnet uns die Tür und führt uns sogleich ins Wohnzimmer. In einem farblosen Sessel sitzt ein blinder Mann, und auf der abgewetzten Couch liegt eine Frau, offenbar ebenfalls blind, mit aufgeblähtem Bauch.

Verständlicherweise habe ich über Blasen immer die Nase gerümpft. Aber was ist eine Wasserwaage ohne Blase?

Lianming drückt dem Mann einige Geldnoten in die Hand, die der Alte argwöhnisch betastet und dann in die Tasche seiner schmuddeligen Hose stopft. Zunächst sagt er ein paar Sätze zu Lu Lianming, die sie mir verlegen lächelnd übersetzt: Sie sei eine unglückliche Frau, die fern ihrer nächsten Angehörigen lebe und angstvoll in die Zukunft blicke. Aber sie solle zuversichtlich sein. Der Mensch, der ihr der Liebste in ihrem Leben sei, werde bald zu ihr zurückkehren.

Nach diesen wenigen allgemeinen Sätzen wendet sich der Alte an mich. Seine Augäpfel sind vollkommen grau, ohne Iris und Pupille. Ich fühle mich wie in einem zweitklassigen Horrorfilm.

Ich sei von sehr weit her in dieses Land gekommen, sagt er, was nicht schwer zu erraten war, da Lianming seine Wahrsagereien für mich ins Deutsche überträgt, und ich hätte noch einen weiten, beschwerlichen Weg vor mir. Ich solle meine Eltern ehren und mich um die Jungen kümmern.

Meine Eltern sind bereits viele Jahre tot. Allerdings habe ich ihre Gräber kaum je besucht. Aber das wird der Alte wohl kaum unter »ehren« verstanden haben. – Enttäuscht und vielleicht auch ein wenig erleichtert verabschieden wir uns von dem »Wahrsager«.

Der Junge öffnet uns stumm die Tür. Doch bevor wir dieses schäbige Wohnzimmer verlassen, richtet der Blinde noch einmal das Wort an mich. Lianming übersetzt: Sie hätten vor einem Jahr kommen sollen. Dann hätte ich Sie noch warnen können, auf Ihre Stimme achtzugeben. Und Sie hätten nicht so weit fortgehen müssen, um verstanden zu werden.

Dann bedeutet er uns mit einer mürrischen Geste zu gehen.

Lianming sitzt schweigsam neben mir. Das Taxi hält vor ihrem Buchladen. Bevor sie aussteigt, nimmt sie meine Hand und fragt: Glauben Sie, daß der Junge – wie haben Sie ihn genannt? Jian? – wirklich nach Nanking zurückkehren wird?

Ich zucke ratlos mit den Achseln und bin froh, daß es bereits dämmert und sie mein Gesicht nicht sieht.

Ich lasse das Taxi nur einen Häuserblock weiterfahren und steige dann selbst aus, um den Rest des Weges zu meinem Hotel zu Fuß zu gehen.

Ich sehe kaum den Weg vor meinen Augen, trotzdem fürchte ich nicht, mich zu verlaufen. Meine Füße sind mit vielen Pflastern vertraut. Und wenn schon, was erwartet mich denn in meinem Hotelzimmer?

Nur zu Fuß riecht man den Anderen, die Mahlzeiten, die Krankheiten, die Freude oder Wut der entgegenkommenden Passanten. Manchmal höre ich durch all das Geschrei und Getöse hindurch sogar ihren Herzschlag. Ich brauche die Straßenschilder und Bordsteinkanten nicht, es reicht, mich von Herzschlag zu Herzschlag fortzubewegen, um auf meinem Weg zu bleiben.

Wie lange läuft er schon hinter mir her? An der Ampel tritt er mir in die Hacken. Als ich mich nach ihm umschaue, blickt er in eine andere Richtung. Als ich bei Rot die Straße überquere, bleibt er mir wieder dicht auf den Fersen, ein sechzehn- oder siebzehnjähriger Bursche mit einem wenig vertrauenserweckenden Gesicht. Gibt es das überhaupt, ein Ganovengesicht? Haben nicht alle Sechzehnjährigen dieses Verstohlene, ja Diebische in ihren Zügen?

Ich spüre seine Hand an meiner Gesäßtasche. Als ich mich erneut nach ihm umblicke, hat er meine Brieftasche schon in der Hand und läßt sie flink im Hosenbund unter seinem T-Shirt verschwinden. Aber anstatt fortzulaufen, schaut er wieder mit argloser Miene in eine andere Richtung.

Ich greife nach seinem Arm. Erstaunt blickt er mir ins Gesicht. Ich schreie die vielen handybewehrten Passanten an, die Polizei zu rufen. Sie bleiben in sicherem Abstand um uns herum stehen und schauen neugierig der Szene zu, ohne mir oder auch dem Jungen beizustehen oder nach Hilfe zu telefonieren. Verstehen sie diese doch eindeutige Situation nicht? Verstehen sie nicht einmal das englische Wort *Police*? Doch habe nicht auch ich alle möglichen tiefsinnigen Chinesischvokabeln gelernt, aber eine so profane wie jene für *Polizei* einfach ausgelassen?

Ich lasse den Jungen nicht los, rufe weiter nach der Polizei, und die Zuschauermenge wächst. Der Junge wehrt sich. Womöglich ist er der einzige, der mich genau versteht. Meine Brille rutscht mir von der Nase, fällt auf den Asphalt und zerbricht. Niemand hebt sie auf. Im wilder werdenden Gerangel treten ich und der Junge mehrmals auf das teure Gestell, so daß am Ende nicht nur die Gläser ruiniert sind. Doch ich lasse den Jungen nicht los.

Er ist mehr als einen Kopf kleiner als ich, mager, wendig, mit einem Fuchsgesicht. Mit der einen Hand halte ich ihn am Hosenbund fest, mit der anderen beginne ich, ihn abzutasten. Er tritt mir mit seinen Sandalen vors Schienbein und schlägt mir mit beiden Fäusten ins Gesicht. Er ist wieselflink, aber alles andere als muskulös. Seine Tritte und Schläge spüre ich kaum, auch wenn nun meine Nase zu bluten beginnt.

Er dreht und wendet sich und taucht geschickt unter meinen festen Griff hindurch, so daß ich plötzlich nur noch sein verschwitztes T-Shirt in den Händen halte. Schon ist er hinter dem Wall der Zuschauer verschwunden. Niemand hat auch nur versucht, ihn aufzuhalten.

Ein älterer Herr tritt vor, hebt das zerbrochene Brillengestell auf und reicht es mir.

Sind Sie belästigt worden? Brauchen Sie Hilfe? fragt er mich in ausgezeichnetem Englisch mit leichtem chinesischem Akzent.

Vielen Dank für die freundliche Nachfrage, antworte ich mit meinem besten Englisch mit leichtem sächsischem Akzent, aber ich denke, ich komme nun allein zurecht.

Der freundliche Herr verbeugt sich höflich, zieht aus seiner Jackentasche ein Kärtchen hervor und reicht es mir mit beiden Händen: Rufen Sie mich an, wenn ich Ihnen behilflich sein kann!

Ich verbeuge mich ebenfalls, wenn meiner tropfenden Nase wegen auch nicht ganz so formvollendet: Ich würde Ihnen gerne auch meine Karte geben, aber leider steckte das Päckchen in der Brieftasche, die mir gerade gestohlen wurde.

Er nickt verständnisvoll, aber ich habe den Eindruck, er hat meine Lüge durchschaut. Rasch stecke ich seine Karte ein, ohne einen Blick darauf zu werfen, und setze meinen Weg zurück zu meinem Hotel fort.

Vor dem Hotel erwartet mich Lu Lianming: Endlich! Ich habe mir schon Sorgen gemacht, daß Ihnen unterwegs etwas zugestoßen sei.

Ich bin das letzte Stück zu Fuß gegangen, rechtfertige ich mich unnötiger Weise. Ich bin schon immer ein leidenschaftlicher Spaziergänger gewesen.

Sie bluten ja! Darf ich noch mit zu Ihnen heraufkommen?

Ich kenne mich mit den Sitten und Gebräuchen dieser Stadt noch nicht genügend aus, um einschätzen zu können, was der Rezeptionist zu diesem lädierten Gast mit spätem Damenbesuch sagen wird.

Dies ist nicht China, dies ist Nanking. Hierher kommen die Leute, um sich zu amüsieren. Nach Wuxi oder Peking geht man, wenn man gehen muß.

Nun gut, kommen Sie mit hinauf! – Natürlich wäre ich lieber alleine geblieben mit meinem Ärger, aber meine hohe Meinung von der Gastfreundschaft trägt den Sieg davon.

Ein reizendes Zimmer!

Finden Sie? Und worin besteht sein besonderer Reiz?

Ich würde mich nicht wundern, wenn darin jemand umgebracht worden wäre. Und zwar alleine aus Zartgefühl.

Sie haben keine Angst vor dem Sterben?

Nein, lieber Herr Professor, ich bin kein ängstlicher Mensch. Damit warte ich, bis ich tot bin.

Das sind ja gräßliche Gedanken!

Verzeihen Sie, aber ich habe Ihnen nur ein Kompliment machen wollen. Meine Gräßlichkeiten spare ich mir für meinen Therapeuten auf.

Und wie hat Ihr Therapeut diese Zumutungen verdient?

Nun, er hat vielleicht nicht eigenhändig einen Mord begangen, aber er hat bei zahllosen untätig zugesehen.

Darf ich Ihnen etwas aus der Minibar anbieten?

Ist das echter Cognac?

Probieren Sie ihn. Ich habe bisher noch nichts von diesen angeblichen Importen angerührt.

Trinken Sie doch auch ein Glas!

Danke, ich trinke nicht. Doch lassen Sie sich dadurch nicht stören.

Das ist ja ein vergnüglicher Abend. Nun setzen Sie sich doch endlich in Ihren Sessel, damit ich mich der Illusion hingeben darf, Sie fühlen sich so behaglich, wie jemand, der nicht raucht und trinkt und aus mehreren Wunden blutet, sich überhaupt fühlen kann.

Für jemand, der nicht raucht oder trinkt, bin ich dann doch überrascht, am Morgen Jians Mutter, wenn sie es denn tatsächlich ist, nur mit einem Hotelhandtuch um die Brust geschürzt aus meinem Bad treten zu sehen.

Sie sehen ja aus, Herr Professor, als seien Sie von dem Cognac, den *ich* gestern abend getrunken habe, mit dem schlimmsten Kater erwacht.

Verzeihen Sie. Ich habe Sie im ersten Augenblick mit einer Person verwechselt, die glücklicherweise nur Ihre auffällige Haarfarbe mit Ihnen teilt.

Ich bin mir nicht sicher, ob ich mich von dieser Fast-Verwechslung geschmeichelt fühlen darf.

Niemand wird gerne mit jemand anderem verwechselt. Wollen Sie mit mir frühstücken?

In einer halben Stunde muß ich das Geschäft öffnen. Aber kommen Sie doch im Laufe des Tages vorbei!

XXIX

Einer der heftigsten Stürme der letzten fünfzig Jahre ist angekündigt, und Wetterdienst und Polizei warnen die Bevölkerung, ihre Wohnungen zu verlassen oder unter Bäumen zu parken. Selbst die beamteten Beschatter vor meinem Haus scheinen angesichts des zu erwartenden Unwetters ihren Posten verlassen zu haben.

Seit Wochen fühle ich mich zum ersten Mal unbeobachtet und frei, meine eigenen Wege zu gehen; frei auch, endlich zu begreifen, was wirklich mit mir und meiner Familie geschehen ist. Scheinbar ziellos spaziere ich durch die menschenleeren Straßen der Stadt und lasse mir mit geradezu kindlicher Lust die Orkanböen und den Regen ins Gesicht peitschen. Ein merkwürdiges Singen ist in der Luft, als würde der Wind die Hochspannungsdrähte zum Vibrieren bringen. Darunter liegt ein langanhaltender tiefer Orgelton des Grolls.

Vielleicht ist es im Nachhinein doch bedauerlich, daß ich meinen Vater nie als liebevollen Großvater kennengelernt habe.

Schenke ich den Erzählungen meiner Mutter Glauben – und es gibt keinen Grund, an ihnen zu zweifeln –, so muß sich mein Großvater nach seiner Rückkehr aus Krieg und Gefangenschaft seinem Sohn Hermann gegenüber ähnlich tyrannisch und grausam verhalten haben, wie Hermann, unser Vater, später seinen Söhnen gegenüber. Die durchlebten Leiden hatten ihn nicht empfindlicher, sondern härter werden lassen. Mein Vater ist elf oder zwölf Jahre alt, als dieser Fremde plötzlich auftaucht und seinen Platz am Kopf des Familientisches wieder einnehmen will, als sei er niemals fortgewesen.

Ich habe meinen Mussumer Großvater immer als liebevollen und zugewandten alten Herrn erlebt, zu dem ich mich flüchten konnte, wenn zu Hause Prügel drohten. Solange er lebte, war er für Uli und mich der einzige Mensch, der den Jähzorn und die Gewalttätigkeit seines Sohnes zu zähmen vermochte. Damals schienen mir die Dinge, die mein Großvater meinem Vater angetan haben sollte, so unglaublich, daß ich meinen Großvater nie darauf anzusprechen wagte.

Aber es muß meinem Vater mit diesem bitteren Kriegsheimkehrer wirklich nicht gut ergangen sein. Mit sechzehn rannte er von zu Hause fort und schaffte es bis nach Marseille, wo er sich freiwillig zur Fremdenlegion meldete. Nach seinem Tod fand ich unter seinen Papieren den französischen Militärpaß. Er hatte sich zwei Jahre älter gemacht, als er wirklich war, und die Militärbehörden hatten ihm offenbar geglaubt, obwohl mich vom Paßbild ein flaumbärtiger Junge mit Pubertätspickeln, zwei Millimeter kurzem Fassonschnitt, großen ängstlichen Augen und hartem, verschlossenem Mund entgegenblickt.

Er ist bereits nach Nordafrika eingeschifft, als meine Mussumer Großmutter ihn vom Truppentransporter holt und das Rekrutierungsbüro wegen Verschleppung Minderjähriger zu verklagen droht. Mein Großvater scheint gar nichts von dieser Aktion seiner couragierten Frau gewußt zu haben. Und hätte sie ihn um Erlaubnis gebeten, hätte er sie vermutlich zu Hause eingesperrt. Soll der Junge doch nach Algerien ziehen und dort das wahre Leben kennenlernen! Ein wenig Soldatendrill und Krieg werden diesem verzogenen Bengel nur gut tun!

Durchnäßt bis auf die Haut, flüchte ich mich unter das Dach der Hauptfeuerwache Jahnallee. Kramp ist nicht schnell genug, ebenfalls in irgendeinem Hauseingang Unterschlupf zu finden. Ist er mir während meines ganzen Spaziergangs gefolgt? Offenbar sieht er ein, daß es für die Fortsetzung einer professionellen Beschattung nun zu spät ist, und eilt in schnellen, steifen Schritten zu meinem Unterstand. Mit Genugtuung nehme ich wahr, daß seine Hose schwarz vor Nässe ist und selbst die Lederjacke den Regen nicht hat daran hindern können, ihm in Strömen vom kahlrasierten Nacken bis zum Hosenbund zu rinnen.

Welchem Umstand habe ich die Ehre Ihrer Begleitung zu verdanken? Geht es noch um meinen Schutz, oder gehöre ich bereits zum engeren Kreis der Verdächtigen?

Reden Sie keinen Unsinn! Was machen Sie überhaupt bei diesem Wetter hier draußen?

Das könnte ich mit ungleich größerem Recht Sie fragen, Kramp!

Glauben Sie, ich stapfe Ihnen zum Vergnügen hinterher?

Sie nehmen doch nicht ernsthaft an, ich hätte Ihnen eine heimliche Verabredung mit den Entführern meines Sohnes verschwiegen!

Was weiß ich! Verzweifelte Eltern neigen zu Alleingängen. Und für ein konspiratives Treffen wäre dieses Sauwetter ja geradezu ideal.

Haben Sie Kinder?

Zwei Töchter. Warum fragen Sie?

Dann können Sie sich vielleicht vorstellen, wie ich mich verhalten würde, wenn der Entführer mich wirklich zu einem Treffen ohne Einschaltung der Polizei eingeladen hätte.

Sie sind bewaffnet?

Ich war zehn Jahre bei der Bundeswehr. Ich weiß mit Waffen umzugehen.

Es ist besser, Sie geben die Pistole mir.

Sie sollten nach Hause gehen und sich trockene Sachen anziehen, Kramp! Hier holen Sie sich noch den Tod.

Volkmann und Kramp, seit Poes Charles Auguste Dupin, der mit seinem Freund zusammenlebt, der Archetyp des Kommissars und seines etwas beschränkten Assistenten. Man denke nur an Dr. Watson, dessen einziges kriminaltechnisches Geschick darin besteht, ständig die Intelligenz des Lesers zu beleidigen und sich von den Tricks seines Herrn und Meisters Holmes verblüffen zu lassen.

Soll ich einen Streifenwagen kommen lassen, der Sie nach Hause bringt?

Ich habe nicht die Absicht, jetzt schon nach Hause zurückzukehren.

Mit ratlosem, blaugefrorenem Gesicht und nassen, zitternden Gliedern steht Kramp da, so daß er mir fast leid tun könnte.

Gehen Sie nur! Sie haben getan, was in Ihrer Macht stand.

Ich darf Sie hier nicht einfach alleine zurücklassen, Professor Holz.

Haben Sie eigentlich schon ermittelt, wo die Päckchen mit den Körperteilen meines Sohnes abgeschickt worden sein könnten?

Merkwürdigerweise gibt es an ihnen keinerlei Spuren eines Transportes.

Diese Merkwürdigkeit wäre ganz nach dem Geschmack Edgar Allan Poes. Er mochte keinen faden Realismus, sondern suchte eher nach unwahrscheinlichen, rein intellektuellen Lösungen.

Wenn ich nicht mehr weiter weiß, frage ich einen Freund, der gerade im Gefängnis sitzt. Er bespricht das Problem dann mit den wahren Spezialisten. Und am Ende bringt er mich meistens auf die richtige Fährte.

Lassen Sie uns was trinken gehen und uns ein wenig aufwärmen. An der nächsten Ecke liegt das *Jekyll & Hyde*.

Ich bin im Augenblick nicht gut bei Kasse, Herr Professor.

Betrachten Sie sich als eingeladen, Kramp. Und sparen Sie sich bitte den Herrn Professor. Nennen Sie mich Viktor.

Das Lokal ist laut und verraucht. Genau die richtige Atmosphäre, sich hinter seinem Maß Bier zu verbarrikadieren und anzuschweigen. Über dem Flipperautomaten hängt ein Fernseher und wirft seine flackernden Bilder in den Tabakdunst. Der Nachrichtensprecher warnt die lieben Mitbürger einmal mehr, unnötig das Haus zu verlassen. Der Sturm habe bereits drei Menschenleben gekostet. Ein Rentnerehepaar sei von einer Verkehrsampel in seinem Passat und ein Bauer von seinem Scheunentor erschlagen worden.

Noch ein Bier?

Vielen Dank für die Einladung! antwortet Kramp, ohne einen Ton des Wohlwollens in seiner Stimme. Es ist, als stoße jemand mit leerem Glas auf meine Gesundheit an.

Das vierte Maß löst endlich die Zunge meines ausgehaltenen Zechkumpanen: Mein Vater war evangelischer Pastor, hier in Sachsen. Er hat mich streng protestantisch erzogen. Aber an Gnade oder Gott habe ich nie geglaubt, nicht mal als Kind.

Aber an unsere Werke glaube ich. Damit meine ich wirkliche Werke, in denen der ganze Mensch enthalten ist, und nicht nur die guten oder schlechten Absichten, die wir heute bereits Werk nennen.

Das mag sich immer noch recht protestantisch anhören, aber glauben Sie mir, Herr Professor, ich meine, Viktor, ich bin ein ganz und gar nüchterner Mensch. Nüchterner als mein Leben kann kein Leben sein. Ich lese keine Romane, ich habe keine Illusionen, nicht mal, wenn ich betrunken bin, und ich gehe nur ins Kino, wenn die Filme deutsch synchronisiert sind.

Behalten Sie meine ganz und gar nüchterne Natur im Auge, wenn ich nun sage, daß ich von Ihnen geträumt habe. Und das war beileibe kein sexueller Traum! Ein Unbekannter war mir auf der Straße gefolgt, dann stellte er sich mir plötzlich in den Weg und sagt, er ist Jesus, ich soll ihn festnehmen. Während ich diesen Unbekannten noch mißtrauisch mustere, fährt er fort, er hat gesündigt, hat seinen eigenen Sohn verraten. Und als der verrückte Kerl mir die schmutzigen Hände hinhält, damit ich ihm die Handschellen anlege, nimmt sein zunächst unrasiertes Gesicht mehr und mehr Ihre Züge an! Das mag Ihnen unsinnig vorkommen. Aber ich bin Polizist, ich weiß, Beweise bedeuten gar nichts, vertraue deinem Instinkt! Was sagen Sie dazu, Viktor?

Nach jeder Auseinandersetzung, mag ich auch im Recht sein, geht es mir schlecht. Würdest du mich wirklich lieben, würdest du mir anders zuhören, denke ich dann. Und deine unschuldigen Fragen, Miriam, zeigen mir nur, daß auch du mir die schlimmsten Verbrechen zutraust.

Bis zu Titus' Verschwinden war ich ein Mensch voller Todesverachtung. Doch von der Verachtung zur Achtung ist es ein weiter Weg.

Diese Todesverachtung hat mir das Leben leicht und mich leichtsinnig gemacht. – Nun, vielleicht war es auch nur eine Lebensverachtung, denke ich jetzt.

Was Titus von anderen Kindern unterschied, war die Merkwürdigkeit, daß er mich nie etwas von sich aus fragte. Manchmal, wenn ich von der Dummheit meiner Studenten erschöpft war, ging ich zu ihm und bat ihn: Frag mich etwas!

Du überlegst einen Augenblick, dann stellst du deine Frage und ich lebe auf.

Warum müssen Menschen schlafen?

Natürlich stellst du nur Fragen, auf die du selbst bereits eine Antwort weißt. Nicht ich prüfe dich, sondern du stellst meine Glaubwürdigkeit, meinen gesunden Menschenverstand auf die Probe.

Wir müssen schlafen, damit unser Körper sich erholen kann, antworte ich dir.

Wir müssen schlafen, damit wir Zeit zum Träumen haben, berichtigst du mich.

Nach wochenlangem Warten müssen wir endlich akzeptieren, daß der Entführer sich nicht mehr melden und du nicht mehr zurückkehren wirst. Ich hätte deine amputierten Körperteile, dieses Pars pro toto des fehlenden Ganzen, aus der Asservatenkammer der Polizei herausgeklagt, um sie stellvertretend beizusetzen, aber Miriam untersagt mir diese Aktion.

Nicht Fleisch und Knochen sind mehr durch Nerven verbunden / Mit großer Gewalt verzehrt die brennende Flamme nun / Alles, da der Geist die weißen Gebeine verlassen / Und die Seele entfliegt wie ein Traum zu den Schatten der Tiefe

so lautet die letzte Nachricht, die uns erreicht, deine Lieblingsverse aus der Odyssee, in meiner ledergebundenen Ausgabe von dir mit Bleistift zweimal unterstrichen, und ein Beweis des Täters, daß du in seiner Hand sein mußt. Wie sonst hätte er von diesen Versen wissen können?

In der Unterwelt trifft der Irrfahrer auf den Schatten seiner Mutter, dreimal versucht er, sie zu umarmen, vergebens. – Welchen Trost hingegen findet Achill selbst in der größten Verzweiflung, den Körper des geliebten Freundes noch einmal umarmen zu können, kein Schatten, kein Phantom, kein Traumbild, sondern der vertraute Leib mit all seinen Wunden, damit er *begreifen* kann, daß der junge Patroklos wirklich tot ist.

So groß wie das Verbrechen, uns den Sohn zu entführen, ist die letzte Untat, uns nicht einmal seinen Leichnam zurückzugeben. Der Junge kann nicht wirklich sterben, solange sein Körper nicht begraben ist. Wir betrauern einen Untoten und werden selbst zu Untoten. Solange das Herz nicht geborgen und bestattet ist, bleibt unsere Welt in Unordnung. Solange du nicht in Frieden ruhst, werden auch wir keinen Frieden finden.

Weiß der Verbrecher nicht, daß er gegen ein universales Gesetz verstößt? Unsere Toten nicht begraben zu können heißt, sie ihr Leben nicht vollenden, sie nicht vollkommen sterben zu lassen. Dieser Verbrecher verdammt uns, in der Seele des Unbegrabenen untot zu bleiben. Unsere Phantasien klammern sich an den zerschundenen Körper, erleiden jeden Tag aufs neue die Zerstückelung und können die Erinnerung nicht aus der Umarmung dieser schrecklichen Bilder befreien, solange wir nicht den wirklichen Leib umarmen, waschen und der friedlichen Erde anvertrauen können.

Nicht der Tote, der Leidende lebt weiter. Ich wollte, wir hätten Gewißheit. Ich könnte dich um Hilfe bitten. Deine Augen hätten sich bereits an das Dunkel gewöhnt, und du könntest mir berichten. Das Licht, das wir für unser Erkennen zu brauchen glauben, macht uns für die dunklen Einsichten blind.

34 *Henoch war laut jüdischer Quellen der einzige Mensch, der die Schwelle des Todes bei vollem Bewußtsein überschritt. Er war, nach den ersten sechs Patriarchen, von Adam bis Jared, der erste Prophet. Er fand das Buch, das Adam vom Erzengel Raziel erhalten und vergraben hatte, und erfuhr damit unmittelbar, was sich im Paradies zugetragen hatte.*

Er ist Zeuge des Aufruhrs der Engel, ist der Gesandte, der das Bittgesuch der gestürzten Engel dem Allerhöchsten übergab. Er ist ein **Metatron**, *ein Stellvertreter, der, wie die Kabbala erklärt, unmittelbar nach Gott kommt, so daß sich die Engel zunächst wunderten, einem sterblichen menschlichen Wesen dienen zu müssen.*

Henoch ist es, der den Menschen das Licht von den Sternen bringt; ihnen Gesetze, Bräuche und Wissen vermittelt. Er ist derjenige, den die Griechen **Prometheus** *nennen werden.*

Henoch sein, das Buch finden, das Adam vergraben hat! Eine Apokryphe besagt, daß in ihm Adams erste Seele, des Menschen Seele vor dem Sündenfall wiedererweckt wurde. Als man ihn fragt, wie der Herr ihn nenne, antwortet Henoch: **Ephebos**, *Jüngling. Und der Herr läßt ihn sehenden Auges über die Schwelle, weil er, wie es im Brief an die Hebräer heißt, dem Herrn gefallen habe.*

Der Herr gibt ihm mit dem dreihundertfünfundsechzigfachen Segen dreihundertfünfundsechzig Augen, für jeden Tag des Jahres eines, ein jedes der Sonne gleich. Er ist nicht der Richter der Menschen, sondern mehr, nämlich der Richter der Himmlischen Heerscharen.

Das Buch finden und öffnen heißt, mit offenen Augen die Schwelle des Todes überschreiten, mit offenen, sonnenhellen Augen das Dunkel hinter dieser Schwelle durchleuchten. Das Buch finden und lesen heißt, nicht über das Leben zu richten, sondern über den Geist, die Ordnung der Engel; nein, nicht richten, sondern Fürsprecher der Rebellen, der Aufrührer, der Gestürzten sein.

Zwei bleiben übrig, das Buch und der Tod. **Hen panta einai**, *sagt Heraklit, und Beides ist Eins.*

Warum haben die Pharisäer das Buch Henoch aus den kanonischen Schriften verbannt? Aus dem gleichen Grund, aus dem die griechischen Tempelwächter Prometheus an den Kaukasus schmieden ließen: damit wir den Tod nicht sehen*?*

War es die Verteidigung jener Engel, die wie der erste Mensch den Menschen erkennen *wollten und die sich also unter den Menschentöchtern ihre Frauen wählten und mit ihnen Giganten zeugten? Die den Menschen das Schmiedehandwerk, die Heilkunst und die Zeichen des Himmels lehrten?*

Ein Mensch bittet um Gerechtigkeit für die rebellischen Engel. Ein Mensch reist an die Enden der Welt und über sie hinaus. Von Henoch stammt die erste Odyssee*.*

Sieben Sterne, groß wie brennende Berge, sind die gestürzten Engel, an einem Ort, wo Himmel und Erde zu Ende sind, Lichtträger in einem Urgrund ohne Maß.

Henoch schreitet die Schöpfung ab und vermißt sie bis an ihre Ränder. Mehr noch: Schreibend schafft er, was Gottes Wort nur schied. Er gibt dem, was der Fall ist, Attribute: Farben, Gerüche, Stimmen. War die erste Schöpfung der Aufruf, so ist Hennochs Schöpfung das Gesicht.

Er offenbart uns genau jene Geheimnisse, deren Verrat wegen der Herr die rebellischen Engel an die Finsternis binden ließ: Die Zeichen des Himmels, die Gesetze des Totenreiches, den Beginn der Geschichte. Das Unterscheiden von Bitter und Süß, das Schreiben mit Tinte auf Papier, die verborgenen Namen, durch die Gott die Welt aus dem Nichts schuf.

XXX

Nun bin ich seit zehn Tagen hier, zehn Tage wie fruchtloses Gelee. Habe meine Kreditkarten verloren und einen großen Teil meines Bargelds. Über Kalligraphie, Kampfkunst und Tod wollte ich etwas erfahren. Aber die Chinesen wissen auch nicht mehr darüber. Auch sie gehen ihrer Arbeit nach, freuen sich am Essen, leiden unter der Hitze und denken so wenig wie möglich über den Tod nach. Ihre dreitausend Jahre alte Kultur findet sich vor allem in den Büchern und den Köpfen weniger Gelehrter. Jeder einzelne fängt wieder ganz von vorne an mit der Aneignung der Welt und kommt auch nicht viel weiter als wir Barbaren aus dem kurzatmigen Abendland. Mag der Erfinder des Kompasses oder des Buchdrucks auch ein Chinese gewesen sein, so ist noch lange nicht jeder Chinese ein genialer Erfinder. Die Unterschiede in dem, was wir sind, oder zu sein wünschen, verflüchtigen sich, je länger ich hier bin.

Lächelnd überreiche ich mit beiden Händen meine frischgedruckte Visitenkarte, auf der einen Seite dicht mit den chinesischen Schriftzeichen für alle meine Ämter und Verdienste beschriftet, auf der anderen, lateinischen Seite schlicht mein Name und meine Profession, die Fingernägel sorgfältig zu Halbmonden manikürt, damit die Zartheit meiner Hände in nichts derjenigen meiner Gastgeber nachsteht. Ja, natürlich mag auch ich Pekingente und ein kühles Bier, sei es auch in Shanghai gebraut. Nur am gesottenen Hund scheiden sich noch die Geister.

Wo liegen die Toten? Vielleicht sollte ich die Gräber aufsuchen, um Tieferes über die Lebenden zu erfahren! Gibt es etwas Langweiligeres als die Gesichter moderner Metropolen, inzwischen alle einander zum Verwechseln ähnlich mit ihren

Bankentürmen, ihren Wurstbraterketten und ihrem Geruch nach verbranntem Teer und Benzin?

Jetzt erinnere ich mich wieder, die eingetretenen Türen, die zerschlagenen Fenster, die Gräber werden gleich auf der Straße ausgehoben, von den jungen Männern, fast Knaben noch, dann stößt das Bajonett zu, weil man keine Kugeln verschwenden will, keine dreihunderttausend Kugeln, wenn es doch auch leidenschaftslose Stiche in den Bauch und den Hals tun! Und der aufrechte, schnurrbärtige Kamerad in der sauberen kaiserlichen Uniform schießt zur Erinnerung ein paar Fotos von diesem nüchternen Fest der Bajonette für die Lieben daheim.

Stell dir das Haar schwarz vor, schwarz und glänzend, und die Haut weiß und glatt und die schmalen braunen Augen weit geöffnet und lächelnd, bevor sie ihren Glanz verlieren. Damals trug ich noch nicht diese Gummischuhe, damals ging ich barfuß. Meine Füße kannten den Regen und die Exkremente, ja sie kannten auch das Blut, das an den Schlachttagen durch die offenen Kanäle rann oder in den ungepflasterten Gassen stand, bis die Sonne es zu einem braunen Schorf getrocknet hatte. Aber sie kannten nicht dieses Säurebad, das sie bis zu den Knöcheln verätzte und alle Meridiane zum Sitz des Gemüts, zum Sonnengeflecht, zur Vogelschau abtötete.

Dann das graue Haus in der Nähe der Fabrik, der Braunkohlegeruch, die Doppelstockbetten, die mückenzerstochenen Beine, das löchrige Laken, löchrig, aber sauber, wenn auch grau vom vielen Waschen ohne Pulver, die Rippen, jede einzelne sichtbar unter der transparenten Haut, die leeren Regale, helle Flekken auf dem ungebeizten Holz, wo einmal Bücher standen, die Treppen in die höheren Stockwerke ohne Geländer, kein Fahrstuhl, kein Stuhl mit Lehne, Hocker, schwitzendes Linoleum, das sich an den Betonkanten wellt, sauber wie in einem Krankenhaus, müde, mit Ringen unter den Augen, schon am frühen Morgen, bevor die Sirenen heulen, der Blick zurück in ein dunkles Loch wie in einen Gewehrlauf, über Jahre kein Mond, kein Stern, und selbst die Sonne selten am Säurehimmel, dann verschwinden die Spatzen und Tauben, dann die Hunde, und am Ende selbst die Ratten.

Ich ziehe meine neue Brieftasche hervor, ein letztes Bündel druckfrischer Geldscheine in der Hand, darauf die Köpfe der guten alten Zeit. Ich lasse es auf dem Tisch des Preisrichters liegen, diesem elegant gekleideten Herrn mit blauschwarzem Haar voller warmer Worte für die müden Jahre, und habe Angst, trotz meiner großzügigen Geste nicht mehr herauszufinden aus diesem musealen Festsaal mit seinen feuerfesten Türen.

Sei Shonagon war vielleicht keine schöne, aber eine scharfsinnige und stolze Frau. Dafür wurde sie geliebt, von den Männern, bei ihren weit schöneren Rivalinnen hingegen stieß sie verständlicherweise eher auf Eifersucht und Ablehnung. Sie schreibt nicht ohne Amüsement und Dünkel von den vielen Verehrern, die sich in sie verliebten. Doch kein einziges Wort verliert sie in ihrem intimen Tagebuch darüber, wen *sie* liebt.

Ich weiß zu wenig vom Leben am kaiserlichen Hof, aber ich weiß genug von erotischer Literatur, um mir das Urteil zu erlauben, sie schreibe über ihre Liebesabenteuer wie ein Mann. Nie verliert sie sich in Herzensdingen so sehr, daß sie darüber die Schönheit und Ordnung des Geschriebenen vergäße.

Ich warte auf die Nacht, wenn der Dampf in den Straßen im Licht der purpurvioletten Neonreklamen glüht und statt eines fernen Himmels ein gußeiserner Deckel auf den Traufen liegt und uns vom Tag Weichgekochte zu Ende gart und niemand die Sonne vermißt, die doch unbestätigten Gerüchten nach für das diffuse, fiebrige Grau des Tages verantwortlich sein soll. Wer wollte auch schlafen in dieser schwefelgelben Hitze, besser wir verschlafen den geheimnislosen Tag mit seinen unbeantwortbaren Fragen nach dem Sinn des ganzen freudlosen Daseins.

Doch nachts beobachte ich nicht ohne Eifersucht die nacktbrüstigen Melonenhändler, die neben ihren Karren mit den Pyramiden dickbäuchiger Früchte schlafen.

Merkwürdig, wie rasch wir in der Mutter des besten Freundes unsere eigene Mutter wiederfinden. Nicht anders als in jedem ärgerlichen Heimatfilm. Ich sollte eine kleine Philosophie des Klimakteriums verfassen.

Das ist mein Bruder Yu, stellt Lu Lianming mir den alten Mann mit seinem grauen, von Narben übersäten Kopf vor. Mit ihm teilt sie ihre kleine Wohnung in der Innenstadt.

Yu ist zweiundviertzig Jahre alt, kann sich nicht alleine anziehen, nicht alleine waschen. Seit meine Eltern tot sind, kümmere ich mich um ihn, erklärt sie, ohne ihre Stimme zu senken. Die meiste Zeit des Tages sitzt er vor dem Fernsehen und redet wirres Zeug.

Ich nicke verständnislos.

Yu war nicht immer so. – Lianming schenkt uns beiden ein Glas Whiskey, *made in China*, ein. – Mit einundzwanzig war mein Bruder bereits Kulturredakteur bei *Xin Chao*, Neue Flut oder Neue Jugend, wie Sie wollen, ein halb legales Intellektuellenblatt. – Gedankenverloren starrt sie in ihr Glas. Ihr greisenhafter Bruder scheint uns gar nicht wahrzunehmen.

Zusammen mit zwei Freunden fährt er in die Hauptstadt. Seit Wochen versammeln sich jeden Tag Tausende Studenten auf dem Platz des Himmlischen Friedens und fordern Pressefreiheit und Demokratie. Sie haben die Bilder aus Peking sicher gesehen. Es ist eher ein Volksfest als eine Demonstration.

Yu und seine Freunde entfalten ein Transparent mit der Aufschrift DEMOCRACY NOW! Ich habe selbst daran mitgepinselt.

Doch Yu und seine Freunde gehen aus jugendlichem Übermut noch einen Schritt weiter: Sie werfen mit blutroter Farbe gefüllte Eierschalen auf das Portrait des Großen Vorsitzenden am Rande des Platzes.

Aus Angst, daß das besudelte Bild die bis dahin friedliche Bewegung in Verruf bringen könnte, sind es die Demonstranten selbst, die Yu, Lu und Zhiyan an die Behörden ausliefern. Das Mao-Bild ist nach einigen Stunden ausgewechselt, die Demokratiebewegung eine Woche später von Panzern niedergewalzt.

Die Mehrheit der Menschen hier ist so fehlerlos wie reizlos. Um so mehr fesselt mich das narbenübersäte Gesicht von Lianmings Bruder Yu. Die Menschen, denen ich bisher auf der Straße begegnet bin, rochen nach nichts anderem als ihrem Angestelltendasein. Sie essen gern und viel, doch werden nicht fett, Genußmenschen ohne Fehler und Geschlecht.

Yu verschwindet im Gefängnis, fährt Lianming mit ihrem Bericht fort. Meine Eltern sehen ihn erst nach drei Jahren zum ersten Mal wieder. Inzwischen ist ihm, wie Tausenden anderer junger Leute auch, der Prozeß gemacht worden. Wegen drei Farbeiern spricht der Mittlere Volksgerichtshof ihn der konterrevolutionären Sabotage für schuldig und verurteilt ihn zu zwanzig Jahren Gefängnis.

Er wird in das Hunan-Provinzgefängnis Nummer 3 verlegt, wo er die ersten zwei Jahre in Isolationshaft verbringt. Als meine Eltern ihn endlich besuchen dürfen, ist er noch in einigermaßen guter Verfassung.

Aber nun fügt er seinem Verbrechen, der Besudelung des Großen Mao-Portraits vor den Augen der Weltöffentlichkeit, ein noch schlimmeres hinzu: Er will nicht gestehen, daß es ein Verbrechen war. Jeden Tag wird er verprügelt. Deshalb die vielen Narben, nicht nur am Kopf.

Einmal bindet man ihn im Hochsommer an einen Pfahl im Hof und läßt ihn tagelang in der Sonne dörren, ehe er erneut für zwei Jahre in eine Einzelzelle gesperrt wird. Beim nächsten Besuch erkennt er nicht einmal seinen Vater und seine Mutter wieder.

Sein Freund Lu kommt im Jahr Zweitausend vorzeitig frei, als die Hauptstadt sich für die Ausrichtung der Olympischen Spiele bewirbt. Von Zhiyan habe ich nie wieder gehört, nachdem er sich an einem Hungerstreik im Gefängnis beteiligt hat. Vermutlich schlägt sein Herz jetzt in der Brust eines amerikanischen Infarktpatienten.

Und Yu hat bis vor zwei Jahren hinter Gittern gesessen, um für das farbenfrohe Portrait des Großen Vorsitzenden zu büßen. In den ersten Jahren seiner Haft wollte er keine Reue zeigen. Später konnte er es nicht mehr.

Es fällt mir nicht leicht, den Pinsel in die Hand zu nehmen und Caravaggio, Poussin, La Tour und Gainsborough zu vergessen. Das weiße Blatt ist nicht weiß, sondern angefüllt mit den Turners und Watteaus, die ich in den Bildbänden Miriams bewundert habe. Und die schwarze Tusche ist nicht schwarz, sondern voll unzähliger nächtlicher Zwischentöne wie auf den Kupferstichen Dürers oder den Skizzen Goyas. Und das Zeichen ist so wenig ein Buchstabe, wie ein Gedicht nur ein Text ist. Unten ist die Hand, darüber ein Messer und links die geöffnete Haut eines Tieres. Vom ehrlichen Menschen bleibt, wenn er stirbt, der Name, von den anderen *Pí*, die Haut.

Verdoppelt man das Zeichen, bedeutet es Falschheit, Doppelgesichtigkeit. Ergänzt man die Haut mit dem Zeichen für Denken, ergibt es die Vorstellung.

Einige sehen in dem alten Zeichen für Farbe, *Sè*, einen Mann und eine Frau, andere halten es für einen Mann mit Siegel. Der Radikal steht für Farbe im allgemeinen, aber auch für die Leidenschaft. Lehnen beide Zeichen aneinander, bedeutet es »pornographisch«. Filme, die wir im Westen als nicht jugendfrei klassifizieren, heißen bei den Chinesen *gelb*.

Von alters her haben die Chinesen eine üble Vorstellung von *Shé*, der Zunge, die wie eine Klinge geschliffen ist und töten kann, ohne einen Tropfen Blut zu vergießen. Schreibe ich das Zeichen für den Sohn daneben, bedeutet es Unordnung, Chaos.

Der Pinsel und die Tusche geben jedem Strich einen Körper mit feinen Sinneshaaren, einem luftigen Gewand, unter dem die seidige Haut sichtbar bleibt. Handelte es sich um einen Rohrschachtest, würde ich alle gängigen Interpretationen sprengen: denn ich sehe nichts anderes als Körper, manchmal bis an die Schmerzgrenze verrenkt, manchmal im Todeskampf zitternd.

Der Pinsel verfeinert, was meiner groben Hand an Sinnlichkeit fehlt. Selbst die Moskitos, die dicht am Gesicht des schlanken Zeichens vorbeifliegen, entgehen ihm nicht, und nicht die Birkenpollen, die sich in dem spinnwebfeinen Feenhaar verfangen. Vielleicht der schlanken Form wegen sind es Knabenkörper, die sich aneinanderschmiegen, ist es Knabenhaut, die mir als Leinwand dient. Ich schreibe ihm die Erschaffung des Menschen auf das zart beflaumte Gesicht, nicht Michelangelos Version, sondern einen Liebesakt, dem schon der Tod innewohnt.

Ich beginne mit dem Zeichen der Unschuld, das sich auf dem sich gierig vollsaufenden Papier in den Körper eines Idioten verschreibt. Ein Junge, der von seinem Vater mißbraucht wird, bis er lernt, sich durch den Verkauf seines Körpers seinen Lebensunterhalt zu verdienen. In jedem Mann, auf den er trifft, erkennt er den Vater wieder. Dem letzten Strich, dem letzten Zeichen auf diesem Blatt schreibt er diese Erinnerung ins Fleisch, die einzige, die er aus seiner Kindheit besitzt, nun dem sterbenden Freier anvertraut.

Das nächste Blatt ist vollständig schwarz. Und das Zeichen springt aus der Dunkelheit hervor wie ein wildes Tier aus dem Dickicht. Der graue katzenhafte Körper hält vor dem dunklen Hintergrund inne, lauernd, fluchtbereit, sich der Gefahr, entdeckt zu werden, vollauf bewußt.

Mondlicht tritt durch die dichte Wolkendecke, trifft zunächst auf eine ferne schneebedeckte Bergkuppe und läßt das Dunkel, das über der Landschaft liegt, nur langsam zurückweichen, als würde der Freier behutsam, ohne sie wecken zu wollen, das Laken von der Geliebten streifen. Der nackte wilde Junge zieht sich ins Dickicht zurück.

Der nächste Pinselstrich verwandelt die Landschaft in eine Bühne. Alles erscheint nun unnatürlich und inszeniert. Der Junge tritt, in einen langen wollenen Sack gekleidet, aus der dunklen Gasse, den Kopf geschoren. Jene stolze, unberechenbare Katzenhaftigkeit hat er im Dunkel seiner Herkunft zurückgelassen. Er ist auf dem Weg ins Kloster.

Vorortnacht. Die Straßenlampen defekt. Der junge Graffitisprayer, das Gesicht unter der dunklen Kapuze seines Sweatshirts verborgen, steht wartend im Schatten eines Hauseingangs. Eine hohe graue Mauer zieht sich blind die ganze stille Straße entlang. Bei Nacht hat hier niemand etwas zu suchen.

Der Junge sprüht einen Arm auf die unverputzte Wand, dann einen zweiten, dritten, schließlich einen Stamm, einen ganzen Baum aus Gliedmaßen. Der Trophäenbaum einer kriegerischen Kaste. Die speerwerfenden Arme der Feinde.

Hundegebell in der Stille. Der Graffitisprayer hält in seiner Arbeit inne.

Das gespenstische Hundegebell kommt näher. Der Junge zieht Sweatshirt und Hose aus und sprüht sich magische Zeichen auf die nackte, helleuchtende Brust und die haarlosen Schenkel, bis er nahezu unsichtbar ist. Nur seine Ohren schweben wie erfrorene Äpfel im Geäst des Gliederbaums.

Ich darf das Papier nicht besitzen, nicht die Tusche und den Pinsel. Vor allem darf ich die Zeichen nicht besitzen, die das Papier aus dem Pinsel saugt. Junge Männer zu Besuch bei einer Prostituierten. Stell dir vor, der von ihr heimlich Geliebte ist unter den Freiern!

Die Tinte explodiert auf dem Papier, reißt mir den Arm ab. Ich male mit dem blutenden Stumpf weiter.

Die Nacktheit des weißen Blattes erschreckt mich. Die Tinte ist körnig wie Schießpulver, jede Gewalttat ist ihr zuzutrauen. Heute Nacht werde ich mit ihr in einem rohen Ei schlafen.

Der Morgennebel stellt sich als Tabakrauch heraus, zwei Knaben auf dem Pausenhof, die heimlich an ihrer ersten Zigarette ziehen, die Augen voller Gift und Tränen.

Der Pinsel brennt. Das Papier wellt sich, färbt sich rotschwarz, wo die Glut der Tusche es berührt. Nackte Füße gehen eine Treppe hinauf, eine Treppe aus lauter Rücken. Die Stufen werden poröser, brüchiger. Bis zu den Knöcheln brechen die Füße durch die morschen Rippen.

Ich fühle mich heute fremd in meinem Körper, offen und leer wie die Gebärmutter einer Wöchnerin umhüllt er mich. Der kalte Wind des Todes weht durch ihren Unterleib. Ein Heizer mit eintätowierten Schriftzeichen auf den brikettschwarzen muskulösen Oberarmen versucht, das erlöschende Sonnengeflecht brennend zu halten.

Wissen ist nicht Wahrheit. Es gehört der Vergangenheit an. Trifft es auf die Wahrheit, geht es in Flammen auf. In der Gegenwart gibt es nur eines: die Fehlgeburt.

Ich sehe mich im Profil auf dem Papier, ein nackter ausgebluteter Körper auf weißem Laken, eine alte Frau mit hängenden Brüsten und schlaffem Penis, Haupt- und Schamhaar aschefarben und struppig wie das Fell einer Hausratte auf Nankings Wochenmarkt.

Eine grüngraue Schlange schnellt aus dem Himmelsmeer hinab auf den spätabendlichen Leib, beißt mit ihren nadelspitzen Giftzähnen in die Teresiasbrüste, so daß sie so sehr anschwellen, als wollten sie mit ihrer vergifteten Milch die Stille stillen.

Endlich erkenne ich das Zeichen, das sich auf dem Papier entrollt: Schönheit, spricht es, ist kostbar, weil sie nur kurze Zeit währt.

Die Pfade der Feuerfliegen überschneiden sich nicht. Die Wolken dehnen sich, bis sie vom Firmament verschwinden. Eine Stimme ruft meinen Namen. Warum erinnere ich mich noch an sie?

Den Pinsel, den ich Penis heiße, nannten die alten Meister der Kalligraphie *Frauenhand*.

Ich schreibe über Dinge, die in der Vergangenheit nützlich gewesen wären, aber jetzt sinnlos sind: der Apfelbaum im Garten meiner Mussumer Großeltern, den der Blitz traf, ein alternder Mann, der in seiner Jugend schön war, ohne es zu wissen, der Sommer, in dem mich das Schnarchen meiner Zeltgenossen noch nicht störte, der Regen, der mein rebellisches Haar glättete, das schmerzende Kniegelenk, das mir die nächtlichen Manöver ersparte, der Brief, den Miriams Bruder Juan mir ungeöffnet zurückgab.

TUSCHESPUREN II

Ohne Unterschiede gibt es keine Harmonie.
Unser Schöpfertum entsteht nicht aus dem, was wir sind,
sondern aus dem, was wir nicht sein können.
Künstlerische Handschrift entsteht aus der Unfähigkeit,
sich verständlich ausdrücken zu können.
Die Grausamkeit geht so schnell in Mittelmäßigkeit über
wie die Mittelmäßigkeit in Grausamkeit.
Jeder Tod eines Gottes läßt uns auf Unsterblichkeit hoffen.
Aus den fehlerhaften Werken lernen wir mehr,
als aus den vollkommenen.
Vollkommenheit ist unmenschlich,
weil sie unserer Vorstellungskraft nicht bedarf.
Jede Kritik kann nur die Fülle und die Art der Adjektive *betreffen.*
Wahrheit gibt es nicht in der Rhetorik, sondern allenfalls Strategie.

*

Die Aufgabe moderner Philosophie besteht nicht mehr darin,
Ideen zu verwirklichen, sondern darin,
die Verwirklichung von Ideen zu verhindern.
Für die wahren Probleme gibt es keine endgültigen Lösungen. Die Philosophie kann uns allenfalls helfen, die wahren Probleme zu erkennen.
Nicht etwas nicht zu erreichen ist mittelmäßig,
sondern etwas nicht zu beginnen.

*

Nur der Teufel hat noch ein Interesse daran, daß wir an Gott glauben.
Es gibt keine gute Tat ohne Strafe und keine böse ohne Belohnung.
Nicht allein das Leben, der Geist selbst zwingt uns manchmal,
ungerecht zu sein.

Nur der, der glaubt, kann fanatisch sein.
Glauben ist eine Disziplin, Denken eine Leidenschaft.

XXXI

Die jungen Leute im kühlen Norden Europas, die das Kino nur als einen weiteren dunklen Ort der Verführung zu körperlichen und intellektuellen Dickmachern erlebt haben, können sich nicht mehr vorstellen, wie dieser zu reinem Konsum profanisierte Tempel je einmal allen Hütern von Moral und Anstand als ein zu bekämpfendes Sündenbabel galt! (Mit welcher Dreistigkeit die Kinobesitzer den Fehdehandschuh aufgriffen und diesen Ort der geheimen Lust und Sinnenfreude auch noch *Babylon* nannten, ehe sie, den neuen Konsumgewohnheiten nacheifernd, ihre Paläste in *Cineplex* und ähnlich Unverdauliches umtauften.)

Man muß das Kino an Orten aufsuchen, wo die Schlacht um die öffentliche Moral noch nicht zu Gunsten Hollywoods entschieden ist. Hier bildet das Kino immer noch einen provozierenden und verstörenden Ort des Dazwischen, nicht öffentlich und nicht privat, nicht hell und nicht dunkel, nicht gemeinschaftlich und nicht intim, und doch alles das zugleich. Dabei ist gar nicht von den hier gezeigten Filmen die Rede, die sich ja in den Kinos der Zweiten und Dritten Welt im Grunde auf das eine indische Märchen vom Kampf zwischen dem Guten und dem Bösen zurückführen läßt. Nein, der Film bildet nur das notwendige Lichtspiel, den diffusen Wechsel von helleren und dunkleren Augenblicken in diesem öffentlich-intimen Raum, in dem sich größtenteils einander Fremde erregt zusammendrängen.

Es stört mich wenig, daß ich von dem ins Chinesische synchronisierten indischen Musical-Spektakel kein Wort verstehe, ist es doch seit dem *Grafen von Monte Christo* immer derselbe Film. Aber die Atmosphäre in diesem Kinosaal katapultiert mich um Jahrzehnte zurück, zu meinen ersten Kinoerfahrungen, die noch Grenzüberschreitungen, noch Initiationen waren: Sie führten hinein in eine für alle sichtbare und zugleich geheime Welt der Perversion.

Während auf der Leinwand des *Da Hua Dian Ying Yuan* (»Großer chinesischer elektrischer Schatten-Hof«) eine lächerliche Truppe tumber Polizisten das indische Hochland nach Robin Hood absucht, sitze ich als einziger Vogelfreier unter jungen Chinesen in diesem abgewetzten Saal. Ich könnte hier der Tempelpriester sein. In Wahrheit aber bin ich der Novize, der sich zwar von kargen fleischlosen Nudelgerichten ernährt und auf einem schmalen harten Strohlager nächtigt, aber von allen Versuchungen geradezu magisch angezogen wird. Was ist denn reiner Geist, wenn nicht dieses Licht-Spiel zwischen Leinwand und Auge, vollkommen sinnlich und vollkommen bedeutungslos?

Wenige Wochen vor Titus' Geburt heiraten wir. Über deine Zeit mit Arno verlierst du kein Wort. Und ich frage nicht nach.

Du schreibst deinen Eltern einen langen Brief, ich schicke Uli eine Karte, das ist alles. Wir verzichten auf jedes Fest. Trauzeugen sind zwei Fakultätskollegen, mit denen wir nach den Formalitäten auf dem Standesamt noch Essen gehen.

Du ziehst zu mir in den Mittagsweg, bis wir das Richtige für unsere werdende Familie gefunden haben. Unsere Vorbereitungen auf Titus' Geburt sind so selbstverständlich, als hätten wir es monatelang geprobt. Nur meine Träume verändern sich, werden intensiver, unheimlicher. Früher konnte ich mich kaum je an einen Traum erinnern. Doch in den Wochen um Titus' Geburt haben sie mich manchmal den ganzen Tag lang begleitet. Oft tragen sie bedrohliche Züge, sind von Monstern und Mißgeburten bevölkert. Also behalte ich sie für mich, um dich nicht zu beunruhigen.

Aber wahrscheinlich schone ich dich ganz unnötig. Du bist die Ruhe selbst. Es scheint, als habest du alle Schwangerschaftsbeschwerden an mich delegiert: Ich vertrage bestimmte Gerichte nicht mehr, auf andere entwickele ich einen zwanghaften Heißhunger, oft ist mir übel, hin und wieder muß ich mich sogar übergeben. Im siebten und achten Monat beginnen Rücken- und Kreuzschmerzen, ich nehme unerklärlich zu und fühle mich so unkonzentriert und schwach, daß ich bereits zwei Wochen vor der Geburt meinen Vaterschaftsurlaub antreten muß.

Ich hätte unseren Filius gerne Marc Aurel genannt. Aber als das knautschköpfige Neugeborene auf deinem Bauch liegt, sagst du mit der dir eigenen Bestimmtheit: Er sieht aus wie Rembrandts Sohn Titus. – So ist es also entschieden, auch wenn ich gleich am nächsten Tag in der Universitätsbibliothek alle Portraits seines Sohnes studiere und beim besten Willen keinerlei Ähnlichkeiten zu diesem rotvioletten Reptiliengesicht meines Sprößlings finden kann. Aber wie hätte ich als von der Altphilologie korrumpierter Rhetoriker dir promovierter Kunsthistorikerin widersprechen dürfen!

Als wir nach so vielen Jahren doch noch heiraten, ist zumindest deine Mutter davon überzeugt, daß uns dieses Schicksal von Anfang an vorbestimmt sei. Ich bin mir da nicht so sicher. Sie freut sich womöglich mehr über unsere Hochzeit und die Geburt ihres Enkels als du, Miriam. Sie ist es, die in den Jahren dazwischen den Kontakt nicht abbrechen läßt. Sie ist es auch, die mir hin und wieder eine Nachricht zukommen läßt, wie es dir gehe, und mich versichert, die Zeit heile alle Wunden. – Alle Wunden vielleicht. Aber zurückgebracht hat uns Titus auch die Zeit nicht.

Wie sehr mir unsere Familie zur Lebensnotwendigkeit geworden ist, merke ich erst nach deinem Auszug. Und wie sehr habe ich zuvor die Belästigungen des Familienalltags verflucht, wenn sie mich in meiner Denkarbeit störten. Nun habe ich alle Zeit der Welt, und meine Hirntätigkeit beschränkt sich auf das Hintuschen kurzer Aphorismen.

Zu meiner Preisverleihung kommst du nicht. Also erspare ich es mir auch, dich von meiner Einladung nach Nanking zu unterrichten. Womöglich weißt du gar nicht, daß ich im Augenblick in China bin.

Am Tag der Preisverleihung bleibe ich bis zum Mittag im Bett liegen. Draußen will es gar nicht hell werden. Novemberwetter mitten im Mai. Mein großer Tag, und ich fühle mich, als müsse ich zur Beerdigung meines besten Freundes.

Beim Rasieren schneide ich mir in den Hals, direkt unter meinem Kehlkopf. Wie wäre es, wenn ich den Preis unrasiert entgegennähme, in meinem zerknitterten Straßenanzug und den ausgetretenen Halbschuhen? Vermutlich würde niemand auch nur eine Miene verziehen.

Ich wollte meine Dankesworte aus dem Stegreif sprechen, und nun füllt graue scharfe Stahlwolle meinen Kopf. Ich hätte mir Notizen machen sollen. Jetzt ist es zu spät, und ein Anflug von Panik breitet sich in mir aus. Ich habe mich noch nicht einmal auf den Weg zum Festsaal gemacht, und schon sind häßliche dunkle Schweißflecken unter den Achseln und am Rücken meines weißen Hemdes zu sehen.

Die Krawatte würgt mich wie das Seil eines Henkers. Kein Wort wird aus meinem verkrampften Bauch durch die enge Schlinge herausdringen. Nun fängt auch noch der Kehlkopfschnitt erneut zu bluten an und färbt den Hemdkragen lippenstiftrot. – Verdammt, ich hätte heute im Bett bleiben sollen!

Der tagtägliche Kampf der Händler um ihre Würde, wie Tauben hocken die Alten vor ihren Ständen und picken nach jedem Passanten, blind, reflexartig, traurig. Niemand spürt die Zeit so sinnlos verrinnen wie sie, die auf ihrer billigen Ware sitzen und auf Kundschaft warten, Makler, Agenten, die nichts hergestellt haben, und von denen nichts bleiben wird. Niemand von ihnen strahlt Anmut aus. Die Anmut verkauft sich nicht. Ihre Kunden sind Bauch- und keine Augenmenschen. Und das Wissen um das Verrinnen der Zeit macht sie häßlich vor Schwermut.

Das Nichtstun der jungen Leute ist anders, ein Warten ohne Erwartung, ohne Hoffnung auf Kundschaft. Es ist voller Trotz und ohne Anbiederung, eher wütend als traurig, eher demonstrativ als introvertiert. Niemand ist der Jugend so verhaßt wie die Händler, dieser Inbegriff sinnloser vergeblicher Geschäftigkeit. Die Jugend erwartet zu recht, daß sie es ist, die verführt, und nicht der feilgebotene Ramsch. Sie wartet, daß jemand kommt und sagt, ich will dich! im Guten oder im Bösen, um dem Begehrenden antworten zu können, daß er den zu zahlenden Preis nicht werde aufbringen können. Aus dieser Überheblichkeit, die sie reich erscheinen läßt, zieht sie den ihr eigenen Stolz: Ich bin unbezahlbar! Rühr mich nicht an!

Ihr Warten ist nicht das von kopfnickenden Tauben, sondern das lauernde Dösen von Raubkatzen.

Wie verwandeln sich diese unberechenbaren Jäger innerhalb kürzester Zeit in alte gurrende Fassadenbeschmutzer? Ist es eine grausame, aber natürliche und unausweichliche Verpuppung, die das Raubkatzenstadium auf einen so kurzen Lebensabschnitt begrenzt?

35 *Ist dies alles wahr, so können wir nur in Gemeinschaft über unseren körperlichen Tod hinausdauern. Für den Einsamen, Vergessenen ist der Tod absolut. Er ragt bereits ins Leben des Vereinzelten hinein, wie das Leben des in seiner Gemeinschaft Verwurzelten in seinen Tod hineindauert. Der seines Körpers beraubte Geist lebt in der Erinnerung, im Wiederlesen der ihn Überlebenden fort.*

Der Geist stellt eine Verbindung zwischen dieser neuen Wirklichkeit des Abwesend- oder Totseins und den Daseienden her. Geist ist im wortwörtlichen und im tieferen Sinne Übersetzung*.*

Wo bleibt in dieser Wahrheit die Liebe zu unserem Körper, zu unseren Sinnen, unserer leiblichen Identität? Spricht aus den vorangegangenen Gedanken nicht die platonische Geringschätzung alles Physischen? Fürchten wir den Tod unseres Körpers nicht mehr als jedes Erlöschen unseres Geistes?

Von welchem »wir« rede ich? Nur derjenige muß den körperlichen Verfall fürchten, der ganz und gar im Körperlichen aufgeht. Er wird die Hoffnung auf Dauer früher als jeder andere verlieren, sobald er sein unaufhaltsames Altern und Sterben nicht mehr verleugnen kann.

Eine Welt von Dingen bleibt eine Welt des Endlichen. Nur eine Welt der Beziehungen ist potentiell unbegrenzt. Dieser Gedanke einer sozialen Kybernetik führt mich zurück zur urchristlichen Vorstellung einer Gemeinschaft der Nächsten.

Vielleicht ist Caritas *tatsächlich ein Weg zur »Unsterblichkeit«, wenn wir von der religiösen Besetzung dieses Begriffs absehen und sie im Sinne eines kommunikativen und solidarischen Netzes begreifen.*

Ich streife am Ufer des Xuan Wu-Sees entlang, der sich, größer als der Central Park, mit vier grünen Inseln im Herzen der Stadt erstreckt. Holzstege führen über das Sumpfland zwischen dem See und der wohl dreißig Meter hohen Stadtmauer. Nur wenige

Menschen sind hier unterwegs. Manche haben sich eine Hängematte mitgebracht und sie zwischen zwei Pappelstämmen befestigt. Hier ruhen sie und dösen im Pappelschatten und der Schwitzwasserkühle des Morastes, ganz ohne Opium betäubt von der scheinbar ereignislosen Schwüle des Daseins.

Auf dem Weg zum See wurde ich Zeuge zweier Vorfälle, die mich auch hier, unter dem Himmel aus kratzenden Zikaden, keine Ruhe finden lassen. Zunächst sah ich ein Auto, das quer auf der Kreuzung stand, der erste Unfall in dieser verkehrsreichen Stadt, dessen mittelbarer Zeuge ich wurde. Leute stehen herum, und würde die Menge nicht wie absichtlich einen Schritt zur Seite gehen und einen Sichtspalt für mich öffnen, könnte ich das Opfer nicht sehen, einen Europäer, ungefähr in meinem Alter. Irgend jemand hat sein Sonnencape über die Wunden gelegt, aber das Gesicht unbedeckt gelassen. Die Augen starren weit aufgerissen in die blasse, doch sengende Mittagssonne. Er liegt entspannt da auf dem kochenden Asphalt, und das Sonnencape flattert ein wenig, als sei noch Atem in seiner Brust.

Ehe ich mich ganz gefaßt habe, stoße ich, schon ganz in der Nähe des Sees, auf das nächste, im Grunde nicht wirklich außergewöhnliche und zunächst in keinerlei Zusammenhang mit dem gräßlichen Unfall stehende Ereignis, aber in meiner noch anhaltenden Bestürzung erscheint es mir wie das grimmige Satyrspiel, das der Tragödie folgt: Zwei Esel, ihrer Karren ledig, stehen vor einem Laden oder, besser, offenen Verschlag mit gebrauchten Gaskochern und Ventilatoren, der Besitzer schläft zusammengesunken auf einem ausgebleichten Campingstühlchen im Schatten des Vordachs. Spöttisch wendet sich der eine, männliche Esel zu mir, um mir schamlos seine unglaubliche Erektion zu demonstrieren und dann, mit exhibitionistischer Lust, die Arbeitsgenossin zu besteigen, die mit unterwürfig gesenkten Augenlidern einfach dasteht und diesen obszönen öffentlichen Akt reglos über sich ergehen läßt.

Das Wasser des Sees sieht klar aus. Ich frage mich, warum niemand darin badet. Dann entdecke ich zwischen den tortentellergroßen Seerosenblättern den sich bereits zersetzenden alten Wels. Ich trete näher und stochere mit einem Stock in den gelatineartigen Löchern herum, wo vormals die Kiemen zuckten. Wie ein letzter Seufzer entweichen die Zersetzungsgase aus dem Inneren des Kadavers, und ich fühle mich wieder wie der junge Engel, der seinen Trost im Stochern alter Wunden sucht.

Ich sehe die Purpurberge im Dunst am jenseitigen Seeufer, eher schimmelgrün als purpurn leuchtend, aber im höchsten Maße das Ideal von »Berg« verkörpernd. Dann steige ich auf die hohe Mauer, deren Krone so breit wie eine alte DDR-Autobahn ist. Vierzig Jahre ließen die Ming-Herrscher Hunderttausende Arbeiter daran schuften, bis sie schließlich gewaltigere Ausmaße als die Stadtbefestigung von Paris angenommen hatte. Und immer noch steht sie zu einem großen Teil, wenn angesichts der Wolkenkratzer, die ihren Schatten auf sie werfen, auch nicht mehr ganz so eindrucksvoll wie in den vergangenen Jahrhunderten.

Vom Jiefangmen-Tor kann ich direkt über eine Steinbrücke ins Innerste des Ji Ming-Klosters treten. Zwei junge kahlgeschorene Novizen fliehen vor mir in für mich verbotene Bezirke der Tempelstadt. Und doch atmet dieses Kloster auf dem kleinen Berg am Xuan Wu-See, das trotz seiner Ausmaße und seiner Anmut in keiner Weise mit den babylonischen Anmaßungen aus Stahl, Glas und Beton mithalten kann, eine Würde und Unantastbarkeit aus, die keines dieser Moloche mit aufgesetzten Pagodenkrönchen je erreichen wird. Und während mein Blick über den grauen See, die Steinmauer, die grünen Tempeldächer und die hingetuschten Purpurberge bis zur halsbrecherischen

Skyline des neuen Westens streift, muß ich gestehen, in diesem Augenblick ist Nanking die schönste Stadt der Welt.

XXXII

DIE FÜNF SINNE CHINAS (II)

SEHEN Keine zwanzig Meter weit aus dem Hotelfenster in den diesig-trüben Nankinger Vormittag

Der Mangel an Zeitungskiosken und das Fehlen jeglicher internationaler Presse

Der Ziffern-Countdown neben den Ampeln aller großen Kreuzungen, der anzeigt, wann das Signal umspringt

Das uneinnehmbare Zhonghuamen-Tor mit seinen fahnentragenden Kriegerpuppen am Rand der beiden Rampen

Die lebensgroßen Bronzefiguren der spielenden Kinder im Mauerpark

Die lehrerinnenhafte Dame am Nachbartisch des *Starbucks*, die mich freundlich entsetzt darauf aufmerksam macht, daß eine gemeine Stubenfliege über meinen Tassenrand balanciert; glücklicherweise ist der Kaffee schon ausgetrunken

HÖREN Das gutturale Röhren der Kreisel, mit denen im Mauerpark ausschließlich die Erwachsenen spielen

Der Streicher der Erhu, der zweisaitigen traditionellen Bratsche ohne Bünde und ohne Griffbrett, und die Sängerin im kleinen Pavillon am Quinhuai-Fluß, die Stimme der Frau und das dissonante Klagen des Instruments für meine Ohren ununterscheidbar

RIECHEN / SCHMECKEN Die Raucher, die trotz höflicher Aufforderung und vielfacher Unterbrechungen während der Fahrt in den 32. Stock im überfüllten Fahrstuhl ihre Zigaretten nicht löschen

Der narkotisierende Duft nach Verdünnern und Nagellackentfernern im »Suq« der Pediküren in der Ladenpassage unter dem Xienjiekou-Platz

Das zuckrige Melonenstück, das ich gleich am Straßenrand esse

FÜHLEN Das lauwarme Wasser, das mir der Melonenverkäufer über die verklebten Hände gießt

Die Nachahmung der dämmrigen Enge der abgerissenen Hutongs in der Enge der unterirdischen Einkaufspassagen mit ihren dichtgedrängten schuhschachtelgroßen Lädchen und schmalen tageslichtlosen Gäßchen, angefüllt vom konkurrierenden Lärm aus den um Kundschaft werbenden Boutiquen und der nicht minder lautstarken Flaneure

Die vor achtzig Jahren aus Frankreich importierten Alleebäume, die mit ihren dichtbelaubten weitausholenden Ästen den Fußgängern und Radfahrern nun Schatten spenden

GLEICHGEWICHT Die annähernd gleiche Geschwindigkeit aller Fahrräder, Mofas und Roller auf den für sie abgesperrten Seitenstreifen

Die Gelassenheit, mit der alle Verkehrsteilnehmer gleichermaßen auf jedes Hupen, Klingeln und Rufen reagieren oder, genauer: nicht reagieren

Die Gleichzeitigkeit und Gleichwertigkeit aller Weltmoden in den Boutiquen, aus denen jeder Kunde sich nach Lust und Laune seine Patchwork-Identität zusammenstellen kann

Der junge Skateboarder vor der teuren Deji-Shopping-Mall,

der, vom uniformierten Sicherheitsdienst angewiesen, aus dem Eingangsbereich zu verschwinden, vor den Augen der erstaunten Besucher mit ausdruckslosem Gesicht sein Rollbrett zertrümmert

Kramp und Volkmann in einem Atemzug zu nennen zeugt vermutlich von ebenso großer Ignoranz, wie Goethe und Schiller auf denselben Sockel zu stellen. Doch stehen sie gemeinsam vor meiner Haustür. Zweifellos, um erneut meinen Tagesplan durcheinanderzubringen.

Ihre Frau hat uns von der kleinen Gartenlaube erzählt, die sie in der Kolonie *Wiesengrund* gepachtet haben, beginnt Volkmann mit seiner sanften Wertherstimme und fügt, fast entschuldigend, hinzu: Wir möchten gerne einen Blick hineinwerfen.

Daneben der verkaterte Kramp: ein Charakter wie Wallenstein, der nur im Ganzen, aber nie im Einzelnen interessieren kann. Er hat nichts Edles, er erscheint in keinem Lebensakt groß, er hat wenig Würde, dennoch hoffe ich, auf rein realistischem Wege einen dramatisch großen Charakter in ihm aufzustellen, der ein echtes Lebensprinzip in sich hat.

Die Erinnerung glaubt, das wirkliche Geschehen so genau wie möglich widerzuspiegeln, und bedenkt nicht, daß sie, weil sie ein poetischer Akt und damit absolut wahr ist, mit der Wirklichkeit niemals übereinstimmen kann.

Während Kramp aus tiefster Seele unter seiner zudringlichen Arbeit leidet, weiß bei Volkmann niemand, woran er glaubt.

Volkmann weiß, daß die Worte vom Vortag nicht zählen, sind wir doch heute bereits ganz andere. Niemand steigt zweimal in denselben Fluß. Schlimmer noch: Wir selbst sind der Fluß. Wir fließen. Wir fließen uns unaufhaltsam selbst davon.

Kramp hingegen beharrt darauf: Ich weiß doch, daß ich gestern hier war und mit Ihnen gesprochen habe. Trotz aller Betrunkenheit und Gedächtnisschwäche sind wir immer noch dieselben.

Wollen Sie nur die Sturmschäden begutachten, oder gedenken Sie, die ganze Laube eigenhändig noch einmal auseinanderzunehmen?

Sie haben Ihr Gartenhaus bereits inspiziert?

Selbstverständlich. Wäre doch der ideale Fluchtort für Titus gewesen, wenn er einfach nur für ein paar Tage hätte untertauchen wollen. Zumal der Schlüssel fehlt.

Sie haben den Laubenschlüssel verloren?

Nein, nicht verloren. Er ist mir vom Schlüsselbund genommen worden.

Wie sind Sie in Ihre Laube hereingekommen?

Ich habe die Tür eingetreten.

Gut. Fahren wir. Die Spurensicherung wartet bereits auf uns.

Volkmann steuert den Wagen, Kramp und ich sitzen auf der Rückbank. Es ist unklar, wer von uns beiden wessen Gefangener ist.

Warum wollen Sie mich dabei haben? Sie werden auch ohne meine Mithilfe genug Spuren von Titus finden, Haare, Hautschuppen, Blut, er war ja oft genug in der Laube, mit uns oder mit Freunden, und hat sich natürlich auch mal beim Obstschälen geschnitten oder bei der Gartenarbeit ins eigene Bein gehackt.

Wenn sie mich schuldig wollen, wird es ihnen an diesem unschuldigen Ort leichtfallen. Sie warten, bis ich ihnen das Tor öffne. Die Spezialisten von der Spurensicherung in ihren weißen Schutzanzügen warten geduldig auf meine Erlaubnis einzutreten. Soweit ich erkennen kann, scheinen sie nichts angerührt zu haben.

Trotz aller Verwüstung im Garten und am Haus fällt es mir gleich auf, das Blatt Papier an der Innenseite der zersplitterten Holztür. Heute Morgen hing es noch nicht dort. Einer der Kriminaltechniker löst das Blatt mit seinen Chirurgenhandschuhen vorsichtig vom Holz, schiebt es in eine Klarsichthülle und reicht es Kommissar Volkmann. Nach einem kurzen traurigen Blick darauf reicht er es an mich weiter. Ich lese das in Großbuchstaben gedruckte Bibelzitat ohne große Überraschung: AUGE UM AUGE, ZAHN UM ZAHN!

Ich gebe das Blatt an Kramp weiter. Dieses Schwein! entfährt es ihm. Wir müssen ihm zuvorkommen!

Solange der Täter keine erfüllbaren Forderungen stellt, werden wir immer zu spät sein, antwortet Volkmann ruhig.

Wir sollten nicht warten, bis er wieder mit uns Kontakt aufnimmt, sondern von uns aus zu ihm eine Verbindung herstellen.

Zu *ihm*? Sie sind sich also bereits sicher, daß es sich um einen männlichen Täter handelt?

Es gibt in der ganzen mir bekannten Kriminalgeschichte keine Frau, die ein entführtes Kind zerstückelt an ihre Eltern zurückgeschickt hat.

Am Anfang aller Geschichte war die Zerstückelung des Erstgeborenen ein Opfer an die Große Mutter.

Mehr fällt Ihnen zu dieser Drohung nicht ein? entgegnet Kramp gereizt. Ihre Klugscheißerei geht mir langsam auf die Nerven!

Immer mit der Ruhe, Kollege! weist Volkmann seinen Stellvertreter sanft zurecht. Wir sollten Ihre Idee aufgreifen und uns über die Presse direkt an den Entführer wenden.

Wie wäre es mit der Botschaft: Ihr habt gehört, daß gesagt wurde: Auge um Auge, Zahn um Zahn. Ich aber sage euch: Streitet nicht mit dem Bösen, sondern wenn einer dich auf die rechte Wange schlägt, so halte ihm auch die andere hin!

Tatsächlich erscheint am nächsten Tag ein Artikel zu diesem Fall in der Leipziger Volkszeitung, aber ohne die von mir vorgeschlagene Botschaft an den Täter. DAS SCHWEIGEN DER LÄMMER, so lautet die anspielungsreiche Schlagzeile, und der erläuternde Untertitel: Treibt ein sächsischer Hannibal Lector in unseren Kleingartenkolonien sein Unwesen? Zusammengeschmiert hat diese grellgelbe Mischung aus durchgesickerten Polizeiinformationen und unverarbeiteten Kinotraumata Nadira Roth, ein Name, der mir in einem anderen Zusammenhang schon einmal begegnet sein muß.

Ich greife zum Hörer, verlange Volkmann zu sprechen, bekomme aber nur Kramp an den Apparat. Ich frage ihn, ob er diesen Aufmacher für eine geeignete Form der Kontaktaufnahme halte, dem Entführer Besonnenheit und Vertrauen einzuflößen?

Er sei für diesen Mist nicht verantwortlich, brüllt er zurück. Aber er habe bereits herausgefunden, wer den Artikel verbrochen habe: Eine Studentin der hiesigen Universität, die in der Lokalredaktion gerade ihr Volontariat absolviere. Ich müsse sie eigentlich kennen: Im Hauptfach studiere sie Rhetorik.

Ich lasse den Artikel in meinem Hauptseminar »Rhetorik, Manipulation und Demagogie« verteilen.

Ich bin ein hedonistischer Leser, der einen Text niemals allein wegen seines Informationsgehaltes verreißt, beginne ich die Exegese. Vielleicht können Sie mir helfen, warum mir trotzdem bei der Lektüre dieses Textes, dessen Informationsgehalt gleich null ist, speiübel wurde. Vielleicht wollen Sie anfangen, Frau Roth?

Wenn ich diesen Essay über das Sterben beendet habe, will ich mich nur noch an einfachen, alltäglichen Dingen versuchen, vielleicht an einer Rhetorik der Tankwarte oder Gerüstbauer. Die Grenzfragen unseres Lebens lenken uns nur vom Leben selbst ab. Mit einem Bein stehen wir immer schon jenseits der Grenze, im Reich der Metaphysik oder der Magie. Aber eine funktionierende Zapfsäule oder ein standfestes Gerüst bedürfen keiner Magie, ja jeder Versuch der Grenzüberschreitung würde ihre Dienlichkeit gefährden.

Bis ins siebzehnte Jahrhundert wurde in Vietnam ausschließlich Chinesisch geschrieben, bis durch die Ankunft europäischer Missionare und die Gründung französischer Handelsniederlassungen das lateinische Alphabet Einzug hielt, zunächst nur als Lautschrift zur Wiedergabe des Vietnamesischen, dann als verbindendes System der vietnamesischen Christen, und in der folgenden Kolonialisierung des Landes schließlich als Verwaltungssprache der französischen Kolonialherren. Prinzipiell lassen sich also auch so komplexe Schriftsysteme wie das Japanische und Chinesische statt in aufwendiger Symbolschrift mit Tausenden von Zeichen in einer flexiblen Alphabetschrift wiedergeben.

In den bildhaften Darstellungen, aus denen Schriftsymbole entstanden sind, spiegeln sich noch mehr oder weniger deutlich die dinghaften Elemente des kulturellen Umfelds wider, in denen die Sprachgemeinschaft einst lebte. Anfänglich besteht die Rolle der Schrift offenbar darin, den bezeichneten Gegenstand im wahrsten Sinne des Wortes abzubilden.

Das Idiogramm für den *Mann* besteht im Chinesischen aus zwei Zeichen, jenem für das »Reisfeld« und dem für einen »Arbeiter«. Der Begriff »Mann« wird in der konfuzianisch geprägten Agrargesellschaft des alten Chinas an seiner typischen Tätigkeit und nicht, wie zum Beispiel im Sumerischen, an einem spezifischen Attribut festgemacht, wo das Zeichen für den Mann dem Umriß seines Gliedes nachgebildet ist.

Das aufgerichtete Glied dient in der altchinesischen Bilderschrift dem Zeichen für den »Vorfahren« oder »Ahnen« als Vorlage.

Am Anfang wurden die Zeichen noch mit zugespitzten Steinchen, Jademessern oder kleinen Bronzestäbchen in Keramiken oder Knochen geritzt. Mit den Schreibwerkzeugen verändern sich auch die Schriftzeichen.

Ming Tian, ein General des kaiserlichen Heeres der Qin-Dynastie, ebenso geschickt in der Schwert- wie in der Schreibkunst, gilt als der erste, der mit einem Büschel weicher Tierhaare auf Papier schreibt. Dieses neue Material saugt die Tusche schnell auf und erlaubt eine differenzierte Schattierung der Schriftzeichen, vom feinsten bis zum kräftigen Strich, vom voll und dunkel ausgefüllten Zeichen bis zum nur dahingehauchten, das kaum die weiße Fläche deckt.

Wie in der alten Zeit stelle ich meine Tusche aus Ruß her, vermische sie mit Leim und parfümiere sie leicht mit Kampfer und Moschus. Diese Paste lasse ich zu einem Täfelchen trocknen und zerreibe den Ruß erst dann mit etwas Wein in der Mulde meines Tuschesteins, wenn ich ein Zeichen zu Papier bringen will.

Mein alter Tuschestein hat mich fast ein Vermögen gekostet, denn so eine kleine steinerne Palette gilt als um so wertvoller, je feiner sich das Tuschestäbchen darauf zerreiben läßt. Nur auf Steinen hoher Güte kann man jene Schattierungen herstellen, die den Chinesen als die *Fünf Farben Schwarz* vertraut sind.

Das Radikal für Pinsel, *Yù*, besteht aus einer Hand, die über einem Täfelchen den Stift hält. Setzen wir »Mund« und »Wort« hinzu, ergibt es das Zeichen für *Buch*: Das, was man zu sagen hat (aber nicht sagen kann), wird zu Papier gebracht. »Buch«, gefolgt von »zur Welt bringen«, steht für den *Gelehrten*, für den, der Bücher verfaßt oder mit schöpferischen Gedanken füllt.

Die älteste chinesische Akademie, tausend Jahre älter als die erste europäische, trägt den Namen *Pinselwald*. Fühlt sich jemand zum Gelehrten oder Dichter berufen, »träumt er davon, daß aus seinem Pinsel Bäume wachsen«.

In dem Piktogramm *Hei* für »schwarz« läßt sich ein kleines Fenster entdecken, dessen Rahmen vom Ruß des abziehenden Herdfeuers schwarz geworden ist. Das aus »schwarz« und »Erde« zusammengesetzte Zeichen steht deshalb für die *Tusche* oder *Tinte*.

Je tiefer man in die Etymologie der Zeichen eintaucht, um so deutlicher werden die Denk- und Wahrnehmungsmuster der Chinesen sichtbar. Die bildlichen Darstellungen offenbaren Zusammenhänge, die ich als westlicher Beobachter erst einmal nicht erwartet hätte. So scheint der Etymologie nach die Beziehung zwischen Mutter und Kind, der strengen patriarchalischen Strukturen zum Trotz, wichtiger, als jene zwischen Vater und Kind. Im ursprünglichen Bildsymbol für *lernen* ist die »Mutter« dargestellt, die Gegenstände zwischen ihren Händen hält und auf diese Weise, durch das Zeigen, ihr Kind mit seiner Umwelt vertraut macht. Und der allgemeine Begriff *Zuneigung* besteht allein aus dem zusammengesetzten Zeichen für »Mutter« und »Kind«.

Andere Zeichen bilden ein geradezu naturalistisches Stimmungsbild: Der Ausdruck *Herbst* ist eine Kombination aus den Zeichen für »Ähre« oder »Korn« und »Feuer« oder »brennen. Der Herbst ist also »die Jahreszeit, in der die Felder abgeerntet sind und das Stroh verbrannt wird«.

Auch weniger poetische als vielmehr klischeebeladene Etymologien lassen sich finden, so im Zeichen für *streiten, zanken*, das aus der Bilderkombination für »zwei Frauen zusammen« besteht.

Ein besonderes Problem stellt die Schreibung von Eigennamen dar. Ausländischen Begriffen werden lautähnliche Morpheme zugeordnet, die aber nach wie vor eine eigene Bedeutung haben. So bedeutet die chinesische Schreibweise von *Tschaikowski* wortwörtlich »Feuerholz-plötzlich-anfangen-dieses-Grundlage«, oder von *Rio de Janeiro* »Dorf-zustimmen-heiß-drinnen-Kohlenpfanne«.

Um zu schreiben, hat Kafka gesagt, kann man gar nicht allein genug sein. Das hat mir Angst gemacht. Ich wollte nicht allein sein, wollte mich nicht zwischen dem Leben und dem Werk entscheiden, wollte meinen Liebsten nicht ständig die kalte Schulter zeigen müssen, um mich an meinen Schreibtisch zurückzuziehen. Also wurde mein Leben ein einziger allumfassender Kompromiß, eine Beschwichtigung der Nächsten, wenn die Arbeit des Lehrers nun doch das eine oder andere geschriebene Wort erforderte, ein sich zufriedengeben mit dem Notwendigen, das ja schließlich im Vortrag noch an Ernst und Pathos gewinnen konnte.

Noch etwas anderes als Mut fehlte mir zum Beruf des Schriftstellers: *Demut.* Ich hätte nie in Kauf genommen, für eine vollkommene Gedichtzeile zu hungern. Selbst jetzt wüßte ich beredt den ganzen Alltagsverstand gegen das Pathos des Dichters zu verteidigen. Und dann trifft sie mich doch, die eine Zeile, die jene Einsamkeit rechtfertigt: *Einmal nahm ich zwischen meine Hände dein Gesicht...* Und ich schäme mich für meine Eloquenz, für meinen Opportunismus als Lehrender.

Zu spät erkenne ich, daß auch wir Feiglinge der Einsamkeit nicht entkommen. Und am Ende stehen wir ohne unsere Lieben und ohne ein Werk da.

TUSCHESPUREN III

Das ganze Leben besteht darin, uns zu bekleiden. Selbst unser Tod ist davon nicht ausgenommen.

Nur die Ideen weiterverfolgen, die uns Vergnügen bereiten, und die Welt wäre menschlicher.

Vollkommenheit ist das Privileg der Dummheit.

Wenn ein Spieler nicht spielt, um zu gewinnen, wird das Spiel uninteressant. Genauso ist es im Leben.

Jede Gewißheit ist ein Grund zur Schwermut.

*

Die einzige Routine, die man nie satt bekommt, ist die des Asketen.

Mit demselben Genuß die Bücher wieder zu lesen, die uns in unserer Jugend begeistert haben, ist unmöglich. Nicht allein wir, auch die Bücher haben sich geändert.

Phantasie verhindert keinen Mißerfolg. Aber sie verbirgt ihn.

*

Prostitution und Religion haben Hand in Hand ihren heiligen Charakter verloren.

Ein nackter Körper ist der Schlüssel zur Welt.

Für die Jugend ist der Mensch noch unsterblich.

Die Themen der guten wie der schlechten Romane sind im Grunde die gleichen. Nur die Sprache unterscheidet sie.

Jedes Buch: Rohstoff.

Jedes Leben: ein Buch.

De Sades Welt gehört der Vergangenheit an. In der Zukunft droht uns eine Religion bar jeder Sexualität und Gewalt.

Ästhetische Fragen werden nicht von einer Theorie, sie werden von einem Werk beantwortet.

Das Werk, das etwas zu beweisen versucht, scheitert.

*

Jedes Gebet ist ein Gespräch mit dem Tod.

Der Mensch ist so niederträchtig, daß er mehr leidet, wenn der Geliebte geht, als wenn seine Liebe erlischt.

Die großen Werke sind nicht die abschließenden, sondern die eröffnenden.

Auch der Verstand wird schwielig.

Poiesis ist die Kunst, die Vervollkommnung des Werkes dem Auge des Betrachters zu überlassen.

XXXIII

Der Marder bindet sich die Serviette um, bevor er Blut trinkt. Und der Geier tötet nicht, er räumt nur auf. Wie würdelos! Die Jungen kennen sie gar nicht mehr, die Friedhöfe. Von alters her lagen sie außerhalb der Stadt und wurden nur von den Alten besucht. Aber seit die Regierung die Bestattungsregeln änderte und nun jeden Bürger zwingt, sich im Falle seines Todes, allein aus Platzgründen, heißt es offiziell, einäschern zu lassen, meiden selbst die Alten diese Aschenester, wo statt der Wohnungen für die Toten nur noch Postfächer eingerichtet werden. Besucht mich doch dort einmal!

Genauso wenig kennen sie noch die Bäder der Stadt. Sie gehen nicht schwimmen aus Sorge um die Blässe ihrer Haut. Mag sein, die Delphine seien klüger als wir Menschen, allein auf Grund ihrer Daseinsfreude im kühlen Naß. Aber keine Klugheit der Welt wiegt die Schwärze ihres Anzugs auf. Hingegen wissen die jungen Leute, wenn auch nur vom Hörensagen, daß man das Gesundheitszeugnis für zehn Yuan gleich mit der Eintrittskarte an der Kasse kaufen kann.

Südlich des Friedhofs befindet sich ein Tennisplatz, nordöstlich von ihm ein Golfplatz. Statt Blumen schmücken verirrte Golf- und Tennisbälle die verwaisten Gräber. Gedenken sie der Toten noch traditionell daheim vor den Hausaltären, in der Nische zwischen furnierter Schrankwand und Plasma-TV?

Ein weitverzweigtes System von unterirdischen Gängen durchzieht die Erde unter dem Gräberfeld. Ein kleiner Teil ist mir neugierigem Besucher zugänglich. Von einem gruselfilmgeschulten Beleuchter wirkungsvoll gesetztes Licht erzeugt eine eher schauerliche als andächtige Atmosphäre. Die glasverkleideten Grabnischen scheinen jenen aus frühchristlichen Katakomben nachempfunden. Und die Skelette wirken gipsern wie aus dem Fundus.

Auf eines der bleichen Gerippe ist die blaue Plastikfolie, die das Grabnischenlicht dämpfen sollte, heruntergefallen und bedeckt nun wie ein unverwestes, aber obsolet gewordenes Kondom das Schambein des Skeletts.

Auf der buckeligen Gräberstraße fällt mir ein Stein auf, den ein Bienenkorb schmückt. Ich frage den Friedhofsgärtner, ob es sich um das Grab eines Imkers handle.

Nein, antwortet der Alte freundlich, es sei das Grab einer tibetischen Nonne, die an einem Bienenstich in ihrer Zunge erstickt sei.

Jemandem die Augen öffnen, ist das nicht die widerrufene Geste: Jemandem die Augen zu schließen?

Das Leben der Augen. Ärzte prüfen den Pupillenreflex, bevor sie jemanden für tot erklären. Wir reden von einem leblosen Blick, aber nie von einem leblosen Gehör. Und wie oft überhören wir, stellen uns taub!

Nun bin ich also hier, um jemandem die Augen zu öffnen. Was sehe ich, das andere übersehen?

Der Höherstehende darf anblicken, der Tieferstehende hat den Blick zu senken. Als Fremder werde ich angestarrt, von allen, selbst den Toten, als sei ich die denkbar niedrigste Kreatur. So fühlt sie sich also an, die Fremdheit, das Ausgeschlossensein, so nahe am Tod.

Starre ich offenen Auges zurück, gilt es als Herausforderung, als Provokation, die leicht zur Gewalttätigkeit führen kann. Mein offener Blick ist eine Kampfansage.

Auch hier hockt man sich im Schutz der Stadtmauer nieder, um seine Notdurft zu verrichten. Aber wo sonst?

Und dann, in der kleinen Galerie an der Orangenblütenstraße, die Ausstellung eines noch unbekannten Malers, Wei-Jian Liu, dessen Sujets Edward Said als puren Orientalismus gegeißelt hätte: Zum ersten Mal seit fünfzig Jahren fällt Schnee auf Nanking, in dicken feuchten Flocken, die, kaum daß sie die Erde berühren, schmelzen. Und doch hüllt er für einen Augenblick die laute Stadt in einen monochromen Mantel aus Unschuld, aus dem die Wolkenkratzerspitzen wie braungelbe Winterpflaumenknospen herausragen. Und das gedämpfte Summen des Verkehrs klingt gleich einem sie umschwirrenden Bienenschwarm.

Die alten Männer in den Parks hauchen in ihre kleinen bleichen Hände, sieben oder acht von ihnen versuchen, gemeinsam einen Schneebuddha zu bauen, während die anderen sie hin und wieder mit nassen Bällen bewerfen. Schneeflocken verfangen sich für kurze Zeit in ihren buschigen Augenbrauen, dann schmelzen sie rasch. Die Alten sehen aus, als seien ihre Gesichter tränenüberströmt.

Und noch ehe es Mittag ist, geht der Schnee wieder in Regen über. Es scheint, als verlöre er von einem Augenblick zum anderen seine Unschuld. Oder seinen Verstand.

Steht hinter der Kalligraphie und vor allem hinter dem expliziten Bilderverbot nicht ein Traumverbot? Was könnte die östliche Ordnung tiefer hinterfragen, als in den Wunschbildern der Anderen die eigenen Träume wiederzufinden?

Nun hat sie mich endlich erwischt, die fiebrige Erkältung, bis tief in alle Nebenhöhlen hinein. Der steife Nacken war nur ein eher wortkarger Vorbote. Nun erst beginnt das intensive Erleiden dieses Ortes, die Entwicklung einer tieferen Passion für diese Stadt, über den Zusammenbruch der körperlichen Abwehr, den schmerzhaften Umbau der Konstitution, bis die physische Präsenz ihren Herzschlag und ihre Atmung dem Rhythmus der Stadt angepaßt hat.

Lange werde ich in diesem Hotel nicht mehr bleiben können. Langsam aber sicher geht mein restliches Bargeld zur Neige. Aber zurückkehren nach Leipzig? – Vor dem Kaufhaus *Irdische Harmonie* treffe ich jeden Abend auf demselben Gang junge Breakdancer. Alle tragen Ohrringe und haben sich Tätowierungen auf Brust und Oberarme stechen lassen. Sie tragen ihre Haare länger als ihre Altersgenossen, haben Baseballkappen oder Wollmützen über die langen, strähnigen Fransen gestülpt und gleichen eher alten, von Sozialhilfe abhängigen Indianern in den Reservaten nördlich von New York als jungen chinesischen Rebellen. Nur ihre Kleidung ist haargenau den afro-amerikanischen Hiphop-Kids abgeschaut.

Die zwei, drei Groupies, die stumm und eine Zigarette nach der anderen rauchend dabeisitzen und die Sporttaschen und Wasserflaschen bewachen, tragen so gut wie gar nichts auf ihrer leichenblassen Haut. Auf die Frage, ob eine davon seine Freundin sei, antwortet der Junge, den seine Kameraden *Godzilla* rufen, verlegen, es seien seine Schwestern.

Godzilla besitzt etwas, was ich bei den unzähligen Menschen, die meine Beobachtungsposten inzwischen passierten, bisher vermißt habe und das ich in Ermangelung besserer Worte eine ausgesprochen melancholische und zugleich erotische Aura nennen möchte, die mehr noch auf seiner ihm eigentümlichen Schüchternheit als auf seiner performativen Kraft beruht.

Jedesmal, wenn er meinen Blick auf sich gerichtet spürt, bricht er seinen Tanz ab, zündet sich verlegen eine Zigarette an oder wechselt die Kassette im eindrucksvollen Ghettoblaster.

Es ist bereits spät in der Nacht, als ich vor Lu Lianmings Wohnblock stehe. Aber es brennt noch Licht in ihrer Wohnung. Nach kurzem Zögern drücke ich die Klingel. Und ohne durch die Gegensprechanlage nach dem Namen des späten Gastes zu fragen, drückt sie auf den Türöffner und läßt mich ein. Es scheint, als habe sie mich bereits erwartet.

Ihr Bruder Yu sitzt mit ausdruckslosem Gesicht vor dem Fernseher und verfolgt eine chinesische Adaption von *Desperate Housewives*.

Nicht nur Industriegüter und fremdes geistiges Eigentum werden gnadenlos kopiert, sagt Lianming, während sie mir einen doppelten *Johnny Walker* einschenkt, der so schottisch schmeckt, wie die verzweifelten Hausfrauen kalifornisch ausschauen, sondern auch Universitätsdiplome, Doktortitel, Personalausweise, ja ganze Identitäten! China ist das Land der Fälschungen!

Die meisten Menschen, denen ich bisher begegnet bin, schienen mir doch ganz anständig zu sein.

Auch darin sind wir Meister: in der Vorspiegelung von Aufrichtigkeit. Eines Tages klingelt ein fremder Mann an unserer Wohnungstür. Er würde gerne Jin Xinyi sprechen, bittet er mich. Ich antworte, er müsse sich in der Adresse geirrt haben.

Hier gebe es keinen Jin Xinyi. Er schüttelt den Kopf, nein, er sei sich ganz sicher, immerhin habe er die Anschrift von Jins Mutter erhalten.

Ich schaue den Mann verwundert an. Er ist ungefähr so groß und so alt wie Hu, mein Exmann. Ich frage den Unbekannten nach seinem Namen.

Ich heiße Lu Hu Chen, antwortet er lächelnd. Ich lächle freundlich, aber auch ein wenig irritiert zurück. Nun ist es hier in China ja alles andere als selten, daß Menschen denselben Namen tragen. Aber daß ein Fremder mit dem Namen meines Mannes vor unserer Haustür steht, überrascht mich doch.

Der Fremde zieht seine Brieftasche hervor und entnimmt ihr ein Foto, das zwei junge Männer auf dem Pausenhof einer Schule zeigt. Das bin ich, sagt er, und das ist Jin Xinyi, mein bester Freund während der Schulzeit.

Der junge Mann, auf den der Fremde zeigt, ist zweifellos Hu Chen. Verwirrt bitte ich den Fremden, der sich ebenfalls Hu nennt, herein.

Neugierig schaut er sich um. Hu Chen ist noch in der Universität, sage ich. Der fremde Hu nickt: Ich habe Jins Bild in der Zeitung gesehen, als er zum Professor berufen wurde. Ich habe ihn gleich wiedererkannt. Wir waren ja gute Freunde.

Bitte setzen Sie sich. Möchten Sie Tee?

Gerne. Vielen Dank! – Sie sind Jins Frau und wissen von nichts?

Was sollte ich wissen?

Nach der Abschlußprüfung bin ich krank geworden. Ich hatte hart für die Prüfung gearbeitet, vielleicht zu hart. Am Tag, als die Ergebnisse bekanntgegeben wurden, lag ich mit hohem Fieber im Bett. Aber Jin versprach, am Abend vorbeizukommen und mir meine Ergebnisse mitzuteilen. Er sah traurig aus, als er sagte, ich sei durchgefallen. Ich dachte, das könne nicht sein, er müsse sich irren, ich hatte so hart für diese Prüfungen gelernt! Aber warum sollte Jin mir nicht die Wahrheit sagen? Er war mein bester Freund.

Als es mir wieder besser ging, begab ich mich selbst zu meiner Schule und bekam bestätigt, was ich Jin nicht glauben wollte: Ich war durchgefallen.

Alle meine Träume von einem Hochschulstudium waren zerplatzt. Ich wagte meinen Eltern kaum unter die Augen zu treten. Und doch blieb mir nichts anderes übrig, als im Laden meines Vaters mitzuarbeiten, der auf jedes überflüssige Vergnügen verzichtet hatte, um mir die höhere Schule zu ermöglichen.

Jin habe ich nur noch selten gesehen. Er studierte an der Tongji Universität Medizin, und wenn er nach Nanking zurückkehrte, trug er einen teuren Anzug und mied mich, vielleicht, weil er sich schämte, mit einem einfachen Verkäufer zusammen gesehen zu werden.

Dann hörte ich viele Jahre nichts mehr von Jin. Es hieß, er sei nach Leipzig gegangen, um dort sein Studium fortzusetzen. Vor wenigen Monaten aber sah ich das Foto in der Zeitung, Jins Foto, doch der Name stimmte nicht: Lu Hu Cheng sei zum Professor für Neurologie an die Nanking Universität berufen worden. Das mußte ein Irrtum sein. Lu Hu Cheng ist mein Name. Doch erreichten Dutzende Briefe und Karten meinen Vater, die ihm für den Erfolg seines Sohnes gratulierten.

Also machte ich mich auf den Weg zu meiner ehemaligen Schule. Acht Jahre waren inzwischen vergangen. Ich ließ mir von dem neuen Rektor die alten Prüfungsunterlagen zeigen. Und dort fand ich die Lösung des Rätsels: Lu Hu Cheng hatte mit Auszeichnung bestanden, Jin Xinyi war durchgefallen.

Aber wie ist das möglich, fragte ich Herrn Hu. Sie hatten sich doch nach Ihrer Genesung nach Ihrem Ergebnis erkundigt!

Ja, das habe ich. Aber Jins Vater war damals Parteisekretär unserer Provinz. Er konnte das schlechte Abschneiden seines Sohnes zwar nicht ungeschehen machen, aber er konnte den alten Rektor und einige Parteigenossen bestechen und Jin mit einem neuen Namen ausstatten: meinem!

Sollte ich immer noch Zweifel an der Geschichte des Fremden hegen, so erübrigte sich jede weitere Frage mit Hu Chens Heimkehr von der Universität. Als er den fremden Mann auf unserem Sofa sitzen sieht, erbleicht er. Der Fremde steht auf und geht lächelnd auf Hu zu: Schön, dich wiederzusehen, Jin. Du hast dich kaum verändert!

Als Hu immer noch schweigt, fährt der Fremde fort: Erkennst du mich nicht mehr, Jin? Natürlich, die acht Jahre im Laden meines Vaters haben mich schneller altern lassen, als ein Leben als Student und Hochschullehrer es getan hätten.

Was hat das zu bedeuten? frage ich Hu Chen.

Laß uns allein, Lianming. Ich habe mit dem Herrn unter vier Augen zu sprechen.

Wahrscheinlich hat er dem Fremden genug Geld angeboten, um von ihm nicht weiter belästigt zu werden. Zumindest habe ich ihn nie wieder gesehen oder von ihm gehört.

Aber auch mit diesem Mann, den ich unter dem Namen Hu Chen in Leipzig kennengelernt und fünf Jahre meines Lebens geteilt hatte, konnte ich nicht weiter zusammensein. Seither leben wir getrennt.

Weiß Jian von dieser Geschichte?

Jian? Von mir hat er sie nicht erfahren. Und ob sein Vater ihm vor seinem Tod noch von dem Verrat an seinem besten Freund erzählt hat, wage ich zu bezweifeln.

XXXIV

Jeder verheiratete Mensch weiß, daß es nichts Ernüchternderes als Flitterwochen gibt. Ich erinnere mich an eine Cousine, die ihre Flitterwochen abbrechen und in die Proktologie unseres heimatlichen Sankt-Agnes-Hospitals eingeliefert werden mußte, um sich dort einer sehr schmerzhaften und langwierigen Behandlung zu unterziehen. Und ein anderer entfernter Verwandter hatte nicht einmal genügend Zeit, in unseren Heimatort zurückzukehren, sondern wurde gleich am zweiten Tag der Hochzeitsreise mit einem Magendurchbruch in die Notaufnahme eines kalabrischen Hospitals eingeliefert. Wie durch ein Wunder hat auch er überlebt.

Nicht immer muß der Ernüchterung eine derart dramatische Geste vorangehen. Manchmal reicht es schon, bereits beim zweiten Rendezvous, an dem sich gerade erst die zarten Knospen der Liebe zu bilden beginnen, sitzen gelassen zu werden. Oder, nicht weniger ernüchternd, das tragische Mißgeschick einer anderen Cousine, die just in dem Augenblick, als sie gerade mit größter Hingabe ihre Näh- und Bügelkammer in ein Kinderzimmer umgestaltet hatte, eine Fehlgeburt erlitt.

So geht es nun mir, als ich zwei Stunden vergeblich vor dem Eingang des Kaufhauses *Irdische Harmonie* auf Godzilla und seine Bande Vogelfreier warte. Hat er dringend Geld gebraucht und irgendeinen Gelegenheitsjob annehmen müssen? Oder hat er nur aus Höflichkeit meinem aufdringlichen Ansinnen zugestimmt und sich mit seiner Drachen-Gang einen anderen Platz des Himmlischen Friedens gesucht?

Dann taucht er doch noch auf, alleine, mit einer Freundin oder, wie er sagen würde, einer »Schwester« im Schlepptau.

Entschuldigt sich nicht, setzt sich dazu, wartet, raucht. Er gibt sich erst gar keine Mühe, sich mir verständlich zu machen. So sitzen wir schweigend da, auch er und seine Schwester, wortlos, bis nach und nach die anderen auftauchen, sich aufwärmen und zu tanzen beginnen.

Ohne weitere Worte ist mir klar, er wird mir nichts von seinem sonstigen Alltag offenbaren, von dem womöglich nicht einmal die Mittänzer etwas wissen. Er wird mir nur dieses für die Öffentlichkeit bestimmte Gesicht zeigen. Alles andere geht mich nichts an.

Als ich mich spät in der Nacht über die tiefschwarzen Straßen auf den Weg zurück zu Lianmings Wohnung mache, alle Neonreklamen und Schaufensterbeleuchtungen sind schon vor Stunden erloschen, trete ich plötzlich auf etwas Knorpeliges, Zuckendes, und mache entsetzt einen Sprung in die Schwärze. Aber auch hier schlängelt und windet sich etwas Lebendiges unter meinen Füßen. Mir wird schwindelig und übel wie einem Medizinstudenten in seiner ersten Pathologiestunde, trotzdem kann ich hier, zwischen diesem verzweifelten Gewimmel nicht einfach stehen bleiben und zusammensacken. Ich ziehe mein Feuerzeug hervor, entzünde es und beuge mich hinunter zum schweißperlenglitzernden Asphalt: Tatsächlich beleuchtet das flackernde Licht eine unabsehbare Prozession blauschwarzer Aale, die sich zu dieser nächtlichen Stunde offenbar auf ihre alljährliche Wanderung vom Jangtse in den Quinhuai-Fluß gemacht haben.

Vorsichtig setze ich meinen Fuß, bis mir die kleine Feuerzeugflamme den Daumen verbrennt. Die wenigen nächtlichen Taxifahrer nehmen weniger Rücksicht. Unter ihren abgefahrenen Pneus höre ich das trockene Schmatzen einer ganzen Klasse kaugummikauender Gören, die im Wettstreit miteinander ihre Gummiblasen platzen lassen.

Dieses alptraumartige Geräusch verfolgt mich bis in den 32. Stock meines Turms und bringt mich einmal mehr um meinen Schlaf. Wie geht es nun weiter? Ich muß an den tiefschwarzen Fluß denken, an dessen Ufer die Mütter sitzen und nach dem besten Los ihrer Söhne fischen, während nur wenige hundert Meter entfernt die Väter ihre Sprößlinge bei einem Baseballspiel anfeuern. Bin ich eine dieser Mütter?

Sie sitzen in genügendem Abstand voneinander auf der Ufermauer, damit sich ihre Schnüre und Haken nicht verfangen. Unter ihren Fingernägeln kleben noch winzige Brocken Teig, und in ihrem schattenschwarzen Oberlippenflaum glitzern die kleinen silbernen Schweißperlen, während sie aus der Ferne, wo das Flutlicht den dunstigen Himmel hefegelb färbt, das unzufriedene Gebrüll der Väter herübergellt.

Ich hätte, wie meine unrasierte Nachbarin, ein paar Rosinen ins Brot backen sollen.

Dinge, die ich nicht mag

das Wetter im Juli und August

Klimaanlagen

das ständige Rotzen, nicht nur auf offener Straße, sondern auch in Bussen, Fahrstühlen und Restaurants

Klingeltöne und öffentlich geführte Telefongespräche

das neugierige über die Schulter Blicken, sei es bei privaten Aufzeichnungen ins Notizbuch oder auch nur dem Öffnen einer undurchsichtigen Verpackung

die nackten Oberkörper der alten Männer

die Mücken, deren Summen man hört, die man aber nicht aufspüren kann

Entschuldigungen für Höhere Gewalt

das ärztliche Attest für den Besuch eines Schwimmbads

vollendete Tatsachen

Ohropax
Optimisten
die Prahlerei, mit wieviel Frauen man schon »geschlafen« habe
monochrome Malerei
Karaoke-Bars
jede Form von Dünkel Untergebenen gegenüber
unbequeme Schuhe
Fingerspuren, Knicke und Bleistiftanmerkungen in meinen Büchern

Dinge, die man an mir nicht mag
meine Arroganz
meine Misogynie
meine Unnachsichtigkeit, wenn ich glaube, übers Ohr gehauen zu werden
meine Pünktlichkeit, und meine Erwartung, daß andere ebenso pünktlich sind
meine Sorglosigkeit in der Kleidung
mein Abneigung gegen Visitenkarten
mein unverborgenes Mienenspiel
mein untrügliches Gedächtnis
meine mürrische Stimmung am Morgen
meinen Rückzug, sobald Menschen oder Situationen mich zu ermüden beginnen
meine Unfähigkeit, mich zu betrinken
meine Liebe, solange sie noch nicht abgekühlt ist

Ich weiß nicht, ob wir uns damals wirklich geliebt haben. Dazu waren wir einander vielleicht zu vertraut, eher ein Geschwister- als ein Liebespaar, mit all der selbstverständlichen Loyalität und verletzenden Grausamkeit, die das Verhältnis zwischen Bruder und Schwester kennzeichnen.

Nach Titus' Geburt haben wir nur noch selten miteinander geschlafen, obwohl wir das Bett miteinander teilten. Dabei hast du dir über die Jahre deinen schlanken, knabenhaften Körper bewahrt, trotz der beiden Geburten. Nur ich habe nach und nach eine gewisse professorale Beleibtheit angesetzt, die aber kaum der Grund sein wird, vor zu selbstvergessener Lust zurückzuschrecken. Wir kennen uns von Kindheit an, sind Seelenverwandte, so daß jede körperliche Intimität uns wie ein Inzest erscheinen muß. Die Nähe des anderen genügt uns, wir müssen nicht noch miteinander verschmelzen.

Vielleicht habe ich dich nicht so umfassend und vollkommen geliebt, wie ein Mann seine Frau lieben sollte. Aber deine Abwesenheit macht mir bewußt, wie viele Einzelheiten ich an dir geliebt habe, der stets ruhige, tiefe Klang deiner Altstimme, egal, wie spitz die Bemerkungen waren, dein direkter, aufmerksamer Blick, nie hast du die Augen zusammengekniffen, als wolltest du dein Gegenüber anvisieren, selbst im Zorn bleiben sie weit geöffnet, deine geschmeidigen, indianerhaften Bewegungen, furchtlos und zugleich rücksichtsvoll, als seien die Dinge um dich herum beseelt und schliefen nur, und du wolltest sie nicht aufwecken.

Wärest du nicht gegangen, ich hätte mit dir alt werden wollen.

Dein ganzes Leben lang habe ich dich als kühle, beherrschte, die Realitäten anerkennende Frau erfahren. Und dann, nach Titus' Verschwinden, diese rasende, fast psychotische Trauer, dieses unvernünftige Beharren, das Unwiderrufliche zu widerrufen, den herbeizurufen, der aller Wahrscheinlichkeit nach nicht mehr antworten kann, dessen Hand zu wärmen, die vermutlich für immer erkaltet ist, noch einmal das Aufblitzen der Augen zu sehen, die stumpf und blicklos bleiben werden.

So von Sinnen verhältst du dich, daß wir befürchten, du wolltest Titus folgen, mit ihm verschwinden, mit ihm sterben, oder zumindest nicht mehr ohne ihn weiterleben, als würde dein Dasein ihn jetzt noch kränken können oder ihm etwas rauben. Ich rate dir, professionellen Beistand zu suchen. Mit dem einzigen Ergebnis, daß du verstummst, deine Trauer vor mir geheimhältst, und in eine dunkle, wilde Verzweiflung hinabtauchst.

Meine Trauer siehst du nicht. Daß ich mich wie Achill bei der Nachricht vom Tod des Patroklos im Staub wälzen, mir die Haare raufen und das Gesicht zerkratzen, daß ich über den Leichnam unseres Sohnes herfallen und ihn trotzig umklammern will und mich nur mit äußerster Gewalt beherrsche, legst du als Unfähigkeit zu trauern aus. Du sagst es nicht, aber dein vorwurfsvolles Schweigen sagt es. Für dich ist mein Verhalten Ausdruck der Gefühlskälte eines rationalen Monsters. Dabei bin ich doch wie du nur ein Opfer mangelnder Trauerrituale. Nichts wäre hilfreicher als eine Tradition des Wehklagens, Kleiderzerreißens und Haareausraufens, um unsere Trauer auszudrücken und zugleich zu beherrschen. Aber erlaubt ist uns nun einmal nur, so lange auf die Rückkehr unseres Sohnes zu hoffen, bis er wohlbehalten zurückkehrt oder sein Leichnam gefunden wird. Nicht einmal das Tragen schwarzer Kleidung zur Beerdigung und darüber hinaus wird uns gestattet, damit wir nach einigen Monaten des Trauerns still in unseren Alltag zurückkehren können.

36 *Geht es um den Tod, geht es um alles, mag unser Leben auch noch so reich oder lang gewesen sein. Die Wissenschaft versucht, das Leben zu verlängern, und zugleich verkürzt sie unseren Tod,*

zumindest unser Sterben. Ihr geht es nur darum, die Grenze zu verschieben, und nicht darum, über sie hinauszudenken. In der Frage des Alles oder Nichts hat sie sich bereits entschieden: für das Nichts.

Geht es um den Tod, geht es um die Zeit, um unser Leben auf einer Zeitinsel. Mag sein, daß wir in einer Welt der ständigen Beschleunigung leben. Aber dieser Annahme liegt keine Wirklichkeit zugrunde, sondern eine Entscheidung. Nichts spricht dagegen, sich gegen unsere Analysen zu entscheiden.

Leben ist das Anwachsen neuer, auch widersprüchlicher An- und Einsichten. Wie wir über den Tod denken, ist so wenig Spiegel einer Wirklichkeit an sich wie unsere Reflexionen über das Leben: Es sind Entwürfe, bestenfalls Inszenierungen. Entwürfe müssen sich im Gespräch mit der Wirklichkeit behaupten. Inszenierungen gehören bereits beiden Welten an, der inneren Bühne unserer Imagination und der äußeren unserer Handlungen.

Es gilt also, den Bühnenraum zu erweitern und uns über unsere (Leib-)Grenzen hinaus zu inszenieren. Dieser Gedanke ist nicht neu: Vom Traum über Drogen- und Trancezustände bis zur Ekstase auf und vor den modernen Bühnen begleiten Formen der Entäußerung unsere Fähigkeit zu Geistreisen. Allerdings haben sie im Zeitalter des wissenschaftlichen Skeptizismus an Vielfalt eingebüßt. Und selbst wenn wir uns noch dem Rausch überlassen, vertrauen wir den Visionen nicht mehr. Die modernen Wissenschaften haben uns der einzigen Instanz beraubt, die einen Anspruch auf Authentizität erheben durfte: unsere Imagination.

Statt dessen haben sie das Monopol auf Wahrheitsproduktion an sich gerissen und unsere Wirklichkeit verarmen lassen, ohne auch nur auf eine der wesentlichen Fragen unserer Existenz eine befriedigende Antwort geben zu können.

Das Sterben inszenieren, dieser Gedanke ist vielen Kulturen keineswegs fremd. Aber den Tod? Können wir den Bau der Pyramiden und das Einbalsamieren wirklich als eine Inszenierung betrachten, die unsere Person, unsere Identität oder Integrität über die Lebensgrenze hinaus bestehen läßt?

Am Beginn unserer menschlichen Kultur standen Bestattungsriten, neben der Entwicklung von Sprache und Kunst möglicherweise das wesentliche Attribut unseres Menschseins. Gegenwärtig erleben wir eine atemberaubende Erosion von Bestattungs- und Friedhofskultur und damit womöglich auch einen unwiderruflichen Verlust von Menschlichkeit.

Wollen wir unserem Leben Wert und Gewicht geben, müssen wir es über den Tod hinausdenken und -inszenieren. Andernfalls wird das Leben selbst zu einem belanglosen Spiel. Wie wir den Tod denken, hat unmittelbaren Einfluß auf den Ernst, mit dem wir unser Leben leben.

Das Theater war nie nur ein Spiel, sondern von Anfang an das ehrfurchtsvolle Entbergen einer anderen, möglichen, (in) uns verborgenen Welt. Aus ihr blickt der Tod uns an, ja ihm verdanken wir unser Leben: denn es ist sein Un-Sinn, der uns zur Sinngebung herausfordert.

WARTEN IM SCHLAMM

火

XXXV

Die dämmrige Hotelhalle ist vollkommen leer. Ich stelle meinen Koffer vor der nußbaumdunklen Theke der Rezeption ab und warte. Ich bin müde von der Reise, in der ganzen weiten Hotelhalle aber steht kein einziger Sessel.

Der Rezeptionist tritt aus seinem Büro hinter den Schalter und blickt mich fragend an.

Sie haben mein Telegramm doch erhalten?

Herr Professor Holz? – Der kleine Mann mit dem breiten Gesicht und schütteren Haar schaut mich erstaunt an.

Wir haben einen Wagen zum Bahnhof geschickt, um Sie abzuholen.

Ich habe einen früheren Zug genommen. – Ist mein Vater schon eingetroffen?

Der Rezeptionist nickt mit ausdrucksloser Miene.

Es geht ihm doch gut, hoffe ich!

Es geht ihm den Umständen entsprechend, Herr Professor. Aus Ihrer Sicht könnte es vielleicht so aussehen, als sei er bereits verstorben. Aber Sie können sich ja selbst ein Bild machen.

Bin ich zu spät gekommen?

Nein. Wir können natürlich die Zeit nicht zurückdrehen, aber wir sind das Erste Haus am Platz. Wir können sie ein wenig aufhalten oder zumindest verlangsamen.

Das heißt, er liegt im Sterben?

Es gibt durchaus noch Hoffnung. Ihr Vater weiß noch gar nichts von seinem bevorstehenden Tod. Und wir bieten hier jeden Komfort, einen solchen Gedanken erst gar nicht aufkommen zu lassen.

Ich würde meinen Vater gerne sehen. Außerdem bin ich von der Reise ein wenig erschöpft.

Selbstverständlich, Herr Professor. Ihr Zimmerschlüssel ist oben bei Ihrem Vater. Sie wollen doch sicher in seiner unmittelbaren Nähe weilen.

Natürlich. – Mit einem spürbaren Unbehagen schleppe ich meinen Koffer die Treppe hinauf und stolpere durch menschenleere Gänge bis zur genannten Zimmertür. Zögernd klopfe ich an.

Vergeblich warte ich auf Antwort, also öffne ich leise die Tür. Dort liegt er, mein Vater, ruhig atmend, doch mit geöffnetem Mund, blaß und wehrlos in seinem tiefen, traumlosen Schlaf, auf einer breiten französischen Liege. Ansonsten ist der große dämmrige Raum unmöbliert.

Müde stelle ich meinen Koffer ab, ziehe mir die Schuhe aus, das Jackett und die Hose und lege mich, da es nicht einmal einen Stuhl oder Teppich gibt, neben den Schlafenden in das Bett meines Vaters.

Mit dem wachsenden Erfolg seines Bauunternehmens nimmt auch die Größe seiner Autos zu, bis eine gewisse Grenze des Schicklichen erreicht ist, deren Überschreitung ihm vulgär erscheinen würde.

Nach einem Jahr unsteten Suchens und Verwerfens entscheidet er sich, einen großen, aber nicht Neid erregenden Teil seines Geschäftsgewinns in eine Segelyacht zu investieren, obgleich er nicht einmal schwimmen kann. Für den nicht auszuschließenden Fall des Kenterns nimmt er seine zweite Frau Astrid als Ersten Offizier und seine Kinder aus erster Ehe, Uli und mich, als Bootsjungen mit an Bord, in der Hoffnung, wir würden jeden dahergetriebenen Schiffsbrüchigen unter Einsatz unseres eigenen Lebens zu retten versuchen.

Die erstandene Segelyacht heißt *Morpheus*, Bruder des Todes, und liegt in einem stillen Seitenarm des Rheins auf niederländischer Seite, wo mein Vater ohne Kapitänspatent und Segelschein bei einem milden Landwind in die Lehre gehen kann. In der Zwischenzeit hat er sich ein wenig Seglerlatein angelesen, mit dem er seine zwangsrekrutierte Mannschaft nun verwirrt: Steuerbord, du Idiot! Merkst du denn nicht, daß der Wind aus Lee weht!

Das Boot besitzt eine kleine gemütliche Kajüte. Anstatt uns dort bei heißer Schokolade vom sanften Wiegen des vertäuten Schiffes an unsere Sehnsuchtsküsten zu träumen, gibt Kapitän Hermann *Ahab* Holz den Befehl, die Taue zu lösen und das schwankende Gefährt von der steinernen Mole fortzustoßen. Ahab sitzt an der Ruderpinne und bellt: Segel setzen! Astrid lacht hysterisch und fragt angesichts der vielen Schnüre und Stricke: Luv oder Lee?

Das Focksegel, verdammt noch mal! brüllt der Kapitän.

Nun gibt es glücklicherweise nur zwei Segel auf unserer *Morpheus*, so daß unsere Chance, die richtige Leinwand zu hissen, immerhin fünfzig zu fünfzig steht. Aber wahrscheinlich kennt Vater selbst noch nicht den Unterschied zwischen Fock- und Großsegel, so daß es, gleichgültig welches wir auch wählen, schon allein aus erzieherischen Gründen immer das Falsche sein wird.

Wir zerren hier und zurren dort, und eine Elle festes Segeltuch am Mast genügt bereits, daß die leichte Brise freudig hineinfährt und mit unserem Schiff zu spielen beginnt. Der Mastbaum tanzt hin und her und zwingt uns, in Deckung zu gehen.

Zerrt das verdammte Ding fest! Was glaubt ihr, wofür die Taue da sind! donnert es aus dem Heck. Astrid und Uli retten sich vor dem Köpfe mähenden Mastbaum zum Bug des Schiffes, machen sich am Focksegel zu schaffen und überlassen mir die Bändigung des auskeilenden Großsegels.

Endlich fliegt unser stolzes Schiff in voller Takelung über den toten Rheinarm. Eine sanfte Brise von achtern trägt uns neuen Abenteuern entgegen. Eine feindliche Brigg kreuzt auf uns zu. Nun heißt es wenden oder halsen. Und während der Bug durch den Wind dreht, krängt das Boot nach Lee und faßt die ersten Kubikmeter brackigen Rheinwassers.

Alle Mann an die Eimer! brüllt der Kapitän, sichtlich entzückt. Wasser schöpfen! Die dem freien Spiel überlassenen Segel knattern beunruhigend im Wind, der Mast ächzt, und wir schöpfen mit kleinen bunten Spielzeugeimern wie Galeerensklaven das Brackwasser aus unserer Jolle. Der Alte läßt die Ruderpinne los und zündet sich genüßlich einen seiner billigen Stumpen an.

Ein spätsommerlicher Friede legt sich über die Flußidylle. Der Alte pafft selbstzufrieden seine Zigarre, seine Sprößlinge stieren blöde ans ferne Ufer und trauern dem verpaßten Sonntagnachmittagsprogramm nach, und selbst unsere Stiefmutter scheint von der vorangegangenen Gefahr des Kenterns und dem noch ungelösten Problem unserer Rückkehr an den Bootssteg in eine eidechsenhafte Starre verfallen zu sein.

Während ich noch von Piraten träume, die unsere Galeere entern, uns Gefangene befreien und den Kapitän an ihren Hauptmast nageln, von einem U-Boot, das diese feindliche Fregatte anvisiert und das Ruderhaus samt Steuermann mit einem ferngesteuerten Torpedo in die Luft jagt, oder wenigstens von einem Blindgänger aus dem letzten Krieg, in dessen verklemmten Zünder sich der Angelhaken des Alten verfängt, um nach einem siegeseifrigen Ruck des Anglers vierzig Jahre nach Kriegsende endlich zu explodieren, sehe ich sie losrennen, die Herde schwarzweißer holländischer Kühe, wie vom Rinderwahn befallen. Sie durchbrechen den dünnen, elektrisch geladenen Draht, der ihre Weide vom Ufergras trennt und stürzen sich, Riesenlemmingen gleich, in das Brackwasser. Das flache grüne Grasland liegt friedlich und menschenleer da, und nichts deutet darauf hin, was diese wilde Stampede ausgelöst haben mag. Kein anderes Lebewesen ist zu sehen, kein Geräusch außer dem panischen Gebrüll der Rindviecher ist zu hören, die eines nach dem anderen von der schwarzerdigen Uferböschung in das grünbraune Wasser rutschen und auf unsere zerbrechliche Schaluppe zu schwimmen.

Anker lichten! schreit der Alte, während er Angel und Zigarre fallen läßt.

Aber ein gelichteter Anker allein bringt ein Segelboot noch nicht in Fahrt. Dazu braucht es einen Wind. Der aber hat sich rücksichtsvoll dem sonntagnachmittäglichen Familienidyll gebeugt und sich in aller Stille zurückgezogen.

An die Ruder! kommandiert der Alte. Wir blicken ratlos umher. Bist du sicher, daß wir Ruder an Bord haben? wagt Astrid zu fragen.

Inzwischen hat das erste Hornvieh unser blütenweißes Plastikbötchen erreicht und versucht tatsächlich, an Bord zu gelangen. Womöglich ist es erschöpft und glaubt, auf unserer Arche Rettung zu finden. Der Alte aber gefällt sich gar nicht in der Rolle des gottberufenen Noahs und schlägt mit einem der bunten Spielzeugeimer nach der Leitkuh.

Vorsicht, Hermann, du machst sie nur noch wütender! kreischt Astrid.

Jammer nicht, Heulsuse, gib mir deine Schwimmweste!

Eine Schwimmweste nützt doch nichts für eine ganze Herde ertrinkender Kühe, jammert Astrid. Und zur Bestätigung ihrer schonungslosen Analyse der Lage legt das zweite Rindvieh seinen schweren Kopf auf die Backbordreling unseres Bootes, so daß es erneut voll Wasser läuft, und bemüht sich verzweifelt, mit seinen Vorderhufen auf dieser Rettungsinsel Fuß zu fassen. Ein dritter und ein vierter Ankömmling unterstützt es in seinen Enterversuchen.

Astrid macht sich des Ultimum Nefas der Befehlsverweigerung schuldig, behält in hausfraulicher Weitsicht ihre Schwimmweste an und findet sogar die in höchster Gefahr sprichwörtliche Ruhe, den ordentlichen Sitz unserer Westen zu überprüfen und uns an sich zu drücken, während es der Leitkuh gelingt, sich auf unsere Barke zu kämpfen und mit ihrem dicken triefenden Leib die Mannschaft von ihrem Kapitän zu trennen.

Unser jetziger Tiefgang dieser in den Verkaufsprospekten als unkenterbar angepriesenen Yacht erleichtert es den nachdrängenden Genossinnen erheblich, ihrer couragierten Anführerin auf die schwankende Kunststoffinsel zu folgen. Die Amazonenkönigin zwängt sich in die enge, aber gemütliche Kajüte, um ihrem weiteren Gefolge Platz zu machen.

Den anderen Freizeitkapitänen ist dieses nahezu mythische Geschehen nicht entgangen. Die von uns anfänglich so bedrängte Brigg mit dem passenden Namen *Europa* wagt sich in die Nähe unseres inzwischen von einem halben Dutzend Kühen überladenen und unter die Wasserlinie gedrückten Bootes, um die in Flußnot geratene Mannschaft zu retten, ehe die unkenterbare *Morpheus* vollends in der stillen Bracke versinkt.

Erst als Titus mich nach einem Besuch seines Großvaters fragt, ob diese unglaubliche Geschichte wirklich wahr sei, erinnere ich mich wieder in allen Einzelheiten an sie. Niemals vor oder nach diesem Abenteuer habe ich meinen Vater so kindlich ausgelassen erlebt, ebenso triefend naß wie das verrücktgewordene Hornvieh, wie auf der *Europa* angesichts seiner sinkenden Seefahrerträume.

Hier wirft mich am frühen Morgen nicht das Läuten von Kirchturmglocken oder der heisere Klang eines durch ein halbes Dutzend Megaphone verstärkten Muezzingesangs, sondern das schrille Gebimmel von Fahrradklingeln aus den liebgewonnenen frühmorgendlichen Träumen. Die unausgeschlafene Mürrischkeit von Fabrikarbeitern hat den religiösen Weckruf ersetzt. Dann kommen, wie auf einem Orchesterpodium, auf dem sich nach und nach die Musiker sammeln, weitere, meinen Ohren fremde Klänge hinzu: der Gesang der Altglassammler, die auf ihren Dreirädern mit der kleinen klirrenden Ladefläche durch das dichter werdende Menschengedränge zwischen den Wohnblocks schlingern, heller, schellenartiger als das explosionsartige Zerbersten der nachbarschaftlichen Bier- und Weinflaschen in der Grün- oder Buntglastonne im Hof, die mit der uns Deutschen eigenen Anarchie regelmäßig während der Ruhezeiten am frühen Morgen oder spät in der Nacht entsorgt werden.

Der Geruch ist schon schwerer zu ertragen. Auch ihm haftet etwas zutiefst Unreligiöses und Proletarisches an: Schweiß, ätzende Reinigungsmittel und eine graubraune Melange erkalteter Essensgerüche aus den Garküchen am Straßenrand, altes Fett, gesottenes Affenhirn, kalte Hundeleber, und die unverkäuflichen Gingerzungen der zehntausend hingerichteten jungen Männer wöchentlich.

Vom Fenster des Schlafzimmers sehe ich nichts von der Stadt. Der Blick fällt auf eine rinderblutgefärbte Wand ohne ein einziges Fenster. Nur topfgroße Entlüftungsgitter gliedern in regelmäßigen Abständen die monotone Fassade, als handle es sich um eine Gefängnismauer.

Ich sollte glücklich sein über dieses Relikt des alten Chinas, in dem man der Straße die schmuck- und fensterlose Fassade zukehrte und das ganze bunte Familienleben um einen schattigen, uneinsehbaren Innenhof herum gruppierte.

Heute ist das ganze Land ein greller offener Basar: Kommen Sie herein und schauen Sie! schreit es dem Spaziergänger entgegen. Glas hat den gestampften Lehm abgelöst. Der einzige Schutz ist der Spiegel: getönte Scheiben, verspiegelte Sonnenbrillen, selbst in den Karaoke-Bars und in der U-Bahn.

Mein ganzer Stolz, mein nahezu absoluter Orientierungssinn, ist er nicht auch meine größte Schwäche: Nicht nach dem Weg fragen müssen, nicht in die Irre, nicht verlorengehen können, mich nicht an unerwarteten Orten wiederfinden?

Die schönste Metapher für einen episodischen Tod: Die Schlafenden im alten Ägypten, die im Traum die Kraft besaßen, ihre Jenseitsschiffe zu bauen und, tief vergraben im Wüstensand, ihre Felluken vom Stapel zu lassen, um darin weiterzureisen, wenn es Zeit war, den wachen und schwerfälligen Leib zurückzulassen. Eine Metapher?

Die Stimmen auf der Straße, die in meinen Ohren aggressiv klingen, weil ich weder die Worte, noch ihre Melodie zu deuten verstehe. Vielleicht ist es gar kein Streit, sondern Belehrung oder Absprache: klar, akzentuiert, um Eindeutigkeit bemüht, die in meiner Sprachheimat bereits als zornige Zurechtweisung oder ungezügelter Wutausbruch verstanden wird.

Wie oft habe ich auf Reisen erlebt, wie meine Sanftheit mißverstanden, als Schwäche, als Unentschiedenheit oder als böse Ironie ausgelegt wurde. Wieviel Mißverständliches wir als selbstverständlich annehmen! Erst das Reisen lehrt uns, daß es das nicht gibt, das Selbstverständliche.

Das einzige, das uns vor dem Mißverständnis schützt, ist die Offenheit, aus unserem Fremdsein keinen Hehl zu machen.

Wo sind die jungen Leute, die mir in unvergleichlicher Fülle in Afrika begegnet sind? Mag sein, daß China zur Wirtschaftsmacht der Zukunft aufsteigen wird. Aber es wird alt sein, wenn es reich ist.

Wie in allen anderen Lebensbereichen hat das Regime nun auch dem Wetter Quoten gesetzt. Laut Erlaß der Stadtverwaltung soll der Himmel über der Stadt in diesem Jahr an mindestens zweihundertachtunddreißig Tagen »blau« sein. Glücklicherweise läßt uns ja gerade die Farbwahrnehmung einen großen interpretatorischen Spielraum. Wann geht ein stumpfes Blau in ein leuchtendes Grau über? Lassen wir den zuständigen Beamten diesen Spielraum zur heldenhaften Planerfüllung, während unsere Lungen unschlüssig röcheln, ob sie auf stärkeren staubgesättigten Wind aus der Inneren Mongolei hoffen sollen, der den vorhandenen Dreck fortbläst, oder doch eher auf Windstille, damit der Dreck in Ruhe verklumpen und als Schlackenhagel niederprasseln kann.

Wie ich gestern las, gibt es in der Stadt inzwischen eigens ausgebildete Stampferbrigaden, die die niedergeregnete Schlacke auf den stadteigenen Baustellen festzutreten haben. Vielleicht wäre eine Pflanzerbrigade sinnvoller, die damit begänne, Grünflächen anzulegen und Alleebäume zu setzen, falls es dafür nicht schon zu spät ist. Selbst der robusteste Straßenbaum läßt sich keinen grauen Himmel für einen blauen vormachen, selbst wenn die heilige Quote es vorschreibt.

XXXVI

Ich bleibe, bis das Kaufhaus *Irdische Harmonie* seine Lichter löscht. Die anderen fahren nach Hause, solange noch öffentliche Verkehrsmittel sie in ihre Vororte zurückbringen. Doch Godzilla ist noch nicht müde. Er führt mich, ich weiß nicht, ob aus Bosheit oder aus Gefälligkeit, zu einer versteckt in einem Hinterhof gelegenen Karaoke-Bar in der Shengzou-Straße, die ich allein, zwischen Wäscheleinen, rostenden Fahrrädern und den Küchenabfällen eines Restaurants, nie gefunden hätte. Sie heißt B&B (*Bed and Breakfast?*) und wird überwiegend von jungen Schwulen und Transvestiten besucht.

Godzilla spricht nur mangelhaft Englisch. Überhaupt ist das Sprechen seine Sache nicht. Vielleicht mag ich deshalb seine Gesellschaft so sehr, hin und wieder ein fragender Blick, ob alles in Ordnung sei, und als Antwort nur ein stummes bestätigendes Nicken.

Karaoke-Bars kenne ich bisher ausschließlich aus Illustrierten und Filmen. Nun aber bin ich überrascht, ja angerührt von der Inbrunst, mit der sich die unscheinbaren jungen Männer für drei Minuten in ein anderes Wesen verwandeln und ihren Welt- und Liebesschmerz ohne jede ironische Distanz in die montagsleere Bar hineinschluchzen, auch wenn die Worte und Gesten nur geliehen sind. Woher stammt diese fernöstliche Fähigkeit, sich mit einer derartigen Leichtigkeit und Vollkommenheit dem Anderen, dem Fremden anzuverwandeln? So etwas wie Karaoke hätte im originalitätsbesessenen Westen nicht erfunden werden können.

Ich würde gerne mit meinem Montagsgefährten darüber sprechen. Mit gutmütiger Skepsis schaut er den Darbietungen zu. Nein, auch singende Stewardessen sind sein Fall nicht.

Am Morgen las ich im *Nanking Express*, die chinesische Regierung habe mit sofortiger Wirkung alle Hotels und Bäderbetriebe des Landes angewiesen, unentgeltlich an den Rezeptionen oder Kassen Kondome auszulegen. Am selben Abend dann, auf dem Rückweg von der täubchenhaften Bar zu Lianmings rabenschwarzen Wohnblock, sehe ich sie bereits an der Auffahrt zum Sheraton Nanking und zum Jingling Hotel hängen, die luftballongroßen bleichen Wursthäute aus künstlichem Darm, an jenen Leinen, an denen sonst die roten Papierlampions mit den goldenen Schriftzeichen für »Morgenröte« oder »Pflaumenblüte« baumeln, aufgeblasen und sinnverwirrend.

Mitten in der Nacht wache ich schweißgebadet auf. Habe von Mao geträumt. Mao, dem Dichter. Er empfängt mich in der Großen Halle des Volkes, bartlos, ein wenig affektiert und tragisch wie die alternde männliche Hauptdarstellerin in dem Klassiker der Pekingoper, dessen erste Hälfte ich gestern gesehen habe, bis ich auf Grund hartnäckiger Kopfschmerzen das Theater verließ.

Statt blauem Drillich trägt er eine kostbar bestickte Robe aus chinesischer Seide. Er zieht eine Brille mit Goldrand aus einer der großen Seitentaschen, entfaltet eine Pergamentrolle und beginnt, von ihr seine Jugendgedichte abzulesen. Er rezitiert mit hoher, leicht näselnder Stimme. Sein Gesicht wirkt müde und aufgeschwemmt, als habe er mit seinen Soldaten die Nacht durchgezecht.

Verlegen stehe ich da und weiß nicht, wohin ich schauen soll. Sähe der Große Führer mir ins gequälte Gesicht, würde er mich noch in derselben Stunde standrechtlich erschießen lassen.

Ein Morgen, noch schleimhautverklebt, wie ein spätgezeugtes Kind, im Wuchs zurückgeblieben, verkrüppelt, ein sechster rudimentärer Zeh am Fuß, so drängt sich dieser falsche, überzählige Tag zwischen die merkwürdigen anderen, von dem greisenhaften Zeugungsdrang eines wollüstigen, sich vor dem Ende fürchtenden Gottes in die Welt gesetzt, grau, wie in Talg gebadet, ein vollkommen unnützer, häßlicher, verwachsener Tag, der sich klumpfüßig in mein Notizbuch stiehlt. Ein Tag, der nach einer leeren Wohnung voller Lack- und Terpentindämpfe riecht und die Verwohntheit aller vorangegangenen Tage zunichte macht. Mit Schwindelgefühl und Kopfschmerzen bleibe ich im Bett, abgestumpft und blöde wie ein Lösungsmittel schnüffelnder Vorstadtjunge, während Lianming sich auf den Weg zu ihrer Buchhandlung macht und Yu bereits vor dem laufenden Fernseher hockt.

Als junger Mensch habe ich sehr wenig geträumt. Zumindest habe ich mich an meine Träume nicht erinnert. Vielleicht habe ich mich nicht an sie erinnert, weil ich sie nicht ernstgenommen habe. Während meines Studiums las ich Frazer. Ich fand seine Leichtsinnigkeit, mit der er seinen Informanten alles glaubte, reichlich naiv. Vor allem seine Vorstellung, die Wilden würden nicht zwischen Wachen und Träumen unterscheiden, kam mir vollkommen abwegig vor. Ein Wilder träumt, er durchstreife den Urwald und töte einen Löwen. Laut Frazer sei der Jäger beim Erwachen davon überzeugt, seine Seele habe seinen Körper verlassen und einen Löwen getötet, während er schlief. Vielleicht hat die Seele auch nur die Seele des Löwen getötet. Vielleicht hat er auch nur den Traum eines Löwen getötet oder den Traum eines Löwen geträumt. Jedenfalls weiß der Erzähler sehr wohl zwischen Traum und Wirklichkeit zu unterscheiden. Nur Frazer begreift den Unterschied nicht.

Ich erinnere mich meiner Träume erst, seitdem Titus verschwunden ist. Frazers Wilde sind ein wenig wie Kinder. Auch bei ihnen glaubt man manchmal, sie wüßten nicht zwischen Traum und Wirklichkeit zu unterscheiden. Einmal erzählt mir Titus von einem Traum, der fast zu realistisch scheint, um nur ein Traum zu sein: Ich war ganz allein und habe mich in einem großen Wald verirrt. Aber ich hatte keine Angst! Ich bin immer geradeaus gegangen, bis ich zu einer Lichtung kam. Auf der Lichtung stand ein Haus aus braunem Holz mit grünen Fensterläden und einer Veranda. Ich gehe auf das Haus zu, da öffnet sich die Tür, und du kommst heraus.

Hier unterbricht er plötzlich seine Erzählung und blickt mich mißtrauisch an: Was hast du eigentlich in dem Haus gemacht, Papa?

Yvonne Wollmeister hat mir schweigend zugehört. Dann nimmt sie meinen Kopf in ihre Hände und küßt mich auf die Stirn.

Weiß meine Frau eigentlich, daß ihre Therapeutin mit mir schläft?

Seufzend läßt sie mein Gesicht los, steigt aus dem Bett, nimmt ihre Kleider und geht ins Bad.

Wenig später klingelt es an der Haustür. Viel zu früh für den Postboten. Seit einer nach dem anderen mich verlassen hat, herrscht in meinem Haus ein ständiges Kommen und Gehen. Mürrisch stehe ich auf und ziehe mir meinen Bademantel über.

Es ist Kramp. Er muß über seine Kollegin gestolpert sein, als sie gekämmt, aber ungeschminkt die schuldlose Tür hinter sich zuschlug, bevor mein Zechkumpan den Vorgarten betrat. Schaut auf meinen geöffneten Morgenmantel, dann auf meine nackten Füße, aber verzieht keine Miene: Darf ich hereinkommen?

Setzen Sie sich in die Küche und stellen Sie schon mal die Kaffeemaschine an.

Der Kaffee entspricht ganz seinem undurchsichtigen, etwas öligen und Unruhe einflößenden Aussehen: Was führt Sie zu so früher Stunde zu mir, Kramp?

Es ist bereits Mittag, Herr Professor.

Das beantwortet meine Frage nicht.

Wir haben diese Nadira Roth ein wenig ins Gebet genommen. Sie behauptet, alle Informationen zu unserem Fall habe sie von Ihnen persönlich erhalten.

Ich habe ihren schlechten Stil vor der Klasse bloßgestellt, nun revanchiert sie sich. Stillosigkeit und Rachsucht gehen ja recht häufig Hand in Hand, finden Sie nicht auch?

Warum tut sie Ihnen das an? Hatten Sie ein Verhältnis mit ihr?

Behauptet sie das?

Sie haben meine Frage nicht beantwortet.

Da wir gerade beim Erzählen von Märchen sind, möchte ich Ihnen gerne den merkwürdigen Traum erzählen, aus dem mich Ihr unerwarteter Besuch geweckt hat: Eine Stimme befahl mir im Traum, nach Nanking zu reisen, wo ich meinen Sohn wiederfinden würde. Also mache ich mich auf die lange und gefahrvolle Reise, zu Fuß, mit dem Schiff, auf dem Kamelrücken und wieder zu Fuß. Auf dem Platz des Himmlischen Friedens breche ich erschöpft zusammen und schlafe ein, bis einer der zehntausend Polizisten, die dort für Ruhe und Ordnung sorgen, mich weckt. Wegen Stadtstreicherei oder irgendeinem anderen strafwürdigen Delikt schleppt der Polizist mich vor ein Schnellgericht.

Ich schildere dem Kadi, warum ich nach Peking gekommen sei. Der Kadi lacht und sagt: Du Dummkopf. Vor einer Woche ist mir meine Tochter durchgebrannt. Dreimal habe ich geträumt, sie befände sich in einem Haus in der Tauchnitz-Straße Nummer 9 in Leipzig. Glauben Sie, ich hätte diesen Unsinn ernstgenommen und wäre nach Leipzig geflogen? – Lassen Sie sich von Ihrem Konsulat ein Ticket geben und fliegen Sie nach Hause!

Zwei Tage später stehe ich vor meinem Haus in der Tauchnitzstraße, schließe die Tür auf und treffe, genau auf dem Stuhl, auf dem Sie gerade sitzen, ein unbekanntes chinesisches Mädchen mit langen schwarzen Zöpfen an.

37 *Die Geschichte arbeitet mit der freien Wahl eng zusammen. So auch unsere Biographie. Wir erleben und erschreiben sie, sind Erfinder und Deuter zugleich.*

Wenn wir sterben, gelangen unsere Erfindungen und Deutungen an ein Ende, aber nicht der schon geschriebene Text.

Die Freiheit, uns in den Tod hineinzuschreiben, erlangen wir nur um den Preis der Ungewißheit. Sowohl die Tröstungen der Religionen als auch die nihilistischen Dogmen der modernen Wissenschaften lähmen nur unsere Fähigkeit und unseren Mut, uns träumend über unsere Grenzen hinaus zu entwerfen und zu beschreiben. Auch der Text hat einen Körper, in dem wir uns, ohne uns auf magische Vorstellungen berufen zu müssen, einschreiben können. Der Ungewißheit setzen wir die Erfindung entgegen.

Auch das Erzählen geschieht, auch der Text ist der Fall. Womöglich ist das Erzählte wirklicher als der Erzähler, im Wortsinne sur-real. Ohne Text wäre das Leben nicht mehr als der Tod: ein vegetativer Vorgang der Zersetzung.

Nicht das Auge, die Hand enthüllt uns etwas über den Tod.

XXXVII

Aschestadt, deren rauchende Reste auf Wandzeitungen gepinselt sind, während man über Knochensplitter geht. Spaziergänge durch ein verkohltes Totenreich. Schreiende Brandwunden. Wer Schreiben und Lesen kann, wird lebendig begraben oder verbrannt.

Spazieren gehen, flanieren. Produktives Nichtstun. Es gibt nichts zu beschreiben. Menschen, die von nichts wissen wollen. Vielleicht auch nur: von mir nichts wissen wollen. Was soll's. Was brauch ich das Besondere. Man sieht auch so schon zu viel.

Das China der Vergangenheit ist eine Kultur der Lebenden. Das China der Gegenwart wird von Toten bewohnt. Was ich hier auf meinen Spaziergängen erlebe, sind Begegnungen mit Gespenstern.

Also: Die Stadt lesen! – Der Held meiner Jugend vergrub sich derart ins Lesen, daß sein Hirn zu einer Trockenpflaume verdorrte und er den Verstand verlor. Nicht, weil seine Bücher schlecht, sondern einfach, weil es zu viele waren. Seine Lektüre verwandelte die Welt in ein einziges großes Buch.

Ich beginne mit den Zeichen an sich, den Schriftzeichen an den Wänden, den Reklametafeln, den zerrissenen Zetteln im Rinnstein, jenen Zeichen, die gelesen werden wollen. Und gerade diese Zeichen muten mir am geheimnisvollsten an, ein Zauberwald aus sturmgeknickten und einander stützenden Bäumen, transparent und undurchsichtig zugleich. Wenn die Zeichen verschwinden, verschwindet die Welt. Das ist die Tragödie des Lesens: Wir verdanken ihm alles.

Eine in die Höhe züngelnde Flamme, zwei Funken an der Seite, so stellt sich das Feuer im Schriftzeichen dar. Nach einem alten Brauch muß eine junge Braut, die zum ersten Mal das Haus des Bräutigams betritt, ein brennendes Feuer durchschreiten.

Mit Luft zusammen ergibt sich das Zeichen für Zorn oder Wut. »Einen Berg aus Schwertern besteigen und in ein Flammenmeer tauchen« aber bedeutet, bereit zu sein, jede nur denkbare Herausforderung anzunehmen.

Aus den neuen Wörterbüchern verstoßen ist das Zeichen für Nichts. Die Ausgangsbedeutung des Bildwortes ist ungut: Zweifellos handelt es sich um eine Frau, die man ihres unschicklichen Benehmens wegen eingesperrt hat. Teilt man das Zeichen aber und versieht die beiden Hälften mit einem Punkt, nimmt es die Bedeutung *Mutter* an. Schreiben wir darüber das Zeichen für *immer* und daneben das für Flüssigkeit, entsteht das Wort für Meer.

Durch das Papierfenster sehe ich die weinende Schildkröte, die über dem offenen Feuer gegart wird, den kahlen runzeligen Kopf mit den Zügen meines Vaters, ehe man ihm die Plastiktüte über den Kopf stülpt und die Kehle zudrückt.

Vielleicht ist es ja auch ganz anders. Er ist einfach nicht aus dem Krieg nach Hause zurückgekehrt.

Dann meine Mutter, kurz vor ihrem Tod, zerbrechlich wie ein Khmer-Knabe, mit gefalteten Händen sitzt sie am Fuß ihres Sarges. Aus ihrem grauen, dünn gewordenen Haar steigt der feine Zimtgeruch von Adventsgebäck auf.

Und schließlich du, Titus, mit einem Blumenband aus Jasmin im hochgesteckten Haar und einem bunten Comic-Heft in den Händen, dessen Sprechblasen mit den lustigsten Namen von der endlosen Exekutionsliste gefüllt sind, Tsuen-hsuin Tsien, Shao-ping Pong, Bu-wei Lü, Ou-orang Jian, Kai-ping Peng ...

TUSCHESPUREN IV

Die Gefangenen haben ihre eigene Theorie
vom Wesen des Gefängnisses.
Das Wesen jeder Reform ist, daß das Gefängnis zur Schule und
die Schule zum Gefängnis wird.
Trotz aller Theorien wissen wir immer noch nicht, was Macht über
uns hat. Denn es ist konstituierend für die Macht, sich das Wissen
unterzuordnen.
Die Prüfung, Urmutter aller Pädagogiken, Psychologien und
Konfessionen, ist das strengste Mittel der Ein- und der Ausschließung.
Die Geburtsstunde der gegenwärtigen Macht und Gewalt liegt im
Übergang von der Wiedergutmachung eines Schadens
zur Verursachung des nächsten Desasters.

*

Unsere Gefängnisse leben von ihrer offenkundigen Wirkungslosigkeit.
Die Empirie ist ein legitimes Kind der Inquisition.
Das Gerede vom Körper der Gesellschaft rechtfertigt jede Operation.
Macht versucht vor allem, unsere Körper zu beherrschen.
Eine Macht ist stark, wenn sie uns dazu verführt, sie zu begehren.
Macht über den Körper bringt ein eigenes Wissen
über den Körper hervor.
Dem Starken bereitet es keine Angst, auf einem Auge blind zu sein.

Unter Wasser ist alles anders. Nicht nur atmet man durch die Haut, man hat auch andere Feinde, andere Freunde, andere Gedanken.

Ihre Einladung, sie nach ihrem schweißtreibenden Tanzvergnügen noch zu einem nächtlichen Schwimmausflug zu einem Badesee weit außerhalb der Stadt in den Purple Mountains zu begleiten, kommt vollkommen überraschend. Ich sage sofort zu, auch wenn sich nun mit aller Schärfe das Problem des Transportes stellt. Ich kann ihren frisierten Mopeds ja unmöglich auf meinem von Yu geliehenen klapprigen Shanghai-Rad nachjagen.

Schließlich schlüpft einer der Schmächtigen noch zu zwei anderen vorne auf den Tank, und ein Platz auf Godzillas gelber Suzuki wird für mich frei.

Godzilla liebt es, mit nacktem Oberkörper zu tanzen und den Zuschauern die kunstvoll auf seine Schulterblätter tätowierten Adlerschwingen zu zeigen. Er trägt sein Haar so strohig burschikos wie Liza Minelli in *Cabaret* und hat auch sonst verblüffende Ähnlichkeit mit der jungen Minelli. Viel mehr weiß ich noch immer nicht von ihm, außer daß er der einzige ist, der mich von Anfang an mit Handschlag begrüßt hat.

Nun steige ich also zu ihm auf den Rücksitz seines natterngelben Motorrads, das auf den ersten Blick so schneidig wirkt wie die Adlerschwingen auf seinem Rücken, aber dessen Scheinwerfer nicht funktionieren und dessen Stoßdämpfer den zweiten Teil des Kompositums nicht verdient haben.

Natürlich trägt man angesichts der so mühsam hergestellten Haartracht auch keinen Sturzhelm. Aber ich denke, es gibt unangenehmere Arten zu sterben als mit zitterndem Herzen an Godzillas Evangelistenflügel gepreßt, und mit sich aufbäumenden Maschinen beginnt die wilde Jagd durch die nächtliche Stadt, in der plötzlich alle Regeln außer Kraft gesetzt scheinen. Mag auch das Polizeiauto mit Blaulicht vor der roten Ampel warten, mein Zug der wildgewordenen Musen, nun wohl besser Mänaden genannt, die ja nichts anderes als die Musen in ihrer nächtlichen Gestalt sind, läßt sich durch derartige Konventionen nicht mehr zähmen.

Noch nie hat mich ein Ausflug so weit aus der Stadt herausgeführt. Längst gibt es keine Straßenlaternen mehr. Und der schmale Weg durch einen Zedernwald in die Purpurberge hinein ist nur von den Rückstrahlern der Mopeds von Xiao Zhi und Lü Zhong Xing beleuchtet, glühende Drachenaugen in einem Sagenwald fast vergessener kindlicher Ängste.

Meine Uhr ist stehengeblieben. Es mag gegen Mitternacht sein, als wir den See erreichen. Ein Mond wie aus Wachspapier steht über den fünf Farben Schwarz der hingetuschten Zedern.

Andere sind da. Und in dem Maße, wie sich meine Augen an die Schwärze gewöhnen, entdecke ich unzählige Gruppen junger Leute, die vor der drückenden Schwüle, die selbst nachts die Straßen der Stadt nicht aus ihrem Griff läßt, an dieses Seeufer geflohen sind.

Steinstufen führen an den Badestellen ins wächserne Wasser hinab. Nur die Männer stehen bis zur Hüfte im dunklen Wasser, während die Mädchen angekleidet und mit vor der Brust verschränkten Armen am trockenen Ufer ausharren und mich warnen, zu den anderen ins Wasser zu steigen. Der See sei unheimlich und tief.

Das hoffe ich doch! spotte ich. Deswegen sei ich schließlich hergekommen. – Ich lege meine Kleider ab und springe zu Godzilla und seinem Drachenrudel in das unheimliche Schwarz. Selbst die Jungen bleiben dicht gedrängt wie eine Herde verängstigter Reiher nahe am Ufer stehen, als fürchteten sie sich vor der Tiefe des Wassers.

Ich fordere Godzilla zu einem kleinen Wettschwimmen auf. Die Mädchen stoßen entsetzt ihre Kassandrarufe aus. Nun kann Godzilla nicht zurück, ohne sein Gesicht zu verlieren. Mit ruhigen, weitausholenden Zügen kraule ich in die Seemitte hinaus. Das Wasser ist lauwarm, die Oberfläche so glatt und unbewegt wie ein Quecksilberspiegel. Als ich vergeblich nach einem Laut meines Rivalen lausche, drehe ich mich endlich um und sehe, immer noch in Ufernähe, Godzilla wie ein ins tiefe Wasser geworfenes Hündchen wild die Elemente um sich herum aufwühlen, ohne auch nur eine Elle voranzukommen. Mit Mühe hält er gerade noch den Kopf über Wasser.

Ich kehre sofort um, kraule zu ihm zurück, hake ihn unter und schleppe ihn ans niedrige Ufer zurück. Nachdem er wieder ein wenig zu Atem gekommen ist, sagt er anerkennend: Du bist ein guter Schwimmer!

Ich schwimme so gut, wie du tanzt, antworte ich.

Dinge, die ich mag

Das, was wir nicht mögen, wissen wir im Grunde sehr rasch, weil alle unsere Sinne es uns ohne großes Nachdenken melden.

Das, was wir mögen, zu benennen, braucht hingegen mehr Zeit, weil unsere Sinne uns in dieser Hinsicht nicht viel weiterhelfen.

Etwas zu mögen setzt voraus, es tiefer zu kennen. Und nicht selten ist genau das, was wir schließlich am meisten mögen, das, was wir noch beim ersten Sinneseindruck gar nicht mochten.

Dinge, die man an mir mag

Dinge, die man an mir mag, veranlassen mich in der Regel, sie so rasch wie möglich abzulegen.

XXXVIII

Ruß flockt in der fettigen Hitze, fängt sich in meinem aschgrauen Haar, setzt sich in den Ohr- und Nasenlöchern ab, schneit in den Spalt zwischen Hemd und Kragen und verklumpt in meinem Bauchnabel zu einem klebrigen schwarzen Gefühlsbrocken.

Niemand schaut mich an, obwohl doch alles an mir auffällt, ja geradezu ausgestellt ist, meine Größe, meine Haut- und Haarfarbe, die Form meines Gesichts, mein leptosomer Gang, das schier monströse Ausmaß meiner Füße. Sie blicken müde und traurig vor sich hin, vielleicht auch ein wenig gleichgültig, schlank und sanft, mit dunklen geheimnislosen Augen und kleinen weißen Händen.

Wen sehen sie aus den Augenwinkeln durch die schmucklose Masse von Ihresgleichen schlendern? Einen in der schlierigen Hitze schwitzenden Albino mit hängenden Schultern, flachem Brustkorb und einem welken Büschel aschblonden Flaums im Ausschnitt des aufgeknöpften schweißfleckigen Hemdes, das vor einer Stunde, als ich Lianmings Wohnung verließ, noch ein teures weißes Leinenhemd aus italienischer Fabrikation war. Als ich nach dem Jangtse-Ufer frage, klingt meine Stimme fistelig und heiser, als habe sich der Rußschnee bereits in die Stimmritzen gelegt.

Im Spiegel der Gleichgültigkeit dieser offenbar zielstrebigen Arbeiter und Angestellten finde ich mich plötzlich ungelenk und lächerlich oder zumindest fehl am Platz, schwerfällig in meinem Müßiggang und aufdringlich in meiner unverhohlenen Schaulust. Dies ist keine Stadt der Flaneure.

Hier kann ich unmöglich weitere Wochen verbringen. Außerdem läuft mein Visum in den nächsten Tagen ab. Ich muß fort aus dieser Stadt, fort von dieser grauen Milch, die sich wie

Schlaf in den Augenwinkeln sammelt, fort von den kleinen kariösen Zähnchen im weißgrauen blutlosen Zahnfleisch, die mir entgegengrinsen, wenn ich erschrocken über mein blasenwerfendes Gekrächze plötzlich verstumme, muß verschwinden wie ein Geheimagent, das Hotel, den Anzug, das erzwungene Lächeln wechseln, ein verlassenes Abteil finden, ein Fläschchen Chloroform, ein schlafendes Kind mit einer halben ungeschälten Orange in der Hand.

Diesmal geht es Richtung Fluß, zu den Wohnvierteln im Westen der Stadt. Die Straßen sind immer noch breit, aber in wesentlich schlechterem Zustand als in der Innenstadt. Wir rasen an grauschwarzen Plattenbausiedlungen, Busdepots und Güterbahnhöfen vorbei. Gerade noch lagen ganze Straßenzüge im Dunkeln, dann plötzlich, an einem Abwasserkanal, unter einem baufälligen Viadukt, eine Suppenküche neben der anderen, eine ganze Suppenküchenkirmes unter vom Bratenfett speckig gewordenen Lampions, mit Hunderten von Besuchern, die hier mitten in der Nacht noch Nankings Lieblingsgericht, gesottene Nierchen, verspeisen.

Godzilla bewohnt ein Zimmer direkt unter dem Dach. Es unterscheidet sich in nichts von dem eines deutschen oder amerikanischen Altersgenossen, dieselben Computerspiele, dieselben Poster an der Wand.

Er und seine Gefährten sind Einzelkinder. Mögen die Eltern ihre merkwürdige Leidenschaft für abgeschürfte Schienbeine und aufgeschlagene Knie auch nicht gutheißen, so tun sie doch fast alles für ihre einzigen Söhne.

Hier verschlafen sie den Tag, verspielen die Hälfte ihrer Jugend im Schnee der Bildschirme, ehe sie am Abend vor dem Kaufhaus *Irdische Harmonie* wieder zusammenkommen und sich von einem einkaufsmüden Publikum bewundern lassen.

Was habe ich erwartet? Den Strohhut am Garderobenständer, die Rikscha vor der Wohnungstür? Ihre Laserkanonen richten sich auf Punk City, auf Godzilla Sieben und Sirius Grau. Selbst die Einfahrt ihrer Plattenbausiedlung wird von einem privaten Sicherheitsdienst bewacht, als handle es sich um das *New Jerusalem Residential Estate*.

Ich bin der Hinterweltler. Ein Blick ins Internet, und ich hätte es wissen können. Statt dessen vertraue ich noch immer den mexikanischen Zauberpilzen meiner Jugend. Kein Wunder, daß ich an Phantomschmerzen leide.

Die Zukunft liegt nicht in China. Die Zukunft liegt da, wo sie hingehört: vor mir.

Von Lianmings Wohnblock aus erscheint die Stadt wohlgeordnet. Zwölf Stockwerke, was sind das schon, zwanzig Sekunden mit dem Fahrstuhl, zehn Minuten zu Fuß. Im Brandfall.

Ich putze die rotbraunen Buchendielen jeden Tag. Und jeden Tag aufs Neue verfängt sich ein langes schwarzes Frauenhaar in meinem Scheuertuch. Ich frage mich, wer geht hier ein und aus, während ich schlafe? Die Frau vom chinesischen Alpenverein versichert mir, das Märchen von Rapunzel sei auch hier bekannt, ja im Grunde sei es chinesischen Ursprungs.

Hoch oben in Lianmings Turm sind die Gedanken noch rein. Ich breche das Parkett nicht auf, um nachzuprüfen, ob womöglich eine von Blaubarts Frauen noch unter den Bohlen liegt. Ich rauche ohne Reue und laß den Feuermelder heulen. Nur der Nieselregen aus der Sprinkleranlage erinnert mich daran, wie meine erste Frau starb, im Starnberger See.

Als ich diese Sprache zu lernen begann, hörte ich sie nur von Lu Jian gesungen, so schön, daß sie zu keinem Alltag paßte.

Hier aber stürzt und zwängt sie sich in meine Ohren, ein rotblauer Radau wie ein Handkarren voller Meeresfrüchte, Polypen, Krebse, vollkommen fremd in dieser graubraun versteppten Stadt. Wie Hummer in einer Konditorei, Aale in einem Perückengeschäft.

Mit jedem Schritt gehe ich durch diesen Glasscherbenvorhang. Ich bleibe einen Augenblick stehen, reibe mir die von der Asche und dem Staub schmerzenden Augen. Als ich weitergehe, strecke ich beide Arme aus, ein Schwimmer, der die Lärmschnüre zerteilt und über das Verbotsseil hinaus krault, ins Bodenlose, wo zwischen den rostigen Wracks die jungen Haie lauern.

Ich höre mit den Fußsohlen. Selbst die sanfteren Geräusche. Die Gehwege sind übersät mit ihnen, glashartes Laub. Jeder Schritt ist, als ginge ich auf den messerscharfen Scherben des Lärms, wie die kleine Meerjungfrau, die der Liebe wegen ihr Element, das Wasser, verlassen hat.

Immer habe ich mich selbst als Stoiker gesehen. Für mich schien es ein Ausdruck der Vernunft, mich von allem unabhängig zu halten, was mir ungewollt zustößt. Mich dem Ungewollten durch Freitod zu entziehen, hätte mir nicht mehr bedeutet als das Theater zu verlassen, wenn das Stück mich zu langweilen beginnt. Mag sein, ich wäre mit einem enttäuschten Lächeln auf den Lippen gestorben, aber der Tod selbst ging mich nichts an.

Aber diese abgedroschene Vorstellung des Lebens als Theater ist kein Ausdruck der Vernunft, sondern ein Symptom des Überdrusses und der Dekadenz. Sie verfehlt das Wesen des Lebens, denn im Gegensatz zu einem Theaterstück gibt es so etwas wie einen vorhersehbaren *Plot* nicht. Sinn wird ihm erst im Nachhinein, in der Rückschau zugeschrieben. Das, was uns zustößt, hat in den seltensten Fällen mit unserem Willen oder unserer Vernunft zu tun. Es ereignet sich. Gerade dieses *es* ist das Wesen unseres Lebens. Sich dem Ereignenden zu entziehen und es selbst inszenieren zu wollen, raubt dem Leben seine Lebendigkeit, seine Authentizität, und würde es tatsächlich zu jenem vorhersehbaren und toten Puppentheater degradieren, aus dem ich doch sonst so enttäuscht geflohen bin.

Der Stoiker erlebt nichts. Der Epikureer weiß weder zu leben noch zu sterben. Es fehlt ihnen an Mut, sich überraschen zu lassen. Und vor allem fehlt es ihnen an Hingabe.

Nein, ich war nicht immer Stoiker. In meiner Jugend war ich voller Wut und Haß. Am meisten gehaßt habe ich die Sonntagnachmittage, die geschlossenen Läden, die leeren Straßen, die bedrückende Stille, das erzwungene Familienleben und selbst die besondere Kleidung, die man in jenen Jahren in der Provinz am Sonntag noch zu tragen hatte! – Der Stoizismus wurde zur zweiten Haut erst mit dem Tragen der Uniform.

Die Vorstellung hat schon begonnen, als ich den Veranstaltungsort endlich gefunden habe. Trommeln, rote und gelbe Wirbel auf der Bühne, starre weiße Gipsmasken darüber, die ungerührt in den Zuschauersaal glotzen.

Zunächst verstehe ich nichts von dem, was auf der Bühne vor sich geht, und frage mich, was ich Lianming morgen früh erzählen soll. Die Darsteller kommen mir wie ein Rudel alter Frauen vor, vielleicht auf einem Markt, ja, Marktweiber. Aber was hat ein Drache auf dem Markt zu suchen? Dann ein kahlköpfiger Mann in einem apfelsinenschaligen Gewand, ein buddhistischer Mönch? Ein Mönch, der raucht? Oder nur ein orangefarbenes Drachenbaby, das gerade aus seinem Ei schlüpft? Nun singen die Marktweiber ein kakophones Lied, und ein Teil der Zuschauer formt stumm die Worte mit, eine operettenhafte Karaoke-Veranstaltung.

Ich warte noch eine halbe Stunde, und als es noch immer keine Rauferei auf der Bühne oder wenigstens im Zuschauerraum gegeben hat, stehe ich auf, um das Theater zu verlassen. Noch nie habe ich mich so sehnsüchtig nach einer Schlägerei gesehnt.

Meine Nachbarin zupft mich am Ärmel und zieht mich auf meinen Sitz zurück. Sie reicht mir ihr Programmheft: Musik wie ein jadegrünes Bohnenfeld und monddurchglänztes Segeltuch. Gelbe Purzelbäume eines Tigers in eine Kürbispyramide, der Schlangengeist in Gestalt einer Frau, die von einem betagten Mann gespielt wird, ein tauber Sojamilch-Verkäufer, der lauthals sein vergorenes Getränk anpreisend durch die engen Zuschauerreihen stolpert, gähnende Kinder, bis die junge Frau, die von dem betagten Alten gespielt wird, von einem feisten Kürbis in rotem Gewand gefesselt und mit einem Ochsenpenis gezüchtigt wird.

Nach diesem Höhepunkt brechen die ersten Familien mit ihren Kindern auf. Und ich will mich ihnen anschließen, als der Auftritt meines jungen Freundes Godzilla, nicht nur mit der Kurzhaarfrisur Liza Minellis, sondern auch in ihrem Make up und ihrem Lamettakostüm aus *Cabaret* mich ein zweites Mal auf meinen harten Sitz zurücksinken läßt.

Die Dornenhaarspange

Drei klassische Szenen

Gebannt schaue ich der Verwandlung Godzillas in einen armen Gelehrten der Ming-Zeit zu. Gerade noch hat er anläßlich der Eröffnung eines neuen Wurstbraterkönigs mit seinen Kameraden im Wettstreit um Fallhöhen und blaue Flecken gelegen, nun tritt er aus dem blendenden Kasinolicht der um ihre Zukunft spielenden Stadt auf diese Bühne und trägt dort in einer Stunde die Schminke von Jahrhunderten auf, große, rotgeränderte Augen, kirschfarbener Mund.

Godzilla verliebt sich in die schöne Qian Yulian, große rotgeränderte Augen, kirschfarbener Mund, und überreicht ihr als Pfand seiner Treue eine Dornenhaarspange. Dann reist er in die Hauptstadt des Südens, um dort, im Chaoliangong-Palast, sein kaiserliches Examen abzulegen.

Nun sitzen wir strengen Prüfer hier am selben Ort, gebärden uns ein wenig wie Götter, können aber noch weniger als sie. Unsere Unzulänglichkeit gehört zum Ebenbild. Wären wir auch nur ein paar Zentimeter größer, hätte man nicht nur unsere Hüte getroffen.

Godzilla indessen besteht seine Prüfung mit Bravour und will die schöne Qian Yulian zu sich in die Hauptstadt holen. Aber einer meiner Kollegen, der berühmte Theaterkritiker Wang Shipeng, will den begabten Absolventen mit seiner eigenen Tochter verheiraten. Godzilla lehnt das ehrenvolle Angebot brüsk ab. Säßen wir nicht in einem Stück aus der Ming-Zeit, wäre es wohl das Ende seiner Kun-Opern-Karriere, und Godzilla müßte weiter vor dem Kaufhaus *Irdische Harmonie* HipHop tanzen.

Zunächst aber wird seine Treue nicht belohnt. Von der schönen Qian Yulian erhält er seine armselige Dornenhaarspange zurück. Der aufgeklärte Zuschauer ahnt es bereits: Hier hat der ehrwürdige Theaterkritiker Wang Shipeng seine Hände im Spiel. Das Gepäck klein halten! riet mein Großvater immer. Klein und leicht, so entkommt man den Wölfen. Laß die anderen ruhig lachen und sich mit langen Hosen und Ersatzschuhwerk abschleppen. Aber vergiß die Wölfe nicht!

In der Pause erzählt mir der liebenswürdige Kollege Wang von dem Haus, das er gerade in einem der teuersten Viertel der

Stadt bauen läßt. Bedauerlicherweise sei am Morgen einer seiner illegalen Bauarbeiter aus der Provinz tödlich verunglückt. Ich könne mir gar nicht vorstellen, wieviel Ärger dieser Unfall ihm bereitet habe. Andererseits bedeute dieser Tod ein großes Glück für die zukünftigen Bewohner, habe dieser ungeschickte Bauerntölpel doch alle bösen Geister des neuen Hauses mit in den Tod gerissen.

In der dritten Szene erfährt der unglückliche Godzilla von seiner aus der Provinz in die Hauptstadt geeilten Mutter, die schöne Qian Yulian habe sich in den Fluß gestürzt, nachdem sie den unseligen Brief Godzillas erhalten habe, in dem er seine Verlobung mit der Tochter des hochgeachteten Theaterkritikers Wang Shipeng ankündigte.

Ungläubig läßt Godzilla sich diesen unheilvollen Brief zeigen. Wir ahnen bereits, wessen geschickte Handschrift dieser Brief tatsächlich trägt.

Unterdessen wurde der Leichnam der schönen Qian Yulian nie gefunden, so daß für Godzilla und uns ein, wenngleich verschwindender Rest an Hoffnung bleibt, Qian Yulian habe vielleicht besser schwimmen können als Godzilla.

Auf den Knien, kahlgeschoren, den Kopf in einem Weidenkorb. Doch Godzillas Rumpf bäumt sich noch einmal auf, steht für einen Augenblick aufrecht und setzt die Füße. Diejenigen von den acht Frauen, die er berührt, kommen frei. Ich bin die achte, die mit den großen, rotgeränderten Augen und dem kirschfarbenen Mund, ein aussichtsloser Platz. Aber noch tanzt er.

Auch als Reisender müßte man sich wie eine Opernfigur maskieren oder wenigstens eine Uniform tragen wie ein Soldat, um zur notwendigen Grausamkeit der Begegnungen fähig zu sein.

Mit der Uniform legt man bei seiner Heimkehr seine Grausamkeit ab, ist wieder liebender Ehemann und Familienvater und erzählt von den blutigen Erlebnissen, als habe ein Fremder sie verbrochen.

Aber ich fühle mich ganz nackt und ungeschützt meinen Verbrechen gegenüber. Das Hirn mag sich einreden, daß es kein Geschlecht habe, aber Traum und Phantasie täuschen sich nicht. Reisen ohne Grausamkeit ist so unmöglich wie lieben ohne zu töten.

Dinge, die verlieren, wenn man sie beschreibt
les Demoiselles d'Avignon
Freuds Psychischer Apparat
die Wirkung von Heilmitteln, sobald man alle Bestandteile aufführt
Descartes Gottesbeweis
chinesische Grammatik
die Farbe toter Austern
Unsterblichkeit
die Lehren des Konfuzius
eine Zeit in der Hölle
die Schönheit der Frauen
Bachs Musikalisches Opfer
letzte Dinge
die Omnibusse in Nanking
ein fischender Reiher
Überzeugungen
der Geschmack grünen Tees
die Götterstatuen in den Tempeln
Treue
die Prachtstraßen nach 22 Uhr, sobald die Reklamelichter erloschen sind

die Grillen in ihrem faustgroßen Gefängnis aus Bast
Liebende

Dinge, die gewinnen, wenn man sie beschreibt
die Stille des Alleinseins
die Bedienung einer Waschmaschine
die Wirkung von Medikamenten, sobald man alle Nebenwirkungen auflistet
der Tod durch Ertrinken
chinesische Gärten
Ekzeme
das Altern
das Pathologische bei Goethe
die Grausamkeit des Augusts
die Schönheit der Männer
das Tagebuch eines Hundes
Krempel
Brücken über den Jangtse
ein ziehender Kranich
Zufluchten
Kun-Oper
Tuschesteine
Neid
eine Winterlandschaft
die Bewegung einer Katze
wie ein Mensch geht

Ich habe der Oper Unrecht getan. Eine weitere Gestalt finde ich in ihr, die mich zutiefst berührt: Wuchang.

Er ist der Gerichtsdiener oder Büttel, den der König der Kritik und der Unterwelt aussendet, um den Helden des Stücks zu ergreifen und jenem König vorzuführen. Wuchang ist also nichts anderes als ein furchteinflößender Handlanger des Todes. Dennoch ruft sein Auftritt zunächst Heiterkeit hervor. Auf seiner großen weißen Kapuze stehen die Worte: Wer mich sieht, begegnet dem Glück. Und ehe er in schrillem Falsett seine erste Silbe krächzt, niest er hundertachtmal und furzt danach hundertachtmal.

38 *Nachdenken über den Tod heißt auch, die strenge wissenschaftliche Form durch eine poetische zu ersetzen. Die Abstraktion sucht nach einer philosophischen Wahrheit, aber der Tod betrifft mich ganz allein. Unsterblich werde ich nicht durch das zustimmende Nicken meiner Kollegen oder anhand eines nachvollziehbaren Beweises. Unsterblichkeit ist eine Leidenschaft des Subjekts, und womöglich bleibt diese Leidenschaft der einzige Beweis.*

Kierkegaard ist noch keine fünfundzwanzig Jahre alt, und bereits siebenmal hat der Tod seine engste Familie heimgesucht, darunter seine Mutter und fünf seiner sechs Geschwister. So verwundert es nicht, daß er sich wie ein Galeerensklave fühlt, ans Totenschiff gekettet. Immer wenn sich das Leben rührt, erinnert das Rasseln der Kette an das Gefährt. Und das geschieht bei jedem Atemzug.

Am Ende muß er sich der wesentlichen Aufgabe stellen, für sich selbst durchsichtig zu werden. Das Leben ist wie die Wahrheit: ein Phänomen des Augenblicks. Leben und Wahrheit existieren nur in der Zeit. Kierkegaard würde es, mißverständlicherweise, eine rein **ästhetische** *Existenz nennen: unmittelbar, sinnlich, unreflektiert, verzweifelt, selbstlos.*

Dabei ist es die **Ironie**, *die uns von uns selbst und von der Welt entfernt. Ironie ist die Einführung des großen, absoluten Unbekannten: Gott. Ironisch ist das religiöse Pathos, das Hingestelltsein von und vor Gott. Ironisch ist die Kreuzigung der Vernunft, die Aufgabe der unmittelbaren, augenblicklichen Wahrheit für das Irrationale, das Sohnesopfer, das Märtyrertum.*

Pure Ironie ist die Behauptung, nur in diesem Augenblick des Glaubens befände sich der Mensch in einem authentischen, von Angst und Verzweiflung freien Verhältnis zu sich selbst. Nichts, aber auch gar nichts lasse die Ironie bestehen, bemerkt Kierkegaard. Zu Recht. So still wir auch werden mögen, wir werden Gott nicht beten hören.

Was Kierkegaard über seinen Vater schreibt, betrifft auch den Vater-Gott: Meinem Vater verdanke ich, menschlich gesprochen, alles. Er hat mich auf jede Weise so unglücklich gemacht wie nur möglich und bewirkt, daß meine Jugend eine Qual ohnegleichen war.

Vielleicht wäre es besser gewesen, Gott wäre erst gar nicht in die Welt gekommen. Denn der einzig angemessene Ausdruck des Glaubens an ihn ist, für ihn zu sterben.

Erst durch ein Denken in Gegensätzen können wir uns das erstrebte Andere, das wir nicht sind, zueigen machen: So wie der Schwermütige als ein verkappter Komiker erscheint und der Misanthrop als der wahre Liebende, können wir erst angesichts des Sterbens einen Blick auf die Ewigkeit werfen.

Ohne Leidenschaft ist das Sterben unmöglich. Dem Ernst des Todes kann man nur mit Lächerlichkeit begegnen. Lächerlichkeit ist die Zwillingsschwester der Vernunft.

Wenn es eine Religion gäbe, in der man sich statt in den Tod ins Leben hineinbeten könnte, wäre ich sofort bereit, ihr meine Vernunft zu opfern. Es ist, als sollte das lärmende Gebet das Schweigen des Todes übertönen.

Jede Wahrheit ist nur Wahrheit für den Augenblick. Überschreitet sie ihn, stirbt sie und wird zum Dogma.

Über den Tod nachzudenken, wird zu keiner neuen Wahrheit führen. Nachdenken heißt ja nichts anderes, als den Ereignissen im Nachhinein einen Sinn zuzuschreiben. Ich müßte schon einmal gestorben sein, um mich zu dieser Zuschreibung befähigt zu fühlen. Das

Vorausdenken kann zu nichts anderem führen als zu reiner Spekulation.

Zwei Formen der Verzweiflung: verzweifelt man selbst sein und verzweifelt sich los sein wollen. Im Grunde dieselbe Verzweiflung: nicht der zu sein, der man sein will!

Diese Krankheit im Selbst ist keine Krankheit zum Tode, sondern ganz im Gegenteil ein verzweifelter Daseinshunger. Von dieser Krankheit befreit uns nicht der Tod, sondern nur das Leben selbst.

Der Tod ist, was man nicht leben kann.

39 *Unglücklich zu leben ist kein Verdienst. Und kurz und schmerzlos aus dem Leben katapultiert zu werden kein Trost. In jedem Augenblick und erst recht im vermeintlich letzten will ich schauen und mich sattsehen wie ein neugieriger und furchtloser Reisender.*

Für den Reichtum unseres Lebens und Sterbens ist nicht die einsame Erkenntnis das Maß, sondern die Fülle der Mitteilung.

Die Angst vor dem Leben und Sterben aufgeben mit dem Gott, durch den sie in die Welt kam, und heilige Heiden sein in einer heiligen Natur.

Religion: metaphysische Hypochondrie.

Angst ist ein Schwindel der Unfreiheit.

Sich selbst sein bedeutet: endlich sein.

Ein erster Schritt heraus aus der Hölle der Verzweiflung ist der Zweifel. Ein erster Schritt der Heilung vom Leiden am Nichtigen ist das Nichts.

Es kommt darauf an, sein Leben nicht erst am Ende aufs Spiel zu setzen.

XXXIX

Einen weiteren Tag wird Nanking seinem Ruf als Glutofen Chinas gerecht, der Asphalt kocht in den Straßen, und die Stahlträger der Turmbauten biegen sich wie Schilfrohr. Und die Füße wissen vor Langeweile nicht, was sie mit sich anfangen sollen.

Die Welt ist was der Fuß ist. Die Welt ist Fuß-Platz: meine Füße spielen, sie kämpfen mit der Welt.

Von allen Füßen ist der Winterfuß der schönste! Und am empfindlichsten ist der müde Regenfuß am Abend. Noch anrührender ist der Fuß im achten oder neunten Monat, ein Vorbote des Herbstes und der Ernte. Es kommt einem vor, als ob man sich erst gestern vor lauter Hitze allen Schuhwerks entledigen wollte. Aber selbst die Blinden hätten die Verbrennungen nicht heilen können.

Ich freue mich immer, wenn ich gelangweilt in diesem Turmzimmer sitze und meine Füße sich nähern höre. Sie sind ein praktischer Körperteil, da man sie zur Not auch in Zeitungspapier einschlagen kann. Und wie beglückend ist es, wenn am Morgen, nachdem die Geliebte mich verlassen hat, ich noch ihre Füße in meinem Bett finde.

Inka Ruge ist eine herbstille Frau. Ich rate ihr, die rote Tagesdecke mit einer blauen zu vertauschen. Ich würde ihr dann einen goldenen Sternenrand daranhäkeln.

Warum suche ich sie auf, vor den Augen der Beschatter? Ich habe sie zu hassen begonnen, seit sie mit Titus verkehrt! Wahrscheinlich hat sie ihn nur zu ihrem selbstgebackenen Dinkelbrot und dieser häßlich machenden Suche nach Spiritualität verführt. Aber reicht das nicht schon, um Mordlust und Fleischfresseringrimm aufbrechen zu lassen?

Stundenlang wandern sie durch Frauenschuh, gelben Klee und scharlachroten Lattich und kennen keine dieser Pflanzen mit Namen, schimpfen auf Dänemarks Hamlet, diesem verwöhnten Muttersöhnchen und rufen eins ums andere einander zu, der Spaziergang sei einfach zu schön, um jetzt schon heimzukehren.

Früher war sie doch nicht so natursüchtig. Stand in der neonkalten Luft des Bahnhofs, die Kinderlippen violett geschminkt, die Ellbogenbeuge gürtelrosenrot vom Netz der Nadelstiche.

Jetzt sitzt sie mir gegenüber, im Teestövchenlicht geheimnislos erwachsen.

Hilf mir! sage ich ungewollt. Wir müssen uns wohl eine Wunde schlagen, um das Wunder zu erleben, wie eine Wunde heilt.

Sie schüttelt den Kopf: Ich glaube, bei der Polizei bist du in besten Händen!

Du bist hart geworden!

Wäre die Welt sanft, wäre sie nicht fromm!

Und wäre sie gerecht, wäre sie nicht schön!

Ich war damals noch ein Kind, Viktor. Und jede Stunde mit dir hat mir wehgetan.

Seit wann malst du?

Sie öffnet das Fenster, als würde sie meinen Geruch nicht mehr ertragen, und die Gedanken wirbeln mir davon.

Es zieht, Inka! – Ich drücke ihren Arm, vielleicht ein wenig zu fest. Sie ist Circe. Jeder, der sie berührt, wird zum Schwein. Es geistert in diesem Stall, der nur von Kerzenlicht beleuchtet wird. Auf der Staffel steht ein noch unfertiges Geschmiere aus Nußmark und Reformhonig. Verzeih, aber das sieht echt scheiße aus, Inka!

Die Sanftheit ihres Verstandes verführt geradezu dazu, Geständnisse abzulegen. Lieber faß ich die Worte an ihrer Klinge als an ihrem Griff. Sie ist eine geistesgestörte Frau. Ich bleibe vorerst hier.

DIE FÜNF SINNE CHINAS (III)

SEHEN Sie gehen alle sehr aufrecht, die Durchschnittschinesen, mit durchgedrückten Rücken und erhobenem Kopf. Nur die wenigen Großen, überwiegend Jüngeren, haben den Rücken gekrümmt, lassen die Schultern hängen und halten den Kopf gebeugt, als schämten sie sich ihrer Größe

Keine spielenden Kinder auf der Straße; nur kartenspielende alte Männer nach Sonnenuntergang bis spät in die Nacht, die gerippten Unterhemden bis zu den Achseln hochgekrempelt

Keine Kinderwagen. Chinesische Mütter tragen ihre Säuglinge im Arm

Keine dicken Frauen. Dick sind vor allem die gehätschelten Knaben im Vorschulalter und ältere Männer in leitenden Positionen

Amtliche Nummernschilder an den Lenkern der Räder

Zweieinhalb Kilometer lange Güterzüge, wie ich sie nur aus dem Mittleren Westen der USA kenne

HÖREN Die Kakophonie auf den U-Bahnhöfen, wo zehn unterschiedliche Lautsprecherdurchsagen gleichzeitig um Aufmerksamkeit buhlen

In engen Bambuskäfigen klagende Nachtigallen, die auf Dauer nur ertragen kann, wer schwerhörig ist

RIECHEN / SCHMECKEN Bitterschokoladenbraune, in Sojasauce hartgekochte Hühnereier

Mangosaft mit Kokosmilch und Palmmarkperlen, die wie gezuckerte Störeier beim Zerkauen zerplatzen

FÜHLEN Der stehende Zug, mit ausgeschalteter Klimaanlage, aber der ironisch anmutenden Bestätigung der gefühlten Temperatur auf den Anzeigetafeln über den Ausgängen: 39 Grad

Die zerstochenen Beine der Männer. Meiden Nankinger Mücken Frauenbeine? Oder vermeiden Nankinger Frauen es, sich die juckenden Stiche rot und wund zu kratzen?

Die Tiermasseurin, die einen Husky vor dem Kaufhaus *Irdische Harmonie* fachfraulich entspannt. Der Schlittenhund, der sich dem Ausschütteln der Gliedmaßen ergeben fügt

Die Angst der Kinder vor dem Hund

GLEICHGEWICHT Der neue Hauptbahnhof von Nanking, am Nordufer des Xuanwu-Sees, vor dessen hochhaushoher Glasfront sich das ganze Panorama der Skyline im Grünen entfaltet

Ich hätte den Ort alleine nie gefunden, kein schreiend buntes Reklamegeflicker »Massagesalon« mit blondierten »Hostessen« am Eingang, bei deren Anblick sich auch die letzten Ruheinseln meines hitzemalträtierten Körpers verspannen, nein, ein einfaches Emailleschild an der Hausfassade, und im achten Stockwerk des ältesten und dementsprechend heruntergekommenen Hochhauses von Nanking eine kleine Praxis, die auch die Dienste einer Hellseherin oder eines Wunderheilers offerieren könnte.

Lianmings Onkel arbeitet hier, einer von sieben Blinden, Masseure mit medizinischer Ausbildung, die gerade dabei sind, Chinas Ruf als Land ganzheitlicher Heilmethoden zu erneuern. Ich übertreibe nicht.

Yuan Wei ist kaum älter als Lianming. Er legt mir die Hand auf den Rücken, dann umfaßt er mein Handgelenk. Wenige

Atemzüge später stellt er die Diagnose: Anhaltende Schlaflosigkeit, erhöhte Leberwerte, Bandscheibenprobleme. Es ist, als habe er meine Krankenakten der letzten zehn Jahre durchblättert.

Er beginnt beim Nacken. Er sagt, ich hätte zuviel Hitze im Kopf. Natürlich, kein Wunder, bei 38 Grad im Schatten und einer Luftfeuchtigkeit von hundert Prozent. Aber mir ist nicht nach Spott zumute. Es ist nicht nur die Temperatur, die kein Ventil findet, es sind auch Wut und Frustration, die sich in meinem Kopf angestaut haben, Wut auf die unzähligen Menschen, die mir ständig viel zu nahe sind, die mir ihren Rhythmus aufzwingen, mich keinen Augenblick unbeobachtet lassen und eine grenzenlose Sehnsucht nach Einsamkeit in mir wachrufen, und Frustration, weil ich der Stadt nicht meinen Lebensrhythmus, meine Gewohnheiten, meine Temperatur aufzwingen kann. »Hitze« ist noch ein Euphemismus.

Ich schließe meine Augen und sehe plötzlich das, was Yuan Weis Hände sehen, nicht die leptosome Gestalt mit dem arroganten Gesicht eines Europäers, sondern die zarte, schwielenlose Haut des Intellektuellen, die knochigen Schultern und verrutschten Wirbel des verhockten Stuhlmenschen, den verspannten Nacken des Kurzsichtigen und die Muskelknötchen des über seine Aufzeichnungen Gebeugten.

Unter den Händen eines Blinden verschiebt sich der Begriff der Schönheit ins Haptische. Nicht jeder schön anzusehende Körper ist reizvoll anzufassen. Und umgekehrt, Körperteile, die für uns Gesichtsmenschen gemeinhin als unansehnlich gelten, erhalten unter dem tastenden Sinn der Hand ihren ganz eigenen Zauber. Und Yuan Weis Hände sehen nicht nur, was dem Auge sonst verborgen bleibt, sie hören auch, lauschen in die Tiefe, und antworten.

Ich fühle mich von diesem Blinden durchschaut wie noch nie von jemandem zuvor. All mein routiniertes Maskenspiel ist hier vollkommen nutzlos. Entweder muß ich sofort von diesem Tisch springen und fliehen oder mich diesen Händen bedingungslos hingeben.

Seine Hände halten mich, besänftigen mich, vertreiben die Panik, streichen die Hitze fort, wandern dorthin, wo der Schmerz sitzt, treten mit dem Schmerz in ein Gespräch, nicht in ein magisches oder gewalttätiges, sondern ein ganz und gar berührendes, nicht jeder Schmerz läßt sich heilen, mit manchem müssen wir leben, aber sie nehmen an, geben meinem Körper sein Gleichgewicht, seine Schönheit zurück und lassen ihn, endlich, hier in der Fremde ankommen.

XL

Ich und die anderen, die klassische Gegenüberstellung in allen Reiseberichten. Ich, der Fremde, grauenhaft häßlich, der Kopf, der mir unterhalb der Schulter wächst, einäugig, und die anderen voller Gesundheit, Kraft, moralischer Integrität – die Idealisierung ist nicht viel besser als das Stereotyp. Wieviel Wahrheit dagegen bei den erfundenen Reisen eines Swift oder Sterne, die wagemutige Topographie, die monströsen Ausmalungen des verdrängten Selbst. Der vormoderne Reisende erzählt mir Lügengeschichten, um mir in diesem Spiegel die Wahrheit vorzuhalten.

Ein Spiegel aus feinstem blaugrünen Lapislazuli. Er ruft mich mit einer Stimme, die meiner täuschend ähnlich klingt, um mich Nachzügler von meinem Weg abzubringen. Sind das nicht Trommeln und Dudelsackpfeifen, die den Verkehrslärm übertönen? Oder ist es nur der feine Sand aus der Steppe, der in meinen Ohren singt?

An der großen Straßenkreuzung bleibe ich stehen und warte, daß jemand Gefallen an mir findet. Damals wie heute essen sie rohes Schweinefleisch mit viel Knoblauch und scharfer Chilisauce. Auf der anderen Straßenseite werden silberne Harnische für die Fremdenbrüste geschmiedet.

Man wird am Ende meinen Bericht wohl für gefälscht halten, weil ich, bis auf diesen einen Satz, kein weiteres mal die Große Mauer erwähnen werde, die mich so wenig interessiert wie die geschnürten Lilienfüße der Chinesinnen oder die allgegenwärtigen Wandzeitungen, die den früher einmal verbreiteten Buchdruck abgelöst haben. Was mir indessen auffällt, ist die Abwesenheit von Eßstäbchen. Der Mann auf der Straße ißt mit der Hand.

Ich weiß nicht, wie lange ich schon an dieser Straßenkreuzung gestanden habe, mit unschlüssigem oder geistesabwesendem Gesicht. Ein noch junger Polizist ist auf mich aufmerksam geworden und spricht mich auf Chinesisch an, nicht in dem Mandarin, das ich zu lernen begonnen habe, sondern in einem mir unverständlichen Dialekt. Aber es wird wohl geheißen haben: Alles in Ordnung, Sir? oder etwas ähnliches, was ein Polizist einem hilflos erscheinenden Fremden sagen würde. Und ich nicke, wie ich es in der Regel tue, wenn ich etwas nicht verstanden habe oder einer längeren Auseinandersetzung aus dem Weg gehen will. Doch der Polizist trifft keine Anstalten, seinen Weg fortzusetzen. Offenbar nimmt er an, jemanden gefunden zu haben, der ihn versteht, und freut sich über die Abwechslung eines kleinen Schwatzes.

Da es mir gut zu gehen scheint, redet er nun über das Wetter, den Verkehr oder die Sehenswürdigkeiten der Stadt, ich weiß es nicht genau, aber warum sollte er sich anders verhalten als ein Schutzmann in Leipzig oder Berlin? Ich nicke ein weiteres Mal und sage auf Mandarin: Ja, so wird es sein! was sowohl zustimmend als auch ironisch gemeint sein kann. Wie auch immer er meine Antwort auffaßt, sie ermutigt ihn, in seiner Rede fortzufahren. Dann zieht er seine Brieftasche hervor und zeigt mir eine Fotografie, ein winziges, nahezu unkenntliches Paar vor dem Pariser Eiffelturm. Ich nicke freundlich und sage auf Mandarin: Gut! und wiederhole es noch einmal. Er hingegen lächelt und berührt kameradschaftlich meinen Arm, als wolle er mich an einen gemütlicheren Ort führen, um dort unser Gespräch fortzusetzen. Es scheint, als halte er mich, wenn schon nicht für einen seiner Muttersprache mächtigen Landsmann, so doch für einen europäischen Spezialisten derselben, der seinen Ausführungen augenscheinlich mühelos zu folgen vermag.

Während er lächelnd an meiner Seite geht und weiterredet, vermutlich über die Stadt und ihre Sehenswürdigkeiten, und ich hin und wieder nicke oder eine erstaunte oder anerkennende Miene ziehe, um ihm nicht das Gefühl zu geben, seine Ausführungen fielen auf unfruchtbaren Boden, suchen seine wachen Augen ohne Unterlaß unsere unmittelbare Umgebung ab, als müsse er mich oder uns vor einer drohenden Gefahr schützen. Ich mag den ruhigen Fluß seiner Rede, die in so krassem Gegensatz zu seinem mißtrauischen Blick steht, und gebe ihr mit meinem regelmäßig eingestreuten »Ja? Wirklich?« den notwendigen Kraftstoff.

Er führt mich, nicht ohne einen gewissen Stolz, zu einer neuen glas- und chromglänzenden Shopping-Mall mit dem Namen *Paramount Studios*. Ich sage nichts zu diesem geschichtsvergessenen Koloß. Er nimmt mein Schweigen für einen Ausdruck sprachloser Bewunderung. Daß mir ein traditionelles Teehaus lieber gewesen wäre, hätte er womöglich auch mit einer größeren Sprachmächtigkeit meinerseits kaum verstanden.

Er bietet mir einen Platz auf dem elfenbeinfarbenen Sofa an. Er selbst setzt sich auf die harte Kante des zebrafellbespannten Designerstuhls und bestellt uns beiden eine Karaffe Honigwasser mit Zitronenscheiben. Das Café heißt *De Niro*. Mein junger Begleiter schweigt eine Weile, vielleicht wie der junge de Niro in einem seiner frühen, kühlen Mafiafilme. Er lächelt, ich lächle zurück und signalisiere ihm so mein Einverständnis mit seiner Wahl, die kaum abstoßender hätte ausfallen können. Und während er an seinem Strohhalm das zitronensaure Honigwasser aus dem großen Cocktailglas in seinen Kindermund schlürft, vergißt er keinen Augenblick, das Kommen und Gehen im *De Niro* aufmerksam zu verfolgen, große Frauen mit roten Hornbrillen, kurzen olivgrünen Samtröcken und schwarzen Lederstiefeln, Mannequins mit Doktortiteln, Akademikerinnen in einer Mischung aus Mao-Look und Kampfuniform, erd-, herbst- und tarnfarben, große aufgesteppte Proviant-taschen, nach außen gewendete Nähte, Schulterklappen und Metallknöpfe mit Castro-Portraits und rote Armbänder mit kulturrevolutionären Sprüchen in englischer Sprache: *Junge Chinesinnen lieben keine bunten Kleider, junge Chinesinnen lieben Uniformen*. Mein uniformierter Begleiter lächelt. Ich verstehe: Nicht die Chinesische Mauer, nicht der Platz des Himmlischen Friedens, sondern das *Café De Niro* in der Shopping-Mall *Paramount Studios* repräsentiert das heutige China.

Zurück in meinem Hotel, dieser traurigen, heruntergekommenen Herberge, die mit ihren blinden Spiegeln und stockfleckigen Laken einem verstimmten Klavier gleicht, einer Absteige in einer Seitenstraße des Andrassi-Boulevards, in der man sich für eine halbe Nacht einmietet, um Selbstmord zu begehen, die Patina einer vergangenen Geselligkeit auf den abgegriffenen Messingklinken und den staubgrauen Lampenschirmen, die Matratzen urinfleckig und durchgelegen vom diskreten Dahinscheiden.

Die Rezeption ist bei meiner Rückkehr unbesetzt, die kleine Lobby mit der dunklen rauchgeschwärzten Ledergarnitur menschenleer, niemand ist Zeuge meiner Abreise. Das Bett liegt aufgeschlagen da, wie ich es nach dem Aufstehen – vor wievielen Tagen? – verlassen habe. Kein Zimmermädchen hat die Laken glattgestrichen und die Handtücher ausgetauscht. Lange mustere ich dieses Bett, die zerknitterten Laken, die taktlosen Zeugen meiner lächerlichen Alpträume.

Habe ich dir schon erzählt, daß ich wieder träume? – Sie schweigt.

Und was hältst du von deinem neuen Freund?

Ich habe ihn noch nicht näher kennengelernt. Bisher hatte ich nur das Vergnügen, seiner geschäftlichen Seite zu begegnen.

Heute Nacht habe ich geträumt, ich flöge in einem Raumschiff, das von seinem Kurs abgekommen ist und nun ziellos im All herumirrt. Alle meine Gefährten sind tot, ich aber kann nicht sterben, kann nicht einmal schlafen. Ich sitze nur im Dunkeln, ohne irgend etwas tun zu können, und rase dahin durch das Nichts, zum Leben verurteilt. – Warum sind wir auf einmal so fern voneinander, Inka? Ach ja, du hast gerade Urlaub und sicher anderes im Kopf als Sozialarbeit. Doch sorg dich nicht um mich. Ich mag diese Alpträume. Ich mag diese Alpträume, wie ein Naturschützer Wölfe mag. Wir fliegen zum Mond und zum Mars. Und was finden wir vor? Auch nur Wüsten! – Hattest du eigentlich was mit meinem Sohn?

Das fragst du mich doch nicht im Ernst, Viktor? Titus ist zwölf Jahre alt.

Du warst ja auch nicht viel älter, als du auf den Strich gegangen bist.

Und nun willst du von mir wissen, wie dein eigener Sohn im Bett ist?

Ist schon in Ordnung. Verzeih.

Sie sitzt da und lächelt, während ich in der Kälte des Raums erfriere. Sie hat nicht auch nur den Schatten einer Ahnung, wer ich bin. Die Tür der Freundschaft schlägt sie mir vor der Nase zu. Nun stehe ich draußen und werde der Welt nicht fehlen. Aber die Welt mir.

Die Sozialarbeiterin geht um fünf – wo zum Teufel habe ich das gelesen? Der banale Anfang eines wunderbaren Romans, war es nicht so? Cortazars *Gewinner* beginnt mit diesem Satz, diesem Augenzwinkern, denn Valery führt ihn als ein Beispiel an, warum er keinen Roman schreiben könne. Jeder Anfang sei banal. Die Erde war wüst und leer, und Stille lag über den Wassern. Und dann das erste Wort, der Sündenfall, der Tod.

Wie kommt eine Frau wie Inka Ruge dazu, Stifter zu lesen, ihn nicht nur zu lesen, sondern auch noch zu schätzen? *Witiko*, sagt sie, käme ihr sehr chinesisch vor! Nicht im umgangssprachlichen, sondern im wortwörtlichen Sinn: Das Motiv des Nicht-Handelns. Sie könne sich Stifter gar nicht am Meer vorstellen, eher sehe sie ihn auf der Heide oder in einer afrikanischen Steppe, sagt sie, die ich für einen Behälter, einen Tank hielt, in dem sich alles unterschiedslos sammelt. Ein Gesumme von Insekten höre sie, an einem wüstenheißen Tag, an dem sich kein Lüftchen regt. Ich staune. Und rieche fast die Mumien und Antilopenschädel unter dem singenden babylonischen Sand.

Glaubst du wirklich an Gott?

Sie blickt mich an, wie ein Psychiater einen Wahnsinnigen anschaut.

Ich meine, wie kannst du an Gott glauben, wenn er nicht an dich glaubt!

Vielleicht solltest auch du noch einmal *Witiko* lesen.

Ich glaube nicht, daß irgendein Roman mir den Glauben zurückgeben kann. Don Quichotte sollte uns eine Warnung sein, welche unvorhersehbaren Gefahren das Lesen birgt!

Tief vereinsamt in der Wildnis dieser herbstlichen, ja winterlichen Frau. Die Weihnachtstage sind gottlob vorüber. Sie dauerten eine Ewigkeit. Wer hätte gedacht, daß die Ewigkeit so lange dauert! Vor allem gegen Ende! Bei ihrem Flötenspiel von *Süßer die Glocken nie klingen* bekomme ich eine Erektion. Wohin damit?

Inka mit ihren knabenhaften drogendürren Gliedern und dem gemein-verworfenen Egon-Schiele-Gesicht, über das sich in rasantem Altern ein feenhaftes Gespinst von Reinheit und Empfindsamkeit gelegt hat.

Die Frauen dieser Gegend sind im Allgemeinen schwere Brocken Fleisch, denke ich, während sie mit ihren unlackierten Fingernägeln meine Wirbelsäule entlangkratzt, bis zum Beginn der Pobacken. Und die Männer sind unempfindlich wie Zuchtbullen. Aber sie sind treu! Unbedingt! und Inkas Finger bohren sich tiefer in den Spalt.

Sie ist klug, spürt meine Eifersucht. Diese Frau hatte nie Angst vor Männern, denke ich, nicht mal als junges Mädchen. Welch kafkaeskes Mißverhältnis herrscht doch zwischen der Mittelmäßigkeit meiner Verbrechen (und Verdienste) und der furienhaften Größe meiner Bestrafung! Aber so, wie es keinen Gedanken, kein Begehren, kein Versagen, ja nicht einmal eine Krankheit gibt, die nicht gewollt ist, gibt es auch keine Strafe, die nicht unserem tiefsten Wünschen entspricht.

TUSCHESPUREN V

*Pragmatismus ist der Versuch,
den Ereignissen ihre Komplexität auszutreiben.
Ereignisse werden nicht von Plänen, sondern aus Netzen gezeugt.
Nicht der Krieg, sondern die Sprache ist das Modell
unserer Eroberungen.
In der Lust des Überwachens spiegelt sich die überwachte Lust wider.
Nicht jeder ist gleichermaßen mitschuldig am Unrecht in der Welt. Die
Verantwortlichen können benannt werden.*

*

*Der Diskurs über Sexualität steht wie eine wildwuchernde Dornen-
hecke zwischen dem Begehren und dem Akt.
Unsere Sexualität ist zunehmend ein medizinisches Problem.
Jeder sexuelle Akt läuft Gefahr, entweder krank zu sein oder
Krankheiten zu erzeugen.
Ideen müssen nichts beweisen. Das heißt nicht, daß sie außerhalb
der Wahrheit liegen. Die Wahrheit arbeitet noch an ihnen.
Totalitarismus beginnt, wo* Sicherheit *über dem Gesetz steht.
Der Mensch revoltiert. Dadurch begründet er Geschichte.
Die Regeln zur Begrenzung der Macht
können gar nicht streng genug sein.*

*

*Alle Künstler sind auf ihre Art grausam.
Die Aufgabe der Kunst ist, die Vernunft daran zu hindern,
die Grenzen unserer Erfahrung zu ziehen.
Jedes Begehren ist ein komplexes Wechselspiel zwischen Körper und
Gesetz. Reines Begehren gibt es nicht. Von Anfang an ist es bereits
von Mechanismen seiner Unterdrückung durchdrungen, ja diese
Mechanismen sind ein konstitutives Element des Begehrens.
Die »gesunde« und erfüllte Liebe ist ihr Tod.*

XLI

Ein Lärm auf der Straße, vielleicht das Hinaufziehen einer Metalljalousie, weckt mich auf. Daheim wäre ich aufgebracht über diese »Störung«. Hier freue ich mich, dem Tag und seinem schmutzigen Licht zurückgegeben zu werden. Überhaupt scheint alles Mürrische mehr und mehr von mir abzufallen. Statt dessen eine Scheu, eine Verlegenheit, die ich in meiner vertrauten Umgebung seit meiner Kindheit nicht mehr gekannt habe.

Wie heimisch ist mir inzwischen selbst dieses unscheinbare Schlafzimmer mit seinen furnierten Möbeln und seinen zerknitterten Laken geworden, sobald ich das Buch, das ich gerade lese, auf das Nachttischchen gelegt habe. Ein Buch füllt einen Raum mit seiner Aura mehr, als wir vorübergehende Bewohner es vermögen.

War es nicht immer so, daß ich zu Besuch bei Fremden zunächst die Bücherregale abschreite und vor allem einen Blick auf die aufgeschlagenen Bücher auf den Tischen werfe? Vielleicht ist es das treffendste Synonym für Wachheit, für Geistesgegenwart überhaupt: das Lesen.

Manchmal, wenn ich dich nun im harten Licht deiner Leselampe sitzen sehe, scheinst du den Schatten verwandter als dem Licht zu sein. Ich will nicht, daß diese neue Einsamkeit alltäglich wird. Doch liegt es in meiner Macht?

Liebst du mich noch? frage ich dich, Miriam, als du dich entschließt auszuziehen.

Laß mir etwas Zeit, antwortest du. Zeit, mich noch oder wieder zu lieben, oder Zeit, die Liebe zu mir aufzugeben? – Ich frage nicht weiter. Will nicht wissen, was mir möglicherweise die letzten Illusionen raubt.

Diesmal kein Päckchen, sondern ein staubgrauer Umschlag mit einem Photo. Mag sein, ich habe schlecht geschlafen oder noch nicht gefrühstückt. Mürrisch reiße ich den Umschlag auf, und der Riß setzt sich in das Schwarzweißbild fort, klaffend vom geöffneten Mund über die nackte Brust bis zu den Lenden, mitten hinein in den Akt meines Sohnes.

Den Schirm lasse ich zu Hause, die Nylonbespannung hätte nichts genützt. Hart schlägt der Hagel mir ins erhitzte Gesicht, das anschwillt, stellenweise blutet, ehe das schmelzende Wasser im Ostwind zu einer Maske aus Eis gefriert.

Ich zeige das Photo nur Inka. Als könnte der Blick von Volkmann oder Wollschläger Titus Nacktheit ins Obszöne verkehren. Inka hat ihn oft genug nackt gesehen, so nehme ich wenigstens an, und wird die Wunden ertragen.

Ihre Brüste, schlaff und grau wie aus erstarrter Gelatine geformt. Sie schiebt meine Hände fort und starrt immer noch auf das Photo.

Im Alter von sechs Jahren entwickelt Titus eine geradezu manische Besessenheit für Listen. Auch andere Kinder beginnen in diesem Alter zu sammeln, aber eher Objekte als Kategorien. Doch der Junge beginnt mit einem ganz unkindlichen Inventar der Dinge, die schmerzen, und einem nicht minder unheimlichen, eine Liste der Dinge, die gefühllos sind.

In die erste Liste kritzelt er mit violettem Stift: Bauch, Haut, Zähne, Ohren, Zunge, Füße, Knie, Kacke (manchmal), Luft (im Winter), Rot und Blau, die Sonne am Mittag, Fieberthermometer im Po…

Und auf das zweite Blatt Papier malt er ungelenk, aber fehlerfrei mit gelbem Filzstift: Augen, Haare, Nägel, Pipi, Tränen, verschluckte Knöpfe und Legosteine, Fliegen, Ohrenschmalz, Fieberthermometer unter dem Arm…

Später werden seine Gruppen komplexer. Der Junge füllt

ganze Hefte mit dem, was vor dem Fenster seines Kinderzimmers geschieht (das Kommen des Briefträgers bei Regen, das Fallen des Laubs, nicht nur im Herbst, sondern auch bei starkem Wind, ein Einkaufswagen voller leerer Flaschen, der vom Bürgersteig auf die Straße kippt, das Eintreffen der Feuerwehr, ein Hund, der sich die weichen Pfoten an den Scherben verletzt, der Geruch nach brennendem Teer, als die Straße neu asphaltiert wird, Wespen, die sich im Jalousienkasten ein Nest gebaut haben, wenn es ganz still ist, am frühen Morgen, hört man sie summen...), was passiert, wenn man schläft (im Kleiderschrank erwachen Mäntel und Jacken zum Leben, Bücher schwirren durchs Zimmer und paaren sich, der Globus leuchtet blutrot wie der Mars, das schwarze Schnürband löst sich aus den Ösen, schlängelt sich unter die Bettdecke und windet sich um das kleine Glied, bis es vor Atemnot anschwillt und zu platzen droht...), welche Tiere ausgestorben sind (Mammut, Dinosaurier, Säbelzahntiger, Quagga, Moa, Riesenalk, Schneemensch...) und welche noch gar nicht erschaffen wurden (Schneepfauen, Eiskühe, Wüstenpinguine, Flugschweine, Froschpapageien, Blaubären, Basalthäutler, Nieswurzelhupfer, Pilzbeutelmäuse, Seeziegen, Aastauben, Wiesenschaumrobben, Haimenschen...) und zwischendurch immer wieder beunruhigende Listen über das, was weh tut (Papas Schweigen, Papas Reden, sich auf die Zunge beißen, Milchreis, Rosenkohl, Astrid Lindgren, Lassie, in den Spiegel schauen, Bodenturnen, Heimatkunde, Gartenzwerge, die kleine Nachtmusik, Räucherstäbchen, Schnittblumen...) oder hart macht (Schneebälle, Kopfrechnen, dunkle Keller, Zähneputzen, Papas Pschyrembel, Familienfeiern, zu enge Schuhe, Hinfallen, Mozartopern, Topfpflanzen, Neonlicht, Wespen...).

Der Dekan hat mich auf unbestimmte Zeit beurlaubt. Er rät mir, die Einladung nach China anzunehmen.

Und?

Ich weiß nicht, ob er sich nur um mich sorgt, oder mich einfach loswerden will. Heute Nacht bin ich an der Mole von Marseille gestrandet, mit einem angefaulten Bein. In einem Armenhospital im Ostteil der Stadt hat man es mir gänzlich abgesägt. Nun bin ich mir nicht mehr sicher, ob ich über dieses Angebot zur Flucht dankbar sein soll.

Bist du schon beim Arzt gewesen?

Ein reiner Phantomschmerz, Inka. Das kommt vor.

Geh zu Doktor Ewig. Er ist der beste Neurologe in der Stadt.

Zu diesem misanthropischen Zwerg? Ein langer schwarzer Zopf wächst ihm aus den Nasenlöchern.

Du solltest die Sache ernster nehmen. Du hast die ganze Nacht geschwitzt.

Es war heiß neben dir.

Das Schlafzimmerfenster stand offen. Und draußen liegt Schnee.

Gut, ich gehe zu Ewig. Aber wundere dich nicht, wenn er mich unbehandelt vor die Tür setzt. Wahrscheinlich werde ich mich nicht beherrschen können und einen Lachkrampf bekommen, wenn er mich auffordert: Drücken Sie mir einmal die Hand, Herr Professor, fest wie einem alten Freund! und seine Nasenhaare tief beleidigt zittern, wenn er diagnostiziert: Nun, Ihr Händedruck könnte kräftiger sein!

40

Ist nicht unser Bemühen, möglichst viel unserer Erfahrung, unserer Erlebnisse und Werke zu archivieren, ein Versuch, einen wesentlichen Teil unseres Selbst über den Tod hinwegzuretten? Aber wie ist das Verhältnis zwischen dem Archiv der Bilder und der Notizen zur Wirklichkeit? Kann die Aufbewahrung der kreativen Spur unseres Daseins das Dasein selbst ersetzen? Kann das Archiv un-

serer Manifestationen so vollständig sein, das der Schöpfer darin fortlebt, oder zumindest nicht mehr zwingend anwesend sein muß, um vollständig wahrgenommen zu werden?

Gesetzt selbst, die Wahrnehmung unseres Daseins wird von der annähernden Vollständigkeit der Daten und Bilder unseres Daseins ununterscheidbar, so bleibt zumindest im Subjekt, in mir selbst eine Differenz zwischen meiner Gegenwart und ihrer Repräsentanz erfahrbar. Das Archiv konserviert allein die Hüllen.

Am Ende kehrt sich unser Geist nach innen, und die Blätter der Alben und Herbarien, die wir in unserem Leben angehäuft und abgeheftet haben, glühen ein letztes Mal, im Verglühen scheinbar lebendig, in diesem eigenen, inneren Bibliotheksbrand auf.

Leben ist genau jenes Mehr, das wir über jedes Erinnern hinaus sind.

41

Jede Photographie ist eine Leiche des Moments. Im Augenblick des Betrachtens ist das Betrachtete bereits Vergangenheit. Aber auch die Photographie selbst bleibt sich nicht gleich, während allein ihr Gegenstand altert und zerfällt. Auch die Photographie altert.

Im neunzehnten Jahrhundert kam für kurze Zeit der Brauch auf, Abzüge von Photographien Verstorbener unter Verwendung ihrer eigenen Asche anzufertigen, um so ein letztes, bleibendes Portrait zu erhalten, das vollkommen aus der dargestellten Person zusammengesetzt war. Diese Aufnahmen waren zwischenzeitlich so verbreitet, daß viele Menschen am Ende des neunzehnten Jahrhunderts erst nach ihrem Tod zum ersten Mal portraitiert wurden.

Man darf diese Bilder nicht zu lange anschauen, ohne Gefahr zu laufen, von ihnen selbst, vom abgelichteten Tod angeblickt zu werden.

Denn das ist der einzige und wahre Tod: Das blasphemische Zerhacken des Zeitstroms, das Einfrieren des Augenblicks, die Momentaufnahme. Die Photographie scheint dem Tod eine Lebenssekunde zu entreißen. In Wirklichkeit aber gibt sie diesen Augenblick dem Tod preis.

Das Gebot: Du sollst dir kein Abbild des Lebendigen schaffen! bedeutet nichts anderes, als daß mit dem Bild der Tod in die Welt kommt.

Ist man erst lange genug hier, erscheint einem diese Stadt mehr und mehr durchschnittlich. Nicht trübsinnig, nicht bedrohlich, sondern unspektakulär wie eine Beamtensiedlung. Und man selbst verliert nach und nach alle besonderen Attribute, die uns sonst zu Charakteren oder zumindest zu Individuen macht. Was bleibt, ist ein Mann von vernachlässigbarem Alter in einem unauffälligen Anzug, der, sollte er auf einer Bühne dargestellt werden, von jedem besseren Schauspieler zwischen dreißig und fünfzig gespielt werden könnte.

Auch wenn dieser Mann von sich selbst als »ich« spricht, darf man es ihm nicht als Anmaßung oder Exhibitionismus auslegen. Er spricht dieses alles allein in Gedanken zu sich selbst. Und wenn in diesem Selbstgespräch häufig von Tod und Sterben die Rede ist, so darf man ihm deshalb noch nicht die Melancholie eines Marc Aurel oder die Gedankentiefe eines Montaignes unterstellen. Sein Nachdenken über den Tod ist eher das eines zufälligen Augenzeugen, der, mit den Händen in der Tasche, am Straßenrand der Bergung eines Unfallopfers zuschaut. Es ist nicht der eigene Tod, der ihn beschäftigt, oder der eines ihm Nahestehenden. Mit einem entschlossenen »Nun aber weiter!« wird er sich von dieser Szene losreißen und seinem unterbrochenen Tagesgeschäft nachgehen. Am Abend, kurz bevor er das Licht löscht, fällt ihm vielleicht noch einmal das weiße Gesicht dieser jungen Frau hinter dem Steuer ein, ihr vollkommen widerstandsloser Körper, als sie aus dem

Autowrack gezogen wird, die müde Geste des Notarztes, nachdem er ihre Augenlider angehoben und an ihrem merkwürdig verrenkten Hals vergeblich nach einem Puls getastet hat. Dann dreht er sich auf seine Schlafseite und denkt ironisch lächelnd: Schlaf, Bruder des Todes.

Vergeblich versuche ich, mich an irgendeinen meiner nächtlichen Träume zu erinnern. Ich bleibe im Bett liegen und starre auf die braunumkrusteten Wasserflecken an der Decke, ein Rohrschachtest für Depressive, *die Säge*, ein in der Tat lakonischer Titel für den grausam-erotischen Kupferstich Cranachs, der mir plötzlich ins Hirn springt, ein nackter, mit Händen und Füßen kopfunter an ein Gerüst gefesselter Delinquent, der von einer Säge, angefangen in seinem Schritt, zweigeteilt wird. Das grobzackige Blatt hat sich bereits weit in sein Gesäß hineingefressen. Gaffendes Volk. Würde ich rauchen, würde ich mir jetzt eine Zigarette anstecken. Keine Lust aufzustehen, mich an den graugescheuerten Holztisch in der winzigen Küche zu setzen und eine Nudelsuppe zu löffeln. Sehne mich nach einer weißen Damastdecke, einem Brotkörbchen und schwarzem Kaffee. Nach dem Gezwitscher von Vögeln. Nach Glockengeläut.

Den Morgen lesend im Bett verbringen. Lesen statt reisen. Ich hätte mehr gesehen, gehört, erfahren.

Vor hundert Jahren galten die spitzen Türme der neuerbauten Kirchen noch als Unglücksbringer, weil sie den chinesischen Vorstellungen der Harmonie von Landschaft und Architektur widersprachen. Und nun ragen spitze, stumpfe, gezwiebelte oder verdrillte Türme allerorten in den speckigen Himmel.

Kein Vogelgezwitscher vor dem Morgengrauen. Keine Morgensonne. Der Tag verspricht, bedeckt und grau zu bleiben. Statt der Amseln das Klappern des defekten Ventilators. Dann das Schrillen des Telefons. Wer? Ah, Lianming. Vielen Dank. Bin schon wach. Ja, habe gut geschlafen. – Beginne den Tag bereits mit einer Lüge.

Ich bleibe im Bett liegen. Gnädig mit mir selbst. Lüge? Höflichkeit! Das Zusammenleben wäre unerträglich, würden wir einander gnadenlos die Wahrheit sagen.

Die gewaltigen Stadtmauern der Hauptstadt sind teilweise niedergerissen, las ich am Abend in einem Aufsatz über die Niederschlagung des Boxeraufstands, ganze Stadtviertel seien in Schutt und Asche gelegt und das Gesandtschaftsviertel durch Kanonenbeschuß weitgehend zerstört. – Das Klacken der defekten Ventilatorenblätter setzt aus. Ich drücke auf den Lichtschalter neben meinem Bett. Nichts. Stromausfall oder -sperre. Und in diesem Wohnblock wird es wahrscheinlich kein Notstromaggregat geben. Ich stelle mir die niedergebrannten und entvölkerten Dörfer der Umgebung vor. Seit Wochen treiben in den Flüssen aufgedunsene und zum Teil grausam verstümmelte Leichen. Die Kaiserinwitwe Cixi und ihr Hoher Rat sind wenige Tage zuvor aus der Hauptstadt nach Sian geflohen. Im offiziellen Hofprotokoll nennt sich die Flucht »Inspektionsreise«.

Meine gestrige Furcht angesichts der tabakgelben Augen des unrasierten Männergesichts im Spiegel und des Nachtschweißes, ich hätte mich mit einer Gelbsucht infiziert, scheint unbegründet. Trotzdem lege ich mich nach einem eingehenden Studium meines Spiegelbildes wieder auf das zerwühlte Bett. Das heldenhafte und zivilisierte Abendland in Gestalt dieses unrasierten, blaßhäutigen Gesandten macht keinerlei Anstalten, diese Stadt mit ihren korrupten Funktionären und aufsässigen Proletariern in Angriff zu nehmen. »Die Deutschen an die Front!« fordern die Altglassammler. »Pardon wird nicht gegeben!« kreischen die Fahrradklingeln.

Schließlich entdecke ich das Geschwür in der rechten Leiste, ein schmerzloser Knoten, aber sehnig wie ein Jagdhund, der mit rohem Fleisch gefüttert wurde. Mir wird für einen Augenblick schwarz vor Augen. Vielleicht eher meiner Nüchternheit wegen als des fremden toten Gewebes im Schritt. Werde es am besten selbst aufschneiden, das Rasiermesser mit falsch etikettiertem Cognac oder Eau de Cologne desinfizieren und mit ihm das Geschwür herausschälen.

Höre aus der Nachbarwohnung das ungenießbare Wasser aus der Dusche auf die gesprungene Emaille prasseln, es klingt wie das Knacken von Ästen im Feuer. Ja, duschen, endlich aufwachen und mich mit meinem Dasein an diesem fremden Ort versöhnen, ohne das Gift in Mund oder Nase dringen zu lassen. Raff dich auf! Für einen Augenblick wenigstens das Glück des Wachseins genießen.

XLII

Für die Gesundheit ihrer Bewohner wäre es bekömmlicher, es gäbe diese Stadt gar nicht. Diese Nekropole ist eine Art graues Loch, in das alles hineinstürzt, ohne gänzlich zu verschwinden. Vor allen Dingen die Farbe Grau bleibt aller Implosion zum Trotz beherrschend.

Sicher, hier können Grundschüler immer noch ohne Angst vor Entführung und Mißbrauch zur Schule gehen. Nanking ist nicht Bangkok. Nanking ist ungesund und rücksichtslos, neureich und korrupt, aber ohne den Charme Neapels oder Kischinaus. Allerdings funktioniert der öffentliche Nahverkehr reibungslos.

Die Lüge sei jung und hübsch, die Wahrheit alt und häßlich, schreibt Manuel Gutiérrez Nájera über Mexiko Stadt. Hier sind Wahrheit und Lüge gleichermaßen alt und häßlich, ein Plattenbauspeckgürtel um eine leer geräumte Mitte.

In Kairo wird die Unfertigkeit durch Exkremente, Müll und Hehlerei besänftigt, in Lagos durch Öldiebe, Terpentinschnüffler und Cadillac-Fahrer. Hier taumeln nicht einmal Besoffene durch die verschwitzten Straßen. Es herrscht eine Härte, die kein Herunterhandeln, kein Augenzwinkern, kein Ganovenehrenwort kennt.

Hier rauben die Polizisten den Beraubten ein zweites Mal aus. Es ist eine Hölle ohne die Freuden des Leidens.

Sie wirkt klein, untersetzt, gedrungen in ihrer straffsitzenden Uniform, den schwarzen Gummiknüppel wie ein obszönes Sexspielzeug im Halfter. Ich bleibe auf der gegenüberliegenden Straßenseite stehen und betrachte sie, kurzgeschnittenes schwarzes Haar unter der Uniformmütze, ein rundes, milchweißes Gesicht mit einem Doppelkinn, kurze, aber energisch feste Schritte, als sie ihren Weg fortsetzt. Ich folge ihr.

Warum gehe ich ihr nach? Ich weiß es nicht. Sie ist in keiner Weise attraktiv. Und sicher treffe ich sie rein zufällig ein zweites Mal vor unserem Wohnblock an. Vielleicht liegt diese Siedlung einfach in ihrem Revier oder auf ihrem täglichen Rundgang. Ich folge ihr, weil ich nichts Besseres zu tun habe. Weil sie so bar jeder Besonderheit ist, daß es tatsächlich keinen Grund gibt, ihr nachzulaufen.

Am Zigarettenstand an der Ecke bleibt sie stehen und wechselt einige Worte mit dem Verkäufer, einem älteren, fast kahlen Mann im Trainingsanzug. Der Mann lacht laut auf, ihr feistes Gesicht lächelt mit, ohne daß ihre Augen lachen. Dann geht sie weiter, und ich, auf der gegenüberliegenden Straßenseite, folge ein paar Schritte hinter ihr.

Die ihr entgegenkommenden Passanten, selbst die Frau mit ihrem Einkaufswagen und die Alte am Stock, weichen ihr aus, während ihre kurzen, festen Schritte nicht ein einziges Mal von der geraden Mittellinie auf dem Gehweg abweichen. Niemand schaut ihr direkt ins Gesicht, niemand lächelt sie an. Nur die Alte murmelt, nachdem sie der Polizistin Platz gemacht hat, mit kaum bewegten Lippen einige unverständliche Worte.

Wie mag sie in einem Kleid aussehen? Ich kann es mir nicht vorstellen. Wartet zu Hause eine Familie auf sie? Ich sehe nur eine alte, kränkliche und zänkische Mutter vor mir, die ihrer fortgeschrittenen Parkinson-Erkrankung wegen von der Polizistin jeden Morgen und Abend gefüttert werden muß.

Ich würde sie gerne ein wenig aus ihrem festen Tritt, ihrer geraden Bahn werfen. Ich überhole sie, überquere die Straße und stelle mich ihr in den Weg. Sobald sie nur noch eine Armlänge von mir entfernt ist, ohne Marschroute und -geschwindigkeit auch nur im geringsten geändert zu haben, halte ich ihr mit der tumben Miene des verirrten Touristen die Visitenkarte meines ehemaligen Hotels vors Gesicht.

Während ihre weiße pummelige Hand zum Griff des Gummiknüppels fährt, lächelt ihr Mund, wieder ohne jedes Lächeln in den Augen, ein Winterlächeln, voller erfrorener Tulpenzwiebeln, Tretminen und Massengräber. Sie läßt sich Zeit mit dem Lesen. Ihre Augen unter den fleischigen Lidern sind so schmal, daß ich kaum erkenne, ob sie noch die Zeichen auf dem Kärtchen oder jene auf meinem blondbehaarten Handrükken zu entziffern versucht.

Barfuß, in einem Reisfeld, wäre es vielleicht eine lebendige und schöne Frau. Oder in schwarzen Gummistiefeln auf einem Fischerboot im Südchinesischen Meer. Ich stecke die Visitenkarte ein, ohne eine Antwort abzuwarten, verbeuge mich ernst und höflich wie ein Mandarin und mache mich auf den Weg zu meinen Freunden vor dem Kaufhaus *Irdische Harmonie*.

Während ich dem unaufhörlichen Strom der Passanten ausweiche, fällt mir eine Äußerlichkeit auf, die mir bisher unwesentlich schien: die jungen Leute hier, deren Ringen um Persönlichkeit sich in der Individualität ihrer Kleidung und Haartracht äußert, während ich in meiner Jugendzeit, als meine Altergenossen auf der Suche nach ihrem wahren Aussehen unzählige verzweifelte Stunden vor dem Spiegel verbrachten, eine feldgraue Uniform trug.

Den Platz vor dem Kaufhaus *Irdische Harmonie* finde ich verwaist vor. Natürlich strömen Kunden ein und aus, aber Godzilla und seine Mittänzer sind verschwunden, und niemand weiß wohin. Zumindest sagt mir niemand, was er weiß. Hat sich jemand von ihrer Anwesenheit gestört gefühlt? Haben sie jemandem im Weg gestanden? Aber sie haben doch nur getanzt! Nur? Ist es nicht genauso, als würde man ausrufen, Hamlets Schauspieltruppe habe doch nur gespielt?

Im Nanking-Massaker-Memorial-Park stoße ich unter den nacktbrüstigen Freizeit- und Glücksdarstellern, Drachen steigen lassenden Rentnern, Tai-Chi-bewegten Sekretärinnen und rollerskatenden Stahlarbeitern auf Lianmings fernsehsüchtigen Bruder Yu.

Mit einem großen Pinsel, den er an einem langen, wassergefüllten Rohr befestigt hat, malt er flüchtige Kalligraphien auf die rosagrauen Steinfliesen. Sobald das Wasser auf den Fliesen verdunstet ist, hat sich auch das Gedicht aufgelöst. Sein zernarbtes Gesicht gleicht einer verschrumpelten Knoblauchzehe. Trotzdem umringt ihn ein zahlreiches Publikum aus Wanderarbeitern in gerippten Unterhemden, Büroangestellten mit gelockerter Krawatte und Schauspielschülerinnen auf hochhackigen Schuhen, die alle versuchen, die kunstvollen Schriftzeichen zu lesen, ehe die Mittagsschwüle sie aufgeleckt hat. Ich sehe aufmerksame Augen, gerunzelte Stirnen, leise mitlesende Münder, konzentrierte Gesichter ohne Belustigung oder Spott.

Die Menschen ertrinken fast in der Flut von Kalligraphien, die als politische und geschäftliche Werbung im Stadtbild allgegenwärtig sind, so daß niemand ihnen noch Beachtung schenkt. Aber hier, auf der Gehwegtafel im Park, wo das Unkraut die scharfen Kanten rahmt, erhält das Wort sein Gewicht durch seine Flüchtigkeit zurück und prägt sich dem Gedächtnis ein, gerade weil es sich nicht aufdrängt.

Ich verstehe nur Bruchstücke der Verse. Ich brauche zuviel Zeit, die Zeichen zu entziffern, die die anderen Zuschauer bereits als Schulkinder auswendig gelernt haben. Ich erkenne die Zeichen für *Faden flüstern Geräusch Innerei anfassen schenken Unfall Polizei Tag Beweis Geschichte fernsehen rot Strom Forschung werfen Wand stören*

Das sind offensichtlich keine klassischen Verse aus der Tang- oder Song-Zeit. Ich schaue in Yus entstelltes Gesicht. Er führt seinen langstieligen Pinsel wie ein Mönch sein Schwert. Das, was mich an diesem Mann in den Bann zieht, ist allein die ruhige Geste des Schreibens.

Der Rhythmus des Schwertes, hat Lu Jian mich gelehrt, ist der Rhythmus des Atmens. Im Kommen ist er ohne Form, im Gehen ohne Spur. Sobald man auch nur im geringsten im Denken Zuflucht sucht, gewinnt der Atem Form. Und der Gegner schlägt, was so unbesonnen zur Form geronnen ist.

Genau so malt sein Onkel Yu seine flüchtigen Zeichen, erst in der Bewegung findet der Gedanke seine Form, und kaum ist sie ausgeführt, sind die Spuren des Gedankens bereits verloschen.

Sind es überhaupt seine Gedanken, oder ist es allein die Bewegung, die spricht? Kann ich ihn für diese Bewegung zur

Verantwortung ziehen? Bewegung ist kein Besitz. Alles fließt ihm davon. Sie hat ihr eigenes Gesetz. Der Kopf ist vollkommen frei, und der Geist ist leer, leer wie der Blick Yus.

Einige Zuschauer lächeln. Ich höre das Wort *Mao*, andere nicken bestätigend. Ist es ein bekanntes Mao-Gedicht, das Yus Pinsel auf die Gehwegplatte malt: Stolz seines Zeitalters, Großer Khan / Konnte nur den Bogen spannen / Und seinen Pfeil auf eine Nachtigall anlegen / Alles Vergangenheit / Die freien Menschen leben / Jetzt

Dann entdeckt Yu mich in der Menge der Zuschauer. Er läßt seinen Rohrpinsel fallen und wirkt plötzlich erschöpft. Während sich die anderen Parkbesucher zerstreuen, gehe ich auf meinen Mitbewohner zu und begrüße ihn freundlich.

Hast du schon alle zehn Sehenswürdigkeiten dieser schönen Stadt besucht? fragt er mich in einem monotonen, aber korrekten Schulenglisch. Ich wußte gar nicht, daß er überhaupt sprechen kann.

Ich dachte, alles Sehenswerte sei inzwischen der Erneuerung zum Opfer gefallen.

Da irrst du dich! Für jeden abgerissenen Tempel errichten wir eine großzügige Shopping Mall, für jede verschwundene Gasse einen wunderbaren Wohnblock aus rosablauem Beton. Denn seit Urzeiten sind wir von der Zehnkrankheit befallen, ja inzwischen ist sie Teil unseres genetischen Programms: Bei den Soßen verfügen wir über zehn Sorten, und bei den Mahlzeiten halten wir zehn Gänge ein, zehn Instrumente gehören in ein Orchester, und zehn Paläste besitzt der König des Totenreichs, zehn Sehenswürdigkeiten stehen in jeder Stadt, die auf sich hält, und zehn Zutaten gehören in jede gute Medizin. Zehn Finger garantieren beim Knobeln unsere Glückseligkeit, und zehn Todsünden sind in unseren Annalen des Verbrechens aufgeführt.

42 *Noch hält der Ritter sein zerbrochenes Schwert erhoben, noch rinnen die Rosenholzperlen durch die blasse Hand des Mönchs, ein letztes Mal öffnet der Arzt die dunkle Vene, um den Sterbenden zur Ader zu lassen, der Pinsel färbt die kalkweiße Leinwand mit Leben, und sei es auch die Farbe des Todes, die er aufträgt. Das Starre ist nicht starr, rauhe Stricke schneiden ins Fleisch, die Wundränder leuchten entzündet, die Wangen glühen im Fieber, auch wenn das Atmen bereits eine Qual ist.*

Die lebendigen Ränder kennzeichnen das Gemälde, nicht der erstarrte Umriß. Die grünschwarz verfärbten Glieder des Toten erinnern noch an Moos und Rinde. Mag auch niemand die gebrochenen Augen geschlossen und den schmerzverkrampften Mund zugebunden haben, das Gemälde zeigt keinen Tatort, sondern den Sturm und die Gelassenheit der Natur. Und die Scheiterhaufen gleichen nicht Eisbergen, sondern brennen tatsächlich. Selbst die Leinwand wird von ihrem Feuer nicht verschont.

Hätte es zur Zeit Jesu schon die Photographie gegeben, hätte Jesus nicht von den Toten auferstehen können.

Nur das Gemälde kann vollkommen und endgültig den Tod darstellen und zugleich noch Hoffnung auf etwas nach wie vor Beseeltes lassen, ohne zu lügen. Es gibt nicht vor, ein Spiegel der Wirklichkeit zu sein, sondern bleibt selbst in aller Vollkommenheit und Endgültigkeit ein Entwurf.

Der tote Christus in seinem engen steinernen Grab löst nicht allein seines zerschundenen Leibes wegen diesen unerklärlichen Schrecken in uns aus, seine vollkommene Einsamkeit erschüttert uns noch tiefer. Der Tod kann kaum anschaulicher auf die Leinwand gebannt werden, und doch übermannt den Betrachter dieses unbegründbare Gefühl der Anteilnahme an der Verlassenheit des Toten, dem trotz seines unleugbaren Todes immer noch ein kaum erträgliches Bewußtsein seiner Verlassenheit innezuwohnen scheint.

Wir können nicht anders als dieses Gefühl ernstnehmen, daß wir mehr als nur einen leb- und bewußtlosen Haufen verwesenden Fleisches vor unseren Augen haben.

Dieser tote Christus ist ein Leichnam mit der ganzen leiblichen Unvollkommenheit der Menschen seiner Zeit, ein Opfer des Hungers oder der Pest, ein armer Abdecker oder Gerber, der Zeit seines Lebens barfuß gegangen ist und sich das Haupthaar und den Bart einmal im Jahr mit einem roststumpfen Messer selbst schnitt. Seine tiefliegenden Augen im frühgealterten Gesicht blicken immer noch, wenngleich nach innen. Ein Blick der Angst, der die durchgestandenen Martern widerspiegelt, ein Blick des harten, bitteren Wissens, das den Glauben an die Gerechtigkeit und die Liebe unter den Menschen auf dem Streckbett der Inquisition verloren hat. Das Gesicht wirkt wie im Todeskampf erstarrt, nichts von der Gelassenheit und der Hoffnung auf die göttliche Gnade. Das Drama der letzten Stunden ist in den ausgemergelten Zügen noch vollständig greifbar. Der entsetzte Blick, der erstarrte Schrei droht die Enge des Grabes zu sprengen. Mehr als während der vorangegangenen Martern ist hier, konzentriert in der Eingeschlossenheit, die ganze Passion gegenwärtig, die inneren Wunden, die Zerstörung des Menschen- und des Gottvertrauens, die Nägel, Holz und Verrat angerichtet haben.

XLIII

Dann, mitten in der Nacht, ein Anruf vom Bahnhof, sie kauften gerade Fahrkarten nach Hangzhou. Dort finde eine Vorausscheidung für die nationalen Breakdance-Wettkämpfe in Peking statt. Ob ich sie nicht begleiten wolle, fragt mich Godzilla.

Der neue Hauptbahnhof von Nanking gleicht einem modernen Flughafenterminal, wie überhaupt chinesische Großstadtbahnhöfe Leipzigs Sackbahnhof klein aussehen lassen. Hier sind es Menschenumschlagplätze. Wer einen Eindruck von den Menschenmassen dieses Landes gewinnen will, muß die Bahnhöfe aufsuchen.

Eine Zugfahrt durch ein unbekanntes Land in eine unbekannte Stadt hat etwas Vielversprechendes. Ich sitze ein wenig beengt, aber immerhin, ich sitze, unter unzähligen fremdgesitteten Menschen, denen ich noch sympathisch bin, weil sie mich nicht näher kennen. Und am Fenster zieht wie ein endloser Werbefilm der darbenden internationalen Bauindustrie Chinas zersiedelter Westen vorüber. Ein wenig erinnert die Landschaft an Holland: flach, saftig grün, unbewaldet, von unzähligen Kanälen und Flüssen durchzogen und nicht einen Augenblick lang unberührt, brach, oder gar wild, immer ist irgendwo auf der Leinwand meines Zugfensters eine Siedlung, ein Fabrikschlot, ein Baugerüst zu sehen.

Traumbilder nähern sich, rasch, abwechslungsreich, in ihrem schnellen Wechsel fast beglückend, denn dort hat tatsächlich ein geschickter Bühnenbildner die Fassaden der Herengracht an einen Kanal gesetzt, und kaum ist Neu-Amsterdam aus meinem Blickfeld entschwunden, taucht Trastevere auf, mit einer etwas miniaturisierten Replik des Petersdoms auf der Piazza Navona, nicht ganz der originalen Topographie entsprechend, aber warum Europas historische Fehler wiederholen, wenn man schon einmal die Gelegenheit zur Vervollkommnung des Zitats ergreift!

Ich hätte Proviant mitnehmen sollen, denn jeder ißt hier. Ja, es scheint, als seien meine Mitreisenden vor allem des Essens wegen unterwegs. Nur ich schaue aus dem Fenster. Und während des Essens wird geredet, nicht nur mit dem Gegenüber, sondern auch mit entfernten Lieben, via Funknetz, und gespielt, die Älteren Rommé, die Jüngeren fiepende Monsterjagden auf ihren handtellergroßen Minenfeldern. Das alles schallt, schmatzt, sirrt und singt, als würde in einer Shanghaier Spielhölle eine Bauernhochzeit gefeiert. Meine Gefährten Godzilla, Xiao Zhi und Lü Zhong Xing bilden da keine Ausnahme. Ich komme mir beinahe in eine Unwirklichkeit versetzt vor, wie sie mir als junger Mann begegnete, als ich zum ersten Mal jene Orte besuchte, die vordem nur in den Büchern meiner Jugendzeit existierten.

Es ist bereits Nacht, als wir in Hanghzou eintreffen. Ich habe mit einer Zugfahrt von zwei Stunden gerechnet, da aber unser Intercity-Expreß in jeder Millionenstadt hält, von denen es in China ja bekanntlich so viele gibt wie im Rest der Welt zusammen, sind wir fast sieben Stunden unterwegs.

Von dieser an Sehenswürdigkeiten angeblich reichen Stadt am Westsee erschließt sich mir zunächst nur die verkehrsreiche Straße vom riesigen, aber reizlosen Hauptbahnhof zum Kaufhaus *Intime Feuerwehr,* vor dessen Drehtüren das Semifinale zwischen meinen Breakdancern aus Nanking und ihren Erzrivalen aus Hangzhou ausgetragen werden soll.

Selbst mir als Breakdance-Laien wird schnell klar, daß meine Freunde gegen den Heimvorteil ihrer Konkurrenten keine Chance haben. Der geschliffene Granitboden vor dem Kaufhaus *Intime Feuerwehr* ist viel zu stumpf für die kunstvollen Schulter- und Ellbogenpirouetten meiner den glattpolierten Marmor vor dem Kaufhaus *Irdische Harmonie* gewohnten Recken. Dazu eine kaum mannshohe Stanzblechdecke mit einer fahlen Tiefgaragenbeleuchtung, die gerade die besondere Nankinger Kunst der Handstandüberschläge und Salti in schlechtem Licht erscheinen läßt, wenn nicht gar ausschließt, und neben den nässenden Schürfwunden an Ellbogen und Schulterblättern blutet alsbald auch die voller Enthusiasmus und Siegeswillen aufgebrochene Seele.

Und nach kaum zwei Stunden ziehen wir uns geschlagen in ein billiges Hotel in Bahnhofsnähe zurück. Hier teilen wir uns zu viert zwei Betten, um dieser an Lehrgeld reichen Reise nicht noch weitere unnötige Kosten hinzuzufügen, und wälzen uns trotz oder gerade wegen der vollkommenen Übermüdung bis zum frühen Morgen schlaflos auf dem schmalen Lager. Die drei geschlagenen Freunde suchen im Hotelfernsehen nach einem Sedativum, während ich die beiden Photographien von den Sehenswürdigkeiten Hangzhous rechts und links neben dem Fernseher studiere. Die eine zeigt den Rohbau der sechsspurigen Autobahnbrücke über die Bucht von Hangzhou Wan, die nach ihrer Fertigstellung einmal die längste Überseebrücke der Welt sein wird, zumindest so lange, bis irgendwer, womöglich sogar die Chinesen selbst, eine noch längere Brücke baut. Und die zweite Fotografie zeigt einen berühmten Sohn der Stadt, offenbar einen General oder wenigstens einen ordensgeschmückten Menschen in schlammbrauner Uniform, dessen Namen ich hätte erfragen können, aber das würde an dieser Stelle nur anmaßend wirken, denn auch so können wir sicher sein, daß er keinerlei Verluste gescheut haben wird, Ruhm und Ehre seiner Vaterstadt zu verteidigen. Darüber hinaus kann man bei der Umschrift von Namen ja nicht vorsichtig genug sein, ob das, was man arglos transkribiert, in der anderen Sprache nicht vollkommen mißverständlich aufgefaßt werde.

Am frühen Morgen begeben wir geschlagenen Kämpfer aus der Hauptstadt des Südens uns zurück zum riesigen, aber reizlosen Hauptbahnhof Hangzhous, um uns noch Fahrkarten für die Heimreise zu sichern, ohne vom berühmten Hangzhou am

Westsee mit seinen unzähligen Sehenswürdigkeiten mehr gesehen zu haben als das ruhmlose Kaufhaus *Intime Feuerwehr.*

Gewiß lüge ich, wenn ich behaupte, daß die Rückfahrt nach Nanking doppelt so lange dauert wie die Hinfahrt nach Hangzhou. Aber zwölf Stunden sind es sicher, die wir im größtenteils stehenden, auf Anschlußzüge wartenden, überfüllten und überhitzten Waggon verbringen. Schließlich drängt der Schaffner durch die engbesetzten Reihen und schließt die Vorhänge, nicht, weil es schon Abend geworden wäre, was es später indes noch wurde, sondern wohl deshalb, damit wir nicht ständig auf dasselbe stehende Bild vor dem Zugfenster starren müssen. Denn nichts macht einen Reisenden unruhiger als ein unbewegter Zug.

Auf den Waggonmonitoren läuft unterdessen das Möbiusband der immergleichen Filmsequenz: Ein singender Oberst in makelloser weißer Operettenuniform schreitet eine Reihe strammstehender Rekruten ab. Während des chorisch gesungenen Refrains sieht der stillstehende Reisende die jungen Männer, streng choreographiert, bei ihrem schweißtreibenden Drill zu: Liegestütze, Gewehr angelegt, im Laufschritt über den Schwebebalken, über den Lattenzaun gesetzt, unter dem Stacheldraht hindurch gekrochen und wieder Liegestützen.

Zwischenstrophe: Strahlender glattrasierter Oberst, Stimmfach Heldentenor, kurze Werbeunterbrechung, Bikini-Schönheiten, die unter Palmen kubanische Cocktails schlürfen, und weiter schreiten unsere Augen die strammstehenden jungen Männer ab, die im Gegensatz zu uns im bereits nächtlich verhangenen bewegungslosen Zug keineswegs überrascht sind, daß ihr Vorgesetzter wie im Weißen Rößl oder Zigeunerbaron die ertüchtigende Seite des Soldatenlebens besingt, ja sogar voller Hingabe in den Refrain einfallen.

Doch kaum ist das Lied zu Ende, geht es, samt derselben Werbeunterbrechung, von vorne los, so daß ich mich ernsthaft als unfreiwilliger Teilnehmer eines psychologischen Experiments wähne. Womöglich geht es um die Entwicklung neuer, zeitgemäßer Verhörmethoden, die endlich der Genfer Konvention gerecht werden.

Auch meine drei Gefährten beginnen, unter dem andauernden Stillstand zu leiden. Godzilla zündet sich, trotz des allgemeinen Rauchverbots, bereits die dritte Zigarette an. Und zum dritten Mal passiert der strengblickende Mitreisende mit dem Blockwartsgesicht unsere ostentativ gelangweilte Sitzreihe. Durch Godzillas Nikotinwölkchen sehe ich ihn mit dem verantwortlichen Waggonmeister sprechen. Bis dieser sich durch die im Gang campierenden und picknickenden Passagiere ohne Sitzplatzreservierungen zu uns privilegierten Sitzplatzbesitzern durchgekämpft hat, ist Godzillas Zigarette längst zu Ende geraucht. Aber als Zeugen seiner Ordnungswidrigkeit schwimmen noch drei ertränkte Stummel in der Silberschale für die Abfälle, in der Godzilla die Glut mit ein wenig grünem Tee gelöscht hat. Und obwohl der Wagenmeister auch ohne den Hinweis eines aufmerksamen Mitreisenden diese Untat eines Halbstarken bereits mehrfach hätte sehen und riechen können, ist es wohl erst die Anklage dieses Mitreisenden, die ihn nun mit solcher Härte durchzugreifen veranlaßt. Godzilla wird in das Dienstabteil am Zugende verbracht, dort eine gute halbe Stunde von mehreren uniformierten Bahnangestellten verhört und schließlich zu einer Geldstrafe in Höhe unseres Fahrscheins verurteilt und muß noch dankbar sein, nicht aus dem noch immer stehenden Zug verbannt worden zu sein.

Kleines erotisches Zwischenspiel

DIE LANGEWEILE Sie in ein Gespräch zu ziehen scheint mir ein aussichtsloses Verlangen, oder irre ich mich?

DIE LESERIN Warum, glauben Sie, schleppe ich ein Buch mit mir herum, zumal eines mit tausend Seiten?

DIE LANGEWEILE Ich verstehe.

DIE LESERIN Das Leben kennenzulernen nimmt eben eine gewisse Zeit in Anspruch.

DIE LANGEWEILE Doch in der Zwischenzeit welkt es, wird fromm und bedeutsam.

DIE LESERIN Auch wenn Sie ein noch so nachdenkliches Gesicht ziehen, es nützt Ihnen gar nichts!

DIE LANGEWEILE Neulich besuchte ich einen Schriftsteller, der auch mit dem Verfassen eines Romans beschäftigt war. Er stand ganz im Banne seines Chauffeurs, während seine Gattin ihn vergötterte, was er indessen überflüssig fand. Wir sprachen wirklich angeregt über Zen, die Literatur und das Vergehen der Zeit.

DIE LESERIN Wenn die Helden untergehen, so ist das nicht tragisch, sondern ihre Pflicht!

DIE LANGEWEILE Es mangelt Ihnen entschieden an Güte, mein Fräulein!

DIE LESERIN Die Güte der Sonne besteht nicht in ihrer Wärme, die sie uns gewährt, sondern in ihrem Abstand.

DIE LANGEWEILE Und zur Unbarmherzigkeit gesellt sich also auch noch der Hochmut!

DIE LESERIN Geben Sie bitte erst gar nicht vor, zu bedeutenden Gedanken fähig zu sein. Wie viele Essays sind Ihnen durch den Kopf gewandert, und am Ende blieben nur die Titel!

DIE LANGEWEILE Hochmut entspringt einem Mangel an Erfahrung, liebes Fräulein. Ja, der Hochmütige fürchtet die Nähe. Seine Ironie ist die letzte Rettung vor dem Liebestod.

DIE LESERIN Verzeihen Sie mir bitte, daß ich jetzt einfach aufstehe und Sie mit Ihren aufgeblasenen Aphorismen allein lasse. Adieu!

XLIV

Auf Reisen verlangsamt sich die Zeit, vielleicht weil die Fülle neuer Eindrücke den Erfahrungen unserer Kindheit gleicht. Auch das Alleinsein mit mir entschleunigt die Zeit, ohne damit zugleich von dichter Erfahrung erfüllt sein zu müssen.

Flußaufwärts, Chinas Freude hinauf, oder auch Chinas Schmerz, gen Norden, dem Mond entgegen, der Farbe Schwarz. In die Stadt der Geister, aus der alle Bewohner geflohen sind und ihre Häuser mitgenommen haben, Dachziegel, Fensterrahmen, Schlösser, nur die Keller sind zurückgeblieben, samt der Plünderer und Geister. Hier mein eigenes Haus bauen, wie der Dichter und Maler Wang Mian. Von allen Künstlern, die Lu Jian mir nahezubringen versuchte, hat jener mich am tiefsten berührt. Am Abend seiner Jahre zog er sich in die Juliberge zurück und baute sich dort ein einfaches Haus, das er »Pflaumenblüte« nannte. Die Tuschezeichnungen von Pflaumenblüten hatten ihn berühmt gemacht. Doch zog er die wilden Pflaumenblüten jenen in den Baumschulen und Parks vor. Auch das war schließlich ein Grund, warum er sich im Alter vom Fischfang und den Früchten seines Gartens ernährte und sein Leben in Armut beendete.

Es gibt wohl keinen historischen Fortschritt des menschlichen Glücks, und gewiß keinen biographischen. Alle Anzeichen sprechen dafür, daß unser Glück stets in der Vergangenheit liegt. Im falschen Jahrhundert geboren worden zu sein, ist kein origineller Gedanke der Zeitgenossen. Teilen die Menschen hier dieselben Freuden, dieselben Leiden wie ich? – Nicht einmal in meiner Heimat, nicht einmal in derselben Familie teilen wir dieselben Leidenschaften.

Das Wasser führt mich, wie der Schwache den Starken führt. Als Regenbauer breche ich auf, als Lößbauer lasse ich mich nieder. Der Staubhimmel hängt tief über den offenen Gruben, ein eisiger Wind stiebt darüber hinweg. An den Hängen wächst wilder Reis. Hier leben die Menschen wieder in Höhlen. Sie haben keine Wahl. In den Lößbergen gibt es keine Steine, und seit der Regen die Bäume weggeschwemmt hat, auch kein Holz.

Der Reisbauer verbraucht vier- bis fünftausend Liter Wasser, um ein Kilo Reis zu ernten. Und die Blätter für eine Tasse Tee sind mit hundertfünfzig Litern Wasser gegossen worden. Einst wuchs hier Wald, und Baumkronen vermählten sich mit den Wolken. Heute scheuern Sturzbäche die nackte Erde wund.

Das Gesicht des Malers gleicht einer zerbrochenen Maske. Aus den rissigen Gipsspalten dringen Rauch und Gras. Seine schmalen Augen fragen, wozu das Leben gut war. Er weiß, daß sein schiefer Mund lügt. Aber die Lüge ist der Wahrheit ähnlich. Licht dringt durch die Risse, dann der Klang einer Sirene. Ähnlich wie der Tod dem Schlaf.

Nur jene, die sich einmal geliebt haben, können sich die Wahrheit sagen. Die grausamste Wahrheit, gnadenlos, direkt ins Gesicht. Und am Morgen scheint alles vergessen. Kaffee oder Tee, Liebster? Nur das verkrustete Blut an den Lippen zeugt noch vom Haß.

Du erwähnst als erste deine Sorge über den Gesundheitszustand deines Schwiegervaters. Seit Wochen sei der Alte heiser, am Telefon könntest du ihn kaum noch verstehen. Aber er weigere sich, zum Arzt zu gehen.

Wenn er immer noch soviel raucht wie früher, wundert es mich nicht.

Natürlich ist das Rauchen schuld.

Er weiß selbst, welche Folgen es haben kann.

Trotzdem, du solltest etwas unternehmen!

Wieso sollte ich? Er ist heiser, aber nicht debil. Er kann selbst entscheiden, wie genau er wissen will, wie es um ihn steht.

Ihr besucht den Alten weiterhin regelmäßig. Ich spüre, daß weder du, Miriam, noch Titus Verständnis für meine Unnachgiebigkeit habt, aber wir reden über das Thema nicht mehr, bis der Alte seinen Zustand nicht länger verleugnen kann und ins Krankenhaus muß. Zu seinem Stimmverlust haben sich Atemnot und Eßschwierigkeiten gesellt.

Die Ärzte diagnostizieren ein weit fortgeschrittenes Kehlkopfkarzinom, das bereits in alle Regionen seines Körpers gestreut hat. Sie legen eine operative Entfernung des Kehlkopfes nahe. Aber er weiß, daß keine Hoffnung mehr besteht, und verweigert die Erlaubnis zur Operation.

Er muß bereits künstlich ernährt werden und wird das Krankenhaus wahrscheinlich nicht mehr lebend verlassen. Willst du ihn nicht ein letztes Mal besuchen?

Hat er etwa nach mir gefragt?

Nein, das nicht. Aber ich kann mir vorstellen, daß ihm das Ende leichter fällt, wenn er mit dem Leben versöhnt sterben kann.

Vielleicht ist er ja mit dem Leben versöhnt. Nur mit uns Söhnen nicht.

Du hast zwanzig Jahre nicht mehr mit deinem Vater gesprochen. Wie willst du das wissen?

Und er zwei Jahrzehnte nicht mehr mit uns. Ist das nicht beredt genug?

Dein Vater liegt im Sterben, Viktor! Bitte sprich mit ihm!

Solange der Alte noch einen Ton herausbekommt, wüßte ich nicht, warum ich den ersten Schritt machen sollte. Ich habe ihn nicht vor die Tür gesetzt! Und hat er mich nicht verflucht, ich solle ihm in diesem Leben nicht wieder unter die Augen kommen?

Du bist nicht weniger halsstarrig als dein Vater, Viktor! Ich hoffe nur, daß dein eigener Sohn dir gegenüber barmherziger sein wird.

Zwei Monate später ist Vater tot. Die letzten Tage müssen eine unglaubliche Qual für ihn gewesen sein. Er hat kaum noch zu atmen vermocht, aber eine künstliche Beatmung und jede künstliche Ernährung hat er abgelehnt.

Miriam nimmt Titus zu ihren letzten Besuchen nicht mehr mit. Und mir erstattet sie weder Bericht, noch ermahnt sie mich ein letztes Mal, sie doch noch zu begleiten. Sie nimmt am Morgen den Anruf von Astrid entgegen, läßt mich in Ruhe meine Vorlesungen halten und teilt mir erst nach meiner Heimkehr am Nachmittag lapidar mit, es sei nun zu Ende.

Ich stehe im Tempel der Allgemeinen Nächstenliebe und weine: Allen Göttern wurden während der Kulturrevolution die Köpfe abgeschlagen, und dem Gott der Musik mit dem Kopf auch die Flöte, als hätte das Haupt nicht genügt, die Musik zum Verstummen zu bringen.

In unmittelbarer Nachbarschaft zu den großen Leidenschaften die alltäglichen kleinen Tempelbesucher, die im Andachtsgarten oder direkt an der Tempelmauer ihre Notdurft verrichten, nur wenige Schritte von jenen entfernt, die ihr mitgebrachtes Picknick vor sich im Unkraut ausgebreitet haben.

Der Mandelbaum im Tempelgarten kahl, aber noch voller alter verschrumpelter Früchte, braunschwarz zerfurcht wie getrocknete Stierhoden, Sack und Gelatine weggefault oder verdorrt, aber diese verschrumpelten Hüllen nutzloser Männlichkeit hängen federleicht an den knochenbleichen Ästen, vernachlässigte Gaben unseres Ahnenkults.

Nur der Misanthropismus macht es uns so schwer zu sterben.

XLV

Auf seine innere Stimme solle man hören, heißt es, aber sie redet leise, undeutlich, manchmal vielstimmig, immer widersprüchlich, ein beunruhigendes Gewisper

die Stummheit der Heringsvögel

der Gesang der Eutertrommeln

das Grunzen der Schweine, während sie mit ihren stumpfen Schnauzen meinen zerfallenden Kreislauf durchwühlen

Seit zwei Stunden sitze ich im *Café De Niro* und schaue dem Treiben in den *Paramount Studios* zu, ohne etwas zu sehen. Bin mit Kopfschmerzen erwacht. Spüre, Lianming wünscht sich nichts sehnlicher, als daß ich endlich ginge. Eine Jalousie aus Schmerz hat sich zwischen meine Augäpfel und meine Wahrnehmung gesenkt. Schlaf eitert aus den geschlitzten Lidern, grüngelb und klumpig, Wischgeister, aus dem Paradiesgarten.

Die Welt nimmt ihren Lauf, nur mein Leben hat sich festgefressen.

Als ich bereits bezahlt habe und diesen unsäglichen Ort verlassen will, ohne zu wissen wohin, kommt mir lächelnd der junge Schutzmann entgegen, der mich vor wenigen Tagen zum ersten Mal hierher geführt hat. Er schließt sich meinem Aufbruch an, als seien wir hier verabredet gewesen.

Wo wollen Sie hin?

Ich will das alte China entdecken.

Das alte China?

Mühsam verständigen wir uns mit englischen und chinesischen Brocken. Aber das scheint meinen jungen Begleiter nicht zu stören.

Das alte China wird ihnen keine Freude machen. Sie werden sehen!

Schweigend verlassen wir die Mall. Mit größter Selbstverständlichkeit übernimmt der junge Mann die Führung. Hin und wieder schaut er sich um, als könnten wir verfolgt werden.

Wie heißen Sie, junger Mann?

Han Yue! antwortet er lächelnd.

Und wieder versiegt unser Gespräch. Ein Rollstuhlfahrer vor dem häßlichen Einkaufszentrum macht, anstatt durch ein stummes Pappschild in seinen schwieligen Händen, mit einer an seinem Fahrgestell angebrachten Polizeisirene auf seine Notlage aufmerksam. Allein schon wegen dieses genialen Einfalls verdient er eine Belohnung. Doch jede Gabe steckt der grauen Stunde eine Blume ins Knopfloch.

Während ich dem Krüppel einige Münzen in den Schoß werfe, blitzt Panik in den Augen Han Yues auf. Er faßt mich am Arm und zieht mich rasch zum U-Bahn-Eingang.

Ich gehe neben ihm, als sei ich mir meiner Lebendigkeit

gewiß. Aber die einfahrende U-Bahn besitzt mehr Lebendigkeit als mein gegenwärtiges Dasein.

Wohin gehen wir?

Zunächst zeige ich Ihnen den Bauernmarkt.

Der Glaube, die Großstadt sei reich an aufregenden Orten, ist ein Irrtum. Ja, sie ist bevölkerungsreich, aber die Geschichten ihrer Bewohner sind so alltäglich wie die ihrer Millionen Mitbewohner. Hier sind selbst Tragödien bloße Randnotizen. Große Geschichten brauchen Zeit, sich zu entwickeln, brauchen Vorzeichen, die wahrgenommen und mißverstanden werden müssen, brauchen eine innere und keine äußere Unwahrscheinlichkeit, um bedeutsam zu sein.

Großstadtgeschichten sind Zufallsereignisse, ohne wirkliche Helden und Bösewichte, ohne Unausweichlichkeit und innere Logik, ein Zappen durch tausend Satellitenprogramme, mit einem Vokabular von hundert Worten eines Neo-Pidgin-Pop-Slangs.

Die Großstadt ist der Tod der Tragödien.

Großstädte werden kollektiv vernichtet, Sodom, Troja, Karthago, damit ein Einzelner überlebt, von dessen Heldentum man wieder erzählen kann. Das ist heute nicht anders als in den Anfängen der Geschichte.

Ich weiß, daß man hier buchstäblich alles ißt, und manches auch bei lebendigem Leib, und nicht nur Hummer. Teil des kulinarischen Mythos ist zum Beispiel das berüchtigte »Hirn vom lebendigen Affen« (*hou tou*) oder der deftige Fleischsalat, dessen Proteinspender aus noch lebenden Rattenembryonen bestehen sollen.

Unser Spaziergang über den Bauernmarkt aber verschlägt selbst mir hartgesottenem Küchenmythologen den Appetit. Neben dem großen bauchigen Wok mit dem siedenden Sud aus Wasser, Pinienöl und Koriander steht ein Esel, die Beine paarweise an zwei Pfosten gefesselt und das melancholische Maul zugebunden, so daß ihm nur hin und wieder ein Seufzen aus der Tiefe des zitternden Bauches entfährt.

Der gaumenverwöhnte Gast deutet auf das Fleischstück des Grautiers, nach dem ihm gerade der Sinn steht, der Chef der kleinen, unter einem Sonnensegel aus grauem Mülltütenplastik stehenden Garküche nickt anerkennend, deckt dem Esel an der gewiesenen Stelle mit chirurgischem Geschick das Fell auf, säbelt fachmännisch das gewünschte Filetstück aus dem rohen Fleisch und wirft es in den Wok.

Mühsam kämpfe ich meine Übelkeit nieder. Ich darf mich nicht beklagen. Jahrtausende haben wir derartige Verstümmelungen bei lebendigem Leibe an unserer eigenen Gattung erprobt. Darf es mich da wundern, wenn wir diese Roheit unseres Genusses wegen bedenkenlos auf unsere tierischen Verwandten ausdehnen? Roheit ist ebenso Teil unseres steinzeitlichen Erbes wie die Fähigkeit zur Empathie. Das Gleichgewicht zwischen beiden ist allein eine Frage der jeweiligen Zeit und Kultur.

Und? Hast du genug gesehen?

Was könntest du mir denn noch zeigen?

Den Turm der Trommel. Oder die Schönheit der Nankinger Frauen.

Die Schönheit der Nankinger Frauen?

Augen groß und geschwungen wie Mandelkerne, der Mund rot wie die Früchte des Kirschbaums, die Nase weiß und glänzend wie Seife aus dem weißesten Gänsefett, die Stirn flach wie der Kopf der Zikade, die Wangen süß und glatt wie eine zum Aufschneiden reife Melone, die Finger schlank und frisch wie geschälte Frühlingszwiebeln, die Brüste spitz und fest wie Hühnerköpfchen, die Haut hell und zart wie gestampfte Butter!

Das klingt ja wie frische Ware von diesem Bauernmarkt! Dann doch lieber den Trommelturm. Kannst du es dir denn erlauben, mich den ganzen Tag durch die Stadt zu führen? Hast du keinen Dienst?

Mach dir um mich keine Sorgen! – Und wieder dieser gehetzte Blick in seinen Augen.

Er fragt mich, ob wir nicht besser ein Taxi nehmen sollten. Natürlich. Ist er denn weit von hier, dein Turm der Trommel?

Nein, nicht wirklich. Aber es ist heiß. Und wir sind schon so viel zu Fuß gegangen.

Im Sammeltaxi ohne Klimaanlage, dicht gedrängt zwischen einem halben Dutzend weiterer schwitzender Fahrgäste, dann Schweigen. Er lächelt verlegen. Weist auf zwei geflügelte Steinskulpturen vor dem Justizpalast. Merkwürdige Sprache, in der alle Raubkatzen »Löwe« heißen, auch wenn ein Tiger oder eine Sphinx gemeint ist, und Kühe, Ziegen, Esel unterschiedslos »Pferd« genannt werden, es für Schildkröten aber ein Dutzend Bezeichnungen gibt und für Drachen sogar Sippennamen. Da sich die Schriftzeichen in zweitausend Jahren nicht geändert haben, konnten sich die Merkwürdigkeiten des mythischen Anfangs bis in die Gegenwart retten. Was aber fängt man an mit den tausend Geschlechtern der Drachen, wenn die Sprache Kuh nicht von Pferd zu unterscheiden weiß?

Von einer Trommel keine Spur. Aber es hat sie mal gegeben, versichert Han Yue, eine große, die ganze Stadt in Vibration versetzende Trommel, die bei Angriffen oder Katastrophen geschlagen wurde, unseren Sturmglocken ähnlich.

Nur das kunstvolle Gehäuse der eintausend Jahre alten Wasseruhr existiert noch, die einmal, genauer als alle mechanischen Uhrwerke, die Zeit weinte. Mein fünfundvierzigster Geburtstag. Ein Gefühl von Neumond in der Brust. Nach den Berechnungen meines Kardiologen dürfte ich längst nicht mehr leben. Ich prüfe die Testergebnisse und komme zur selben Schlußfolgerung.

Ich erinnere mich an ein Gemälde von Piero della Francesca in einer Kirche in Arezzo, die du, Miriam, und ich zusammen besucht haben, als du deine Italienreisen noch mit mir und nicht mit Pierre Rothacker unternahmst, auf dem das Gesicht des gerade Auferstandenen noch ganz erschrocken vom Totsein wirkt.

Als ich aus der Dunkelheit des Turms auf die Verkehrsinsel inmitten dreier viel befahrener Hauptstraßen, die sich Trommel-Park nennt, in das bleigraue Licht der Großstadt zurückkehre, ist Han Yue verschwunden, ohne sich von mir verabschiedet zu haben.

XLVI

Die alten Fragen: Warum bin ich noch hier? Was suche ich hier? Wovor bin ich davongelaufen? Habe mich nicht bei Professor Hu gemeldet. Habe von der Stadt mehr gesehen, als ein Besucher sehen sollte. Und selbst Lianming beginnt mich zu langweilen. Ein alter Mann mit dem Kinderwunsch, an die Hand genommen zu werden. Aber an die Hand nimmt mich nur meine vertraute Reisegefährtin, die Depression. Sie verbreitet eine Aura des Misanthropismus um sich, in die auch der Gutwilligste nicht einzudringen wagt. Dabei ist sie reine Inszenierung, die eigene, ja auch immer ein wenig beschämende Bedürftigkeit zu verbergen. Wir Menschen aus dem Westen sind einsam. Einsamkeit ist der Preis für unseren Wohlstand.

Ich liege auf dem abweisenden Bett von Lu Jians Mutter, wenn sie es denn ist, nicht müde, aber ohne den Wunsch aufzustehen, und plötzlich denke ich das Liegen, das Liegen auf dem heißen Boden aus gestampftem Lehm im vierhundert Jahre alten Hammam al-Bustan in Sanaa, spüre, wie die fast unerträgliche Hitze meine Sehnen und Muskeln schmelzen läßt, das Liegen auf dem asphaltierten Bahnsteig von Sintra, nachdem mir buchstäblich schwarz vor Augen wird, kalter Schweiß ausbricht, der binnen weniger Sekunden meine ganze Kleidung durchnäßt, und der Atem, rasch, flach, gerade noch fähig, die erschrockenen Mitreisenden zu bitten, einen Krankenwagen zu rufen, das Liegen auf der klammen Leinwand der Kote im verregneten Sauerland, als unerklärliche Seitenstiche mich mitten in der Nacht wecken und ich den unerträglichen Schmerz für mich behalte, weil ich glaube, sie seien Folge der pubertären Spiele mit den Zeltgenossen, das noch vollkommen unbegreifliche Liegen auf dem kalten Metalltisch in der Praxis von Doktor Schäfer, der unter vager lokaler Betäubung gewaltsam Hand an eine diagnostizierte Vorhautverengung legt, innehalten, ruhen, nicht handeln, liegen, selbst die letzte Vollendung des Taos birgt noch ihren Schrecken.

Dieses Schlafzimmer macht mich älter als ich bin. Und ätzender. Gifte müssen in die Texte einfließen wie in jede heilsame Medizin.

Ein Symptom der Krankheit des Altseins ist die Rücksichtslosigkeit, mit der es sich aufs Spiel setzt. Um zu wachsen, brauche es Feinde, glaubt die Jugend. Ihre Sprache ist wirr, wenngleich nicht wirkungslos. Verändern die Worte ihren Sinn, verlieren die Sprachpolizisten ihre Macht. Jahrtausendelang besaß alleine der Kaiser das Recht, die Schriftzeichen festzusetzen.

Heute früh ist es so dunstigtrüb, daß ich von Lianmings Wohnblock nicht einmal bis hinunter zur Straße oder bis zur Traufe des Nachbarblocks sehen kann. Mein Blick schwimmt in einer milchgrauen Suppe. Was fange ich an mit solch einem lichtlosen Tag? Im Internet lese ich, fast zweihundert Tote bei einem Brückeneinsturz in China, und keine deutsche Universität unter den fünfzig besten der Welt. Und von daheim erhalte ich eine Mail von Inka Ruge, daß sie die ganze Nacht mit einer »fantastischen Ukrainerin« durchgetanzt und nun endlich erkannt habe, daß sie wohl »biosexuell« sei.

Die Brücke war noch gar nicht dem Verkehr übergeben worden. Die Arbeiter hatten gerade erst die letzten Baugerüste entfernt, als das Unglück geschah.

Ich fahre das Programm herunter, gehe wieder ins Bett und beschließe, daß ich heute morgen noch gar nicht aufgewacht bin.

Auf Yus altem Shanghai-Rad fahre ich an der ehemaligen Stadtmauer entlang. Es nieselt warm vor sich hin. Die Leute sind gekleidet wie immer, die Männer in langen blauen Hosen und geripptem Unterhemd, die Frauen elegant, nur, daß ihre Sonnenschirmchen nun dem Schutz des toupierten Haars vor allzu großer Nässe gelten.

Die Mauer beeindruckt mich, läßt mich an heroischere Zeiten denken, als sich in ihrem Schutz noch die engen Gassen mit den Hofhäusern drängten und allenfalls die Tempel- und Palastdächer ihre Zinnen überragten. Nun sehe ich dieses alte China im Frühstücks- und im Abendbrotfernsehen auf allen Kanälen, Tiger und Drache für den Plattenbaubewohner, denen Martial Art und Mönchtum inzwischen genauso fremd und exotisch anmutet wie dem abendländischen Publikum.

Die Mauer, war sie nicht einmal die architektonische Signatur des Alten Chinas schlechthin? Die fensterlosen Hof- und

Tempelmauern, die verbotenen Bezirke, der Grenzwall gegen Westen, die letzten hundert Jahre haben sie eingerissen oder zur reinen Dekoration verkommen lassen. Nun ist das, was einst geschützt werden mußte, transparent und hellhörig geworden. Das ganze Leben ist der ständigen Beobachtung preisgegeben.

Wo verlaufen die Mauern jetzt?

Und plötzlich fühle ich mich versucht, für neue, unüberwindliche Mauern zu plädieren, denn neben ihrer fraglos inhumanen Seite gibt es eine zutiefst menschliche: Mauern bergen ein Geheimnis, erlauben, sich ungeschützt, verwundbar zu geben, ermöglichen Einlaß und Ausschluß. Ohne Mauern gibt es kein Bürger- und kein Gastrecht. Nur in ihnen erlangen Pforten einen Sinn.

Erste Erinnerungen

Der Geruch des Ölofens in der Stube; die große graue Zinkwanne für das Bad am Samstagabend; die Emaillekanne mit den abgesprungenen schwarzen Kanten für die frische Milch vom Milchmann; das Eikäppchen am Sonntagmorgen, das wir Kinder auslöffeln durften; mein fünfter Geburtstag im Sankt-Agnes-Kindergarten, an dem ich den ganzen Vormittag eine spitze violette Tüte auf dem Kopf tragen mußte; der Bullemann, ein schreckliches schwarzhaariges Monster, das hinter dem großen Kleiderschrank direkt neben meinem Bett hauste; die Mumpsoperation, zwei tiefe Schnitte bei lokaler Betäubung in den Hals; Treff, der Mischlingsrüde, der sich bei einem Spaziergang von mir losriß und nie wieder aufgetaucht ist; die rußgeschwärzte Fußgängerbrücke über die Gleise, von der wir in die Schlote der Lokomotiven gespuckt haben; der Schleifstein hinter dem Lokschuppen, an dem Wolfgang sein Fahrtenmesser schärfte und damit nach mir warf; die sieben Stiche, mit denen die Wunde im Oberschenkel nahe der Beinschlagader genäht werden mußte; das Marmeladenbrot, das mir in die Asche unseres Hofes fiel und die ich vergeblich abzuwaschen versuchte

Schule

Fräulein Belting, die keiner meiner Klassenkameraden mochte; aber für mich war sie die Lieblingslehrerin, weil wir dieselbe Schuhgröße hatten; Barbara, die das große A mit einem flachen anstatt mit einem spitzen Dach schrieb, was mir mächtig imponierte; das verhaßte Schönschreibheft, die klecksenden Füllfederhalter und die tintenverschmierten Finger; das Verbot, einen Kugelschreiber zu benutzen; das Hitzefrei an heißen Sommertagen; die durchnäßte Kleidung an Regentagen, die erst zum Schulschluß wieder einigermaßen trocken war; die Vorliebe für die Pausenspiele der Mädchen, Seilchenspringen, Himmel und Hölle, Gummitwist, während die Jungen nur untätig herumstanden und sich nach ihrer ersten Zigarette sehnten; Lateinlehrer Hocks, der uns mit seinem Schlüsselbund auf die Handrücken schlug, falls wir bei den Konjugationen patzten; Altnazi Friesler, der mich nie anders als mit »Viktoria« an die Tafel rief, aber auch sonst für keinen seiner Schüler mehr als beißenden Spott übrig hatte; mein Deutschlehrer, den ich liebte, der mich aber vor der ganzen Klasse beschämte und auf Jahre meinen Ruf ruinierte, indem er mich als Klassenbesten mit einem *sehr gut* auszeichnete; Alpträume bis heute, nicht rechtzeitig in den Biologiesaal zu finden, als sei mein Gymnasium ein verhextes Labyrinth gewesen

Weihnachten

Moossuche im Konstantinforst für die Krippe, die mein Vater noch während seiner Militärzeit eigenhändig zusammengezimmert hatte; der Kauf eines Christbaums, der immer entweder zu groß für das Wohnzimmer oder zu krumm gewachsen war; die Familienkrise, die mit dem Backen der Adventsplätzchen begann und mit dem Schmücken des Christbaums ihren Höhepunkt erreichte; die enttäuschten Gesichter während der Bescherung und der alljährliche Schwur Hermanns, im nächsten Jahr nur noch Geschenkgutscheine auszuteilen; die selbstgestrickten Pullover Astrids, deren Unverwüstlichkeit bis heute allen Moden trotzt; die Zauber- und Chemiebaukästen, die einmal im Jahr den pädagogischen Eros des Alten hervorkitzelten, um nach einigen Stunden vergeblichen Herumtüftelns wieder für zwölf Monate zu erlahmen; die Puppenküchen, Einkaufsläden, Postämter und Frisiersalons auf dem Gabentisch Ulis, die an jedem Weihnachtsfest aufs Neue meine unsagbare Eifersucht hervorriefen; der Streit um die Feiertagsspielfilme, die jene vom Alten so ersehnte Feiertagsstille in lautem Türeschlagen und grollendem Rückzug in die einsame Bettlektüre münden ließ

Sie haben kürzlich einen Aufsatz über *Das Böse* veröffentlicht, nicht wahr?

Sie haben ihn gelesen? Sie setzen mich in Erstaunen, Kramp!

Ich gebe zu, ich habe nicht alles verstanden. Streckenweise hatte ich den Eindruck, Sie versuchen, das Böse zu verteidigen.

Von Leibnitz stammt das Beispiel der zwei Bibliotheken. Die erste besteht ausschließlich aus Exemplaren eines vollkommenen Buches, sagen wir *Die Bibel*. Die zweite enthält ebenso viele, aber unterschiedliche Bücher und nur eine Bibel. Welche der beiden Bibliotheken ist die bessere?

Welche die bessere ist, kann ich nicht sagen. Aber interessanter ist sicher die zweite.

Sie sehen, ich verteidige nicht das Böse, ich verteidige die Vielfalt.

Aber es macht doch einen Unterschied, ein schlechtes Buch zu besitzen oder dieses schlechte Buch geschrieben zu haben.

Es gibt kein fehlerfreies Buch. Sogar die Bibel hat ihre Längen und Schwächen. Und Horaz findet selbst an einem der vollkommensten Bücher, das wir kennen, der *Ilias*, einiges auszusetzen und sagt über ihren Verfasser: Manchmal schläft der gute Homer! – Aber Sie sind sicher nicht zu mir gekommen, um moralphilosophische Fragen mit mir zu erörtern, oder?

Ich habe Ihnen eine Mappe mit allen Delinquenten aus dem Raum Leipzig und Umgebung mitgebracht, die durch Vergehen an Kindern und Jugendlichen aufgefallen sind und sich gegenwärtig auf freiem Fuß befinden. Können wir sie gemeinsam durchgehen? Vielleicht kommt Ihnen irgendein Bild oder Name vertraut vor. Denn in den meisten Fällen kennen sich Täter und Opfer.

Ich sehe das Gelb des Tigers und das Grün der Natter, aber nicht das Rot der Pickel und das Schwarz der kariösen Zähne. Rot und Schwarz sind die Farben, die der Blinde nicht erkennt. Das Rot ist rostbraun wie getrocknetes Blut, das Schwarz ein zahnloser lächelnder Mund. Das Weiß ist ganz und gar aus meinen Augen verschwunden. Aufschlußreicher wäre das Gegenteil, das gänzlich weiße Auge. Statt einer langsamen Dämmerung ein betäubender Schlag.

Haben Sie etwas entdeckt?

Nein, ich kenne keinen dieser Männer. Als kleiner Junge wäre ich wohl zu jedem dieser Typen in den Wagen gestiegen. Die Jürgen Bartschs dieser Welt waren schon immer attraktiver als die Generäle der Heilsarmee.

Rufen Sie mich an, falls Ihnen sonst noch etwas einfällt.

43 Wir müssen unseren entwickelten Wahrnehmungstechniken allein schon deswegen mißtrauen, weil sie, bevor wir sie zu Werkzeugen des Für-tot-Erklärens weiterentwickelten, bereits Techniken des Tötens waren.

Der Tod zerfällt in eine Poetik, die von ihm erfüllt ist, ohne ihn zu erkennen, und in eine Kritik, die ihn (an-)erkennt, ohne von ihm auch nur berührt zu sein.

Wie können wir uns berühren lassen und erkennen gleichermaßen, setzt im abendländischen Denken die Erkenntnis doch Abstand von ihrem Gegenstand voraus?

Im Tod erreicht die Entzweiung zwischen Berührung und Erkenntnis ihr Äußerstes. Zugleich zielt sein Tanz ins Herz dessen, was ihn auf Distanz hält.

Der einzige Weg, sich ihm zu nähern, ohne sich an ihn zu verlieren, ist der Umweg, das Labyrinth.

44 Die Schwermut betrügt uns um das Wichtigste, die Lebensfreude. In ihr spricht sich bereits der Tod aus. Zugleich versammelt sie das, was sich in Lust und Unlust zu zerstreuen sucht, in dem, was unser Eigentlichstes ist: Sie hilft, mehr noch, sie zwingt uns, ins Wesen der Dinge einzudringen.

Die Schwermut ist in paradoxer Weise kannibalisch: Sie frißt uns wie Kronos seine Kinder, zugleich beschenkt sie uns mit Zeit, genauer: mit einem Sinn für Gegenwart.

Mag sich die Schwermut auch in beständiger Zwiesprache mit dem Tod befinden, so ist eines ihrer wesentlichen Merkmale doch ein Übermaß an Lebenshunger. Die mittelalterlichen Humoralkosmologen haben sicher recht: Der Melancholiker ist neidisch, tückisch, gierig, betrügerisch, aber er ist nicht furchtsam. Im Angesicht des Todes kann er nur gewinnen. Niemand gibt sich dem Vergnügen bedingungsloser hin.

Seine Schwermut raubt dem Tod einen Großteil seiner Macht.

Der Schwermütige liebt ohne Maß und ist zugleich voller Haß auf diese Liebe. Der Haß bewahrt ihn vor der Auflösung in die Maßlosigkeit.

Mag sein Leben auch ohne Leichtigkeit und Freude sein, so ist es doch von unvergleichlicher Intensität. Das intensive Empfinden seines Daseins entschädigt ihn für die Versagungen, die die ständige Gegenwärtigkeit des Todes seiner Lebenslust abverlangt.

Der Schwermütige ist, durch diese ständige Gegenwart stumpf geworden, ein Mensch, der sich nur noch vom Äußersten berühren läßt, aber um so begieriger sucht zu berühren, zu begreifen und festzuhalten. Das ist die erotische Seite seines Temperaments: selbst in das eindringen wollen, was Gegenstand der Betrachtung bleiben sollte.

Wenn überhaupt irgendein Mensch etwas über den Tod auszusagen versteht, dann der Melancholiker, dessen ganzes Wesen von dem erotischen Drang der Überschreitung erfüllt ist. Die Konzentration der Zerstreuung auf ein unkörperlich Wesentliches gebiert ein geschlechtliches Verlangen, das die Berührung des Todes mit einschließt.

XLVII

Blödsinnige Idee, mich bei 38 Grad im Schatten, wenn es ihn denn gibt, mit Yus Rad auf die Suche nach einem stillen Plätzchen am Ufer des Jangtse zu machen.

Ich nehme die große breite Straße Richtung Westen, um mich nicht schon auf dem Weg zum Fluß zu verfahren. Roh- und Neubauten links und rechts des Boulevards, und zarte Platanenschößlinge, die wenigstens ebensosehr des Schattens bedürfen wie ich. Diese endlose, noch im Wachsen begriffene

Allee will mir wohl vor allem beweisen, wie groß diese Großstadt tatsächlich ist, nur um statt am stillen Ufer des Jangtse in eine achtspurige Schnellstraße zu münden.

Bereits vollkommen dehydriert suche ich nach einem Übergang zur anderen Straßenseite, hinter dessen buschbestandenem Seitenstreifen ich den Fluß erhoffe. Nach einigen weiteren Kilometern auf kochendem Schnellstraßenasphalt endlich eine Fußgängerunterführung. Ich trage Yus Rad die hundertvier Stufen auf östlicher Seite hinab und nach kurzer Passage im wohltuenden Schatten hundertvier Stufen wieder hinauf, nur um an einen Schlagbaum zu gelangen mit dem selbst für den des Chinesischen Unkundigen verständlichen Hinweis: Militärgelände. Betreten verboten!

Dessen ungeachtet nutze ich den Trampelpfad entlang der mir jede Sicht versperrenden Betonmauer. Die Hoffnung, sie möge doch irgendwann enden und mir endlich den Ausblick auf, wenn nicht gar den Zugang zum Fluß eröffnen, strandet in einem Ginsterdickicht, dessen ausgetretenes Rondell offenkundig allein zur Verrichtung der Notdurft dient.

Zurück auf der Schnellstraße bin ich einen Augenblick unschlüssig, ob ich, inzwischen dem Hitzschlag nahe, diesen Ausflug nicht besser abbrechen sollte, aber dann siegt doch die Kämpfernatur in mir, die noch nie ein guter Verlierer war, und ich radle als Geisterfahrer auf der linken Fahrspur der Schnellstraße Richtung Norden, am mutmaßlichen Jangtseufer entlang.

Schließlich tauchen einige Lagerhallen auf, die mir Hoffnung geben, noch auf den richtigen Weg zu sein. Dann eine Siedlung armseliger einstöckiger Häuser, die mich ohne weitere Umstände einlädt, von der Schnellstraße abzubiegen und noch einmal auf das doch zweifellos existierende Flußufer zuzusteuern.

Die ohnehin engen Gäßchen werden noch enger, die vor ihren Häuschen, also mitten auf dem Fahrweg, kochenden und speisenden Bewohner schauen diesen fremden Gulliver verwundert an, der mit seiner ungewöhnlichen Körpergröße gefährlich die Regenrinnen streift und mit ausgestreckten Armen mühelos beide Gassenseiten zugleich berühren könnte, sagen aber nichts, bis der Weg dieses merkwürdigen Besuchers in einem kleinen Hof endet, wo ein magerer, also offenkundig ausgehungerter Hund ihn anspringt, um nicht zu sagen: anfällt und zum klugen Rückzug zwingt.

Meiner gekränkten Kämpfernatur zum Trotz tröste ich mich mit der Erkenntnis, daß es sich hier keinesfalls um den Jangtse, sondern um den Styx handeln müsse, und daß weder Yus Fahrradklingel noch der Wohlklang meiner Stimme ausgereicht hätten, diesen Cerberus zu besänftigen.

Am Nachmittag bin ich wieder im Nanking-Massaker-Memorial-Park, um dem verrückten Yu von meinem Abenteuer zu berichten.

Auf der Wiese am Eingang eine Gruppe von Jugendlichen, ihre Köpfe auf die Schulmappen und Bücherstapel gelegt, die Gesichter mit geschlossenen Augen der gnadenlosen Sonne zugewandt, friedvoll, bis einer von ihnen mit der Vorsicht eines Bombenlegers seinem dösenden Kameraden das Zöpfchen abschneidet, das jener sich, wieviel Widerständen zum Trotz? hat wachsen lassen. Die anderen tragen ihr Haar so gleichförmig wie ihre Schuluniform. Und nun tanzt der Attentäter mit wildem Indianergeheul um sein mißhandeltes Opfer herum, das sich erschrocken an den Kopf faßt und zu weinen beginnt. Die anderen schauen verlegen zu und wissen nicht, ob sie über die Dreistigkeit des einen schimpfen oder über die Empfindlichkeit des anderen spotten sollen.

Die besondere Attraktivität der Jugend bereits weit hinter mir und die besondere Anziehungskraft des Greisenalters vor mir, befinde ich mich in einem Lebensabschnitt der Unsichtbarkeit; irgendwie zu allem dazugehörig, doch für niemanden besonders eindrucksvoll. Augen, Hände und Verstand gehorchen mir schon nicht mehr so gut wie einem jungen Menschen. Wenn man den Beruf eines Kriegers ausübt, begibt man sich unweigerlich aufs Feld der Lächerlichkeit. Wer über das Nachlassen seiner Kräfte nicht trauert, ist ein Narr.

Vielleicht aber hat auch dieses Alter noch einen Reiz: Schauen, ohne angeschaut zu werden, kommen und gehen, ohne Aufmerksamkeit zu erregen, fremd sein, ohne aufzufallen. – Nur müßte ich noch viel mehr von dem vergessen, was ich zu wissen glaube, um ganz und gar übersehen zu werden.

Solange ich nur schaue, gibt es keinen Konflikt. Der Kontemplation ist die Ironie des Orakels oder der Hexen unbekannt. Die Tragödie bedarf der unbedingten Teilnahme.

Ich finde Yu nicht auf dem Platz mit dem rosa Granit, sondern im Schatten einer Zeder. Auch ihm und seinem Publikum scheint es heute für die Poesie zu heiß zu sein.

Hallo, Yu! spreche ich ihn an und setze mich zu ihm unter den Baum. Schön, dich zu sehen!

Er schaut mich mit den sanften Augen eines Idioten an: Yu? Du mußt mich verwechseln. Ich heiße Bao Mian.

Aber Yu, du bist doch der Bruder von Lu Lianming und hast mir dein Rad geliehen. Ich bin der Freund von Lianming.

Lianming? Ja, ich erinnere mich. Unsere Kindheit verbrachten wir in Xaoshing, was man so Kindheit nennt, kaum eine Tagesreise von der alten Hauptstadt entfernt. Trotzdem redeten die Leute damals noch davon, daß ausländische Teufel uns Kindern die Augen ausrissen, in Salz einlegten und verspeisten. Das erzählten sie nicht nur, um uns Angst einzujagen, sie haben es selbst geglaubt.

Die Klügeren unter den Dorfbewohnern, diejenigen, die eine Schule besucht hatten, wagten, der allgemeinen Meinung zu widersprechen: Nein, die fremden Teufel äßen unsere Augen nicht, sie benutzten sie für die Photographie. Denn man brauche ja irgendein Organ, um das aufzunehmende Bild darin zu bannen.

Warum Kinderaugen? wirst du mich jetzt fragen. Nun, du kennst doch die Lehre Meister Kungs, nach der die ganze Welt sich in uns finde, die Welt des Hörbaren in unseren Ohren, die Welt des Eßbaren in unserer Nase und die Welt des Sichtbaren natürlich in unseren Augen. Folglich müsse man, wenn man neue Bilder aufnehmen wolle, sich solcher Organe bedienen, die noch nicht allzusehr mit Welt vollgestopft seien.

Allerdings gab es bei uns in Xaoshing bereits ein Photoatelier, das Studio von Herrn Whong. Und niemand war besorgt, Herr Whong könne ein Augendieb sein. Trotzdem herrschte selbst Herrn Whong gegenüber ein gewisses Mißtrauen, war man doch überzeugt, daß das Bannen unserer Bilder uns unseres Lebensatems beraubte. Wir ließen uns nur photographieren, wenn es unumgänglich war. Und selbst dann achteten wir darauf, daß nicht etwa nur der halbe Körper oder allein der Kopf auf dem Photo erschienen, denn die Hinrichtung durch Zweiteilen oder Köpfen zur Zeit der Qing ist noch in aller Erinnerung. Und in der Oper konnten wir miterleben, wie der Alte Bao mit einem Schlachtermesser Bao Mian halbierte.

Und warum nennst du dich Bao Mian, Yu?

Kennst du das alte Lied nicht: Bao Mian, Bao Mian wird in Stücke zerhackt... Dieses Lied hat meinen Vater so entzückt, daß er mich, seinen Erstgeborenen so genannt hat!

Dein Vater hat dich so genannt?

Wer sonst? Und du? Wo kommst du her?

Aus Leipzig.

Leipzig? Ist das weit?

Du willst meine Geschichte hören?

Ich weiß nicht. Dein Lächeln ist so trübe wie ein Stück Fleisch, das auf dem Grund eines Brunnens fault.

Du hast recht. Da, wo ich herkomme, redet man nicht. Auch wenn du denkst: Der redet ja schon die ganze Zeit! Aber ich rede nicht. In den vergangenen Wochen habe ich nicht ein Wort geredet. Geschrieben ja, aber langweiliges Zeug. Einen Roman über die Müdigkeit, würdest du ihn lesen wollen? Ein Drama braucht wenigstens zwei. Doch ich habe mit niemandem gesprochen. Das Sprechen jetzt ist wie ein Ausbluten. Als hättest du ein Geschwür geöffnet, und Blut und Eiter treten hinaus.

Und das kommt daher, weil wir nicht an uns geglaubt haben, wir Bewohner meiner Heimat. Nicht an uns Menschen. Das war unsere Ursünde. In den Tagen meiner Kindheit wurde noch jedem, der nicht schwieg, die Zunge herausgeschnitten. Du siehst, ihr habt also ganz recht, euch vor uns zu fürchten. Nicht die Augen, aber die Zunge! Bis auch wir geschwätzige Kinder es gelernt hatten, das Maul zu halten.

Wir hätten fliehen können, wie die wenigen Unglücklichen, die selbst mit ihren Zungenstummeln weiter stammelten, auch wenn es wie das Geheul von Wolfsjungen klang.

Nicht einmal geweint haben wir. Mit Ohrfeigen und Tritten haben wir uns verständigt. Eine Sprache reiner Aufforderung. Mehr gab es nicht zu sagen. Tu dies! Laß jenes! Ein Schlag, ein Tritt. Selbst nach der sogenannten Befreiung haben wir diese Sitte beibehalten. Wir waren überzeugt, es werde uns schützen gegen die Verführungen der Freiheit, das Schweigen. Bis heute verstehen wir die Schläge und Tritte am besten. Jedes vernünftige Wort klingt wie das Wolfsgeheul jener Verstümmelten. Von den liebevollen ganz zu schweigen. So schweigen wir auf die schönste Weise und lieben uns tretend und schlagend.

Das ist keine schöne Geschichte. Es ist besser, du läßt mich in Ruhe!

Siehst du die Irre dort? Sie hält ihren großen Kassettenrekorder wie ein plumpes Kind in ihrem Arm, singt so unverschämt laut und mißtönend und tanzt zu ihrem krächzenden Gesang wie ein tollwütiges Känguruh. Sie ist der erste Mensch in dieser Stadt, der wirklich glücklich scheint. Wenn ich alt bin, würde ich gerne so sein wie sie.

Sie ist nicht verrückt, sie ist nur blind.

Sieht China weiter, weil es älter ist? Sieht es so weit in die Zukunft, daß es die Gegenwart aus den Augen verliert? Was bedeutet schon dieser Fetzen Gegenwart, wenn uns die Zukunft gehören wird! Was zählt schon das Leiden einzelner Unzufriedener, wenn das Glück für alle oder zumindest für alle guten Willens auf dem Spiel steht! Steh auf, großes Land! Warum liegst du da wie ein alter nasser Lappen? Schlag dir drei Eier in die Pfanne, spuck dir in die schwieligen Hände, wisch die Scheiße auf, die der junge Köter in der Küche hinterlassen hat, und lockere dir die Krawatte, bevor du dich an den Schreibtisch setzt. Das halbe Leben ist Literatur. Die andere Hälfte Sauberkeitserziehung.

Ich lasse das Fahrrad neben Yu unter der Zeder liegen und gehe grußlos. Am Parkrand die Mauern einer Anstalt oder Klinik. Hinter der Mauer ein weiterer kleiner hübscher Park mit sauberen Kieswegen, gestutzten Grasflächen und einem Goldfischteich. Ein feiner, silbergrauer Staubfilm liegt auf dem Gras und dem Kies und selbst auf der Haut des Teiches. Im Gebäude dahinter vergitterte Fenster. Der Park ist menschenleer. Trotz der hohen Mauer mit der Stacheldrahtkrone dürfen nicht einmal die nur Nervenleidenden hier gehen, gehen und schweigen.

Die Risse im Putz, meine Fluchtkarte. Die Takuforts, der Peiho, die flachen Niederungen um Tsiensin, in denen man vergeblich nach Deckung sucht, die Ringmauer, die Tartarenstadt, der aus Wellblech bestehende Bahnhof und weiter südlich die Kriegsakademie, ohne Schuhe, mit zerrissenen Kleidern und Lumpen an den Füßen, der Durst treibt mich zum Fluß hinunter, ich trinke das schmutzige Wasser, achte nicht auf die Bewaffneten, besäße ich eine Pistole, ich hätte mir bereits selbst eine Kugel in den Kopf gejagt.
Uniformknöpfe statt Augen, den rauhen Soldatenmantel unmittelbar auf der nackten Haut. Die salzhaltige Luft frißt den Schnee weg. Die Schornsteine rauchen noch, obwohl eine eiserne Stille über den Hochöfen liegt. Die Taschen voller Aktien und Obligationen stillgelegter Fabriken. Nur das Gift bleibt.

WARTEN AM RANDE

風

XLVIII

Die Wärter führen mich zu einer Gemeinschaftszelle mit etwa vierzig Gefangenen.

Ein Neuer, stellt mich einer der Wärter meinen Gastgebern vor, als sei das nicht offensichtlich, *gao bi zi*, eine Langnase, ein Fremder, fügt er freundlich lächelnd hinzu. Vielleicht kriegt ihr ja mehr aus ihm heraus.

Sie schließen die Tür hinter mir und lassen mich mit diesen fremden Männern allein.

Der Raum ist viel zu klein für diese große Gruppe Gefangener. Es gibt weder Matratzen oder sonstige Einrichtungsgegenstände hier. Nur eine lange Steinbank, auf der kaum alle Insassen sitzend Platz finden, geschweige denn sich zum Schlafen ausstrecken könnten, und eine Vertiefung mit einem offenen Abflußrohr, die wohl zur Verrichtung der Notdurft dient, befinden sich in der Zelle.

Die Bank ist vollständig besetzt, und niemand rückt zusammen, um mir Platz zu machen. Niemand schaut mich direkt an. Sie lassen mich an der Tür stehen, als befänden wir uns im Warteraum des Leipziger Sozialamtes.

Einige meiner Zellengenossen sehen krank aus. Vielleicht sind sie schon wochenlang hier. Niemand schaut dem anderen in die Augen. Es scheint, als sei ich in ein Rudel hungriger Wildhunde geraten, feige zwar, aber hinterhältig. Und wer weiß schon, wem unter den Mitgefangenen wirklich zu trauen ist.

Ich hocke mich vor der Zellentür auf den Betonboden und versuche, es mir dort ein wenig bequem zu machen. Ich muß mir meine Schuhe nicht ausziehen oder meinen Gürtel öffnen. Nichts drückt in den Hosentaschen. Schuhe, Gürtel und Tascheninhalt wurden mir zuvorkommenderweise abgenommen, so daß Hemd und Anzugshose locker und bequem wie ein Pyjama meinen mageren Leib umspielen.

Ich hoffe nur, nicht so bald in die Verlegenheit zu geraten, vor aller Augen den Abort benutzen zu müssen. Doch allein der Gedanke an fehlendes Wasser und Papier verursacht bereits eine hartnäckige Verstopfung.

Hier und da ein Flüstern, kein lautes Wort, die meisten halten ihre Augen geschlossen, vermutlich weil das Zellenlicht Tag und Nacht brennt. Es gibt kein Fenster, nur einen vergitterten Lüftungsschacht. Es riecht scharf nach Schweiß und Urin, und trotz der dicht zusammengedrängten Leiber ist es kalt auf dem Betonboden.

Ich habe keine Ahnung, warum man mich festgenommen hat. Aber ich habe natürlich von dem *Gesetz über Strafen und Vergehen gegen die Öffentliche Ordnung* gehört, das zweihundertachtunddreißig Tatbestände enthält. Verboten ist nicht nur der Besuch unsittlicher Orte, der Besitz oder die Weitergabe von Pornographie oder der Alkoholkonsum auf offener Straße, verboten ist auch lautes Bellen, das Tragen von Hundehalsbändern oder das Anzwinkern von Staatsdienern in Uniform.

Erlaubt hingegen ist das hemmungslose Rotzen in öffentlichen Gebäuden oder das Verrichten der Notdurft in Hauseingängen.

Ich frage bei meinem ersten Verhör den Beamten nicht, welches Vergehens man mich beschuldigt. Ich sage überhaupt nichts. Ich verstehe ohnehin kein einziges Wort. Auch erinnere ich mich, daß die Beschuldigten keinerlei Recht haben, einen Anwalt zu konsultieren oder die eigene Botschaft von der Festnahme zu unterrichten. Ohne irgendeine richterliche Entscheidung ist die Polizei befugt, Gefängnisstrafen bis zu zwei Wochen zu verhängen.

So wenig ich die Vorhaltungen des aufgeregten Uniformierten verstehe, so wenig würde er meine Entschuldigungen verstehen. Also schweige ich und richte mich auf einen zweiwöchigen Aufenthalt mit Vollpension inmitten dieser illustren Mitgäste ein.

Seit meiner Militärzeit habe ich nicht mehr mit derart vielen Männern auf so engem Raum zusammengelebt. Und selbst damals nur in den ersten Wochen der Grundausbildung, bis ich als Student der Bundeswehrhochschule und Offiziersanwärter meine eigenen Räume zur Verfügung gestellt bekomme. Gekocht wird in der Gemeinschaftsküche. Hier finden dann auch die Geselligkeiten zwischen Studium und Hamburger Nachtleben statt, für die bei den normalen Gefreiten vor allem die Mannschaftsunterkünfte herhalten müssen: Saufen, Pokern, Wichsen.

Nach zwei Jahren wird mir selbst dieses relativ privilegierte Campusleben zuviel, und ich nehme mir eine Wohnung außerhalb der Kaserne. Ich werde zum »Heimschläfer« und mache den ersten Schritt zurück in eine zivile Existenz. Nur wenige Absolventen der Bundeswehrhochschule schaffen den Sprung an eine normale Universität. Zu straff, zu verschult ist die Lehre organisiert. Das selbständige Denken bleibt, trotz aller wohltönenden Konzepte eines emanzipatorischen Studiums, weitgehend auf der Strecke, nicht, weil die Dozenten in erster Linie autoritäre Offiziere wären, sondern weil wegen des außerordentlich dichten Pensums einfach keine Zeit zum Nachdenken und Diskutieren bleibt.

Die einzige Abwechslung sind die internen Partys am Wochenende. Zu meiner Zeit, wenige Jahre nach der Gründung der

Universität, waren wir Männer noch unter uns. Dementsprechend zotig und exzessiv geht es auf diesen Frustrationsfeten zu.

Erschrocken fahre ich hoch. Ist es nur die Stille und das unbequeme Lager, die mich aufgeweckt haben? Leises Schnarchen, Stöhnen, Seufzen, ein vielstimmiger Chor von Atemgeräuschen. Die meisten schlafen oder dösen, was soll man hier auch anderes tun, manchmal ein Satzfetzen, ein unterdrücktes Schluchzen, wenn der Traum keine Flucht aus der Abgeschlossenheit dieses Raumes eröffnet, sondern die Ausweglosigkeit der Lage in ihm seine Fortsetzung findet. Alle Alpträume dieses Landes hängen unter der neonhellen Betondecke und legen sich wie ein giftiges Gas über die Gesichter von uns Schläfern.

Hei, *gwei lo*, fremder Teufel, komm her! – Eine leise, nicht unfreundliche Stimme, die mich und meine Mitgefangenen dennoch zusammenfahren läßt. Sie muß mich aus meinem Dämmerzustand gerissen haben. Am Kopfende der Zelle, meinem Platz vor der schweren Eisentür gegenüber, sitzt auf der Steinbank ein junger Mann und blickt mich gelassen an. Ich weiß nicht, wie lange seine Augen schon auf mir ruhen. Wahrscheinlich hätte dieser Blick allein bereits genügt, mich aufzuwecken.

Mir ist sofort klar, daß er trotz seiner Jugend eine Art Kapo in dieser Zelle sein muß. Rechts und links neben ihm brüten zwei stämmige Männer, die Arme von den Handrücken bis zu den Ärmeln ihrer straffsitzenden T-Shirts mit Tattoos bedeckt, finster vor sich hin.

Komm her, *gwei lo*! wiederholt er mit seiner sanften jugendlichen Stimme, die mir kalte Schauer über den Rücken laufen läßt. Aber wenn der Bengel etwas von mir will, soll er zu mir kommen! Er könnte einer meiner Studenten, ja vom Alter her sogar mein Sohn sein! Wenn ich ihm jetzt nachgebe, werde ich in dieser Zelle meines Lebens nicht mehr sicher sein.

Ich verbanne jedes Zeichen von Unruhe oder gar Beunruhigung in die tiefsten Kavernen meiner Seele, bleibe entspannt vor der harten Eisentür sitzen und schaue dem jungen Mann direkt in die Augen. Sein Gesicht wirkt immer noch gleichmütig, aber sein Blick wird hart. Der Kampf hat bereits begonnen, fährt es mir durch den Kopf.

Die beiden Leibwächter erheben sich träge und stapfen auf mich zu. Steh auf, wenn Han Yi dich ruft! zischt der häßlichere von beiden mich an, während der andere meinen linken Arm ergreift. Alle Augen sind nun hellwach auf uns gerichtet.

Ich pflücke die schwielige Pfote des Hübscheren von meinem Hemdärmel, so wie man lästige Kletten von seiner Kleidung zupft. Dann weise ich mit dem Kopf auf den Boden vor mir und male die beiden Zeichen für »Was willst du?« auf den rauhen Beton. Verwirrt schauen die beiden Muskelpakete sich zu ihrem Kopf auf der Bank um. Womöglich sind sie Analphabeten.

Han Yi lächelt gelassen und steht auf. Genauer: Sein Mund lächelt, aber seine Augen sind dunkel und schmal wie Schießscharten. Er hockt sich, kaum einen Schritt von mir entfernt, vor mich hin: Kannst du oder willst du nicht sprechen?

Ich hebe ein wenig den Kopf, so daß er die Narbe an meinem Kehlkopf sieht, wo die Spitze von Lu Jians *Shinai* mich bei einer unserer letzten Übungen traf. Fast hätte dieser Stoß mich meine Stimme, wenn nicht das Leben gekostet. Aber es war meine eigene Unachtsamkeit. Wie oft haben wir das korrekte Anlegen der Rüstung und insbesondere des *Tsuke-Tare*, des Kehlkopfschutzes trainiert! Trotzdem hatte ich die Bänder nicht straff genug angezogen, so daß das Tsuke-Tare beim Aufprall der Schwertspitze zur Seite rutschten konnte.

Han Yi nickt. Setz dich zu mir auf die Bank! – Das klingt schon eher nach einer Einladung als nach einem Befehl. Ich folge ihm. Das Auftaktscharmützel wenigstens scheint gewonnen.

Verstehst du Mandarin? – Ich zucke unbestimmt mit den Achseln.

Mach es dir bequem! – Seinen Bodyguards gibt er ein Zeichen, sich unter den anderen einen Platz zu suchen.

Warum bist du hier? fragt mich Han Yi dann, nun wirklich mit einer Freundlichkeit, die mir ein Gefühl von Vertrauen gibt.

Um zu lernen! schreibe ich mit Finger und Spucke auf die Steinbank.

Der junge Mann lächelt und verbeugt sich leicht und mit einem Anflug von Ironie vor mir.

Unterdessen versuchen seine beiden Leibwachen, sich gewaltsam Platz zu schaffen. Ein älterer Gefangener mit einem verkürzten Bein blutet aus der Nase.

Han Yi steht auf. Sofort kehrt Stille in der Zelle ein. Mit einem zornigen Griff reißt er seinem tätowierten Getreuen einen handtellergroßen Fetzen Stoff aus dem T-Shirt und reicht ihn dem geschlagenen Mitgefangenen, der ihn zusammenrollt und in das blutende Nasenloch stopft. Obwohl der Schläger sich die Muskeln und das Kreuz eines Möbelpackers antrainiert hat, läßt er sich diesen Angriff Han Yis ohne Widerspruch gefallen. Han Yi fordert ihn auf, sich mit ausgestreckten Armen vor die Eisentür zu knien und sich bis zur Essensausgabe nicht zu rühren. Der so vor aller Augen Gedemütigte folgt dem Richterspruch wie ein Sextaner der Zurechtweisung des Lehrers, zumindest zu meiner Zeit als Schüler.

Dann setzt sich Han Yi wieder zu mir und fährt mit unserem Gespräch fort, als sei nichts geschehen. Ist es nicht ein seltsames Land, in dem bereits der einfache Wunsch zu lernen einen Menschen ins Gefängnis bringt? sagt er, und ich ahne etwas von der Stärke, die ihm an diesem Ort Autorität verleiht.

Als das Abendessen gebracht wird, kniet der bestrafte Zögling noch immer mit ausgestreckten Armen vor der Tür. Die Wächter scheinen in keiner Weise verwundert zu sein. Nachdem sie sich Han Yis ruhige Erklärung angehört haben, geben sie dem Übeltäter mit ihren Gummiknüppeln ein Dutzend harter Schläge auf die schmerzenden Arme und den Rücken. Selbst sie scheinen Han Yis Autorität innerhalb dieser vier Betonwände anzuerkennen.

Kaum haben die Wärter die Zelle verlassen, bringen die Mitgefangenen uns zwei Näpfe mit einem Nudeleintopf. Sie haben die dicksten Fleisch- oder Tofubrocken aus den anderen Schüsseln gefischt und unserer mageren Brühe hinzugefügt. Han Yi nimmt diese Sonderration mit größter Selbstverständlichkeit hin. Und ich, unsicher, wie lange diese ironisch eingefärbte Höflichkeit noch anhält, ehe sie in ihr Gegenteil umschlägt, greife ebenso selbstverständlich zu, um mich für das noch völlig Unvorhersehbare zu stärken.

Meine Zellengenossen schlürfen die Suppe so leise und wohlerzogen, als befänden sie sich in einem europäischen Restaurant. Denn weder muß sie abkühlen, noch bedarf es einer besonderen Anregung der Geschmacksknospen, ihre Ungenießbarkeit festzustellen. Trotzdem leert jeder seinen Napf bis zur Neige, ohne auf einen Gastgeber Rücksicht nehmen zu müssen.

Trotz der Freundlichkeit Han Yis nimmt meine innere Spannung nicht ab. Das Fehlen jeglicher Erfahrung mit den hiesigen Spielregeln hält mein Mißtrauen wach. Einige flüstern miteinander, die meisten schweigen, eine in diesem Land vollkommen ungewöhnliche Stille, die ich unter anderen Umständen als außerordentlich erholsam empfunden hätte.

Doch nun, nach dem erquickenden Mahl, will heraus, was während der vorangegangenen Stunden der Untätigkeit den

Prozeß der körpereigenen Verwertung bereits durchlaufen hat, und die ganze Zelle wird, zumindest dem olfaktorischen Eindruck nach, zum Kotloch.

Und warum bist du hier? frage ich Han Yi mit meinen fettigen Fingern nach Beendigung unseres Festmahls.

Ich brauchte einfach ein wenig Urlaub von meinen Geschäften, antwortet er lächelnd.

Dinge, die mich glücklich machen
die Alleebäume in Nanking
alle noch ungelesenen Romane
die Abwesenheit der Polizei
Träume, in denen mir die Flucht gelingt
Menschen, die nicht auf meine Kleidung achten
die Liebe der Nankinger zum Essen
der Brief eines abwesenden Freundes
die Überraschung, tatsächlich in China zu sein
die Überraschung, wie wenig chinesisch mir das Land vorkommt
ein Gedicht, das mir auch noch am nächsten Tag gelungen erscheint
die Ehrlichkeit der Nankinger Taxifahrer
ein unerwartet schönes Gesicht, das mich im Vorübergehen anlächelt
ein Gesicht, das durch sein Lächeln erst Schönheit erlangt

Dinge, die gut sind, wenn sie kurz sind
Gespräche, denen man nicht ausweichen kann
die Haare im Ausguß
die Zeit des Einschlafens
Lob
Tadel

das Sterben
Absätze
Sonnenbäder
die Fahrt im Lift
das Paradies
Ampelphasen
der Weg von der Schüssel zum Mund

Dinge, derer ich mich schäme
gelobt werden zu wollen
nicht loben zu können
Komplimente, die mir gemacht werden
einem Bettler ein Almosen zu verweigern
einem Bettler ein Almosen zu gewähren
Priestern bei ihren Predigten zuhören zu müssen
beim Liebesakt beobachtet zu werden
aus meinen Tagebüchern öffentlich vorzulesen
nach meiner Schuhgröße gefragt zu werden

Du kannst jetzt schlafen, wenn du willst. Um Mitternacht tauschen wir die Plätze.

Das flackernde Licht der Neonleuchten brennt unbarmherzig weiter. Doch im nächtlichen Dunkel hätte ich erst recht nicht einzuschlafen gewagt. Ich schließe die Augen, atme ruhig, doch mein Gehör ist umso wacher.

Ich frage mich, woher Han Yi wissen will, wann es Mitternacht ist. Natürlich sind uns mit allen anderen privaten Besitztümern auch die Armbanduhren abgenommen worden.

Allmählich erstirbt selbst das Flüstern um mich herum. Die eine Hälfte, die auf den Bänken oder dem Betonboden Platz gefunden hat, fällt in einen komatösen Schlaf. Die anderen schweigen aus Rücksichtnahme oder Müdigkeit. Vielleicht ist auch alles gesagt. Wer weiß, wie lange sich der eine oder andere schon hier aufhält.

Dann höre ich Han Yis sanfte Stimme, leise, mit sekundenlangen Unterbrechungen, wie in ein nachdenkliches Selbstgespräch versunken. Nein, kein Selbstgespräch, ein Dialog, in dem das Gegenüber stumm bleibt. Bis ich endlich begreife, daß er telefoniert. Offenbar ist es ihm gelungen, ein Mobiltelefon in die Zelle zu schmuggeln. Aber wenn es ein Mobiltelefon hier herein geschafft hat, was dann nicht sonst noch alles? Ich halte die Augen geschlossen und atme ruhig weiter.

Je weiter die Nacht voranschreitet, um so mehr fühle ich mich auf einen surrealen Markt versetzt, eine Art Flüsterbasar, bis ich nicht mehr sicher bin, ob ich noch wache oder schon träume. Ich höre das Rascheln von Papier und mit Nachdruck gemurmelte Zahlen, ich höre gedämpften Protest und das leise Ineinanderschlagen von Händen, ich höre metallisches Klimpern, trockenes Rascheln, Scheuern von Sand auf Stein, rauher Baumwolle an dünner Kunstfaser, ich höre Metall an Porzellan stoßen, Metall an Haut, ein Tröpfeln, dann Gluckern, das Reiben eines Zündsteins, dann rieche ich es auch, süßes brennendes Laub, und nun das Klicken eines Kugelschreibers, dessen Miene in die Plastikhülle zurückschnellt, ein ersticker Schrei, das flickernde Knistern von auseinandergefaltetem Stanniol, harter Zahnschmelz auf dünnem Blech, auf gesprungenem Glas.

Es bedarf wohl nur geringer Freiheiten für rege Geschäfte, Behörden, die ein Auge zudrücken, solange sie am Umsatz beteiligt sind, Marktwächter, die für eine berechenbare Ordnung sorgen.

Ist es ein Trost, daß wir der Natur vollkommen gleichgültig sind? Alles, was wir ihr anzutun glauben, tun wir nur uns selbst an.

Nichts verdirbt uns mehr als der Umgang mit Menschen, die keine erkennbaren Fehler besitzen.

Mit Kolumbus beginnt der Niedergang des Reisens. Karavellen mit Missionaren, Syphiliskranken und Plünderern in den Eichenholzbäuchen. Jedes Paradies ruft die Zerstörungslust des Teufels auf den Plan.

Um mich in ein Kloster zurückzuziehen, darf nicht diese Hitze um mich herum und in mir stehen. Es muß Kälte herrschen, es muß geschneit haben, und die Erde muß zugefroren sein.

Einige junge Mönche klettern mit ihren hohen Holzschuhen sorglos die steile Treppe hinauf, während sie Heilige Verse vor sich hin murmeln. Sie beachten mich nicht.

Ich frage mich, warum ich Jahre habe vergehen lassen, ohne ein Kloster aufzusuchen.

Wenn die Sonne durchbricht, glänzt der Staub auf unserer Haut und wird zur silbernen Rüstung.

Wir sind aus erloschenen Sternen gemacht.

Jedes Ding verliert an Glanz, wenn ich es zu lange betrachte.

TAXIFAHRER Where are you from?
FAHRGAST I am from Germany.
TAXIFAHRER Canada?
FAHRGAST Germany!
TAXIFAHRER Canada?
FAHRGAST Ger-ma-ny!
TAXIFAHRER Ah, Canada! Great Country!

Als Han Yi mich weckt – ich habe keinen Zweifel, daß es Punkt Mitternacht ist – und ich die Augen öffne, ist von der vorangegangenen Unruhe nichts mehr zu bemerken. Selbst diejenigen, die in dieser überfüllten Zelle nur stehen oder hocken können, scheinen trotz ihrer unbequemen Position in einen schlafähnlichen Stupor gefallen zu sein.

XLIX

Der leitende Beamte betritt den Verhörraum mit einem dicken Aktenordner unter dem Arm. Ich weiß, er will mich einschüchtern; will mir suggerieren, ich stünde schon geraume Zeit unter Beobachtung; man wisse alles von mir, Leugnen und Schweigen seien also sinnlos. Doch vermutlich sind die Blätter in dem Ordner leer. Ich bin kaum vier Wochen im Land und habe die meiste Zeit in meinem Hotel und Lu Lianmings Wohnung verbracht. Was können sie schon über mich wissen? Würde er irgend etwas über mich in der Hand haben, würde er anders auftreten! Nicht einmal meine Nationalität ist ihm bekannt; Unterwäsche und Schuhe *Made in China*, der billige Leinenanzug *Made in Taiwan*.

Und trotzdem entfaltet dieser einfache Trick seine Wirkung: Ich bin beunruhigt, über einen Stapel leerer Blätter vielleicht noch mehr als über ein minutiöses Protokoll meiner alltäglichen Verfehlungen. Welche Vorhaltungen könnten mich mehr anklagen, als ein unbeschriebenes Blatt zu sein?

Der verhörende Beamte beugt sich so weit vor, daß ich seinen Atem in meinem Gesicht spüre: Sagen Sie uns für wen Sie arbeiten!

Wer, außer den Chinesen selbst, könnte ernsthaft behaupten, Chinesen röchen nach nichts?

Zunächst riechen sie, und mein Verhörspezialist äußerst eindringlich, nach dem, was sie gerade gegessen haben. Und das ist bereits eine Geruchswelt für sich, wie sie Macbeths Hexen zusammengekocht haben: Katzenleber, Knoblauchzehe, wilder Eber, Wüstenschlehe, Pfauenschwanz und Lorbeersud, Eibenkranz und Affenblut, Tartarenzunge, Stutenhals, Tibeterlunge, Krötenschmalz. Diätmargarine, Buffotoxine, Haifischflosse, Pfingstgenosse, Mongolenaas und Hasenfuß, Teutonennas' und Sachsenmus.

Meine Zellengesellen riechen nach Marihuana, Johnnie Walker, Amphetaminen, ranziger Penatencreme und flockendem Haaröl, Han Yi nach kämpfenden Hähnen, Kunsthaarperücke, roher Leber, Hafenwasser, Feigwarzen, Kümmel und Totenwäsche, und seine rohen kantonesischen Zyklopen, vor Wochen wäre mir diese Vorstellung grotesk erschienen, Sumoringer, ja, feistverhockte Buddhas, aber diese einäugigen Monster aus prallgepackten Muskeln unter tätowierter Haut, über die sich ein billiger Synthetiktrainingsanzug spannt, nach Wochenbett, Teflonbeschichtung und der erbrochenen Milch eines Säuglings.

Wie sind Sie hier hereingekommen?

Als ich in das ungeheizte, weil seit Tagen unbenutzte Wohnzimmer trete, finde ich Nadira Roth auf unserer schwarzen Ledercouch.

Wissen Sie, was ein Snuff-Video ist, Herr Professor? – Sie spricht mit der gewaltsam kontrollierten Stimme einer Irren.

In einem Snuff-Video werden die kleinen Mädchen oder Jungen von den haarigen Kerlen mit den großen Schwänzen nicht nur vergewaltigt, bis ihnen das Blut aus dem Arsch rinnt, sondern, wenn sie zum Ficken nicht mehr zu gebrauchen sind, Stück für Stück umgebracht!

Sie dreht den Ton lauter. Ich höre aus dem Fernsehlautsprecher Kinderweinen und geiles Stöhnen, beides gleichermaßen künstlich, wie nachsynchronisiert. Ich schaue nicht auf den Bildschirm, sondern auf die junge Frau, die in anklagender Pose auf der Couch thront, auf der sonst Miriam liegt und ein Buch liest oder Musik hört.

Ich gehe zu dem blassen Mädchen, das im Bildschirmgeflacker krank wie ein Junkie wirkt, nehme ihr die Fernbedienung aus der Hand, schalte das Video ab und wiederhole meine Frage: Wie sind Sie hier hereingekommen?

Verdammt noch mal, wissen Sie eigentlich, wieviel Ärger ich durch Sie habe? Den ganzen Tag haben mich die Bullen in die Mangel genommen. Und den Job bei der Zeitung bin ich auch los.

Verschwinden Sie, bevor ich die Polizei rufe!

Das würde ich Ihnen nicht raten, Herr Professor. Denn da hätte Ihre aufmerksame Studentin doch noch ganz andere Dinge zu gestehen als die Harmlosigkeiten, mit denen ich die Bullen gefüttert habe.

Was wollen Sie von mir?

Ich will, daß Sie sich das verdammte Video reinziehen. Das ist alles.

Sie sind ja krank!

Und was sind *Sie* dann?

Ich schalte das Deckenlicht an, gehe zur Hausbar und schenke mir einen Whiskey ein.

Geben Sie mir auch einen! Und schalten Sie das verdammte Licht aus!

Sie ist nicht unattraktiv, diese blasse, magere Frau mit den tiefen Rändern unter den Augen. Gleich am ersten Unterrichtstag ist sie mir aufgefallen, langes schwarzes Haar, weißgepudertes Gesicht, scharlachroter Lippenstift. Sie setzt sich in die erste Reihe, folgt mit spöttischer Miene meinem Vortrag und macht sich hin und wieder Notizen. Sie hat knochige Hände und trägt eine Brille, die wie eine Zahnspange aussieht.

Nun sitzt sie hier auf Miriams Couch, ungeschminkt und brillenlos. Hat offenbar die meist unverschlossene Kellertür benutzt, um ins Haus zu gelangen.

Ich reiche ihr das Glas Glenfiddich und setze mich ihr gegenüber in den Mies van der Rohe-Sessel. Je länger ich sie betrachte, um so jünger wirkt sie.

Wo hast du das Video her?

Lag in meiner Post. Ich verstehe nicht, daß Männer sich auf so ein ekelerregendes Zeug einen herunterholen können!

Und was hast du jetzt vor?

Weiß nicht. Habe erst mal zwei Stunden gekotzt!

Trink deinen Whiskey aus und geh nach Hause!

Es klingelt. Erschrocken setzt sie das Glas ab: Machen Sie nicht auf!

Unsinn! Man sieht doch von der Straße aus das Licht und weiß, daß ich zu Hause sein muß. – Unwillig stehe ich auf und gehe zur Tür.

Kommissar Volkmann wünscht mir sanft lächelnd einen Guten Abend. Dann fährt er, sich fast entschuldigend, fort: Unsere beiden Beamten haben Fräulein Roth dabei beobachtet, wie Sie durch den Keller Ihr Haus betreten hat. Sie wußten nicht recht, was sie von diesem Besuch halten sollten und haben mich benachrichtigt. Darf ich eintreten?

Kräfte treten immer paarweise auf. Dieses physikalische Gesetz gilt offenbar auch für den sozialen Raum. Man kann nichts ziehen oder schieben, ohne dabei selbst gezogen oder geschoben zu werden.

Volkmann nickt meiner Studentin freundlich zu und wendet sich dann wieder an mich, als wäre das Mädchen nur eine dekorative Statistin in unserer vertraulichen Plauderei: Kramp hat sich bereits gedacht, daß Fräulein Roth in einer besonders intimen Beziehung zu Ihnen stehen muß.

Kramp irrt sich. Möchten Sie auch einen Drink?

Hat Ihre Frau von diesem Verhältnis gewußt?

Was hat das mit Ihren Ermittlungen zu tun?

Inzwischen, so glaube ich, hat alles mit unseren Ermittlungen zu tun, Professor Holz. Übrigens haben wir Frau Wollmeister von diesem Fall abgezogen, da Sie offenbar einen unberechenbaren Einfluß auf das weibliche Geschlecht ausüben.

Vielen Dank, Herr Kommissar. Leider muß man sich Don Juan als zutiefst unglücklichen Menschen vorstellen.

Hinter mir höre ich das Rücklaufgeräusch des Videorekorders. Nadira hat die Fernbedienung vom Tisch genommen und spielt mit der Tastatur. Der Pfeil trifft ins Schwarze, verläßt den Bogen, schnellt von der Sehne. Die Bewegung ist schneller als unser Auge. Unser Auge ist langsamer als der Pfeil. Die Zeit läuft rückwärts, und fällt, wie ein toter Körper fällt.

45

Im Unterschied zur Trauer um einen wirklichen Verlust scheint die Melancholie einem möglichen Verlust vorzugreifen: dem Verlust des eigenen Lebens. Dabei zieht sich der Schwermütige vom Leben zurück, als sei es bereits verloren. Das ist das Paradoxon seiner Verzweiflung: ein unersättlicher Lebenshunger, der sich bereits im Leben gegen den Verlust desselben abzusichern versucht.

Das Leben ist kein Besitz. Aber die Melancholie feiert in dieser Simulation des Verlustes die einzige Form, es selbst im Tod festzuhalten, das allerdings um den Preis einer vorgezogenen Trauer um den eigenen Tod.

46 *Wenn der Tod mit der Erotik in enger Verbindung steht, muß sich auch aus ihm ein Modell, eine Sprache der Glückseligkeit herleiten lassen. Aber wir können nur außerhalb des Todes von, über oder mit ihm sprechen. Er selbst ist buchstäblich jenes leere Zeichen, dem jedwede Bedeutung zugewiesen werden kann.*

Der Tod selbst ist geistlos, aber gegenwärtig. Sein Sinn ist abwesend, aber erfüllt. Erotisch besetzen können wir ihn nur, solange er abwesend ist, eine unerfüllte Liebe, die in dem Augenblick, in dem wir sie erringen, erlischt. Der Tod hebt die komplementären Elemente von Fülle und Leere auf.

Deswegen bleibt die Euphorie des Begehrens aus, wenn das Nachdenken über Todessehnsucht hinausgeht und den Tod als absolute Leerstelle selbst ins Auge faßt. Dem Tod ist nichts von der polymorphen Perversion des Denkens eigen. Er allein ist vollkommen, unbedingt monogam und auf das eine allein gerichtet.

Ist also der Versuch, im absolut Bedeutungslosen noch letzte Schätze von Bedeutungen zu heben, aussichtslos? Ist der Tod eine Leerstelle, die sich selbst in tiefster Ekstase nicht mehr durch Sprache beschreiben läßt?

Alles Bedeuten im Reich des Todes ist verschoben, unpersönlich, zurückhaltend. Eine Anmut, frei von Denken, von Bedeutung, von Bewußtsein. Wie vom Tanz der Marionetten können wir uns von seiner Grazie anrühren lassen, auch wenn er selbst dieser Grazie vollkommen empfindungslos gegenübersteht. Es ist immer nur der Tod des Anderen, der uns etwas bedeutet, der uns anrührt oder verzaubert.

Im wahrsten Sinne des Wortes werden wir **Gegenstand**.

Können wir in dem, was uns im Tod als unser eigener im Äußersten fremd **gegenübersteht**, *nicht wenigstens ein Detail entdecken, das uns gewinnen, mitreißen, blenden und damit trösten könnte, einen Zauber, der selbst diesen unheimlichsten aller Gegenstände unwiderstehlich erscheinen ließe?*

Unzweifelhaft erzwingt er eine **Verwandlung**. *Das allein kann schon eine Quelle des Vergnügens sein. In dieser Verwandlung wird ein letzter Augenblick von Bewußtheit festgeschrieben bleiben. Daß diese letzte Festschreibung ein Ausdruck der Gelassenheit, des Glücks, der Fülle oder wenigstens der Neugier sein möge, muß unsere vorrangige Sorge sein. Die Essenz unseres ganzen Daseins liegt in unserem von jeder Furcht befreiten Gesicht, eine Totenmaske, die jene unweigerliche Verwandlung nicht zurückweist.*

Es tut mir leid, Ihren melancholischen Videoabend unterbrochen zu haben.

Gebannt starrt Volkmann in das Weiße Rauschen auf dem Fernseher, diese verschütteten Erinnerungen, die sich nicht so einfach zurückspulen lassen. Ein penetranter Geruch nach dickflüssigem Sperma umgibt diesen alten, freundlichen Mann.

Vielleicht sind Sie so freundlich, Frau Roth nach Hause zu fahren, Herr Kommissar. Den ganzen Abend ist ihr schon speiübel.

Mit dünnem Lächeln löst er sich vom hypnotischen Schnee auf der Mattscheibe: Wie treffend haben Sie es bei Ihrer Vernehmung heute Morgen formuliert, Fräulein Roth: Die poetische Glaubwürdigkeit einer Geschichte beruhe allein auf der freiwilligen Aufgabe unseres kleinlichen Mißtrauens. Kommen Sie, lassen wir den Meister mit seinem Unglück allein.

Ich stelle mich unter die Dusche. Dieser rostige Eisengeruch, den ihr Schweiß auf meinem Körper hinterlassen hat, erinnert an den Geschmack von Blut. Ich dusche lange. Plötzlich hatte ich ihre heiße Zunge im Mund. Zungenküsse habe ich nie besonders gemocht. Aber diese rauhe, nikotinbelegte Zunge ruft besonders starken Ekel in mir hervor. Es ist, als würden zwei Männer sich küssen. Dazu ein schmatzendes Geräusch, als leckte ich sie, und ihr Geflüster: Ja, fick mich, tiefer, tiefer. Ich ignoriere ihre Worte, so gut es geht. Im Grunde ist es mir egal, wen ich ficke. Aber dieses Pornofilmgetue macht aus ihr doch nur das, was sie ist, eine Studentin der Rhetorik, und mich zu dem, was ich eigentlich vergessen wollte, nämlich zu ihrem Professor.

Dann lehnt sie ihr Gesicht an meine Schulter und flüstert: Ich mag dich wirklich! Und wie zum Beweis preßt sie ihre Lippen wieder auf meine. Und immer noch schmecken sie eher nach einem Männermund. Ich nehme ihren Kopf in meine Hände und versuche, ihn fort von meinem Gesicht in meinen Schritt zu drücken. Nur ein zäher Speichelfaden verbindet uns noch.

Plötzlich stößt sie meine Hände fort: Was soll das! Ich bin doch keine Nutte! Und schlagartig ist es mit meiner Erektion vorbei.

Ich schaue in den Kühlschrank. Er ist völlig leer. Auch gut. Soll sie ihr Frühstück doch bei McDonalds zu sich nehmen. Ich hätte sie noch in der Nacht nach Hause schicken sollen, und habe sie wohl nur deswegen dabehalten, um dem guten Kommissar Volkmann einen weiteren Beweis meiner Verworfenheit zu liefern.

Die Stunden schleichen dahin. Sie trinken ihren Kaffee und lösen sich bei der Befragung ab. Ich habe die ganze Nacht nicht geschlafen. Könnte ich jetzt noch sprechen, würde ich ihnen alles gestehen: Ja, ich arbeite für einen westlichen Geheimdienst. Ja, ich habe Kontakt zu hiesigen Dissidenten aufgenommen. Ja, ich habe meine Kontaktpersonen mit Propagandamaterial versorgt ... Warum sonst bin ich hier, laufe mit wachen Augen durch Vororte, mache mir Notizen? Natürlich bin ich ein Spion! Jeder Wissenschaftler, jeder Denker ist ein Spion, auf der Suche nach dem Verborgenen, Geheimen, Undenkbaren, um es an die Öffentlichkeit zu zerren und damit Ruhm oder wenigstens Geld zu verdienen. Natürlich bin ich ein Spion!

Nachdem ich stundenlang geschwiegen habe, legt der leitende Beamte mir ein wortreiches Protokoll vor. Ich überfliege die filigranen schwarzen Fledermausgerippe, verstehe kaum die Hälfte der Zeichen. Ist es ein Geständnis meiner bereits verübten oder meiner zukünftigen Verbrechen? Ist ja egal, ich bin müde, weiß ohnehin nicht mehr recht, wer ich bin. Und hat man mir das nicht in unzähligen Trainingsstunden beigebracht: zu schweigen? Noch ein Beweis meiner Agententätigkeit! Bin froh, daß andere mich endlich durchschaut haben; daß sie mich besser kennen, als ich mich selbst; und mir endlich sagen, wer ich wirklich bin. Ich unterschreibe, und endlich lassen sie mich schlafen, schlafen, schlafen.

L

Es ist vermutlich noch früher Morgen, als sie mich aus der Sammelzelle holen. Sie verbinden mir die Augen, ziehen mich vollständig aus, angeblich, um alle Körperöffnungen genau überprüfen zu können. Und in der Tat lassen sie keine unberührt. Sie geben mir neue, schlechtsitzende Kleidung, Zeichen meiner neuen Identität.

Sie bringen mich in eine Einzelzelle, ohne Fenster und Lüftungsloch. Auch hier brennt in unerreichbarer Höhe eine

Neonröhre, fraglos ohne Unterbrechung. Natürlich, sie wollen, daß ich mein Zeitgefühl verliere. Jedes Gefühl.

Ich absolviere die Grundübungen des Kendo, eine konzentrierte Pantomime in Zeitlupe, ohne Rüstung und Schwert, aber gegen einen imaginären Feind. Dann lege ich mich auf die einbetonierte Eisenpritsche und male in Gedanken die chinesischen Grundschriftzeichen nach, alle zweihundertsiebzehn. Die grauen Zellenwände sind das Papier, mein Wille ist der Pinsel, meine Vorstellungskraft die Tusche. Im letzten Radikal erkenne ich einen Menschen, der sich gegen ein Hindernis stemmt, es aber nicht überwinden kann, *wú*, ein weiteres Zeichen der Verneinung. Es wird genauso ausgesprochen wie wú, *nichts*, und könnte mit *ohne* übersetzt werden.

Schreibe ich beide Radikale der Verneinung zusammen, heißt das neue Zeichen: ohne Ausnahme. Lasse ich dem Radikal *ohne* das Zeichen für *Feind* folgen, bedeutet es *unbesiegbar*.

Setze ich den *Namen* hinzu, entsteht die Bedeutung *unbekannt* oder *unbeschreiblich*. Und steht statt des Namens das *Herz* da, bedeutet es *lust-* oder *willenlos*.

Das Zeichen für das *Pfefferminzblatt* im Tee, ein wenig pelzig, filzig, dichtbehaart und fleischig auf der Zunge, es läßt mich an Sanaa denken, an das Teehaus am Bab al-Jemen, wo sich die Abgase der Sammeltaxen und der beißende Rauch aus den Kohlebecken mit dem kühlherben Minzearoma mischen. Und diesen Rasierwassergeruch begleiten Klänge, Trommeln und Flöten aus dem Innern der Teestube, die Rufe der Händler, die Autohupen und, zur rechten Stunde, die Rufe der Muezzine aus den zweitausend Minarettlautsprechern der Altstadt. Und mit dem Geschmack und den Klängen sehe ich das Gewebe aus Grau- und Brauntönen, den rotbraunen Lehm der Stadtmauer, den grauschwarzen ölfleckigen Asphalt, die elfenbeinfarbenen Stukkaturen der Turmhäuser. Und in diesen Teppich aus Tönen,

Formen und Gerüchen gewirkt die Empfindung der trockenen, die Haut schmirgelnden, staubgesättigten Höhenluft, am Anfang noch zärtlich, massierend, nach wenigen Tagen aber alle empfindlichen Hautstellen wund und blutig gefeilt.

Nach den Jahren des Zusammenlebens scheint es zunächst unvorstellbar, wieder mit mir alleine zu sein. Und nun lerne ich das Alleinsein nicht nur auszuhalten, sondern finde ein eigenes Glück darin, das Glück intensiver Wahrnehmung, intensiven Empfindens, und auch das Glück der leisen Schwermut, von der diese Intensität des einsamen Daseins unweigerlich begleitet wird.

Und plötzlich sind mir die Dinge näher als die Menschen. In ein Gespräch mit den Wänden, mit der Luft und dem Boden tritt nur derjenige, der ganz mit sich allein ist.

Die Menschen aber werden mir immer fremder, immer unerträglicher. Je schweigsamer ich werde, desto mehr höre ich die Dinge reden, höre das Spatzengezwitscher durch die dicken Betonwände dringen, das Singen der Hochspannungsdrähte, die sich von Altstadthaus zu Altstadthaus ziehen wie ein Fingerfadenspiel, das Gurgeln und Gluckern aus den Kanälen und das heisere Quaken der graubraunen Kloakenfrösche, das Todesröcheln eines Dutzends verschiedener fernöstlicher Schlagersänger aus offenstehenden Türen, Fenstern und Lüftungsschächten.

Wie wenig es zur Unsichtbarkeit bedarf: neben dem sogenannten »besten Alter« eine Anstaltsuniform, einen kahlrasierten Schädel und ein molkebleiches Gesicht. So könnte ich in meinem wundgescheuerten blutschwarzen After in jedes Vernehmungsbüro meine Bombe tragen.

Vielleicht werden wir in Zukunft ja nicht mehr nach dem beurteilt, was wir tun, sondern nach dem, was wir unterlassen. Wie die Jünger Buddhas, die sich den Neun Unterlassungen verschrieben haben: Du sollst nicht töten, nicht prahlen, nicht schwätzen, nicht wetteifern, niemanden verurteilen und so weiter, macht sich in Zukunft vor allem derjenige verdächtig, der nicht telefoniert, nicht fernsieht, nicht angibt und nicht urteilt, weil er aus jeder Aussage bereits die Richtigkeit auch ihres Gegenteils heraushört, und keine üble Nachrede verbreitet und Partys meidet und trauriger aussieht, als er sich fühlt. Ja, vor allem diese Trauermiene inmitten eines Heeres glücklicher Verbraucher macht ihn verdächtig. Und es wird Überwachungskameras und Computerprogramme und Polizeipsychologen geben, die unsere Behörden rechtzeitig auf diese Verdächtigen hinweisen, damit man sie sofort unter Beobachtung stellen und notfalls aus der Gemeinschaft der Glücklichen aussondern kann, ehe sie diese mit ihrer sich dem Allgemeinwohl verweigernden Seuche infizieren.

Sie warten den Augenblick ab, in dem sie mich schlafend glauben, um mich scheinbar desorientiert in ihre Verhörzelle zu zerren. Aber was können sie schon wissen! Ich nicke zu all ihren Fragen, von denen ich nur einen Teil verstehe: Sind Sie Amerikaner? Sind Sie geschäftlich im Land? Haben Sie Kontakte mit irgendwelchen Einheimischen geknüpft … Ich nicke freundlich, doch ohne das anfängliche idiotische Lächeln, das sie nur zu noch brutaleren Schlägen in mein Gesicht herausgefordert hat.

Endlich ziehen sie einen Dolmetscher hinzu, der ihre Fragen in ein leidliches Englisch übersetzt. Einer der verhörenden Offiziere gibt sich freundlich: Sie wollten mir doch nur helfen, mich meiner diplomatischen Vertretung übergeben, ich stünde wohl unter Schock, aber sie bräuchten meine Unterstützung. Ich sei doch kein junger Mann mehr, wolle doch nicht meine inzwischen knapp bemessene Lebenszeit damit verschwenden, in einem chinesischen Gefängnis zu sitzen …

Der Dolmetscher fragt mich, ob ich Englisch verstünde. Ich teile ihm mit deutlichen Gesten mit, daß ich überhaupt nichts verstünde und weder sprechen noch hören könne. Offensichtlich stellt diese Auskunft die Verhörenden ganz und gar nicht zufrieden. Einer der Offiziere, der in dieser Farce die Rolle des Bösewichts übernommen hat, schlägt meinen Kopf gegen die Wand. Ich kann ein leises Stöhnen nicht unterdrücken. Der andere, Gute, lächelt mich ermutigend an. Der Dolmetscher fragt, ob ich Amerikaner sei. Mir kommt ein Märchen in den Sinn, natürlich ein chinesisches. Ob die Herren Beamten es kennen?

Sie könnten meine Söhne sein! Was geschieht mit ihnen, wenn sie in diesem fensterlosen Raum Professoren, Journalisten oder Anwälte, also in gewissem Sinne ihre eigenen Väter, erniedrigen und quälen, und das in einer Gesellschaft, in der die Achtung vor dem Vater ungleich tiefer verwurzelt ist als in der westlichen Welt? Muß nicht irgend etwas in ihnen selbst zerbrechen?

Shu Bang, ein einfacher Schneider, und Gong Li, eine junge Bäuerin, träumen beide, daß sie füreinander bestimmt seien. Noch in derselben Nacht verlassen sie ihre Gatten, ihre Kinder, ihr Haus, ihr Dorf, und machen sich auf den Weg. Sie setzen ihre Füße willenlos, haben die Augen fast geschlossen und gehen wie magnetisch zueinander hingezogen. Sie durchqueren Felder, Wiesen, Heilige Haine und lassen die ihnen vertraute Welt bald hinter sich.

Der für die körperliche Seite der Befragung zuständige Offizier schlägt mir auf die Ohren. Der Dolmetscher lächelt unsicher. Er geht eine Liste aller europäischen Länder durch und wartet auf ein Zeichen der Bestätigung. Er gibt sich wirklich Mühe, die Ländernamen akzentfrei auszusprechen. Dann sagt er, sein ungeduldiger Vorgesetzter werde mich weiterschlagen, wenn ich nicht spräche. Ich solle wenigstens mit dem Kopf nikken, wenn ich schon nicht reden wolle oder könne.

In einem tiefen dunklen Föhrenwald kommen sie einander schließlich näher. Wie heißt es in den Konfuzius zugeschriebenen *Gesprächen*: Erst wenn das Jahr kalt wird, merkt man, daß Fichten und Föhren immergrün sind.

Endlich entdecken sie einander, getrennt noch von einem rasch dahinfließenden Bächlein, Shu Bang und Gong Li. Ein hölzerner Steg führt über das Gewässer, so schmal, daß nur einer allein ihn zur selben Zeit überschreiten kann. Einen Augenblick bleiben sie an den entgegengesetzten Ufern stehen und schauen sich an. Für diesen Menschen haben sie also ihre Familien verlassen und den langen beschwerlichen Weg ins Unbekannte auf sich genommen. Sie lächeln einander zu, das Herz wird ihnen weit.

Ich solle das Papier unterschreiben, sonst werde man mir die Finger brechen. Ich nicke freundlich. Der ungeduldige Offizier schlägt weiter meinen Kopf gegen die Wand. Der Dolmetscher lächelt verlegen.

Da streckt die Frau ihre Hand aus und spricht: Kommst du?

Und der Mann dreht sich wortlos um, geht durch den Föhrenwald, über die Reisfelder und die Viehweiden und durch die Heiligen Haine und kehrt zu seinem Weibe und seinen Kindern und seiner Schneiderwerkstatt zurück. Die fremde Frau hat zu früh gesprochen.

TUSCHESPUREN VI

Spitzel sterben nicht. Nach ihrem Tod wechseln sie nur die Seite.

Ein gewisses Maß an Gesetzlosigkeit ist Voraussetzung des Lebens.

Das Gefängnis ist die Schule der Berufsverbrecher.

Macht hat in erster Linie nicht die Absicht, etwas zu verbieten, sondern etwas herzustellen: eine eigene Lust zu schaffen, die uns die Mechanismen der Macht begehren läßt, anstatt gegen sie zu revoltieren.
Jede Subversion im Denken nimmt mit der Annahme der eigenen sexuellen Perversion ihren Anfang.
Sich von Fesseln zu befreien bedeutet noch nicht, in Freiheit zu leben.
Unsere vornehmliche Sorge muß darin bestehen, keine Sklaven zu sein.
Wer keine Angst vor dem Tod hat, wird seine Macht über andere nicht mißbrauchen.
Gläubige Menschen erwarten vom Tod das Heil, unter dem Verzicht ihres Selbst. Ich hingegen sorge mich um mich selbst und werde nichts hinterlassen als meinen guten Ruf.

*

Macht ist ein Spiel der Kräfte. Ein von Kräften freier Raum wäre ein lebloser Raum.
Die Zukunft bestimmt die Vergangenheit, wie die Vergangenheit die Zukunft.
Alles ist immer komplizierter, als man glaubt. Vielleicht kommt man der Wahrheit in einem Raum näher.
Ideen sind oft interessanter als die Menschen, die sie sich ausdenken.
Wir sind eher in der Lage, die Wahrheit zu erfassen, wenn wir nicht der Realität verpflichtet sind.
Was die Gewalt ersetzt, ist nicht die Flucht, sondern ein Ausweichen, das uns auf Umwegen zum Wesentlichen führen kann.
Wozu nach allem die Wahrheit?

LI

Dreitausend Meilen von zu Hause entfernt, in diesem fremden Land, unter diesem fremden Himmel, bald würde er sterben, würde er tot sein wie dieser Heilige, auf dessen Grab man den schlichten Tempel errichtet hat. Seine Bewegungen würden aufhören, sein Bewußtsein würde erlöschen, blitzschnell oder schleichend, je nach den Umständen, er würde die Sonne nicht mehr sehen, zumindest nicht die wirkliche, das Stimmengewirr außerhalb seiner Zelle nicht mehr hören, innere Stimmen vielleicht, wie wären sie von einer göttlichen zu unterscheiden, Halluzinationen im Todesrausch, ein letztes Assoziationsgewitter, oder das Durchbrechen der Mauer zur anderen Welt, spielt das noch eine Rolle, keine Gefährten mehr, nur noch Erinnerungen, Ausgelagertes, ins Nichts.

Der junge Polizist ist fast noch ein Kind. Er blickt mich an, Augen wie ein Flußufer, drängt diese ausgedörrten Steppengedanken fort.

Woran denkst du?

An die nächste Lektion.

Warum lügst du?

Er antwortet darauf nicht. Warum auch. Meistens lügen wir doch aus Barmherzigkeit. Und wer könnte das besser verstehen als dieser junge Mann aus dem *Café De Niro* in den *Paramount Studios*. Der Gedanke, daß sein junges Leben mein eigenes, nahezu verbrauchtes weit in die Zukunft hinein überdauern wird, läßt mich schwindeln.

Was hältst du von Barmer?

Pastor Barmer? Er hat mich aus dem Sumpf geholt.

Die Bahnhofshalle paßte besser zu dir als das Kirchenschiff.

Es ist wohl das gute Recht des Freiers, mich so zu sehen.

Und Barmer war für dich ganz ehrwürdiger Vater, Inka?

Wolltest du nie Meßdiener sein?

Ich war Meßdiener, bis unser hochwürdiger Pastor Krüll mir unters Rüschenkleidchen griff. Mein Alter gab mir was aufs Maul, als ich ihm davon erzählte. – Titus war am letzten Abend vor seinem Verschwinden gar nicht bei dir, oder?

Nein, er war zu einem Konfirmandengespräch bei Pastor Barmer eingeladen.

Musik von Händel. Das Mineralwasser so warm wie das Besucherzimmer. An der Toilettentür ein Schildchen: *Viribus unitis*, mit vereinten Kräften. – Der Mann hat Humor.

Er verliert kein Wort über den Vorfall im Konfirmandenlager. Er folgt meinem Blick, während ich seine theologische Bibliothek studiere: Heraklit, Hegel, Feuerbach, Nietzsche, Heidegger, Habermas.

Ich wollte eigentlich mit Ihnen über den Himmel parlieren, lieber Herr Pastor, aber wie ich sehe –

Wenn schon wir, die wir auf dem Rücken liegen, antwortet er mit einem schiefen, spitzbübischen Lächeln, nicht den Himmel erblicken können, wie sollen erst die, die auf dem Bauch liegen, ihn sehen?

Soll ich das als protestantische Spitze gegen das Zölibat verstehen?

Ja, das sind genau die Reißnägel, die ich brauche.

Bärtig und ungekämmt umgibt diesen Geistlichen eine Art Räuberschönheit. Vielleicht wäre auch ich ihm als junger Mensch verfallen.

Nur ein einziges Mal habe ich eine »harte« Droge probiert, und das, wie bei De Quincey, sicher nicht zufällig an einem freudlosen, verregneten Sonntagnachmittag in dieser katholischen Provinzstadt an der Grenze, in der ich mein Diasporadasein als einsamer Jugendlicher fristete. Und der Trip beginnt: Finde mich als Novize in einem Kloster für Hunde wieder, Doggen- und Terrierrüden mit häßlichen Tonsuren auf den bulligen Schädeln und kupierten Schwänzen, die brutal oder verzweifelt jedes Tischbein im Refektorium zu begatten versuchen. Der Abt ist ein alter, zahnloser, zum Veganer konvertierter Rottweiler. Er beschnüffelt mich lange, und teilt mich dann Confrater Eco, einem hirschroten Dachshund, und der Arbeit in der Klosterbibliothek zu.

Der schlanke, aalglatte Bruder beauftragt mich sogleich mit dem Bestäuben der insektenfressenden Folianten. Mit der großen kupfernen Staubkanne voller Pilzsporen schreite ich die Beete mit den coleopterophagen Klassikern ab, sehe noch deutlich die Fabeln von La Fontaine und Curzio Malapartes *Haut* vor mir und verspüre plötzlich eine panische Angst, ich könnte das eine oder andere Werk »übergießen«. Ich bin mir bewußt, daß die *Oden* von Horaz mehr Sporen vertragen als die *Blumen des Bösen*. Aber welches Maß verlangt *Eine Zeit in der Hölle* oder Byrons *Don Juan*?

Ich fühle mich schuldig, noch ehe ich einen Klassiker ruiniert habe. Das Pulver aus meiner Kanne wird gröber und schwärzer, bis ich sie mit bloßem Auge entziffern kann, die schmarotzenden Buchstaben, die sich in die wehrlosen Folianten einnisten.

Bruder Eco aber lobt meine Arbeit und beglückwünscht meine grünen Pfoten, um mir sogleich die nächste Arbeit zuzuteilen: Die Umbettung der Indigo- und Opiumfresser aus dem Selbstmörderbeet in das jüngst angelegte Ossarium der Brüderlichkeit.

Ich liebe diesen alten Friedhof, sagt er mir auf unserem Spaziergang durch Schneematsch und Schlamm, die vom Wind und vom Regen zernagten Steine. Übrigens habe ich eine Tochter, die ich sehr liebe. Lehrerin für Latein und Geschichte in Eisenach. Und einen Enkel, ungefähr im selben Alter wie Titus.

Ich habe in Titus' Alter noch dilettantisch-schöne Gedichte über Engel in Rilkemanier verfaßt, während mich heute allein die technische Frage interessiert, wie die Flügel wohl an den Schulterblättern festsitzen.

Schaut und staunet: Ihre Nasen sind mit Warzen / Blau verziert, sieben zähl ich, doch der Herrgott / Hätt sie lieber mit siebzehn ausstaffiert ... Sie sehen, ich bin der Lyrik treu geblieben, doch urteilen Sie bitte nicht zu streng über die Form, Herr Professor!

Die Qualität dieser Bagatelle, gestatten Sie mir diese kleine Anmerkung, liegt ja gerade in ihrer vollkommenen Irrelevanz, verehrter Herr Pastor. Haben Sie noch mehr auf Lager?

Ja, bei Gott, dem Herrn, ich schwöre, was ich hier / Bericht, ist wahr, auch wenn ich selbst nie erblickte ihrer / Liebesäpfel Paar, so erschreckte doch die Augen, was / Noch unter Feldern sich befand, und wenn es offen / Läg zu Tage, brächt es uns um den Verstand.

Ist immer noch von holden Jungfrauen die Rede, Hochwürden?

Ein jeder Engel ist schrecklich, Herr Professor.

Wieder zurück im warmen Zimmer. Fast hätte ich ihm seinen pastoralen Geruch verziehen, hätte Hochwürden nicht seinen Pfefferminztee gegen den Uhrzeigersinn umgerührt. So schleicht sich in jedes seiner Worte ein verdrehter apothekerhafter Sinn: Sind wir nicht umstellt von einfachsten Dingwundern, deren geheimnisvollen Ursprung wir vergessen haben?

Schauen Sie sich diesen Stuhl an, ein hockender Mensch, und dieser Tisch, das ist ein kniender Mensch, auf dem wir unseren Tee trinken. Und der Schrank, in den ich meinen Mantel gehängt habe, ist er nicht selbst ein Mantel aus Holz? – Ein Puppenstubenbauer, redet so gedrechselt und gestelzt daher, daß mir alles Räuberliche an ihm nur noch als Kasperletheater für die verführbare Jugend erscheint.

Gehen Sie doch einmal mit mir wandern, Herr Professor!

Damit Sie mir weitere Gräber zeigen, Hochwürden?

Ich bin nicht der Pastor Blaubart, für den Sie mich offenbar halten. Nur draußen, in Sonne und Wetter, werden die Gedanken reif. Man kann sie nicht zu Hause im warmen Nest ausbrüten. Im Angesicht der Weite sprich dein Wort und höre Antwort! Unser Geist ist nur ein Echo. So habe ich's erfahren!

Seltsam, gestern wollte Kommissar Volkmann mit mir wandern, heute Morgen sein Kollege Kramp und nun Sie, lieber Pastor. Aber seien Sie versichert, ich werde mit niemandem in die Natur hinausmarschieren, nicht mit dem Papst, nicht mit dem Leibhaftigen! Die Natur, wie überhaupt alles Natürliche, mit ihrem Gewimmel und Gewürm macht mich nur bösartig und krank. – Einmal saß ich zu lange auf einer Bank, Haltestelle Athener Park, auf der ein junges Liebespaar ermordet wurde. War selbst noch jung. Ich rief: Nun kommt schon, hier bin ich! wartete und entblößte meine Brust. Doch bis auf den einen oder anderen verwundert schauenden Gassigeher war kein Verbrecher zu sehen. Und trotzdem erschrak ich fürchterlich. Worüber? Ich lauschte in den verregneten Sonntagabend, doch vergeblich. Schließlich knöpfte ich mein Hemd zu. Es regnete noch immer. Selbst darüber hatte ich keine Macht.

Pastor Barmer lächelt verständnisvoll: Hier, schauen Sie!

Himmel, was soll das! Er zieht sein grauzerzaustes Haar vom blanken Schädel, ein Meisterstück an Hotzenplotzerei, streichelt den possierlichen Pelz und sagt: Leberkrebs. Aber, bitte, sagen Sie's nicht weiter. Die Gemeinde erfährt es früh genug.

Warum hat man mich festgenommen? Doch wohl nicht nur, weil ich das Flugblatt entgegengenommen habe! Vermutlich hat man mich schon eine ganze Weile beobachtet. Aber vielleicht reicht ein Flugblatt ja. Ich weiß nicht einmal, was darauf stand.

Immerhin habe ich nun Gesellschaft bekommen. Vielleicht ist auch das nur Taktik, und mein junger, sympathischer Zellengenosse ist ein Spitzel. Aber er hat ja von Anfang an keinen Hehl daraus gemacht, daß er Polizist sei. Und welche Geheimnisse kann er mir schon entlocken! Meine einzige Schuld ist meine Naivität und ein gewisser Stolz, der mir bisher noch nicht wirklich bewußt war. Oder ist es umgekehrt: Dank der Schwere der Strafe lerne ich die Größe meines Verbrechens kennen?

Sie haben meinem Zellengenossen mit siedendem Wasser die Genitalien verbrüht. Dabei gab es, wenn ich meinem jungen Freund Glauben schenken darf, gar nichts zu gestehen, hat man ihn doch während einer Razzia auf Schwule im Park der Revolutionsmärtyrer *in flagranti* erwischt. Aber wahrscheinlich ging es auch gar nicht um ein Geständnis, sondern um die Zerstörung dessen, was der Polizei Schande bereitet hat.

Han Yue weint. Ich bitte ihn, mir die Verletzungen zu zeigen. Ist es mein Alter, mein fremdländisches Aussehen, oder ist es die eigene Hilflosigkeit, er folgt meiner Aufforderung mit dem Gehorsam eines Kindes.

Seine Hoden und sein Glied sind mit Brandblasen und offenen Wunden übersät, sein Schamhaar ist zum Teil weggebrannt. Offenbar war noch mehr als nur kochendes Wasser im

Spiel. Ich fordere ihn auf, seine Hose auszuziehen. Dann lasse ich ihn die mißhandelten Geschlechtsteile in unseren einzigen Trinkbecher mit Wasser tauchen, bis der schlimmste Schmerz ein wenig nachläßt.

Die Metallbank, auf der er saß, ist blutverschmiert. Dreh dich um, bitte ich ihn. Das Blut sickert aus seinem After.

Das waren die Drogensüchtigen in der Sammelzelle, sagt er. Sie leisten die Vorarbeit und bekommen dafür ihre Vergünstigungen.

Ich kenne das System, antworte ich.

Offiziell ist es nicht erlaubt, daß Polizisten Häftlinge quälen. – Er lächelt bitter.

Warst du früher besser? – Ich bin mir nicht sicher, ob er meine Frage verstanden hat.

Er schüttelt den Kopf. Ich weiß nicht, sagt er dann. An der Gewalt gegen Frauen habe ich mich nie beteiligt. Aber ging es gegen Schwule, war ich nicht selten der Brutalste.

Du hattest wohl Angst, selbst in Verdacht zu geraten.

Er heißt Han Yue und ist 23 Jahre alt.

Er schüttelt erneut den Kopf und redet, weint und redet, vielleicht weil er glaubt, daß ich ihn nicht verstehe.

Ich werde an die Tafel gerufen: Mein schönstes Ferienerlebnis. Die Kreide ist staubtrocken, zerbröselt mir fast zwischen den Fingern. Kaum habe ich die ersten Sätze an die Tafel geschrieben, rieselt beim geringsten Windhauch, rieselt schon bei meinem Ausatmen die Kreide von der schiefergrauen Wand. Ich versuche, anhand einiger verbliebener Spuren und Reste, den Text zu rekonstruieren, denn sobald ich ihn einmal aufgeschrieben habe, ist er aus meinem Kopf gelöscht. Vielleicht ist das ja sogar der tiefere Sinn des Aufschreibens: Den Kopf leer bekommen für einen neuen Gedanken.

Diese trockene Kreide auf der alten Tafel bringt mich zur Verzweiflung. Ich weiß, es ist eine wichtige Prüfung, es geht um meine Zukunft, auch wenn die Prüfer irgendwo im Dunkel des Klassenraums sitzen, gesichts- und namenlos. Die ersten Sätze waren gut. Jeder Versuch, den ursprünglichen Gedanken erneut in Worte zu fassen, läßt die Sätze lebloser und konstruierter erscheinen. Ich suche nicht mehr in meinem Kopf nach den Erinnerungen, der Kopf ist bereits vollkommen leer, ich suche nur noch nach Kreidespuren, um den verlorenen Text nachzuzeichnen. Ich wage kaum zu atmen, aus Angst, ich könnte auch noch die letzten Pigmente von der Tafel blasen.

Dinge, die fern und doch nah sind
meine Schulzeit
der Abstand zwischen zwei Männern
der Biß eines Hundes, dessen Narben längst nicht mehr zu sehen sind
die Karthause von Parma
Han Yues Ratlosigkeit, was er in Zukunft tun soll
die Prügel meines Vaters
die verbliebene Lebenszeit
das mürrische Schweigen der Taxifahrer
meine Korrumpierbarkeit
der rußgeschwärzte Kölner Dom
das Scharren der Schneeschaufeln
der Tag meiner Heimreise

Dinge, die nah und doch fern sind
meine erste Liebe
der Abstand zwischen Mann und Frau
Kaufhausmusik
Fabrizio del Dongo

der Jangtse
die Liebe meines Vaters
die Hitlisten
mein Vaterland
das freundliche Mädchen, das mir zulächelte, als sie den Bus verließ
der Ölpreis
der Konfuziustempel mit seinem bonbonbunten Interieur
Hitzefrei
der Tag meiner Heimreise

Obwohl sich gleich nach meinem Abschied jedes Mitgefühl verflüchtigt, zwingt sein Geschenk, ein Altes Testament auf Plattdeutsch, mich zu einem abschließenden Besuch. Ich revanchiere mich mit Jean Pauls *Flegeljahren*, meiner Jugendbibel.

Man sollte doch glauben, eine zerfallende Leber reiche für ein heroisches Ende, begrüßt er mich lächelnd. Nun haben meine Ärzte die Ursache für die gegenüberliegenden, quasi symmetrischen Schmerzen gefunden: Nierensteine. Heute bin ich während der Fürbitten eingeschlafen, der starken Schmerzmittel wegen. Ein Gottesdienstbesuch hätte sich gelohnt! Aber von den drei alten Damen hat wohl niemand diese kleine Sterbeprobe bemerkt. In diesem heilig-lächerlichen Augenblick habe ich geträumt, und glauben Sie ausnahmsweise einmal diesem ordinierten Lügner, Gott trete zu mir und früge mich: Was gibst du mir, wenn ich dich gesund mache? – Und was antwortet dieses Traumich? Einen Würfel, Lieber Gott! Und Gott lacht und verspricht, mich über kurz oder lang von meinen Schmerzen zu befreien.

LII

Vom Frühstück klebt dem verhörenden Beamten noch eine Nudel im Mundwinkel. Mehlig grau wie eine Made hat sie sich dort eingenistet, und die anderen Polizisten sind zu träge oder feige, ihren Vorgesetzten auf diesen lauernden Rest hinzuweisen. Das Haar des Offiziers ist im Nacken sorgfältig ausrasiert, die Augenbrauen sind zu einem sanften, makellosen Bogen gezupft. Aber dieses madengraue Nudelstück sitzt wie ein bösartiges Tier in dem roten, mädchenhaften Winkel. Ich sollte mein Schweigen brechen und ihn auf dieses ästhetische Ärgernis hinweisen. Aber ehe ich mich überwinden kann, deutet er meinen angewiderten Blick in sein Gesicht als Bruch in der Fassade hartnäckigen Schweigens und verhindert mein aufklärendes Wort durch den Versuch, mit zwei raschen harten Schlägen auf meine Schläfen den vorgeblichen Riß zu erweitern.

Durch diese unerwarteten Erschütterungen hat die Nudel ihr Nest im Mundwinkel verlassen und klebt nun zitternd am Kinn, ein fetter grauer Talgwurm. Fasziniert beobachte ich den Kampf dieser klebrigen Kreatur mit der Schwerkraft. Trotz des pochenden Schmerzes in meinen Schläfen behält das Amüsement angesichts der Verwundbarkeit der Macht die Oberhand. Nicht der Umstand, daß sie sich selbst nicht sieht, gibt sie der Lächerlichkeit preis. Das gilt ja für die Macht wie für die Ohnmacht. Aber daß sie sich im Gegenüber nicht gespiegelt sieht, ist ihre tödliche Schwäche.

Deus Don nenne ich den anderen, äußerst geschickten Schläger, der hinter mir steht. Mit dem Instinkt des geborenen Folterers überrumpeln mich seine Schläge immer dann, wenn meine Erwartung nachläßt und sie mich aus heiterem Himmel treffen. Er schlägt nicht mit den flachen, sondern mit zu einer Muschel gewölbten Händen auf meine Ohren, so daß die Schläge über den starken Schmerz hinaus auch eine langanhaltende Taubheit verursachen.

Ich rufe die Mörder zur Hilfe, die Vergewaltiger, die Kinderschänder, ja ich rufe selbst den korrupten Gott zur Hilfe, der sich so offensichtlich auf ihre Seite gestellt hat, alles im Stillen, im Rauschen meines Innenohrs, im Dunkel meines stummen, blutverklebten Mundes.

Meine Hörwelt ist weiträumiger, als meine Sehwelt jemals war. Gesehen habe ich ein zweidimensionales Bild auf meiner Retina, das mein Gehirn in die Dreidimensionalität hochgerechnet hat. Aber Nähe und Distanz waren vor allem Erfahrungs- und weniger Wahrnehmungswerte. Das gesehene Bild der Welt war flach.

Und nun dieser weite Raum, in dessen Mitte ich stehe. So müssen Fledermäuse ihre Umwelt wahrnehmen, eine Welt der Echos, der Widerstände, der Tiefe. Statt Oberflächen nehme ich Körper war, Resonanzräume.

Welcher Vielfalt der Klänge haben mich meine Augen beraubt! Das grelle Licht hat die Welt der Töne zu einem meist bewußtlosen Hintergrundrauschen degradiert. Ich mußte mich zwingen hinzuhören.

Der freundliche Gesang einer Baumgrille. Wenn man den Mondschein hören könnte, würde er so klingen. Und nun, da ich diesen Gesang so deutlich höre, sehe ich ihn auch, den vollen silbrigen Mond am schwarzen Firmament. Wohlriechende kalte Nacht, die mir mit der rauhen Zunge einer schwarzen Katze das Gesicht leckt. Nacht, diese aus blinden Augen bestehende Bestie.

Heute war die Polizei bei mir, Kommissar Volkmann und der andere. Die ganze Sakristei schwamm noch im Blut, aber meinem eigenen. Hab ich Ihnen den Besuch der beiden zu verdanken? Wenn Sie Händel nicht mögen, lege ich etwas anderes auf!

Ich bevorzuge Bach.

Einst ging Debussy in ein Bordell und spielte dort Bachs Wohltemperiertes Klavier. Die Kunden flohen, und Debussy mußte den Geschäftsausfall ersetzen. Aber sicher kennen Sie diese Anekdote bereits.

Sie hatten meinen Sohn sehr gern, nicht wahr, Hochwürden?

Derselbe Debussy ärgerte sich über die vielen häßlichen Leute am Strand und schrieb: Überhaupt sollte das Meer nur von Sirenen bewohnt werden. Als Ihr Sohn das erste Mal bei mir erschien, in die Höhe geschossen, schlaksig, hager, bleich, setzte er sich hier an das Klavier und spielte. Ich glaube, es war seine eigene Komposition. Sie klang glühend und beherrscht zugleich, und ich verlor jedes Urteil. Immer wenn er kam, saß er hier und spielte. Das war unser ganzer Unterricht. Und auch am Tag seines Verschwindens habe ich ihn heimgeschickt, obwohl es in Strömen goß, eine ganze Völkerwanderung von dicken Tropfen.

Ich kann mich nicht entsinnen, daß es an jenem Tag geregnet hätte.

Mag sein, daß meine Erinnerung ein wenig umgearbeitet, beschnitten oder hinzugedichtet hat, aber deswegen ist das Ganze noch nicht unwahr.

Selbst wenn alles im Großen und Ganzen stimmt, liegt die Wahrheit nicht selten im Detail.

Ich kann Ihnen nicht widersprechen. Im Grunde ist jeder einzelne Ton bereits eine Dissonanz, ein Spaltklang, eine Kluft zwischen Leben und Tod. Ist Ihnen nie die Besonderheit von Titus' Ohren aufgefallen?

Sobald man beginnt, die Ohren eines Menschen zu studieren, wird er zum Rätsel. Pastor Barmers Ohren sind verführerisch behaarte Höllentore, ständig offen für die Geständnisse, doch ohne einen Notausgang. Mißtrauisch bücken sie sich aus dem Kopf, nackte Teufelchen, rot, hinkend, gehörnt, das mißratene Kind unter seinen Sinnesorganen. Ich gebe es auf, sie weiter zu befragen.

47 *Warum kann das Verhältnis zu unserem eigenen Tod nicht einfach selbstverständlich sein? Warum findet unser Leben keinen friedvollen Unterschlupf in seinem Ende? Warum dieses verbissene und vergebliche Nach- und Darüberhinausdenken, als sei es nicht nur möglich, sondern geradezu erstrebenswert, dem Tod noch einen Fetzen Überleben abzutrotzen?*

Wir machen ihn zu einem Fremden, um unsere zweifelhaften Geschäfte mit ihm treiben zu können: Dieses Opfer an Unmittelbarkeit oder Gelassenheit im Tausch für ein Mehr an Zeit. Doch ein Trost wird auch das gelungene Geschäft nicht sein.

Der Anfang war unfreiwillig, die Kindheit eine Katastrophe. Dann der Urknall, die Entfaltung des ganzen Universums in einem, meinem *Bewußtsein, ein ständig wachsendes und sich verzweigendes Geflecht an Wissen und Bewußtheit, bis zu einem Grad der Verfeinerung, der unmittelbar in Verfall übergeht, in einen rauschhaften Akt der Hingabe an die Nichts-, die Allwerdung. Aufgabe des Widerstands, die Knochen werden porös, die Muskeln schlaff, die Haut wird zur Erde, der Blick verliert sich in Unschärfe, das Ohr lauscht nach innen, gelassen öffnen wir uns dem direkten Zugriff der Welt auf unsere Innereien, unsere Leukozyten, unser Mark, wir stützen uns nicht mehr ab, wenn wir fallen, lassen die Augen geöffnet, wenn das Licht uns mitreißt, und schweigen verständnisvoll, wenn uns das gesuchte Wort, dessen Echo uns versichert, daß wir es einmal gewußt haben, nicht mehr einfällt.*

Echo, Schatten, Humus, Wärme, Widerstandslosigkeit, Sanftmut.

Unser Tod ist Annahme und Abwehr zugleich. Er ist weich, warm, weiblich. Er ist verletzend, grausam, mutwillig. Er kennt keine Gnade, ist geduldig, tröstlich, selbstlos, still. Er ist ohne Angst und Leere, Zwang und Scham, ist voller Angst und Zwang und Scham und Leere. Er entäußert, bereichert, birgt, schafft Weibliches im Männlichen und Männliches im Weiblichen, macht die feigen Seelen groß und die großen Seelen klein, nimmt gefangen, befreit, schafft Hoffnung, gibt uns verloren.

Der Tod ist die verlorene Hälfte unseres Lebens, unserer Liebe, unserer Vernunft, er führt das Messer, er ist der Leib, in den wir es stoßen. Er erniedrigt und er erhöht uns. Er ist die Maske, ist das wahre Gesicht unter der Person. Er ist ein Handlanger der Anderen, ist unsere ureigenste und einzige Tat. Er macht uns verlassen, einsam, ungeliebt, verdreht uns den Kopf, läßt uns singen, stöhnen, delirieren.

LIII

Ich öffne die Augen, doch bin mir nicht sicher, ob es gleichbedeutend mit dem Erwachen ist. Da ist das Licht, das ständig brennt, eine flackernde Neonröhre. Da ist die Stille, ich höre ihr Summen nicht. Da sind die blauen Flecken auf meinen Armen und Beinen. Gott sei Dank, sie schmerzen. Dieser Körper gehört mir. Da ist der kahlgeschorene Kopf, der Kopf eines Gefangenen. Es ist alles da, die Stille, die Schmerzen, die Blutergüsse, die nackte Haut des Gefangenen.

Endlich darf ich die kurzen Hosen meiner Kindheit
Ausziehen
Die Vorarbeiterstiefel aus dem Fell wilder Hunde

Stehen
Im Hof wo meine Vorgänger sie zurück
Lassen
Ich schlafe mit offenen Augen
Herr der Drähte
Und träume von den verkohlten
Geschlechtern

Han Yue redet, weint und redet. Manche Dinge verdanken ihre Existenz allein der Sprache, die eiternde Balustrade zum Beispiel. Zu Recht weist das Fräulein Roth darauf hin, um Ordnung schaffen zu können, müsse man unterscheiden dürfen. Aber die Kategorien benötigen eine Begründung über das Vertraute, Selbstverständliche hinaus. Kühe und Hühner sind Tiere, aber gehören sie deshalb schon derselben Kategorie an? Und wenn wir von »Männern« und »Frauen« sprechen, welche Kategorien bilden wir dann für die Mehrheit der Menschen, die sich weder der einen noch der anderen Kategorie zuordnen lassen? Die Kuh frißt Gras. Die Kuh gibt Milch. Statt in Kategorien könnten wir die Welt auch nach Relationen ordnen. Gleich wären die Grenzen durchlässiger. Unsere Zuordnung wäre keine mehr auf Leben und Tod.

Der Park der Revolutionsmärtyrer hebt sich dunkel von der zerfließenden graublauen Tiefe der eiternden Ballustrade ab. Diesseits der Ballustrade leuchtet die Mandelhöhle der Stimmen. Süßgiftige Arabesken der Lust.

Die Möglichkeiten der Sprache sind begrenzt, die Beziehungen hingegen unendlich. Der Kaiserliche Garten um einen dunklen lyrischen Kern, die Lust braucht einen Raum, der sich nicht entzieht, mag das Zentrum auch ausgehöhlt sein, eine leere, blicklose Augenhöhle, die von einem geröteten und angeschwollenen Lid bedeckt wird.

Meine Freunde wußten nichts davon, jammert Han Yue. Niemand spricht darüber. Wenn es bekannt würde, wäre es eine Katastrophe. Du verlierst deinen Job, deine Kameraden, deine Familie. Ich hatte nie im Leben einen Liebhaber. Sex ja, aber nie eine längere Freundschaft. Wo soll man diesen Freund finden? Jeder hält seine Wünsche geheim, alle sind sie verheiratet, weil sie sich sonst verdächtig machen würden. Besser, sie machen sich und ihre Frauen und Kinder unglücklich! Alle haben Angst. Zum Glück lebe ich immer noch bei meiner Mutter. Aber bei Familienfesten verschwinde ich rechtzeitig, damit ich meinen älteren Bruder nicht treffe. Ich glaube, er ahnt etwas. Und ich will nicht, daß er vor meiner Mutter Anspielungen macht. Aber nun ist es ohnehin zu spät. Nach dieser Festnahme kann ich mich eigentlich nur noch umbringen. Die anderen sind von meinen Kollegen bereits im Mannschaftswagen vergewaltigt worden. Bei mir haben sie sich nicht getraut, weil sie mich kannten. Noch nicht. Aber hier werden sie mich um so brutaler für die Schande büßen lassen, die ich der Polizei zugefügt habe. Eigentlich müßte ich das Land verlassen, wenn ich hier je lebendig herauskomme, oder zumindest diese Stadt. Und den Polizeidienst kann ich vergessen. Aber ich liebe meine Heimat, liebe sie, wie ich meine Mutter liebe. Selbst diesen verfluchten Dienst liebe ich. Doch du kannst dir nicht vorstellen, wie sehr es mich gequält hat, wenn unser Ausbildungsoffizier uns als Gift, als Krebsgeschwür, als Pest der Gesellschaft beschimpft hat. Manchmal mußte ich an den Razzien in den Parks teilnehmen. Habe einfach mitgemacht, wenn dieselben Jungen, die ich vielleicht noch eine Woche zuvor im Dunkeln umarmt habe, nun von meinen Kollegen angespuckt, getreten und zusammengeschlagen werden. Fast jeder von ihnen hatte bereits mit der Polizei zu tun. Das hätte mich warnen sollen. Es war einfach eine Frage der Zeit, daß es auch mich erwischt.

Aber ich hätte wie ein Mönch leben müssen. Und es gibt ja auch kein ausdrückliches Gesetz gegen das, was wir dort getrieben haben. Allerdings auch keine ausdrückliche Erlaubnis. So hält man uns in Angst. Ich habe angefangen, darüber zu schreiben, über diese Angst, dieses Ausgestoßensein, die alltägliche Heuchelei, die Unmöglichkeit des Glücks. Aber wer will schon so etwas lesen. Warum also soll ich weiterschreiben?

Einen jungen schwulen Polizisten kann man demütigen, antworte ich auf seine Frage, auch wenn es eher eine rhetorische ist, aber einen Schriftsteller nicht. Einem Schriftsteller kann man natürlich Unannehmlichkeiten bereiten, ihm das Brot, die Freiheit, ja im äußersten Fall auch das Leben nehmen, aber nicht die Lust und den Stolz auf das, was er schafft. Die kann er sich nur selbst nehmen.

TUSCHESPUREN VII

Hätten Vernunft und Unvernunft eine Form, so wäre die Vernunft
rund und die Unvernunft eckig. Die Unvernunft liegt behäbig
auf der Seite und bewegt sich nicht, während die Vernunft keinen
bestimmten Platz hat, sondern munter herumrollt.
Konfuzius ist nicht etwa zum Heiligen geworden, weil sich ihm
ein Gott plötzlich in den Weg gestellt hat, sondern weil er sich
im Alter von fünfzehn Jahren dem Lernen verschrieb.
Die Alten haben gesagt: Entscheide dich innerhalb von
sieben Atemzügen. Wenn das Herz ruhig schlägt,
sind sieben Atemzüge eine lange Zeit.

*

Hier mit dem Namen Gottes daherzukommen, heißt im Schlamm zu
waten. Schwimmt der Fisch, trübt sich das Wasser. Fliegt der Vogel,
so fallen Federn. Der Himmel ist eng.

Auch ein Gott zu werden, ist verlorene Mühe. Denk nur an die Statuen in der Gipsabdrucksammlung!
Ob der Spiegel schön oder häßlich ist, mag ein jeder selbst entscheiden.
Nur das alles durchdringende Auge kann kein Urteil fällen.
Völlig entspannt steht er da, läßt die Arme hängen. Keine geschwellte Brust, kein Adlerblick, kein Haß und keine Liebe. Nur an den Sprüngen erkennt man den Spiegel.
Wenn der Spiegel nicht existierte, wen könnten wir dann noch anklagen?

Nur ein einziges Mal unternehmen wir beide allein eine längere Reise, nach Lissabon, wohin ich anläßlich Goethes zweihundertfünfzigstem Geburtstag zu einem Vortrag eingeladen worden bin. Miriam ist wieder einmal zu einem kunsthistorischen Kongreß am Arno oder Po, also nehme ich dich kurzerhand mit an den Tejo.

Ich weiß nicht, ob man mich in Begleitung meiner Frau oder eines Liebhabers erwartet hat, jedenfalls ist unser Doppelzimmer nur mit einem großen King-Size-Bett ausgestattet. Andererseits wäre es mir auch nicht im Traum eingefallen, dir elfjährigem Bengel könnte es bereits unangenehm sein, mit deinem eigenen Vater im selben Bett zu schlafen. Erst als wir uns für die Nacht fertig machen, spüre ich eine gewisse Verlegenheit, ja Scham in deinem Verhalten. Ich schiebe es auf das vorpubertäre Pausenhofgerede. Nachdem wir noch ein wenig über die Pläne für den nächsten Tag geredet haben, lösche ich das Licht.

Du liegst vollkommen steif am Rand deiner Betthälfte und wagst kaum zu atmen, als hättest du Angst einzuschlafen. Ich brauche eine Weile, bis ich begreife, was dir so große Angst macht: Anstatt dich in meiner Gegenwart sicher und behütet zu fühlen, fürchtest du dich vor mir!

Während meines Vortrags zur Aktualität von Goethes *Farbenlehre* wartest du in der Universitätsbibliothek auf mich. Die kontroverse Diskussion meiner Thesen hält mich doch länger als vorauszusehen im Auditorium fest. Als ich dich endlich im Lesesaal abholen will, suche ich dich vergeblich. Niemand hat dein Verschwinden bemerkt. Doch noch mache ich mir keine großen Sorgen. Sicher ist es dir zwischen den ja überwiegend fremdsprachigen Büchern langweilig geworden, und du spazierst jetzt irgendwo auf dem Campus herum.

Es ist ein warmer, friedvoller Spätsommertag. Die Studenten liegen in Gruppen auf den Grünflächen, rauchen, lesen, lassen sich die Sonne ins Gesicht scheinen. Ich frage hier und da, ob jemandem ein elfjähriger flachsblonder Knabe aufgefallen sei. Alle schütteln bedauernd den Kopf.

Wir wollten nach meinem Vortrag eigentlich ans Meer fahren, nach Cascais oder Estoril. Aber nun lohnt es sich nicht mehr. Allmählich beginne ich, mich über deine Herumstreunerei zu ärgern. Ich kehre zur Bibliothek zurück. Wenn du halbwegs aufgeweckt bist, wirst du ebenfalls dorthin zurückkehren und auf mich warten.

Dort erwartet mich breit lächelnd bereits eine der Bibliothekarinnen und reicht mir einen Zettel: Ja, mein Filius habe noch einmal kurz vorbeigeschaut und mir eine Nachricht hinterlassen. – Sie drückt mir das Blatt Papier in die Hand. Darauf stehen, zweifellos in deiner immer noch recht kindlichen Handschrift, nur die drei Worte: *Buch der Unruhe.*

Was hat das zu bedeuten? frage ich die Mittfünfzigerin mit dem blondgefärbten Haar. Sie zuckt die Achseln. Sie spreche kein Deutsch, antwortet sie mir auf Französisch.

Ich übersetze für sie: Livro do Desassossego.

Wieder lächelt sie breit: Das sei der Titel eines berühmten Buches von Fernando Pessoa, dem bedeutendsten Dichter Portugals.

Natürlich, Pessoa! Eine Bronzestatue des Dichters steht vor seinem ehemaligen Stammcafé, dem *A Brasileira* in der Rua Garrett. Ich habe sie dir am Vortag gezeigt. Vielleicht sitzt du jetzt dort, neben Pessoa, an einem kleinen Caféhaustischchen in der Sonne und schleckst ein Eis. Ich bedanke mich bei der Bibliotheksangestellten und nehme die Metro zum Rossio.

Ist es der Mangel an Ablenkung, der mich das Vergangene wieder- und gegenlesen läßt? Während der ersten Lektüre waren es einfache Erwartungen, gleichsam Reisevorbereitungen, ohne mich bereits auf die Reise zu begeben. Nun, zum Stillstand gezwungen in diesen kargen vier Wänden, bewegt sich der Geist.

Meister Kongs fadenscheinige Begründung einer Semiologie lautet: Wenn die Bezeichnungen nicht richtig sind, so stimmen die Begriffe nicht mehr, stimmen die Begriffe nicht mehr, so gelingt auch kein Werk. Der Wissende duldet nicht, daß in seinen Worten irgendeine Unordnung herrscht. Das ist es, worauf alles ankommt.

Zheng ming, der richtige Gebrauch der Zeichen, zielt auf eine Sprache, die jeder guten Willens versteht und die an der Wirklichkeit überprüft werden kann.

Zheng ming, so heißt die Sprachpolizei gegen das Wilde Denken, das rhythmische Stammeln der Barbaren und die verführerischen Gesänge der Sirenen. Zheng Ming ist der Tod der Poiesis und der Beginn der Informatik.

Dabei ist im Chinesischen die Beziehung zwischen Sprache und Wirklichkeit wegen des Fehlens ordnender grammatikalischer Strukturen ja alles andere als eindeutig. Meister Kongs berühmtes Wortspiel *jun jun chen chen fu fu zi zi* läßt sich einmal, unter dem Vorrang der Wirklichkeit, lesen als: Der »Fürst« sei Fürst, der »Untertan« Untertan, der »Vater« sei Vater und der »Sohn« sei Sohn! Aber auch diese Lesart, unter dem Primat der Sprache, ist möglich: Nur einen (wahren) Fürsten nenne »Fürst«, nur einen (wahren) Untertan nenne »Untertan«, nur einen (wahren) Vater nenne »Vater«, nur einen (wahren) Sohn nenne »Sohn«.

Als ich in der Rua Garrett eintreffe, sitzt Fernando Pessoa still und unauffällig inmitten einer Schar britischer Touristen an seinem Bronzetischchen. Von Titus keine Spur.

Ich frage den Kellner, einen jungen athletischen Mann mit pantherschwarzer und nur durch reichlich Pomade und einen straffen Pferdeschwanz gebändigter Mähne, nach dem Jungen.

Sie sind der Vater? Ich habe Sie schon erwartet. – Er reicht mir einen zusammengefalteten Zettel.

Ihr Sohn ist vor etwa einer Stunde gegangen und bat mich, Ihnen diese Botschaft zu übergeben.

Was soll diese kindische Schnitzeljagd! Inzwischen sichtlich verärgert falte ich das Zettelchen auseinander: eine Getränkerechnung.

Was hat das zu bedeuten?

Er hat seine Cola noch nicht bezahlt.

Unwillig ziehe ich meine Geldbörse: Und sonst hat der Junge keine Nachricht hinterlassen?

Auf der Rückseite, Senhor.

Tatsächlich, dort stehen in deiner ungelenken Kinderschrift zwei hingekritzelte Worte: *Schwarzer Mond*.

Bitte bringen Sie mir einen doppelten Espresso.

Selbstverständlich, Senhor. Ist irgend etwas nicht in Ordnung?

Nein, ich bin nur ratlos. Ist für heute eine Mondfinsternis angekündigt?

Wir haben gerade Neumond, Senhor.

Der Kellner bringt mir den starken pechschwarzen Kaffee hinaus auf die Terrasse. Hat Ihnen der Junge nicht gesagt, wohin er gehen wollte? frage ich den höflichen jungen Mann.

Ich dachte, er hätte es Ihnen aufgeschrieben.

»Schwarzer Mond« steht hier nur. Wissen Sie etwas mit dieser kryptischen Botschaft anzufangen?

Nein, ich kenne keinen Ort in Lissabon, der so hieße.

Das wäre auch zu einfach. Mein Sohn erlaubt sich ein kleines Spiel mit mir, eine Art intellektueller Schnitzeljagd. Wir müssen schon um einige Ecken denken, um ihm auf die Spur zu kommen.

Ja, er schien mir ein aufgeweckter Bursche zu sein.

Ich muß zugeben, der Stubenhocker war mir lieber! – Ich lächle gequält.

Gibt es vielleicht ein literarisches Werk mit dem Titel Schwarzer Mond, das mit einem Ort in Lissabon in Verbindung stehen könnte?

Nicht, daß ich wüßte. Aber es gibt einen berühmten Film von Louis Malle mit dem Titel *Black Moon*.

Mit der Gattung Film kenne ich mich nicht sonderlich gut aus. Spielt *Black Moon* hier in Lissabon?

Nein, der Film spielt in der französischen Provinz.

Gibt es andere bekannte Filme von Louis Malle?

Eine ganze Reihe, zum Beispiel *Le Souffle au Cœur*, die verrückte Liebesaffäre zwischen einer Mutter und ihrem vierzehnjährigen Sohn, und natürlich der Thriller, der Malle berühmt gemacht hat: *L'Ascenseur pour l'échafaud* von 1957.

Mit Jeanne Moreau und Lino Ventura in den Hauptrollen?

Diesen Film habe ich als junger Student in Hamburg gesehen.

Vielleicht ist das der Schlüssel.

Was? *Fahrstuhl zum Schafott?*

Es gibt in Lissabon den berühmten *Elevador de Santa Justa,* gar nicht weit von hier. Er verbindet die Unterstadt mit dem *Largo do Carmo.* Von seiner Plattform hat man eine phantastische Aussicht über die ganze Altstadt und die Bucht.

Auf dem Weg zu diesem ominösen Fahrstuhl werde ich den Verdacht nicht los, daß dieser als Aushilfskellner getarnte Filmfreak dir bei der Verschlüsselung der nächsten Station geholfen haben muß. Wie hättest du Grünschnabel über deine – zugegebenermaßen erschreckende – Belesenheit hinaus auch noch mit dem Film Noir vertraut sein sollen, da wir zu Hause doch nicht einmal einen Fernseher besitzen!

Schwarzer Mond, Herzflimmern, Reisen ans Ende der Nacht, die Anspielungen sind deutlich genug, Titus! Doch warum sprichst du nicht direkt mit mir?

Du bist und bleibst ein Soldat, sagt Miriam, wenn sie der fruchtlosen Debatten müde ist und das Gespräch für beendet erklären will. Trotz des spöttisch liebevollen Tons ist ihr Schlußwort keinesfalls bewundernd gemeint. »Du bist und bleibst ein Handwerker des Todes«, will sie mir sagen und der Anerkennung meines Sieges einen bitteren Beigeschmack hinzufügen.

Aber sie hat recht: Unsere Wortgefechte sind rein rhetorisch. Ich weiß so wenig wie sie, was die Welt, das Leben, der Sinn ist.

Lu Jian erwähnt eine alte chinesische Enzyklopädie, die *Himmlischer Warenschatz wohltätiger Erkenntnisse* heißt. In der Hoffnung, darin nicht nur eine Ordnung der Dinge, sondern auch eine der Handlungen zu finden, frage ich Jian nach dem Aufbau dieser Enzyklopädie.

Die Welt der Tiere, so erinnert sich Jian lächelnd, ist in folgende Kategorien unterteilt: 1. Jene, die dem Kaiser gehören, 2. Einbalsamierte, 3. Gezähmte, 4. Milchschweine, 5. Sirenen, 6. Fabeltiere, 7. Streunende Hunde, 8. In diese Abteilung aufgenommene, 9. Jene, die sich wie toll gebärden, 10. Unzählbare, 11. Mit feinstem Dachshaarpinsel gezeichnete, 12. Jene, die den Wasserkrug zerbrochen haben.

Ist das der Augenblick, in dem ich beschlossen habe, die Einladung nach China anzunehmen?

Nicht weiterleben im Geist meiner Schüler – so war es am Anfang, als die Weisen noch Meister der Rede waren und das geschriebene Wort als tot galt –, sondern weiterleben im Buch, diesem erstaunlichsten aller menschlichen Werke, keine schlichte oder komplizierte Erweiterung unseres Körpers, wie das Mikroskop oder das Fernglas unser Auge, das Telefon unser Ohr oder die Zange unsere Hand erweitert, sondern eine Ausdehnung unserer Erfahrung und unserer Phantasie.

Es dämmert bereits, als mich der alte holzgetäfelte Fahrstuhl auf die Plattform der kühnen Eisenkonstruktion spuckt. Die Straßenlampen sind schon entzündet, die Bucht glüht tiefrot wie flüssige Lava.

Ein kleiner Kiosk befindet sich hier oben, und ein hartes Dutzend elfenbeinfarbener Plastiktischchen und -stühlchen. Ein Blick über die wenigen windzerzausten Gäste reicht, um zu sehen, daß du auch hier nicht bist.

Der Mann hinter der Theke weist auf den Tisch, an dem du eine Weile gesessen hast, ohne etwas zu bestellen. Nein, du hättest auch mit niemandem gesprochen.

Ich gehe zu dem Tisch. Das ältere spanische Ehepaar lädt

mich freundlich ein, auf dem noch freien Stühlchen Platz zu nehmen. Ja, natürlich erinnern sie sich an den Jungen. Aber er sei gleich aufgestanden und gegangen, als sie sich zu ihm setzten. Dabei hätten sie ihn gar nicht stören wollen.

Zunächst durchblättere ich die weißen Papierservietten in der Metallklammer. Vergeblich. Dann nehme ich mir den Block mit den Bierdeckeln vor. Das Ehepaar schaut angestrengt zur *Alfama* hinüber, als gelte es, ein befremdliches oder gar krankhaftes Verhalten höflich zu übersehen. Endlich, auf dem untersten Deckel finde ich deine Botschaft. Die oberen hätten ja benutzt und abgeräumt werden können, ehe ich eingetroffen wäre.

Nicht der Erwählte, hast du unter das Brauereiwappen geschrieben. Das Ehepaar schaut erleichtert herüber und lächelt kurz. Rasch verlischt das letzte Abendrot. Die Straßen der Stadt erstrahlen nun in einem warmen weihnachtlichen Gelb. Wo magst du dich gerade herumtreiben? Nicht der Erwählte. Ich bin dieses Spiels müde. Sprichst du von dir? Der Erwählte – eine kleine Novelle von Thomas Mann. Nicht der Erwählte, also ein anderes Werk des Dichters? Die Bekenntnisse des Hochstaplers Felix Krull, Doktor Faustus, Mario und der Zauberer, Tod in Venedig – *Hotel Venetia,* der Name unserer Herberge in Lissabon! Erleichtert und beunruhigt zugleich mache ich mich auf den Weg zu unserer Unterkunft.

Grinsend schaust du von deinem Buch auf, als ich unser Hotelzimmer betrete: Du kommst ziemlich spät, Papa. Ich hatte schon Angst, du hättest dich verlaufen!

Ich schlucke meinen Ärger und meine Müdigkeit herunter und versuche, diese ganze Geschichte als ein Ferienabenteuer zu betrachten. Aber mein Lächeln wirkt wohl nicht sehr überzeugend.

Du hast dir doch nicht etwa Sorgen um mich gemacht?

Nein, natürlich nicht. Aber vielleicht teilst du mir das nächste Mal in weniger drastischen Verschlüsselungen mit, wohin du gehst.

48 *Die Scham, beim Sterben beobachtet zu werden. Man stirbt nicht gemeinsam. Das Sterben trennt uns vom Anderen. Das Gesetz verlangt, daß man über den Sterbenden wache.*

Meine Utopie wäre es, sich an die Seite des Sterbenden zu legen und zu schlafen, ohne Sorge und voller Vertrauen und Hingabe, einen Teil des Weges gemeinsam zu gehen. Nicht der Schlaf, der Traum ist es, der uns trennt.

Mögen die Anderen ihre Aufmerksamkeit auf die Erringung von Liebe und Glück richten, mögen sie sich weiter wandeln und wachsen, mögen sie sich fünf mal am Tag einreden **la illah illa allah**, *die Worte schmekken wie Gewittergrollen auf der trockenen Zunge*

Weder ja noch nein, weder ein Auf noch ein Abblenden, allenfalls ein leichtes Vibrieren wie aus Kinolautsprechern

Ein nächtlicher Posten, der nach der Parole zu fragen vergessen hat

Zurückgehen, die schmelzenden Gletscher im Tibettal, die Stoffe, die den Stoff enthüllen. Damit die Grenze heilt

Die Kugel wird vom Fleisch besänftigt, der Wind räumt die losen Zettel auf den verlassenen Tischen fort

Alles Sterben ist ein Ausweichen vor der Affirmation.

Geschlossene Flügel eines Triptychons, grauer Gegenstand auf grauem Feld, ein Pausenzeichen in der Stille, das gemorste Nichts

Ich denke an den australischen Stamm, der jedesmal, wenn eines seiner Mitglieder stirbt, zum Zeichen der Trauer ein Wort seiner Sprache tilgt

Aber die australischen Aborigines wissen, was sie zu verschweigen haben. Ihnen bleibt das unsagbare Wort bewußt.

Wir hingegen nähern uns ihm auf umgekehrtem Wege: umkreisend, verrückt, metaphorisch, voller verschwiegener Lust. Wir reiben uns an ihm, erfinden, dehnen, kosten es aus.

Kann ich darüber nachdenken, ohne mich irgendwann bekennen zu müssen?

Was maskiert es? Eine Beziehungslosigkeit? Ein unerwidertes Begehren?

Ein Ausweichen, das zur Kollision führt, ein bemooster Schleifstein, ein ins Fleisch gewachsener Zehennagel, eine sittenlose Unschuld, eine gleichgültige Liebe

Sie driften lassen, unbeschwert vom Gewicht der Grammatik, über die Ränder hinaus, wo sie sich nicht mehr entscheiden muß zwischen männlich und weiblich, Einzahl und Mehrzahl, Vergangenheit und Zukunft, Tätigkeit und Leiden

Im buddhistischen China hat der Mensch mehrere Seelen. Im Sterben trennt sich nicht die Seele vom Körper, sondern die schwache, blasse Seele von der starken, kraftvollen.

LIV

Gäbe es eine Droge, die die Menschen dazu bringen könnte, die Wahrheit zu sagen und alle Geheimnisse und Erinnerungen preiszugeben, würden die Folterer um ihr größtes Vergnügen gebracht, ihrer unverhohlenen Lust am Schmerz und an der Demütigung des Gefolterten.

Das Experimentieren mit pharmakologischen Mitteln scheint mir eher Folter aus Gedankenlosigkeit zu sein, eine Art klinisch sauberer Sadismus von Zwangsneurotikern, die sich nicht die Hände mit sabbernden, blutenden und sich in die Hose scheißenden Opfern schmutzig machen wollen. Und ihr Glaube, möglicherweise doch noch eine derartige Droge zu finden, beweist nur ihre Naivität und Unkenntnis der Komplexität unseres Gehirns gegenüber.

Wenn sie sich durch ihre Gaben von Penthotal und Intravel neue Informationen erhofft haben, sind sie enttäuscht worden. Statt ihnen meine Lebensgeschichte zu erzählen, bin ich eingeschlafen. Mag sein, daß ich im Schlaf geschrien und geflucht habe, aber es wird für die Zuhörer von keinerlei Wert gewesen sein, vorausgesetzt, sie haben überhaupt ein Wort verstehen können. Im Schlaf unterscheidet unser Gehirn nicht zwischen Einbildung und Wirklichkeit. Was läßt sich mit solcherart gewonnenen Informationen anfangen?

Schlimmer ist der Schlafentzug. Ich weiß inzwischen selbst nicht mehr genau zwischen Erlebtem und Eingebildetem zu unterscheiden. Was ich für meine »Ärzte« stammle, ist eine Mischung aus Phantasie, Wahnvorstellungen und halluzinatorischen Erinnerungen mit eingestreuten echten Erfahrungsresten.

Ein Mann ohne Beine wird über den Hof geschoben. Würde ich beinlos weiterleben wollen? Hat man ihn deshalb hierher gebracht: um ihn zum Weiterleben zu zwingen? Der kalte Heizkörper unter dem Fenster erinnert mich an die silbergrauen Knochen. Vielleicht werden sie ja nachwachsen, so wie der Eidechse der Schwanz nachwächst.

Die Anstaltsschuhe. Fände ich hier einen guten Prothesenbauer, könnte ich sie weitertragen. Meine Füße sind eiskalt, Von der Ferse löst sich die Hornhaut ab, weißgelb wie eine Oblate.

Warten und lauschen. Der Beinlose im Hof absolviert unter Anleitung eines Wärters einige Tai-Chi-Übungen auf seinem Wägelchen: Spannt einen imaginären Bogen, schwingt ein unsichtbares Bambusschwert. Seine Bewegungen sind voller Kraft und Anmut. Plötzlich schäme ich mich meiner Häme. Der beinlose Häftling wird kaum älter als zwanzig sein. Nun höre ich auch das Vogelgezwitscher. Still war es allein in meinem Kopf.

Und während die Synapsen sich über den gepflasterten Hof spinnen, verknäulen sich die Dendriten am Fliegengitter. Jede Mücke, jedes Sandkorn kann gegen mich verwendet werden. Ich wage kaum, den Ruß von der Fensterbank zu blasen. Der Lampenschirm, aus der Lederhaut von Flughunden hergestellt und mit dem chinesischen Zeichen für »Schwarm« dekoriert, ist in der Hitze der Vierzigwattbirne längst verdorrt, mein Hunderosenhof.

Der Arzt fürchtet mich. Anstatt in die Augen starrt er auf meinen stummen Mund, von dem nichts zu befürchten ist. Er hat Angst vor mir, ist aber kein Idiot. Er legt mir ein Blatt Papier und einen Kugelschreiber vor. Auf dem Blatt Papier eine Liste westlicher Staaten, in englischer Sprache, Geographie in Versform, von denen ich meine Lieblingsländer ordentlich unterstreiche. Beim ersten Strich lächelt er erfreut und will mir das Blatt entreißen. Aber ich bin Weltbürger. Italien im Frühling, Irland im Sommer, Estland im Herbst und Griechenland im November.

Der Arzt lächelt müde. Die nächste Liste: Jahreszahlen. Hinter 1942 schreibe ich *Casablanca*, hinter 1976 *L'empire des sens*, hinter 1950 *Rashomon* und hinter 1979 *Stalker*.

Offenbar habe ich zuviel verraten. Hinter 1941 schreibt der Arzt lächelnd *Citizen Kane* und kündigt mir an, morgen zur selben Stunde einen Spezialisten zu mir zu schicken.

Mich gleichgültig stellen. Nichts als den leeren Gefängnishof in mir. Ist das schon eine Assimilation an die chinesische Philosophie: Ich bin das All! Ich bin die Leere! oder ein Fall für die Psychiatrie? Dieser Arzt ist ein großer Verführer. Erinnert mich an Hermann, meinen Vater, die Verbissenheit, der Ehrgeiz, die Härte eines Gorillamännchens. Wie oft habe ich versucht, ihn aufs dünne Eis zu locken, ein unaufhörlicher Verrat an seiner Alpharolle. Im Krankenhaus habe ich ihn nicht besucht, weil er sich bei meinem Anblick seines Verfalls geschämt hätte.

Nach der Beerdigung bin ich in einem Supermarkt beim Diebstahl eines Päckchens Rasierklingen erwischt worden. Als Student hatte ich das letzte Mal gestohlen: die gebundene Ausgabe von Musils *Mann ohne Eigenschaften* aus der Heine-Buchhandlung am Bahnhof Zoo. Und nun diese nutzlosen Klingen in einer mir fremd gewordenen Stadt. Das Herumsitzen in dem schäbigen Büro, der mißbilligende Blick des Geschäftsführers auf diesen doch so seriös wirkenden Herrn in schwarzer Trauerkleidung. Ein erklärendes Wort von mir, und er hätte mich gehen lassen. Aber ich schweige trotzig wie ein Schulbub. Ein Schulbub mit gelichtetem grauem Haar und dickglasiger Brille. Statt meines Ausweises ziehe ich die Fahrkarte mit der Reservierung hervor. Der Weißbekittelte schüttelt bedauernd den Kopf. Die Polizei sei bereits unterwegs.

Die beiden Beamten sind freundlich. Sie setzen mich direkt vor dem Bahnhof ab. Ihr gutmütiges Lebewohl besagt: Seien Sie unbesorgt! Wir wissen, Sie sind kein schlechter Mensch. – Daß sie sich trotz aller Berufserfahrung derart täuschen können!

Ma Weihua ist so wenig verrückt wie ich. Schon seit Tagen beobachtet die junge Frau mich mit einer Aufmerksamkeit, als suche sie nach einem Verbündeten innerhalb dieser Mauern, um nicht schließlich doch noch zu werden, was die eigentliche Ursache unserer Festnahme sein sollte: wahnsinnig.

Ganz stimmt meine Diagnose nicht: Ein wenig Wahnsinn muß in ihr stecken, denn Han Yue teilt mir mit, sie sei jahrelang schwer drogenabhängig gewesen. Trotz ihres müden, alten Gesichts wird sie kaum älter als Han Yue sein.

Wegen ihrer Drogenvergehen hat man sie zum Tode verurteilt. Doch dann hat man die Vollstreckung des Urteils noch einmal aufgeschoben. Denn kurz vor der Hinrichtung stellte sich heraus, daß Ma Weihua schwanger ist. Und da man nach chinesischem Recht das Todesurteil gegen Schwangere nicht vollstrecken darf, wird man sie hier entweder zur Abtreibung zwingen oder sie das Kind noch gebären lassen, ehe man sie hängt.

Sie ist wegen des Besitzes von sechshundert Gramm Heroin festgenommen und verurteilt worden, erinnert sich Han Yue.

Sie malt, während wir Eßstäbchen abpacken, mit dem Finger die Schriftzeichen für »Verstehst du Chinesisch« auf den kunststoffbeschichteten Tisch. Sechstausend Stück am Tag, unabhängig vom Alter oder Gesundheitszustand der Häftlinge. Unter absolutem Schweigen.

Die Arbeit beginnt direkt nach dem Frühstück. Eine Mittagspause gibt es nicht. Wir arbeiten bis zehn oder elf Uhr nachts, bis wir die Vorgabe von sechstausend Stück pro Häftling erreicht haben. – Ich nicke.

Während unsere Wärter die Päckchen zählen, malt sie mit feuchten Fingern wunderbare Schriftzeichen auf das stumpfe Plastik, die, kaum sind sie geschrieben, in der Hitze der Werkstatt verdunsten.

Sie hat Angst um ihr Kind. Mehrmals in den letzten Tagen habe man ihr gewaltsam Medikamente gespritzt, möglicherweise nur Vitamine, wie der Gefängnisarzt behauptet, vielleicht aber auch Schlimmeres.

Vielleicht aber sei es wirklich besser, schreibt sie, das Kind würde nicht geboren. Was hätte es zu erwarten, ohne Mutter?

Wer ist der Vater? male ich auf unsere Plastiktafel.

Ich weiß es nicht. Ich hatte mit vielen Männern Sex, manchmal mit mehreren in einer Nacht.

Was ist mit deinen Eltern?

Sie sind Bauern. Sie wissen nicht, daß ich hier bin.

Je weiter einer hinausgeht, desto geringer wird sein Wissen, sagt Lao Zi. Generationen von Schülern haben diesen Lehrsatz als eine Aufforderung, daheim zu bleiben und nichts zu tun, aufgefaßt. Doch beschreibt dieser Satz nicht einfach die Erkenntnis, daß ich erst und gerade durch das Hinausgehen in die Welt die Begrenztheit meines bisherigen Wissens erfahre? Je mehr ich von dem entdecke, was gewußt werden kann, um so geringer erscheint mir das, was ich bereits zu wissen glaube.

Das gute, das Nicht-Wissen ist der leere Krug, der seinen Zweck gerade durch die Leere, die er umschließt, erfüllt. Die Kindheit. Ich beuge mich darüber und blicke für einen Moment in die Schwärze des Du sollst nicht wissen! und in die Klarheit, mit der ich von Anfang an alles gewußt habe.

Ich erinnere mich an keine Zeit des Nicht-Wissens. Alle Lügen sprach ich im Bewußtsein des Lügens. Und alle Lügen der Erwachsenen entlarvte ich als solche.

Nur einmal berührte mich eine Bibelstelle wirklich und tief: Als Jesus sich, von den Pharisäern wegen der Ehebrecherin zur Rede gestellt, niederhockt und unverständliche Zeichen in den Staub malt.

Ma Weihua ist meinem Blick gefolgt. Die Narben an meinen Armen sind nicht von der Polizei oder den Freiern, schreibt sie mit flüchtigem Schweiß auf die Kunststoffhaut, sie sind von meinem Vater. Als ich das erste Mal von zu Hause fortgelaufen bin, hat er mich an einem Dachbalken im Stall aufgehängt und so lange auf Arme und Beine geschlagen, bis mich nur noch das Seil um meine Handgelenke aufrecht hielt.

Wen darf ich noch »Freund« nennen? Wer kam mich in den letzten Jahren noch unangekündigt besuchen? Wer durfte mich auf meine Fehler hinweisen, ohne daß ich insgeheim gekränkt war? Wem habe ich spontan etwas geschenkt, ein Buch, das mich gerade begeistert hat, eine Einladung ins nächste Restaurant? Mit wem konnte ich schweigen, ohne dem Misanthropismus eines Pascals zu verfallen, daß selbst die tiefste Freundschaft ende, sobald man das Schweigen des Freundes zu lesen verstünde?

Ist Lu Jian mir ein Freund geworden, oder Lianming eine Freundin? Könnte Ma Weihua mir eine Freundin werden? Ist wahre Freundschaft zwischen Lehrer und Schüler überhaupt möglich?

Zweifellos sollte uns jeder, der verkündet, er brauche keinen Freund, mißtrauisch machen. Dieser scheinbare Heroismus läßt schließen, daß die Fassade des einsamen Helden auf den Gebeinen aller seiner hingemeuchelten Förderer und Gefährten errichtet ist.

Im Gefängnis aber kann Freundschaft für Freunde tödlich sein.

49

Der Mensch ist das Sterbliche, das unendlich viele Tode sterben kann.

Zugleich gibt es für uns unendlich viel Hoffnung, nur nicht auf Unsterblichkeit.

***Silentes**: die Toten. Ruhe, Abwesenheit von Bewegung, das Schweigen des Meeres, die Windstille. Aber auch eine Aktivität: Schweigen, Ersterben, zur Ruhe kommen.*

Ein Dasein ohne Paradigma, das sich nicht mehr offenbaren kann, nicht mehr offenbaren will.

Ende der Sprechakte. Eintauchen ins Schweigen der Natur. Der Vermählung mit der Natur wird die Freiheit der Rede geopfert.

Durch die Vermählung mit der Natur wird die Freiheit zu schweigen erkämpft.

Aufhebung aller Akte der Überredung, der Bevormundung, der Einschüchterung.

Tod: den Fallen, dem Gefallen der Rede entgehen. Verschwiegenheit. Undurchschaubarkeit.

Tod, Leerstelle, immer im Verhältnis zu etwas: beredtes Schweigen. In einer totalitären Gesellschaft ist selbst der Tod, das »Unausgesprochene«, ein Verbrechen.

Der Lagerkommandant von Guantanamo Bay, Harry Harris, kommentiert den Freitod dreier Häftlinge: »Sie haben keine Achtung vor dem Leben, weder vor unserem noch vor ihrem eigenen. Ich glaube, das war kein Akt der Verzweiflung, sondern ein Akt der Kriegsführung gegen uns.« – Nicht anders hätte die mittelalterliche Inquisition argumentiert.

Der Tod als Taktik, die Einschüchterungen des Lebens zu unterlaufen. Jede Kultur kennt das Gebot, in bestimmten Fällen den Tod der Rede vorzuziehen. Weiterzuleben wäre der eigentliche Verrat.

LV

Der Arzt bittet mich freundlich, mich auf den Stuhl vor seinem Schreibtisch zu setzen. Lange schaut er mir ins Gesicht, ohne ein Wort zu sagen. Ich schaue auf seine aknezernarbte Nasenspitze unterhalb des Brillenbügels, auf die feinen schwarzen Härchen, die aus den Nasenlöchern quellen, studiere die drei, vier Bartstoppeln, die der wöchentlichen Rasur im versteckten Winkel zwischen Oberlippe und Nasenflügel entgangen sind und das Schriftzeichen *shé* für Zunge bilden.

Die Chinesen haben von alters her eine üble Vorstellung von der Zunge, die »wie eine Klinge geschliffen ist und töten kann, ohne einen Tropfen Blut zu vergießen«. Setze ich die Härchen aus dem rechten Nasenloch, die das Zeichen für Kind bilden, dazu, bedeutet es Unordnung, Chaos.

Darf ich mich Ihnen vorstellen, sagt er schließlich. Ich bin Doktor Lu Yao, Leiter der Abteilung für psychiatrische Forensik und Anthropologie an der hiesigen Universität.

Er steht auf, um mir die Hand zu geben, ein für einen Chinesen außergewöhnlich großer, hagerer Mann, der selbst mich überragt. Obwohl er über sechzig Jahre alt sein muß, finde ich in seinem vollen schwarzen Haar keine einzige graue Strähne.

Auch Mund, Nase und Ohren sind groß, so daß sein Gesicht etwas Lausbubenhaftes, ja Spitzbübiges ausstrahlt. Nur die wachen Augen erinnern an Jian.

Ich verstehe, daß es keine schwierigere Frage gibt, als die nach unserer Identität. Um Ihnen bei dieser Frage, wer Sie sind, zu helfen, bin ich von der Gefängnisleitung hierher gebeten worden.

Nachdem er vergeblich auf eine Antwort oder wenigstens ein Zeichen des Verständnisses gewartet hat, fährt er fort: Ich weiß, den Behörden geht es um so einfache Dinge wie Daten und Fakten. Aber Daten und Fakten werden nicht gewußt, sondern geglaubt. Und manchmal, zum Leidwesen unserer Behörden, geht uns dieser Glaube verloren. Da reicht nicht der Cartesianische Selbstzweifel, uns erneut auf uns selbst zu besinnen. Ein Ich allein kann keine echte Gewißheit über seine Existenz gewinnen. Diese Gewißheit erlangen wir nur über die Begegnung mit dem Anderen. Nur wenn das Du des Anderen und das Ich meiner Selbstbefragung einander berühren und zu einer gewissen Deckung gelangen, kann ich meiner Selbst gewiß sein. – Sie verstehen sehr gut, was ich sage, nicht wahr?

Lu Yao, sein Name klingt nach hellblauer Zuckerwatte. Doch sein Blick hinterläßt auf meiner Hornhaut den brennenden Schmerz scharfer Chilisauce. Mir wird schwarz vor Augen. Bevor ich vom Stuhl gleite und auf dem Boden aufschlage, ist er aufgesprungen und hat mich unter die Achseln gefaßt. Er ruft einen Wärter zur Hilfe.

Nachdem ich wieder einigermaßen aufrecht vor seinem Schreibtisch sitze und er den Wärter vor die Tür geschickt hat, sagt er freundlich: Ich werde veranlassen, daß Ihre Essensrationen verbessert werden. Man wird Sie nicht mehr lange hier festhalten. Wissen Sie schon, was Sie tun werden, wenn Sie wieder auf freiem Fuß sind?

Ich habe Mühe, seine Worte zu verstehen, obwohl sie in bestem Oxford-Englisch formuliert sind. Ist es das taube Ohr, das sie mir wie die ausgefransten farbigen Flächen eines Kandinskygemäldes erscheinen läßt, in dem ich zwar eine vertraute Landschaft wiederzuerkennen glaube, deren genauen Ort ich aber nicht zu lokalisieren weiß?

TUSCHESPUREN VIII

Das Wichtigste beim Sprechen ist das Unausgesprochene.
Bei schwierigen Fragen ist es besser zu schweigen. Und kannst du nicht schweigen, ist es besser, rasch zu antworten.
In friedlichen Zeiten zeigt ein Krieger seinen Mut durch seine Stummheit, in kriegerischen Zeiten aber durch seine Rede.
Sinn kommt mir entgegen, Sinn geht vorüber. Jeden Augenblick sollte man auf die Begegnung vorbereitet sein. Doch ihn festhalten zu wollen hieße, ihn zu verlieren.
Niemals sollte ein Krieger seinen Schlafort offenbaren.

*

Was heißt das eigentlich: Hohlkopfräuber?
Das heißt im Wortsinne nichts anderes, als das einer einem anderen den Hohlkopf raubt.
Und welcher Kopf ist an Hohlheit am reichsten?
Natürlich der Kopf des Meisters.
Also ist der Hohlkopfräuber nichts anderes als ein wißbegieriger Schüler!

*

Niemand schlägt unseren Holzkragen, auf dem unsere Taten verzeichnet stehen, in Stücke. Es gibt keinen Meister.
Zum Wasserschöpfen ist der Krug zu groß. Trotzdem ist er in einem Zuge ausgetrunken.
Vorne ein Drachenkopf, hinten ein Natternschwänzchen.
Eine Feder zum Töten. Ein Schwert zum Gebären.
Was ist der Weg? – Eine ausgetretene Sandale.
Was ist der Weg? – Ein Rohrstock. – Soll er ruhig klagen. Klang braucht es dazu nicht.

Als ich erst am späten Vormittag die Werkstatt betrete, ist das Mißtrauen meiner Mitgefangenen mit Händen zu greifen. Wo war ich in den vergangenen Stunden, ohne jedes Zeichen einer Mißhandlung? Sie fragen mich nicht, sie blicken mich nicht einmal an, aber ihr Argwohn steht spürbar im Raum.

Ich sitze neben Zhu, vor uns das Wirrwarr aus den zu verpackenden Stäbchen. Zhu ist bereits fünf Jahre hier eingesperrt, ein ehemaliger Psychologiestudent, der wegen eines kritischen Artikels in der Studentenzeitung zu einer langjährigen Haftstrafe verurteilt wurde. Er sieht wie ein früh vergreistes Kind aus.

Ich ziehe aus dem Mikadohaufen vor mir meine Stäbchen und forme für einen Augenblick die Silben: Was ist normal, was verrückt, Zhu? bevor ich sie in die Papierhüllen schiebe.

Normal ist der Wunsch zu essen, verrückt ist der Wunsch, gegessen zu werden, antwortet mein Nachbar mit geschickten Händen und unbewegter Miene. Aus dem Jungen wäre ein hervorragender Psychologe geworden.

Die Aufseher schauen zu uns herüber. Wir tun unsere Arbeit und verpacken die Schriftzeichen. Längst habe ich aufgegeben, sie zu zählen. Wir arbeiten schweigsam. Weder grüble ich über mein Schicksal nach, noch fühle ich Bitterkeit. Eigentlich geht es mir hier nicht schlecht.

Ja, im Grunde freut sich mein Kampfgeist über jede Niederlage. Die Aufdringlichkeit des Sieges ruft doch nur eine schale Poesie hervor. Untergänge lassen sich besingen, aber Triumphe enden traurig. Geht es uns nicht in jeder Komödie so: Gerade haben wir noch schallend gelacht, plötzlich überfällt uns grenzenlose Schwermut.

In einem Musikinstrumentenladen nahe der Universität treffe ich Godzilla wieder. Ich wußte nicht, daß er neben seiner Berufung als Tänzer auch einem Job als Klavierverkäufer nachgeht.

Er selbst spielt Gitarre und würde auch lieber Gitarren verkaufen. Aber die Nankinger Väter kaufen ausschließlich Klaviere für ihre dreijährigen Töchter, so daß in jeder Eigentumswohnung der Stadt inzwischen so ein schwarzes Folterinstrument, Made in Japan, für Terror sorgen müsste.

Am Montagabend will er mich mit zur Probe seiner Heavy Metal-Band in irgendeinen Vorortkeller oder Lagerraum nehmen. Er spielt die Rhythmus-Gitarre. Gerne hätte ich seine Einladung angenommen. Aber er wartet vergeblich auf mich.

In der Nacht träume ich, wie Godzilla neu in unsere Klasse aufgenommen wird. Es muß bereits die Obersekunda oder Unterprima sein, denn meine Kameraden und ich sind bereits junge Erwachsene. Alle verhalten sich ziemlich cool und gelassen diesem neuen chinesischen Mitschüler gegenüber. Ich habe Angst, daß der Neue es als Gleichgültigkeit mißdeuten könnte und setze mich zu ihm in die Bank.

Während die anderen am Nachmittag zu einem Pferderennen fahren, büffeln Godzilla und ich Deutsch miteinander. Weder er noch ich haben Geld für Pferdewetten übrig. Was sollen wir also auf der Trabrennbahn?

Warum taucht plötzlich wieder der Gedanke an den Tod auf? Ich stelle mir einen vollkommen geschlossenen Raum vor, ohne jeden Ausgang und ganz und gar unzerstörbar. Darin liegen wir in tiefem Schlaf und werden bald ersticken, ohne daß wir es merken. Aus dem Tiefschlaf werden wir in den Tod hinübergleiten und die Tragödie unseres Sterbens gar nicht empfinden.

Doch nun erhebt sich trotzig eine innere Stimme, die nach Wachheit verlangt. Die Stimme läßt sich nicht zum Schweigen bringen. Ich entwende ein paar der dünnen schmalen Papierhüllen, jede Stunde so wenige, daß es niemandem auffällt, und doch genug, um den Rumor meiner Gedanken darauf zu bannen.

Erster Schnee fällt, rußgeschwärzte Flocken, jede mit einer kleinen Botschaft versehen, einem kalligraphischen Zeichen, das auf Entzifferung wartet: Der Meeresboden wird sich heben und die Küsten überschwemmen, Bangladesch, Holland, Louisiana und Tausende kleiner Sandbänke und Atolle im Pazifik werden von der Landkarte verschwinden. Eine riesige Welle wird die großen Ströme der Kontinente hinauffluten, das fruchtbare Akkerland an ihren Ufern wird fortgeschwemmt werden, Hungersnöte und Seuchen werden die Überlebenden heimsuchen, und von der Menschheit werden nur wenige Gerechte überleben.

So entstehen Syndrome. Oder Sekten. Am Vorabend der Großen Flut schreit Ma Weihua ihre Anhänger zusammen, darunter drei Wärter, fünf Manisch-Depressive, zwei Schizophrene und einen regierungskritischen Ex-Studenten.

Die Kotspuren an den Wänden, die Schlierenmuster des schwitzenden Linoleums in unserer Werkhalle, Botschaften über Botschaften. Ein Raumschiff wird kommen, wir müssen alles Unorganische zurücklassen. Reißt euch die Kleider vom Leib, brecht euch die künstlichen Zähne aus dem Mund, kratzt den Drecksaum unter den Zehennägeln fort! – Die Uhren der Wärter zeigen Mitternacht an. Nichts geschieht. Die Wärter lächeln, greifen aber nicht ein. Einige Mitgefangen beginnen zu weinen. Doch Ma Weihua läßt sich nicht beirren. Aus den Spinnweben oder dem Fliegenschiß an der Werkstattdecke hat sie eine neue Botschaft entziffert: Am Sechsten des Monats, zum Jahrestag des Atombombenabwurfs auf Hiroshima, werden sie wiederkommen. Dann wird die Welt in Flammen stehen und alle Gerechten die Freiheit erlangen! – Endlich taucht der Gefängnisarzt auf. Mürrisch, um diese Zeit in die Werkstatt gerufen zu werden, setzt er Ma Weihua eine Spritze. Alle drei Aufseher sind nötig, sie festzuhalten. Das uringelbe Zeug sieht aus wie Phendhiazin und dient eigentlich zur Behandlung von Paranoia und Schizophrenie. Aber nie ist Ma Weihua mir vernünftiger vorgekommen als in diesem Augenblick.

Wie lange habe ich dagelegen wie tot? Ist der unruhige Schlaf eine Folge des Grübelns und Notierens? Am Anfang sind es nur mangelhafte Formulierungen, die mich aus dem oberflächlichen Schlummer schrecken lassen. Es fehlt der Platz für Korrekturen.

Inzwischen aber ist es das Denken selbst, das mir fragwürdig erscheint. Es ist, als fehlten mir die Worte. Ich quäle mich mit etwas Unerhörtem, Undenkbarem, das bereits auf der Schwelle meines Bewußtseins liegt, sich aber durch keines der mir vertrauten Wörter ausdrücken läßt. Kann es sein, daß die Wörter nur Unfrieden schaffen; daß sich mit Ihnen das Wesentliche nicht ausdrücken läßt?

Ich erkenne mich selbst nicht wieder! Ich, der jahrzehntelang den kunstvollen Umgang mit Worten zu seinem Beruf gemacht hatte! Vermutlich ist dieses Mich-nicht-wiedererkennen nicht einmal eine Metapher. Wie lange habe ich nicht mehr in einen Spiegel geschaut!

Noch ist es gar nicht richtig hell, und der Wärter bringt uns das Frühstück, eine Schale klumpigen Reis und zerkochten Fisch. Der einzige Wärter, der leidlich Englisch spricht, ist zugleich der Jüngste und noch am wenigsten Verrohte. Er heißt Yun Dong, was soviel wie Sport, Bewegung oder Kampagne bedeutet, ein typischer Name aus der Zeit der Kulturrevolution.

Als er mich noch auf meiner harten Bettstatt antrifft, fragt er, ob ich krank sei und er den Arzt rufen solle. Ich beruhige ihn: Ich hatte nur eine schlechte Nacht.

Die Augen des Fisches starren mich weiß und kalt an, als sei ich ein Kannibale. Ich lasse ihn unberührt liegen. Doch ist es nicht so: Wenn ich dich nicht esse, frißt du mich! Würde ich nicht in einer ausweglosen Lage selbst das Fleisch meines Sohnes essen? Oder wäre mir selbst ein Leichnam so heilig, daß ich dafür meinen eigenen Tod in Kauf nähme?

Nach einer halben Stunde ist Yun Dong zurück, um unsere Blechnäpfe einzusammeln. Nachdem er die Zellentür geschlossen hat, knüpft er seine Uniformjacke auf und zieht lächelnd eine dünne Decke hervor, wie sie in Flugzeugen verteilt werden. Verraten Sie niemandem, von wem sie die Decke haben, bittet er mich. Ich nicke dankbar, auch wenn mir dieser fadenscheinige Stoffetzen keine Matratze ersetzen wird.

Han Yue mustert mich mit einer Neugier, als erriete er den Aufruhr meiner Gedanken. Ich darf die Maske der Leere, der Debilität nicht durchscheinend werden lassen, will ich mir meinen Frieden und die Freiheit des Denkens bewahren. Aber wir Gefangenen haben ja keine anderen Abwechslungen als das Studium des Maskenspiels.

50 *Der Körper ist es, der unsterblich sein sollte.*

Die Trennung von Seele und Körper zeugt von einem Mangel an Menschlichkeit.

Alle sterblichen Teile meines Körpers durch Sprache ersetzen und ein Buch ins Grab legen!

Die deutliche Grenzziehung zwischen Leben und Tod entspringt dem männlichen Willen zur Unterscheidung. Die fließenden Übergänge scheinen mit männlicher Entschiedenheit unvereinbar.

Der Augenblick des Sterbens: eine Art stillstehender Zeit, in der ich das Leben in seiner Reinheit, das heißt frei vom Lebenwollen sehe. Ein langsamer neutraler Übergang ins Verstehen, traumlos, illusionslos.

In diesem Augenblick lebe *ich schon nicht mehr, sondern bewohne meinen Körper nur noch.*

Das Sterben dient nicht, anders als der Schlaf, dazu, Kräfte wiederherzustellen, sondern zu transformieren. Ich ziehe in ein bedingungsloses Vergeben um.

Der Körper altert, doch nicht mein Gedächtnis.

Der Übergang kann nicht nur Trennendes, er muß auch Verbindendes sein.

Besteht das Leben aus der Wiederholung des selbstbeschwörerischen Mantras, nur das Leben sei*, so ist das Sterben ein Ausweichen vor der (An-)Teilnahme.*

Der Tod ist die letzte Trope, die letzte Wendung oder Zurückhaltung gegen das **Es ist**.

Für den Tod gibt es keinen angemessenen sprachlichen Modus. Selbst der Konjunktiv gehört noch zur Sphäre des Seins. Das Dilemma besteht darin, die Sprache in der Schwebe zu halten.

LVI

Als Kind saß ich gerne nach Büroschluß auf dem drehbaren Schreibtischstuhl meines Großvaters und spielte auf der Tastatur der großen schweren Triumph-Schreibmaschine, bis die Lettern sich verhakten. Nun ist es der drehbare Klavierhocker vor dem Yamahaflügel in Godzillas Musikinstrumentenladen, der in mir das kindliche Vergnügen wieder wachruft. Ich hämmere auf den Tasten herum, in grundloser Furcht, daß sich Hammer und Saiten verhaken können. Hier sind es nur die Töne, die sich ineinander verschlingen.

Punkt sieben schließt Godzilla den Laden, und mit seiner Gitarre auf dem Rücken radelt er an meiner Seite durch die bereits nächtliche Stadt zum Probenkeller seiner Band. Wir beide sind in einer merkwürdig ausgelassenen Stimmung, als handle es sich um ein lang ersehntes Rendezvous. Rote Ampeln gelten heute abend nicht für uns. Und die harschen Kommandos aus den Trillerpfeifen der Verkehrspolizisten stacheln unsere Lust an der Ordnungswidrigkeit nur noch an.

Ein Probenraum in Leipzig-Connewitz könnte genau so aussehen, im Keller unter einem Supermarkt, wo die Musik niemanden stört, gerade einmal Platz für das Schlagzeug, das die Hälfte des Raumes einnimmt, die zwei Gitarristen, den

Sänger und die Lautsprecherboxen, Poster von Black Sabbath, Iron Maiden und Faith No More an der Wand. Hier hat der Lärm keinen anderen Raum, als direkt in unser Knochenmark zu fahren. Die Instrumente werden erst gar nicht gestimmt, warum auch, geht es doch um alles andere als Wohlklang. Nicht einmal die Bandmitglieder verstehen, was Chang Qing, der Liedsänger, in sein Mikrophon brüllt, Dschungellyrik, dadaistisches Gestammel, Protestgeschrei, das zugleich schon einen Gegenentwurf zelebriert. Energie füllt den Raum bis zum Bersten, und der scheinbaren Barbarei zum Trotz eine unglaubliche Anmut und Schönheit, weil sich der unbändige Freiheitsdrang nicht in blinder Gewalttätigkeit austobt, sondern eine Form, eine Sprache gefunden hat. Auch wenn mein klassikgeschultes Ohr es nicht gleich zu schätzen weiß, es ist reine Poesie, die Godzilla und seine drei Bandkameraden in kurzen Hosen, verschwitzten T-Shirts und FlipFlops an den nackten Füßen hervorzaubern, der Baßgitarrist mit stoischem Gesichtsausdruck und kühler Unbewegtheit, der Schlagzeuger in wilder Ekstase, Chang Qing, der Dichter, mit wütendem Primatengebrüll aus eigener Feder, und Godzilla mit jugendlichem Übermut und anarchistischer Daseinsfreude.

DIE FÜNF SINNE CHINAS (IV)

SEHEN Weiße Blutspendenbusse vor den Kaufhäusern, Universitäten und den Stadien der Stadt

Die letzten engen Gassen, wie Indianerreservate von Spekulanten und Baggern belagert

Zweijährige Gören mit dem Haarschnitt der Ming-Kaiser

Die vielen Alten unter den Arbeitern auf den Baustellen

Die große Anzahl sehr kleiner Männer unter den Uniformierten

Der Widerstand der chinesischen Schriftzeichen gegen zeitgenössisches Design

Die geschlossene Faust als Zeichen für Null

HÖREN Kein Ort ohne Musikbeschallung; selbst in den Meditationshallen der Tempel, den Parks, den Folterkellern und auf den Friedhöfen scheppern die Lautsprecher (Horror vacui vor der Stille)

RIECHEN / SCHMECKEN Das Marmeladenglas mit grünem Tee, das die Älteren auf ihren Gängen im Freien bei sich tragen

Das heiße Wasser, das man gereicht bekommt, wenn man um etwas Erfrischendes gegen die Hitze und das Schwitzen bittet

Der Apfelmost aus ganzen zerschredderten Früchten; wenn man ihn nicht rasch genug trinkt, fällt sich wie ein langsam umkippendes Gewässer ein faulbrauner Bodensatz aus

Die neue Vorliebe der jungen Chinesen für Milch

FÜHLEN Die Furcht, für seine Hilfsbereitschaft bestraft zu werden

Die Degeneration der Leselust zur leidigen Pflicht (der Bücherwurm als Parasit)

GLEICHGEWICHT Das Desinteresse an Wahrheiten und die unersättliche Neugier auf Meinungen

Und Sie, sind Sie verheiratet?

Doktor Lu Yao nickt, und schüttelt dann den Kopf: Meine Ehefrau war – vorsichtig ausgedrückt – keine gute Menschenkennerin. Und ich weiß nicht, war es ihre besondere Tugend oder eine unverzeihliche Schwäche!

Hätte Ihre Frau Sie denn überhaupt geheiratet, wenn Sie eine gute Menschenkennerin gewesen wäre?

Können wir einen Menschen lieben, ich meine, wirklich *lieben*, ohne daß uns diese Liebe zugrunde richtet? Uneingeschränkt beglückt werden wir Männer doch nur im Bordell, nicht wahr? Dort wird uns sogar die Angst vor dem Geschlechtsakt verziehen.

Einmal aufgenommen in diese undurchlässigen Mauern des Wahnsinns brauche ich mich von nun an nur noch normal zu verhalten, um ein unbefristetes Bleiberecht gewährt zu bekommen. Es war 1972 oder 1973. Ich fing bereits an, mich für Psychologie zu interessieren. Ich las vom berühmten Milgram-Experiment und dachte, dreizehn Jahre alt, darüber nach, wie ich selbst mich bei diesem Versuch verhalten hätte. Zum ersten Mal sah ich Bilder von Konzentrationslagern. Mein Mussumer Großvater lebte noch. Er hatte fünf Brüder im Zweiten Weltkrieg verloren. Aber er wurde so wütend, wie ich ihn noch nie zuvor erlebt hatte, als ich mit religiöser Inbrunst versicherte, ich würde den Kriegsdienst verweigern.

Der Vietnamkrieg tobte, und der Krieg der Pazifisten auf den Straßen von New York, Paris, Berlin. Ronald Laing konfrontierte seine Zunft mit der These, Schizophrenie sei eine Form poetischen Denkens, und Italien öffnete seine Anstalten, um die angeblich Geisteskranken in die Freiheit oder zumindest in die Verantwortung ihrer überforderten Angehörigen zu entlassen.

In diesem Jahr rief David Rosenhan acht Freunde an und fragte sie: Habt ihr ein paar Tage Zeit? Könnt ihr euch vorstellen, euch in eine geschlossene Anstalt einweisen zu lassen und dann abzuwarten, was geschieht, wenn ihr euch dort vollkommen normal verhaltet?

Alle acht sagen zu, drei Psychologen, ein Student, ein Kinderarzt, ein Psychiater, ein Maler, eine Hausfrau. Sie müssen sich wie Ethnologen, wie Forschungsreisende auf einem fremden Kontinent gefühlt haben.

Einige der Anstalten, die Rosenhan ausgewählt hat, sind teure, hoch angesehene Kliniken, andere sind staatliche Einrichtungen, deren Wände mit obszönen Graffiti vollgekritzelt sind und deren Flure nach Erbrochenem und Urin stinken. Der Ort, an den es mich verschlagen hat, ähnelt eher den letzteren Anstalten, bis auf die Graffiti.

Und Ihre Kinder? Sind Sie bei Ihrer Frau geblieben?

Mein Sohn lebt seit mehreren Jahren in Deutschland. Er studiert dort Geisteswissenschaften. Ich glaube, Deutschland ist immer noch der beste Ort für ein Studium der Geisteswissenschaften, finden Sie nicht auch? Aber wir, mein Sohn und ich, waren uns schon fremd geworden, ehe er ins Ausland ging. Die politischen Verhältnisse haben ja immer auch Einfluß auf die persönlichen Beziehungen, nicht wahr? Und so, wie eine rigide kommunistische Kulturpolitik zum sozialistischen Realismus in der Kunst führt, hat unsere staatliche Erziehungspolitik zu einem sozialistischen Realismus unseres Familienlebens geführt.

Ich verstehe sehr gut, wovon Sie sprechen. Für diese Konflikte zwischen Vätern und Söhnen aber braucht es keine rigide staatliche Erziehungspolitik.

Womöglich haben Sie recht. Doch wenn man mitten in den Problemen steckt, verliert man den Blick für die Gründe. Wenn Sie meine Frau fragten, warum sie sich von mir getrennt hat, würde sie vermutlich antworten: Aus Selbstschutz! Aber glauben Sie mir, einem Fachmann: Es war aus Selbstekel!

Nehmen Sie der Liebe den Anteil an Eigenliebe, so bleibt nicht mehr viel von ihr übrig.

Inzwischen sind auch wir ja zu einer überwiegend narzißtischen Gesellschaft geworden. Schauen Sie sich unsere Jugend an! Eine tätowierte Epidermis reibt sich an den selbst zugefügten Wunden der anderen.

Meine beschädigte Stimme. Nicht antworten zu müssen! Allenfalls mit den Augen, flüchtig, vieldeutig, ein hingetuschtes Wort, ein Flüstern. War das Antworten nicht einmal leichter als das Fragen?

Und nun mein taubes Ohr, mein halbes Überhören, mich fortstehlen in die Stille meines Innern, wenn das Gegenüber zu schwätzen, sich zu entblößen beginnt, nicht aus mangelnder Anteilnahme, sondern aus Schamgefühl.

Wie mir im Lauf der Rede seine Worte leicht werden, selbst die schwersten! Gelassene Taubheit.

Rosenhans »Patienten« einigen sich darauf, Stimmen aus Comicbüchern zu hören, onomatopoetische Geräusche wie *Bäng, Wuschsch, Plopp,* sich ansonsten aber vollkommen normal zu benehmen. Allerdings waschen sie sich einige Tage vor ihrer »Einweisung« nicht mehr und lassen sich – zumindest männlicherseits – einen Bart stehen. Geruch und Aussehen tragen vermutlich nicht weniger zur Diagnose einer geistigen Erkrankung oder – wie in meinem Falle – einer ernsten kriminogenen Veranlagung bei als die hartnäckigen Plopps eines übermäßigen frühkindlichen Comic-Konsums.

Was ist Ihr Problem?

Ich höre eine Stimme?

Und was sagt die Stimme?

Plopp.

Plopp? Haben Sie Plopp gesagt?

Ja, Plopp, einfach Plopp. So wie Onkel Dagobert das Öffnen einer Champagnerflasche andeutet.

Andererseits gibt es in diesem Land immer noch eine Menge

Leute, nimmt Doktor Lu nach längerem nachdenklichen Schweigen das Gespräch wieder auf, die sich nur deshalb nicht das Leben nehmen, weil sie Angst davor haben, was die Nachbarn über sie reden könnten.

Und spielen auch Sie, Doktor Lu, manchmal mit dem Gedanken, sich das Leben zu nehmen?

Manchmal wache ich mitten in der Nacht auf und erschrecke über die mich umgebende Stille, erschrecke darüber mehr als über das Winseln und Schreien innerhalb dieser Mauern. Bitte halten Sie mich nicht für zynisch. Die klugen Führer unseres Staatswesens haben sicher recht, die Delinquenten hier vor allem auf Grund ihrer verletzten Seelen für Verbrecher zu halten. Sonst wären meine therapeutischen Bemühungen ja von vornherein vergeblich. Früher habe ich mir immer gesagt: Ist ja egal! Das war der erste Schritt, nachdem ich als Kind noch als aufsässig und rebellisch galt. Dann erschien mir diese Floskel ein wenig banal, und ich verfeinerte sie zur Redewendung: Läuft ja alles aufs selbe hinaus! Das klingt doch fast schon nach buddhistischer Gelassenheit, nicht wahr? Und wirklich hat sich dieser Merksatz so in meinem Verstand festgesetzt, daß ich nunmehr die Gelassenheit in Person bin.

Verzeihen Sie, ich bin alles andere als ein religiöser Mensch. Den größten Teil meiner Arbeit habe ich mit Fragen des äußeren Scheins verbracht.

Glauben Sie nicht, daß meine Tätigkeit wesentlich tiefer geht. Sich mit der Angst und der Schuld anderer Menschen auseinanderzusetzen, erweckt kein tieferes Interesse mehr in mir. Als junger Mensch hätte ich mich noch darüber empört, wenn Eltern ihre Kinder tyrannisieren. Nun denke ich, früher oder später werden die Eltern auf ihre Kinder angewiesen sein, und dann wird ihnen all das Unglück, das sie über ihre Kinder brachten, heimgezahlt werden. Mit Güte und Großzügigkeit verhält es sich natürlich ebenso. Früher oder später wird die Bilanz ausgeglichen sein, Wer kämpft, wird geschlagen, wer nicht kämpft, wird ebenso geschlagen. Alles läuft aufs selbe hinaus.

Ich zucke unbestimmt mit den Achseln. Er hält eine eindeutige Interpretation dieser Geste, getreu seiner Maximen, wohl für unnötig.

Alles Leid der Menschen, fährt er fort, kommt daher, daß sie versuchen, sich selbst zu kennen. Doch führt dieser Versuch nicht entweder zum Hochmut oder zu tiefster Verzweiflung? Ich jedenfalls halte mich von allen Menschen fern, die mich mit ihrer neuesten Selbsterkenntnis unterhalten zu müssen glauben.

Ich nicke verständnisvoll.

Doch ihr Fall liegt zugegebenermaßen anders, sagt er ernst und blickt mir zum ersten Mal direkt in die Augen. Müßte ich mit wenigen Worten meine Diagnose umreißen, würde ich in Ihrem Fall von einer Art Gottvertrauen ohne Gott oder, noch schärfer, einer Art Selbstvertrauen ohne Selbst sprechen. Sie verstehen natürlich, wie sehr dieses Grundvertrauen ohne eine tiefere Verankerung in der Wirklichkeit den Verdacht einer schweren seelischen Erkrankung nährt. – Er lächelt müde. Verwandte Geister ziehen sich an, nicht wahr? Auch Sie finden unter tausend unbedeutenden Büchern das eine heraus, das Ihnen zuflüstert: Lies mich! In mir findest du die Antwort, die du suchst! Habe ich nicht recht? Trotz der vielen Millionen Einwohner lebt man einsam hier. Eine Stadt ohne Herbst und ohne Frühling. Hören Sie das? Das sind Frösche! Nun wundern Sie sich, nicht wahr? Sie dachten, unsere Stadt sei ein Wirrwarr voller Menschen, aber ohne jedes lebende Getier. Aber da irren Sie sich. Nachdem unsere weitblickende Regierung den Spatzen den Garaus gemacht hat, haben sich die Frösche in die Kanalisation zurückgezogen. Allerdings hört man sie nur selten, wenn der Verkehrslärm und der Wind sich gelegt haben und ein Regenschauer bevorsteht. Hören Sie? Seien Sie versichert, daß es heute Nacht noch regnen wird.

LVII

Dinge, die verwirren

Wenn ich die Menschen nach ihrem Alter frage und sie mir das Jahr ihrer Geburt nennen und mir das Ausrechnen überlassen, als seien die inzwischen vergangenen Jahre in China und Europa unterschiedlich lang

Der Protest von Han Yue, als ich ihn *beautiful* nenne: Männer seien nicht *beautiful*, allenfalls *handsome*

Cao Maobings Brille mit den ungeschliffenen Gläsern, die er nur trägt, weil alle Gewerkschaftler eine Brille tragen (ebenfalls mit ungeschliffenen Gläsern?)

Wenn sich plötzlich in einer Straße, in der ich niemanden kenne, jemand nach mir umdreht und meinen Namen ruft

Als Han Yue und ich ins Kino gehen und wir über dieselben Dinge lachen

Als Han Yue mir eine amüsante Begebenheit erzählt und mir, ohne daß ich es verhindern könnte, die Tränen kommen

Als ich Godzilla frage, ob er mich zur Blindenmassage begleiten will, und er verwirrt ist und nicht weiß, was er antworten soll

Cao Maobing wird in diesem Gefängnis festgehalten, weil er sich in einer Seidenspinnerei in Funing gegen die unmenschlichen Arbeitsbedingungen aufgelehnt hat. Er hat den ersten Streik in der Geschichte der Fabrik organisiert. Das muß in einer Diktatur des Proletariats natürlich widersinnig sein, ein Streik des Volkes gegen das Volkseigentum. Sieben Monate ist er mit Psychopharmaka und Elektroschocks behandelt worden, ehe er sich nun mit uns zusammen in die sozialistische Arbeitsgemeinschaft reintegrieren und sechstausend Eßstäbchen täglich verpacken darf.

Er sieht blaß und ausgemergelt aus, doch sein Blick durch die ungeschliffenen Brillengläser ist wach. Jeden Tag rückt er näher an die schwangere Prophetin Ma Weihua und mich heran.

In der unter uns üblichen Mikadoschrift fragt er, ob wir uns einer Arbeitsniederlegung anschließen würden. Die Bedingungen in dieser Gefängniswerkstatt seien zwar nicht ganz so schlimm wie die Plackerei in der Seidenspinnerei, aber der Staat müsse doch als Vorbild voranschreiten.

Über soviel ungebrochene Aufsässigkeit muß ich unwillkürlich lächeln. Die geheimen Labors der Sicherheitsdienste dieser Welt haben doch noch einiges mehr in die Erprobung von Manipulationstechniken zu investieren, um der Unberechenbarkeit unseres Gehirns Herr zu werden.

Schlafbänke ohne Matratzen, zwei Mahlzeiten am Tag, die schlimmstenfalls chronischen Durchfall erzeugen, und vierzehn Stunden Arbeit täglich an jedem Tag der Woche, und während der Arbeit das Verbot, mit irgend jemandem zu reden, kein Papier, um zu schreiben, keine Bücher, überhaupt keine Ablenkung, die Zeit vergeht langsam, sehr langsam, dafür altert man um so schneller. Alles in allem darf ich mich also nicht beklagen.

Wenn ich es recht bedenke, so war ich in meiner Leipziger Wohnung wesentlich unglücklicher. Die sich bis an die

Stuckdecke türmenden Folianten strahlen eine Strenge aus, die mich selbst nach und nach papiergleich und apokryph hat werden lassen. In Filzpantoffeln schlurfe ich wie ein altgewordener Museumsdiener über das knarrende Parkett, ängstlich, den leichten Schlaf der Bücher zu stören.

Nur meine erste Studentenwohnung in Hamburg Altona, ohne Bad und Zentralheizung, mit Blick über die Dächer der Stadt, hat mir, seitdem ich von zu Hause ausgezogen war, eine gewisse Geborgenheit vermittelt. Die wenigen Bücher waren noch in Obstkisten untergebracht. Geschlafen habe ich auf einer Matratze unmittelbar auf dem Boden. Noch bestand keinerlei Gefahr, von meiner eigenen Bibliothek erschlagen zu werden.

Meine Professorenwohnung ist ein härteres Gefängnis, als es diese Zelle je sein kann. Im Grunde war ich immer froh, ihr entkommen zu können, während meiner Reisen, oder auch nur während der Stunden meines Unterrichts. Diese staubtrokkenen Räume waren eine ständige Mahnung zur Ruhe und zur Konzentration, als säßen die unerbittlichen Meister noch an ihren Schreibpulten und dürften durch keinerlei kindische Lebendigkeit in ihrer aufopferungsvollen Arbeit gestört werden. Kein Wunder, daß es Miriam und Titus hinausgetrieben hat!

Die wirklichen Freund- und Liebschaften hatten keine Chance gegen die Helden der Literatur. Ich hätte jeden Freitag auf seine Kannibaleninsel heimgeschickt, anstatt ihn mir zu erziehen, weil ihm nie dieselbe vollkommene Unerzogenheit wie Defoes Freitag zueigen gewesen wäre. Und Sancho Pansa wäre nie von seinen unfruchtbaren Äckern in die Weltliteratur gelockt worden, sondern wäre seinem heiligen Bauch und gesunden Menschenverstand treu geblieben.

Heilige Einfalt, für die der Esel noch »Esel« heißt. Doch ich habe ein Werk nach dem anderen verschlungen, nichts anderes als *meine* Ritterromane, und aus Barbierschüsseln Goldhelme und aus Drahteseln Araberhengste gezaubert.

Am frühen Morgen wache ich auf, geweckt durch laute, tierische Schreie, als würde ein Schwein im Gefängnishof geschlachtet oder einem Hund das Fell bei lebendigem Leib über die Ohren gezogen.

Dann verstehe ich, daß diese Schreie aus dem Keller unter meiner Zelle kommen und von Han Yue stammen müssen, auch wenn sie nichts Menschliches an sich haben. Die Bank Han Yues ist leer. Und ich wünsche mir, man hätte mir auch das rechte Ohr so gründlich zerschlagen wie das linke.

Ich halte mir die Ohren zu, doch was nützt es mir! Es riecht, als würde hier mit Lebertran geheizt. Durch die Risse im Beton dringt der Geruch nach Dosenschinken, nach dem Schweißband eines Altmännerhuts, nach einem alten Arzthelferinnenkittel, nach dem warmen maulheldenhaften Muff von Polizistenunterwäsche, nach verbrannten Plastikwindeln, billigem Rasierwasser und den Samstagabendlügen. Dann der belebende Geruch einer Kaffeerösterei, aber nach dem tröstlichen frischgebackener Brötchen wittere ich vergebens.

Nach einer gewissen Zeit in diesen Mauern ist es gleichgültig, wie lange der Aufenthalt noch dauert. Auch nach der Entlassung wird man nie wieder frei sein, nie wieder durchschlafen, ein Buch zu Ende lesen, einen Brief schreiben, mit unbekannten Menschen auf der Straße über das Wetter reden oder einen guten Wein ohne Magenschmerzen genießen können.

Ich weiß nicht mehr, wann unsere Gespräche über Literatur begonnen haben. Das Wort »Gespräche« ist vielleicht übertrieben. Sagen wir besser: Kurze Wortwechsel. Woher weiß er überhaupt, daß ich mich ein wenig mit Literatur auskenne! Als er die zwei Frühstücksnäpfe mit dem kalten Nudeleintopf in die Zelle bringt, scheint er verwundert, mich alleine anzutreffen. Aber er fragt mich nicht nach Han Yue.

Eine halbe Stunde später ist Yun Dong zurück, um die Näpfe einzusammeln. Verlegen steht er da. Er riecht nach Keuschheit, nach junger Luzerne und Rosinen. Schließlich fragt er mich, ob ich Charles Dickens für einen großen Autor hielte.

Selbstverständlich, antworte ich. Niemand hat so gut über die gegenwärtigen chinesischen Verhältnisse geschrieben.

Einen Augenblick schaut mich Yun Dong verunsichert an. Doch dann nickt er zustimmend und verabschiedet sich lächelnd.

51

Der Körper verliert das Gefühl für seine eigene Existenz. Existenz bedeutet Grenzziehung. Unser ganzes Leben ist Ausdruck des Grenzdaseins. Das Sterben ist keine Grenzüberschreitung, sondern die Aufhebung aller Grenzen.

Welche Lebensessenz bleibt im Tod noch erhalten?
Maske
Nachhall
Nachgeschmack
Reflexe
Der Tod ist ein buddhistischer Meister: Er korrigiert mich.
Er ist das absolute In-der-Welt-sein.
Wäre Tod ein Nahrungsmittel, wäre er wie Reis: weder fade, noch wohlschmeckend, weder fest noch locker, weder farbig noch farblos.
Wäre er Teil eines Fahrzeugs, so wäre er das Rad.
Wäre er ein tierisches Produkt, so wäre er ein Spinnennetz.
Wäre er ein Stoff, so gliche er dem Filz.
Wäre er ein Geruch, so duftete er wie ein Salonstück von Satie.

Gedanken über den Tod sind immer banal. Denn was am Tod jedes Maß überschreitet, ist gerade sein banaler Charakter.

Seine Macht liegt in seiner Kraftlosigkeit.

Tod bedeutet, sich von den Bildern zu lösen, die Anderen nicht mehr als Bild zu betrachten, von ihnen nicht mehr als Bild betrachtet zu werden.

LVIII

Am Morgen durchsuchen zwei unbekannte Wärter meine Zelle. Außer einer feuchten gelben Dämmerung und dem fernen Gezwitscher der Vögel finden sie nichts. Dabei hätten sie nur die Nähte und das Innenfutter meiner Haut auftrennen müssen.

Dann legen sie eine Matratze und eine Daunendecke auf die leere Bank Han Yues. Ich drehe mich mit dem Gesicht zur Wand und bleibe regungslos liegen. Bevor sie die Zelle verlassen, faßt einer von ihnen mich an die Schulter und sagt in gebrochenem Englisch: Wenn ich meinem neuen Zellengenossen auch nur ein Haar krümme, wird man mich operieren. – Dann schließen sie die Zellentür und lassen mich mit meinen Irrtümern allein.

Wie ein Haufen Wachsfiguren hocken wir in dem Wellblechschuppen und haspeln mit wunden Fingen in dem mephistophelischen Dunst unser Pensum herunter. Hin und wieder stechen wir einander ein angespitztes Stäbchen zwischen die Rippen, von den Aufsehern unbeachtet. In Kanton verkohlten vor wenigen Wochen zweitausend Arbeiter bei einem Werkstattbrand, als der Papierdrache auf der Bühne Feuer fing.

In der Nacht das Stöhnen und die Schreie aus dem Riemenstuhl der mittelalterlichen Zahnbrecher. Hier die Stille einer Pantomimenbühne, weiß geschminkte Gesichter, rote, blutig gebissene Lippen. Und die Bäuche künstlich aufgebläht wie die Schweinsblasen, die chinesische Seeleute im Krieg mit Japan ins Meer geworfen haben, damit sie von der gegnerischen Kriegsmarine für kahlgeschorene Mandarinenköpfe gehalten und aufs Korn genommen würden, bis die japanischen Kanonenboote ihren Munitionsvorrat erschöpft hätten.

Ich gebe gerne zu, ich beneide die Gefangenen hier, räsoniert Doktor Lu Yao lächelnd. Es leiden ja nicht alle unter ihrer Gefangenschaft. Manche finden in ihrem Eingesperrtsein erst ihr Glück, nach dem wir angeblich Freien unser Leben lang vergeblich streben.

Ich höre Doktor Lu höflich zu, ohne ihn zu unterbrechen.

Und andere, fährt er fort, denken Sie an die von uns Psychiatern als »schizophren« Diagnostizierten, sind ja nicht geistig ärmer, im Gegenteil, wenn sie überhaupt leiden, dann an einem Zuviel an Wahrnehmung und Bewußtsein. Ihre Seele ist dichter bevölkert, ihr Empfinden reicher an Sensationen, so daß wir zurecht eifersüchtig auf sie sind.

Er schweigt einen Augenblick.

Therapieren wir sie vielleicht gerade deshalb, aus Neid auf diesen inneren Reichtum? Denn die wenigsten sind in ihrem Wahn ja bösartig oder gefährlich. In anderen Kulturen hätte man sie als Künstler, Heilige oder Schamanen verehrt.

Er lächelt bitter: Und hier sitzen unsere Salvador Dalis in geschlossenen Anstalten.

Ich nicke verschwörerisch.

Han Yi, der junge Kapo aus der Sammelzelle, schließt mich in die Arme wie der junge Edmond Dantes den alten Abbé Faria nach fünf Jahren Kerkerhaft. Und vermutlich werde ich kaum einen besseren Eindruck auf den jungen, wohlgenährten Herrn der Diebe machen als der bemitleidenswerte Abbé. Aber was bedeutet das schon, an diesem Ort! Die Berührung des jungen Mannes gilt nicht den weichen, begehrenswerten Zügen einer Frau, sondern dem warmen, atmenden Körper eines Mitgefangenen.

Wie hast du die Torturen überlebt, ohne den Verstand zu verlieren, *Gwei Lo*?

Ich habe mich der wichtigsten Bücher erinnert und sie in Gedanken Wort für Wort noch einmal gelesen.

Bis auf meine Schulfibel und eine Tageszeitung dann und wann habe ich kaum etwas gelesen.

Dich haben sicher andere Dinge vor dem Wahnsinn gerettet.

Darauf kannst du Gift nehmen!

Und warum bist du immer noch hier? Gab es noch keine Gelegenheit zur Flucht?

Deshalb habe ich ja mein Quartier nun bei dir genommen, *Gwei Lo*.

Diese Zelle ist doch nicht weniger ausbruchssicher als die Sammelunterkunft.

Die Zelle nicht, aber die Werkstatt! Hast du noch nicht daran gedacht?

Nein, nicht wirklich. Über alles habe ich nachgedacht, nur nicht, wie ich hier herauskomme.

Lehr mich in der Zwischenzeit ein wenig von dem, was du weißt. Dann nehme ich dich mit!

Ich war mein halbes Leben lang Lehrer. Ich bin des Lehrens müde. Warum willst nicht du mein Lehrer sein?

Ich bin ungebildet. Habe nur die Grundschule besucht. Was kann ich dir schon beibringen.

Das Wesentliche! Du denkst anders als ich. Du hast eine Kindheit gehabt, von der ich nichts weiß, und eine Lehrzeit, von der ich nur etwas ahne. Ich will das alles wissen.

Ich weiß gar nicht, was das ist: Wissen!

Was war das erste Wort, das du sprechen gelernt hast?

Wie soll ich mich daran noch erinnern? Wahrscheinlich waren meine ersten Worte nicht anders als die der meisten Kinder hier: Danke. Bitte. Ja, gerne. Verzeih! Darf ich das haben?

Das sind wirklich die ersten Worte eines chinesischen Kindes?

Ist das bei euch in Europa anders?

Ich denke, unsere Kinder beginnen mit der Benennung von Dingen: Mama, Papa, Puppe, Auto, Hund und so weiter.

Wir werden von Anfang an zur Höflichkeit erzogen.

Wir offenbar zum Besitz.

Nun, du siehst ja, was von diesen Anfängen geblieben ist. Hier, Alter, nimm die Matratze und die Decke, damit du wieder etwas zu Kräften kommst. So würdest du es ja nicht mal durchs Tor hinaus schaffen.

Und du?

Han Yi lacht: Glaub nicht, daß unsere Gastgeber hier mich auch nur eine Nacht auf der harten Bank schlafen lassen!

TUSCHESPUREN IX

Schnee liegt auf den Blütenrispen des Schilfs. Selbst ein scharfes Auge
hat Mühe zu unterscheiden, was für die Hand ein leichtes ist.
Von mir verlangen, daß jeder Satz zwei Gesten enthält;
eine, die den Himmel zudeckt, und eine, die die Erde aufdeckt.
Ich wasche das weiße Leinen im Tuschebad. Ich hänge das Laken

zum Trocknen in die Sonne und lese darauf die Antwort auf die einzige Frage.
Wenn das Wissen von dem Standpunkt, den es erreicht hat, sich nicht wieder losreißt, stirbt es.
Was gibt es hier Außergewöhnliches? – Auf diesem Berg allein zu sein.
Einer kommt und fährt dem Gletscher über die Zunge.
Im Weiß zu Hause sein. Im Schwarz nur Gast.

*

Die Wahrheit steht vor aller Augen offen da. Nur läßt sie sich nicht leicht zusammenfalten.
Wer wütend lernt, wird nur den Trommelschlag verstehen. Musik ist ihm ein Stoß von spitzen Ellbogen.
Was heißt denn das: gegen den Strom? Geht nicht jede Fahrt zuletzt stromabwärts?
Ich höre eine steinerne Brücke, doch sehe nur einen Holzsteg. – Die steinerne Brücke ist für die Esel und das Hornvieh.
Mit dem Paar Sandalen auf dem Kopf hättest du die Katze retten können.
Kein Fluß würde fließen, wenn es nicht bergab ginge.

Die beiden neuen Wärter führen mich in das »Besucherzimmer«: zwei Stühle, ein Tisch. Sie bleiben an der Tür stehen.

Ein Mann in einem Anzug mit Krawatte und schwarzen Schuhen, ein ungewohnter Anblick innerhalb dieser schwitzenden Mauern, betritt den Raum und setzt sich mir gegenüber. Er sei ein Vertreter der amerikanischen Botschaft, sagt er mir in flüssigem Englisch. Ich könne ihm vertrauen. Wenn ich amerikanischer Staatsbürger sei, solle ich ihm das bitte mitteilen. Er werde dann für meine Entlassung und meine

Heimreise sorgen oder wenigstens meine Angehörigen verständigen.

Ich schweige. Er bittet mich zu nicken, wenn ich Englisch spräche und seine Mitteilung verstanden hätte. Ich bewege mich nicht.

Er unternimmt einen letzten Versuch: Hier, das ist mein Diplomatenausweis, für den Fall, daß Sie mir mißtrauen und glauben, ich würde für die chinesische Regierung arbeiten. – Ich lasse seinen Paß auf dem Tisch liegen.

Er seufzt, steckt seinen Ausweis ein und gibt den beiden Wärtern ein Zeichen, ihn hinauszulassen. Ein süßsaurer Geschmack bleibt im Raum zurück, harngelber Fruchtessig.

Auf dem Rückweg zu meiner Zelle geraten die Steine der Festungsmauer ins Rutschen und kollern zusammen mit mir in die Tiefe. Blutige Steine, schreiend rot vor meinen Augen, Fetzen eines Kirchenlieds, oh Wunden Jesu mein, dann die durchgelegene Matratze, Han Yis Geschenk, mit dem Geruch der ungewaschenen Leisten eines alten mageren Mannes.

Ich frage Han Yi, wie er in so jugendlichem Alter so viel Macht erlangen konnte?

Han Yi grinst: Alles fing ganz legal an. Ich habe ausgemusterte Uniformen aufgekauft. Doch anstatt sie zu Sofafüllungen zu verarbeiten, habe ich sie soweit ausbessern lassen, daß man sie wieder tragen konnte. Dann habe ich sie an Leute verkauft, die sich vom Tragen einer Uniform einen gewissen Vorteil versprachen. In einem Land, wo jeder Uniform eine nahezu blinde Unterwürfigkeit entgegengebracht wird, ist die Uniform eines hohen Polizei- oder Armeeoffiziers fast unbezahlbar.

Dann habe ich meine Handelstätigkeit auf Dienstwagennummernschilder ausgedehnt. Es ist ja bekannt, daß unsere Polizei in der Regel ein Auge zudrückt, wenn ein Auto mit einem dieser offiziellen Nummernschilder an einem Zwischenfall beteiligt ist. Welcher Verkehrspolizist will sich schon den Zorn seiner Vorgesetzten zuziehen!

Und derartige harmlose Gaunereien können einen jungen Mann reich machen?

Allein in Nanking wurden in den vergangenen fünf Jahren zweitausend falsche Polizisten aufgegriffen. Inzwischen lasse ich meine Uniformen in eigenen Fabriken produzieren. Und die Entdeckung gefälschter Nummernschilder ist noch schwieriger, weil selbst die Experten der Regierung und des Militärs nicht unterscheiden können, ob eine offizielle Stelle oder eine von meinen Werkstätten das Nummernschild ihres Dienstwagens geliefert hat!

Doch im Grunde ist es inzwischen auch gleichgültig, ob es sich um echte oder gefälschte Uniformen und Dienstwagen handelt: In dem einen wie dem anderen stecken doch dieselben Verbrecher!

Laufen die Geschäfte im Augenblick so schlecht? Oder warum hast du dich hier einquartiert?

Ich habe mich einfach nach ein wenig Abwechslung gesehnt.

Abwechslung?

Du wirst schon sehen!

Wann werde ich entlassen?

Wenn Sie Ihre Strafe abgesessen haben!

Als wüßte einer dieser furzenden und rotzenden Wärter, was »Schuld« oder »Strafe« bedeuten! Dem Jüngeren von beiden sage ich: Ich mag Sie! Minutenlang schlagen sie auf mich ein. Dann reißen sie die Matratze fort und fesseln mich auf die harte Steinbank. Ich habe Angst, daß sie mich vergewaltigen. Aber dann kommt Han Yi pfeifend von einem Geschäftsspaziergang in die Zelle zurück, schickt die beiden Schläger hinaus und bindet mich los.

Als sie herausfinden, daß ich ihre Pillen nicht schlucke, sondern in den Aborteimer spucke, geben sie mir eine Spritze. Han Yi schaut interessiert zu. Ich versuche zu erspüren, was die Injektion in mir bewirkt. In den Jugendjahren des Experimentierens hatten die meisten Substanzen so gut wie keinen spürbaren Effekt auf meinen Körper oder mein Seelenleben. Nie in meinem Leben war ich berauscht oder auch nur angetrunken, obwohl ich mich nicht selten den Sauftouren meiner Kameraden angeschlossen habe. Am Anfang unterstellte ich ihnen, sie simulierten nur, wenn ihr Verhalten sich veränderte und zum Teil bizarre Züge annahm, so daß ich meine Freunde in diesen fremden lallenden Wesen nicht wiedererkannte.

Die Sprache verseift. Alle widersprüchlichen Wörter durchstreichen, mit den Eigennamen beginnend, dann die Personalpronomen auslöschen, ein Eiszapfen, der schmilzt, die schwarzlackierten Hände, die das in einen orangefarbenen Einband gebundene Buch in kleine apfelsinenhäutige Schnipsel zerreißen, die im sirupdicken Sonnenlicht träge ins Bodenlose gleiten, das Verschwinden des Risses, des Gleitens und Fallens in den Falten der Sprache, die ihrerseits eine Lücke bildet, eine Leerzeile, die nicht »Tod« bedeutet, sondern sich ihm durch die Weigerung, ihn beim Namen zu nennen, entzieht.

52

Tod, ein Zustand des Rausches, der Trunkenheit, des Außer-sich-seins, monoton wie jeder Rausch, intensiv, eine Ausschweifung, eine Grenzerfahrung.

Willenlosigkeit, Hyperbewußtsein, Halluzination der Abwesenheit. Die Augen blicken ins Unendliche, ins Leere, für das Ohr wird die Stille zum Tumult, alle Erlebnisse, Erzählungen und Gespräche sind gegenwärtig, ein künstliches, angstvolles Paradies.

Selbstergründung eines Fremden, Selbstlosen, nutzlose Klarheit, Durchsichtigkeit.

Krise. Kollaps. Verlangen nach Linderung.

Wer ist es, der diesen leblosen Leichnam für dich trägt?

Schnee ruft ein lautes »Cazzo!«. Daraufhin ergreift der Meister seinen Stock, um ihm einen Schlag zu versetzen.

Doch der Schüler hält den Stock fest und sagt: Ihr könnt mir heute keinen Schlag geben.

Warum kann ich das nicht?

Anstatt dem Meister zu antworten, wendet Schnee ihm den Rücken zu und verläßt den Raum.

Am folgenden Tag fragt der Meister Schnee: Die zehntausend Dinge gehen auf Eins zurück. Worauf geht dieses Eine zurück?

Augenblicklich antwortet Schnee: Der Hund säuft das kochende Wasser unmittelbar aus dem erhitzten Kessel.

Woher hast du diesen Unsinn? fragt der Meister tadelnd.

Das fragt Euch selbst!

Und der Meister lächelt still.

Die Unmöglichkeit einer Antwort auf die unmögliche Frage nach dem Tod. Jede Frage sehnt sich nach Macht. Jede Frage suspendiert das Recht auf Nichtwissen. Und nun alle Arten schiefer Antworten: Schweigen. Absurde Gesten. Gestammel. Trunkene Gesänge.

LIX

In den nächsten Tagen meidet Han Yi meine Nähe. Auch mit den anderen spricht er nicht. Dennoch knüpft sich ein heimliches Netz. Irgendein unerwartetes Ereignis steht bevor, das spüre ich, denn ich bin ein Teil dieses Netzes.

Han Yue hingegen bleibt spurlos verschwunden, als habe es meinen ehemaligen Zellengenossen nie gegeben.

Wenn Han Yi plant, seinen Aufenthalt an diesem gastlichen Ort ohne größere Umstände zu beenden, so ist der Weg über die Werkstätten zweifellos der einfachste, vorausgesetzt, man ist mit der Topographie dieser weitläufigen Ferienanlage vertraut. Aber diese Vertrautheit läßt sich mit der richtigen Uniform zweifellos erlangen.

Plötzlich bricht der dicke, schwitzende Song zusammen. Eben saß er noch träge neben Han Yi, nun krümmt er sich zwischen den mit zu Boden gerissenen Holzstäbchen auf dem schwitzwasserfeuchten Beton und blutet aus dem Mund und den Ohren.

Als die Wärter sich zu ihm herunterbeugen, ist es bereits zu spät. Roter Schaum quillt aus seinem Mund. Sein feistes Gesicht ist blau angelaufen, sein Körper zuckt noch, aber die Wärter stehen untätig da, unfähig oder unwillig, dem Gefangenen beizustehen. Han Yi beobachtet die letzten Zuckungen Songs mit einem stillen Lächeln.

Am Abend frage ich ihn, doch er leugnet zu wissen, wer Song vergiftet haben könnte. Aber Song habe es nicht besser verdient, sagt er.

Song war doch nur ein einfacher Betrüger, soviel ich weiß.

Warum nicht gleich ein ehrenwerter Kaufmann! Er hat doch nur einfaches Mehl verkauft, das zwar wie Milchpulver aussah und auch als solches etikettiert war. Aber was kann denn Song dafür, wenn die dummen Mütter Mehl nicht von Milchpulver unterscheiden können! Hatte er nicht sogar gerade genug Eiweiß zugesetzt, um einen Säugling ein paar Monate am Leben zu erhalten, der generöse Kaufmann Song? Aber leider nicht genug, um das Wachstum der Babys zu fördern. Also kauften die Eltern immer mehr von dem billigen Pulver, je kränklicher ihre Babys aussahen. Ein Bombengeschäft! Das Pulver ließ die Köpfe der Kleinen anschwellen, sie bekamen dicke rote Wangen, die Knochen aber blieben spröde und die inneren Organe verkümmerten. Die großen Köpfe ließen die Eltern in dem Glauben, alles sei in Ordnung, so daß sie ihre Kinder nicht rechtzeitig zum Arzt brachten. Mindestens ein Dutzend Säuglinge starb an Unterernährung. Trotzdem wurde der ehrenwerte Kaufmann Song nur wegen Betruges verurteilt. Und obwohl er hier im Gefängnis saß, lief sein ehrenwertes Geschäft weiter!

Dinge, die den Eindruck von großer Hitze vermitteln

ein dicker schwitzender Mann
eine überfüllte Zelle
Notausgänge
Wäschereien
die Fahrradschlauchflicker an den dieselrußgeschwärzten Straßenrändern
zwei kopulierende Mischlingsrüden in der prallen Sonne
Flachdächer
Krawatten
schwarze Kunstledersessel
Coca Cola mit Sahnehaube (der kulinarische Sommerhit bei Sterntaler & Co.)
Stille Nacht als Klingelton

die in den Mülltonnen wühlenden Plastikflaschensammler
(pro recycelter Flasche zwei Cent)
die auf Bastmatten am Straßenrand Übernachtenden, in
deren Wohnungen es keine Klimaanlagen gibt

Die Gefängnisleitung hat mir die Notate übergeben, die man in Ihrer Zelle gefunden hat, sagt Doktor Lu Yao mit einem Ton des Bedauerns in seiner Stimme. Sie schreiben auf Deutsch. Ist Deutsch Ihre Muttersprache?

Ich schweige.

Die Gefängnisleitung fand Ihre Aufzeichnungen so intelligent, daß sie sich nur schwer vorstellen kann, daß Sie Ihre Identität vergessen oder verloren haben, fährt er in fließendem Deutsch fort. Besitzen Sie einen Führerschein?

Ich gehe gerne zu Fuß.

Das ist der einzige Grund?

Welchen Grund sollte es sonst noch geben?

Vielleicht wollen Sie die Umwelt schonen. Vielleicht hatten Sie als Kind einen Autounfall. Vielleicht wurde Ihnen, wie vielen Kindern, im Auto schlecht.

Sie haben recht. Es gibt einen anderen Grund. Ich hatte nicht selbst diesen Unfall. Aber als Vierjähriger habe ich einen furchtbaren Unfall mitansehen müssen. Ich war mit meiner Mutter unterwegs, als der Unfall geschah. Wir standen am Straßenrand und mußten mitansehen, wie der Wagen in Flammen aufging und der Fahrer die Tür nicht öffnen konnte. Ich hörte ihn schreien und vergeblich gegen die Scheiben hämmern, während er in seinem Auto verbrannte.

Wie hat Ihre Mutter Sie gerufen?

Ich weiß es nicht. Aber ich bitte Sie, lassen Sie Han Yue frei!

Dafür bin ich nicht zuständig. Aber ich sehe keinen Grund, Sie weiter hier festzuhalten.

Was mich betrifft, so fühle ich mich hier recht wohl. Doch ich bitte Sie, lassen Sie Han Yue frei.

Nennen Sie mir einen einzigen Entlassungsgrund, und ich denke darüber nach!

Er hat nichts verbrochen!

Was soll der Unsinn! Doktor Lu schüttelt verärgert den Kopf. Warum sollte ich mich für diesen perversen Polizisten einsetzen!

Weil er unschuldig ist, antworte ich. Bitte, lassen Sie Han Yue frei!

Ich möchte Ihnen einen Vorschlag machen. Wir haben einen neuen Wirkstoff entwickelt, ein relativ harmloses Mittel auf Grundlage eines weitverbreiteten Blutdrucksenkers, das Ihnen möglicherweise hilft, Ihre Erinnerungen wiederzufinden.

Machen Sie mit mir, was Sie wollen, doch lassen Sie Han Yue frei!

Ein im Gedächtnis eingebranntes Trauma läßt sich damit bewußt aus der Erinnerung holen und neu durchleben.

Manches bleibt besser vergessen!

Erinnerungen bereichern das Leben, sagt Balzac.

Aber allein das Vergessen macht es erträglich.

53

Gibt es einen rechten Augenblick zu sterben?

***Kairos**, Feingefühl, Kunst des rechten Moments, damit das Leben sich erfülle.*

Man muß bejahen und annehmen können, wo es nötig ist und jeder Zweifel endet.

Kairos feiert nicht die Wahrheit, und nicht die Notwendigkeit, sondern die Schönheit des rechten Augenblicks: Einfachheit, Maß, Vollkommenheit. Vernichtung und Erfüllung fallen zusammen.

Dieses »Es ist Zeit« nicht verpassen!

Moment der Ausnahme und der Verwandlung. Alle Zweifel sind suspendiert, das Gespräch endet, alles ist gesagt. Der Geist steht still, es folgt der Sprung ins Unbekannte

Dann brennt es plötzlich, zunächst das dünne Papier, dann das trockene Holz der billigen Wegwerfstäbchen, dann die groben Kieferntische und Hocker, Ma Weihuas blauer Nylonkittel, der sich über ihren hochschwangeren Bauch spannt, Ma Weihuas schwarzfettiges Haar, heisere Schreie, zerberstendes Glas, panische Wärter, Han Yis kräftige Hand an meinem geschwollenen Handgelenk, beißender filzgrauer Rauch, erstickender Husten, die ersten Sirenen, der Geruch nach versengtem Fleisch, tränenblinde Augen, Brandblasen, zuckende Leiber unter den Holzsandalen, das Tor in den Hof immer noch verschlossen, aber Han Yis Weg führt in die entgegengesetzte Richtung, durch die bereits hochlodernden Flammen hindurch ins Lager und weiter, ich sehe nichts, Funken nisten in den Brauen, glimmende Asche klebt auf der Hornhaut, brennt sich hinein, der beißende Rauch der schmelzenden Kabel und Lacke frißt sich in Brust und Hirn, ich stolpere, stürze, doch Han Yi läßt nicht los, wie Äneas seinen Vater nimmt er mich auf den Rücken, während es, den gierig züngelnden Flammen schon fast entkommen, dunkel in mir weiterbrennt.

WARTEN IM WEIN

鬯

LX

Ich habe nicht erwartet, daß das Wasser kristallklar ist. Wer wollte denn der Natur auch Vorschriften machen! Gelbbraun wälzt sich der Lange Fluß an der schönen Stadt Nanking vorbei. Erst jetzt wagt sich die sanfte Stadt mit Stahl und Beton näher an ihn heran. Über Jahrhunderte stand auf einer kleinen Anhöhe, Löwenberg genannt, allein der Kaiserliche Sommerturm im Überschwemmungsland und trotzte dem größten Fluß des Landes.

Weiter stromab heißt der Jangtse Tonglian-Fluß, Fluß, der den Himmel durchquert. Doch zunächst einmal sind die Pforten des Himmels durch Fabrikschlote, Kühltürme und Treibstofftanks verstellt. Im Quellgebiet nennt man den Langen Fluß noch Kuhfluß.

Hier fuhren Europas Kanonenboote stromauf, um das Land gewaltsam zu öffnen. Heute ist der Fluß selbst die beste Waffe gegen alles, was nicht säurebeständig ist.

Natürlich ist ein derart mythischer Strom mehr als nur eine Wasserstraße. Er ist Träger und Zerstörer von Illusionen, ist eine chronische Wunde, zerfrißt nicht nur Schiffsbäuche, sondern jede ästhetische Phantasie. Dieser Fluß ist ein säureschwitzender Intellektueller, der mit seiner ausufernden Lust zur Zersetzung Ideologien zum Schweigen bringt, ist eine sich durchs Land wälzende Seuche, ja ein hochinfektiöser Kadaver, dessen Leichentuch Reisfelder, Trinkbrunnen, Fünfjahrespläne und Lehrsätze gleichermaßen unter sich begräbt.

Ich schweife ab. Beim Herumwandern geht es ja ähnlich zu wie beim Erzählen. Man nimmt sich ein bestimmtes Ziel vor, aber auf dem Weg dorthin verliert man es aus den Augen.

Ich höre das Rauschen der ziehenden Wolken, die an den Dachfirsten kratzen und über die Alleebäume streichen wie ein Daumen über die Zähne eines Kamms. Ich höre das Ziehen der Wolken weniger mit den Ohren als mit den Haarspitzen im Nacken.

Hätte man mich gefragt, welcher Sinn vor allen anderen uns durch die Straßen der Stadt lenkt, hätte ich immer geantwortet: vor allem das Auge.

Nun, wo mir die Hälfte meines Gehörs genommen ist, entdecke ich die Stadt der Geräusche. Vielmehr als das Auge ist das Ohr der Sinn des Raums: Nähe, Ferne, Bewegung, das Ohr nimmt sie präziser wahr als das Auge mit seinen blinden Flekken und optischen Täuschungen. Wie viele Vögel brechen sich das Genick an Glasfenstern, und wie viele Fledermäuse? Ohne die Statistiken zu kennen, bin ich mir sicher, daß Gehörlose eher Gefahr laufen, angefahren zu werden, als Kurzsichtige. Nie habe ich das Leben auf der Straße als so gefährlich, so hinterhältig erlebt wie gegenwärtig, wo vor allem meine Augen mich warnen müßten, hätten die Flammen sie nicht getrübt. Nun sehen sie nur noch bei Tageslicht einigermaßen scharf. Im Dämmerlicht bereits verschwimmen die Dinge und Menschen zu nächtlichen Schatten. Ohnehin nehmen sie immer nur einen Ausschnitt wahr, während das Gehör den ganzen Raum um uns herum erfaßt. Nie zuvor habe ich mich vor dem gefürchtet, was gerade in meinem Rücken passiert.

Ich laufe ziellos durch die Stadt, nein, nicht ziellos, immer der Nase nach. Staub, verbranntes Benzin, dampfender Asphalt, alle Nuancen des Graus. Küchengerüche, Kot und Urin, Wechselfieber, Hirngespinst. Dann der Bauernmarkt: Zwergziegen in einem Zellophankorsett, Papageien in der Mauser, frettchenartige Nager mit einem spitzzahnigen Grinsen, Kapuzineraffen mit Tonsur, vielleicht jener vorrasierte Kreis, der aufgesägt wird, wenn der Affe fertiggekocht ist, um das gesottene Hirn aus der Schädelhöhle zu löffeln. Don't be afraid, Mister! This is Pung Dong, absolutely delicious! ruft der alte Mann mit dem von aschgrauem Haar umkränzten Jünglingsgesicht, ein Bastard aus Engel und Meerkatze, mir zu, während er pfundweise ein heuschreckenartiges Gewimmel in den Wok mit siedendem Erdnußöl schaufelt.

Merkwürdiges Mißverhältnis, in dem dieser nicht mehr junge und noch nicht alte Mann durch das geschäftige Nanking sirrt. Was sucht er hier zwischen den bauernschlauen Leuten und den Baukränen? Ein amouröses Erlebnis? Er lacht bei diesem melancholischen Gedanken laut auf. Für Abenteuer gibt es geeignetere Städte, vornehmlich die mit großen Häfen am Meer, wo den Abenteurern immer die rauhe See zur Flucht offensteht. Nein, für Abenteuer, und sei es auch nur in Liebesdingen, scheint ihm diese Stadt zu sanft, zu friedfertig zu sein. Im Schatten der Zedern am Ufer des Xuenwu-Sees bieten die Händler Hängematten feil. Und die jungen Paare liegen geradezu keusch beieinander, die müden Köpfe der schwarzhaarigen Jünglinge im vernunftumgürteten Schoß ihrer Freundinnen.

Alles einstmals Wilde, Naturhafte, Abenteuerliche scheint ihm nun wie die gezähmten, in ihrem Sinn für das puppenhafte Detail anrührenden und zärtlich stimmenden chinesischen Gärten, die vor allem von den Alten mit jugendlichem Eifer okkupiert werden. Diese beschnittene und geharkte Natur mit ihren Holzstegen, Seerosenteichen, schattigen Pagoden und Steinbänken ist zu berechnend, um glücklich zu stimmen. Selbst der Wind weht hier lau. Hier macht niemand, der sich zur rechten Zeit aller Fluchtmöglichkeiten beraubt hat, noch eine abenteuerliche Bekanntschaft. Hier beginnt der nicht mehr junge und noch nicht alte Mann, verfügt er nur über genügend Bildung und über das, was man in bürgerlicheren Zeiten eine »Vergangenheit« genannt haben würde, allenfalls einen Bekenntnisroman.

Schuten voller harter goldgelber Birnenquitten, sonnenhell zwischen den vielen Erdfrüchten, gut gegen Flatulenz und Heiserkeit, doch roh ungenießbar. Hier in China steht sie für Leidenschaften und ein langes Leben. Um was für eine Leidenschaft handelt es sich, die mit einem langen Leben zusammengedacht wird? In unseren Breiten ist sie eher verzehrend, so daß wir in der Regel zwischen der einen und dem anderen wählen müssen.

Es gibt eine Art, jemanden zu verlassen und doch nicht zu verlassen, ihn zu versichern, daß man ihn immer noch liebt, aber trotzdem fortzugehen und ihn über eine mögliche Rückkehr im Unklaren zu lassen. So fesselt man ihn weiter an sich.

Und der Verlassene ist im Tiefsten seiner Seele verunsichert und verletzt und zurückgeworfen auf die Trennungs- und Zurückweisungsängste der Kindheit. Wie die Erdwespe ihr Opfer ins Nervenzentrum sticht und damit lähmt, aber am Leben erhält, um es für den späteren Verzehr frisch zu halten, habe ich mich von deinem Fortgehen paralysiert gefühlt, Miriam!

Als es Abend wird, stehle ich mich in die Schlafbaracke einer Riesenbaustelle. Den meisten Wanderarbeitern geht es wie mir: Sie sprechen die lokale Sprache kaum oder gar nicht, und keiner kümmert sich um den anderen.

Rückkehr in die Sammelzelle. Wir liegen in dem engen stikkigen Verschlag zu je zwanzig aufgereiht auf dünnen Binsenmatten. Obwohl die Baracke kein Fenster hat, zieht es durch die Ritzen und Fugen der schlecht zusammengezimmerten Fertigteile. Einige Arbeiter sind kaum achtzehn, andere sind wohl schon sechzig. Wir liegen so eng beieinander, daß unsere Füße sich immer wieder berühren. Trotzdem friere ich.

Einige trinken noch und streiten sich, während andere bereits schlafen. Erst spät in der Nacht wird es ruhiger. Vielleicht ist es ganz gut, daß ich das Schnarchen und die Schreie im Schlaf nur gedämpft wahrnehme. Einen Augenblick übermannt mich die Angst vor dieser Großstadt der Häßlichkeit. Doch dann denke ich an meine Kindheit und Jugend und weiß, daß es noch schlimmer ist, fern der Großstädte zu leben.

Der Schrecken in der scheinbar unberührten Natur: Die vielen verlorenen oder vergessenen Sachen, ein linker Schuh, ein Seidenstrumpf, eine Wollmütze, eine Plastiktüte mit Orangenschalen, ein Aluminiumlöffel, ein Fahrradschlauch, ein Frauenbein, eine Kinderleiche.

Gäbe es einen Gott, wäre es der Gott aller Kreaturen. Und wir hätten im jenseitigen Leben womöglich genau das zu erwarten, was wir im diesseitigen tagtäglich den Mitgeschöpfen antun: Erschießen, Schächten, Keulen, Erwürgen, Rupfen, Häuten und Ausweiden, Sieden und Schmoren bei lebendigem Leib ... Diese Möglichkeit sollte ich niemals vergessen beim Umgang mit Tieren, unsere Seelen zusammengepfercht in schuhschachtelgroßen Drahtboxen, Nylonköchern, Schleppnetzen, im Nacken durchbohrt an Fleischerhaken, gemästet, geschoren, abgebrüht, ausgeblutet, entbeint.

Früh am Morgen treibt der Vorarbeiter uns aus der Baracke. Hemd und Hose hatte ich über Nacht anbehalten, aber meine Schuhe suche ich nun vergeblich.

Barfuß schleppe ich Eimer mit Kies und Zement auf ein hohes Gerüst. Seit meiner Kindheit habe ich nicht mehr in dieser Weise körperlich gearbeitet. Ich wundere mich, wie leicht ich mit den anderen Arbeitern mithalten kann. Erst am Abend in unserer Baracke spüre ich die Anstrengung. Ich schlafe sofort ein.

Ich liege irgendwo zwischen Himmel und Erde, die Luft ist feucht und schwer wie ein dickflüssiger Sommer voller Mostgeruch und schläfrigem Fliegengesumm, trotzdem wachsen mir die Zehennägel ins Fleisch. Am nächsten Morgen kann ich mich kaum bewegen, so hart und verspannt ist mein ganzer Körper. Und meine Füße sind geschwollen und entzündet. Seit vierzig Jahren bin ich nicht mehr einen ganzen Tag barfuß gelaufen, über Kiesel, Schotter und splittriges Holz.

Neben mir liegt Gi Dong, ein Junge aus der Mongolei. Er lächelt mich an. Auch er scheint heute keine Lust auf die Baustelle zu haben. Er schlägt mir vor, hundert Yuan in einer halben Stunde zu verdienen, wenn ich ihm folgte. Ich blicke ihn fragend an. Er beugt seinen Arm und ballt seine Finger zur Faust. Ich verstehe.

An diesem Tag ist es spürbar kälter geworden. Ich brauche ein paar Schuhe und eine wärmere Jacke.

Im Krankenhaus nimmt man uns zunächst eine kleine Probe ab, um unser Blut auf mögliche Krankheiten zu untersuchen. Dann liege ich auf der speckigen Pritsche, spüre die Kanüle im Arm und sehe Tropfen für Tropfen das Blut aus mir heraussickern.

Wir bekommen eine Scheibe Brot und Tee und unser Geld und dürfen noch eine halbe Stunde im Wartesaal sitzen bleiben. Ich fühle mich ein wenig schwindlig. Doch scheint es mir leicht verdientes Geld zu sein. Klar, daß wir nach diesem Aderlaß erst mal nicht auf die Baustelle zurückkehren.

Wir gehen zum Kaufhaus *Irdische Harmonie*. Dort kaufe ich mir ein Paar billiger Schuhe und eine gefütterte Jacke. Der Platz vor dem Kaufhaus ist leer. Ohne Godzilla und seine Gang hat Nanking sein größtes Geheimnis für mich verloren. Ihre Körper beschwörten und schufen wirklich, was Worte und Zeichen uns nur vorspiegeln. Wo habe ich hier sonst diesen Rausch, diese Wildheit, diese Verführung, diese Verletzungen und diesen Schmerz gefunden? Sie sind die einzigen Dämonen der Maßlosigkeit, denen ich in Nanking bisher begegnet bin.

An ihnen konnte ich erleben, wie man Fenster öffnet, frische Luft in stickige Zimmer läßt und wie man die Zauberflöte auf elektronischen Instrumenten spielt: Meteoritenschwärme, Stahlschwalben, vergiftete Pfeilspitzen, Neonrasseln, Schneelicht.

Und nun die in keiner Weise erlösende Leere, wobei »Leere« durchaus einen Seelenzustand meint, denn nach wie vor herrscht ein von zwei uniformierten Sicherheitsleuten aufmerksam observiertes Kommen und Gehen, fahren die laubgrünen Taxis im Sekundentakt vor, hupen bei der Ankunft und bei der Abfahrt, so daß auf der äußeren Haut der Sinne weiter eingetrommelt wird, als sei die empfundene Leere nur der nötige Resonanzraum für den geschäftigen Wirbel der Stadt.

Auch wenn das Gespräch mit ihnen immer wieder stockte und über ihre Liebe zum Tanz und zu Amerika nicht recht hinausgelangte, hat allein die gemeinsam verbrachte Zeit uns einander nahegebracht. Mit anderen leben bedeutet, diese anderen werden zu meinem eigenen erweiterten Körper.

Nun kommt einer der Wachmänner auf mich zu und gibt mir ein Zeichen, mich zu erheben und dem Kundenstrom nicht weiter im Weg zu sitzen. Offenbar regt meine buddhistische Unbeweglichkeit nicht gerade die Kauflust an.

Endlich hat auch Gi Dong seine Einkäufe erledigt. Er führt mich zu einer alten Frau in der Gasse hinter dem Parkhaus. In dem einen Arm hält sie einen Korb mit belegten Broten, unter dem anderen einen blauen Sturzhelm. Gi Dong kauft zwei der Fleischbrötchen und reicht mir das eine. Er fordert mich auf, es mir schmecken zu lassen. Hundefleisch sei blutbildend und stärke die Manneskraft! – Mir ist, als äße ich das Fleisch eines guten Freundes.

Nach dem Festmahl verabschiedet er sich von mir. Leider hätte ich mein Geld ja schon ausgegeben, sonst würde er mich mitnehmen, versichert er mir augenzwinkernd. Ich wisse schon wohin! – Er läßt mich allein in der schäbigen Gasse zurück.

Ein großer zweirädriger Karren, vollbeladen mit einem Berg von Schnecken, einem Berg von zerbrechlichem Perlmutt und zähem Schleim, vom Händler immer wieder mit abgestandenem Wasser beregnet strecken sie arglos ihre weichen Köpfe mit den staubgefäßzarten Antennen hervor. Nicht eine einzige läßt sich vom Karren fallen und macht sich davon, oder versucht es wenigstens, selbst dann nicht, wenn der Händler, ein Mann mit so starken Brillengläsern, daß seine Augen in das dicke Glas hineingeschmolzen scheinen, mit der gußeisernen Schaufel grob in den verletzlichen Haufen fährt, die Artgenossen pfundweise in altes Zeitungspapier schüttet und zu engen, erstickenden Päckchen einfaltet.

Nur die Fliegen, die gerade noch gierig auf den schleimfeuchten Chitinhäuschen gesessen haben, stieben rechtzeitig auf, ehe die schwarzgrauen Papierschöße über dem ahnungslosen Gewimmel zusammenschlagen.

Dann höre ich, wie in einer weitausholenden Geste Tee in eine Porzellanschale gegossen wird, danach das vokallose, aber ofenwarme Brechen von Brot, schließlich ein Geräusch, das mir das Blut in den Adern gefrieren läßt, der kleine Junge, der von der mannshohen Mauer springt, in die Arme seines Vaters, ein helltönender Leib, der auf einen größeren dunklen trifft.

Das Wetter totenstill und kellerig. Ein milchiger Dunst ohne Färbekraft. Die vier Enden des Marktes falten sich zu einem engen Zimmer zusammen.

Schwerer als an die Zukunft fiel mir immer, an die Vergangenheit zu glauben. Schon das Gestern erscheint mir vollkommen erdichtet oder erlogen.

Im Grunde ist die Sache doch ganz einfach: Wenn man jemanden nicht liebt, dann bleibt er. Und wenn man jemanden liebt, so läuft er einem davon. So oder so endet die Geschichte tragisch.

Ich suche das Haus deines Freundes auf, in dem du Zuflucht gesucht hast. Er schüttelt mir fest die Hand und nennt mich »Mein Lieber!«, als wolle er mir kondolieren. Der Händedruck hätte bereits genügt, deinen emphatischen Kunsthistoriker aus tiefster Seele zu hassen.

Er läßt uns alleine. Doch das Eis zwischen uns will nicht tauen. Wie geht es dir? Ich antworte: Ein wenig müde, aber – Du lächelst und hörst mit ernstem Gesicht zu.

Auch deine Fehler, Miriam, gehören zu deiner Schönheit. Die Geste, mit der du deine Hand auf meinen Mund legst, wenn ich von meiner Liebe zu dir sprechen will, ein Fehler?

Wir sitzen so nah beieinander, daß ich eigentlich deine Wärme spüren müßte. Doch spüre ich nur dein Kopfschütteln: Warum tust du so? Was willst du eigentlich vor mir verbergen?

Statt dessen fragst du: Und, gibt es irgendwelche Neuigkeiten?

Ich schüttle den Kopf. Rein zufällig berühren sich unsere Hände, aber ich ziehe meine sofort zurück. Wir tragen unsere

Ringe, und zugleich denke ich: Wer bist du eigentlich? Nicht einmal dein Name klingt mir noch vertraut.

Miriam, flüstere ich, und denke dabei an ein fernes hügeliges Land am Meer. Die Salzsteppe geht unvermittelt in die Brandung über, und die Luft flimmert über dem muschelweißen Sand wie im Fieber.

Pastor Barmer sagt, Titus hätte dich an jenem Abend angerufen, damit du ihn abholst.

War ich denn nicht noch in Florenz?

Er hat hier angerufen, bei deinem Freund Rothacker. Es hat in Strömen geregnet. Erinnerst du dich nicht? Pastor Barmer hat die Wiederholungstaste gedrückt, um nachzufragen, ob der Junge gut heimgekommen sei.

Alles in Ordnung, ihr Lieben? – Pierre Rothacker kommt mit einer Flasche Wein in die Küche. Er holt drei Gläser aus dem Schrank, sucht einen Korkenzieher und sagt, während er die Flasche öffnet: Wir wissen im Augenblick kaum mehr, als in der Zeitung stand. Aber da wir nun schon einmal das Glück haben, Sie, verehrter Kollege, bei uns zu Gast zu haben, können Sie unsere Kenntnis sicher auf den neuesten Stand der Ermittlungen bringen, nicht wahr?

Ich fühle, wie ich aschfahl werde. Wage mich sekundenlang nicht zu rühren, weil ich sonst möglicherweise nicht mehr Herr meiner Bewegungen wäre.

Ihr möchtet doch auch ein Glas Wein? fragt er, und gießt unsere Gläser halbvoll, ohne eine Antwort abzuwarten. Ein trockener Roter, den wir aus der Toskana mitgebracht haben, fügt er hinzu, aber leider die letzte Flasche.

Ich erhebe mich stumm, ohne Miriam oder ihn noch einmal anzusehen, nehme meinen Mantel von der Stuhllehne und gehe zur Tür.

Sie wollen doch nicht schon gehen, mein Lieber! – Rothacker legt den großen kurzhaarigen Terrierkopf ein wenig auf die Seite. Das soll freundlich wirken, und auch seine Stimme ist um einen fürsorglichen Ton bemüht. Lassen Sie mich wenigstens ein Taxi für Sie rufen, lieber Kollege! Es regnet doch Kröten und Frösche!

Ein junges, kaum vierzehnjähriges Mädchen reißt stürmisch dir Tür von außen auf und prallt mit mir zusammen.

Solltest du nicht längst im Bett sein, Kleines? – Das ist meine Tochter Eve, Herr Professor. Eve, das ist Professor Holz, Miriams Mann.

Eve nimmt meine Hand, ehe ich sie fortziehen kann, und mustert interessiert mein Gesicht.

Von ihren rotblonden Wimpern und den feinen goldenen Härchen auf den Ohrmuscheln geht ein feines warmes Leuchten aus.

Mein Herz schlägt heftig, mein Mund murmelt einen kurzen Gruß, mein brennender Körper schiebt sich hölzern an dem Mädchen vorbei durch die offene Tür.

Jenseits der Schwelle drehe ich mich noch einmal zu Rothacker um: Wieso nehmen Sie an, daß ich über Titus' Verschwinden mehr weiß als Miriam oder Sie?

Er läßt sich durch meine Frage nicht aus der Fassung bringen, wechselt einen fast mitleidigen Blick mit dir, Miriam, und antwortet mir ernst: War denn das nicht der Grund Ihres Besuches, mein Lieber?

LXI

Zwei Tage später gehen Gi Dong und ich wieder in ein Krankenhaus, diesmal in eines im Westen der Stadt, denn die vorgeschriebene Erholungspause ist noch nicht abgelaufen. Aber wir haben beide keine Lust auf das Schleppen von Zementeimern, und inzwischen hat auch Gi Dong sein Geld verbraucht.

Den Schwestern ist unsere Blässe egal. Die meisten Spender hier sehen ausgehungert und bedürftig aus. Solange das Blut in Ordnung ist, wird es abgezapft, mag es auch der letzte Tropfen sein.

Nach einer halben Stunde hat das Schwindelgefühl immer noch nicht nachgelassen. Gi Dong will nicht länger warten. Er verabschiedet sich von mir. Wahrscheinlich hat er einfach keine Lust, den Krankenpfleger zu spielen. Er ist noch jung, könnte mein Sohn sein. Ich verstehe ihn gut.

Nachdem Gi Dong gegangen ist, setzt sich ein etwa vierzigjähriger Mann in zerschlissener Polizeiuniform zu mir. So, wie ich aussähe, würde kein staatliches Krankenhaus mehr Blut von mir annehmen, sagt er freundlich. Aber er wüßte ein paar gute Adressen, falls ich mal in Verlegenheit sei. Ich könne ihn jeden Morgen vor dem West-Hospital treffen. Dann würde er mir weiterhelfen.

So also sieht ein Blutdealer aus. Ich nicke ihm müde zu. Am Ende wird er mir wahrscheinlich seine Mittlerdienste für meine ausgebluteten Organe anbieten. Nieren, Netzhaut, Knochenmark, selbst mein Kadaver ist noch etwas wert!

Am Abend esse ich mich richtig satt. Eine halbe Stunde später übergebe ich mich. Ich kehre nicht in die Wanderarbeiterbaracke zurück, sondern miete mir mit dem Rest meines Blutlohns für die Nacht ein billiges Zimmer im Norden, in der Nähe des neuen Hauptbahnhofs.

Eigentlich wollte ich vor allem einmal wieder richtig baden. Doch in der ganzen Absteige gibt es kein warmes Wasser, und selbst das kalte Wasser tröpfelt nur aus einer einzigen Dusche auf dem Gang.

Während ich vor dem zerbrochenen Spiegel im Waschraum mit einem stumpfen Einwegrasierer über meine Bartstoppeln schabe, kommen und gehen halbnackte Männer in ihren urinfleckigen Unterhosen und verrichten ihre Notdurft in dem türlosen Abort hinter mir. Ungeniert starren sie mich durch den Spiegel an, während sie sich mit knittrigem Zeitungspapier den Hintern säubern.

DIE FÜNF SINNE CHINAS (V)

SEHEN Bis in Hüfthöhe schwarzgeteerte Mauern und Tore, um sie vor ätzenden Urinspritzern zu schützen

Die im Schritt aufgeschlitzten Höschen der Kleinkinder, aus denen das Gliedchen und das Hodensäckchen baumeln

Die ausgewaschenen Farben am Tage; erst mit Einbruch der Nacht gewinnt die Wahrnehmung an Tönen

Der aufgehende Mond am sternenlosen Himmel, grau wie ein Schönheitspflästerchen am fahlgelben, schweißglänzenden Firmament

HÖREN Das Zerplatzen der Kaugummis; die stumpfe weiße Gummihaut auf den kirschroten Lippen, über die nikotingelbe Schneidezähne schaben

Jesus Christ Superstar in der Karaoke-Fassung

SCHMECKEN Eingemachte Lychees, die nach luftgepolsterten Turnschuhen schmecken

Angebrütete Hühnereier mit schon entwickelten Embryonen, weichgekocht und in scharfer Essig-Senfsauce eingelegt

FÜHLEN Gliedversteifung durch aschegraues Nashorn- und Haifischflossenpuder

GLEICHGEWICHT Das schlichte chinesische Zeichen he, *und*, das auch *Frieden, Harmonie* bedeutet: Musik *und* Gestank. Kloster *und* Rhinozeros. Büßer *und* Fernsprecher. Stille *und* Propaganda. Schorf *und* Flügel. Adonis *und* Filzhut. Sand *und* Heuchelei.

Ein Regentag. Seit meinem Besuch bei Lu Lianming – wie lange ist das nun her? – betrete ich zum erstenmal wieder einen Buchladen. Früher mußten mich dafür nicht erst teerdicke Tropfen von der Straße vertreiben.

Der Buchhändler ist ein älterer Mann mit noch brombeerschwarzem Haar und einem blassen, menschenscheuen Mund, der von Schwermut und Intelligenz zeugt. Im Gegensatz zu seinem grauen Anzug stehen die alten braunen Gummisandalen an seinen kleinen weißen Füßen.

Er blickt nur kurz auf und vertieft sich dann wieder in sein Buch. So muß es sein in einem Buchladen! Die guten Bücher brauchen den Verkäufer nicht. Sie wollen vom Leser selbst gefunden werden.

Bevor ich schaue, atme ich gierig wie ein jugendlicher Klebstoffschnüffler den Geruch nach Leim und Papier ein. Dann erst nehme ich das erste Buch in die Hand, spüre sein Gewicht, den rauhen Umschlag, die Hingabe, mit der es sich mir öffnet.

Der hilflose Dichter. Oder heißt es *Das hilflose Kind*? Mit den Fingern fahre ich die Linien entlang, in der Hoffnung, daß mein gestisches Gedächtnis sich genauer erinnert als mein Gesichtssinn. Haben wir so, in meiner Kindheit, nicht auch die vergleichsweise wenigen Zeichen unserer Schrift eingeübt: durch endloses Nachzeichnen?

In Wolfers *Vita Godehardi* finde ich einen ersten bestürzenden Hinweis: Als Godehard zum Sterben kam, bestimmte er einen Jüngling, *pictoriae artis opificem,* ihn zu begleiten, der dann mit Todesfreude und laut singend dem Alten im Sterben folgte.

Dann stoße ich auf weitere, ähnliche Bräuche, bei den Ewe in Togo zum Beispiel, wo alte, ehrwürdige Männer, gleichgültig ob Christen oder Heiden, ihren Tod immer auf geheimnisvolle Weise mit dem gleichzeitigen Tod eines Jünglings verbinden.

Mit seinen Bewohnern habe ich mein Haus verloren, auch wenn Heimkehr aus Gewohnheit immer noch Rückkehr in dieses Haus bedeutete. Trotzdem habe ich verlernt, überall dort daheim zu sein, wo man mich in Ruhe läßt.

Die Stille, die Stummheit der Bücher, die mürrische Mißachtung des Buchhändlers, plötzlich deprimiert mich dieser Ort. Dann lieber hinaus in den Regen. In die Brandung der überfüllten Omnibusse, die Erschütterungen der Planierraupen, die Unsinnlichkeit des Zuviel von allem.

Lautlos, als liefe ich über Filz, gehe ich über die kohlefarbenen Flocken. Reste niedriger grauer Ziegelhäuser wie aus rauher Pappe, dann ein betongrauer Ring von Plattenbauten, und aus diesem grauen Schutt häßliche Stahl- und Glasstelen, die sich in den niedrighängenden Aschehimmel bohren. Die Stille und Einsamkeit riesiger leerer Plätze, über die der feuchte rußige Seewind fegt.

Schwäche ist das beste Heilmittel gegen den Tod. Sie macht mich durchlässig für ein Mehr an Wahrnehmung. Ich bin voller neuer Zuversicht: Große ungeheure Tiere ziehen kopfnikkend über den Filz meiner Schwindsucht.

Wiederholung, Enttäuschung, grenzenlose Tristesse. Aber ein Land, das mich nicht enttäuscht, kann mich nichts lehren.

Am frühen Morgen ein Anruf aus dem Klinikum: Miriam sei mit Vergiftungssymptomen eingeliefert worden.

Sie sitzt, ganz nackt unter dem Krankenhauskittel, im Bett mit riesig geweiteten Pupillen und zuckt zusammen und redet völlig irre, als sie mich in ihrem Zimmer entdeckt. Doch scheint sie mich nicht wirklich zu erkennen. Ich umklammere ihre Hände, sie sieht wunderschön aus, dann lacht sie schrill und fürchterlich und schreit: Der Himmel stürzt ein! und plötzlich, ganz leise, doch klar: Ach, es war so wohltuend zu sterben.

Der Arzt kommt und sagt, es sei eine schwere Vergiftung, auch wenn man noch nicht genau wisse, um welches Gift es sich handle: Ihre Frau behauptet, sie hätte am Abend nur ein Glas Wein getrunken.

Ja, trockenen italienischen Rotwein.

Die Symptome gleichen eher denen der Belladonna oder Tollkirsche.

Tollkirschen mitten im Winter?

Sie fühlt keinen Schmerz, fährt er fort, als wäre Miriam gar nicht anwesend oder immer noch bewußtlos. Die Qualen sind vor allem seelischer Natur, und ihre Frau trägt sie tapfer wie eine Indianerin. Trotzdem werden wir sie noch ein paar Tage hier behalten müssen.

Ich bleibe an ihrem Bett sitzen, bis Rothacker auftaucht, mit einem Strauß von neununddreißig Rosen, für jedes Lebensjahr eine. Die Schwester wirft einen mißbilligenden, vielleicht auch eifersüchtigen Blick auf diese beiden nicht mehr jungen, aber immer noch sportlichen Akademiker, die einander die Klinke in die Hand geben. Wer ist der eine, wer der andere, wie Brüder sehen sie nicht aus, und alle Aufmerksamkeit für so eine Frau ohne Prinzipien, Anstand und Takt!

Einen Augenblick denke ich, warum bin ich nicht wie er, Pierre Rothacker? Es wundert mich nicht, daß Miriam in ihrer Not bei ihm Zuflucht gesucht hat. Er wirkt mutiger, ruhiger, großzügiger und durch nichts zu beirren, während ich bereits Mühe habe, mich in mir selbst zurecht zu finden, ganz zu schweigen von den Seelen anderer.

Ich frage die mürrische Schwester nach ihrer Telefonnummer, damit ich mich zwischendurch nach dem Befinden meiner Frau erkundigen könne. Sie schaut mich mißtrauisch an und kritzelt dann die Durchwahl zur Station auf ihren Medikamentenblock: Fragen Sie nach Schwester Irene!

Als sei hier selbst die Luft krank, kommt mir Rothacker auf den Flur nach, legt mir freundschaftlich die fleischigen Hände auf die Schulter und sagt: Mein Lieber, vielleicht sollten Sie sich einmal aussprechen!

Danke, mein Lieber. Sie sind zu gütig! Aber ich glaube kaum, daß Sie den Kübel meiner tieferen Gedanken über sich ausgegossen finden wollen.

Wir leben, weil wir uns irren. Ohne Irrtum wären wir Einzeller, Amöben, Kieselalgen.

Ich stehe in ihrem Zimmer. Es ist leer, selbst der Spiegel, der mein Bild zurückwerfen müßte, und ihr Bett, in das ich sie träume. Ich lasse das Licht gelöscht, damit es warm und weich auf ihre Hände, ihr Gesicht fällt, und ich unsichtbar im Schatten bleibe, hinter ihr, um sie nicht zu erschrecken.

Ich habe das Gefühl, sie blickt mich aus dem Spiegel heraus an. Zumindest blickt sie in die Richtung, wo ich im Dunkeln verborgen stehe. Dann schüttelt sie zweifelnd den Kopf und schließt die Augen.

Das Andere, Fremde wird bald auf dieser Erde, sei es auf Reisen, sei es in der Lektüre, nicht mehr zu finden sein. Jeder exotische Winkel wird durch unsere unersättliche Neugier oder Gleichmacherei verschwinden. Dann wird das Andere, Fremde nur noch unser eigener Tod sein, unsere unausweichliche Reise zur letzten Grenze, an der bisher noch alle gewaltsamen Öffnungs- und Eroberungsversuche gescheitert sind.

Alles Nachdenken darüber erscheint mir wie ein Schreiben mit Wasser aufs Wasser.

Der erste Verlust ist der Verlust von Farben. Der letzte das Empfinden des Schmerzes. Läßt sich daraus eine Hierarchie unserer Wahrnehmung ableiten?

Die glatten, narben- und faltenlosen Gesichter, die mir das Schauen verleiden. Dann lieber die von Unfreundlichkeit, Trunksucht und Verlebtheit gezeichneten Gesichter meiner Heimat.

Unfreundliche Worte auch hier, trotz der blaßzarten Kindergesichter.

Wo ist der Gott, der mir einen Blankoscheck ausstellt und sagt: Geh, zieh dich eine Weile von der Welt zurück, und bring mir dafür etwas Schönes mit! – Diesen großzügigen Mäzen finde ich weder in der Wissenschaft, noch in der Religion.

Welcher Disziplin gehört das Denken an?

Das einzig Gute an der Häßlichkeit des heutigen Chinas ist, daß es eine Sehnsucht nach dem vergangenen bis zu einem körperlich spürbaren Schmerz anwachsen läßt.

54 *Jahrtausendelang bestand die Hauptaufgabe für chinesische Philosophen darin, über die Beziehung zwischen Himmel und Mensch nachzudenken. Shao Yong sagt, niemand könne als Gelehrter gelten, der nicht das Verhältnis zwischen Himmel und Mensch untersucht habe.*

*Das Schriftzeichen für Himmel (***tian***) besteht aus dem Zeichen für Einheit (***yi***) und groß (***da***) und gleicht einem breitbeinig dastehenden Menschen. Mensch, Himmel, große Einheit. Die ganze Philosophie des* **tian ren he yi***, der Einheit von Himmel und Mensch, ist in diesem einen Zeichen bereits enthalten.*

Daß der Himmel existiert, verdankt er dem Menschen. Seine Materie ist unser Atem von Heiterkeit und Zorn, und seine Klarheit und Hitze ist unser Bewußtsein von Trauer und Freude. Sind wir das Eingeatmete, ist er das Ausgeatmete.

Himmel und Erde, lehrt Zhuang Zi, ein Zeitgenosse Platons, entstehen mit mir zugleich, und alle Dinge sind mit mir eins.

Wem erzähle ich das? Dem Papier. Sterbe ich, sterben mit mir Himmel und Erde.

Im Chinesischen gibt es keinen (grammatikalischen) Unterschied zwischen Verben und Substantiven. Dinge sind Handlungen, Handlungen sind Werke. Alles, was (da) ist, ist Wandlung.

Das Wort **xing** *bedeutet sowohl* **einen Weg gehen***, als auch* **der gegangene Weg***. Das Vollbrachte ist innerhalb dieser Verständnisweite nie abgeschlossen.*

Wenn wir Wittgensteins Gedanken folgen, die Grenzen unserer Sprache markierten die Grenzen unserer Welt, dann wären unsere Konzepte von der Begrenztheit menschlichen Lebens und der Absolutheit unseres Todes vor allem durch unsere Sprache begrenzt. Wie können wir denken, wofür es in unserer Sprache keine Worte, keine grammatikalischen Formen gibt?

Doch was sich in meiner Sprache als undenkbar, als (Sprach-)Unmöglichkeit erweist, stellt sich in einer anderen Sprache als selbstverständlich, als Denk- und Sprachvoraussetzung dar.

Welche Sprache spricht der Tod?

LXII

Ich wünschte, mein neues Ich verführe weniger streng mit meinem alten und zeigte mehr Verständnis für den melancholischen und desillusionierten Mann, der ich einmal war. Selbst wenn der Vorwurf gerechtfertigt wäre, daß mein altes Ich bereits sein ganzes Ehe- und Familienleben hindurch ein Einzelgänger war und folglich nur zu Recht von seiner wahren Natur eingeholt worden sei, stünde dem strengen Richter ein Mehr an abgeklärter Milde nicht schlecht zu Gesicht. Soviel Strenge in der Selbstverurteilung macht ja eher verdächtig. Wer mit vierzig die Menschen nicht zu lieben beginnt, war niemals zuvor ein wahrer Misanthrop.

Die neue Milde: Spätes Aufstehen, flüchtiges Rasieren, Unvorsichtigkeit beim Überqueren der Straße, Horror vor jedem unnützen Gepäck, Desinteresse an den neuesten Nachrichten, Freundlichkeit bis zur Idiotie allen Gaunern und Halsabschneidern gegenüber.

Einsamkeit, plötzlich erscheint sie mir als äußerste Form des Egoismus. In den seltensten Fällen ein unausweichliches Schicksal, in den weitaus meisten selbst verschuldet oder sogar gewählt. Und ich spüre das wachsende Mißtrauen allen gegenüber, die ihre Einsamkeit beklagen. Mißtrauen vor allem mir selbst gegenüber.

Der Fluch der Einsamkeit besteht darin, daß sie dem Glück so ähnlich sieht wie der Essig dem Wein. Und der Einsame geizt mit diesem sauer gewordenen Glück, als könne der Gärungsprozeß sich jederzeit wieder umkehren.

Der Glückliche sagt: Ich brauche nichts! Der Einsame hingegen klagt: Ich bekomme nichts! Also bekommt ihr auch nichts von mir!

Als Kind wurde ich ruhig und gelassen wie ein alter indianischer Medizinmann, wenn es zu spät war zur Flucht. Ich sollte mehr lernen von dem Kind, das ich einmal war.

Nach dem warmen Regen bricht die blasse Sonne durch. Aus dem dampfenden Asphalt steigen Erinnerungen auf, und der Teer- und Kotgeruch exhumiert weitere, längst vergessen geglaubte.

August in Paris, die Freiheit nach dreizehn Jahren Schule, ein kurzer Sommer der Anarchie, das *Hôtel des Martyres,* eine stickige Mansarde mit Bidet, meine erste reale Begegnung mit diesem Objet trouvé, das mir bisher nur in alten französischen Filmen als eine Art Initiationsutensil für ihrer Unschuld überdrüssige Heranwachsende begegnet war, eine Geranientapete, die ich hassen lerne, als ich drei Tage mit Fieber im Bett liege, die Joan Baez im lamabraunen Alpakaponcho auf den Stufen zu Sacre Cœur, die jenes Fieber in mir ausgelöst hat, die verzweifelten Stunden auf schattenlosen südfranzösischen Landstraßen, auf denen ich vergeblich vor jedem Citroënfahrer in die Knie gehe, mich wenigstens bis ins nächste Dorf mitzunehmen, die Ausfahrten Avignon, Montpellier, Nizza, Cannes, Kreuzwegstationen, die ihr Golgatha am Strand von Saint-Tropez finden, als ich mit zwei Leidensgefährten vom Wasserwerfer der lokalen Gendarmerie am frühen Morgen vom Strand ins Meer gespült werde, schlaftrunken, ungewarnt, mitsamt unseren Wolldecken und Rucksäcken, nicht aus Bosheit, sondern aus Gründen der Hygiene, um den kostbaren Sand rechtzeitig für die Hotelgäste von uns jugendlichen Schmarotzern zu reinigen.

Waren es diese Rucksackreisen, die uns dann entweder zu stolzen Berufssoldaten oder zu nicht weniger stolzen Berufsdemonstranten werden ließen?

In einer Seitenstraße, nicht weit vom Hauptbahnhof entfernt, wo am Vormittag trotz des Regens noch eine Art wilder Flohmarkt stattfand, stoße ich nun auf eine zurückgelassene Halde alter Schuhe, in der ein Rudel Straßenköter vergeblich nach Freßbarem wühlt.

Immer noch sind es Menschenmengen, die mich reizbar, ja wütend machen, müßige Schlenderer oder unberechenbare Spaziergänger, Menschen, die mitten auf dem Weg stehenbleiben, unvermittelt, sich die Schuhe neu binden oder plötzlich entdecken, hier am falschen Ort zu sein, und meinen Rhythmus stören, mich ebenfalls anzuhalten oder meine Richtung zu ändern zwingen.

Nach deinem Verschwinden, Titus, und nach deinem, so hoffe ich unvernünftigerweise noch, vorübergehenden Auszug, Miriam, kann mein Leben nicht mehr weitergehen wie davor. Ich muß Leipzig für eine Weile verlassen. Und die Universität zeigt großes Verständnis für diesen Wunsch und gewährt mir rasch und unbürokratisch ein Sabbatjahr.

Ich verschwinde aus Deutschland, ohne jemandem mitzuteilen, wohin die Reise gehen oder wie lange sie dauern soll. Ich weiß es selbst noch nicht. Ich suche einen Ort, den es kaum noch gibt auf der Welt, einen Ort ohne Fernverbindungen, einen Ort, an dem ich vollkommen unerreichbar bin, eine Wüste ohne Telefon oder Poststation, einen Dschungel ohne Internetcafés und Satellitenschüsseln. Ich entscheide mich für das Herz der Finsternis und buche einen Flug via Brüssel nach Kinshasa, dem ehemaligen Léopoldville.

Natürlich gibt es in dieser Millionenstadt am unteren Kongo neben einer geradezu obszönen Armut alle denkbaren Verbindungen mit dem Rest der Welt. Aber Kinshasa ist nur die erste Station meiner Flucht, eine Art falscher Fährte, um mein wahres Ziel zu verbergen. Ich will, auch vor mir selbst, *verschwinden*!

Aber für ein vollständiges Verschwinden braucht es mehr Einsicht und Mut, als mir in jenen Tagen zur Verfügung steht. Vor allem bedarf es dazu keiner weiten Flüge. Statt Einsicht blanker Leichtsinn: Bin weder gegen Gelbsucht oder Hepatitis geimpft, noch mit Medikamenten gegen Malaria ausgerüstet. Nicht einmal eine Reisekrankenversicherung habe ich abgeschlossen. Warum auch, sollen mich doch die Schlafkrankheit oder das Ebolafieber erwischen! Innerlich verbluten, bei lebendigem Leib zerfallen, verwesen!

Eine mörderische Hitze empfängt mich in Kinshasa. Selbst der nahe Strom kühlt nicht, sondern lädt die Luft zu einem mit Auto- und Industrieabgasen gesättigten Säuredampfbad auf. Ich vermag kaum zu atmen, ohne daß mir die heiße saure Luft die Schleimhäute verätzt. Aber so habe ich es gewollt: So muß sich die Hölle anfühlen!

Ich bleibe nicht lange in der Hauptstadt. Ich schaue mir dort nichts an und verlasse das Hotel nur, um in einem benachbarten Restaurant zu essen.

Ich miete mir einen Wagen, obwohl man mich warnt, allein zu reisen. Für den alten Renault bezahle ich das Dreifache von dem, was ich in Paris hätte zahlen müssen. Vielleicht ahnt der Autovermieter ja, daß er seinen Wagen nie wieder sehen wird.

Es ist Anfang November, also Hochsommer hier, südlich des Äquators, und Beginn der Regenzeit. Von »Straßen« kann gar keine Rede sein. Ich brauche eine Woche über die aufgeweichten Pisten bis Bandundu, schlafe im Wagen und lebe von den mitgebrachten Vorräten.

Immer noch inmitten der Zivilisation, eine Provinzstadt mit einem Flußhafen am Kwango, einem kleinen Flugplatz, billigen Hotels und *Taxiphones*. Es genügt nicht, sich eine Woche nicht zu waschen und zu rasieren, um in die Nacht der ersten Zeitalter zurückzukehren.

Kaum habe ich eine Unterkunft gefunden, geduscht und mich auf meinem Hotelzimmer eingeschlossen, wird mir schmerzhaft bewußt, ich habe mich *verrannt*. Conrads Kongo gibt es nicht mehr, hat es vielleicht nie gegeben. Conrads *Herz der Finsternis* ist ein imaginärer Ort, keine Metapher für einen Fleck auf der Landkarte, sondern ein Organ unseres Körpers, graue Gehirnmasse, harziger Hohlmuskel.

Mit nassen Haaren und schweißglänzender Haut liege ich auf der Matratze und lasse den Deckenventilator laufen, drei weißlackierte Metallschwingen, groß wie die Rotorblätter einer DC-3 Dakota.

Die ganze Nacht hindurch regnet es. Aber es kühlt nicht ab. Und am nächsten Tag regnet es weiter, und die rote, aufgeweichte Erde schwitzt, so daß nicht nur Wasser vom Himmel fällt, sondern auch vom Boden aufsteigt.

Ich bleibe bis zum Abend nackt auf der durchnäßten Matratze liegen. Obwohl ich das letzte Mal auf der Herfahrt im Wagen gegessen habe, verspüre ich keinen Hunger. Niemand klopft an meine Tür und stört mich. Es gibt keine Bettwäsche, die ein Zimmermädchen zu straffen, kein Handtuch, das sie zu wechseln hätte.

Ich muß mich zwingen aufzustehen. Durch den dicken Regenvorhang dringt Verkehrslärm und Musik von der Straße in mein Zimmer. Nicht nur meine Haut, alle Oberflächen in diesem Innenraum sind von einem Schwitzwasserfilm überzogen. Das Bettgestell ist braun und schuppig vor Rost, und die dunklen Flecken an den weißgetünchten Wänden und der abblätternden Decke, sind es Inseln der Nässe oder ist es bereits eine Landschaft von Schimmelpilz?

Ich gehe hinunter in die Hotelbar. Ich bin der einzige Europäer, ja vielleicht der einzige Hotelgast hier. Ein dicktropfiger Schauer trommelt auf das Wellblechdach über der Veranda, übertönt selbst den Kongo-Rap, der in Diskothekenlautstärke aus der Hotelküche oder irgendeinem Hinterzimmer in die Bar dringt.

Regennasse Gestalten huschen auf die Terrasse, junge Männer, denen die durchnäßten T-Shirts auf der nackten Haut kleben. Sie bleiben unter dem Wellblechdach stehen, als wollten sie das Ende des Regens abwarten. Einige setzen sich an Nachbartische, bestellen aber nichts. Viele schöne Gesichter sind darunter, schön, weil sie mich nicht anschauen, obwohl doch ich hier der exotische Fremde bin.

Sanfte Gesichter, die eher Melancholie als Ausgelassenheit und Lebensfreude ausstrahlen. Plötzlich gefällt es mir, daß die Menschheit ihre Wurzeln hier in Afrika hat. Ich wüßte keinen Kontinent, dessen Bewohner ich lieber als Vorfahren hätte! Ich kenne die Welt nicht, vor allem kenne ich dieses Land nicht, in dem ich mich bereits zehn Tage aufhalte. Natürlich ist mir der Sinn für intensive Farben, für Rhythmus, für scheue und doch von jeder Gehetztheit freie Bewegungen aufgefallen, aber es ist, als käme ich erst jetzt, an diesem Abend, hier an.

Liegt es daran, daß sich nur Männer in dieser Bar aufhalten? Ihre Gesellschaft erscheint mir weicher, nachgiebiger, weniger maskulin als andernorts, selbst in Asien. Ich meine keine äußerliche Feminität, wie ich sie unter Thailändern oder Balinesen entdeckt habe. Es ist eher eine Nachgiebigkeit der Augen, der Haut. Der Blick perlt nicht an der Oberfläche ab, er hinterläßt eine kleine Delle in der glatten Haut, einen Eindruck im sehnigen Augapfel.

Der Gedanke ist furchtbar, zugleich rührt er mich im tiefsten Innern an: Jeder der jungen Männer hier könnte der Sklave von jedem anderen sein. Ein Wort genügte. Ein Sklave auf Zeit, ein Sklave der Hände, eine Sklavin der Brust, eine des

Herzens. Ich verstehe diesen Gedanken selbst nicht, aber das erste Mal seit Titus' Verschwinden rinnen mir Tränen über das Gesicht.

LXIII

Je mehr Städte anwachsen, um so ähnlicher werden sie einander. Von einer gewissen Größe an machen Lärm, Smog, Chaos und Erschütterung sie ununterscheidbar.

Auch ihre Bewohner werden einander immer ähnlicher, weil der Herzschlag der Stadt sich ihnen aufzwingt. Alles ist zum Rhythmus geworden, ein Flackern, Stottern, Blinken, Blenden, Anschwellen, Stillstehen, was früher ein langsamer ruhiger Fluß war.

Die typischen Orte der Großstadt sind Transiträume, Wartehallen, Schleusen, Schleifen, Kanäle, Leitsysteme, auch sie einander zum Verwechseln ähnlich wie Flugsteige oder Autowaschanlagen. Anstehen, warten, bis man aufgerufen wird, erzwungene Zeit des Nichtstuns bis zum erlösenden Signal, das ist die Paralyse, die unsere Muße abgelöst hat.

Seit zwei Stunden stehe ich vor dem West-Hospital und warte auf den Blutdealer. Als er endlich auftaucht, schaut er mich ernst an und sagt, ich solle noch ein paar Tage warten. Ich bitte ihn um etwas Geld, er schüttelt bedauernd den Kopf. Nun gut, sagt er dann, du hast Glück, ich habe eine Adresse für dich.

Er bringt mich zu einem Haus, nicht weit vom Krankenhaus entfernt. Es scheint eine private Arztpraxis zu sein. Ich habe Mühe, die zwei Stockwerke hinaufzusteigen. Reiß dich zusammen, fährt mich der Vermittler an, sonst wird man dich gleich zurückweisen.

Aber die Frau, die uns die Tür öffnet, schaut mich gar nicht an. Sie drückt dem Dealer ein paar Yuan in die Hand, und sofort verschwindet er mit seiner Provision.

Dann führt sie mich in eine Art Krankenzimmer. Im Bett liegt ein magerer alter Mann. Sie schiebt eine Bahre neben das Bett und fordert mich auf, mich darauf zu legen.

Der Alte schaut mich aufmerksam an. Sind Sie sicher, daß er die richtige Blutgruppe hat? fragt er die Frau.

Selbstverständlich! knurrt die Frau, während sie mir die Kanüle in den Arm sticht. Mir wird schwarz vor Augen, ehe der erste Tropfen Blut geflossen ist.

Bewegen Sie Ihre Faust! fährt sie mich an. Mein Mund ist ausgetrocknet. Noch immer sehe ich nichts als ein körniges Rauschen vor meinen Augen.

Ich will mir die Kanüle aus dem Arm reißen, doch sie spürt meine Absicht und hält mein Handgelenk umklammert. Obwohl es ihr keine Mühe bereitet, meine Arme festzuhalten, fesselt sie beide Handgelenke mit Lederriemen an den Metallrahmen der Bahre.

Die Straßen dunkel, Stromsperre. Nur im Suq der Scherenschleifer brennen noch die Kerzen und Petroleumlampen. Das Wetzen der Schächtmesser für das bevorstehende Opferfest durchschneidet den Stumpf der Schwärze.

Noch spielen die Kinder mit den Tieren, denen ihre Väter in der Frühe die Kehle durchschneiden werden.

Mich vom Opfer berühren lassen, ganz offen für das Ausbluten, die gedämpften Rot- und Blautöne, die dampfenden Kadaver, traumleicht, geflügelt, die kleinen zwinkernden Steinchen, über die das Blut rinnt, bringen jede gerade Linie zum Schwingen. Starre Augen. Lebendiger Stein.

Kinderstimmen, wie Fingerfarbenbilder vor meinem inneren Auge.

Unsere Liebe, Miriam, unser Tun und Lassen, traf sich nie.

Ärzte, die uns am Sterben, und Priester, die uns am Leben hindern. Und niemand empört sich. Niemand, der einfach über unsere Hände streicht, über unsere Augen und unseren Mund und ihnen hilft zu leben, und ihnen hilft zu sterben.

Krähen ziehen ihre Kreise über der Stadt. Selbst die Möwen haben die Müllhalden verlassen und sammeln sich auf den Minaretten. Blutgeruch liegt in der Luft. Das Wetzen der Messer, ein ebenso häßliches Geräusch wie das Zermahlen von Knochen. Die Hunde sind verstummt, in Erwartung und Schrecken über das kommende Massaker. Durch die offenen Rinnsteine im Suq strömt das Blut. Am Ausgang der Stadtkanäle färbt es das Meer rot, dann den Hafen, den Strand. Leckt rostrot an den Fischerbooten und der Mole. Flutet zurück in die Stadt. Auf daß jedes Familienoberhaupt sich in der Kunst des Schächtens übe. Opferfest.

In den Höfen, auf den Dachterrassen, in den Kellern, in jedem Haus wird geschlachtet. Und wer keinen Innenhof oder gekachelten Raum hat, zerrt das Lamm auf die Straße und erfüllt hier, vor den Augen der Söhne, seine Vaterspflicht.

Haben sie im Traum geübt, wie man das Messer richtig führt? Haben sie womöglich Angst vor einem mißlungenen Schnitt, oder Mitleid mit der entsetzten Kreatur, die ihren Hals für den Erstgeborenen hinzuhalten hat?

Sich auflehnen, auch das Ersatzopfer verweigern, nichts und niemanden mehr opfern, und jedem, der ein Opfer verlangt, mißtrauen! Statt dessen sehe ich nur Gehorsam und Mordlust in den Augen blitzen, und die rasche, grausame Geste, die die eigene Unmündigkeit anerkennt.

Am Nachmittag stehen die so rasch gealterten Männer mit fettigen Händen, blutbespritzten Schuhen und verkohlten Fleischfetzen zwischen den Zähnen vor ihren Häusern. Lächelnd reichen sie einander ihre Handgelenke zum Gruß, reiben die unrasierten Wangen aneinander und wünschen sich Frieden.

Am Abend dann, nach dem Festschmaus, Heerscharen Halbwüchsiger, die in das Bordellviertel der Medina drängen, während das Blut der geschächteten Lämmer noch knöcheltief in den Gassen steht, gruppenweise, aneinander Halt suchend, in den dämmrig beleuchteten Fluren alte faltige Puffmütter, zur Abschreckung, zur Mahnung, den eigenen auf so erschrekkende Weise ähnlich, und doch nicht anders als die verlebten Geschäftsfrauen in den Absteigen Nankings, winkende dicklippige Damen, nahezu unbekleidet, spöttisch lächelnd, erschrokkene Kinder, mit Münzgeld in den Taschen, gerade genug, um zu schauen. Wissen die Väter davon? Haben sie es selbst so getrieben, in jungen Jahren, am Abend des Opferfestes?

Als ich erwache, ist es bereits dunkel. Man hat die Bahre auf den Flur geschoben. Obwohl die Riemen gelöst sind, kann ich meine Arme kaum bewegen. Sie fühlen sich taub an, wie Kunststoffprothesen. Mein ganzer Körper wirkt steif und fremd. Trotzdem stehe ich auf und wanke zur Tür.

Auf jedem Absatz muß ich eine Pause machen, um wieder zu Atem zu kommen. Erst als ich die Straße erreiche, wird mir bewußt, daß ich mein Geld noch nicht bekommen habe.

Aber allein der Gedanke, all die Stufen wieder hinaufzusteigen, läßt meine Beine einknicken. Ich hocke mich in den Hauseingang, um mich vor dem eisigen Wind zu schützen. Nicht nur mein Körper, auch mein Verstand ist hölzern und taub. Ohne jede Verzweiflung fragt er: Und wohin jetzt?

V.H. hatte bessere Zeiten gesehen. Mit seiner abgetragenen Kleidung, seinen unruhigen Augen, seinem hageren Gesicht mit den vorstehenden Backenknochen, das ihn so nackt, so verletzlich erscheinen ließ, auch wenn er sich in Bezug auf seine wahren Gefühle äußerst zurückhaltend gab und sich meist freundlich und wohlwollend zeigte, war er eine Art Don Quichotte unter den Geisteswissenschaftlern. In der kurzen Zeit seines Ruhms wurde er von Neidern und Kritikern – ob zu Recht oder Unrecht, sei dahingestellt – kübelweise mit Schmähungen und Häme übergossen, die er mit einem stoischen Lächeln beantwortete: Meine wirklichen Fehler kennen sie offenbar nicht, sonst hätten sie sich nicht an diesen oberflächlichen Mängeln ereifert!

In seiner Kochkunst verriet sich seine wahre Natur am deutlichsten: Eine tiefe Sehnsucht, Neues auszuprobieren, aber das sogleich in Vollendung. Was naturgemäß nicht selten in einem kulinarischen Desaster enden mußte.

Nach einer ganzen Serie privater Fehlschläge hieß es, er arbeite nun als »politischer Agent« in einem fernöstlichen Land, doch auch das mag der Gerüchteküche seiner nie ganz verstummten Neider entsprungen sein.

Ich bin ihm zufällig im September letzten Jahres begegnet und habe ihn zunächst gar nicht wiedererkannt. Aber als einziger Europäer unter einer Handvoll Chinesen ist er mir gleich aufgefallen, und etwas in seinem müden, abgezehrten Gesicht kam mir vertraut vor.

Schließlich erlaube ich mir mit dem Recht des Landsmanns in der Fremde, auf H. zuzugehen und ihn anzusprechen.

Ach ja, der berühmte Kunsthistoriker Rothacker, antwortet er mir nach einem Blick auf meine Karte. Mit Verlaub, ich habe Sie vollkommen anders in Erinnerung, irgendwie größer und mit breiteren Schultern.

Wäre diese merkwürdige Begrüßung nicht von einem melancholischen Lächeln begleitet worden, ich hätte mich sofort zurückgezogen. Aber da sich Bitterkeit und Ironie die Waage halten, setze ich mich auf seine einladende Geste hin an seinen Tisch.

Was treibt Sie in dieses kulturlose Nanking, lieber Rothacker, fragt er mich mit einer Stimme, die sich zum Reden zwingen muß.

Ein Gastvortrag zum Einfluß der klassischen chinesischen Architektur in Deutschland, antworte ich. Wenn Sie mögen, kommen Sie doch zu der kleinen Veranstaltung heute abend, und anschließend gehen wir gemeinsam essen.

Paläste, Tempel, Verwaltungsgebäude, sagt er mit tonloser Stimme, alle strahlen eine Einförmigkeit aus, die jedem Besucher nach dem dritten, vierten Bauwerk das Gefühl geben muß, immer das Gleiche zu sehen.

Ohne ihm direkt zu widersprechen, erkläre ich meinem ehemaligen Kollegen freundlich: Das archaische Modell für die klassische Bauweise ist der Tiegel, Symbol der Lebenserneuerung und der Geborgenheit. Der Tiegel liegt sowohl dem um einen Innenhof herum erbauten Hause, als auch der Architektur ganzer Palast- und Tempelanlagen zu Grunde. Deswegen heißen Innenhöfe bis heute tianjing*: Himmelsbrunnen.*

H. nippt schweigsam an seinem Glas Tee. Ohne auf meine Erläuterungen einzugehen, sagt er unvermittelt: Wußten Sie, daß es im Chinesischen drei etymologisch vollkommen verschiedene Wörter für Haare gibt, je nachdem ob es sich um das Kopf-, das Achsel- oder das Schamhaar handelt?

Sie studieren gerade Chinesisch? frage ich ein wenig irritiert.

Gott bewahre! antwortet H. ernst. Ich bin darauf gestoßen, als mich ein aufgeweckter Bursche im Freibad Mitte fragte, was »Achselhaar« auf Englisch heiße.

Während ich H.s Tee bezahle, steht er vor dem Café und schwatzt mit einem Straßenkehrer, der das erste welke Laub zusammenharkt. Offenbar hat er während seines Aufenthaltes hier tatsächlich einige Brocken Chinesisch gelernt. Auf meine Frage, wie lange er sich schon im Lande aufhalte, erwidert er, das wisse er nicht mehr genau. Die Bindung seines Kalenders habe sich gelöst, und die Blätter seien ihm ausgefallen wie einem Krebskranken die Haare. – Ich wage nicht mehr zu fragen, was er hier treibe, wenn er nicht gerade baden gehe. Und als ich auf die Straße hinaustrete, ist er schon gegangen, grußlos, so daß mir diese ganze Begegnung wie ein bizarrer Traum vorgekommen wäre, hätte der Straßenkehrer nicht mit einer Selbstverständlichkeit auf mich eingeredet, als würde er das begonnene Gespräch mit H. fortsetzen. Vielleicht hat er einfach unsere Gesichter verwechselt. Womöglich sehen wir Europäer uns in den Augen mancher Chinesen so ähnlich wie viele Chinesen in denen mancher Europäer. Von seinem freundlichen Wortschwall indessen verstehe ich keine einzige Silbe.

Dinge, die ich nie empfunden habe
den Wunsch, mit Landsleuten ins Gespräch zu kommen
Schwindel angesichts der Unendlichkeit des Alls
Scham für die Größe meiner Füße
Lust am Rausch, an Katastrophen, an Massenpanik und Partys
Leidenschaft für das Sammeln
Geduld zum Warten
den Reiz lackierter Fingernägel
den Wunsch, ein anderer zu sein
Freundschaft für ein Haustier
die Berufung, die Welt zu verändern
eine besondere Vorliebe für Fleisch
die Notwendigkeit, Kinder in die Welt zu setzen
Ekel vor meinen eigenen körperlichen Ausscheidungen
die Pflicht, Vater und Mutter zu ehren
Bitterkeit, trotz aller meiner Talente immer noch arm zu sein

Am nächsten Morgen verlasse ich zum ersten Mal das Hotel. Jenseits der Hauptstraße enden die Steinhäuser und der Asphalt. Reisig- und Wellblechbaracken säumen ungeordnet die Schlammpisten. Vergeblich suche ich nach Geschäften oder einem Markt. Aber ich finde einen kleinen Teeausschank mit drei, vier Plastikkanistern als Sitzgelegenheit und einem handgemalten Schild mit der Aufschrift CAFÉ DE LA PAIX.

Ich beginne zu schreiben, anders als zuvor, in Leipzig, ungeordnet, sprunghaft, wild. Obwohl ich in diesem Viertel auffallen muß, läßt man mich in Ruhe. Niemand spricht mich an, nicht einmal neugierige Blicke fühle ich auf mich gerichtet.

Wer schreibt, tritt nicht mit anderen in ein Gespräch ein. Hier schreibt man nur aus Notwendigkeit oder aus Gründen der Magie. Die Leute wollen nicht allein sein. Aber wer schreibt, muß allein sein. Das verstehen die Menschen hier und lassen mich in Ruhe.

TUSCHESPUREN X

Gemeinhin halten die Menschen für wahr, was ihnen nützlich
erscheint. Gefährlicher ist die Wahrheit um der Wahrheit willen.
Man sollte seinen Gegner nie bis zur blinden Wut reizen.
So bleibt er berechenbar.
Der Staub des Vergangenen und die Tränen darüber ergeben Morast.
Keine Sache ist so schlecht, daß man sie durch Veränderungen um der
Veränderung willen nicht noch schlechter machen könnte.
Es gibt sichtbare und unsichtbare Hände. Derjenige, dem du gibst,
ist nie derjenige, der dir zurückgibt.
Wir sollten nie vergessen, daß unser Auge die Welt
auf dem Kopf stehend wahrnimmt und unser Gehirn es ist,
das sie auf die Füße stellt.
Wir weinen, um zu vergessen.
Die Welt käme recht gut ohne uns zurecht.
Doch wir nicht ohne die Welt.

Es gibt viele Arten, das Gleiche zu sagen,
so wie es einen einzigen Satz gibt, der alles sagt.

*

Was das Genießen betrifft, so ist es wohl der»Perverse«,
von dem der Analytiker etwas lernen kann.
Das Tragische lebt von der Gewißheit,
das Komische von der Ungewißheit.
Die großen Geschichten werden nicht nur im Tempus der Gegenwart
erzählt, sie erzählen die Gegenwart.
Gute Literatur ist jene, die mir erlaubt, sie auf meine Art zu deuten.
Herausragende Werke deuten mich.
Schönheit ist nur dem zu eigen, der sie versteht,
nicht dem, der sie besitzt.
Zu große Nähe macht uns häßlich.

Am Morgen wache ich mit Gliederschmerzen und leichtem Fieber auf. Wahrscheinlich habe ich mich, nackt und schweißgebadet, unter dem ständig rotierenden Ventilator erkältet. Trotzdem stehe ich auf und gehe hinaus in die dampfenden Straßen.

In der *Pharmarcie du Panthéon* kaufe ich ein Päckchen Aspirin.

Aus allen Häusern und Geschäften dringt Musik auf die Straße, Ali Farka Touré, Mah Damba und die Diven aus Mali, Gainde und Rai. Wir im Norden haben nur den Rhythmus übernommen, und die Masken. Das Fleisch und die Farben sind hier zurückgeblieben.

Inzwischen ist meine Kleidung völlig verdorben. Selbst die Schuhe habe ich mir bei meinem Stadtspaziergang ruiniert. Ich hätte, wie die Einheimischen, barfuß gehen sollen.

Ich trinke einen Tee in der Bar des Hotels. Das als »petit déjeuner« angebotene Baguette schmeckt wie Mörtel. Seit drei Tagen habe ich nichts Vernünftiges mehr gegessen.

Und wieder wimmelt eine unüberschaubare Menschenmenge um mich herum. Aber eigentlich gibt es keinen Grund, mich bedroht zu fühlen. Sie nehmen mich mit erstaunlicher Gleichgültigkeit hin. Es ist eher der Ort, der mich bedrückt, der Mangel an Orientierung, die große Aufmerksamkeit, die jeder einzelne Schritt erfordert, da sich Schlaglöcher, Schwellen und Pfützen abwechseln, Fahrzeuge unerwartet ihre Spur ändern und in die Reihen der Fußgänger drängen und scharfe oder spitze Gegenstände in den Weg ragen; es ist die Unmöglichkeit, sich selbst zu vergessen, die mich so anstrengt.

Hier, so scheint mir, ist den Menschen ihre Sorglosigkeit ins Fleisch geschnitten. Kein Mensch ist ohne Narben. Sie tragen sie wie einen Schmuck.

Ich gehe hinunter zum Fluß. Ein junger Mann wäscht sich in der schlammigen Brühe. Bis zu den Oberschenkeln steht er in dem rotbraunen Wasser. Er blickt mich fragend an. Ich entschuldige mich und will weitergehen. Doch er winkt mir, ich solle warten.

Er watet ans morastige Ufer, nur mit einer fast knielangen Shorts bekleidet, die nun direkt an seiner Haut klebt. Mit einer für mich unerwarteten, für ihn aber selbstverständlichen Geste nimmt er mich an die Hand und führt mich durch die Seen- und Morastlandschaft fast trockenen Fußes zu seiner Hütte, nicht weit von der Badestelle entfernt.

»Hütte« ist vielleicht schon ein Euphemismus für den Bretterverschlag, in dem gerade eine schmale Schaumgummimatratze und ein kleiner Spirituskocher Platz finden. Er macht sich nicht die Mühe, sich etwas überzuziehen. Die Himmel ist bedeckt. Nicht einmal in der Nacht hat es sich abgekühlt.

Aus einem grauen Kanister gießt er Wasser in ein Töpfchen und erhitzt es auf seinem kleinen Öfchen. Er gibt gehäckseltes Grünzeug und Pfefferminzblätter ins kochende Wasser, läßt den Sud eine Weile ziehen und füllt ihn dann in zwei Schalen. Während der ganzen Zeremonie hat er kein Wort gesagt, sondern mich hin und wieder mit einer Mischung aus Besorgnis und Wohlwollen angeblickt. Nun fordert er mich auf zu trinken. Als ich zögere, berührt er mit seinem Handrücken meine Stirn. Ich verstehe. Offenbar soll dieses Gebräu helfen, das Fieber zu senken. Ich wundere mich nur, wie er meine erhöhte Temperatur wahrgenommen hat.

Auf dem Rückweg zum Hotel fühle ich mich ein wenig besser. Auch mein Atem geht leichter.

In der Lobby des Hotels sitzt ein Europäer. Er ist ebenso überrascht wie ich, an diesem Ort einen Weißen zu treffen. Am liebsten wäre ich gleich auf mein Zimmer gegangen, aber er hätte es wohl zu Recht als grob und unhöflich empfunden, hätte ich nicht ein paar Worte mit ihm gewechselt.

Er heiße Hartmut Prinz und arbeite hier in Bandundu für die GTZ, stellt er sich vor. Er betreue ein Projekt zur Trinkwassergewinnung, fügt er hinzu und reicht mir seine Karte. Ich belasse es bei der Nennung meines Namens und der im Allgemeinen jedes weitere Interesse lähmenden Daseinbegründung »Tourist«. Visitenkarten gehörten ohnehin nicht zu meinem Fluchtgepäck.

Aber es scheint, als wolle mein Landsmann auch gar nicht mehr von mir wissen, sondern sei bereits vollauf zufrieden, einen stillen Zuhörer gefunden zu haben. Ich spüre, die wundersame Wirkung des Tees, den der Junge vom Fluß mir aufgebrüht hat, läßt rapide nach. Ich sehne mich nach meinem Matratzenlager. Doch Herr Prinz zeigt sich überaus glücklich über unsere Begegnung. Ein ganz und gar harmloses Gesicht, das nur von diesen Hautunreinheiten zernarbt und gezeichnet ist, eine rein oberflächliche, dekorative Rauheit. Trotz der wohl vierzig Lebensjahre wächst sein Barthaar immer noch ungleichmäßig. Bartschatteninseln schwimmen auf grau und schuppig gewordenen Kinderwangen. Und seine Stimme entspricht dieser entzündeten Sanftheit: modulationsarm, verbindlich, eine Spur zu vertraut, die Worte besonnen, mit spürbarer Parteinahme für die hilfsbedürftigen Menschen hier. – Ich nicke hin und wieder, signalisiere ihm meine uneingeschränkte Zustimmung, und kann mich erst von ihm verabschieden, nachdem ich ihm versprochen habe, dieses anregende Gespräch möglichst bald fortzusetzen.

LXIV

Es schneit. Der Schnee fällt aus einem vertrauten Himmel, wo die Wolken sich an den Wetterhähnen fangen, schwarze Alleebäume sich mit einem königlichen Pelz schmücken und der häßliche Schrott am Straßenrand zu einem eingefrorenen Rudel von Polarwölfen wird. Rotwangige Gesichter leuchten wie Bratäpfel aus den schafswollgefütterten Kapuzen, die Lider mit feinen Eiskristallen bestäubt, die Hände brennend heiß um die hartgepreßten Wurfgeschosse geschlossen. Ist es derselbe Schnee? Die Straße, die ich sehe, riecht anders, nach dem leichten, schmerzhaften Geruch der Kindheit.

Diese Nacht habe ich in einem Tempel verbracht. Seit vielen Jahren befinde ich mich wieder in einem Gotteshaus. Mein Gefühl ist kühl und ohne Rührung. Die Stimmen und Gesichter der Gläubigen wirken wie graugelbe Schatten in der weihrauchmilchigen Atmosphäre der Tempelhalle. Für mich ist sie einfach das, was die Gläubigen sich zutiefst ersehnen: ein Obdach. – In einer wärmeren Nacht hätte ich die Parkbank unter freiem Himmel vorgezogen. Dieser Tempelraum erinnert mich an die eisige Kälte einer Gefängniszelle.

Als ich aus der Tür hinaus ins Freie trete, glaube ich zunächst, noch nicht richtig erwacht zu sein. Vor meinen Augen das seltsame Schauspiel: Da läuft ein Mann rückwärts. Folgt seinem Hinterkopf den schneebedeckten Gehweg entlang, ohne sich auch nur einmal umzuschauen. Und ehe ich die Frage, warum er sich so merkwürdig verhält, zu Ende gedacht habe, sehe ich weitere Passanten, ungeachtet der widrigen Witterungsverhältnisse, der Straßenlampen, Hydranten, Plakatsäulen und verkehrswidrig geparkten Autos, der Verkaufsstände, Postkästen, Müllkörbe und Kothaufen, rückwärts gehen. Und mit der Morgendämmerung tauchen die ersten Radfahrer auf, die rückwärtsgehend ihr Rad neben sich herschieben, und die wenigen Hundebesitzer, die ihre Möpse nicht des wärmenden und potenzanregenden Fleisches wegen hätscheln und mästen, sondern sich an ihrer sprichwörtlichen Anhänglichkeit erfreuen, ihre Rassehunde rückwärts ausführen, nicht ohne freundlich mahnende Worte an die anspruchslosen Gefährten, es ihnen gleich zu tun.

Als ich mich zur Tempelhalle umwende, scheint sich diese rückwärtsgewandte Epidemie selbst in diesen exterritorialen Raum des Glaubens ausgedehnt zu haben. Den Rücken mir zugewandt, kommt ein alter Mönch zur Pforte und fragt mich höflich, ob ich mich etwas erholt hätte. Ich nicke. Wenn ich es nicht eilig hätte, möge ich ihm folgen und noch eine Schale Tee trinken.

Er geht mir rückwärts voran zum Refektorium der Mönche. Schließlich wage ich es doch, ihn zu fragen, ob das Rückwärtsgehen nicht eine eher hinderliche Art der Fortbewegung sei.

Der Alte lächelt mich trotz der Zudringlichkeit meiner Frage freundlich und gelassen an und antwortet ruhig: Nein, im Gegenteil, heute werde im ganzen Land, zumindest von den Gläubigen, der Tag des Rückwärtsgehens gefeiert, eines der ehrwürdigsten und heitersten Feste im buddhistischen Kalender.

Auf meinen eher Spott ausdrückenden Blick fährt er fort: Nichts macht uns empfindlicher für das Woher und Wohin unseres Lebens, als einmal im Jahr einen ganzen Tag auf das zurückzublicken, was wir mit jedem Schritt hinter uns lassen. Wenn wir morgen wieder vorwärts schauen, wird unser Blick ein anderer sein. Versuchen Sie es einfach selbst, und Sie werden diesen Festtag schätzen lernen.

Ich danke ihm für die Erklärung und nehme mir vor, bis morgen den Tempel nicht zu verlassen.

Der Wagen steckt fest. Ich muß aussteigen, Kanäle und Dämme anlegen. Kaum habe ich mir saubere Kleidung angezogen, ist sie schon wieder dreckig, verschwitzt, zerrissen.

Mit meiner Wasserflasche versuche ich, den Schlammsee auszuschöpfen. Das mir zugewiesene Zimmer auf dem Polizeirevier ist flohverseucht und feucht. Ich fliehe aus dem strömenden Regen ins Freie, hocke mich auf die menschenleere Kreuzung und warte das Ende der Nacht ab.

Eine Frau auf einem Eselskarren fährt vorüber, lenkt ihr Gespann zu den Ruinen am Wegrand. Von außen sehe ich nicht viel; sehe ich nur das, auf was mir ein Fenster geöffnet wird. Aber auch in ihrem Haus ist es dunkel.

Als ich die Augen öffne, sitzt Herr Prinz an meinem Bett. Er lächelt aufmunternd: Sie sind sehr krank, Professor Holz. Leider kann ich Ihnen nicht empfehlen, sich in ein hiesiges

Krankenhaus zu begeben. Doch rate ich Ihnen, sich so rasch wie möglich mit einem Rettungsflugzeug nach Deutschland zurückbringen zu lassen. Sie haben doch eine Reisekrankenversicherung abgeschlossen?

Aber ich habe doch noch gar nichts vom Land gesehen!

Ein andermal vielleicht, Herr Professor. Man darf vielleicht gar nicht in diesem Land gewesen sein, um etwas davon gesehen zu haben. Alle, die hier waren, kehren in gewissem Sinne unwissender zurück.

Lassen Sie mich einfach ausruhen. Das einzige, was ich mir wünsche, ist, eine Weile allein zu sein.

Niemand erträgt es hier, jemanden allein zu sehen. Hier kann man nicht allein sein, es sei denn, man verbarrikadiert sich vor den anderen.

Ich denke, dafür wird die Kraft noch reichen.

Wie Sie meinen. Ich werde morgen wieder nach Ihnen sehen. In der Zwischenzeit wird Mamadou, einer meiner Mitarbeiter, Ihnen zur Verfügung stehen. Ich habe ihn im Nachbarzimmer einquartiert. Sie brauchen nur zu rufen.

Trotz des Fiebers ist mein Kopf vollkommen klar. Lungenentzündung, diagnostiziere ich ohne Erschrecken oder Panik meinen Zustand, und zwar jene besonders heimtückische Form, die mich schon einmal in Guatemala heimgesucht hat. Die Symptome sind vertraut: Zunächst ein schleichender Verlauf, der an eine harmlose Erkältung denken läßt, dann plötzlich, wenn es schon fast zu spät ist, hohes Fieber, Schüttelfrost, ausgeprägte Atemnot, auffallende Blässe und eine bläuliche Verfärbung der Lippen und Fingernägel, weil die Lunge nicht mehr genug Sauerstoff aufzunehmen vermag.

Das alles sehe ich mit großer Klarheit, und auch die Ursachen der Entzündung sind mir bewußt: eine versagende Immunabwehr, ein kollabierender Lebenswille. Meine Atmung ist bereits beeinträchtigt, ich hechle wie ein erschöpfter Hund, Mund und Atemwege sind trocken und wund. Ich habe brennenden Durst, bin todmüde, doch darf nicht schlafen, ringe nach Atem wie ein Ertrinkender.

Ich rufe nach Mamadou, damit er mir Tee oder Wasser bringe. Er ist jünger, als ich erwartet habe. Er trägt europäische Kleidung, ein blaues T-Shirt mit dem Emblem von *Bayern München* auf der Brust, eine dunkelblaue Trainingshose und so makellose Sportschuhe, daß er mit ihnen noch keinen Schritt vor die Hoteltür auf Bandundus Schlammstraßen gewagt haben kann.

Er kommt mit einer Thermoskanne Tee, einer Plastikflasche Mineralwasser und einem Dominospiel zurück. Ohne mich zu fragen, ob ich überhaupt zu einem Spiel aufgelegt sei, setzt er sich zu mir aufs Bett und verteilt die schwarzen Steine auf der durchgelegenen Matratze. In all seinen Gesten und seiner ernsten Miene wirkt er so erwachsen, daß er trotz seiner sechzehn oder siebzehn Jahre hier wohl kaum noch als Jugendlicher gilt.

Ich weiß nicht, was Hartmut Prinz ihm von meiner Erkrankung mitgeteilt hat. Mamadou fragt nicht nach, obwohl er sehr gut Französisch spricht. Doch vielleicht ist diese Aufforderung zum Spiel ja bereits ein Zeichen dafür, daß er von meinem Zustand weiß. Denn nach meinen ersten Eindrücken von diesem Land gehört das Spielen nicht zum üblichen Zeitvertreib der Erwachsenen. Zeiten des Wartens überbrückt man in der Regel einfach durch meditatives Nichtstun.

55

Für einen Menschen, der stirbt, ist es furchtbar, Angst in den Gesichtern seiner Angehörigen zu sehen. Ich weiß, wovon ich spreche. Ich bin dem Tod so nahe, daß alle glauben, ich werde es nicht schaffen. Aber der Tod will mich noch nicht. Ich bin bereit, aber der Tod schlägt mir die Tür vor der Nase zu.

Was ich nicht ertrage, ist die Unsicherheit und die Angst in den Gesichtern der anderen. Nur ein einziger nimmt ruhig meine Hand und wartet mit mir. Mit letzter Kraft werfe ich die anderen aus dem Zimmer.

Den Tod begreifen zu wollen, beginnt mit dieser Geste: das, was stirbt, zu berühren, das Taubwerden, das Erkalten, an mir selbst, an meinem Nächsten. Ich spüre, daß es kein abrupter Bruch ist, sondern ein Prozeß, ein allmählicher Übergang. Niemand weiß genau zu sagen, wo auf diesem Weg das Leben endet und der Tod beginnt. Immer weiter verschieben wir die Grenze, von der wir den Sterbenden ins Leben zurückrufen können. Und seit Menschengedenken wissen die Weisen, daß das Sterben längst begonnen hat, bevor wir vom Sterben sprechen. Sterben ist bis zu seiner äußersten Grenze, dem Tod, ein Teil des Lebens. Und selbst die äußerste Grenze, an der unser Ich den letzten Widerstand gegen das Aufgehen in den Weltlauf aufgibt, haben wir schon im Leben selbst erfahren. Leben und Tod gehen Hand in Hand.

Der Glaube an die Ewigkeit unseres Ichs oder Seins hat, recht verstanden, mit Zeit und Raum überhaupt nichts zu tun. Ewigkeit ist geradezu als Negation aller Zeitlichkeit und Räumlichkeit zu denken. Von einem ewigen Dasein können wir uns daher keine positive Vorstellung machen. Nur im Wort, in der Metapher können wir diese Aufhebung beschreiben.

Wie weit geht unser Ich über Zeit und Raum hinaus, daß es nicht mit deren Aufhebung endet? Das Gefühl der Identität bedarf weder einer zeitlichen Abfolge, noch einer räumlichen Ausdehnung. Mein Körper ist längst ein anderer, ein gealterter, und trotzdem fühle ich mich mit dem Kind, dessen Zellen vollständig ausgetauscht oder abgestorben sind, identisch.

Wenn ich in den Spiegel schaue, wundere ich mich nicht selten über den fremden Mann, der mich daraus anschaut. Meine körperliche Präsenz täuscht mich über das Selbst-Bild.

Im Grunde braucht das Ich den Körper nicht, so erleben wir es ja im Traum oder im Rausch. Bei vollem Bewußtsein können wir den Körper verlieren, vergessen oder verändern. Und ob wir fliegen, tauchen, das Geschlecht wechseln oder sterben, das Gefühl unserer Identität, Ich zu sein, bleibt davon unberührt.

Der Tod selbst ist kein Skandal. Ein Skandal ist allein, ihn einander willentlich zuzufügen, zu töten oder sterben zu lassen.

Mamadou hat seine Matratze in mein Zimmer gelegt und verläßt es nur noch, um Wasser oder Tee für mich zu holen oder mich zum Bad zu begleiten. Ich will ihm meine Armbanduhr schenken. Sie scheint mir unter all den überflüssigen Gegenständen, die ich mit hierher geschleppt habe, der nutzloseste. Aber der Junge lehnt das Geschenk entschieden ab.

Am Mittag klopft es an unserer Zimmertür. Eine ältere Frau reicht Mamadou einen Topf. Vielleicht eine Verwandte des Jungen. Sie betritt das Zimmer nicht und wirft auch keinen Blick auf das Krankenlager, als könne das Schauen allein schon ansteckend sein.

Mamadou sagt, auch wenn ich keinen Hunger hätte, müsse ich essen. Seine Mutter habe für mich eine Hühnerbrühe gekocht. Es sei äußerst unhöflich, das Mahl abzulehnen. Seufzend gehorche ich dem Jungen.

Am Abend schaut Hartmut Prinz vorbei. Besorgt bleibt er vor meinem Bett stehen: Sie müssen so schnell wie möglich von hier fort! Sie wollen doch nicht in Bandundu sterben, oder?

Bandundu, Kinshasa, was macht das schon für einen Unterschied!

Ich glaube kaum, daß Sie es noch bis Kinshasa schaffen würden. Das sind beim gegenwärtigen Zustand der Straßen wenigstens fünf Tage anstrengender Fahrt. Nein, Sie müssen ausgeflogen werden. Es gibt hier einen kleinen Flugplatz.

Ich schüttle den Kopf: Ich glaube, selbst dafür ist es inzwischen zu spät.

Unsinn! Wollen Sie nicht Ihrer Familie in Deutschland Bescheid geben? An der Hotelrezeption gibt es einen Fernsprecher.

Meine Familie – wie soll ich diesem Fremden, hilfsbereiten Landsmann erklären, daß es keine Familie gibt. Aber ihm auch noch die Sorge um meinen Kadaver zu überlassen, scheint mir selbst in meiner zunehmenden Lethargie der Zumutung für diesen Guten Menschen von Bandundu zu viel.

Bitte helfen Sie mir hinunter in die Hotelhalle, Herr Prinz.

Mamadou, faß mit an!

Fast stürze ich zu Boden, als ich aus dem Bett zu steigen versuche. Meine Beine sind gefühllos und schmerzverbrannt zugleich. Sie geben nach und gehorchen mir nicht, als ich sie auf die feuchten Fliesen stelle. Die beiden Männer fangen mich auf und tragen mich mehr, als daß sie mich stützen.

Ich versuche, Uli in der Schweiz zu erreichen. Doch Regina nimmt den Anruf entgegen: Viktor? Von wo rufst du an? Wir haben uns schon Sorgen gemacht!

Ich spüre keinerlei Verlangen, ihr meine Situation zu erklären. Ich sage, ich riefe aus Bandundu an, einem Kaff im Kongo. Aber es gäbe keinen Grund zur Sorge. Dann bitte ich sie, mich mit meinem Bruder sprechen zu lassen.

Uli ist auf einer Sitzung des Gaststättenverbandes. Es kann spät werden. Soll ich ihm etwas ausrichten?

Nein, danke. Ist schon in Ordnung. Ich rufe vielleicht in den nächsten Tagen noch mal an.

Ist wirklich alles in Ordnung, Viktor?

Natürlich, Regina. Ich muß jetzt Schluß machen. Auf bald!

Hartmut Prinz steht verlegen neben mir: Warum haben Sie nicht gesagt, wie ernst die Lage in Wirklichkeit ist?

Ich hatte meine Schwägerin am Apparat. Sie hätte gar nicht gewußt, was in einer solchen Situation zu unternehmen sei.

Und was wollen Sie nun tun?

Bitte helfen Sie mir zurück auf mein Zimmer.

Mamadou will Automechaniker werden. Trotz seiner siebzehn Jahre arbeitet er für die deutschen Entwicklungshelfer bereits als Fahrer. Wenn er nicht gerade als Sterbebegleiter auszuhelfen hat.

Friedlich liegt er auf seiner Matratze neben der Tür und schläft. Auch ich würde am liebsten die Augen schließen und schlafen, schlafen. Doch wenn ich jetzt einschlafe, werde ich ersticken.

Atmen, trinken, mich wachhalten. Ein ungeladener Zimmergenosse hilft dabei: ein etwa pantoffelgroßer Kakerlak, *Blatta orientalis*, dunkelbraun, flink, wendig, nachtaktiv, mit einem eher unangenehmen Eigengeruch, macht sich über die Reste der Hühnerbrühe her.

Nachdem er sich sattgefressen hat, begibt er sich, von der Hitze meines fiebernden Körpers angezogen, auf den Weg in mein Bett. Kaum fünfzig Zentimeter von meinen Augen entfernt habe ich Gelegenheit und Muße, das kotbraune Insekt, Größe zwölfeinhalb, genau zu studieren. Bevor mein Interesse ermüdet, sprintet es eine Runde über die Matratze, über meine tauben Beine, meine nackte Brust, um wieder zum Startpunkt zurückzukehren, ein länglich ovaler, stark abgeflachter Leib, ein durchgerosteter Mercedes Silberpfeil, den roboterhaften Kopf unter einem spoilerhaften Halsschild geborgen, mechanisch anmutende Mundwerkzeuge, lange, borstenförmige Antennen, dünnhäutige Seitenflossen, unter den ledrigen Vorderflügeln zusammengefaltet, ein futuristisches Allzweckfahrzeug. Doch kein einziges Mal breitet es die Schwingen aus auf seinen rasanten Sprintrunden, wenn ich müde meine Hand bewege. Mit einer Wendigkeit, die angesichts der Trägheit meiner Gesten gar nicht nötig wäre, führt die Schabe mir ihre Kunst des Ausweichens und Entkommens vor.

56 *Tod ist eine Umarmung, ein Umarmtwerden. Angesichts des Todes will ich ein Wilder sein, ohne jede Kultur.*

Der Tod ist ein Text, der seine Hand ausstreckt. Der einzige Text. Im Gegensatz zu ihm ist die Liebe stumm.

Denke ich die äonenalte Analogie zwischen Reisen und Sterben weiter, so verläuft das hospitalisierte Sterben heutzutage ebenso routiniert und geheimnislos wie der Massentourismus ab.

Wenn unser Geist keinen Ausdruck außerhalb unseres Körpers findet, bleibt er ein Reisender ohne Fremde.

Der Tod ist uns in dem Maße zur Frage geworden, in dem sich die familiären Bindungen aufgelöst und die Vereinzelung des Menschen zugenommen hat. Im Netz der Familie eingebunden, zählt der Tod des Einzelnen wenig. Stirbt er allein, stirbt mit ihm die ganze Welt.

Wir könnten dem Tod seinen Schrecken nehmen, wenn wir die sozialen Bindungen wieder stärkten. Aber die gegenwärtigen Tendenzen deuten in die entgegengesetzte Richtung.

Der Mensch der Zukunft wird ein an sorgfältig ausgewählten Orten seiner Seele lokal betäubter sein. Die Medikamente dazu sind bereits in der Entwicklung.

LXV

Seit drei Tagen hält der Schneefall an. Die Menschen bleiben zu Hause. Und müssen sie hinaus, so verweilen sie nicht, sondern gehen zielstrebig ihres Weges. Langsam macht sich der Hunger bemerkbar. Seit drei Tagen sind die Mülltonnen leer.

Mit zunehmender Eifersucht streife ich die verreckten Autos unter den Schneewehen am Straßenrand. Alles, selbst der schmierige Ruß der Töne, scheint vom Schnee erstickt. Röchelnde Stille.

Die Brüder der Unbehaustheit stehen um eine Blechtonne mit einem müden Feuer, das gerade mal die Hände wärmt. Mit den Fingerspitzen lauschen sie nun den Hetzreden der Flammen. Irgendwo hinter meiner kalten Stirn wird mit gläserner Stimme gesungen.

Es ist nicht das vornehmste, nicht das teuerste Badehaus, in das der hagere, rheumatische Mönch mich einlädt. Fußschweiß und Chlorgeruch lassen mich am Ziel der Reinigung zweifeln. Aber die Wärme allein gibt Hoffnung. Und den Duft von Harz und Moos zaubere ich aus der schwebenden Trägheit, in die mein Körper einsickert wie ein verwesender Leichnam im Waldboden.

Ein zwei Zentner schwerer Badegenosse erklimmt katzengleich den glatten, mannshohen Kachelofen und legt sich dort oben, knapp unter dem kondenswasserfunkelnden Tonnengewölbe, wo sich die größte Hitze staut, gelb und teigig wie ein fetter Brotlaib, der leicht und luftig gebacken werden will, nieder.

So weichhäutig und sauber ist mir meine Kleidung plötzlich fremd, der Geruch nach Straßenstaub und Dieselruß, die Rauheit des Gewebes, fettfleckig, an einigen Stellen eingerissen oder durchgescheuert, Straßenkleidung, Tag- und Nachtkleidung, Regen-, Sonnen-, Schneekleidung, aber wollte ich dieses Abenteuer nicht: noch einmal China und die Arktis bereisen und den Wind der hundertzwanzig Tage vom Blizzard und Chinook unterscheiden lernen?

Die Sonne wärmt schon seit Wochen nicht mehr. Ihr Licht strahlt so sachlich wie eine Kühlschranklampe. In Leipzig zöge ich mir einen Mantel über. Wie merkwürdig der Name hier klingt. Ich habe dort so lange gelebt, aber weiß schon nicht mehr, wie die Stadt riecht. Nur an den Geruch meines Wintermantels erinnere ich mich genau: ein Gemisch aus Streu, Lavendel und Zigarettenrauch.

Jeder ist verdächtig, der den Himmel zum Zeugen anruft.

Als ich meinen Vater das letzte Mal gesehen habe, war er schon einen Tag tot. Das Gesicht war bereits nicht mehr seins. Und dennoch trug es einen Ausdruck, den ich nicht vergessen kann: Dieses Gesicht hatte nichts vergeben, nicht mir, nicht der Welt und nicht sich selbst.

Hunde wittern die Feigheit eines Menschen. Angst hat ihren eigenen Geruch. Und auch die Dummheit. Meine Nase wird feiner. So hat es denn auch einen Vorteil, daß ich zunehmend wie ein Hund lebe.

Am Morgen erscheint mir mein Körper wie aus dünnem Glas, durchsichtig, zerbrechlich, und bis in die letzte Faser bewußt und klar. Unter den hohen Zedern am Schwarzen Drachensee treffe ich die Kung-Fu-Kämpfer der Stadt bereits bei ihren täglichen Übungen an. Diese Gralsrunde gibt sich offen für alle Neugierigen und Interessierten und nimmt auch mich, trotz meines Alters der Jüngste in ihrem Kreis, freundlich auf. Pensionierte Lehrer und Beamte führen mir ein leicht zittriges Ballett von Tai-Chi-Bewegungen vor, der sanftesten Spielart des Kung-Fu, die so ganz dem im Vergleich zum kriegerischen Peking und rabaukenhaften Shanghai eher friedfertigen Selbstbild Nankings entspricht. Nur »Eiserne Faust«, ein Ex-General, gibt sich martialischer, als er mir trotz fortgeschrittenen Parkinsons fünfzig Liegestütze auf den mittleren Fingerknöcheln vorführt, daher sein wilder Nom de guerre. Er ist aus Peking und erst nach seiner Entlassung aus der Armee ins friedliebende Nanking übergesiedelt.

Auf einer Nachbarlichtung am Schwarzen Drachensee ist ein Kreis von älteren Damen in konzentrierte Yoga-Übungen versunken. Einen Augenblick wundere ich mich, wie nach siebzig Jahren forcierter Gleichberechtigung die Menschen sich in den Gruppen ihrer Wahl wieder nach Geschlechtern sortieren, in China so selbstverständlich wie im Kongo oder Dänemark, nach Geschlechtern und nach Altersklassen, als wären allein unsere Werkzeuge und Ideologien einem Wandel unterworfen, aber nicht unsere Weltwahrnehmungs- und Klassifikationssysteme.

Ehe ich diesen Gedanken weiter verfolgen kann, stolziert aus der gehegten Wildnis am Lichtungsrand, aus fetten Lupinen und giftgelbem Ginster mit bösem und eitlem Geschrei eine Kohorte prächtiger Pfauen direkt auf uns müde Kämpfer zu. Eiserne Faust greift zum Stockschwert, das bisher eine rein dekorative Funktion einnahm, und scheint endlich seinen Gegner gefunden zu haben. Doch die Pfauen sind sich ihrer Überzahl durchaus bewußt. Und ist diese Wildnis nicht ihr Revier? Sind nicht wir die Usurpatoren? Die anderen nehmen ihre Ausgangsstellung ein, die Knie leicht gebeugt, die Füße parallel gestellt, ich als blutiger Shaolin-Novize halte mich bescheiden im Hintergrund.

Der Alpha- oder Leitpfau stürzt sich mit echsenhaftem Fauchen auf Eiserne Faust. Wer niemals einen angreifenden Pfau erlebt hat, kann sich diese Attacke in glühender Abendröte nicht vorstellen. Aber so schnell der Zorn der Pfauen über uns Eindringlinge auflodert, so rasch ist er auch wieder verraucht. Kühl stolziert die Kohorte zwischen uns verteidigungsbereiten Männern und den selbstvergessenen Frauen hindurch und verschwindet in dem Lichtnelken- und Lotosgürtel am Seeufer.

Das Fieber ist weiter gestiegen. Mamadou wickelt mir feuchte Handtücher um die Waden und wechselt sie jede halbe Stunde. In der Zwischenzeit sitzt er stumm an meinem Bett. Er schlägt auch kein Spiel mehr vor.

Ich frage Mamadou, ob er noch Geschwister habe. Er antwortet: Ich hatte eine jüngere Schwester. Aber sie ist in diesem Sommer gestorben.

Als ich ihm mein Beileid ausdrücke und mehr von ihrem Tod erfahren will, schweigt er. Dann, nach einer Weile, sagt er: Hier ist es nicht üblich, über die Toten zu reden und alte Erinnerungen zu wecken. Selbst der Name der Verstorbenen wird nicht mehr genannt.

Er sagt es freundlich, als belehre er ein Kind, das es noch nicht besser weiß. Und ich bin ihm nicht böse. Hier ist der Tod so allgegenwärtig, daß man sich stärker vor ihm schützen muß, wenn man nicht ständig in seinem Schatten leben will. Ich verstehe ihn. Man darf dem Tod nicht noch mehr Raum in seinen Gedanken und Erinnerungen einräumen, als er ohnehin schon beansprucht. Die Zeit der Trauer ist intensiv, aber kurz.

Und wirklich besetzt er unser Denken und Fühlen, sind wir ihm einmal leichtsinnig entgegengekommen. – Leben deine Eltern noch? frage ich den Jungen.

Mamadou schaut mir einen Augenblick direkt in die Augen, dann wendet er den Blick ab. Meine Mutter lebt noch, sagt er nach einem Augenblick des Schweigens. Dann nimmt er die warmgewordenen Tücher und geht mit ihnen zum Bad, um sie mit frischem Wasser anzufeuchten.

Ich denke an die vielen Gesichter des Todes. Schließlich bleiben zwei Gesichter übrig: der fremde, gewaltsame, uns beraubende Tod, und der eigene, aus uns selbst geborene und mit uns gewachsene Tod, der unsere eigenen Züge trägt und unser Double ist seit unserer Geburt. Er überfällt uns nicht, er tritt mit uns in ein Selbstgespräch, wenn es an der Zeit ist.

Die kräftezehrende Hyperventilation werde ich nicht mehr lange durchhalten. Vielleicht ist es gut so. Ich bin erschöpft, doch unbesorgt. Mein Kopf ist trotz des Fiebers klar. Und dieser merkwürdige Ort im Herzen Afrikas ist so gut wie jeder andere.

Ich bitte Mamadou, mit mir zum Fluß zu gehen. Er schüttelt den Kopf. Dann hilft er mir aus dem Bett.

Badende Kinder, Kleider waschende Frauen. Ein vielleicht zehn- oder elfjähriges Mädchen versucht, mein Auftauchen zu einem besonderen Ereignis zu dramatisieren. Sie ruft ihren Gespielinnen eine Warnung zu, verschränkt ihre Arme vor der kindlichen Brust, ruft warnende Worte, doch vergeblich. Die anderen gehen unbeeindruckt ihren Beschäftigungen nach, wie auch ich mich von der gespielten Panik des Mädchens nicht irritieren lasse. Verärgert über die grobe Mißachtung ihrer hysterischen Inszenierung wirft sie einen Stein nach mir.

Gleichgültig wende ich mich vom Bade- und Waschplatz der Frauen und Kinder ab. Ein wenig entfernt von ihnen, neben der Anlegestelle der Fähre, befindet sich der Badeplatz der jungen Männer. Unmittelbar am Wasser steigen sie aus ihren Kleidern, meist eine abgetragene Jeans und ein billiges T-Shirt, und springen in den trägen Fluß. Die älteren Jungen bedecken mit ihrer linken Hand die Scham, bis das Wasser ihre sehnigen Körper umspült. Manche waschen ihre Hemden oder Hosen, bis zur Hüfte im Strom, und ziehen sie nach der Wäsche ungetrocknet über die nasse Haut.

Je jünger sie sind, um so ausgelassener ist die Stimmung unter ihnen. Sie raufen miteinander, schwimmen um die Wette, tauchen einander unter, saufen eimerweise das brakkige Wasser, lachen, johlen, schreien, nehmen mich als ihren Zuschauer wahr. Während die Älteren auf meine Anwesenheit mit bewußter Mißachtung reagieren, allenfalls ihre Körper straffen und mir den stolzen Krieger oder Jäger vorspielen, der an der Wasserstelle der Löwen und Antilopen sein einsames Bad nimmt, führen die Jüngeren kleine Szenen mit unverhohlen sexuellen Anspielungen auf. Sie wollen mich verführen, mit den Augen Jagd auf ihre Nacktheit zu machen.

Ihre eigene kindliche Nacktheit zählt hingegen wenig. Sie legen sich ohne Scham an das schlammige Ufer. Aufregend wird das Nacktsein offenbar erst mit der Adoleszenz oder der Mannbarkeit. Plötzlich gehören die Älteren einer anderen Welt an. Unterscheiden sich von den Jüngeren, grenzen sich von ihnen ab, hüten ein Geheimnis, entwickeln eine befremdliche Scheu und einen noch befremdlicheren Stolz. Eifersüchtig und fasziniert beobachten die Jüngeren diese Veränderungen der älteren Brüder oder Spielkameraden, reagieren mit mädchenhaftem Spott oder widerstrebender Bewunderung auf die Entfremdung von den Älteren. Alle diese widersprüchlichen Gefühle äußern sich in der einen Geste, die linke Hand, die für einen Augenblick der Entblößung das Geschlecht den neugierigen Blicken entzieht, so wie du, Titus, in Lissabon, deine Nacktheit vor mir verbergen mußtest, und die neugierig angriffslustige Aufforderung an mich, eurem Instrument der Schaulust, des Verlangens und der Eifersucht, diese Hand gewaltsam fortzureißen und das Geheimnis aufzudecken.

Ich sitze auf dem flachen Eisenpoller, an dem die kleine Personenfähre vertäut ist. Die Sonne steht blaß am milchblauen Himmel, doch verbrennt mir immer noch das Gesicht. Hose und Hemd kleben mir am Körper, meine Brust ist wie ein zu enges Mieder in ihre Atemnot eingeschnürt, nur ein geringer Teil der Lunge scheint noch seiner eigentlichen Aufgabe, dem Gasaustausch, nachzukommen. Die wenigen Schritte vom Hotel bis hinunter zum Fluß waren bereits zuviel. Trotzdem würde ich mir gerne wie die Jungen hier die Kleider vom Leib reißen und in den Fluß steigen. Ich vermute, daß die lehmbraunen Fluten lauwarm sind. Dennoch würden sie mich erfrischen, mich beleben, frei durchatmen lassen. Es wäre eine außergewöhnliche, aber keine unmögliche Vorstellung, der abgemagerte weiße Körper zwischen den sehnigen schwarzen, der in den Fluß steigt, mit der linken Hand sein müdes Geschlecht verbergend, bis das Wasser ihn bis zum Bauchnabel bedeckt, nun endlich frei, fremd, vertraut, berührbar, die schwarze Kinderhand auf meinem langen glatten Haar, meinem unrasierten Gesicht, den Arm des Jünglings um meine Schultern, seine schlanke Hüfte neben meiner, schwimmen, untertauchen, die Wasseroberfläche wie flüssige Bronze, die weiße wie die schwarze Haut im Glanz der Äquatorsonne vergoldet, der brennende Fluß, der die metallische Rüstung wegschmilzt, bis wir ein gelöster Teil des goldgelben Stroms geworden sind.

Jemand berührt mich. Und aus dem Asphalt schießen Wasserfontänen.

Nebel liegt wie ein Wadenwickel auf den Blumenbeeten des Parks. Der Duft von Hagebuttentee schwebt in der Luft. Die Welt ist leicht fiebrig und fröstelt.

Hallo, Yu! Wie geht es dir?

Ich heiße nicht Yu, ich heiße Bao Mian. Und wer bist du?

Manchmal muß man antworten, gerade auf die unbeantwortbaren Fragen: Wer bin ich? Für wen und gegen wen bin ich? Mit welchen Mitteln? Welchem Ziel? Auf diese Fragen sind alle erdenklichen Lügen als Antwort gerechtfertigt. Denn die einzige wahrhaftige Antwort, mein Schweigen, würde er nicht verstehen.

Ich bin ein Freund deiner Schwester. Du hattest mir dein Fahrrad geliehen, Marke Yongjiu, *Forever,* made in Shanghai.

Mein Fahrrad wurde mir gestohlen, hier, im Park am Schwarzen Drachensee, hinter meinem Rücken, während ich auf das Pflaster schrieb.

Das tut mir leid.

Nun mußt du zu Fuß gehen.

Das macht nichts. Was pinselst du da auf den Weg?

Worte, nichts als Wasserworte: Sie steht vollkommen im Freien.

Das klingt schön.

Gut, daß sie gleich wieder verschwinden.

Deine Worte frieren fest, siehst du? Es hat sich eine dünne Eisschicht gebildet!

TUSCHESPUREN XI

Wer klug ist, gibt wechselnden Rat. Wer weise ist, schweigt. – Nein,
wer weise ist, äfft nach. Denn ist nicht aus der Parodie des
Ritterromans der Don Quichotte entstanden?
Poesie beginnt mit der Vereinigung von Unvereinbarem:
dem grausamen Engel, dem ohnmächtigen Gott.
Keine Gattung der Literatur ist verführerischer als der Aphorismus:
halbe Wahrheiten ohne Verantwortung für die Folgen.
Die Jahrhunderte, in denen wir uns zu erkennen versuchten,
sind unwiderruflich dahin. Heute erfinden wir uns nur noch.

Jeder ist sein eigener Pygmalion.

Begriffsstutzigkeit ist der Anfang der Sprachphilosophie.

Derjenige, der uns widerspricht, ist unser bester Schüler.

Unsere Gedanken aus dem Mund unserer Feinde sind nicht mehr unsere Gedanken.

Unsere Bekenntnisse verbergen uns mehr als unsere Lügen.

Bevor man ein Gedicht schreibt, sollte man den Dichter in sich töten.

Revolutionäre wie Fundamentalisten sind Dichter, die an die Wirklichkeit ihrer Dichtungen glauben.

Aus Zweifeln entsteht kein Gedicht.

*

Die wahren Propheten blicken in die Vergangenheit.

Einem wahren Gott wäre jede Form von Anbiederung und Schmeichelei verhaßt.

Die Kirche ist die Rache Gottes an seinem aufsässigen Sohn.

Anstatt unser Denken in Übereinstimmung mit der Wirklichkeit zu bringen, sollten wir zunächst einmal versuchen, das Denken in Übereinstimmung mit sich selbst zu bringen.

Die Kunst des Vergessens ist die Voraussetzung für unsere Gegenwärtigkeit.

Die Kunst des Erinnerns ist die Voraussetzung für unsere Gegenwärtigkeit.

Ohne Fische gäbe es kein Netz.

Auch ohne Fische gäbe es das Netz. Die Spinne macht es uns vor. Der Trapezkünstler weiß es zu schätzen.

Ich gehe zu schnell. Ich gehe im Schritt der Sophisten.

Ich gehe langsamer, Epikureer, Stoiker. Ich bleibe stehen, ein Kyniker.

Früher beichteten wir unsere Verirrungen den Priestern, dann den Ärzten, und heute beichten wir sie der Öffentlichkeit.

*

Alle treffenden Aphorismen entspringen der Feder
eines Misanthropen.
Unser Altern beginnt, sobald wir Urteile fällen.
Nicht selten trifft ein ungenauer Ausdruck die ganze Wahrheit.
Mehr noch als der Selbsthaß hindert uns die Eigenliebe,
uns besser zu verstehen.
Wer einen anderen Menschen liebt, liebt zunächst die Kleidung,
die es abzulegen gilt. Niemand verliebt sich in einen
nackten Menschen.
An unseren Freunden lieben wir die Fehler,
an unseren Feinden hassen wir die Vorzüge.
Jeder Gedanke verbirgt ein Stück von unserem Selbst.

LXVI

Nachruf auf Yongjiu (*Forever*), made in Shanghai

Du warst groß, schwarz, altmodisch, plump, meine einzige Liebe in dieser Stadt. Meine jugendlichen Freunde fanden dich *cool*, denn du warst das Fortbewegungsmittel ihrer Großeltern. Nach zwei Tagen verlorst du die ersten Muttern, nach einer Woche die rechte Pedale. Die Schrauben des Sattels mußten mühsam aufgesägt werden, damit sich die Höhe verstellen ließ. In der dritten Woche begannst du zu rosten, kein Wunder, in diesem feuchten Klima, wäre ich aus demselben billigen Metall, es erginge mir nicht besser. In der letzten Woche verlorst du den Kettenschutz, und erst vor zwei Tagen riß die Kette. Wieviel Schweiß hat der durchgesessene Schaumgummisattel eingesogen!

Ich wollte dich zu treuen Händen an meinen Bruder Yu zurückgeben, wenn ich den Heimflug hätte antreten müssen. Er liebte dich, wie er mich liebte, auch wenn seine Füße kaum die Pedale erreichten. Bei jeder Fahrt auf dir hätte er sich unserer gemeinsamen Abenteuer erinnert, ja auf dir womöglich ihre Fortsetzung gefunden. Er hätte liebevoll die verlorenen Ketten ersetzt und die Roststellen poliert, hätte die Sattelverschraubung aufgesägt und den hornhautrissigen Plastiksitz auf seine Höhe eingestellt. Vielleicht hätte er mit dir, Yongjiu, *Forever,* irgendwann sogar das Jangtseufer erreicht und auf dessen Deich einen klareren Blick in die Zukunft werfen können.

Du warst meine Rosinante, mein Panzerkreuzer Potemkin, meine gute alte Tante Ju, mein Rih. Doch heute Morgen fandst du, Bruder Yu, im Park am Schwarzen Drachensee nur noch das aufbruchsichere Schloß, made in Germany, mit dem angerosteten Vorderrad vor.

Sage nie von einem Ding: Ich habe es verloren, sondern: Ich habe es zurückgegeben. Der Weise verliert nichts.

Die »Straße hinter den Häusern«, mehr ein Schleich- oder Hohlweg zwischen fensterlosen Ziegelwänden als eine Straße, zum Abriß vorbestimmt und auf den neuen Stadtplänen schon nicht mehr verzeichnet, ist nun mein zu Hause.

Hier bin ich, zum ersten Mal in dieser lärmenden Stadt, wenn ich ruhe, in der Stille, und wenn ich gehe, in meinen Schritten.

Als ich unterwegs, beim Nachdenken über meine Lage, laut auflache, schauen mich die Passanten verwundert an.

In Zukunft darf es das nicht mehr geben: diese Unnahbarkeit, dieses Ausweichen.

Wie oft habe ich diese beiden prinzipiellen Vorsätze in meinem Leben erneuert und – aus Einsamkeit? aus Selbstmitleid? – in kürzester Zeit wieder verraten: jedem, der mich um etwas bittet, zu geben, ungeachtet seiner tatsächlichen Bedürftigkeit! und mir jeden Neid auf den Besitz oder das Talent anderer zu verbieten!

Doch nun, da ich mich zum ersten Mal in meinem Leben reich fühle, bittet man mich alleine um das, was ich – zum ersten Mal in meinem Leben? – nicht mehr besitze: Geld. Sind sie nun ärmer oder reicher als ich, die schlitzohrigen Händler, Wegelagerer, Bauernfänger?

Das Leben der Chinesen endet im Feuer. Die Aschetürme und -pavillons setzen konsequent die Architektur der Lebenden fort: Um der Massen Herr zu werden, wird in die Höhe gebaut.

Die Friedhöfe liegen weit außerhalb der Stadt. Die modernen Anlagen gleichen Freizeitparks, zwischen den Aschepavillons stehen steinerne Löwen und Kraniche und sprudeln Wasserspiele, und aus versteckten Lautsprechern sickern ununterbrochen sentimentale Klänge, Fahrstuhlmusik, hier erfährt sie ihre geradezu metaphysische Aufwertung.

Von den Besinnung Suchenden ist diese neue Form des Bestattungsparks noch nicht recht angenommen worden, denn soweit mein Auge reicht, ist kein Trauernder zu sehen. Völlig zu Unrecht, wie ich meine, denn sollte jemand Ruhe und Erholung im Grünen suchen, fern der grillenden und Gymnastik treibenden Massen, so findet er sie vermutlich nur hier zwischen den stillen Toten.

Die überfüllten älteren Friedhöfe erstrecken sich inzwischen über ganze Gebirgshänge. Auch hier werden seit Jahrzehnten nur noch Urnen beigesetzt, um Platz zu sparen. Doch gibt es immerhin noch Grabsteine, manche mit Hammer und Sichel versehen, was nicht jeden Engel an den Pforten des Paradieses milde stimmen wird, aber vermutlich genossen diese Verstorbenen ja das Paradies bereits auf Erden. Und es gibt genug Platz vor dem Stein, um das traditionelle Papiergeld zu verbrennen, Überweisungen ins Jenseits, kapitalistische Verhältnisse selbst dort, und eine Flasche Reisschnaps als Wegzehrung zu hinterlassen, falls denn die Ewigkeit ganz anders als erwartet ausfällt und sich nur mit einigen Promille Alkohol in der Asche ertragen läßt.

In den neuen Pavillons ist kein Platz mehr für Wegzehrung und Trost, nicht einmal Platz für ein Bild oder den Namen des Verstorbenen. Nur Papiergeld wird weiter verbrannt, in kollektiven Geldverbrennungsbörsen aus Edelstahl oder Beton.

Eine Nummer gibt die Grabnische an, anonym wie zu Lebzeiten bereits die kleine Eigentumswohnung im dreißigstöckigen Apartmentblock.

In Shanghai, so sagt man mir in der Nankinger Totenfreizeitanlage, gäbe es inzwischen Aschetürme mit dreißig Stockwerken und mehr. Hier in Nanking hingegen versuche man im Leben wie im Sterben das rechte Maß zu halten.

Beginnen wir nicht erst dann, uns unseres Alters bewußt zu werden, wenn wir uns sicher glauben, etwas überstanden zu haben? Zunächst bin ich über die Gewißheit, daß etwas nun unwiderruflich der Vergangenheit angehört, erleichtert, dann aber stimmt sie mich unendlich traurig.

Ohne die Anstrengungen noch einmal durchleben zu wollen, kommen mir die gescheiterten Reisen mit ihren Unfällen,

Erkrankungen und Abbrüchen nun als die reicheren, ja glücklicheren vor.

Ich schicke Hartmut Prinz nach Hause, warte, bis ich Mamadous regelmäßige Atemzüge höre, dann lege ich mich auf die Seite, stelle das Hecheln ein, lasse meinen Atem zur Ruhe kommen, auch wenn mein Herz jetzt wie rasend schlägt und das Fieber einen Hitzeschauer nach dem anderen durch meinen Körper jagt. Doch es reicht nun, ich bin müde, die Reise kann beginnen.

Bilder durchstürmen meinen Kopf in einem schmerzhaften Tempo, ich bin nach wie vor hellwach, meine rechte Hand liegt auf meinem wildpochenden Herzen. Ich spüre, wie die unteren Gliedmaßen taub werden und Herz und Lunge sich auf die Sauerstoffversorgung des Kopfes konzentrieren. Ich verfolge die Vorgänge in meinem Körper und meinem Bewußtsein mit der Neugier und dem Abstand eines Ethnologen.

Das Herz bleibt stehen. Von einem Augenblick zum anderen. Ich bin ruhig, wach, beobachte, was mit mir geschieht. Der Raum in meinem Bewußtsein öffnet sich, dehnt sich aus, wird grenzenlos. Er öffnet sich in eine neue, höhere Dimension. Es ist nicht der Raum des Traumes oder der Halluzination. Es fehlt ihm das Zentrum, das Ich war, es fehlt ihm jede Begrenzung, jede Erfahrung von Rand oder Rahmen. Ich fliege durch diesen Raum, dessen Landschaften beständig wechseln: Seen und Wälder werden abgelöst von kargen, schroffen Felsen, grellen Masken gleich, die aufblitzen und Stromstöße aussenden und alle Sinne in Panik versetzen.

Ein Teil meines immer noch hellwachen Bewußtseins geht auf Distanz zu diesen unvereinbaren Bildern, die mich wider Willen an Himmel und Hölle erinnern. Ich wehre mich dagegen, mich an dieser letzten Grenze von den Mythen der Kindheit einholen zu lassen. Ich will auch in diesem Augenblick die Rationalität wahren, die mein ganzes Leben bestimmt hat.

Ich versuche, die Bilder zu manipulieren, ihren unversöhnlichen Gegensatz aufzuheben. Ich will die grünen Wälder und Seen, rufe ich in den vorbeigleitenden Raum. Ich will fliegen, schwimmen, einfach gehen, aber ich will nicht stürzen, nicht diese Fratzen sehen, diese sengenden Blitze, ich will die Ruhe, das stille Wandern, die warmen Farben, die sanften Töne. Und während ich durch diesen Raum jenseits aller bekannten Welten gleite, falle, jage und ihn oder meine Bewegung in ihm zu beherrschen versuche, verlangt ein anderer Teil meines Bewußtseins verzweifelt nach ironischem Abstand: Dieser Raum ist vollkommen neu, und doch sind die Erfahrungen in ihm vertraut. Ich will nicht von den kindischen Heils- und Verdammungsvorstellungen obsoleter Religionen manipuliert werden, ich will einfach nur Beobachter sein! Und doch kennt dieser stürzende Raum kein Erbarmen mit meiner gnostischen Skepsis. Ich höre sie deutlich, die Stimme, geschlechtslos, ohne besonderen Ton oder Charakter, ohne Verbindung zu einem bestimmten Körper, aber unleugbar klar und unüberhörbar: Hier geschieht nicht, was du willst! Hier geschieht, was du verdienst!

Ich nehme diese unerwartete Spielregel ein wenig verblüfft zur Kenntnis und warte ab, was folgt. Die überraschende Intervention eines Anderen gibt meinem Ich seine Grenzen zurück. Die Reise ist vor einer großen, blaugrauen Felswand zur Ruhe gekommen. Eine Weltenmauer? Ein verborgenes Tor?

Wer bist du? fragt die Stimme mich, ruhig, ohne orakelhaftes Pathos.

Wer ich bin, willst du wissen? Sag mir erst mal, wer du bist!

Hier geschieht nicht, was du willst! Hier geschieht, was du verdienst! Wer bist du?

Es ist ernst, es ist lächerlich, und es gibt kein Entkommen. Die Stimme ist bar jeden Zweifels, jeder Ironie, jeden Entgegenkommens. Sie ist einfach und klar, und verlangt eine einfache und klare Antwort.

Was soll ich sagen? Was für eine absurde Situation! Ich will diese Selbstprüfung nicht! Ich will kein Gericht! Ich stemme mich gegen die Steinwand – und unter meiner rechten Hand beginnt mein Herz erneut wie wild zu schlagen. Zurückgewiesen! denke ich erbittert, zurückgeschickt, womöglich auf Bewährung.

Ich atme tief durch, pumpe Blut durch die blaugewordenen Gliedmaßen, schlage die Augen auf, starre auf den abblätternden Himmel und die trägen Drehungen der DC-3-Dakota-Flügel. Und nun? Soll ich hier eine Kirche errichten? Soll ich ein Gelübde ablegen oder in ein Trapistenkloster eintreten?

Ich nehme die Hyperventilation wieder auf. Es kann doch nur eine kurze Frist sein. Lange halte ich dieses kräftezehrende Hecheln nicht mehr durch, die dritte Nacht ohne Schlaf, der vierte Tag ohne Nahrung. Alles in mir ist ausgetrocknet, blutig, wund. Warum diese Zurückweisung? Was soll ich noch tun?

57

Was für die Gesellschaft ein administrativer Vorgang, für die Medizin ein Befund und für Freunde und Familie ein Verlust ist, ist für den einzelnen, der stirbt, die absolute Tragödie; absolut deshalb, weil er Zeuge, Protagonist und Bühne dieser Tragödie zugleich ist. Auch wenn sie gesetzmäßig alles Geborene trifft, bleibt es die absolute Katastrophe, der Sturz vom Sein ins Nichts, den kein philosophischer Trost aufzuheben vermag: Ich bin immer der erste und der letzte, der stirbt.

Daß wir uns selbst beim Sterben zusehen können, macht unseren Tod zum Skandal. Wir gleiten nicht einfach in einen tieferen Schlaf, aus dem wir nicht mehr erwachen. Die Einsicht in die Notwendigkeit des Endes hindert uns nicht daran, die Vernichtung all dessen, was wir sind, zu fürchten und zu betrauern. Alles an diesem Sein ist einmalig, unnachahmlich und unersetzlich.

Und doch wäre ich nicht bereit, um eines furchtlosen, selbstverständlichen Endes wegen mein Wissen, meine Bewußtheit aufzugeben. Auch wenn mein Wissen am Ende scheitert, so schafft es doch den Reichtum meiner Welt in der Zeitspanne dazwischen. Das ist der Preis unserer bewußten Welterfahrung: Es schließt unvermeidlich das Wissen um unsere Begrenztheit ein.

Wir denken den Tod als Zukünftiges, aber die Zukunft ist das, was unaufhaltsam Gegenwart wird. Wir wollen uns auf die Zukunft vorbereiten, aber der Tod wird uns als Debütanten antreffen. Verpatzen wir diesen ersten und zugleich letzten Auftritt, bekommen wir keine zweite Chance. Es gibt kein routiniertes Sterben. Wir können froh sein, nicht einfach zu krepieren.

58 *Der Tod des Anderen ist ein Teil meiner Welt. Mein eigener Tod ist das unfaßbare Ende dieser ganzen Welt, das Ende des Universums und der Zeit.*

Der Tod des Anderen ist ein physiologischer Befund. Mein eigener Tod ist eine metaphysische Katastrophe. Aus meiner eigenen Erfahrung kann ich schließen, daß mein Tod für andere nur eine Episode in ihrem Universum darstellt und ihre Welt nahezu unberührt weiterbesteht. Selber erfahren kann ich die Wahrheit dieser Schlußfolgerung nicht.

Diesen Abgrund der Vereinzelung können wir durch Empathie überwinden. Dein Sterben nimmt das meine nur vorweg. Wir sind durch dasselbe Schicksal miteinander verbunden.

Nur im Leben können wir den Tod denken. Alles, was wir über ihn wissen, sind äußere Symptome und Analogien. Einen Erfah-

rungsbericht über das, was sein Wesen ausmacht, gibt es per definitionem nicht. Aber deswegen muß ein Nachdenken über ihn noch nicht vergeblich sein.

Der größte Teil unserer Weltaneignung nutzt den Weg der Mutmaßungen, der Schlußfolgerungen und der Identifikation. Das Denken des Nichts bedeutet noch kein Nicht-Denken. Selbst wenn wir zu dem Schluß kommen, daß der Tod das Nichts ist, muß und darf er nicht auf unser An-ihn-Denken überspringen und es zerstören.

Unser Denken bekommt viele Gegenstände seines Nachdenkens nicht vollständig in den Griff – glücklicherweise, möchte ich hinzufügen. Aber das besagt nicht, daß die Annäherung an das, was sich am Ende entzieht, daß die tastende Berührung dessen, was im ganzen unfaßbar bleibt, bereits vergeblich ist.

Berühren und sich berühren lassen sind hier, wie bei allen Begegnungen mit Fremdem, noch Unfaßbarem, die fundamentalen Gesten des Erkennens. Das tatsächliche Begreifen geht jedem Begriff voran. Dem Sterbenden die Hand halten, dem Verstorbenen die Augen zudrücken, seinen erkaltenden Körper waschen, an seiner Bahre wachen, alle diese Gesten reichen weit in das vorgebliche Nichts hinein, mit dem der Tod unser Denken paralysiert.

Ich friere. Meine Fingernägel sind blauviolett angelaufen, vermutlich ebenso meine Lippen. Der Atem geht flach und schnell. Ich wollte, es wäre zu Ende. Doch hier geschieht nicht, was ich will! Mamadou bringt mir eine Kanne Tee. Ich lasse die Dinge um mich herum mit vollkommener Lethargie geschehen. Ich bin immer noch hellwach, nehme jeden Vorgang um mich herum bewußt war, bin aber nicht mehr Herr dieser Vorgänge.

Mamadou stützt meinen Kopf und flößt mir den Tee ein. Es hat keinen Sinn mehr, sage ich. Mamadou lächelt, weder zustimmend, noch abwiegelnd. Dann massiert er mir mit sanften Handgriffen die Arme und Beine, um ihre Durchblutung zu fördern.

Hartmut Prinz platzt ins Zimmer. An der Tür bleibt er stehen. Diese zärtlichen Gesten zwischen zwei Männern, mag der eine von ihnen auch im Sterben liegen, bereiten ihm sichtlich Unbehagen. Aber die Berührungen Mamdous, so sinnlos sie auch sein mögen, tun mir gut. Sie trösten, sie versöhnen mich. Ich bitte den Jungen, niemanden mehr hereinzulassen, auch Hartmut Prinz nicht.

Ihr Bruder steht unten an der Rezeption, höre ich die weiche Stimme des Mannes an der Tür.

Uli ist hier in Bandundu?

Er ist mit einem Flugzeug der schweizer Rettungswacht gekommen. Er hat auch einen Schweizer Arzt mitgebracht.

Woher weiß er, wo ich stecke?

Es gibt nicht sehr viele Hotels in Bandundu, Herr Professor.

Dann tritt er ins Zimmer. Ich habe ihn seit der Beerdigung des Alten nicht mehr gesehen. Er legt mir die Hand auf die Schulter. Von meinem Körper spüre ich nur noch den Ort, auf dem Ulis Hand ruht, kühl und selbstsicher: Die Piloten brauchen eine kurze Ruhepause, Viktor. Aber am Nachmittag ist das Flugzeug wieder startklar.

LXVII

Mein Atem strömt ruhig ein und aus, trägt der Geruch nach verbrannter Braunkohle mit sich. Ich stelle mir vor, es sei der Geschmack der Sonnenstrahlen auf meiner Zunge.

Sicher, auch ohne besonders mutig, jung oder gesund zu sein, kann man sich der Wirklichkeit stellen. Vielleicht sind sogar eine gewisse Kränklichkeit und Feigheit die besten Seismographen, sich von den Ereignissen noch erschüttern zu lassen. Ich aber sehne mich nach Lianmings jungem Onkel Yuan Wei, meinem blinden Masseur. Zwar ertrage ich sie kaum, die Ausdauer, mit der er die eine hartnäckige Verspannung im Schulterbereich, eben jene Stelle, auf die das Lindenblatt fiel, als Siegfried im Drachenblut badete, malträtiert, und dennoch will ich es nicht anders, habe ich diesen Schmerz gewählt, ja genieße ihn.

Die gute Rede ist ein wenig wie diese ausdauernde Blindenmassage: Sie sucht die Stellen auf, an denen es weh tut, und übt Druck auf sie aus.

Diesmal aber vermag der Druck der geschickten Hände nichts gegen die festen Knoten in der Rückenmuskulatur. Irgend etwas hat sich unentwirrbar verschnürt in meiner Seele. Ja, mit jeder Massage scheinen die Knoten fester gezurrt, die es zu lösen gilt.

Mein Therapeut greift zu einem alten bewährten Hilfsmittel, den Verhärtungen der Seele und ihrem Widerschein in meinem Unterhautgewebe zu Leibe zu rücken: den ganz zu Unrecht in Verruf geratenen Schröpfgläsern. Wie handtellergroße Blutegel saugen sie sich auf meiner Haut fest, ziehen und zerren an dem Klumpen Fleisch zwischen ihren luftdichten Lippen, bis der gordische Dämon nachgibt und der Atem wieder ungehindert fließt.

Zurück bleiben, unsichtbar für meinen Wohltäter, fünf unübersehbare Ringe auf meinem Rücken.

Bewegungslosigkeit. Stillstand. Lähmung. Stupor. Paralyse. Nichts ereignet sich in diesem geschäftigen Leerlauf. Der Verkehr zirkuliert sinn- und ziellos, eine Kinderrennbahn. Ich schaue den Spielen anderer zu, bin kein Mitspieler. Begreife ihr Vergnügen an diesem hektisch ziellosen Kreisen nicht. Möchte fort, in eine wirkliche Leere, als deren Mittelpunkt ich mich wieder spüren kann.

Jiang Xin Zhou, die »Kleine Insel in Großen Strom« ist fünfzehn Kilometer lang und drei Kilometer breit. Einige Tausend Menschen leben auf ihr, in Sichtweite der Stadt, aber sie betrachten sich nicht als Städter.

Dort sollte ich mich verstecken, wie Huck Finn auf seiner Sandbank im Mississippi. Eine schon fast vergessene Stille umgäbe mich. Nicht einmal Radiomusik plärrte aus den auf kleinen Anhöhen und Dämmen errichteten Häusern. Pfefferschoten und Nüsse dörren ausgebreitet in der Sonne, mitten auf den schmalen ungepflasterten Fahrwegen, und den kleinen spielenden Jungen baumeln die Hoden zart und fröhlich aus den aufgeschlitzten Höschen. Die wenigen Radfahrer bummeln im Slalom um die Dörrfrüchte, die dösenden Hunde und die selbstvergessenen Knaben. Hin und wieder springt ein Alter von seinem Rad, stürzt sich auf einen der Jungen und greift ihm mit wilder Miene in den verletzlichen Schritt.

Vielleicht werde ich diese Stille in wenigen Tagen unerträglich finden, vielleicht werde ich mich schon morgen wieder nach den Berührungen der Menschen sehnen. Doch im Augenblick empfinde ich die Kleine Insel im Großen Strom als einen guten Ort zum Verschwinden.

Und während die Sonne tief in meine Poren dringt, kommt mir eine Erzählung von Stifter in den Sinn. Vor mehr als zwanzig Jahren muß ich sie gelesen haben, die Geschichte eines jungen Mannes, wie hieß er noch, irgend etwas mit Gott in seinem Rufnamen, den aber niemand benutzte – nenne ich ihn einfach Gottlieb! doch jedem war er unter einem heidnischen Namen bekannt, Titus vielleicht, sicher kein Zufall, die Ersetzung des christlichen Rufnamens durch einen heidnischen, und auch der Nachname war ungewöhnlich, aber ich erinnere mich nicht mehr genau, mag er Gottlieb Leicht geheißen haben, genannt Titus, also die Geschichte des jungen Titus, Sohn reicher Eltern, der sich in sein Landhaus einmauert wie in eine Gruft, ein lebendig Begrabener.

Schon sein Vater wurde für närrisch gehalten, weil er dieses und jenes begann und nichts zu Ende führte. Aber offenbar blieb der Reichtum davon unangetastet, so daß auch Titus dieses und jenes beginnen konnte, die Ölmalerei, das Geigenspiel, das Sammeln alter Porzellanpfeifen, bis sich die ersten Symptome einer ernsten Erkrankung bemerkbar machten. Er fühlte sich schwach, selbst das Atmen fiel ihm zunehmend schwer, er fürchtete sich, nun ein leichtes Opfer jedes Angriffs auf seine schwindende Gesundheit werden zu können, ging kaum noch einen Schritt vor die Tür, ja verließ das Bett nicht mehr, ließ sich medizinische Fachbücher und Ratgeber kommen, den Ärzten traute er nicht, und je mehr er sich in die Welt der Leiden vertiefte, um so überzeugter war er von seiner schweren Erkrankung.

Dann hörte er von einem neuen Nachbarn, angeblich ein Arzt, der aber, wie er selbst, von allen für einen Narren gehalten wurde und im übrigen gar nicht mehr praktizierte, obwohl er kaum älter war als der junge Gutsherr. Da ihm einige Diagnosen widersprüchlich erschienen, beschloß er, die wenigen Schritte bis zu seinem neuen Nachbarn zu wagen und ihn um Rat zu bitten, da er ja, auch wenn er seinen Beruf nicht ausübte, ihn immerhin studiert hatte.

Er trifft den Nachbarn leicht bekleidet bei der Gartenarbeit an. Mag er an diesem warmen Spätsommertag in seinem dikken Winterpelz auch merkwürdig auf den jungen Arzt außer Dienst wirken, so läßt dieser sich davon nichts anmerken, weiß er doch selbst am besten, wie wenig es braucht, um in den Augen der Zeitgenossen als Tor zu gelten: Gibt seine gutgehende Praxis in der Stadt auf, um sich in dieses verschlafene Nest zurückzuziehen und sich allein seinen Kräuterbeeten und Gewächshäusern zu widmen, während sich die Dorfbewohner, zumindest die jungen Leute hier, nach nichts anderem sehnen, als der Ereignislosigkeit des Dorflebens endlich zu entkommen und in die große Stadt zu ziehen.

Ernsthaft lauscht er dem medizinischen Vortrag des Nachbarn und muß ihm Recht geben: In der Tat widersprechen sich in dem exemplarischen Falle die Gelehrten. – Ermutigt von der ganz unüberheblichen Zustimmung des Nachbarn verläßt Titus nun des öfteren die sicheren vier Wände, um sich mit dem verständigen Doktor auszutauschen. Schließlich vertraut er diesem auch das eigene Leiden an, für das er trotz aller Studien keine heilende Therapie gefunden hat, ja das mit jedem neuen Fachbuch noch bösartiger und unheilbarer geworden ist.

Der kaum ältere Arzt hört dem Kranken geduldig zu, ohne aber dabei seine Arbeit in den Beeten zu unterbrechen. Es ist eine wirklich lange Liste der Leiden, die ohne baldige Gegenmittel, so ist Titus überzeugt, unweigerlich zum Tode führen werde.

Ich setze mich für einen Augenblick auf das warme Pflaster. Nur wenige Passanten verlieren sich in meinen Hohlweg »Hinter den Häusern«, ich spüre die Erschütterungen ihrer Schritte, ein unrhythmisches Trappeln und Trotten. Aber niemand berührt mich, niemand stolpert über mich. Offenbar sitze ich niemandem im Weg.

Nachdem Titus trotz Pelzmantel und Schal fröstelnd alle Symptome und mutmaßlichen Ursachen seiner Erkrankung geschildert hat, unterbricht der Nachbar das Eggen und Harken für einen Augenblick und schaut dem jungen Mann ernst ins Gesicht: Das einzige, was Sie meiner unmaßgeblichen Meinung nach noch retten kann, ist der Besuch eines Kurbads!

Daß er nicht selbst darauf gekommen ist! Ja, denkt Titus, ein Heilbad für Lungen-, Herz- und Nierenkranke, das mag für meine zerrüttete Gesundheit die letzte Rettung sein. Er dankt dem jungen Arzt für den weisen Rat, den er in den Büchern vergeblich gesucht hat, vielleicht, weil derart naheliegende und seit Jahrhunderten erprobte Therapien den medizinischen Experten zu wenig Lob eintragen, und macht sich sofort an die Reisevorbereitungen.

Ich weiß nicht, ob ich mich an alle Einzelheiten der Erzählung richtig erinnere. Wichtig ist nur ein einziger Augenblick in der Erzählung, der für Stifter nicht einmal wesentlich gewesen sein muß, aber mir diese Geschichte ins Gedächtnis zurückgerufen hat. Wichtig ist vielleicht auch das Erinnern an sich, der ganze Reichtum des Erlebten und Gelesenen, der nur das wärmende Sonnenlicht auf der Stirn oder einen vertrauten Geruch in der Nase braucht, um sich aufs Neue mit unmittelbarer Gegenwärtigkeit zu entfalten.

Titus also fährt mit schwerbeladenem Reisewagen in einen kleinen Kurort im Gebirge und richtet sich dort zunächst wie zu Hause ein. Er verläßt sein von jedem Sonnenlicht abgeschirmtes Kämmerlein nur, um sich den strengen Abläufen der Bäderordnung zu unterziehen.

Schatten streifen mich mit ihrem kühlen Atem. Sind es Wolken, die rasch ziehend für Augenblicke die Sonne verdekken, sind es Fußgänger, die sich neugierig oder besorgt über mich beugen und dann, enttäuscht von meinem Mangel an Bedürftigkeit, schnell weitergehen? Ist es ein kranker Straßenbaum, dessen gelichtete Krone sich in dem durch die fensterlose Häuserschlucht geschleusten Wind beugt und zurückschnellt?

Es ist wohl, was immer ich glaube, das es ist. Vielleicht kühlt ein naher Schatten mehr als ein ferner, strahlt ein Mensch, in dessen Schatten ich sitze, mehr Kälte ab als eine kranke Linde.

Hätte ich weniger diszipliniert geliebt, wäre ich mehr geliebt worden? Die Arbeit an meinem Werk steht in meiner Macht. Aber die Arbeit an der Liebe?

Titus schiebt die Damastvorhänge zur Seite und späht durch den sonnengrellen Schlitz hinaus auf die Gasse: Unbekannte Passanten gehen an seiner Herberge vorüber, fremde Gesichter, obwohl das Gebirgsdorf nur wenige Einwohner und, in dieser späten Jahreszeit, noch weniger Kurgäste zählt und er doch schon seit einigen Wochen hier logiert. Aber die Menschen sehen für ihn alle gleich aus, weil er ihnen bisher nie ins Gesicht geblickt hat, Menschen eben, mehr oder weniger auffällige, mit ihren eigenen Angelegenheiten beschäftigte Zweibeiner.

Jenseits des Dorfes steigt der Berg steil in den wolkenlosen Himmel, der Wald und die darüberliegende schneebedeckte Kuppe noch warm von der Nachmittagssonne beschienen. Warum immer nur in der aufdringlich nach Schwefelwasserstoff riechenden Trinkhalle die verordneten Nachmittagsrunden drehen, warum nicht einmal das Dorf verlassen und bis zum Saum des Waldes gehen, solange die Sonne noch den Berg in ihr goldenes Licht taucht? Aber nur nicht gleich übermütig werden! Bis zum Kragen knöpft er seinen dicken Winterpelz zu und schlingt noch den langen Wollschal um Hals und Ohren.

Derart vermummt stapft er, den Blick auf das Kopfsteinpflaster der Gasse gesenkt und seine Schritte zählend, bergan. Auf die spöttischen Blicke der Passanten achtet er nicht, so sehr sind seine Gedanken noch vom Zweifel an sein tollkühnes Vorhaben gefangen. Und wenn er sich in der zu erwartenden kühlen Abendluft nun erkältet? Wenn er sich nun verläuft, da er den Weg zwischen Gast- und Badehaus bisher noch nie verlassen hat? Verlaufen – Unsinn! Hier geht es nur bergauf und bergab! Und ich habe nicht die Absicht, den Wald zu betreten!

Der ungewohnte Weg bringt ihn ins Schwitzen. Aber noch wagt er nicht, seinen Mantel aufzuknöpfen oder auch nur seinen Wollschal abzulegen. Und bald gerät er so sehr außer Atem, daß er einmal mehr seinen bedrohten Gesundheitszustand bestätigt sieht, wenn auch das Geradeaus- und Fortgehen ihm zweifellos mehr Vergnügen bereitet als dieselbe Übung im abgetretenen Kreis der Bäderhalle.

Die Hälfte der verordneten Schritte ist getan, der Waldsaum fast erreicht, eigentlich könnte er sich jetzt auf den Rückweg machen. Aber nun, da er schon so weit gegangen ist, will er auch noch die letzten Häuser des Kurortes hinter sich lassen und bis zum Waldrand gehen. Die Sonne steht noch genügend hoch, und eine merkwürdige, fast vergessene Erwartung auf einen Blick über die Enge der Gassen, über die braunen Schindeln und kupfernen Traufen hinweg ins Tal erfüllt ihn.

Erwartung – dieses Gefühl ergriff ihn zuletzt, als er noch ein Kind war, Vorfreude, Hoffen und Bangen ob des Kommenden, ehe er das Erbe seines Vaters antrat und sich jeden Wunsch erfüllen konnte. Allein die Sorge um den unvermeidlichen körperlichen Verfall blieb, gegen den kein Reichtum schützt.

LXVIII

Die Baumkronen leuchten bereits im Gelb und Rot des nahenden Herbstes. Tief atmet er den Geruch nach welkem Laub, nach Moos und Rinde ein. Die Farben und Gerüche sind fast zuviel für seine an die Abgeschlossenheit und Vertrautheit der eigenen vier Wände gewöhnten Sinne: Allein das Schwarzgrau der Äste, von dunklem Moosgrün über stumpfes Silber bis zum Blauschwarz feuchter Muttererde reichen die Schattierungen. Und die Palette der Blätter von verblassendem Türkis bis zu Rehbraun sprengt alle seine Fähigkeiten zur Namensfindung. Müde lächelnd erinnert er sich an seine jugendlichen Malversuche. Statt mit dem feinen Adernetz eines welkenden Buchenblatts zu beginnen, hat er sich auf falsche Idyllen in Öl gestürzt, ohne auch nur einmal richtig geschaut zu haben. Es gab ja teure Bücher mit den farbgetreuen Reproduktionen der Alten Meister. Warum da noch einen Blick auf die Wirklichkeit verschwenden! War nicht jedes Gemälde letztlich nur ein Kommentar zu anderen Gemälden? Das Bild eines Baumes, dachte er damals, hat so wenig mit dem wirklichen Baum zu tun wie das Wort *Baum*. So hatte er denn auch bald die Lust an diesem leblosen Zwiegespräch der Bilder verloren.

Ein gut ausgetretener Pfad führt in den Wald hinein und weiter bergauf. Bergab wird es schneller gehen, denkt er. Also hat er noch Zeit, vor dem Einbruch der Dunkelheit umzukehren. Er nimmt den Schal ab, knöpft den Mantel auf und betritt den schmalen Steig.

Die mächtigen Buchenstämme drängen dichter an ihn heran, durch das sich lichtende Laubdach fällt ein goldgelber Lichtregen. Silbrige Spinnennetze schimmern zwischen den schwarzen Ästen, zartem grauen Feenhaar gleich, weswegen man diese Jahreszeit wohl Altweibersommer nennt. – Ein kleiner, scharfkantiger Gegenstand streift mein Knie, ich taste nach ihm. Eine Kupfermünze mit einem hochstirnigen haarlosen Haupt auf der Kopf- und dem chinesischen Schriftzeichen für zehn auf der Zahlseite. Vielleicht ist sie einem der Passanten aus der Tasche gefallen, vielleicht hielt mich auch jemand für einen Bettler und hat sie mir in den Schoß geworfen. Dabei bin ich im Besitz des ganzen herbstlichen Hochwalds mit seiner Stille, seinen tausend Farben, seinem ruhigen, tief im Fels verwurzelten Atem.

Titus folgt dem Pfad, nun begleitet vom steinigen Bett eines munteren Gebirgsbachs, der den entgegengesetzten Weg nimmt. Bis zum oberen Waldessaum will ich noch gehen, bis dort, wo die Stämme sich lichten und die Almwiesen beginnen! Sein Schritt hat nun seinen Rhythmus gefunden. Der Atem geht schwer, aber bringt ihn nicht mehr in Not. Und die Müdigkeit in seinen Beinen bereitet ihm einen geradezu wohltuenden Schmerz. Titus, der Heide! Zum ersten Mal lacht er über den hartnäckigen Spitznamen, der ihm seit seiner Kindheit anhängt und von den wenigen noch verbliebenen Freunden und Bekannten gar als sein eigentlicher Rufname betrachtet wird. Und wenn er es recht bedenkt, hat er den Gottlieb in der abgedunkelten Kammer im Tal zurückgelassen.

Tannen und Fichten lösen die Buchen ab, Rot und Gold kühlt sich zu einem silberhäutigen Grün und Blau ab. Der Schritt über trocken raschelndes Laub ist nun von einem feinen Nadelteppich gedämpft. Hin und wieder bricht gar grauer, glattgetretener Stein durch die moosdünne Krume. Wer immer sonst diesen Pfad benutzt, Holzfäller, Viehtreiber, Hirten, bisher ist ihm keine einzige Menschenseele begegnet.

Die Schatten haben gesiegt. Kälte haucht mich an, Kälte kriecht von den Steinplatten in mein Becken, in die Mulde meiner Stummheit, und läßt meinen Atem feucht und schwer wie morgendlicher Tau niederrieseln. Doch sollte ich noch die Dunkelheit abwarten, bevor ich mich von diesem Platz in der toten Gasse fortbewege und mich in den tückischen Verkehr stürze, in dem sich die neuen Wagen inzwischen hinterhältig wie Raubtiere nähern, fast lautlos, ohne Erschütterung. Auch mag ich es nicht, wenn ich bei meiner Suche nach einem Abendbrot in den Abfällen dieser Stadt beobachtet werde. Für diesen Rest an Scham ist meine Seele immer noch nicht blind. Von den Bettelmönchen lernen! Was zählt, ist allein der Atem, den wir nicht erbetteln, nicht erarbeiten, sondern dem wir uns hingeben und fügen müssen wie das Meer den Gezeiten. Dem Meer aber bleibt keine Wahl. Warum sich des Mondes schämen! Wir hingegen müssen die Hingabe mühsam erlernen. Mich füllen, mich leeren lassen. Geatmet werden.

Titus läßt Mantel, Schal und Stiefel am Saum des Kiefernwäldchens zurück und betritt die abendtaunasse Bergwiese barfuß. Die Sonne hat sich bereits hinter den schneebedeckten Gipfeln verborgen. Das Tal liegt schwarz und grundlos da, nur die hohen Eiskronen der gegenüberliegenden Kuppen leuchten wie brennende Fackeln in den letzten Sonnenstrahlen.

Titus zieht Hemd und Hose aus und läßt sich nackt in das kühle nasse Gras fallen. Der wolkenlose Himmel ist von einem tiefen Blau. Die helleren unter den unzähligen Sternen sind bereits am Firmament zu sehen. Rasch nimmt mit dem Verglühen der letzten Abendröte die Kälte in der dünnen Gebirgsluft zu, streichelt seine winterblasse Haut wie ein weicher nasser Tuschepinsel das Papier.

Der Schlag ins Gesicht trifft mich vollkommen unerwartet, auch wenn mich das Zögern und Innehalten der jugendlich federnden Schritte hätte warnen müssen. Das warme Blut aus der Nase läuft mir über die Lippen bis zum Kinn und tropft von dort auf das Hemd, die Hose, die nackten Füße, den Asphalt und hinterläßt einen metallischen Geschmack, Blei und Eisen, auf der Zunge.

Ich sehe sie nur undeutlich in der vorangeschrittenen Dämmerung. Aber sie müssen zu viert oder fünft sein. Sie stehen still um mich herum, und ihr heißer alkoholgesättigter Atem streift mein Gesicht und meinen Nacken. Meine Haut ist gespannt wie das Fell einer Trommel, kein Fausthieb war es, der mir das Nasenbein zertrümmerte, sondern ein Blei- oder Kupferrohr, unnachgiebig, hart und hohl. Gespannt wie ein Trommelfell, das auf den nächsten Schlag lauscht.

Blitzschnell greifen meine Hände zu und reißen dem Schläger das Rohr aus der Hand, schwerer als das gewohnte Holzschwert, aber ebenso handlich. Die anderen zögern nicht lange, ihre Waffen auf mich loszulassen. Trotz blutgefüllter Nase atme ich durch alle meine Poren ihre katzenhafte Quällust.

Aber vergiß nicht die Etikette, Viktor! Zunächst die Verbeugung. Mein Oberkörper senkt sich nach vorne, mein Kopf ruht einen Augenblick auf meinen Händen mit dem Rohr. Wie gerne würde ich in dieser Position der Erniedrigung verharren! Aber diese Verbeugung zollt dem Gegner nicht nur Achtung, sondern konzentriert den Kampfgeist in der eigenen Körpermitte. Bevor meine Gegner richtig begriffen haben, was mein Niedersinken bedeutet, habe ich mich schon aufgerichtet und mich ins *Kamae* gestellt, die nackten Füße eine handbreit auseinander, nach allen Richtungen beweglich, hellwach für jede Bewegung des Angreifers. Da Augen und Ohren nur noch bedingt ihren Dienst leisten, sind es die Fußsohlen, sind es Haut, Atem und Intuition, die im höchsten Maße empfindsam wahrnehmen.

Ich zeichne mit dem Rohr das Schriftzeichen Huô, *Feuer*, in den Raum, eine in die Höhe züngelnde Flamme mit zwei Funken an der Seite. Nach einem alten Brauch muß eine junge Braut, die zum ersten Mal das Haus des Bräutigams betritt, ein brennendes Feuer überschreiten.

Mit den Bögen und Haken für Luft ergibt sich das Zeichen für Zorn oder Wut. Einen Berg aus Schwertern besteigen und in ein Flammenmeer tauchen bedeutet, für jede Herausforderung bereit zu sein.

Ein stämmiger, in seinen Bewegungen schwerfälliger Junge mit einem Baseballschläger, Xiao Zhi, ein dünner, kurzatmiger Bursche mit einer Fahrradkette, Lü Zhong Xing, ein zäher, aber betrunkener junger Mann mit einem Klappmesser in der Hand, Godzilla, und ein kaum älterer, Neugier und Angst ausschwitzender Kumpane im Rücken, ist es Han Yue?

Es war um vier Uhr am Nachmittag, als ich mich mit Xiao Zhi, dem Breakdancer, Weggefährten nach Hangzhou und Jurastudenten, am Südtor des Campus traf. – Diese Detailtreue mag klingen, als ginge es mir um eine genaue Protokollierung der Wirklichkeit, aber davon kann in diesen Vergegenwärtigungen nicht die Rede sein. Meine Anwesenheit hier ist eine Erfindung Chinas. Ich selbst bin eine chinesische Erfindung!

Zunächst zeigt Xiao Zhi mir das Studentenwohnheim. Er teilt den etwa zehn Quadratmeter großen Raum mit fünf anderen Kommilitonen, von denen vier gottlob gerade in den Ferien sind und der Fünfte Tag und Nacht autistisch vor seinem Laptop sitzt und immer dasselbe Videospiel, dessen Namen ich vergessen habe, ablaufen läßt. Der hochfrequenzielle Soundtrack des Spiels bringt Xiao Zhi seit Wochen um den Schlaf. Trotzdem will er nicht, daß ich seinen Zimmergenossen darauf anspreche. Immerhin müsse man noch eine Weile miteinander auskommen.

Wären alle Mitbewohner anwesend, wäre für einen Besucher kein Platz mehr. So setze ich mich neben Xiao Zhi auf das Untere des Doppelstockbetts und kann sogar meine Beine ausstrecken. Das Lager ist hart. Er schläft direkt auf einer Sperrholzplatte. Eine Matratze würde die Hitze im Raum nur noch unerträglicher machen, sagt Xiao Zhi. Der einzige private Gegenstand ist sein Wecker am Kopfende, ein billiges chinesisches Fabrikat. Alle luxuriöseren Vorgängermodelle seien innerhalb von 24 Stunden gestohlen worden.

Seinen Laptop trägt er Tag und Nacht bei sich. Dies sei der interessanteste Ort auf dem Universitätsgelände, sagt er, und ich weiß nicht, meint er das Dormitorium oder das Internet. Sogleich landen wir inmitten eines aufgeregten und offenbar ernstgemeinten Chats von Pädagogikstudenten, die über die gesundheitlichen Gefahren der Masturbation debattieren. Ungläubig starre ich Xiao Zhi an. Auch ich müsse doch davon gehört haben, daß exzessives Masturbieren zu schwerwiegenden Gesundheitsschäden führe! Ich frage, ob das die offizielle Lehrmeinung der Partei sei. Nein, die Partei halte sich in dieser Frage eher bedeckt.

Nach dem anschließenden Streifzug über den Campus ist mir klar, daß er das Dormitorium gemeint haben muß. Unter den Büchern auf der kleinen Verkaufsmesse vor der Mensa finde ich kein einziges belletristisches Werk. Was lesen denn die Literaturstudenten? frage ich Xiao Zhi. Literaturwissenschaftliche Abhandlungen, antwortet der angehende Jurist. Was lesen sie denn in Europa?

Ich lasse mich noch nicht entmutigen und besuche mit ihm die Universitätsbibliothek. Für das Ausleihen fremdsprachlicher Bücher braucht man eine besondere Genehmigung. Ich verstehe nicht recht, warum, besteht die deutschsprachige Abteilung doch aus exakt dreiundsiebzig Titeln, überwiegend aus dem neunzehnten Jahrhundert. Immerhin finde ich ein einziges Werk von Thomas Mann darunter: *Der Erwählte*. Ich empfehle es Xiao Zhi zur unbedingten Lektüre, als kleinen, aber nicht unerheblichen Nachtrag zum Thema *Perversion und Glück*.

Was hat Lu Jian mich gelehrt: Ohne Beteiligung des Geistes trifft das Schwert den Gegner nicht! Ich ritze mit dem Rohr das Zeichen für Shî, *Pfeil*, in die Luft, ein zugespitzter Kopf, ein Schaft und ein gefiedertes Ende. Was soll ich auch sonst tun, als der Magie der Zeichen und dem Analphabetismus meiner Angreifer zu vertrauen! Der horizontale Strich in der Mitte des Pfeils läßt an einen durchbohrten Körper denken.

Ich spüre ihre Verunsicherung, und ihre wachsende Wut, die ihnen weitere Blößen gibt. Doch wie lange werde ich mich gegen ihre Übermacht behaupten können? Das Keuchen junger Wildhunde, die, wenn sie sich einmal festgebissen haben, sich nicht mehr aus dem Fleisch ihres Opfers reißen lassen, ein, zwei Silben noch, und die Gewalt des Faktischen trägt über meine Poesie den Sieg davon, das Zeichen für Übel über dem Pfeil, nun heißt es Krankheit, weil in den Augen der Chinesen der Mensch von einer Krankheit wie von einem Pfeil getroffen wird.

Geist, Fuß, Mut, Kraft, die Muskeln geschmeidig und angespannt zugleich, welche Muskeln? Ich war nie ein besonders kräftiger Mann. Aber laß das Zweifeln jetzt. Nicht die Muskelkraft, der Takt entscheidet. Für alles im Leben gibt es den richtigen Takt. Verbinde ich das Zeichen Shî mit dem Zeichen für Mund, so ergibt sich das wie im Fluge erworbene *Wissen*.

LXIX

Der vierte, von mir noch nicht Entwaffnete, Godzilla, schleudert mir einen Kanaldeckel in die Kniekehlen. Ich sacke zusammen. Er reißt mir mein bleileichtes Pinselschwert aus den Händen, er ist kleiner, zarter als die anderen, aber bewegt sich mit der Zähigkeit des Leitwolfs, und mein Schreibgerät wird wieder zum schlichten Schlagwerkzeug, schwer und unnachgiebig prallt es auf den Handrücken und die Fingerknochen, die den Kopf instinktiv zu schützen versuchen, trifft den Nakken, ein Stromstoß, der die Wirbelsäule hinunterfährt bis in die Zehenspitzen, dann umkehrt, von einem Reflektor zurückgeworfen, in den Kopf hinauf und unter dem Schädeldach explodiert und plötzlich, noch erschreckender, eine vollkommene Stille zurückläßt.

Wer ist der Angreifer? Es ist das Leben selbst, das mich anfällt, zusammenschlägt, das Rückgrat bricht. Es ist das Junge, das sich der Last des Alten entledigt, das Schöne, das das Häßliche austilgt. Selbst wenn ich sähe, wäre ich ihm blind gegenüber, selbst mit hellhörigen Ohren wäre ich seinem Gesang gegenüber taub.

Nach der tropischen Hitze nun die Monsunschauer. Schweiß, Regen, Schweiß. Seit Wochen schob ich meine Fahrt aufs Land auf. Was soll ich in den überfluteten Dörfern? Um das Leben der Landbevölkerung kennenzulernen, muß ich im Grunde nur einen Blick in die Baracken neben den Großbaustellen werfen.

Warum erbittert mich die Ungleichheit – auf den Bürgersteigen der sonnenschirmbeschattete Catwalk junger schöner Angehöriger der neuen sogenannten Mittelklasse, hinter den meterhohen, mit Werbeplakaten dekorierten Bauzäunen die sonnenverbrannten Tagelöhner in ihren löchrigen Hosen und geflickten Sandalen – mehr als andernorts, wo ja auch jedermann angeblich seines eigenen Glückes Schmied sein soll? Es ist der Tod einer Utopie, ohne daß ich einen Ersatz für sie wüßte. Es ist der Sieg der Zyniker über die Träumer.

Doch es ist nicht Sache des Weisen, andere oder sich selbst anzuklagen. Verlange nicht, daß die Dinge gehen, wie du es wünscht, sondern wünsche sie so, wie sie gehen, und dein Leben wird ruhig dahinfließen, rät der Stoiker in mir. Und der Rhetoriker läuft nicht Gefahr, für einen Weltverbesserer gehalten zu werden. Jeder Satz bittet demütig um Nachsicht und stammelt, an Welt- und Menschenkenntnis mangele es nicht, aber er wolle eben bescheiden auftreten. So sei's denn!

Da das Wetter sich nicht bessert, machen wir es wie die anderen, Godzilla und ich, und streifen durch die Shopping Malls, Kunstlicht, Mahlers Lied von der Erde, angenehm frostige achtzehn Grad und, bis auf die spuckenden Zeitgenossen, frei von Niederschlägen. Musik- und Filmkopien für weniger als zehn Yuan, die Verführung ist groß, daß auch ich mich mit den Raubkopien meiner Lieblingswerke eindecke und die Schöpfer um ihren Lohn prelle. In den Auslagen finde ich bereits Filme vor, die in Europa noch nicht einmal ihre Kinopremiere hatten. Andererseits stoße ich auch auf Werke, die in China offiziell verboten sind. Das ist das Wesen jeder Piraterie, sie folgt allein ihren eigenen Gesetzen!

Natürlich finde ich in dieser Flut von wahllos geraubten Schätzen nicht das, was ich suche, aber immerhin das eine oder andere, das aus dem vervielfältigten Action-Einerlei herausleuchtet. Ich erstehe für nicht einmal einen Euro Clint Eastwoods *Million Dollar Baby* und Ang Lees *Brokeback Mountain* und schenke sie Godzilla, der von dem einen Film bisher noch nie und von dem anderen nur höchst verleumderische Gerüchte gehört hat.

Nach wie vor gelten Mädchen wenig in diesem Erdteil, selbst wenn sie boxen. Von schwulen Cowboys ganz zu schweigen!

Am nächsten Tag bedankt sich Godzilla noch einmal herzlich für meine gutgemeinten pädagogischen Absichten. Nach kaum der Hälfte von Clint Eastwoods Meisterwerk sei er eingeschlafen, aber sein Vater habe sich beide Filme angeschaut, und zwar bis zum bitteren Ende, obwohl er am Morgen sehr früh zum Dienst mußte.

Godzillas Vater ist ein hoher Polizeioffizier. Ich bin mir nicht ganz sicher, ob ich auch ihm gerade diese beiden Filme zum Geschenk gemacht hätte. Aber Godzilla versichert mich, sein Vater sei zutiefst berührt gewesen. Er wolle mich gerne zum Essen einladen, nein, nicht in ein Restaurant, er wolle selbst für mich kochen!

Und dann, in diesem kurzen Aufblitzen vor dem Nichts, erkenne ich auch dich wieder, Han Yue, Zellengefährte, Verführer im *Café De Niro*, Gefangener im Park. Was haben sie mit dir gemacht, im Keller unter unserer Zelle?

Ihr macht einen langsamen, fast müden Schritt auf mich zu, blasse, transparente Gesichter mit faden Hostien statt der Augen. Vier Fakire, in deren Herzbeuteln zur Hälfte Krokodilblut rinnt. Eure schuppigen Hände greifen nach meinem Hemd wie die wringenden Fäuste einer grobknochigen Wäscherin. Bis auf das Zerreißen des Stoffes ist kein Laut zu hören. Dann ein gefletschter Mund, der sich kalt und Übelkeit erregend meinen Lippen nähert.

Hi, man, do you like this game? Dann drück mal auf *Play*!

Drei von euch duften nach teuren Jeans, gegeltem Haar und Partydrogen, und Han Yue riecht noch immer nach Gefängnis, Pisse, Angst und Blut. Ihr seid fast so groß wie ich, eine neue Generation, mit hochwertigen Proteinen gepäppelte

Kronprinzen, kaum älter als zwanzig, bartlos, mit gezupften Augenbrauen und weichen, mädchenhaften Gesichtszügen.

Ich denke, das reicht, Godzilla, der Alte ist doch vollkommen erledigt!

Ich will, daß er sich bei mir entschuldigt! antwortet Han Yue trotzig.

Du machst dir nur die Schuhe dreckig. Der Alte hat sich ja von oben bis unten vollgekotzt!

Hast du gehört, Penner? Hast mir meine Doc Martens versaut. Das gibt echt Ärger, Mann!

Okay, karren wir ihn in unsere Werkstatt und bringen die Sache zu Ende.

Hast du schon mal was von Iron Dog gehört, Alter? Dieses Milchgesicht heißt South Park, doch der Name täuscht. Und das Pickelmonster neben mir nennt sich nicht nur zum Spaß Godzilla! Und die Schöne mit den lackierten Fingernägeln ist Kitty Porn alias Master of Death! – Han Yue scheint über seinen neuen Gangnamen nicht weniger überrascht als ich.

Sie rauchen ein Kraut, das nach geraspelten Fingernägeln riecht. Vielleicht ein einheimischer Fliegenpilz, und quatschen unentwegt wirres Zeug, das *cool* klingen soll. Das Wort »Werkstatt« für ihren geheimen Treffpunkt beschreibt diesen Ort der Verschleppung hingegen korrekt: Eine leerstehende Garage, die von den Jugendlichen mit Sperrmüll eingerichtet wurde, einem Sofa, einem Couchtisch, einem alten Kühlschrank, einem kotfleckigen Teppich. Doch riecht es immer noch vor allem nach Motoröl und verbranntem Gummi.

Mich haben sie auf dem ölfleckigen Beton abgelegt. Xiao Zhi, der sich nun Iron Dog nennt, knallt sein Skateboard an die Garagenwand: Und was fangen wir jetzt an mit diesem Fleischsack?

Komm erst mal runter und zieh dir dieses affengeile Zeug rein, Alter.

Anstatt mit den anderen die Friedenspfeife zu teilen, holt Xiao Zhi eine Flasche Wodka aus dem Kühlschrank, öffnet sie mit den Zähnen und knallt die Tür mit seinen Stahlkappenschuhen zu.

Lü Zhong Xing alias South Park knotet sich das Halstuch auf und wirft es Iron Dog zu: Stopf ihm das mal ins Maul!

Iron Dog hebt nicht einmal die Hand, um es aufzufangen: Bin ich dein Lakai, Alter? Mach dir selbst die Pfoten dreckig!

South Park lacht mit heller, kindlicher Stimme auf. Er erhebt sich von dem Sofa mit den aufgeschlitzten grünen Polstern, ein Grün, das entsteht, wenn man den Kunstlederbezug so lange in der Sonne stehen läßt, bis er brüchig wird, dann eine Woche dem sauren Regen aussetzt und schließlich in den Keller wirft, damit sich ein pelziger Schimmel einnisten kann. Lässig nimmt der Junge sein kariertes Halstuch vom fleckigen Teppich, öffnet mir mit einem geübten Griff ins Kiefergelenk den Mund und stopft mir das Baumwollknäuel in die blutverkrustete Mundhöhle. Dann gibt er mir einen freundlichen Klaps auf die Wange und dreht sich zu Iron Dog um: Reich mir mal die Flasche! Muß mir die Hände desinfizieren.

TUSCHESPUREN XII

Was wir tun, ist immer schwächer als das, was wir uns vorstellen.
Der wahre Regisseur steckt mit dem Zuschauer unter einer Decke.
Kunst kann nur durch einen Verrat an der Realität entstehen.
Es gibt Zeiten, die man im Gefängnis verbracht haben muß,
will man seine Selbstachtung wahren.
Die schönsten Augenblicke im Kino sind die Momente,
die der Kontrolle des Regisseurs entglitten sind.

Gäbe es keinen Schlaf, unsere Tage wären unerträglich.

*

Poesie ist das, was den Anderen zum Mitmenschen macht.
Die Welten, die unsere Wörter einst bewohnten,
bewohnen nun ihrerseits die Wörter.
Haben wir von den Göttern nicht erzählt,
damit sie in zukünftigen Tagen von uns berichten?
Wir bestehen zu einem wesentlichen Teil aus unseren Erinnerungen.
Und unsere Erinnerungen aus einem wesentlichen Teil aus Vergessen.
Ob man in See sticht oder zu Hause bleibt,
man entkommt seinem Schicksal nicht.
Die Kunst des Gehens besteht darin, sich beim Einbruch der Nacht
nicht vor der Dunkelheit zu fürchten.
Ich bin nicht der Erste. Und ich werde nicht der Letzte sein.
Aber ich bin der, der spricht.

Wer fängt an?

Du natürlich, Kitty Porn! Du hast doch gesagt, der Kerl erinnere dich an den Alten, der dich im Park angemacht hat.

Das war kein Ausländer, das war ein Typ von hier, Godzilla.

Ist doch scheißegal! Mich erinnert er an den Chauffeur von Dad, der sich hier, genau auf diesem Scheißboden, vor den Auspuff seiner Limousine gelegt hat. Ist kein schlechter Ort zum Sterben, nicht wahr, Alter?

Und warum hat der Fahrer sich umgebracht? Ist dein Alter ihm an die Eier gegangen?

Halt's Maul, South Park, sonst bist du deine eigenen Eier los!

Vielleicht fangen wir mit den Eiern an! – Es ist Xiao Zhi alias Iron Dog, der nach einem tiefen Zug aus der Fliegenpilzpfeife mit fast träumerischer Stimme diesen Vorschlag macht. Er reicht die Pfeife an Godzilla weiter und zieht ein Schweizer Offiziermesser aus seiner Hosentasche. Er öffnet das Messer und reinigt mit der Klingenspitze seine Fingernägel. Plötzlich bricht Kitty Porn alias Master of Death in ein lautes, albernes Gelächter aus.

Du fängst an, Kitty Porn! befiehlt Iron Dog, nun todernst, und reicht dem jungen Polizisten mit den schwarzlackierten Fingernägeln das Messer.

Kann mir mal einer sagen, warum der Alte dran glauben muß?

South Park, erklär Kitty Porn mal, warum der Kerl hier nicht mehr lebend rauskommt!

Schicksal, Kitty Porn. Das ist alles im Buch des Schicksals festgeschrieben, ob wir wollen oder nicht. Aber es ist schon besser, es zu wollen. Sich gegen sein Schicksal aufzulehnen bringt doch nichts. Hab' ich nicht recht, Godzilla?

Mein Körper fühlt sich wie schmelzende Butter an. Nimmt die Hände des Jungen nur träge, weich, amöbenhaft wahr, als sie mir ziemlich brutal, brutal aus Unsicherheit, Hemd und Hose vom Leib schneiden, wie man einen toten Fisch aufschneidet, um ihn auszunehmen.

LXX

Nach dem wunderbaren Abendessen bei Godzillas Eltern, bekocht von Godzillas liebenswürdigem Vater, fesselt eine Art akuter Ruhr mich ans Bett, beziehungsweise Bad. Ich fühle mich geschwächt, aber nicht unwohl. Es fließt nur so aus mir heraus, halbstündlich, halbliterweise, das Glück der vergangenen Tage. Godzilla wacht an meinem Bett und liest mir aus dem Kleinen Prinzen vor, in Mandarin. Dann erzählt er mir von seiner ersten Liebe, einer nur entfernt mit ihm verwandten Cousine, ein Jahr älter als er, aus seinem Heimatdorf. Aber das alles ist Grund genug, daß seine und ihre Eltern ihnen den weiteren Umgang miteinander verbieten. – Damals war er siebzehn und hat sich noch gefügt. Und heute?

Er sagt, es gebe ein chinesisches Sprichwort, nach dem jeder von uns nur drei wichtige Begegnungen im Leben habe: Die erste sei mit einem Menschen, von dem man mehr geliebt werde, als man ihn selbst liebe. Die zweite sei mit einem Menschen, den man mehr liebe, als man von ihm geliebt werde. Und bei der dritten träfe sich die gegenseitige Zuneigung irgendwo in der Mitte, diese müsse man festhalten, auch wenn sie nicht so leidenschaftlich sei wie die beiden vorangegangenen. Mein wesentlich höheres Lebensalter gibt mir das Recht, dieser simplen Weltsicht zu widersprechen. Ich sage ihm, in der Liebe gebe es keine Regeln und keine Strategien. Sie überfalle uns in einem unerwarteten Augenblick wie eine Grippe oder meinetwegen auch die Ruhr. Manche seien anfälliger für sie, andere widerstandsfähiger. Doch auch wenn sie uns aus dem Alltag reiße und uns leiden ließe, sehnten wir uns nach ihr.

Godzilla sagt, ihm sei es lieber, wenn das Mädchen ihn mehr liebe als umgekehrt. Der Liebende sei reicher als der

Geliebte, antworte ich meinem jungen Freund, auch wenn es manchmal scheine, er sei nur reicher an Leid. Nein, die Liebe fülle ihn, beschenke ihn, mache ihn leichter, größer, großzügiger, gebe ihm eine ungeahnte Lebenskraft und -tiefe, während der Geliebte sich nur bestätigt finde, sich zufrieden fühle und sich nicht ändern müsse.

Godzilla probiert verschiedene mütterliche Rezepte aus, um meiner anhaltenden Diarrhö Herr zu werden, wäßrige Reißsuppe, kalte Entenbrust, lauwarme Coca Cola und fettarmes Salzgebäck, doch alle seine Fürsorge kann nicht verhindern, daß ich mehr Flüssigkeit verliere, als mein Körper aufnehmen kann. Ich fühle mich immer ausgetrockneter und schwächer, doch zugleich ganz aufgehoben in diesem Zustand der Schwäche.

Nach dem brutalen Sommer wechselt das Wetter von einem Tag zum nächsten. Godzilla sagt, der Herbst sei kurz, im Grunde gebe es in Nanking nur zwei Jahreszeiten, Sommer und Winter.

Immer noch laufen überall die Klimaanlagen auf Hochtouren. Mit meinen kurzen Hosen komme ich aus der Kälte in die Kälte, die nicht mehr wohltuend ist, es ohnehin nie war, sondern nur noch krank macht. Geblieben ist die hohe Luftfeuchtigkeit, die den Temperatursturz noch größer erscheinen läßt, klammer Londoner Nebel, ein stockfleckiges Ziehen und Zerren in den Gelenken, wer jetzt kein Haus hat, und jetzt alleine ist

Ich frage mich, ob die Alleebäume auch hier in Nanking ihr Laub verlieren. Frost gibt es hier im Winter nicht. Und noch sehe ich kein einziges verfärbtes Blatt. Immergrüne Platanen, wäre das möglich? Wäre das wünschenswert? Im Norden Europas wären die Alleen im Winter noch düsterer, würfen die Linden im Herbst nicht ihr Laub ab.

Vielleicht ist es das, was mich in dieser Stadt so beängstigt: Die Abwesenheit des Todes. Kaum alte Menschen auf der Straße, keine Rollstuhlfahrer, keine Versehrten auf Krükken, keine Leichenwagen, keine Beerdigungsinstitute, und die Friedhöfe weit, weit jenseits der Stadtgrenze. Statt dessen grenzenloser Optimismus, Greisinnen mit makelloser Haut auf den Gymnastikparcours, weißhaarige Pensionäre im wiegenden Tangoschritt vor dem Kaufhaus *Sanfter Kirschblütenregen*, und in den Erdgeschossen der Kaufhäuser fußballfeldgroße Kosmetikabteilungen, kommerzielle Jungbrunnen, bevor man in den höheren Etagen zum straffen Teint das khakifarbene Trikot und die luftgepolsterten Laufschuhe erwirbt.

In den engen schmutzigen Gassen sah und roch man ihn noch, den Tod, den Abfall und die Verwesung. Und auf dem Lande wird er vielleicht noch gegenwärtig sein. Doch hier fährt am frühen Morgen ein Kutter den Qinhuai-Fluß entlang und fischt das verendete Getier von der Wasseroberfläche. Ein Selbstmörder braucht nicht viel mehr zu tun, als sich in diese idyllische Stadtkloake zu stürzen, in der man vor zehn Jahren noch baden konnte. Apropos Selbstmörder, die genauen Zahlen werden von den Behörden geheimgehalten, aber Gerüchte besagen, daß die Selbstmordrate in China selbst jene von Ungarn übertreffe.

Nein, von unser aller unausweichlichem Ende ist in dieser jugendlichen Stadt, die das heruntergekommene Alte so gnadenlos beseitigt, daß ich mich hier alt zu werden fürchten müßte, nichts zu spüren. Die Stadt explodiert förmlich vor Jugendlichkeit, strebt in die Höhe, eine noch triumphalere Erektion nach der anderen, und ruft uns Verzagten zu: Hier errichten wir die Zukunft!

Als ich wieder erwache, ist mir schwindlig, vielleicht wegen des Blutverlusts. Das Messer an meinen Hoden verursachte zunächst nicht mehr als ein Kribbeln. Dann ein Aufbäumen, im Kopf, allein in meinem Kopf, während mein paralysierter Körper weiß und bewegungslos daliegt wie Brotteig. Tief in meinem Kopf zischt es. Dicker klebriger Rotz quillt aus den Tiefen des Gehirns.

What's next?

Der Betonboden unter mir fühlt sich warm und weich an. Ein Bett aus Rauch. Eine Hanfmatratze.

Iron Dog gibt mir mit seinen Stahlkappenschuhen einen sanften Tritt in die Rippen. Zumindest spüre ich nur ein Nachgeben und Aufplatzen, so wie eine Kaugummiblase über den Lippen aufplatzt: Du willst doch sterben, nicht wahr, Alter? Deshalb bist du doch hier? Sag nicht, daß du dein ödes, nutzloses Dasein so weiterleben willst! – Habt ihr gehört? Der Alte hat's satt. Echt Psycho, der Alte. Aber wenn er wirklich denkt, er hat's nicht besser verdient, sollten wir ihm den Gefallen tun! Hey, Kitty Porn, reich mir doch mal deinen Stecher!

Warte, Iron! Laß mich ein paar Fotos schießen. Damit nachher niemand sagen kann, wir hätten den Alten einfach aus Langeweile platt gemacht. – South Park zieht sein Fotohandy aus der Hosentasche und richtet es auf die blutende Wunde in meinem Schritt.

Okay. What's next?

Ich glaube, der perverse Kerl hat 'ne echte Erektion!

Du hast ja selbst eine, South Park! Guckt euch mal die Beule zwischen seinen Beinen an!

Halt's Maul, Kitty Porn, oder du bist die nächste, der ich die Eier abschneide!

Laß ihm den Schwanz noch eine Weile, Iron. Nimm dir erst mal die Brustwarzen vor!

Und was mache ich nun mit den beiden Nippeln? – Iron Dogs Stimme klingt glockenhell wie eine Sage von Ovid.

Leg sie auf seine Augen!

Das wäre doch eher der richtige Platz für seine Eier: Augäpfel raus und Eier rein!

Wir feiern hier keine Schwarze Messe, South Park. Wenn du den Kerl ficken willst, mußt du ihn nicht erst fotografieren.

Ich ficke keine alten Säcke, Iron Arsch. Der Kerl könnte doch locker mein Alter sein.

Dann behalte deine Schwulitäten für dich und halt dich an die Regeln! Dies ist ein streng wissenschaftliches Experiment.

Iron Dog nimmt das Skateboard und schlägt damit auf meine Beine ein. Ich höre das Zersplittern der Knochen mehr, als daß ich es fühle.

Dreh mal die Musik auf, Godzilla. Irons Knochenbrechersound zeugt ja nicht gerade von klassischer Musikerziehung.

Das reicht, Iron Dog. Versau uns die Garage nicht.

Ich atme ruhig, fast im Einklang mit Godzillas ruhiger Stimme. Dieser Ort ist nicht die Hölle. Hier herrscht ein kühles, besonnenes Heldentum, das keine Exzesse duldet. Die Strafe ist gerecht, nehme ich an. Und ich liebe sie noch immer.

All right. What's next?

Ich treffe dich ein letztes Mal in der Klinik, einen Tag vor deiner Entlassung. Hier setze ich die Kriegsführung fort, die ich gelernt habe. Es bedarf keines besonderen Mutes vorzurücken, Mut braucht es für den Rückzug. Es gibt kein größeres Verhängnis, als den Gegner zu unterschätzen.

So hätte ich lieben sollen. Aber geliebt habe ich, als hätte ich eine Schlacht gewinnen und einen Gegner besiegen wollen.

Die ganze Liebeskunst beruht auf dem Prinzip der Täuschung: Wer lieben will, muß scheinen, als könne er es nicht. Wer geliebt werden will, muß scheinen, als verdiene er es nicht. Niemals darf ein Liebender mit seinem Vermögen prahlen.

Was ist Titus zugestoßen, Miriam, an jenem Abend, als du ihn von Pastor Barmer abgeholt hast?

Seit wann weißt du es?

Von *wissen* kann keine Rede sein. Aber ich habe es von Anfang an geahnt.

Und warum hast du der Polizei nichts von deinem Verdacht gesagt?

Ich habe euch beide geliebt, Miriam. Wie hätte ich es zulassen können, auch dich noch zu verlieren!

Umkehren, nicht im religiösen Sinne, aber von dem ständigen und gewaltsamen Hinaus und Hinauf zu mir selbst. Ein Scheitern? Vielleicht. Aber kein Zusammenbruch, sondern eher ein sanfter Wink von der Grenze, um ein fatales, zukunftsgieriges Weiterso abzuwenden. Vielleicht auch, weil sich die Anstrengung der ständigen Selbst- und Weltwerdung verbraucht hat.

Sich niederlegen, nicht unterwerfen, sich tragen lassen, nicht ertragen. Sterbliche müssen wir erst werden.

Ich war schuld! Ich hatte getrunken, die Straßen waren naß, und Pierres Wagen war mir unvertraut.

Und wer hatte die Idee, eine Entführung vorzutäuschen?

Auch Pierre wollte mich nicht verlieren. Ohne seine Hilfe hätte ich nicht so lange durchgehalten.

Und wo ist Titus jetzt?

Frag nicht. Nun ist ohnehin alles verloren.

Wer liebt, muß mit Leichtigkeit lieben. Niemals hätte ich versuchen dürfen, dich zu besiegen, Miriam!

Die Liebe, das ist Nicht-Belagerung, Nicht-Sieg, Nicht-Niederlage.

Komm zurück! Noch ist es nicht zu spät.

Unsinn, Viktor! Ist dir nicht aufgefallen, wie ähnlich dir Titus ist?

Dann gib mir wenigstens den Jungen zurück!

Das würdest du nicht wollen. Vergiß ihn und mich! Oder überlaß Volkmann und Kramp die Aufklärung. Alles andere würde dich noch unglücklicher machen.

So laß ich dich nicht gehen, Miriam!

Ich bin doch längst schon fort, mein dummer Junge!

All right. What's next?

Die einfachsten Dinge tauchen immer erst am Ende einer langen Irrfahrt auf. Offenbar braucht unser Geist diese Umwege, um zu sich zu finden.

Hast du die Motorsäge von deinem Alten noch hier liegen, South Park? Wieder Godzillas besonnene und ein wenig melancholische Kinderstimme. – Das ist ja immer das größte Problem: Wohin mit den Abfällen nach der ganzen Sauerei?

Ein Farmer in Kanada hat sie seinen Schweinen zu fressen gegeben. Siebenunddreißig Fotzen. Ganz und gar weggeputzt, als wären es angefaulte Kartoffeln.

Und woher weiß man dann, daß es genau siebenunddreißig waren?

Keine Ahnung. Vielleicht hat man die unverdauten Eheringe in den Exkrementen gefunden. Oder einfach die vermißten Weiber aus der Umgebung zusammengezählt. Was weiß denn ich!

Irgendwas bleibt also immer übrig.

Man kann die Reste in Salzsäure auflösen und durch den Abfluß in die Kanalisation jagen.

Wo hast du denn das gelernt, Kitty Porn?

Auf der Polizeischule, wenn du's genau wissen willst, Alter.

Hättet ihr nicht erst mal darüber nachdenken sollen, wie ihr ihn wieder loswerden wollt, bevor ihr unsere gute Stube in ein Schlachthaus verwandelt?

Wir können ihn immer noch laufenlassen.

Laufenlassen, Kitty? Womit soll der Kerl denn noch laufen, nachdem Iron ihm alle Knochen im Leib zermatscht hat.

Wie nennt man das, wenn man glaubt, das alles schon mal erlebt zu haben, Leute?

Hast dir zuviel Splatter-Videos reingezogen, Kitty!

Déjà-vu heißt das, Kleine!

Genau. So ein Gefühl hab ich gerade. Echt déjà vu.

59

Der Tod selbst ist unwesentlich. Sinn erhält er nur aus dem Leben, das ihm voranging. Daß ein Lied oder ein Buch endet, stellt nicht den Sinn des ganzen vorangegangenen Werkes in Frage. Im Gegenteil: Seine Begrenztheit macht es erst zu einem Werk, über dessen Sinn sich urteilen läßt.

Erst ihre Begrenztheit gibt den Dingen ihren Wert. Ist es mit dem Leben nicht ebenso? Wäre es nicht vielmehr die Unsterblichkeit, die uns Sorge bereiten müßte? Unsterblichkeit wäre eine Form der Verdammnis.

Die Unbegrenztheit unserer Tage würde uns eher ärmer als reicher machen. Die machbaren Erfahrungen sind endlich. Wir würden am Lebensüberdruß sterben, würde uns der Körper nicht die Grenze setzen.

Wäre es besser, nicht gelebt zu haben, um nicht sterben zu müssen? Wäre es besser, nichts von uns zu wissen, damit wir auch von unserer Endlichkeit nichts wüßten? Ewige Glückseligkeit wünschen wir uns?

Ewigkeit ist nur ohne Leben denkbar. Leben heißt ständiger Wandel, Wachstum, Reife, Verfall. Ewigkeit bedeutet Unwandelbarkeit, Erstarrung, Konservierung. Selbst das Glück würde uns als nicht endender Zustand zur Höllenqual.

Nicht das Sterben ist das Ziel unseres Daseins, aber der Verweis unserer Sterblichkeit auf das Hier und Jetzt: Nutze den Augenblick, fülle ihn mit der ganzen Intensität des Lebens.

Der Tod kann unserem Leben ein Ende bereiten, aber er kann nicht vernichten, was wir bereits gelebt haben. Er kann unser vorangegangenes Dasein nicht aufheben, nicht ungeschehen machen. Dem Gelebten gegenüber ist der Tod ohnmächtig.

Leben ist das, was dem Tod Widerstand leistet. Tod ist Selbst-Aufgabe. Vielleicht auch Selbst-Hingabe. Widerstand ist ja nicht in jedem Fall ein Akt der Vernunft oder der Befreiung. Wir leisten nicht selten auch dem Widerstand, was wir einfach nicht kennen und deswegen fürchten.

Wenn wir über den Tod nachdenken, dürfen wir nicht vergessen, daß dieses Nachdenken erst den Tod zu einem Problem werden läßt. Das Denken ist Teil des Widerstands, den unsere Gestalt den uns umgebenden natürlichen Prozessen entgegensetzt. Ohne unser Nachdenken gäbe es den Tod nicht.

Ohne unser Nachdenken gäbe es aber auch das sich seiner selbst bewußte Leben nicht. Deswegen fehlt uns die stoische Gelassenheit, uns mit dem Unabänderlichen abzufinden. Wir wissen alles über den Tod, können es aber nicht glauben: Nur das Tote stirbt nicht.

Hey, Süße, was soll das denn werden! Mensch, Leute, guckt euch Kitty an, geht dem Alten wirklich an die Nippel!

Das ist geiler als jede Pussy, South Park! Das ist Männermilch!

Das ist Altmännerblut für kleine Vampirbabys, wie du eins bist, Kitty Porn!

Godzilla stößt Kitty Porn zur Seite, nimmt meinen Kopf auf seine Knie, zieht mir den Knebel aus dem Mund und flößt mir Wodka ein: Tapferer Alter! Hier, trink, denn jetzt geht es erst richtig los! sagt er mit seiner hellen sanften Stimme und streicht mir mit dem Handrücken über die Stirn. Dann ermahnt er mich ernst: Hüte dich, ein Wort zu sprechen! Was dir auch widerfährt, Teufel, Monster, Ungeheuer, alle Qualen der Hölle, selbst deine Liebsten unter der Folter, das alles sind nur Ausgeburten deiner Phantasie! Du mußt keine Angst haben. Sie können dir nichts tun, solange du schweigst!

South Park, wirf die Motorsäge an! – Der Junge nähert sich mit dem kreischenden Sägeblatt meinem Hals, während Godzilla weiterhin meinen Kopf festhält. Aber auch ohne seine haltenden Hände bliebe ich regungslos und stumm. Iron Dog applaudiert ironisch.

Zunächst höre ich den Regen nur, wie er auf das flache Garagendach plärrt. Dann zucken die ersten Blitze, und der Schauer schlägt mir wie ein nasses Laken ins Gesicht. Der Junge mit dem Ochsenschädel stellt den Kessel mit dem kochenden Öl dicht neben meinen Kopf. Mit einer armlangen Gabel spießt er meinen Kopf auf und droht, ihn in den brodelnden Kessel zu werfen: Wenn du mir sagst, wer du bist, laß ich dich laufen! – Ich aber schließe die Augen und sage kein Wort.

Holt den Jungen! schreit Kitty Porn wütend. Titus' Haar ist angesengt, Gesicht, Hals und Hände sind mit Brandspuren übersät. Er weint.

Wenn du uns nicht sagst, wer du bist, wird zunächst der Junge dran glauben! – Aber meine Lippen bleiben zugenäht.

Titus fleht mich an: Ich halte es nicht länger aus! Warum sprichst du nicht? Kennst du mich nicht mehr? Willst du mich nicht mehr kennen?

Fang mit den Zehen an! fordert Godzilla South Park auf. Die Kreissäge heult wie tausend Teufel, Titus schreit vor Entsetzen auf.

Sieben Regeln der Selbstdisziplin:

Ich bedaure niemals, was ich getan habe.

Ich beneide niemanden, weder wegen seines Glücks, noch auf Grund seines Unglücks.

Ich sehne mich nicht danach, mich zu verlieben, noch wünsche ich mir, geliebt zu werden.

Ich bin nicht darüber traurig, von jemand oder etwas Geliebtem getrennt zu werden.

Ich tadele weder mich noch andere.

Ich lehne jedes Almosen und Obdach ab.

Ich vollziehe keine Rituale oder Waschungen, um mich vor den Göttern zu schützen.

Nur der Horror vor der modernen Technik treibt mich manchmal noch in die erdrückenden Arme Gottes zurück.

Halt! entfährt es mir endlich. Sagt mir, was ich tun soll!

Godzilla schaut mich traurig an: Es ist schon geschehen, Alter. Wenn du deinen Mund gehalten hättest, wie ich es dir riet, hättest du deinen Sohn gerettet. Nun ist es zu spät.

Alle meine Besitztümer verschwanden im Lauf der Zeit, bis nur noch die Kleider an meinem Leib übrig waren.

Und alle Menschen, die ich liebte, mit denen ich befreundet war oder gern befreundet gewesen wäre, gingen.

Aber es gibt die Dinge noch, die Brennesselblätter, die mir den Handrücken streichelten, nun streichle ich sie, ihren feinen, zartbrennenden Flaum, tröstlich und schmerzend zugleich.

Wieder sehe ich mich untergehen im Teich des Langenbergparks, vier Jahre alt, nachdem ich erschrocken vor einer giftig fauchenden Schwanenmutter zurückgewichen und über die Holzpflockumfriedung gestolpert bin. Und während der Alte mit der schon kranken Mutter auf der Parkbank streitet, springt ein Fremder mir nach. Doch er ist korkeichenleicht und unfähig, dem untergegangenen Kind nachzutauchen.

Bleibt meine Hoffnung für die Zukunft: Sie spricht frei.

Michael Roes

WEG NACH TIMIMOUN

Roman

175 Seiten
gebunden mit Schutzumschlag
ISBN 978-3-88221-864-0

Sie schwimmen. Zwei ferne unscharfe Körper im Lichtschaum der unruhigen See. Sollten sie um die Wette schwimmen, dann ohne jede sichtbare Anstrengung. Für Nadir wäre es ein leichtes Spiel, ihm davonzukraulen. Laid ist bereits an der Grenze seiner Leistungsfähigkeit, während sein Freund mit kräftigen, ausdauernden Zügen das Wasser durchpflügt. Laid hat Mühe, mit derselben Unangestrengtheit an seiner Seite zu bleiben. Trotzdem will er nicht die vollkommene Harmonie stören, mit der sie sich wie ein Zwillingspaar durch das Wasser bewegen.

Sie schwimmen auf eine einsam gelegene, von steilen Felsen umgebene Bucht zu, die nur durch einen fast verborgenen Ziegenpfad zu erreichen ist. Erschöpft wirft Laid sich in den feinkörnigen Sand. Nadir legt sich neben ihn. Sein Atem geht ruhig, als sei ihr Schwimmarathon nur ein harmloser Strandspaziergang gewesen. Die noch niedrige Frühjahrssonne bricht sich in den silbrigen Salzwassertropfen auf seiner glatten weißen Haut.

Michael Roes
ICH WEISS NICHT MEHR DIE NACHT
Roman

228 Seiten
gebunden mit Schutzumschlag
ISBN 978-3-88221-707-0

Wie ein kaltes ausgeblutetes Stück Vieh am Haken hängst du da, Junge! Hast du die Nacht durchgesoffen? Wo bleibt deine Körperspannung? – Timons Stimme dringt aus weiter Ferne durch das Rauschen in mein Ohr. Der andere, Stanislaw, bewegt sich erstaunlich schwerelos, er ist leichter als ich, zart gebaut, selbst in den unermüdlichen Aufschwüngen ein wildfröhliches Fließen, Fliegen, die sehnigen Arme wie Flügel, dschummdschumm dschummdschumm, wirft mir einen kurzen Blick zu, als koste ihn der Flug in den Handstand kaum Anstrengung

Langsam, langsam in die Waagerechte, Stevie, halt den Kopf gerade. Was soll das sein? ein Gummiknüppel? ein Ochsenpimmel? Stahl ins Rückgrat! Beton in die Oberarme! – Das Reißen in den Schulterblättern ist wie schrille Musik, ein verzerrtes Saxophon, eine mißtönende Posaune, Kinderfäuste, Ellbogen, im Stakkato auf die verstimmte Klaviatur, schwarze Kiesel, weiße spitze Elfenbeinsplitter in die Oberarm- und Nackenmuskulatur

Michael Roes

LEERES VIERTEL – RUB AL-KHALI

Invention über das Spiel

528 Seiten
gebunden mit Schutzumschlag
ISBN 978-3-88221-708-7

Unausgeschlafen, durchgefroren. Wortkarge fahrt zum flughafen durch die nächtliche stadt. Die kühle chromglänzende kunststoffbestuhlte wartehallenatmosphäre: menschenumschlagplatz. Ohne den lärm, den dreck, das fieber, die staubigverschwitzte erotik an bahnhöfen oder seehäfen. – Transport von sitzschalenmenschen aus einem vorzimmer ins andere.

Die frühstücksbar noch geschlossen. Doch dampft die kaffeemaschine schon. Mürrisches, kurzangebundenes personal. Ebenso früh aufgestanden wie die ersten gäste. Doch ohne absicht zu verreisen. Wortlos schiebt mir das blasse mädchen in dem viel zu engen kleid einen doppelten espresso herüber.

Die reise selbst ist noch teil der eigenen kultur: einchecken, boarding, aperitif internationale presse… Wir stellen unsere uhren vor (oder nach). Wir bleiben in der zeit.

Dennoch beginnt die fremde bereits im flugzeug: *t'alīmāt assalāmah* safety instructions. Der einzige europäer unter einer handvoll jemeniten. Stolz darauf, dasz er stammelnd wie ein erstklässler die arabischen buchstaben zu entziffern versteht. Freundlicher beifall der mitreisenden.

Ich danke dem Deutschen Literaturfonds für seine großzügige Unterstützung meiner Arbeit an diesem Roman und dem Außenministerium, dem Goethe-Institut und der Stadt Nanking für die unerwartete Einladung, drei Monate in der »Hauptstadt des Südens« verbringen zu dürfen.

Erste Auflage 2009

Göhrener Str. 7, 10437 Berlin, info@matthes-seitz-berlin.de

www.matthes-seitz-berlin.de

Umschlaggestaltung: Falk Nordmann, Berlin
Gestaltung und Satz: Doreen Engel, Berlin
Druck und Bindung: CPI Moravia Books, Czech Republic

ISBN 978-3-88221-648-6